HEYNE BÜCHER

Fantasy

Herausgegeben von Wolfgang Jeschke

Von Jennifer Roberson erschienen in der Reihe
HEYNE SCIENCE FICTION & FANTASY:

DER SCHWERTTÄNZER-ZYKLUS

Schwerttänzer · 06/5072
Schwertsänger · 06/5073
Schwertmeister · 06/5074

*Dieses Buch ist Donald A.
Wollheim gewidmet*

Danksagung

Wie jeder Autor bestätigen wird, der einen Ehepartner oder einen anderen bedeutsamen Menschen hinter sich weiß, entsteht kein Buch vollständig unabhängig von diesem Menschen. Es gibt Dinge, die dieser Mensch tut: Er nimmt Telefonate entgegen, bringt die Post herein (sagt einem, ob ein Tantiemenscheck dabei ist), geht frische Milch einkaufen, scheucht die Katze vom Computer, befiehlt dem bellenden Hund, ruhig zu sein, und erledigt Myriaden anderer Aufgaben. Diese Dinge sind alle wichtig, denn die Konzentration ist gelegentlich eine sehr heikle Angelegenheit. Aber dieser Mensch trägt auch einen großen Teil zum tatsächlichen Entstehen des Buches bei. Er liest, liest erneut, liest noch einmal. Sagt dir, was möglich ist und was nicht. Macht dich völlig verrückt. Aber er verbessert das Buch auch.

Mark O'Green hat viel mit diesem Buch zu tun gehabt. Ohne ihn würde es nicht existieren. Dafür und für andere Dinge versichere ich ihn meiner Dankbarkeit.

Prolog

Sie ist keine Frau für müßige Konversation, denn sie hat wenig Geduld für oberflächliches Gerede und noch weniger für Entschuldigungen und Erklärungen. Das gilt auch für jene Themen, die von Leben und Tod handeln, von meinem oder ihrem eigenen Tod. Und dennoch suchte ich bei beiden Zuflucht: bei Entschuldigungen und bei Erklärungen. Irgendwie mußte ich es tun.

»Es war nicht mein Fehler«, erklärte ich. »Hatte ich eine Wahl? Hast du mir eine Wahl *gelassen?*« schnaubte ich verächtlich. »Nein, natürlich nicht, nicht *du* ... du läßt niemandem eine Wahl oder eine Chance und am allerwenigsten mir ... Du tötest mich einfach über den Kreis hinweg mit Blicken und *forderst* mich dazu *heraus*, dich zu ergreifen, dich zu töten, dich mit meiner Klinge zu zerstückeln, weil nur das dich zu dem Eingeständnis zwingen kann, daß du genauso ein Mensch bist wie jeder andere auch und genauso verletzlich. Genauso zerbrechlich wie jedermann, Mann oder Frau, aus Fleisch und Blut gemacht ... und du *blutest*, Del ... genau wie jeder andere ... genau wie *ich* ... blutest du.«

Sie sagte nichts. Helles Haar schimmerte im Feuerschein weiß, und blaue Augen waren nichts als dunkle Höhlen in einem schattenumwölkten Gesicht, dem Umriß und Ausdruck fehlten. Die Schönheit blieb, aber sie war verändert. Verwandelt von Anspannung, Besessenheit und Schmerz.

Hinter mir schnaubte der an einen Baum gebundene Hengst, stampfte, scharrte eine dünne Schicht Schneematsch von winterbraunem Gras. Scharrte immer wieder, schob sogar das Gras beiseite, bis dort, wo er gegraben hatte, ein richtiges Loch entstanden war.

Pferde können nicht sprechen wie Menschen. Sie sprechen, so gut sie können, mit Ohren, Zähnen und Hufen. Jetzt sagte mir der Hengst, daß er nicht fressen wolle. Daß er nicht schlafen wolle. Daß er die Nacht nicht an einen kahlen Baum gebunden verbringen wolle, von einem nordischen Wind, der nicht — ganz — vergehen würde, bis auf die Knochen ausgekühlt. Er wollte fort. Weiterlaufen. Südwärts in seine Wüstenheimat ziehen, wo es niemals kalt ist.

»Es war nicht meine Schuld«, wiederholte ich bestimmt. »Hoolies, Bascha, du und dein sturmgeborenes Schwert ... Was sollte ich deiner Meinung nach tun? Ich bin Schwerttänzer. Stell mich mit einem Schwert in der Hand in einen Kreis, und ich tanze. Gegen Bezahlung, zur Schau, für die Ehre ... für alles das, was zu benennen die Menschen sich scheuen, aus Angst, zuviel zu zeigen ... Nun, ich habe *keine* Angst, Del, ich weiß nur, daß du mir keine andere Wahl gelassen hast, als dich zu töten, als du mich mit deinem magiebeladenen Schwert angegriffen hast — was hast du *erwartet?* Ich habe getan, was ich tun mußte. Was notwendig war, für uns beide; aus keinem anderen Grund.« Ich kratzte ärgerlich an den Narben auf meiner rechten Wange: vier tief eingekerbten Klauenspuren, jetzt vom Alter weiß, die durch den Bart schnitten. »Ich habe wie die Hoolies versucht, dich zur Aufgabe zu zwingen, dich dazu zu bringen, diese dreimal verfluchte Insel zu verlassen, bevor etwas geschähe, das wir beide bedauern würden, aber du hast mir keine Wahl gelassen. Du bist völlig freiwillig in diesen Kreis getreten, Del ... Und du hast den Preis bezahlt. Du hast herausgefunden, wie gut der Sandtiger tatsächlich ist, nicht wahr?«

Keine Antwort. Natürlich nicht, sie dachte noch immer, sie sei besser. Aber ich hatte auf die überzeugendste Art bewiesen, wer von uns der Bessere war.

Die Kälte verfluchend, rückte ich den wollenen Umhang zurecht und wickelte ihn mir enger um die Schultern. Braunes, allzu lange nicht geschnittenes Haar wurde mir in die Augen und in den Mund geweht und stach mich. Auch verfing es sich wiederholt in meinem kurzgestutzten Bart, egal, wie oft ich es zurückstrich. Sogar die Kapuze half nichts, der Wind zog sie mir immer wieder und wieder vom Kopf, bis ich aufgab und sie auf den Schultern liegen ließ.

»Du und diese Metzgerklinge«, murmelte ich.

Del sagte noch immer nichts.

Erschöpft rieb ich mir über die Augenbrauen, die Augen, das Gesicht. Ich war müde, zu müde. Die Wunde in meinem Leib schmerzte unaufhörlich und erinnerte mich bei jedem Zwicken daran, daß ich Staal-Ysta weitaus eher verlassen hatte, als vernünftig gewesen war angesichts des Schwertstoßes, den ich hatte einstecken müssen. Die Wunde war erst halbwegs verheilt, aber ich verließ den Ort dennoch. In Staal-Ysta war nichts für mich geblieben. Nichts und niemand.

Tief in dem Steinhaufen züngelte eine Flamme. Rauch wirbelte auf, kräuselte sich, zerriß in der Luft. Wind trug ihn davon, trug die Nachricht meiner Anwesenheit zu den Bestien, die irgendwo nördlich von mir in der Dunkelheit lauerten. Die Hunde der Hoolies, nannte ich sie. Diese Bezeichnung paßte genausogut wie jeder andere Name.

Ich wartete darauf, daß sie reden würde, sogar darauf, daß sie mich anklagen würde, aber sie gab überhaupt keinen Laut von sich. Saß nur da und sah mich an, *starrte* mich an, hielt das *Jivatma* quer über wollbekleidete Oberschenkel. Die Klinge lag ungeschützt in der Dunkelheit, beschriftet mit Runen, die ich nicht lesen konnte — nicht lesen sollte — und die von Blut und von einer verbotenen Macht sprachen, die zu stark war, als daß jemand anderer sie hätte stimmen oder beherrschen können, mit Haut, Willen und Stimme.

Del beherrschte sie. Sie war Teil ihrer persönlichen Magie, die Fallen eines Schwertsängers.

Schwert*sänger*. Mehr als ein Schwerttänzer (dies war mein eigener Beruf). Etwas, das sie von mir unterschied. Das sie *fremdartig* machte.

Dessen Name Boreal war.

»*Hoolies*«, murmelte ich laut und angewidert und hob noch einmal die Lederbota, um nordischen *Amnit* tief in meine Kehle zu schütten. Ich schluckte ihn hinunter, Schluck für Schluck, erfreut darüber, daß er in meinem Bauch brannte und meine Sinne umnebelte. Und wartete darauf, daß sie sagen würde, Trinken hülfe auch nichts. Daß ein trinkender Mann nicht mehr sei als eine Marionette der Flasche. Wie gefährlich das Trinken für einen Schwerttänzer sei, für einen Mann, der davon lebt, sein Schwert und sein Können zu verkaufen, der seine Schärfe wegpißt, wenn er am Morgen Alkohol pißt.

Aber Del sagte nichts von alledem.

Ich wischte mir mit dem Handrücken den *Amnit* vom Mund. Glotzte sie über das prasselnde Feuer hinweg verschwommen an. »Nicht meine Schuld«, belehrte ich sie. »Denkst du, ich hätte dich treffen *wollen?*« Ich hustete, spie aus, atmete, was die nur halbwegs verheilte Wunde betraf, zu tief ein. Das ließ mich hochfahren, schwitzend, bis ich erneut Luft holen konnte, so vorsichtig, das Ein- und Ausatmen peinlich genau abmessend. »Hoolies, Bascha ...«

Aber ich brach ab, verwirrt, weil sie nicht da war.

Hinter mir grub der Hengst Löcher. Und er war, genau wie ich, allein.

Ich ließ allen Atem auf einmal ausströmen, achtete nicht auf das protestierende Ziehen in der Rippengegend. Das Ausatmen wurde von einer Reihe von Flüchen begleitet, die ich so heftig hervorstieß wie möglich, in dem Versuch, den Ansturm schwarzer Verzweiflung zu bewältigen, die weitaus schlimmer war, als ich sie bisher jemals kennengelernt hatte.

Ich ließ die Bota fallen, erhob mich und wandte dem Steinhaufen den Rücken zu. Trat zu dem Hengst, ruhelos, überprüfte das Seil und die Knoten. Er schnaubte, rieb den harten Kopf an mir, beachtete meinen Schmerzenslaut nicht, suchte genausosehr Erlösung wie ich. Die Dunkelheit malte ihn schwarz, am Tage ist er kastanienbraun, klein, kompakt, stark, in der südlichen Wüste geboren.

»Ich weiß«, sagte ich, »ich weiß. Hier ist es nicht gut für uns.« Er knabberte an einer Umhangbrosche, einem in Gold gefaßten Granat. Ich stieß seinen Kopf fort, um neugierige Zähne daran zu hindern, zu meinem Gesicht zu wandern. »Wir sollten nach Hause ziehen, alter Junge. Einfach nach Süden und nach Hause ziehen. Alles, was die Kälte und den Wind und den Schnee betrifft, vergessen. Alles, was diese Hunde betrifft, vergessen.«

Eines Tages *würde* er vergessen. Pferde denken nicht wie Menschen. Sie erinnern sich nicht an vieles, außer daran, was man ihnen beigebracht hat. Wieder zu Hause im Süden, in der Wüste, die Punja genannt wird, würde er sich nur an den Sand unter den Hufen und die stechende Hitze des Tages erinnern. Er würde die Kälte und den Wind und den Schnee vergessen. Er würde die Hunde vergessen. Er würde sogar Del vergessen.

Hoolies, ich wünschte, *ich* könnte das. Sie und den Anblick ihres Gesichts, als ich ihr die Klinge durch die Haut stieß.

Ich zitterte. Jäh wandte ich mich von dem Hengst ab und ging zu dem Steinhaufen zurück. Beugte mich hinab, nahm die Scheide und den Harnisch auf, schloß die Faust um das Heft. Das kalte Metall erwärmte sich in meiner Hand sofort, süß und verlockend. Zähneknirschend riß ich die Klinge aus der Scheide und hielt sie in den Feuerschein; die Flammen brachten den Stahl zum Erglühen. Sie liefen die Klinge hinab wie Wasser, hielten nur kurz inne, um sich in den Runen zu sammeln, die ich jetzt genausogut kannte wie meinen Namen.

Ich zitterte. Mit größter Sorgfalt trug ich das Schwert zu einem der dichten Haufen zerbrochener Flußsteine, fand einen vielversprechenden Spalt und zwängte die Klinge hinein. Prüfte ihren Sitz: gut. Dann schloß ich, in der Absicht, sie zu zerbrechen, beide Hände um das Heft. Um sie ein für allemal zu zerstören.

Samiel sang zu mir, einen kleinen persönlichen Gesang.

Er war hungrig, noch immer so hungrig, mit einem Durst, der keine Grenzen kannte. Zerbräche ich ihn, dann würde ich ihn töten. Wollte ich dieses Risiko eingehen?

Ich festigte meinen Griff um das Heft. Biß die Zähne zusammen ... schloß die Augen ...

Und zog das Schwert, mit klingendem Geräusch, sehr vorsichtig aus dem Spalt heraus.

Ich wandte mich um. Setzte mich hin. Lehnte mich geschwächt gegen die Flußsteine. Wiegte jenes tödliche *Jivatma,* das ich zu meinem eigenen gemacht hatte.

Ich legte meine Schläfe gegen den Knauf des seidig geriffelten Hefts. Er fühlte sich kühl und tröstlich an, als spüre er meine Qual.

»Ich werde anscheinend alt«, murmelte ich. »Alt ... und müde. Wie alt bin ich jetzt — vierunddreißig? Fünfunddreißig?« Ich streckte eine Hand aus und schloß in Gedanken nacheinander den Daumen und die Finger. »Laß mich sehen ... die Salset fanden mich, als ich einen halben Tag alt war ... behielten mich ... sechzehn Jahre bei sich? Siebzehn? Hoolies, wer kann da sicher sein?«

Ich schaute stirnrunzelnd in die Ferne. »Es ist schwierig, die Jahre zurückzuverfolgen, wenn man nicht einmal einen Namen hat.« Ich kaute an der Unterlippe und dachte nach. »Sagen wir einmal, es wären sechzehn Jahre bei den Salset gewesen. Mindestens. Sieben Jahre als Lehrling bei meinem Shodo, als ich den Umgang mit dem Schwert lernte ... und seitdem dreizehn Jahre als berufsmäßiger Schwerttänzer.« Der Schock traf mich wie ein Schwall kalten Wassers. »Ich könnte schon *sechs*unddreißig sein!«

Ich schaute an meinem Körper hinab, der genauso geschwächt war wie ich selbst. Unter der vielen Wolle konnte ich nichts erkennen, aber ich wußte, was da war. Lange kräftige Beine, aber auch schmerzende Knie. Sie schmerzten, wenn ich zuviel lief, schmerzten nach einem Schwerttanz. Schmerzten, wenn ich zu lange ritt, alles aufgrund dieser nordischen Kälte. Es heilte bei mir alles nicht mehr so schnell wie früher, und ich spürte die verbliebenen Schmerzen länger.

Wurde ich langsam weichlich?

Ich preßte eine steife Hand gegen den Bauch.

Nicht so, daß man es bemerkt hätte, obwohl mich die Wunde Gewicht und Kraft gekostet hatte. Und dann war da die Wunde selbst, schlimm, ja, und zwar schlimm genug, um jeden Mann für mehrere Wochen ans Bett zu fesseln, aber ich schonte mich schon seit fast einem Monat und war *noch immer* nur halbwegs wiederhergestellt.

Ich kratzte meine bärtige, mit Narben versehene Wange. Alt waren sie jetzt, uralt. Vier gewundene Linien, die tief in die Haut eingegraben waren. Am Anfang waren sie monatelang lebhaft purpurfarben gewesen, häßliche Erinnerungen an die Katze, die mich beinahe getötet hatte, aber ich hatte mich nicht wieder darum gekümmert. Nicht einmal dann, wenn die Leute mich angestarrt hatten. Und ganz sicher nicht, wenn Frauen sich darüber aufgeregt und sich über die Ursache Gedanken gemacht hatten. Weil die Narben die Münze gewesen waren, mit der ich mir meine Freiheit von den Salset erkauft hatte. Ich hatte einen raubenden Sandtiger erledigt, der alle Kinder getötet hatte. Seit damals kein namenloser Chula mehr. Statt dessen ein Mann, der sich zur Feier seiner Freiheit Sandtiger nannte.

Vor langer Zeit. Jetzt waren die Narben weiß. Aber die Erinnerungen waren noch immer lebendig.

So viele Jahre lang allein, bis Del in mein Leben schritt und eine Farce daraus machte.

Ich kratzte erneut an den Narben. Bärtig. Langhaarig. Ungekämmt. In Wolle anstatt in Seide gekleidet, um den nordischen Wind abzuwehren. So würde ich die Schmerzen nicht sosehr spüren.

Das Schwert, in meinen Händen, an meiner Haut erwärmt, auf unheimliche Art verlockend. Die Klinge vergoß Licht und Runen. Und auch das Versprechen der Macht. Es floß von der Spitze aufwärts und nahm dann auch das seidig geriffelte Heft ein. Berührte meine Finger, ach, so zärtlich, und verweilte an meiner Handfläche. Sanft und süß wie die Berührung einer Frau: wie Del, sogar Del, die Frau genug war, um sanft und süß zu sein, wenn ihre Stimmung dem entsprach, wohl wissend, daß es etwas anderes war als Schwäche. Eine ehrliche Frau, Delilah, im Bett und im Kreis.

Ich warf das Schwert über den Steinhaufen in die Dunkelheit. Sah das Aufblitzen von Licht, den Bogen. Hörte den dumpfen Aufprall, als es auf windüberfrorenem Gras landete.

»Ich wünsche dich zu den Hoolies«, belehrte ich das Schwert. »Ich will nichts von dir.«

Und in der düsteren Ferne weit jenseits des Schwertes bellte eine der Bestien.

TEIL I

EINS

Nur Narren machen Versprechungen. Also kann man mich einen Narren nennen, denke ich.

Damals hielt ich es für eine gute Idee. Die Hunde, die Del und mich bis Staal-Ysta verfolgten, waren bösartige, durch Magie entstandene Bestien, von einem unbekannten Gegner auf unsere Spur angesetzt. Wochenlang blieben sie lediglich in unserer Nähe und taten nichts anderes, als Hütehund zu spielen und uns weiter nach Norden zu treiben. Aber als wir erst einmal dort waren, taten sie noch weitaus mehr. Sie griffen eine Ansiedlung am Ufer des Sees an und töteten mehr als dreißig Menschen. Einige davon waren Kinder.

Nun, ich bin kein Held. Ich bin Schwerttänzer, ein Mann, der sein Schwert und seine Dienste an den Höchstbietenden verkauft. Keine wirklich rühmliche Beschäftigung, wenn man darüber nachdenkt. Es ist ein rauher, fordernder Beruf, für den nicht jeder Mann geeignet ist. (Manche glauben vielleicht, sie wären es. Der Kreis trifft die Entscheidung.) Und es ist ein Beruf, der oft Handeln erfordert, und darin bin ich sehr gut.

Aber das macht mich nicht zum Helden.

Männer sind vermutlich ziemlich gut darin, auf sich selbst aufzupassen. Frauen auch, es sei denn, sie stekken ihre hübschen Nasen mitten in etwas, das sie nichts angeht. Sehr häufig geht sie etwas nichts an, und sie tun es trotzdem. Aber andererseits verdienen Kinder keine Grausamkeit. Was sie verdienen, ist Zeit, damit sie alt genug werden können, um ihre eigenen Entscheidung zu treffen, ob sie leben oder sterben wollen. Die

Hunde hatten allzu vielen Kindern der Ansiedlung diese Zeit gestohlen.

Ich schuldete Staal-Ysta nichts, dem Ort der Schwerter, wo dank Del versucht worden war, mir ein Jahr meines Lebens in Form eines ehrenwerten Dienstes zu stehlen. Ich schuldete der Ansiedlung am Ufer des Sees nichts, außer dem Dank für die Betreuung des Hengstes. Und niemand schuldete *mir* im Gegenzug etwas, und einige waren für mich gestorben.

Abgesehen davon war meine Zeit auf der Insel abgelaufen. Ich war mehr als bereit zu gehen, sogar mit einer nur halbwegs ausgeheilten Wunde.

Niemand erhob Einspruch. Sie waren genauso bereit, mich ziehen zu sehen, wie ich bereit war zu gehen. Sie gaben mir sogar Geschenke mit: Kleidung, ein wenig Schmuck, Geld. Das einzige Problem war, daß ich noch immer ein Schwert brauchte.

Für einen Nordbewohner, der in Staal-Ysta ausgebildet wurde, ist ein *Jivatma* — eine Blutklinge — ein geweihter Gegenstand. Ein Schwert, aber eines, das aus der alten Magie entstanden und mit enormer Willenskraft ausgestattet ist. Bei der Herstellung sind Rituale und zahllose Anrufungen der Götter erforderlich. Da ich Südbewohner und Glaubensabtrünniger bin, erkannte ich nichts davon an. Und doch schien es nicht wichtig zu sein, daß ich keines der Rituale ehrte oder daß ich — meistens — nicht an die nordische Magie glaubte. Der Schwertschmied gestaltete eine Klinge für mich und beschwor die Rituale, und Samiel gehörte mir.

Aber Samiel lebte nicht — noch nicht. Nicht so, wie die anderen lebten. Nicht so wie Dels Boreal.

Für einen Nordbewohner war Samiel erst halb geboren, weil ich ihn noch nicht angemessen gestimmt, noch nicht *gesungen* hatte, um die Beherrschung zu erlangen, die ich brauchte, um die Macht zu lenken, versprochen durch Segnung und genau befolgte Rituale. Aber immerhin ist reiner, gut gearbeiteter Stahl für sich schon ausreichend tödlich. Ich hielt die nordische Magie für übertrieben.

Und doch existierte etwas davon. Ich spürte ihre Existenz in dem Stahl, wann immer ich die Waffe aus der Scheide zog. Dels Blut zu schmecken, hatte die Bestie in der Klinge erweckt, genau wie ihre Klinge, aus der Scheide befreit, die uns nachspürenden Hunde erweckt hatte.

Ich ließ das Schwert nicht über Nacht in Gras und Schmutz liegen. Alte Gewohnheiten sind schwer abzulegen. Sosehr ich dieses Ding auch haßte, so wußte ich es doch besser, als daß ich es nicht beachtet hätte. Also nahm ich es, spürte, daß das Eis durch Wärme ersetzt worden war, und schob es wieder in seine Scheide. Ich schlief schlecht, wenn überhaupt, fragte mich, was die Hunde tun würden, wenn ich sie erst einmal eingeholt hätte, und ob ich gefordert sein würde, das Schwert zu benutzen. Es war das letzte, was ich tun wollte, nach dem, was Del und andere mir erzählt hatten.

Sie hatte es sehr direkt gesagt, um es mir zu verdeutlichen: »*Wenn du morgen dort hinausgehst und ein Eichhörnchen tötest, dann ist das wahres Tränken, und dein Schwert wird alle jene Gewohnheiten annehmen, die dieses Eichhörnchen hat.*«

In jenem Augenblick hatte mich der Gedanke amüsiert: eine Klinge mit der Seele eines Eichhörnchens? Aber mein Gelächter hatte sie nicht amüsiert, weil sie wußte, was es bedeuten konnte. Doch ich hatte ihr nicht geglaubt. Jetzt wußte ich es viel besser.

In der Dunkelheit, auf meinem Schlafplatz, schaute ich das Schwert verbittert an. »Du bist in dem Augenblick erledigt«, sagte ich direkt, »in dem ich ein anderes finde.«

Ungesprochen blieben die Worte: ›*Bevor* ich dich benutzen muß.‹

Ein Mann kann seine Magie vielleicht hassen, aber er geht kein Risiko damit ein.

Der Hengst hatte seine Begrüßung parat, als ich beginnen wollte, ihn zu satteln. Zuerst wich er seitwärts aus, trat sauber unter dem Sattel weg, schüttelte heftig den Kopf und schlug mich mit dem Schweif. Pferdehaar, hart geschlagen, sticht. Es erwischte mich am Auge, das sofort zu tränen begann und mir den Grund dafür lieferte, den Hengst mit sämtlichen Kraftausdrücken zu belegen, die mir einfielen, wovon er vollständig unbeeindruckt blieb. Er zuckte mit den Ohren, rollte mit den Augen, scharrte Löcher ins Gras. Drohte erneut mit seinem Schweif.

»Ich werde ihn dir abschneiden«, versprach ich. »Und wenn das so weitergeht, schneide ich dir vielleicht noch mehr als nur deinen *Schweif* ab ... Es könnte dein Ende bedeuten.«

Er beäugte mich fragend, schnaubte, hob dann jäh den Kopf. Die Ohren durchschnitten die Luft wie Klingen. Er zitterte vom Kopf bis zu den Hufen.

»Eine Stute?« fragte ich gereizt.

Aber er war still bis auf das Atmen. Ein Hengst, der eine Stute wittert, stößt normalerweise Töne aus, die laut genug sind, um sogar Tote zu erwecken. Er täte dasselbe bei einem anderen Hengst, nur daß die Töne dann eine Herausforderung wären. Dies war etwas anderes.

Ich sattelte ihn schnell, während er abgelenkt war, band ihn los und stieg auf, bevor er protestieren konnte. Aufgrund seines alarmierenden Verhaltens hätte ich fast mein Schwert gezogen, überlegte es mir aber noch einmal. Es war besser, dem Hengst freien Lauf zu lassen, als auf ein fremdartiges Schwert zu vertrauen. Dem Hengst konnte ich zumindest trauen.

»In Ordnung, Alter, gehen wir!«

Er stand unbeweglich, zitterte aber und atmete schwer. Ich drängte ihn mit Zügeln, Fersen und Zungenschnalzen, die Lichtung zu verlassen, aber er reagierte nicht.

Ich glaubte nicht, daß die Bestien, die ich als Hunde bezeichnet hatte, der Grund waren. Ihr Gestank war schon verflogen, seit ich Staal-Ysta verlassen hatte. Demnach war es etwas anderes, und zwar etwas, das sehr nahe war, aber nichts, was ich benennen konnte. Ich bin kein Pferdesprecher, aber ich weiß ein wenig über Gewohnheiten bei Pferden. Genug, um Menschen oder andere Pferde als Ursache der Unruhe des Hengstes auszuschließen. Wölfe vielleicht? Vielleicht. Er war früher schon einmal von einem Wolf angegriffen worden, obwohl er damals nicht so reagiert hatte wie jetzt.

»*Jetzt*«, schlug ich sanft vor und gebrauchte die in Stiefeln steckenden Fersen.

Er wand sich, zitterte, tänzelte seitwärts, schnaubte. Aber zumindest bewegte er sich. Beharrlich lenkte ich ihn ostwärts. Er jagte von der Lichtung und tauchte durch vereinzelte Bäume hindurch, wobei er Schneematsch und Schlamm verspritzte. Und atmete wie ein Blasebalg durch weit geöffnete Nüstern.

Es war ein wenig vertrauenerweckender Friede. Der Hengst war nervös und sprang bei Umrissen und Schatten grundlos zur Seite. Meistens macht er mir Freude. Er ist so gebaut, daß er ohne besondere Schwierigkeiten endlos laufen kann. Aber wenn ihn der Hafer sticht, dann ist das auch für *mich* schmerzhaft, und sein Benehmen steigert sich zu einem regelrechten Kriegsverhalten.

Im allgemeinen ist es das beste, diese Anwandlungen aus ihm herauszureiten. Der Hengst war schon seit acht Jahren mein verläßlicher Begleiter und mehr wert als viele Männer. Aber sein jetziges Verhalten erschütterte die erst halbwegs verheilte Wunde und brachte mich entschieden aus der Fassung. Ich bin groß, aber nicht ungeschickt. Er hatte keinen Grund, sich über eine schlechte Behandlung seines Mauls zu beschweren. Aber manchmal forderte er mich heraus, und dies war solch eine Gelegenheit.

Ich griff die Zügel fester, setzte mich tiefer in den Sattel und stieß ihm die Fersen in die Flanken. Er tat einen überraschten Satz, schnaubte und wandte den Kopf, um mir einen erschreckten Blick zuzuwerfen.

»So ist es gut«, stimmte ich säuselnd zu. »Hast du vergessen, wer der Herr ist?«

Wodurch ich unerwarteterweise an einen Satz erinnert wurde, den jemand über den Hengst und mich gesagt hatte. Ein Pferdesprecher, ein Nordbewohner: Garrod. Er hatte gesagt, daß unsere Beziehung unter dem ewigen Kampf leide, wer von uns der Herr sei.

Nun, so war es. Aber ich hasse ein voraussagbares Leben.

Der Hengst schlug geräuschvoll mit dem Schweif, schüttelte den Kopf so heftig, daß die Messingverzierungen klirrten, die von seinem Kopfstück herabhingen, und verfiel aus seiner steifbeinigen, rumpferschütternden Gangart in einen erheblich angenehmeren Trab.

Die Anspannung ließ nach, der Schmerz verging, und ich erlaubte mir ein Seufzen. »Gar nicht so schlimm, nicht wahr?«

Der Hengst zog es vor, nicht zu antworten.

Ostwärts und ein wenig nördlich ritten wir. Auf Ysaaden zu, eine Ansiedlung, die hoch oben in den zerklüfteten Bergen, nahe der Grenzgebiete, verborgen liegt. Von Ysaa-den waren Berichte über Morde durch Bestien nach Staal-Ysta zu den *Voca* gelangt, die die Pflicht hatten, Schwerttänzer auszusenden, wenn Nordbewohner in Not waren.

Andere hatten diese Aufgabe übernehmen wollen. Aber ich, mit meinem schimmernden neuen nordischen Titel, war denjenigen überlegen, die Anspruch darauf erhoben. Und so wurde mir die Aufgabe übertragen. Dem südlichen Schwerttänzer, der jetzt auch *Kaidin* war, da er diesen Rang bei einer formellen Herausforderung erworben hatte.

Ich verfolgte die Spuren der Hunde, obwohl durch

den täglich stärker schmelzenden Schneematsch kaum noch welche zu finden waren. Abdrücke in trocknendem Schlamm waren deutlich, aber die Schneeschmelze verschob noch immer feuchten Schlamm und verwischte die Spuren. Ich ritt mit seitwärts geneigtem Kopf und achtete auf Veränderungen, und was ich sah, war deutlich genug: Die Bestien durchquerten das Gebiet diagonal nach Nordosten, ohne einen Gedanken an die Spuren, die sie hinterließen, oder an etwaige Verfolger zu verschwenden. Ysaa-den war genauso eindeutig ihr Ziel, wie zuvor Del ihr Ziel gewesen war.

Wir waren von oberhalb der Baumgrenze herabgestiegen und bewegten uns jetzt am Rande von Hochlandwäldern, wobei wir von brachliegenden Bergflanken abwärts glitten. Hochland, Tiefland, für mich, der ich in der Wüste geboren und aufgewachsen war, alles unbekannte Begriffe, bis Del mich in den Norden gebracht hatte. Vor nur zwei Monaten, aber es erschien mir viel länger. Jahre, vielleicht noch länger. Zu lange für jeden von uns.

Das Gras blieb winterbraun und würde es, wie ich dachte, auch noch eine Weile bleiben. Der Frühling im Hochland kam ganz sacht, bestenfalls versuchsweise. Ich wußte, daß er seine Gunst noch immer zurückziehen, scheu den Rücken kehren konnte, um mir Schnee zu bringen anstatt Wärme. Das war zuvor schon einmal geschehen, gerade vor einer Woche, als ein Sturm die Welt wieder weiß gefärbt und mein Leben in Trübsal verwandelt hatte.

Die Bäume trugen noch immer keine Blätter, außer jenen mit spitzen grünen Nadeln. Der Himmel zwischen ihnen war blau, ein strahlenderes, reicheres Blau, das wärmeres Wetter versprach. Dahinter lagen zerklüftete Berge, die die Farbe aus dem Himmel kratzten. Stücke der Bergspitzen waren zu Boden gestürzt, mit der Zeit zu lose hier und da verstreuten Steinen abgerundet oder zu riesigen Steinhügeln aufgehäuft wie Stapel von Orakelknochen. Späne und Geröll verdeckten die Spuren und machten sie fast unleserlich. Der Hengst suchte sich geräuschvoll seinen Weg, hämmerte Eisen auf Fels. Und der Fels gab nach wie immer.

Im Süden ist der Frühling anders. Wärmer, sicherlich. Schneller mit seiner Gunst bei der Hand. Aber viel zu kurz, um Trost bieten zu können. Innerhalb von Wochen würde Sommer sein, und die Punja würde unter dem bleifarbenen Auge der Sonne erglühen. Sie reichte aus, um einen Mann schwarz zu brennen, aber mich buk sie kupferbraun.

Ich hob eine Hand und betrachtete sie. Meine rechte Hand, die Handfläche nach unten. Eine breite Handfläche, mit langen starken Fingern, voller Einkerbungen und von Sehnen durchzogen. Die Knöchel waren erhöht, und zwei davon trugen schlimme Narben. Der Daumennagel war spatelförmig und beschädigt von Wochen in einer Goldmine, wo ich an eine Mauer gekettet worden war. An manchen Stellen konnte ich Erzteilchen sehen, die in der Haut eingeschlossen waren. Meine Zeit im Norden hatte meine Bräune ein wenig ausgebleicht, aber darunter war ich noch immer dunkler als im Norden geborene Männer und Frauen. Sonnenverbrannte Haut, bronzebraunes Haar, grüne statt blaue Augen. Fremdartig für den Norden, genauso wie Del es für mich gewesen war.

Ah, ja, Delilah: fremdartig für uns alle.

Männer sind Narren, wenn es um Frauen geht. Es spielt keine Rolle, wie klug oder wie geschickt man ist oder wieviel Erfahrung man hat. Sie werden alle mit dem Wissen geboren, was erforderlich ist, um sich den Kopf verdrehen zu lassen. Und wenn sie die Gelegenheit erhalten, dann tun sie es auch.

Ich habe Männer gekannt, die nur mit Huren geschlafen haben und auch nicht mehr wollten, weil sie glaubten, dies sei der beste Weg, um Verwicklungen zu vermeiden. Ich habe Männer gekannt, die Frauen geheiratet haben, damit sie nicht für den Beischlaf bezahlen mußten. Und ich habe Männer gekannt, die beides getan haben: mit Huren und Ehefrauen geschlafen.

Ich habe sogar Männer gekannt, die den Frauen ganz abgeschworen haben, aus religiösem Eifer oder dem Verlangen nach anderen Männern. Keines von beidem trifft auf mich zu, aber ich werde auch keinen Mann dafür verfluchen. Und sicherlich habe ich im Süden auch Männer gekannt, die in dieser Angelegenheit keine Wahl haben, da sie kastriert wurden, um einem Tanzeer oder jemand anderem zu dienen, der sie kaufte.

Aber ich habe keinen Mann gekannt, der, in betrunkenem oder nüchternem Zustand, nicht zumindest einmal eine Frau wegen tatsächlicher oder eingebildeter Sünden verflucht hätte. *Eine* Frau oder auch mehrere.

Bei mir war es ungewöhnlich.

Denn es war nicht Del, die ich verfluchte. Ich verfluchte mich selbst, weil ich ein Narr war.

Ich verfluchte mich selbst, weil ich ein für allemal bewiesen hatte, wer von uns der Bessere war.

Ein bittersüßer Sieg. Eine mit Blut erkaufte Freiheit.

Der Hengst spannte sich an, schnaubte geräuschvoll und blieb stehen.

Ich sah Bewegung zwischen den Bäumen, von herabgefallenem grauen Felsgestein herunterkommend. Nicht mehr, nur Bewegung, etwas, das durch ausgelegte Orakelzeichen glitt, die aus Felsgestein statt aus Knochen bestanden. Ich erblickte einen wippenden Schwanz, starrende Augen, knurrend gefletschte Zähne. Hörte das Heulen eines Wesens auf der Jagd.

Zu spät versuchte der Hengst fortzulaufen. Da griff die Katze an.

Sie brachte uns zu Fall, uns beide. Sie sprang, landete, spreizte sich und warf den Hengst um. Ich spürte, wie er sich aufbäumte und zusammenbrach, spürte, wie er stürzte. Ich hatte gerade noch Zeit genug, mein linkes Bein hochzureißen und aus dem Weg zu ziehen, sonst hätte er es eingeklemmt, wenn er darauf gelandet wäre. Vielleicht hätte er es mir sogar gebrochen.

Ich rollte schmerzerfüllt zur Seite, als der Hengst zu Boden ging. Ich knurrte und hielt jäh den Atem an, als mein Bauch protestierte. Und achtete nicht darauf, denn ich dachte an den Hengst.

Ich kam stolpernd auf die Füße und verfluchte die Katze. Ein großes Männchen mit festem Fleisch. Weiß, mit Asche gesprenkelt, wie ein Mensch, der die Pocken hat.

Ich hob einen Stein auf und warf.

Er traf eine Flanke und prallte ab. Die Katze knurrte kaum.

Ein weiterer Stein, ein weiterer Treffer. Dieses Mal schrie ich sie an.

Zähne versanken in Pferdehaut. Der Hengst harkte mit den Vorderhufen das Gras, schrie vor Schmerz und Entsetzen.

Meine Hände schlossen sich um das Heft. »O Hoolies, Bascha ... kein Eichhörnchen, eine *Katze* ...«

Und das Schwert wurde lebendig in meinen Händen.

Zwei

Hungrig. Es war *hungrig.*

Und so durstig.

Ich hatte es schon zuvor gespürt, in dem Schwert. Hatte *sie* schon zuvor gespürt: sowohl Hunger als auch Durst gleichermaßen. Fast untrennbar, unteilbar voneinander.

Hatte sie schon zuvor gespürt, im Kreis. Als ich das Schwert durch Del hindurchgestoßen hatte.

O Hoolies, Bascha.

Nein. Denk nicht über Del nach.

Heiß. Es war *heiß* ...

Besser, als an Del zu denken.

War es das?

Heiß wie die Hoolies, ich schwöre es.

Schweiß brach mir aus allen Poren und rann mir die Stirn hinab, die Achseln, den Bauch entlang. Unter Haaren und Wolle verursachte er einen Juckreiz.

Die Katze. Denk an die Katze.

Hoolies, es ist *heiß* ...

Und das Schwert ist so durstig.

O Bascha, hilf mir.

Nein ... Del ist nicht hier.

Denk an die Katze, du Narr.

Denk nur an die *Katze* ...

Das Schwert ist warm in meinen Händen. Alles, woran ich denken kann, sind Durst und das Bedürfnis, es mit Blut zu tränken.

Schwitzend, noch immer schwitzend ...

O Hoolies, warum ich?

Dreimal verfluchter Sohn einer Salsetziege ...

Achte auf die Katze, du Narr!

In meinem Kopf höre ich einen Gesang.

Kann die Katze ihn auch hören?

Hoolies, jetzt sieht sie mich. Sieht das Schwert. Weiß, was ich will. Wendet sich von dem Hengst ab — armer Hengst — und mir zu ...

O Hoolies, da kommt sie ... heb das Schwert, du Narr ... *tu etwas*, Schwerttänzer ...

Aber ich will dieses Schwert nicht. Und dies ist kein realer Kreis ...

Real genug, Punjawurm. Bist du bereit für die Katze?

Bin ich bereit für das *Schwert?*

Es ist schon zuvor geschehen, das Verlangsamen. Das fast völlige Aussetzen der Bewegung von allem, was ich betrachte, als warte es auf mich. Es geschah jetzt, wie schon zuvor, obwohl das Verlangsamen diesesmal fast ein wirkliches *Anhalten* war, sauber und rein, und mir Zeit und Raum zum Handeln ließ, Zeit und Raum ließ, die Handlungsweise festzulegen und zu erwählen, die der Katze den besten Tod bereiten würde, bevor sie ihn mir bereitete.

Es ist mir schon zuvor passiert. Aber niemals genauso wie jetzt.

Ich roch Blut, Moschus, Verzweiflung, ebenso wie schauerliche Angst. Spürte, wie sich die Nerven in meinem Bauch wanden, als sich die nur halbwegs verheilte Wunde zusammenzog. Ich fragte mich schnell und unbehaglich, was das Schwert tun würde. Aber als ich die Schreie des Hengstes hörte, verging die Angst.

Langsam, oh, so langsam, schaute die Katze von dem Hengst auf. Es war Blut an ihrer Schnauze, Blut an ihren Krallen sowie Pferdehaare.

In meinem Kopf hörte ich einen Gesang. Einen kleinen persönlichen Gesang, der auf Mächtiges hinwies.

Unter der Katze schlug der Hengst um sich, wobei seine Beine wie Dreschflegel umherwirbelten. Ich hörte seine Verzweiflungslaute.

Und das Schwert gab mir singend ein Versprechen:

Der Hengst würde freikommen, wenn ich ihm die Macht gäbe, die es brauchte.

Es sei denn, ich wäre in der Lage, die Katze ohne den Gebrauch irgendwelcher Magie zu überwältigen. Das Schwert war, trotz allem, ein *Schwert* und für sich schon ausreichend wirkungsvoll.

Aber der Hengst schrie und schlug um sich, und in meinem Kopf hörte ich den Gesang. Einen sanften, zarten Gesang. Der aber doch zu mächtig war, um gänzlich überhört zu werden.

Ich gab ihm, genaugenommen, nicht nach. Ich überhörte ihn zunächst doch einfach. Ich war zu besorgt um den Hengst, um meine Zeit mit dem Lärm zu verschwenden, der in meinem Kopf umherwirbelte. Und so schob ich ungeduldig alles beiseite.

Nicht für lange. Gerade lange genug, um über etwas anderes nachzudenken. Um aufzuhören, es zu unterdrücken. Um mein armes Pferd zu retten.

Und so verschaffte ich ihm völlig unbeabsichtigt seinen Moment. Ich ließ ihn im Schatten eines Augenblicks sein Leben haben.

Lärm stürmte auf mich ein, während ich auf die Katze losstürzte. Nein, nicht Lärm: *Musik.* Etwas weit Beredteres als gewöhnlicher Lärm. Mächtiger als Geräusche. Und plötzlich erinnerte ich mich daran, was ich auf dem Aussichtspunkt am Ufer des Sees gehört hatte, als ich bei dem Schwert gekniet hatte. Als die Musik der Canteada in meinen Schädel gekrochen war.

Und wie sie singen konnten, die Canteada! Eine aus Träumen geborene Rasse, die durch Glauben Gestalt annahm. Die, wie Del mir einmal erzählt hatte, der Welt Musik gegeben hatten.

Genauso wie sie *mir* für den Moment der Namensgebung Musik gegeben hatten.

Für den Hengst, so dachte ich, ist es das wert. Ich will das Risiko auf mich nehmen, für alle die Male, da er *meine* Haut gerettet hat.

Nur der Gedanke, einen Moment lang. Und einen Moment lang war das alles, was notwendig war.

Die Katze flog zur Seite. Der Hengst sprang auf, stolperte und rannte los.

Das Maul rollte, öffnete sich und entblößte beeindrukkende Fänge. Aber langsam, oh, so langsam. Wußte sie nicht, daß ich ihren Tod sang?

Weiße Katze mit grau irisierenden Augen und einem gescheckten, silbern gesprenkelten Fell. Der Pelz allein wäre ein Vermögen wert. Ich würde ihn mitnehmen, wenn die Katze erst einmal tot wäre.

... das Schwert war in meinen Händen lebendig ...

»Was mir gehört, gehört mir«, belehrte ich sie, damit sie verstand.

Das Schwert war *lebendig.*

Die Katze zog die Lippen zurück und schrie.

Das Schwert lud sie ein. *Komm näher,* sagte es. *Komm näher.*

Es machte alles so *leicht.*

Der Sprung kam weich und mühelos. Lächelnd beobachtete ich sie und bewunderte ihre Anmut. Beobachtete, wie sich die Hinterbeine anzogen, um zuzuschlagen, sah, wie sich die Vorderpfoten ausstreckten, die Krallen ausgefahren, sah, wie sich das Maul weit öffnete, das Schimmern elfenbeinfarbener Fänge. Während ich vor Erwartung laut auflachte, gab ich ihr den Gedanken ein, sie werde siegen.

Dann erwischte ich sie hinten in der Kehle und trieb die Klinge durch die Schädelbasis.

Freudige Erregung. *Freudige Erregung.* Und eine mächtige Befriedigung.

Nicht meine. Nicht *meine,* die Erregung eines anderen. Von *etwas* anderem ... nicht wahr? Es war nicht ich, nicht wahr?

Etwas in mir lachte. Etwas in mir *rührte sich,* wie erwachende Erkenntnis.

O Hoolies, was ist es?

Ich roch verbranntes Fleisch. Dachte, es sei das der Katze. Erkannte, daß es mein eigenes war.

Ich schrie etwas. Etwas Passendes. Etwas *Ausdrückliches*. Um den Schock und die Wut und den Schmerz freizulassen.

Riß die Hände von dem Heft, als das Metall weiß und heiß erglühte.

O Hoolies, Del, *davor* hast du mich niemals gewarnt.

Ich taumelte zurück, die Hände über den Handgelenken gekreuzt, und stieß Obszönitäten aus. Stolperte, fiel, rollte zur Seite, lag flach ausgestreckt auf dem Rükken, bemüht, mit den Händen abzublocken. Hoolies, aber sie schmerzten!

Ich roch verbrannte Haut. Nicht meine, die der Katze.

Nun, das ist zumindest etwas. Allerdings ist sie zu tot, um es zu spüren.

Ich lag auf dem Rücken, noch immer fluchend, und hoffte, daß Kaskaden von Obszönitäten Oberhand über den Schmerz gewännen. Alles war willkommen, solange es das Feuer abwehrte.

Schließlich ging mir vor Schmerz der Atem aus, und ich öffnete die Augen, um meine Hände zu betrachten. Es war leicht, sie zu sehen. Sie ragten am Ende schmerzhaft steifer Arme in die Luft, wobei die Ellbogen auf dem Boden aufgestützt waren.

Hände. Nicht verkohlte Überreste. *Hände*. Mit einem Daumen und vier Fingern an jeder Hand.

Schweiß trocknete auf meinem Körper. Der Schmerz verging. Ich atmete wieder normal und beschloß, mit dem Fluchen aufzuhören. Es schien jetzt keinen Sinn mehr zu haben.

Noch immer auf dem Rücken liegend, bewegte ich vorsichtig die Finger. Knirschte mit den Zähnen, blinzelte — und war unglaublich erleichtert angesichts der Entdeckung, daß die Haut heil und die Knochen vollkommen verhüllt geblieben waren. Keine Brandblasen. Keine Probleme unter der Haut, nur normale, alltägliche

Hände, obwohl die Narben und vergrößerten Knöchel geblieben waren. *Meine* Hände also, nicht irgendein magischer Ersatz.

Ich fühlte mich besser. Setzte mich langsam auf, winselte wegen des Protests in meinem Innern und bewegte Finger und Daumen noch einmal, einfach um sicherzugehen. Kein Schmerz. Keine Steifheit. Normale Beweglichkeit, als sei niemals etwas geschehen.

Stirnrunzelnd spähte ich zu dem Schwert. »Was, zu den Hoolies, bist du?«

In meinem Geist formte sich ein Wort: *Jivatma.*

O Hoolies, Bascha ... was soll ich jetzt tun?

Was ich tat, war aufzustehen. Alles schien sich einwandfrei zu bewegen, wenn auch ein wenig mühsam. Durch die Wolle hindurch massierte ich die wunden Narben unterhalb der Rippen und vergaß es dann sofort. Die Katze verdiente weitere Aufmerksamkeit. Die Katze — und das Schwert.

Ich ging zu beiden hinüber. Ich hatte die Katze recht gut getroffen: durch das geöffnete Maul und weiter durch die Rückseite des Schädels. Sie lag ausgestreckt auf der Seite, aber das Heft, das im Schlamm steckte, stützte ihren Kopf ab, so daß er auf gleicher Höhe mit dem Boden war.

Zwei Höhlungen starrten zu mir herauf. Die Augen darin waren geschmolzen.

Länger, als ich mich zu erinnern wage, konnte ich nicht fortsehen. Konnte mich nicht einmal bewegen. Ich konnte nur hinstarren und mich an die Hitze des Hefts erinnern. Ich hatte es für Einbildung halten wollen, aber jetzt wußte ich es besser.

Schwerter schmelzen keine Augen. Noch versengen sie Barthaare oder machen Lippen rissig. Schwerter schlitzen auf, stoßen zu, schneiden auf, gelegentlich zerfetzen sie, wenn der Schwertfechter schlecht kämpft. Aber niemals *schmelzen* sie etwas.

Etwas in mir flüsterte: *Vielleicht tun Jivatmas das.*

Ich betrachtete erneut meine Hände. Noch immer heil. Rußig und narbig, aber noch immer heil.

Nur die Katze war verbrannt.

Nun, Teile von ihr. Die Teile, die das Schwert berührt hatte.

Leere Augenhöhlen waren schwarz. Ich erkannte, daß dort kein Blut war, das Schwert hatte alles aufgesaugt.

O Hoolies, Bascha, ich habe etwas getan, dem ich abgeschworen hatte.

In der Ferne bellten Bestien. Wie ein Rudel Hunde bellten sie. Wie sie hinter Boreal hergebellt hatten, wann immer Del sie gestimmt hatte.

Und der Hengst schnaubte zur Antwort.

Hengst …

Ich ließ von der Katze und dem Schwert ab und ging zum Hengst hinüber. Er war nicht weit gekommen, gerade weit genug, um Entfernung zwischen sich und die Katze zu legen, und jetzt wartete er ruhig, wobei ihm der Schweiß die Flanken und die Schultern hinunterrann.

Mit Blut gemischter Schweiß.

»O Hoolies«, sagte ich laut, »sie hat dich ganz schön erwischt, nicht wahr?«

Der Hengst stieß mich mit der Nase an, als ich zu ihm trat. Grimmig schob ich die zerzauste schwarze Mähne von seinem Widerrist — unten im Süden schneiden wir die Mähnen kurz, aber oben im Norden läßt man sie lang — und sah, daß sich die Katze ziemlich tief in den braunen Widerrist gegraben hatte, obwohl der Sattel den Hengst gut geschützt hatte. Ich fand Spuren ihrer Fänge und Krallen, die Vertiefungen in sein Fell gekerbt hatten. Weitere Krallenspuren von den Hinterbeinen der Katze fanden sich weit unten an der rechten Schulter des Hengstes und hier und da einige weitere. Alles in allem war der Hengst gut davongekommen. Die Katze war abgelenkt worden, durch mich oder durch das Schwert. Ich habe halberwachsene Sandtiger erlebt, in der Punja, die größere Pferde auf die gleiche Art zu Fall brachten, wie diese Katze es getan hatte. Aber sie vollendeten ihr Werk schneller, indem sie den Opfern die Halsader aufrissen.

Auch diesbezüglich hatte ich — oder das Schwert — der Katze keine Gelegenheit gegeben, ihre Arbeit vollständig zu beenden.

Etwas wie Angst zwickte mich tief innen. Ich schob das Gefühl mühsam beiseite und wandte meine Aufmerksamkeit bewußt dem Hengst zu. »Nun, Alter«, tröstete ich ihn, »sieht so aus, als würden wir zusammenpassen, denn du paßt jetzt zu meiner Wange — vielleicht sollte ich dich Schneekater nennen. Passend zu Sandtiger.«

Der Hengst schnaubte geräuschvoll.

»Vielleicht doch nicht«, stimmte ich zu.

Der Todesgeruch einer Katze und der Geruch von verbranntem Fleisch verursachten dem Hengst Unbehagen. Darum band ich ihn an den nächsten Baum und nahm ihm den Sattel ab, womit ich Gewicht von seinem wunden Fell nahm. Ich wußte, daß ich ab jetzt einen oder zwei Tage nicht mehr reiten würde, also errichtete ich ein Lager.

Wenn ein Pferd das einzige Wesen zwischen einem Mann und einem langen Marsch — oder zum Tod — ist, lernt er den Wert des Pferdes zu schätzen, und daher standen Gesundheit und Sicherheit des Hengstes jetzt an erster Stelle. Wenn uns das Zeit kostete, dann war das nicht so schlimm. Die Hunde, das wußte ich, würden warten, und der Süden würde uns auch nicht davonlaufen. Also nahm ich die noch übriggebliebene Bota mit *Amnit* auf. Ich wagte es nicht, eine Infektion zu riskieren, und Alkohol ist als Desinfektion ausreichend.

Ich hielt inne, um den Hengst liebevoll zu tätscheln und die Stärke des Seiles und des Knotens zu überprüfen. »Ruhig, Alter! Ich will nicht lügen — es wird weh tun. Nimm es mir nicht übel.«

Ich zielte sorgfältig und spritzte, traf jeden Kratzer und Biß, den ich sehen konnte. Vielleicht war das grausam, aber wenn ich versucht hätte, jede Wunde einzeln sanft abzutupfen, dann hätte ich, wenn er erst einmal das Beißen des *Amnit* gespürt hätte, nur eine Wunde reinigen können, denn der Hengst hätte mich dann nicht mehr nahe genug herangelassen, um mehr zu tun. Zumindest erreichte ich auf diese Art fast alle Wunden auf einmal.

Schreiend zog er sich zusammen und trat aus. Ein Pferd — besonders ein Hengst —, der mit beiden Hinterhufen losschlägt, ist ein gefährliches, tödliches Geschöpf, das einen umbringen kann. Wohlweislich trat ich einen weiteren Schritt zurück und grinste, als er sich mit ärgerlichem Blick umsah, um mich zu suchen. Als er mich gefunden hatte, holte er zu einem seitlichen Tritt mit nur einem Hinterhuf aus und hoffte, mich hinterrücks zu erwischen. Als dies mißlang, scharrte er gereizt und grub Krater in das Gras.

»Du schadest dir nur selbst«, belehrte ich ihn. »Ich weiß, daß dich das verrückt macht — es erginge mir genauso —, aber es ist besser als zu sterben, weißt du. Also bleib einfach stehen wie ein ruhiges Pferd für alte Damen und denk daran, was dir bevorstünde, wenn ich nicht dieses Zeug hätte.« Ich hielt inne und prüfte den Inhalt. »Das ist Alkoholverschwendung, wenn du mich fragst. Ich könnte den Rest genausogut trinken.«

Der Hengst blinzelte kläglich mit einem Auge.

Ich ließ mich erweichen. »Ich sage dir was, alter Junge — ich werde dir eine Extraportion Hafer geben. Das sollte dir helfen, dich besser zu fühlen.«

Ich griff in eine der Satteltaschen und zog eine Hand voll Hafer heraus, wobei ich mich bemerkenswert behende bewegte, um ihm die Gabe hinzuhalten. Aber der Hengst war nicht hungrig. Er knabberte lustlos an dem Hafer und pustete das meiste davon durch schlaffe Lippen. Er wollte nicht einmal Süßgras, das jetzt, da der größte Teil des Schnees schmolz, erste grüne Spitzen zeigte.

Ich spürte ein Stechen in mir. »Du solltest mich lieber nicht verärgern, nach dem vielen *Amnit,* den ich verschwendet habe.« Und dachte derweil an das Schwert.

Aber der Hengst reagierte nicht.

Es kam schnell und deutlich und scharf: *Wenn er mir nun stirbt ...*

Nein. Ich unterbrach den Gedanken. Kein Grund, mir unnötige Sorgen zu machen.

Der Hengst bewegte sich unruhig, schob Steine gegen Steine. Ich wollte ihn jetzt noch nicht alleinlassen, also lehnte ich mich gegen seinen Baum und goß mir *Amnit* in die Kehle.

»Du bist einfach schon zu lange aus dem Süden heraus, Alter ... wie ich. *Genau* wie ich. Du bist ein Sandtiger, der aus seiner Wüste verschleppt wurde und Schnee statt Sand schluckt ... Du solltest dich am besten wieder auf direktem Weg nach Hause begeben, bevor die Kälte all deine Gelenke versteift.«

Nun, sie hatte bereits einige von meinen Gliedern versteift. Im Norden altern die Knochen schneller. Im Süden tut es die Haut.

Was vermutlich bedeutete, daß ich innerlich *und* äußerlich alt wurde.

Unsinn. Welch ein Gedanke.

Ich trat weg vom Baum, rieb mit einer Hand über die Wirbelsäule des Hengstes und glättete rauhes, dichtes Fell.

Er zitterte, erwartete *Amnit.* Ich beruhigte ihn mit ein paar Worten. Über seinen Leib hinweg betrachtete ich die Katze mit ihrer fremdartigen Stahlzunge.

Ich erinnerte mich an meine Empfindungen. An das *Bedürfnis,* das Schwert zu tränken, als es seinen persönlichen Gesang gesungen hatte. Und daran, wie ich, im Augenblick meiner Angst um den Hengst allzu leicht überredet, eigenen Abwehrmöglichkeiten den Rücken gekehrt und dem Gesang freie Bahn gelassen hatte. Und der Klinge ihre Freiheit gegeben hatte.

Für den Hengst.

War es das wert gewesen? Vielleicht. In diesem Augenblick. Für diesen *besonderen* Augenblick.

Aber was sollte ich jetzt tun? Ich brauchte es nicht. Ich *wollte* es nicht. Jetzt nicht. Niemals. Ich hatte zuviel von seiner Macht geschmeckt.

»Laß es zurück«, sagte ich laut. »Du kannst ein anderes Schwert bekommen.«

Nun, das konnte ich. Irgendwo. Irgendwann. Aber in der Zwischenzeit brauchte ich eine Waffe.

»Laß es zurück«, wiederholte ich.

Hoolies, ich wünschte, ich könnte es.

Drei

Ein leiser, sanfter Gesang. Ein persönlicher, vertrauter Gesang. Mächtig in seinem Versprechen, geschwächt durch Nichtbeachtung.

Tief im Schlaf murmelte ich.

Ein leiser, trauriger Gesang, eine Spur von Verlangen, auf das nur hingewiesen wird, zu zaghaft, um von Bedürfnis zu sprechen.

Erinnerungen an beides.

Der Hengst rührte sich und weckte mich dadurch. Ich setzte mich auf, starrte angestrengt in die Dunkelheit und orientierte mich. Stand auf und trat zu dem Hengst, der teilnahmslos im Gras scharrte.

Sein Kopf war gesenkt, hing schwer am entspannten Hals herab. Er verlagerte sein Gewicht von einem Huf auf den anderen. Als ich ihn berührte, bemerkte er es kaum.

Plötzlich hatte ich Angst.

Einzelhieb und dieses Pferd waren alles, was ich jemals gehabt hatte. Und Einzelhieb war fort.

Ein leiser, sanfter, verlockender Gesang, der mir eine Gemeinschaft versprach, wie sie niemand jemals erfahren hat.

Gemeinschaft und *Macht.*

Er versteifte sich unter meiner Hand. Ich spürte die Anspannung in seinem Körper, hörte sie in dem rasselnden Schnauben, in dem Knirschen von Kies unter beschlagenen Hufen. Seine Ohren richteten sich steil auf und legten sich wieder an den Kopf an.

»He ...« Ich brach den Satz ab.

Ich hatte es seit Wochen nicht gespürt. Zuerst war es

so fremdartig, daß ich es nicht erkannte. Dann glitt die Fremdartigkeit ab und verwandelte sich in Vertrautheit. Ein Mann vergißt nicht, wie es ist, wenn man krank ist.

Nicht *krank* krank. Das war ich zuvor auch schon manchmal gewesen, vom Wundfieber oder der nordischen Krankheit, die man ›Erkältung‹ nennt. Und auch nicht krank von zuviel Alkohol. Auch das habe ich schon erlebt, häufiger, als ich mich erinnern kann. Nein. Diese Krankheit betraf nicht den Körper, sondern die Seele, wie ein Namenstagsgeschenk eingeschlungen in eine Schärpe namens Angst.

Und selbst das war anders.

Alle Haare auf meinen Armen richteten sich auf. Kitzelten mich im Nacken. Strafften die Kopfhaut über dem Schädel. Ich zitterte unabsichtlich, schimpfte mich einen Narren und spürte dann, wie Übelkeit mein Inneres verknotete.

Man frage mich nicht, was es ist. Del hatte es Übereinstimmung mit der Magie genannt. Kem, der Schwertschmied, hatte gesagt, ich sei empfänglich für das *Wesentliche* der Magie, was auch immer das bedeuten mag. Ich weiß nur, daß es mich krank macht und ich mich unbehaglich fühle und daß es, aus meiner Sicht, sehr bitter ist. Da ich eine auffallend heitere, gutgelaunte Seele bin — oder zumindest eine Seele, die niemals Böses im Schilde führt —, mag ich es nicht besonders, wenn meine Empfindlichkeiten von etwas so Düsterem und Unberechenbarem wie der Magie strapaziert werden.

Wenn sie nur nicht bewirken würde, daß ich mich *krank* fühlte.

Vielleicht war es die Katze. Ich hatte zuviel Katze gegessen. Zuviel nordische Katze in den Bauch eines Südbewohners gestopft.

Aber der Hengst hatte keine Katze gegessen, und auch er war nicht glücklich.

Oder, was wahrscheinlicher war, das Schwert. Ich

traute ihm zu, daß es mein Leben auf mehr als eine Art verschlechtern konnte.

Andererseits ...

»Ach, Hoolies«, murmelte ich, als ich den Gestank der Hunde wahrnahm.

Ich hatte vergessen, wie es war, in ihrer Nähe zu sein, weiße Augen in der Dunkelheit schimmern zu sehen, ihren Gestank zu riechen. Den Druck von vielen von ihnen zu spüren, die so nahe an mich herandrängten.

Ich hatte Spürhund gespielt. Jetzt jagten sie mich.

Der Hengst erkannte den Geruch auch. Er hatte, wie auch ich, schon zuvor getötet, hatte pelzige Körper unter kaltem südlichen Stahl zerschmettert, hatte es aber nicht mehr gemocht als ich. Wir waren nicht für die Magie gemacht, beide nicht, sondern waren nur dafür auf der Welt, unter südlicher Sonne den Sand zu bereisen. *Ohne* die Gunst der Magie.

Das Schwert lag in der Scheide neben dem Feuer, neben meinem Schlafplatz. Es war, so dachte ich grimmig, ein Zeichen des Verfalls meiner Gewohnheiten, daß ich meine Waffe zurückgelassen hatte, als ich zu dem Hengst gegangen war. Es zeigte außerdem einen ungewöhnlichen Hang zur Sorge auf, die niemals eines meiner Laster gewesen ist, und auch meine entschiedene Abneigung gegen das nordische Schwert. Ich meine, es *war* ein Schwert, ob ich es nun mochte oder nicht. Es konnte mein Leben retten, selbst wenn ich es nicht mochte. Aber in diesem Moment vermochte es gar nichts zu tun, weil ich es zurückgelassen hatte. Ich hatte nur ein Messer und kein Pferd für die Flucht. Oder für einen Angriff, wenn es dazu kommen sollte. Ich mußte zu Fuß zurechtkommen.

Weiße Augen schimmerten hell in der Dunkelheit. Leise versammelten sich die Hunde und trugen Schatten anstelle von Kleidung. Schwarz und Grau auf Grau und Schwarz. Ich konnte ihre Anzahl nicht ausmachen.

Es kam mir in den Sinn, daß der Hengst vielleicht

trotz allem geritten werden könnte, Schmerzen hin oder her. Nicht weit, nicht weit genug, um ihn zu verletzen, einfach weit *genug*. Genug, um die Bestien hinter uns zu lassen.

Aber Rückzug war nicht der Anlaß, zu dem ich hergekommen war. Das entsprach nicht dem Versprechen, das ich gegeben hatte.

Ich atmete tief ein. »Na los«, sagte ich, »versuchen wir es.«

Reine Prahlerei vielleicht. Nicht mehr als Lärm. Aber es ist immer einen Versuch wert, weil es manchmal gelingt.

*Manch*mal.

Sie krochen aus den Schatten in das rotgraue Leuchten verglühender Kohlen. Mit Mähnen versehene, graue, gefleckte Bestien: teilweise Hund, teilweise Wolf, teilweise Alptraum. Ohne jegliche Schönheit, ohne eine Spur von Unabhängigkeit. Was sie taten, geschah auf Befehl eines anderen, es war nicht ihre eigene Entscheidung.

Der Hengst bewegte sich unbehaglich. Er stampfte und zerschmetterte den Fels.

»Versuchen wir es«, wiederholte ich. »Bin ich zu nahe an das Lager herangekommen?«

Sie kamen alle auf einmal, wie eine Woge schlammigen Wassers. Wie eine Überschwemmung verschluckten sie mein Lager und ebbten zurück, auf die Bäume zu.

Aber die Flut hatte das Schwert mit sich genommen.

Ungläubig starrend, sah ich das Schimmern des Knaufs, ein von dem Heft zurückgeworfenes Aufblitzen des Mondlichts. Sah Zähne sich um die Scheide schließen, sie abstreifen und sie zurücklassen. Offensichtlich bedeutete die einer benannten Klinge innewohnende Schutzmagie für gleichermaßen magische Bestien keinen Unterschied.

Wodurch ich mich fragte, warum es sie überhaupt gab, wenn sie gegen die Hunde nutzlos war.

Zwei von ihnen nahmen das Schwert ungeschickt mit dem Maul auf. Einer hielt das Heft, der andere die Klinge, und sie knurrten sich gegenseitig eifrig an, wie zwei Hunde, die um einen Stock kämpfen. Aber dieser Stock war aus Stahl. Mit Magie belegter, von Göttern gesegneter Stahl.

Die anderen umkreisten sie wie die Wachphalanx eines Tanzeers. Sie strebten den Bäumen zu, den Schatten, die ich nicht durchdringen konnte.

Hoolies, sie hatten das *Schwert* gewollt.

Soviel zu meinem eigenen Wert.

Ich mußte fast lachen. Wenn sie dieses dreimal verfluchte Ding *so* sehr wollten, dann sollten sie es haben. Ich wollte es nicht. Das war ein Weg, es loszuwerden.

Nur daß ich es besser wußte. Die Bestien konnten es niemals gebrauchen, aber der Mann, der sie geschaffen hatte, konnte es. Und das wollte ich nicht riskieren, denn er war derjenige, den ich suchte.

Ganz ruhig zog ich die Wachpfeife unter meiner wollenen Tunika hervor und steckte sie mir zwischen die Lippen. Solch ein winziges, unbedeutendes Ding, aber von Wesen gemacht, an die zu glauben mir noch immer schwerfiel, obwohl ich sie selbst gesehen — und gehört — hatte. Canteada. Ich erinnerte mich ihrer silbrigen Haut, ihrer fedrigen Schöpfe, ihrer geschickten Finger und froschähnlichen Kehlen. Und ich erinnerte mich ihrer Musik.

Musik war in der Pfeife, wie auch Macht. Und so wartete ich einen Moment lang, um falsche Hoffnungen zu wecken, und blies dann einen unhörbaren Ton.

Es gelang, wie immer. Sie ließen das Schwert fallen und flohen.

Ich grinste an der Pfeife vorbei, ging hinüber und hob die Klinge auf.

Und wünschte, ich hätte sie nicht berührt.

Ein Schamgefühl durchflutete mich. Scham, Zorn und Kummer, daß ich das Schwert so schlecht behandelt hatte, obwohl es soviel Besseres verdiente. Was hatte es mir getan?

Ungläubig spie ich die Pfeife aus. *Ich* hatte diese Gedanken nicht gedacht. Sie waren von irgendwoher gekommen. Die *Empfindungen* waren von irgendwoher gekommen.

Ich warf das Schwert erneut zu Boden. Es schlug dumpf im Gras auf, glühte im Schein der Kohlen und des Mondlichts rot-weiß. »Sieh mal, du«, sagte ich, »du bist vielleicht nicht so wie irgendein Schwert, das ich jemals gekannt habe, aber das gibt dir nicht das Recht, mir zu sagen, was ich denken soll. Es gibt dir nicht das Recht, mich so zu beeinflussen, daß ich mich schuldig, beschämt oder ärgerlich fühle — oder sonst *irgend etwas,* hörst du mich? Magie, verfluchte Magie — ich will nichts mit dir zu tun haben, und daran wird sich niemals etwas ändern. Soweit es mich betrifft, können die Hunde dich haben ... Nur soll dich niemand in die Hände bekommen, der sich deiner Magie zu bedienen weiß ...«

Ich brach jäh ab. Ich erkannte genau, wie dumm es sich anhörte, daß ich mit einem Schwert sprach.

Nun, mit einem Schwert zu sprechen, ist nicht so schlimm. Ich denke, wir alle tun dies von Zeit zu Zeit, bevor wir in einen Kreis eintreten. Aber mit einer magiebelegten Klinge zu sprechen, verursachte mir ausgesprochenes Unbehagen. Ich hatte Angst, sie könnte es verstehen.

Ich wischte mir die schweißnassen Handflächen an der Kleidung ab. Diese Empfindungen hatte ich nicht erwartet. Diese *Scham* hatte ich nicht erwartet.

Und ich hatte ganz bestimmt nicht die Macht erwartet, die darauf wartete, freigelassen zu werden.

Sie hatte sich so fest zusammengerollt wie eine Katze vor dem Sprung.

In meinem Kopf hörte ich einen Gesang. Einen leisen, sanften Gesang, der Gesundheit und Wohlstand und ein langes Leben versprach, als sei er ein Gott.

»*Jivatmas* sterben«, sagte ich heiser. »Das habe ich schon erlebt, zweimal. Du bist nicht unbesiegbar, und du machst uns nicht unsterblich. Versprich mir nicht, was du nicht halten kannst.«

Zeichen verschwammen und verblaßten. Ich beugte mich hinab und hob das Schwert auf.

Es brannte in meinen Händen.

»*Hoolies* ...« Haut verschmolz mit Stahl. »Laß los!« Ich schrie. »Du dreimal verfluchter Sohn einer Ziege ... *Laß meine Hände los!*«

Stahl haftete fest, liebkoste, vereinnahmte. Ich dachte erneut an geschmolzene Augen in einem von einer Klinge gespaltenen Schädel.

»Zu den Hoolies mit dir!« schrie ich auf. »Was willst du ... meine *Seele?*«

Oder versuchte ich, eine Seele zu *geben?*

... jetzt auf den Knien ...

... Hoolies, o Hoolies ... an einem Schwert festhaftend ... o Hoolies, an einem Schwert *festhaftend* ...

... und für wie *lange?*

Schweiß rann mir den Körper hinab. In der kalten Nachtluft dampfte ich. »Niemand hat mir jemals erzählt ... niemand hat jemals gesagt ... niemand hat mich davor *gewarnt* ...«

Nun, vielleicht hatte man das doch getan. Ich hatte nur nicht richtig zugehört.

Schweiß brannte mir in den Augen. Ich blinzelte, senkte den Kopf zu einer Schulter hinab, rieb nasses Haar zurück. Ich stank nach Schweiß, alter Wolle und Schmutz, vermischt mit dem beißenden Geruch der Angst.

Ich atmete stoßweise ein. »Was, zu den Hoolies, bin ich ...«

Feuer entzündete den Himmel.

Zumindest *dachte* ich, daß es Feuer war. Es war etwas. Etwas Helles und Blendendes. Etwas, das den Glanz des Mondes und der Sterne mit einer außergewöhnlichen, an den Rändern mit Spitze versehenen Schönheit abschwächte.

Und es war so schön wie nichts, das ich jemals gesehen habe. Nichts, das ich jemals erträumt hatte. Kniend hielt ich das Schwert fest in meinen Händen — oder das Schwert hielt *mich* fest und schaute, mit offenem Mund, und ließ den Kopf zurücksinken, bis ich den Glanz der nordischen Lichter sah. Die Magie himmelgeborenen Stahls, von den Göttern mit Runen verziert, in menschlichem Blut getauft.

Gepriesen durch den Gesang.

Am Himmel tanzte ein Vorhang schimmernden Lichts. Die Farben waren stumme, ineinanderfließende Herrlichkeit. Sie kräuselten sich. Tröpfelten. Tauschten ihre Plätze. Trafen sich und verschmolzen miteinander, bildeten neue Farben. Helle, flammende Farben, wie Feuer am Himmel. Sie machten die Nacht lebendig.

In meinem Kopf hörte ich einen Gesang. Einen neuen und mächtigen Gesang. Kein Gesang, den ich kannte. Er kam nicht von meinem Schwert, das zu neu war, um so zu singen. Von einem Schwert geringen Alters. Von einem Schwert, das die *Macht* verstand, da es von seiner eigenen Macht wußte und auch wußte, wie man diese Gabe schützte. Ein Schwert, das aus dem Norden geboren war, aus Eis und Schnee und Sturm, aus dem kalten Winter, der aus einem scharfkantigen Bansheesturm heult.

Ein Schwert, das meinen Namen kannte und dessen Namen ich auch kannte.

Samiel fiel mir aus den Händen. »Hoolies«, krächzte ich, »sie lebt.«

Vier

Ich leugnete es. Sofort. Heftig. Mit allem, was ich hatte. Ich *wagte* nicht, mir den Gedanken zu erlauben, daß es wahr sein könnte, denn nach zu hoch geschraubten Hoffnungen fällt man nur um so tiefer.

O Bascha. *Bascha.*

Ich leugnete es. Verzweifelt. Den ganzen Weg durch die Dunkelheit hindurch, wobei ich meinen Weg mit Sorgfalt wählte. Den ganzen Weg durch Geröll hindurch, rutschend und stolpernd. Durch die Schatten der über mir aufragenden Bäume.

Fast erstickt von der schmerzlichen Wahrheit: Del ist tot. Ich habe sie getötet.

Feuer erfüllte den Himmel. Solch reine, lebhafte Farben, die sich wie südliche Seide kräuselten. Boreals Werk, nicht das eines anderen: Stahl, der über den schwarzen Himmel strich, mit einer aus Magie erwachsenen Kunstfertigkeit.

Zweifel wurden fortgeweht wie Rauch und ließen mich atemlos zurück.

... Delilah lebt ...

Ich blieb stehen. Verhielt mit unsicherem Schritt. Hörte auf, mich selbst einen Narren zu schimpfen. Und stand unbeholfen da und klammerte mich fest an einen Baum. Versuchte wieder zu atmen. Versuchte zu verstehen. Versuchte einen Aufruhr von verworrenen Gefühlen zu entwirren, der sich nicht entschlüsseln ließen.

... Delilah lebt ...

Ich war in Schweiß gebadet. Ich lehnte mich gegen den Baum und schloß die Augen, zitterte, ließ die eingesaugte Luft ausströmen. Saugte sie noch lauter wieder ein. Erstickte fast. Achtete nicht auf den Knoten in meinem Bauch, das Verkrampfen meiner Eingeweide, das Zittern meiner Hände.

Versuchte zu verstehen.

Erleichterung. Schock. Überraschung. Eine überwältigende Freude. Aber auch Schuld und eine seltsame anschwellende Angst. Eine tiefe und hartnäckige Verzweiflung.

Delilah lebt.

Götter des Valhail, helft mir!

Farben strömten aus dem Himmel wie Schichten gekräuselter Seide: Rosa, Rot, Violett, Smaragdgrün, ein Hauch südlichen Gelbs, Spuren von Bernsteingold. Die Rötung glänzenden Orangerots. Der Reichtum von Blau auf Schwarz und allen Schattierungen dazwischen.

Ich rieb mir den Schweiß vom Gesicht. Bemühte mich, ruhiger zu atmen. Folgte der Helligkeit dann schweigend hinab und trat aus einer von Bäumen freigelegten hohlen Dunkelheit in Kälte, Nebel und Regenbogen, wo ein Schwert die Oberhand hatte. Fremdartiger, mit Runen versehener Stahl, nackt in Dels bloßen Händen.

Delilah lebte.

Sie stand so da, wie ich sie schon früher hatte dastehen sehen, und huldigte dem Norden oder dem Schwert selbst. Mit weitgespreizten Beinen, stocksteif, die Arme weit über den Kopf gestreckt, die Klinge über den flachen Handflächen ausbalancierend. Drei Fuß tödlichen Stahls, der in der Nacht weiß schimmerte, ein Fuß verknoteten Silbers, das sorgfältig zu einem Heft gedreht worden war. Reich verziert und doch seltsam leer, mit einer außerordentlichen Ausgewogenheit. Fest gebündelt in seiner versprochenen Macht, tödlich in seinen gehaltenen Versprechungen.

Ganz in Weiß, Delilah. Tunika, Hose, Haar. Und das starre, entstellte Gesicht, das nichts zeigte außer Verzweiflung.

Dünner Nebel perlte von der Klinge. Fließendes Wasser leckte Dels Hände, das Gesicht, die Kleidung, schäumte um ihre Knöchel, ergoß sich über den Boden. Tropfen von Feuchtigkeit glitzerten, reflektierten schwertgeborene Regenbogen. Ganz in Weiß, Delilah, unbeugsames Weiß. Ein leeres, starres Segeltuch. Hinter ihr lag die Nacht, unnachgiebig schwarz. Aber über uns angeordnet leuchteten die Farben der Welt, herbeigerufen von Stahl, mit Runen versehen.

Weiß auf Schwarz, und Licht. Ein strahlendes, blendendes Licht, das mich blinzeln ließ.

Ein Geist, dachte ich, ein Gespenst. Ein aus Schatten gemachter Geist, dem ein ausgelassener Dämon Licht geliehen hat. Nicht mehr als eine Geistererscheinung oder eine Täuschung der Phantasie. Es war nicht wirklich Del. Es konnte nicht *wirklich* Del sein.

Götter, laßt es Del sein ...

Ich spürte die Berührung des Windes. Er blies sanft über die Lichtung, zerriß schwertgeborenen Nebel und berührte leicht mein Gesicht. Die tastenden Finger eines blinden Mannes, die zärtliche Berührung eines Geliebten. Ein kalter Winterwind, der an einen Banshee grenzte. Mir seine Kraft zu schmecken gab. Mich seine Macht spüren ließ.

Glaube! befahl er mir einfach. *Ich bin aus Boreal geboren, und nur ein Mensch befiehlt ihr. Nur ein Mensch kann ihre Macht anrufen. Um sie zu stimmen und zu beherrschen. Um mich aus Nichts zu formen, um mir zu gegebener Zeit Leben zu schenken.*

Der Winter war auf der Lichtung eingezogen. Er machte meine Ohren und meine Nase empfindungslos und versteifte betagte Gelenke. Hob den Saum und die Falten meines Umhangs an und riß ihn mir vom Körper, strich mir das Haar aus dem Gesicht. Bedrohte den Bart mit Rauhreif und die Lungen mit eisigem Atem.

Del sang weiter. Einen kleinen sanften Gesang. Einen Gesang unendlicher Macht.

Sie hatte ihre Seele für diesen Gesang verkauft. Ebenso wie die Menschlichkeit.

Ich wandte ihr den Rücken zu. Ich wandte ihrer Macht den Rücken zu. Dem Winter und dem Wind und richtete meinen Blick auf den Frühling. Dachte an zukünftige Dinge, nicht an vergangene.

Trat aus ihrem Licht in die Dunkelheit. In Dinge, die ich verstand.

Dachte: Del *lebt*.

Was bedeutete, daß ich verärgert sein durfte.

Und das war ich, als sie letztendlich in mein Lager geritten kam. Hoolies, sechs Wochen. Und die ganze Zeit: *lebendig*.

Und ich dachte, sie sei tot.

Und ich dachte, ich hätte sie getötet.

All diese Tage und Nächte.

Delilah lebt.

Ich kauerte bei dem aufgeschichteten Feuer und wärmte mir die Hände über den Kohlen. Es war nicht wirklich nötig, da Dels vom Schwert herbeigerufener Winter gebannt war, aber zumindest hatte ich etwas zu tun. Ich konnte das Feuer anschauen, statt sie anzustarren.

Oh, ich schaute. Ich schaute — und schluckte schwer. Schaute in erzwungener, falscher Gleichgültigkeit wieder fort, starrte blind auf Hände, die wiederholt zu zittern versuchten, es aber nicht taten, weil ich es nicht zulassen wollte. Dazu benötigte ich aber meine ganze Kraft.

Sie ritt ein gesprenkeltes dunkles Pferd, einen Rotschimmel, dachte ich, fahl, obwohl das in der Dunkelheit schwer zu erkennen war. Einen dunkeläugigen großen Wallach, der vornehm über sturmverstreutes Geröll schritt.

Der Hengst, der sich weniger um Stolz und Erscheinung kümmerte, zog die Lippen zurück und schrie schrill. Er würde den Wallach auf seinen Platz verweisen und wissen, warum er das tat.

Mondgebleichtes weißes Haar war aus einem ebenfalls blassen Gesicht zurückgestrichen und offenbarte die scharfgeschnittenen Kanten zu stark hervortretender Knochen. Der jetzt deutlich sichtbare Kopf war makellos in seiner Schönheit, aber ich hätte es vorgezogen, wenn er mehr Fleisch auf den Knochen aufgewiesen hätte. Sie hatte zuviel an den Kreis und an seine Nachwirkungen verloren.

Das Feuer war vom Himmel verschwunden, wie Wein, der aus einem Becher verschüttet wurde. Die Klinge hing ihr schräg von links nach rechts in ihrem gewohnten Harnisch über den Rücken. Von der unteren Wölbung der reichverzierten Klinge bis zu dem sorgfältig gearbeiteten Knaufknoten erhob sich fast ein Fuß schimmernden Stahls neben ihrem Kopf.

Boreal: *Jivatma.* Die Blutklinge eines Schwertsängers.

Mit ihr hatte sie den Mann getötet, der ihr das Kämpfen beigebracht hatte. Mit meiner Klinge hatte ich fast sie getötet.

Delilah lebt.

Der Hengst stampfte, scharrte, schrie, bog den Hals und hob den Schweif. Ich war erleichtert, dies zu sehen, denn diese herrische Gebärde, die für seine Verhältnisse gedämpft erfolgte, war ein Zeichen dafür, daß es ihm besser ging. Vielleicht hatte ich mir umsonst Sorgen gemacht.

Um den Hengst *und* um Del, denn sie stand hier vor mir.

Mit der üblichen Umsicht zügelte Del ihren Wallach am Rande des kärglichen Feuerscheins. Nicht weit genug entfernt, um den Hengst zu beruhigen, aber weit genug entfernt, um ihm zu zeigen, daß der Wallach seine Herrschaft nicht bedrohte.

Oder tat sie es, um mir dasselbe zu zeigen?

Hoolies, das war vorbei. Der Kreis hatte seine Wahl getroffen.

Ganz in Weiß, Delilah: im Süden die Farbe der Trauer. Was sie im Norden bedeutete, wußte ich nicht. Eine mit einem Gürtel zusammengehaltene Tunika, bauschige Hosen. Ein schwerer Umhang, frei von allen Verzierungen, bis auf das mondgebleichte Silber der Fellschuhe, die über Kreuz um ihre Schienbeine gebunden waren, und braune Lederarmschützer, die den größten Teil der Unterarme bedeckten. Sie schimmerten durch Silberverzierungen, wie auch ihr Gürtel. Und Silberspangen hielten den Umhang. Offenes Haar fiel ihr über die Schultern.

Ich dachte: *Ich kann dies nicht tun.*

Und wußte doch irgendwie, daß ich es tun würde.

»Nun«, sagte ich heiter, »was bietet man einem Geist an?«

»*Amnit*«, sagte sie, »wenn man welchen hat.«

In ihrem Tonfall schwang nichts anderes mit als die vertraute Gelassenheit. Keine Spur von Gefühlen. Ich hoffte, daß mein Tonfall es dem ihren gleichtat.

»Oh, eine Bota oder zwei.« Ich nahm eine Bota vom Boden auf und ließ sie von meiner Hand baumeln. Der Lederbeutel verdrehte sich an seinem Riemen und drehte sich dann in einer langsamen, vorhersehbaren Spirale wieder in die andere Richtung zurück.

Sie saß schweigend im Sattel und beobachtete, wie sich die Bota drehte. In dem schwachen Licht wirkten ihre Augen schwarz. Zu schwarz in einem so weißen Gesicht.

O Hoolies, Bascha. Was sollen wir jetzt tun?

Sie beobachtete, wie sich die Bota drehte.

Und fragte sich, was sie sagen sollte.

Nein, nicht Del. Sie gestaltet Wörter genauso sorgfältig wie Waffen, gebraucht sie aber seltener.

Schließlich sah sie mich an. »Ich bin gekommen, weil ich dich brauche.«

Tief in meinem Innern zog sich etwas zusammen.

Dels Stimme klang fest. Sie gibt beim Reden wenig preis. »Niemand will mit mir tanzen.«

Natürlich. Das. Nichts sonst, was sie betrifft. Ihre Bedürfnisse unterscheiden sich von meinen.

Die Wunde schmerzte erneut. Ich setzte die Bota ab und atmete vorsichtig aus. »Oh?«

»Niemand«, wiederholte sie. Dieses Mal hörte ich eindeutig Schmerz, Qual und Kummer heraus. Bei Del immer gedämpft. Fast immer verdeckt. Oft überhaupt nicht spürbar.

Zorn regte sich. Ich unterdrückte ihn sofort und rieb mir müßig das bärtige Kinn. »Aber du denkst, *ich* wollte das.«

Der Wallach stampfte. Del beruhigte ihn, die Hände hielten die Zügel über dem Knauf ihres Sattels nur leicht fest. Ihre Augen blickten fest. »Du bist der Sandtiger. Südbewohner, kein Nordbewohner. Meine Schmach hat für dich keine Bedeutung.« Nur einen kleinen Moment lang hielt sie inne. »Du warst immerhin der Sieger.«

Ich antwortete zunächst nicht, ließ die Worte sich setzen. Der Sieger — war ich das? Auf eine Weise. Ich hatte den Tanz und daher meine Freiheit gewonnen. Aber gewinnen heißt oft auch verlieren; der Geschmack des Sieges war in diesem Fall entschieden bittersüß.

Ich schaute starr in die Glut des Feuers. Kohlen und Farbe flossen ineinander und erfüllten meine Augen. Ruhig sagte ich: »Ich wäre fast gestorben.«

Sanft, wenn sie es konnte: »Ich hatte einen weiteren Weg als du.«

Ich sah sie scharf an. Die Reste des Feuerscheins überlagerten ihr Gesicht und verbargen seinen Ausdruck vor mir. Und dann verblaßte er, langsam, und ich sah ihren Gesichtsausdruck. Sah die Entschlossenheit.

Ich wollte lachen. Wir diskutierten hier, wer von uns dem Tod näher gewesen war, und jeder von uns war für die Umstände verantwortlich, die den anderen betrafen.

Ich wollte lachen. Ich wollte weinen. Und dann vergingen beide Empfindungen. An ihre Stelle trat Zorn. »Ich habe dich fast getötet, Del. Ich trat in diesen Kreis in der Hoffnung, dich zu besiegen, dich *aufzuhalten*, und doch habe ich dich fast getötet.« Ich schüttelte den Kopf. »Jetzt ist es anders. Nichts kann mehr dasselbe sein.«

»Eines bleibt«, entgegnete sie ruhig. »Es gibt noch immer Dinge, die ich tun muß, bevor mein Gesang beendet ist.«

»Was zum Beispiel?« fragte ich. »Ajani jagen und töten?«

»Ja«, antwortete Del einfach.

Als ich mich jäh erhob, dehnte sich die neue Haut um meine Wunde. Aber das hielt mich nicht auf. Es hielt mich überhaupt nicht auf. Ich nahm den kürzesten Weg direkt über die Feuerstelle auf ihren Wallach zu, faßte hinauf und ergriff Dels Handgelenk, bevor sie reagieren konnte.

Es ist nicht leicht, Del unbemerkt zu erwischen. Sie kennt mich gut genug, um vieles von dem vorherzusagen, was ich vorhabe, aber nicht so gut, um *alles* vorherzusagen. Und diesesmal hatte sie nicht mit mir gerechnet.

Ich hörte ihren erschreckten Laut, als ich sie aus dem Sattel zog. Hörte mein angestrengtes Keuchen sich mit ihrem Laut vermischen.

Es war unangenehm. Es war schmerzhaft. Sie ist groß und stark und schnell, war aber von ihrer eigenen Wunde geschwächt. Sie befreite sich in einem Gewirr aus Steigbügeln, Umhang, Harnisch und Schwert, Armen und Beinen. Ich wußte, daß es weh tat. Ich *wollte*, daß es weh tat. Aber wenigstens tat es uns beiden weh.

Sie landete hart. Der Wallach schnaubte und tänzelte seitwärts und ließ uns Raum, da er von weiteren Feindseligkeiten absah. Ich keuchte erneut, als meine halb verheilte Wunde protestierte. Schweiß brach wieder aus.

Hoolies, das schmerzte.

Aber ich bedauerte es nicht.

Der Knaufknoten ihres Schwertes traf mich am Kinn, aber nicht fest genug, um Schaden anzurichten. Nicht fest genug, um meinen Griff zu lockern. Nicht fest genug, mich aufzuhalten, während ich sie zu Boden warf.

Schweratmend stand ich über ihr und beugte mich ein wenig nach rechts, um die Wunde vor weiteren Schmerzen zu bewahren. »Du einfältige, sandkranke, selbstsüchtige, kleine Närrin, hast du *nichts* gelernt?«

Del lag ausgestreckt auf dem Rücken, das Schwert unter ihr eingeklemmt. So griff sie nach ihrem Messer.

»Oh, o Bascha ... das glaube ich nicht.« Ich schlug ihr Handgelenk mit dem Fuß herunter und lehnte mich ein wenig darauf. Genug, um es ruhig zu halten. Das Messer glitzerte im Mondlicht nur eine Handbreit vor mir. »Wie ... willst du mich töten, weil ich dich beschimpft habe? Weil ich dich eine Närrin genannt habe? Oder selbstsüchtig?« Ich lachte über ihren Gesichtsausdruck. »Du *bist* eine Närrin, Bascha ... ein albernes, selbstsüchtiges, sandkrankes Mädchen, das sich von Racheträumen nährt.«

Helles Haar glitt von ihrer Kehle. Ich sah zarte Haut sich bewegen, als sie schwer schluckte. Sehnen standen angespannt hervor.

»*O* nein«, sagte ich scharf und beugte mich hinab, um sie vom Boden hochzuzerren.

Das brachte ihre Bemühungen vollständig zum Erlahmen, denn ich war nicht gnädig. Da ich die Lehrergebnisse ihres Bruders schon früher zu spüren bekommen hatte, war ich nicht gewillt, ihr diese Gelegenheit erneut zu gewähren. Ich drehte die Hüften zur Seite und nahm den Tritt, der meiner Leistengegend zugedacht war, mit dem Schienbein auf, was zwar weh tat, aber nicht so sehr, wie es hätte sein können. Dann ergriff ich Umhang, Tunika und Harnischleder mit den Händen und riß sie vom Boden hoch. Halb zog, halb schleppte ich sie und preßte ihren Rücken gegen einen der herabgefallenen Felsen. Ich bändigte sie auf die einzige Art, die ich kannte, und zwar mit meinem ganzen Gewicht. Zwischen mir und dem Fels gefangen, konnte Del nirgendwohin ausweichen.

Kein Messer. Kein Schwert. Jetzt hatte sie nur noch Worte zur Verfügung.

»Du hast Angst«, klagte sie mich an. »Verfluch mich, wenn es dir Spaß macht ... Benenn mich mit allen Namen, die dir einfallen, wenn du dich dadurch besser fühlst. Das ändert nichts. Ich sehe es in deinem Gesicht, in deinen Augen ... Ich spüre es in deinen *Händen*. Du hast Todesangst, Tiger. Angst wegen mir.«

Das hatte ich nicht erwartet.

»Angst.« Weniger heftig, aber nicht weniger sicher. »Ich kenne dich, Tiger ... Du hast die letzten sechs Wochen damit verbracht, dich selbst für das zu bestrafen, was du getan hast ... Ich *kenne* dich, Tiger ... Du hast jeden Tag und jede Nacht der letzten sechs Wochen mit der Angst verbracht, daß ich tot sein könnte, und mit der Angst, daß ich leben könnte. Aber wenn ich tot gewesen wäre, hättest du nicht damit leben können ... damit, deine nordische Bascha getötet zu haben?« Nur einmal schüttelte sie den Kopf. »O nein, nicht du ... nicht der *Sandtiger*, der nicht ganz der sorglose, gefühllose Mörder ist, der er den Leuten gegenüber gern wäre. Also hast du gebetet ... Ja *du*, für alle Fälle ... Du hast gebetet, daß ich leben möge, damit du dich nicht hassen müßtest, und doch hattest du die ganze Zeit über Angst, daß ich leben *würde*. Denn wenn es so wäre und wir uns jemals wieder gegenüberstünden, müßtest du erklären, warum. Du müßtest mir *sagen*, warum. Du müßtest einen Weg finden, das zu rechtfertigen, was du getan hast.«

Ich nahm mein Gewicht von ihr. Wandte mich um. Trat zwei unsichere Schritte von ihr fort. Und blieb stehen.

O Hoolies, Bascha. Warum tut es immer so weh?

Ihre Stimme klang unerbittlich. »Also, Tiger ... wir stehen uns gegenüber. Jetzt ist Zeit für Erklärungen, für das Erzählen, für die Rechtfertigung ...«

Ich unterbrach sie schroff. »Bist du deswegen gekommen?«

Sie klang ein wenig atemlos, wenn auch nicht weniger bestimmt. »Ich habe dir gesagt, warum ich gekommen bin. Niemand will mit mir tanzen. Natürlich nicht in Staal-Ysta ... und ich glaube auch nirgendwo sonst. Frauen sind im Norden freier als im Süden, aber nur wenige Männer wollen gegen eine Frau tanzen, auch nicht im Übungsgang. Und ich brauche es. Dringend. Ich habe an Kraft, Geschwindigkeit und Können verloren ... Ich brauche dich zum Tanzen. Wenn ich Ajani töten soll. Ich muß stark genug sein, um es zu tun.«

Ich fuhr mit der Absicht herum, etwas zu sagen, aber ich ließ es bleiben, als ich sah, wie sie am Fels lehnte. Es war keine Farbe in ihrem Gesicht, überhaupt keine, sogar in ihren Lippen nicht. Sie preßte einen Arm über ihren Unterleib, als wollte sie ihre Eingeweide festhalten. Sie sank gegen den Fels.

O Hoolies, Bascha.

»Faß mich nicht an!« zischte sie.

Ich blieb kurz vor ihr stehen und wartete.

Sie atmete geräuschvoll ein. »Sag, daß du mit mir tanzen willst.«

Ich spreizte die Hände. »Und wenn ich es nicht tue, wirst du mir nicht erlauben, dich anzufassen — ist es das? Du wirst mir nicht erlauben, dich vom Boden aufzuheben — wo du dich gleich befinden wirst — und dich zum Feuer zu tragen, wo es Nahrung und *Amnit* gibt ...«

»Sag es«, sagte sie, »und wir müssen nicht herausfinden, daß du mich nicht tragen *kannst*, was deinen Stolz unwiderruflich verletzen würde.«

»Del, du machst dich lächerlich ...«

»Ja«, stimmte sie zu. »Aber das haben wir beide schon zuvor getan.«

»Wenn du denkst, daß ich mit dir in einen Kreis eintrete, nach allem, was beim letzten Mal geschehen ist ...«

»Sag es einfach!« schrie sie, und schließlich zerbrach etwas. Sie kreuzte beide Arme vor den Rippen und hielt sich ganz fest umfangen, stand nur noch durch Anspannung in den Beinen und pure Entschlossenheit aufrecht. »Wenn ich ihn nicht verfolge ... wenn ich Ajani nicht töte ... wenn ich meinen Schwur nicht ehre ...« Sie verzog das Gesicht, gelöstes Haar hing herab, verbarg einen großen Teil ihres Gesichts, aber nicht den rauhen Tonfall ihrer Stimme. »Ich muß, ich *muß* ... es bleibt mir nichts anderes übrig ... überhaupt nichts bleibt mir übrig ... keine Eltern, keine Brüder, keine Tanten und Onkel und Vettern ... nicht einmal Kalle gehört mir ... nicht einmal meine *Tochter* gehört mir ...« Sie sog schmerzlich und geräuschvoll den Atem ein. »Ajani ist alles, was ich habe. Sein Tod ist alles, was ich habe. Er ist alles, was von der Ehre übriggeblieben ist.«

Ich fragte mich kurz, mit wem sie sprach: mit mir oder mit sich selbst? Aber ich hielt inne und dachte an etwas anderes. »Es gilt noch mehr zu ehren als nur das.« Ich hatte vor, alles sorgfältig zu erklären, brach aber ab, um sie aufzufangen, als ihre Beine nachgaben und sie an dem Fels hinabglitt. Und entdeckte, daß sie recht hatte: Ich konnte sie nicht aufheben. Also saßen wir beide dort, verfluchten den persönlichen Schmerz und verbargen ihn hinter mühseligen, gemurmelten Flüchen und abschlägigen Antworten auf halbwegs gehauchte Fragen.

»Tanz mit mir«, bat sie. »Willst du, daß ich bettle?«

Ich knirschte es durch fest zusammengebissene Zähne. »Ich will nicht, daß du bettelst. Ich will nicht, daß du tanzt. Ich will nicht, daß du irgend etwas tust außer genesen.«

Del ballte eine Hand zur Faust und schlug sich schwach auf die Brust. »Es ist alles, was ich habe ... es ist alles, was ich *bin* ... wenn ich Ajani nicht töte ...«

Ich wandte mich unbeholfen zu ihr um und versuchte, wunde Haut nicht zu bewegen. »Darüber werden wir später sprechen.«

Ihre Stimme klang erschreckt. »Was tust du?«

»Ich versuche, einige deiner Kleidungsstücke zurückzuschlagen, damit ich einen Blick auf deine Wunde werfen kann.«

»Laß es«, bat sie, »laß es. Sie heilt ohne deine Hilfe. Glaubst du, sie hätten mich gehen lassen, wenn ich in Todesgefahr wäre?«

»Ja«, antwortete ich unverhohlen. »Telek und Stigand? Und der ganze Rest der *Voca?* Dumme Frage, Bascha ... Ich bin überrascht, daß sie dich nicht an dem Tag hinausgeworfen haben, als *ich* fortging.«

»Das zu tun, hätte Staal-Ysta entehrt«, sagte sie schwach. »Ich war der erwählte Meister ...«

»... der im Kreis sterben sollte, während er mit mir tanzte«, beendete ich ihren Satz. »Telek und Stigand haben dich den Sandtigern vorgeworfen, Bascha — kein beabsichtigter Scherz —, und hatten nicht die Absicht, daß du den Tanz überlebtest. Dein Tod hätte die Ehre von Staal-Ysta wiederhergestellt, und durch meinen Sieg kaufte ich das Jahr zurück, zu dem du mich verpflichtet hattest. Im Süden nennen wir das ›zwei Fliegen mit einer Klappe schlagen‹ ... das ist es, was die *Voca* wollten. Du solltest sterben und ich Staal-Ysta verlassen. Wie es aussieht, sind wir *beide* fortgegangen.«

»Und Kalle blieb zurück.« Ihr Tonfall klang verbittert, während sie sich von mir abwandte, sich sehr aufrecht setzte und die Lagen zerknitterter Wolle zurechtzog, die ihre wunden Rippen verhüllten. »Also haben sie bekommen, was sie wollten. Ich habe eine Tochter verloren, die mir vielleicht nicht gehören sollte ... Aber da ist noch immer ihr Vater. Und Ajani werde ich töten.«

»Was bedeutet, daß wir wieder da sind, wo wir angefangen haben.« Ich atmete tief ein, hielt scharf die Luft an, als ich ein Stechen verspürte, und ließ sie dann langsam wieder ausströmen. »Was ich zuvor schon sagen wollte ...«

»Ich bin nicht gekommen, um deinen Rat einzuholen.« Del stieß sich unbeholfen hoch, richtete sich mit unendlicher Vorsicht auf und ging sehr langsam auf den Rotschimmel zu.

Die Plötzlichkeit dieser Abfolge verblüffte mich. *»Was?«*

Sie ergriff die Zügel des Wallachs, führte ihn zu einem Baum in sicherem Abstand zu dem Hengst und band ihn fest. »Ich bin nicht gekommen, um deinen Rat einzuholen. Nur um mit dir zu tanzen.«

So kühl und kurz angebunden. Wie die alte Del — ohne Zeit für die Empfindungen anderer. Ein vollständiger Kreis, dachte ich. Am Ausgangspunkt zurück.

Aber nicht ganz, Bascha. Ich bin nicht derselbe Mann. Wegen — oder trotz — dir bin ich nicht derselbe Mann.

FÜNF

Ich saß auf meinem Schlafplatz bei der Feuerstelle, kratzte Sandtigernarben, trank *Amnit* und dachte nach. *Dachte nach.*

Was, zu den Hoolies, geschieht jetzt?

Nun, sie wollte mit mir reiten. Für eine Weile. Um mit mir im Kreis zu tanzen, bis sie genesen genug wäre, Ajani herauszufordern. Was bedeutete, daß sie schon immer vorgehabt hatte, mich zu verlassen, wenn sie mich erst einmal gefunden hätte. Wenn sie erst einmal wieder gesund wäre.

Was bedeutete, daß sie mich benutzte.

Nun, wir benutzen uns alle gegenseitig. Auf die eine oder andere Art.

Aber Del benutzte *mich.*

Wieder.

Offensichtlich ohne meine eigenen Gefühle zu bedenken. Oder vielleicht *hatte* sie sie bedacht und glaubte, ich sei ohne sie glücklicher dran. Wenn sie erst einmal bereit wäre zu gehen.

Oder vielleicht erfand sie eine wilde Geschichte, um den wahren Grund zu verbergen, warum sie mich aufgespürt hatte, was weniger mit Ajani und mehr mit mir zu tun hatte.

Nein. Nicht Del. Sie ist nichts, wenn sie nicht zu etwas entschlossen ist.

Nichts, wenn sie nicht *besessen* ist.

Was bedeutete, daß Ajani noch immer das wichtigste Thema war und ich lediglich ein Mittel zu dem Zweck, sie kampffähig genug zu machen, damit sie ihn töten konnte.

Was wiederum dahin zurückverwies, daß ich benutzt wurde.

Wieder.

Ein kleiner Teil von mir meinte, es sei nicht wichtig, es sei eine ausreichende Entschädigung, Del um mich zu haben. Weil sie, natürlich, wieder mein Bett teilen würde, und das sollte genug sein, damit ein Mann gewisse Dinge übersähe.

Vielleicht wäre es früher so gewesen. Aber jetzt nicht mehr. Ich konnte nichts übersehen. Denn ein größerer Teil von mir mochte es nicht, auf ein *Mittel zum Zweck* reduziert zu werden. Ich verdiente Besseres.

Und ein noch größerer Teil erinnerte mich mit ausgesprochener Klarheit daran, daß Del nicht zweimal nachgedacht hatte, als sie mich den *Voca* auf Staal-Ysta als Köder angeboten hatte, um sich ein Jahr ihres Exils zu ersparen.

Nun, vielleicht hatte sie zweimal darüber *nachgedacht*. Aber sie hatte dieses Angebot dennoch recht leicht gemacht, ohne mich auch nur um Rat zu fragen.

Und das schwärte. Oh, es schwärte.

Ich saß auf meinem Schlafplatz bei der Feuerstelle, kratzte, trank und schaute. Und wartete lange auf Delilah.

Sie beschäftigte sich mit ihrem Wallach, sattelte ihn ab, rieb ihn trocken, sprach sanft auf ihn ein, machte ihn für die Nacht bereit. Verschwendete Zeit? Hinhaltetaktik? Vielleicht. Aber wahrscheinlich nicht. Del weiß, was sie tut und warum, und verbringt keine Zeit mit dem Spiel ›Was-wäre-wenn‹, sobald die Tatsachen feststehen.

Ich beobachtete sie: ein weißer Geist im Glühen des Feuers, ein weißes Gespenst vor schwarzen Bäumen, so Weiß-auf-Weiß, Delilah: Tunika, Hosen, Haar, außer dem blitzenden Silber. Beschläge auf Gürtel und Armschutz. Zwei schwere Umhangspangen, die jede wollverhüllte Schulter beschwerten.

Und das gewundene Schwertheft, über ihren Rücken geschwungen.

Hoolies, was tue ich?

Hoolies, was tue ich *nicht?*

Ich hatte auf beides keine Antwort. Ich saß bei der Feuerstelle, trank *Amnit* und wartete auf Delilah.

Schließlich kam sie. Die Arme voller Gerätschaften und Bettzeug, kam sie endlich auf das Feuer zu. Auf mich zu. Und schließlich konnte ich es ihr sagen.

»Nein«, sagte ich ruhig.

Mitten im Schritt zögerte sie. Blieb ganz stehen. »Nein?« wiederholte sie offen und eindeutig verwirrt. Dachte an etwas anderes.

»Du hast mich gebeten, mit dir zu tanzen. Nun, ich kann es dir in der südlichen Sprache, in der Desertsprache, und in Nordisch sagen. Sogar in der Hochlandsprache.« Ich lächelte wenig belustigt. »Welches Nein willst du? Welches wirst du glauben?«

Ihr Gesicht war so weiß wie Eis. Nur ihre Augen waren schwarz.

Mit ausgesprochener Sorgfalt setzte ich meine Bota ab. »Dachtest du, ich sei so gut in Übung, daß ich mich hinlegen und dir den Bauch hinstrecken würde, damit du dich wieder gut fühlen könntest?«

Sie stand sehr ruhig und umklammerte die Decken.

Ich behielt einen sachlichen Tonfall bei. Vollkommen ausdruckslos, damit sie wüßte, wie das war. »Du bist mit der Erwartung gekommen, daß ich zustimmen würde. Nicht um zu fragen, nicht um zu bitten ... um es zu *befehlen.* ›Tanz mit mir, Sandtiger. Tritt in den Kreis‹«. Langsam schüttelte ich den Kopf. »Ich lehne die Motive nicht ab, warum du Ajanis Tod wünschst. Ich verstehe Rache genausogut oder besser als jeder andere. Aber du hast dein Recht verwirkt, von mir zu erwarten, daß ich alles tue, nur weil du darum bittest. Du hast die *Bitte* verwirkt.«

Del sagte lange Zeit überhaupt nichts. Das schwache

Licht der Feuerstelle grub Linien in ihr Gesicht, zeigte mir aber nicht seinen Ausdruck. Überhaupt keinen Ausdruck.

Ich wartete. Der Kreis lehrt Geduld, viele Arten von Geduld. Aber noch nie hatte ich das Warten so tief empfunden. Noch niemals hatte ich sosehr gewünscht, es möge aufhören. Und ich hatte Angst, die Antwort zu kennen, zu wissen, wie es ausgehen würde.

Ihre Stimme klang sehr leise. »Willst du, daß ich gehe?«

Ja. Nein. Ich weiß es nicht.

Ich schluckte schmerzlich. »Du hattest unrecht«, belehrte ich sie.

Del umklammerte das Bettzeug.

»Unrecht«, wiederholte ich sanft. »Und bis du es einsiehst, bis du es zugeben kannst, kann ich dir, glaube ich, nicht helfen. Ich *will* dir nicht helfen.«

Atem entströmte ihrem Mund. Und damit ihre Antwort. Ihre Erklärung. Ihre *Entschuldigung,* für etwas, das keiner Entschuldigung bedurfte, weil keine Entschuldigung ausreichend sein konnte. »Es war für Kalle ...«

»Es war für dich.«

»Es war für die Familie ...«

»Es war für dich.«

Schmerzliche Verzweiflung. »Es war für die *Ehre,* Tiger ...«

»Es war für dich, Delilah.«

Der volle Name ließ sie zurückweichen. Die Bewegung ließ sie zusammenzucken. Ihre Abwehr zerbrach: ihre Abwehr gegen den Schmerz, gegen die Wahrheit, gegen mich. Das letztere, so dachte ich, war das, was zählte. Es könnte sie noch heilen.

»Stolz«, sagte ich, »ist mächtig. Du hast meinen Stolz sehr leichtfertig weggeworfen. Willst du dasselbe mit deinem Stolz tun?«

Ihr Gesicht war blaß vor Entsetzen. »Wieso habe ich deinen Stolz weggeworfen?«

Ich sprang auf, ungeachtet der Schmerzen eines verzerrten Leibes. Sie aus dem Sattel zu reißen, hatte von uns beiden Tribut gefordert. »Hoolies, Del, hast du es vollständig vergessen? Ich war mein halbes Leben lang ein *Sklave!* Kein unschuldiges, junges, nordisches Mädchen, das mit Schwertern und Messern spielt und von seiner Familie sehr geliebt wird, sondern ein menschliches Lasttier. Ein Chula. Ein *Ding.* Etwas ohne Namen, ohne Identität, ohne Daseinsgrund, außer dem Grund, anderen zu dienen. Außer dem Grund, andere zu *bedienen* ... Was glaubst du, habe ich nachts in den Hyorts mit den Frauen getan?«

Ich sah das Entsetzen auf ihrem Gesicht, aber es zügelte mich kaum. »Glaubst du, es war immer zum Vergnügen? Glaubst du, es war immer nur so, daß ein Mann eine Frau benutzt hätte?« Ich schüttelte mir das Haar aus den Augen. »Laß es mich sagen, Delilah: Es ist nicht immer nur die Frau, die benutzt wird ... Es ist nicht immer nur die Frau, die sich schmutzig und benutzt fühlt und ohne Wert, außer dem Wert, den sie im Bett hat. Es *ist* nicht immer nur die Frau ...«

O Hoolies, ich hatte nicht soviel sagen wollen — oder es so grob sagen wollen. Aber ich beendete es trotzdem, denn es wollte gesagt werden. Denn es *mußte* gesagt werden, wenn wir jemals auch nur eine Spur unserer alten Beziehung wiederentdecken wollten, selbst der des Kreises.

Ich festigte mühsam meine Stimme. »Ich habe meine Freiheit — und meinen Namen — durch Verzweiflung und reines, zufälliges Glück errungen, Del, gar nicht zu reden von der körperlichen und seelischen Qual ... Und doch wolltest du das alles erneut wegwerfen, nur um dir selbst ein wenig Zeit zu erkaufen. Habe ich dir das bedeutet? Ein Mittel zum Zweck? Die Münze, um dir deine Tochter zu erkaufen? Ein Körper, den man verschachern kann? War ich das, Delilah?«

Sie war so angespannt, daß sie zuckte. Und dann

beugte sie sich ruckartig hinab. Legte das Bettzeug und die Gerätschaften ab. Erschauerte einmal zutiefst, ergriff dann das Heft ihres Schwertes mit beiden Händen und zog es aus der Scheide.

Einen Moment lang, einen ungläubigen, schmerzlichen Moment lang dachte ich, sie wollte mich töten. Daß ich zu weit gegangen war, obwohl ich kaum weit genug gegangen war.

Der Moment verging. Del wiegte Boreal. Senkrecht und vorsichtig preßte sie die Klinge zwischen ihre Brüste.

Kurz, oh, so kurz, schloß sie die Augen, murmelte etwas und ließ sich dann langsam und schmerzerfüllt auf ein Knie nieder. Senkte dann auch das andere.

Del kniete vor mir im Schmutz. Sie beugte sich vor, legte Boreal flach auf den Boden, kreuzte die Arme über der Brust und ballte die Hände zu Fäusten. In tiefer Ehrerbietung verbeugte sie sich, wobei ihre Stirn auf der Klinge ruhte.

Sie verhielt sich einen Augenblick unbeweglicher Stille lang vollkommen ruhig und erhob sich dann wieder. Ihre Augen schimmerten im Feuerglühen schwarz, von allem leergefegt außer dem Wissen um das Bedürfnis. Um ihres genausogut wie um meines.

Mit häufigen Unterbrechungen und schwerem Schlucken sprach sie in der nordischen Sprache zu mir. Es war ein Dialekt, den ich nicht kannte, wahrscheinlich auf Staal-Ysta und durch genaue, geforderte Rituale entstanden, die dazu gedacht waren, das Mysterium des *Jivatma* zu steigern. Ich war niemals sehr beeindruckt von dem Aufwand an solchen Dingen, denn ich bevorzugte geradeheraus geführte, ungeschmückte Reden, aber ich versuchte nicht, sie zu unterbrechen. Offensichtlich brauchte sie das.

Schließlich hielt sie inne. Verbeugte sich erneut. Richtete sich auf, sah mich an und wiederholte alles in südlicher Sprache, so daß ich es verstehen konnte.

Ich unterbrach sie sofort entsetzt. »Das ist nicht notwendig.«

Sie wartete. Schluckte. Begann erneut.

Ich fluchte. »Ich *sagte* ...«

Sie erhob die Stimme und fuhr mir über den Mund.

»Hoolies, Del, glaubst du, das ist es, was ich will? Demütigung? Buße? Ich verlange nichts dergleichen, du Närrin ... Ich will lediglich, daß du verstehst, was du getan hast. Ich will lediglich, daß du erkennst ...« Aber ich brach angewidert ab, denn sie hörte nicht zu.

Schließlich fuhr sie fort. Alle Formen wurden gewahrt, alle Erfordernisse befriedigt. Sie war eine wahre Tochter von Staal-Ysta, gleichgültig, was andere sagten, unabhängig davon, daß sie ins Exil verbannt worden war. Sie vollendete das Ritual.

Sie verbeugte sich erneut über Boreal. Nahm ihr Schwert auf, erhob sich, wandte sich unbeholfen von mir ab und ging auf den Rotschimmel zu. Stolperte ein wenig. Fing sich mühsam. Ihre Anmut war verschwunden, nicht aber ihre Würde.

Sie hatte ihren Stolz über Bord geworfen. Jetzt waren wir beide gleich.

Sechs

Sie brach durch, stieß zu, traf mich, genau über dem losen Gürtel. Ich spürte das kurze Kitzeln, als kalter Stahl Stoff und Haut zerteilte, leicht durch beides hindurchglitt, dann kurz eine Rippe erwischte, daran vorbeirieb, tiefer schnitt, in die Eingeweide stach. Es war überhaupt kein Schmerz zu spüren. Er wurde von Schock und Eis vereinnahmt. Und dann rann mir die Kälte durch die Knochen und biß in jeden Muskel.

Tief im Schlaf zuckte ich zusammen.

Ich sprang zurück, befreite mich aus der Klinge. Die Wunde selbst war nicht schmerzhaft, zu taub, um mich zu behindern, aber der Sturm tobte in meinem Körper. Das Blut, das ich verströmte, war Eis.

Ich zog ein Knie zum Bauch hoch, versuchte, die Wunde zu schützen. Versuchte, die Klinge abzuwenden, die meine Haut bereits durchdrungen hatte.

»Ergib dich!« schrie sie. »Ergib dich!« Entsetzen und ein Rest von Zorn machten ihren Tonfall schrill.

Ich wollte. Aber ich konnte nicht. Etwas war in mir, in meinem Schwert. Etwas kroch in das Blut und in die Knochen und Sehnen und in den neuen glänzenden Stahl. Etwas, das von Bedürfnis sprach. Das von der Möglichkeit des Sieges sprach. Das von Möglichkeiten zu verletzen sprach ...

Ich wachte schwitzend und wie ein Blasebalg atmend auf, wie der Hengst, wenn er zu hart angetrieben wird. Das Feuer war bis auf die Kohlen heruntergebrannt. Nur der Mond spendete Licht und bot wenig genug davon. Ich suchte in der Dunkelheit nach Del. Sah nichts als noch tiefere Schatten.

Hoolies, hatte ich das geträumt? Hatte ich das Ganze geträumt?

Ich setzte mich steif auf und wünschte sofort, ich hätte es nicht getan. Tief innen schmerzte es. Ich hatte mich im Schlaf gedreht, und die erst halb verheilte Wunde protestierte.

Mein Schwert schrie nach Blut.

Hatte ich das Ganze geträumt? Oder nur einen Teil davon?

Ein Zweig schnellte zurück. Bewegung. Vielleicht hatte ich es nicht geträumt.

Hoolies, mach es wirklich!

Ich starrte in die Dunkelheit. So angespannt, daß mir die Augen brannten, versuchte die schmale Linie zwischen Traum und Realität auszumachen.

»Ich werde dich töten«, keuchte sie. »Irgendwie ...« Und sie griff mich an, mich, brach durch meine schwache Abwehr und zeigte mir drei Fuß tödliches Jivatma. »Ergib dich!« schrie sie erneut.

Mein Schwert schrie nach Blut.

Del war fort. Da war ich sicher, und ich haßte es. Haßte mich selbst für den Sog der Angst, der Qual, das Aufwallen schmerzlicher Schuld. Was ich zu ihr gesagt hatte, hatte gesagt werden müssen. Ich bedauerte kein Wort davon. Aber keines meiner Worte hatte sie vertreiben sollen.

Die Worte hatten ihr nur eine Wahl lassen sollen.

Del trifft immer ihre eigene Wahl, egal, wie schmerzlich sie ist. Egal, wie fordernd. Sie weicht nicht aus und hält die beendete Aufgabe für wichtiger als die jeweilige Handlung. Zu meinem Ärger, besessene Delilah, war das Ergebnis immer wichtiger als die Art, wie etwas ausgeführt wurde.

Was bedeutete, daß sie vielleicht sehr wohl gegangen war, da ich ihr meine Antwort gegeben hatte.

Hatte ich das? Ich erinnerte mich nicht daran, mich geweigert zu haben, mit ihr zu tanzen, so bald sie ihr Unrecht eingestand.

Sie hatte ein Bußritual durchgeführt. Mich um Vergebung gebeten. Offen von Schande gesprochen und wie die ihre mich beeinflußt hatte. Aber nicht einmal, nicht *einmal* hatte sie zugegeben, daß sie im Unrecht gewesen war.

Hoolies, sie ist starrköpfig!

Leise fluchend entwirrte ich Decken und Felle von meinen Beinen, stand steif auf und fluchte noch stärker. Hörte dann den Rotschimmelwallach in der Dunkelheit schnauben und erkannte, daß Del nicht wirklich *gegangen* war, sie war nur einfach nicht da.

Nun, eine Frau hat ein Recht auf ihren Privatbereich.

Und dann sah ich das Licht.

O Hoolies, Bascha, was tust du jetzt?

Boreal natürlich. Del ging ohne sie nirgendwohin. Sie gebrauchte sie nicht immer, denn sie mochte nicht prahlen, aber wenn sie es tat, dann konnte es sich sehen lassen. Wie jetzt, mit dem Licht.

Del hatte etwas vor.

Ich bin groß, aber ich kann mich leise bewegen. Ich habe in der Kindheit, in der Sklaverei, gelernt, wie man für lange Zeitspannen bewegungslos bleibt. Wie man *unsichtbar* wird, so daß man von niemandem bemerkt wird. Das rettete mich vor zusätzlichen Auspeitschungen, vor Schlägen und Hieben und Knüffen. Das hatte ich aus einem Bedürfnis nach Selbsterhaltung kultiviert, und es diente mir sogar in der Freiheit. Es diente mir gerade jetzt.

Leise bewegte ich mich, in meinen Umhang eingehüllt, und glitt leichten Fußes durch die Schatten. Ab und zu hielt ich inne, ahmte Bäume nach, denn manche Leute sagen, ich sei dazu groß genug. Und schließlich sah ich Delilah in der Dunkelheit knien und leise ihr Schwert ansingen.

Ungeachtet dessen, was mit meinem Schwert geschehen war, als ich die Katze getötet hatte, ist mir Musik noch immer fremd. Ich verstehe sie nicht. Und ich verstand es auch jetzt wirklich nicht, obwohl die Worte deutlich genug waren, wenn sie auch in der nordischen Sprache anstatt in der südlichen gesungen wurden. Aber der Gesang war ein persönlicher Gesang, einzig und allein für Boreal komponiert.

Del singt ihr Schwert oft an. Nordbewohner tun dies, man frage mich nicht warum. Im Süden tanzen wir nur und lassen die Bewegung für sich selbst sprechen. Aber auf Staal-Ysta hatte ich gelernt, daß es für einen Schwerttänzer üblich — nein, *notwendig* — war zu singen. Eine Variation des Tanzes. Musik für den Kreis.

Für Del war es mehr als das. Es war Musik für das Schwert. Sie stimmte damit seine Macht und gebrauchte sie, abhängig von dem Gesang, der Boreals Magie nutzbar machte.

Del sang sanft, und Boreal erwachte zum Leben.

Ich habe es schon zuvor gesehen. Tropfen für Tropfen, Perle für Perle, die die Klinge von der Spitze bis zum Heft entlangliefen bis der Stahl entflammte. Aber dieses Mal war das Licht schwach, persönlich, als dämpfe sie es absichtlich. Ihr Gesang war kaum ein Flüstern, und die Antwort, die kam, desgleichen.

Schuld flackerte auf. Dies war eindeutig ein persönliches, privates Ritual, für Del allein bestimmt. Aber ich ging nicht fort. Ich konnte es nicht. Ich habe der Magie immer mißtraut, und jetzt mißtraute ich Del.

Tief innen zog sich etwas zusammen. Etwas, das von Unbehagen zeugte. Etwas, das von Angst zeugte.

Würde es immer dasselbe sein? Oder waren wir zu weit gegangen?

Del sang ihren Gesang, und das Schwert erwachte zum Leben.

»Hilf mir«, flüsterte sie. »O hilf mir ...«

Es war die nordische Sprache, nicht die südliche, aber ich hatte genug davon gelernt, um zu verstehen. Die Notwendigkeit hatte mich geformt, und dieser Augenblick war nicht anders.

Del sog den Atem ein. »Mach mich stark. Ich muß

stark sein. Mach mich hart. Ich muß *hart* sein. Laß mich nicht so weich sein. Laß mich nicht so schwach sein.«

Sie war die stärkste Frau, die ich kannte.

»Ich habe ein Verlangen«, flüsterte sie, »ein starkes und mächtiges Verlangen. Eine Aufgabe, die beendet werden muß. Ein Gesang, der beendet werden muß. Aber jetzt habe ich Angst.«

Licht kräuselte sich am Schwert hinauf. Es pulsierte, als antworte es.

»Mach mich stark«, bat sie. »Mach mich wieder hart. Mach mich zu der, die ich sein muß, wenn ich meinen Gesang beenden soll.«

Ziemlich leicht zu erbitten. Schwerer, so dachte ich, damit zu leben.

Ein letztes Mal bat sie sanft: *»Mach, daß ich mich nicht mehr darum sorge, was er denkt.«*

O Hoolies, Bascha. Tu dir das nicht an.

Aber es war bereits zu spät. Boreal war stumm. Delilah hatte ihre Antwort bekommen.

Und ich hatte ein Schwert zu hassen.

Sieben

Etwas Böses weckte mich auf. Etwas riß mich aus einem traumlosen Schlaf und zwang mich, wach zu werden. Plötzlich und auf unschöne Weise wach zu werden.

Etwas Böses, das roch. Etwas in meinem *Gesicht* ...

Ich weiß nicht, was ich rief. Etwas Lautes. Etwas Ärgerliches. Und, das gebe ich zu, etwas Ängstliches. Aber immerhin kenne ich keinen lebenden Mann, der keine Angst hätte, wenn er aus gesundem Schlaf aufwacht und eine Bestie entdeckt, die über seinem Kopf steht.

In dem Moment, da ich von meinem Schlafplatz hochfuhr, sprang mir der Hund an die Kehle. Ich roch seinen Gestank, spürte seinen Atem, sah das weiße Glitzern seiner glänzenden Augen. Schlug mit beiden Armen um mich und versuchte, ihn fortzustoßen.

Der Hund sprang erneut, versuchte noch immer meine Kehle zu erwischen. Dumpf hörte ich Del auf der anderen Seite der Feuerstelle, die etwas in nordischer Sprache rief. Sie klang erschreckt *und* wütend. Ich antwortete nicht, denn ich hatte keine Zeit, es zu versuchen, hoffte aber, daß sie noch etwas anderes tun würde als nur zu rufen. Was sie natürlich auch tat, mit Boreal in der Hand.

Mein eigenes Schwert lag unter zerwühltem Bettzeug begraben. Ich lag jetzt auf Schmutz, hartem, kaltem Schmutz, den Kopf auf den Steinen der Feuerstelle. Der Hund würde vielleicht meine Kehle erwischen, die Kohlen würden vielleicht meine Haare erwischen.

Niemand will sterben. Aber schon gar nicht ohne Haare.

Die Bestie machte kein Geräusch. Wohl aber Del, und zwar laut, als sie mir zurief, ich solle mich flach auf den Boden legen.

Ich versuchte es. Ich meine, kein Mann, der sich Boreals Macht bewußt ist, riskiert allzu bereitwillig sein Leben. Aber in dem Moment, als ich mich herumwarf und mich in den Schmutz zu graben versuchte, wich der Hund der Klinge aus. Del konnte mehr, aber mein Kopf war im Weg. Und auch meine um sich schlagenden Hände, die sich um eine pelzige Kehle krallten. Ich wollte nichts mehr als versuchen, mein Messer zu erreichen, wagte aber nicht, auch nur mit einer Hand von dem Hund abzulassen, weil ich dann meinen kurzzeitigen Vorteil verlieren würde.

Ich spürte Zähne an meiner Kehle. Zuschnappend, packend, ergreifend. Der Gestank war überwältigend. Es roch nach verfaulenden Körpern.

Etwas schmiegte sich fest an meinen Nacken. Etwas wie Draht oder ein Seil. Und dann erkannte ich, daß es meine Kette war. Mein Band mit den Sandtigerkrallen.

Hoolies, er wollte meine *Krallen?*

Aber ich hatte keine Zeit, mich über die anfängliche überraschte Reaktion hinaus zu wundern. Ich hörte Dels gemurmelte Anweisung, meinen Kopf im Auge zu behalten, was ich aber nicht wirklich tun konnte, weil die Augen *darin* waren, und duckte mich. Aber sie verfehlte den Hund erneut, wenn auch nur knapp. Ich hörte Boreals Flüstern, als Stahl an meinem Kopf vorbeisang.

»*Tu* es einfach«, platzte ich heraus.

Und dann sprang die Bestie fort, entwischte der Klinge erneut. Sie ließ mich in der Dunkelheit zurück und floh in die Bäume.

Ich lag ausgestreckt auf dem Rücken, und eine Hand machte sich eifrig durch wollene Schichten hindurch an meinem Hals zu schaffen, um festzustellen, ob ich heil war. Um zu fühlen, ob ich blutete. Ich riß die Wollkleidung ziemlich gewaltsam herunter und stieß ein erleichtertes Seufzen aus, als meine Finger nur Haut berührten. Überhaupt kein Blut oder zerfetztes Fleisch, nur heile Haut ohne Bißwunden.

Del mißachtete mich derweil vollständig und trat über mich hinweg, um der Fährte der Bestie zu folgen. Nur für den Fall, daß sie kehrtmachen würde. Nur für den Fall, daß sie Gefährten haben sollte. Keine schlechte Idee, aber sie hätte auch einmal an mich denken können. Immerhin konnte ich, nach allem, was *sie* wußte, genau hier an dieser Stelle verbluten, vor ihren Augen Stück für Stück — oder Tropfen für Tropfen — verbluten.

Nur daß sie nicht darauf achtete. Was die Wirkung irgendwie zunichte machte.

Ich spürte das Band in meinem Nacken, hörte das Klappern der Krallen, spürte Erleichterung schnell durch mich hindurchrauschen. Was bedeutete, daß ich völlig berechtigterweise verdrießlich war, denn ich war in Ordnung.

Ich ließ Del vier Schritte gehen. »Mach dir keine Gedanken«, sagte ich. »Er hat bekommen, weswegen er gekommen war.«

Sie fuhr herum. Das Schwert schimmerte. »Was meinst du mit ›weswegen er gekommen war‹?«

Ich setzte mich langsam auf und massierte noch immer die Haut an meiner Kehle. Sie fühlte sich gequetscht an, was nicht überraschend war. »Die Pfeife«, sagte ich heiser. »Die Wachpfeife der Canteada. Das ist es, was sie wollten.« Also doch nicht meine Krallen, obwohl ich ihr das nicht sagte. Ich glaubte nicht, daß sie verstehen würde, warum ich mir überhaupt Gedanken darum gemacht hatte.

Del blickte zurück in die Schatten. Ich wußte, daß die Bestie fort war, denn ihr Gestank war verweht. Aber sie wartete, das Schwert bereithaltend, bis ihr Mißtrauen erstarb. Und dann kam sie zu mir.

»Laß mich sehen«, bat sie.

Endlich. Aber ich hob nachlässig die Schultern, als sie sich hinkniete und Boreal dicht neben sich legte. »Es geht mir gut. Er hat nicht einmal die Haut verletzt.«

Dels Hände waren beharrlich. Sie schälte Stoffschichten zurück, schob meine Hand zur Seite und betrachtete im schwachen Licht des Mondes sorgfältig die Haut.

Es war ein seltsames Gefühl, sie nach so langer Trennung so nahe bei mir zu haben. Ich roch ihren vertrauten Geruch, spürte ihre vertraute Berührung, sah das schwache Stirnrunzeln zwischen ihren Brauen. In Augenblicken wie diesen war es schwer, mir auch nur in Erinnerung zu rufen, was zwischen uns getreten war.

Aber dann gab es da auch andere Augenblicke, in denen ich mich nur zu gut an alles erinnerte.

O Hoolies, Bascha ... Zuviel Sand wurde aus der Wüste geweht.

Wenn Del meinen forschenden Blick bemerkte, ließ sie es sich jedenfalls nicht anmerken. Sie untersuchte nur sorgfältig meinen Hals, nickte leicht und nahm ihre Hände fort. »So«, sagte sie, »sie haben gelernt. Und wir sind wieder da, wo wir angefangen haben.«

»Nicht ganz«, murmelte ich. »Zuviel Sand wurde aus der Wüste geweht.«

Del runzelte die Stirn. »Was?«

Aus irgendeinem Grund war ich gereizt. »Wir sind nicht wieder da, wo wir angefangen haben, weil sich zu vieles geändert hat.« Ich änderte meine Stellung, spürte das Ziehen erneut angespannten Narbengewebes und versuchte mein Unbehagen vor ihr zu verbergen. Genauso wie sie das ihre vor mir verbarg. »Geh wieder schlafen, Del. Ich werde die erste Wache übernehmen.«

»Du bist nicht in der Verfassung dafür.«

»Das ist keiner von uns, aber wir müssen es beide

tun. Ich dachte nur, dann könnte ich genausogut anfangen.«

Sie wollte widersprechen, tat es aber nicht. Sie wußte es besser. Ich hatte recht. Und so kehrte sie zu ihrem Schlafplatz auf der anderen Seite der Feuerstelle zurück und wickelte sich in ihre Felle. Alles, was ich von ihr sehen konnte, war das gedämpfte, helle Schimmern ihres Haars.

Ich sortierte mein eigenes zerwühltes Bettzeug und brachte es in Ordnung. Und dann setzte ich mich vorsichtig auf, schmiegte mich tiefer in den Umhang und die Felle und bereitete mich darauf vor, die Nacht zu durchwachen. Ich wollte sie bis zur Dämmerung schlafen lassen, denn sie hatte dasselbe für mich getan.

Das Problem war nur, daß ich es nicht konnte.

Es war nicht viel erforderlich. Nur ein Blick auf Del auf der entgegengesetzten Seite der Feuerstelle, ganz eingewickelt in Felle und Decken. Der Glanz des Mondes auf ihrem Haar. Das Geräusch ihres gleichmäßigen Atems. Und alle Gefühle kehrten zurück.

Ich saß steif da, halb krank. Die Gelenke schmerzten, meine Wunde klopfte, die Haut an meiner Kehle quälte mich. Sogar mein Kopf schmerzte. Weil ich die Zähne so fest zusammenbiß, daß der Kiefer zu brechen drohte.

Sag es ihr einfach, du Narr. Sag ihr die Wahrheit.

Auf der anderen Seite der Feuerstelle bewegte sie sich. Zumindest hatte sie genauso große Schmerzen wie ich, innen *und* außen.

Tief in mir krampfte sich etwas zusammen. Nicht Verlangen. Etwas noch Mächtigeres: Demütigung. Und mehr als nur ein wenig Unbehagen. Sowohl des Geistes als auch des Fleisches.

O Hoolies, Narr, sage ihr einfach die Wahrheit.

Öffne einfach den Mund und rede. Das ist nie sehr schwer gewesen.

Du hast Del dazu gebracht, um Verzeihung zu bitten. Sie hat zumindest eine Erklärung verdient.

Aber da sie nicht darum gebeten hatte, fühlte ich mich noch schlechter.

Etwas in mir verzagte. Schuld. Bedauern. Gewissensbisse. Genug, um einen Mann zu zerbrechen.

Aber die Frau war die Worte wert.

Ich starrte angestrengt hinaus in die Dunkelheit. Die Nacht war ruhig bis auf ihren üblichen Gesang. Es war kalt — und noch kälter im Bett allein —, aber der Frühling versprach wärmere Nächte. Die Farben waren bereits anders.

Du bist dabei, die Wahrheit zu vermeiden, Alter.

Die Frau ist die Worte wert. Das mindeste, was du tun kannst ist: sie laut auszusprechen, damit sie sie hören kann, anstatt sie nur zu denken.

Leichter gedacht als gesagt.

Ich schaute erneut zu Del hinüber. Und wußte nur zu genau, daß ich die Verantwortung dafür teilte, die Dinge ins rechte Licht zu rücken, selbst wenn sie im Unrecht war — und sich geirrt hatte. Daß ich meine eigenen Fehler eingestehen mußte. Denn wenn Dinge schieflaufen, sind zwei nötig, um sie wieder geradezubiegen.

Ich atmete tief ein, so tief, daß es mich schwindelig machte, und atmete wieder aus. Und öffnete schließlich den Mund. Diesesmal würden die Worte ausgesprochen statt weggeschlossen werden.

»Ich *hatte* Angst«, sagte ich. »Ich hatte Todesangst. Ich war alles das, was du mir zuvor vorgeworfen hast. Und das war es auch, warum ich Staal-Ysta verlassen habe.«

Ich wußte, daß sie noch wach war. Aber Del sagte nichts.

»Ich ging absichtlich«, fuhr ich stumpfsinnig fort. »Ich bin nicht vertrieben oder ausgeladen oder auch nur gebeten worden zu gehen. Ich war ein *Kaidin,* gemäß aller Gebräuche, und sie hatten kein Recht, es zu fordern. Ich hätte bleiben können, und ich hätte feststellen können, ob du lebtest oder tot warst … Aber ich konnte es nicht.

Ich sah dich dort im Kreis liegen, von meinem Schwert aufgeschlitzt, und ich ließ dich absichtlich zurück.«

Del war sehr ruhig.

Ich fuhr mir mit der Zunge über die trocknen Lippen. »Sie brachten dich in Teleks Haus — in *Teleks* Haus! —, weil es das nächste war. Weil sie dachten, daß du sterben würdest und deine Tochter es verdienen würde, zu wachen und die Begräbnisgesänge zu hören.«

Ihr Atem rasselte schwach.

»Sie flickten mich wieder zusammen — du hast mich recht gut getroffen — und überreichten mir die Geschenke, die einem neuen *Kaidin* gegeben werden. Sie sagten, ich hätte mich ehrenwert verhalten und verdiente daher die Huldigung ebenso wie den Rang. Sie flickten mich wieder zusammen, überreichten mir die Geschenke und ruderten mich über den See.« Ich schluckte schmerzlich, es war viel schwerer, als ich es mir vorgestellt hatte. »Ich wußte, daß du lebtest. Als ich ging. Ich wußte es. Aber ich dachte, du würdest sterben. Ich dachte, du würdest *sterben*. Ich dachte ... ich *habe* ... ich dachte einfach ... und ich konnte nicht ... ich *konnte* einfach nicht ...« Ich brach ab. Die Leere war unglaublich. »O Hoolies, Del ... Obwohl ich viele Leben vernichtet habe, konnte ich es nicht ertragen, deines vernichtet zu haben.«

Stille. Es war nicht so herausgekommen, wie ich es vorgehabt hatte. Ich hatte nicht alles gesagt, was gesagt werden mußte, was ich hatte sagen *wollen*, denn ich konnte es nicht. Wie konnte ich erklären, was ich durchgemacht hatte, als ich spürte, wie mein eigenes Schwert in ihren Körper eindrang? Wie konnte ich ihr sagen, wie es war, sie auf dem hartgefrorenen Boden liegen zu sehen wie das zerbrochene Spielzeug eines Puppenspielers, zerschnitten von meinem Schwert? Wie konnte ich ihr sagen, wie erschreckt ich gewesen war, wie *elend* ich mich gefühlt hatte? Wie sehr ich mir in diesem Moment gewünscht hatte, an ihrer Stelle zu sein?

Wie konnte ich ihr sagen, daß ich völlig *sicher* war, daß sie sterben würde — und es nicht ertragen konnte, das zu sehen?

Und so hatte ich sie verlassen. Als sie lebte. So konnte ich mich an sie erinnern, wie sie *lebendig* war.

Das war für mich sehr wichtig. Es war notwendig. Es war *erforderlich,* wie so viele Dinge von mir gefordert worden waren. Von mir selbst gefordert worden waren.

Stille, während ich dasaß und darauf wartete, daß sie etwas über meine Feigheit sagen würde. Meinen Mangel an Einfühlungsvermögen. Meine Bereitschaft, sie auf Staal-Ysta zu verlassen, bevor ihr Schicksal feststand. Ich hatte sie dazu gebracht, mich um Vergebung zu bitten. Jetzt brauchte ich ihre Bereitschaft.

Und dann, schließlich, eine Antwort. Ihr Tonfall war seltsam locker. »Du hättest mich töten sollen. Du hättest es beenden sollen. Dein Schwert in mir zu tränken und zu stimmen, hätte dich unbesiegbar gemacht.« Del seufzte ein wenig. »Die Magie des Nordens und alle Macht des Südens. Unbesiegbarkeit, Tiger. Ein Mann, mit dem man rechnen muß.«

Ich atmete tief ein, um mich zu beruhigen. Das Schlimmste war für mich vorbei. Denke ich. »Das bin ich bereits«, sagte ich trocken. »Ich bin alles, was ich genau jetzt sein will, in diesem Augenblick, hier. Ich brauche dafür keine Magie. Sicherlich nicht die Art von Magie, die daher rührt, Menschen zu töten.«

Del zog ihre Decken fester um sich und schloß die Kälte aus. Verschloß sich in sich selbst, wie sie es so oft tat. »Du hättest mich töten sollen«, sagte sie. »Jetzt habe ich keinen Namen. Eine Klinge ohne Namen.«

Kummer war herauszuhören. Qual. Verbitterung. Die schmerzliche Sehnsucht einer Verbannten nach dem Land, das nicht mehr das ihre war. Nach einer Welt, die ihr für immer verweigert war, außer in der Erinnerung.

Ich starrte blind in die Dunkelheit. »Und ein Gesang, der niemals endet?«

Das traf sie eindeutig. »Ich werde ihn beenden«, erklärte sie. »Ich *werde* meinen Gesang beenden. Ajani wird durch meine Hand sterben.«

Ich ließ einen Moment vergehen. »Was dann, Delilah?«

»Es gibt Ajani. Nur Ajani.«

Sie war kalt, hart, unerbittlich. Auf ihre Aufgabe konzentriert. Ihr Schwert hatte ihre Bitte erfüllt.

Aber wieviel davon war dem Schwert zuzuschreiben? Wieviel davon lediglich Del? Wie verantwortlich ist *irgend jemand* von uns für das, was wir tun, um zu überleben, um unseren Weg in der Welt zu gehen?

Wie hart machen wir uns selbst, um die schwierigsten Ziele zu erreichen?

Ruhig sagte ich: »Ich gehe nicht in den Süden.«

In ihr Bettzeug eingekuschelt, war Del nichts als ein unbestimmter Schatten am Boden. Aber jetzt setzte sie sich auf.

Das Mondlicht ließ sie erglühen, als die Decken von ihren Schultern glitten: unverdorbenes Weiß vor der gesprenkelten Dunkelheit. Ihr offenes Haar war zerzaust und fiel ihr über die Schultern. Verdeckte die Seiten ihres Gesichts.

Sie sah mich stirnrunzelnd an. »Ich hatte mich gefragt, warum sie mir erzählt haben, du würdest nach Ysaa-den gehen. Ich dachte zuerst, daß sie vielleicht logen, nur um mir Kummer zu bereiten — es wäre weit von meinem Weg und von deinem entfernt gewesen, wenn ich in den Süden hätte gehen müssen —, aber dann fand ich deine Spuren, und es stimmte.« Sie schüttelte den Kopf. »Aber ich verstehe nicht, warum. Du hattest dich ständig über den Schnee und die Kälte beklagt, seit wir die Grenze überschritten hatten.«

Ich horchte auf ihren Tonfall, hörte Echos und Nuancen, ihren Kampf, ihre Ausgeglichenheit zu bewahren.

»Ich mag es nicht«, stimmte ich zu. »Ich mochte es

nicht, *bevor* wir die Grenze überschritten. Aber es gibt etwas, das muß ich tun.«

Ich mochte auch ihr Aussehen nicht. Die Anspannung. Sie war zu dünn, zu verzerrt, zu besessen von Ajani. Das Schwert hatte in ihre Haut eingeschnitten, aber der Mann hatte sie mehr verletzt.

Dels Tonfall klang beherrscht, als wolle sie nicht zuviel preisgeben. Aber das sagte mir dennoch genug. »Ich dachte, du würdest nun sofort in den Süden ziehen.«

»Nein. Nicht dieses Mal.«

»Ich dachte, der Sandtiger wandert, wohin er will, unbeeinflußt von anderen Begierden.« Sie hielt inne. »Zumindest war das bisher so.«

Ich schloß die Augen, wartete einen Herzschlag lang und antwortete ihr dann ruhig. »Das gelänge nicht, Del. Du hast mich monatelang hierhin und dorthin gedrängt wie einen Orakelknochen. Das ist nicht mehr möglich. Es gibt Dinge, die ich tun muß.«

»*Ich* muß nach Süden ziehen.«

»Wer hält dich davon ab? Warst du nicht diejenige, die fünf Jahre damit verbracht hat, auf Staal-Ysta zu lernen, damit sie ganz allein in den Süden ziehen konnte? Warst du nicht diejenige, die mit nichts als einem sturmgeborenen Schwert hinter dem Sandtiger hergejagt ist, um sich seiner Begleitung zu versichern? Warst du nicht ...«

»Genug, Tiger. Ja, ich habe alles dies getan. Und ich habe folgendes getan: Ich bin zu dir gekommen, um dich um Hilfe zu bitten, damit ich wieder zu Kräften komme. Aber wenn du mir diese Hilfe nicht gewähren willst ...«

»Ich werde sie dir gewähren«, unterbrach ich sie. »Das sagte ich bereits, nachdem du dein kleines Ritual durchgeführt hattest. Aber ich kann nicht sofort in den Süden ziehen, was bedeutet, daß du mit mir kommen mußt, wenn du meine Hilfe wirklich willst.«

»Es ist etwas geschehen«, sagte sie mißtrauisch. »Haben Telek und Stigand dich gezwungen, Schwüre zu leisten? Haben sie dir eine Aufgabe erteilt? Hast du den *Voca* im Austausch dafür versprochen, dich um mich zu kümmern?«

»Nein. Ich habe die volle Absicht, nach Hause zu ziehen, sobald ich ihr Lager ausfindig gemacht habe. Es hat nichts zu tun mit Schwüren Telek oder Stigand gegenüber oder mit Versprechungen den *Voca* gegenüber. Ich möchte es einfach tun.« Ich hielt inne. »Aber wenn dir das nicht gefällt, mußt du nicht mitkommen.«

»*Wessen* Lager willst du ...?« Sie brach ab. »Das der Bestien? Der Hunde? O Tiger, du willst nicht ...«

»Ich habe ein Versprechen gegeben, Del. Mir selbst. Ich beabsichtige, es zu halten.«

Mit großen Augen sah sie mich an, was nicht gerade dazu beitrug, daß ich mich besser fühlte. Kein Mann bekommt gern vorgeworfen, daß es ihm die meiste Zeit seines Lebens an Verantwortungsgefühl gefehlt hat, und daß ich dieses Versprechen gegeben hatte, zeigte eine neue Seite des Sandtigers auf. Del *sagte* eigentlich nicht etwas, aber schließlich mußte sie das auch nicht tun. Es reichte, daß sie mich auf genau die Art ansah, wie sie es jetzt tat.

»Tiger ...«

»Darum bin ich hier draußen, inmitten eines nordischen Niemandslandes, Del — warum sonst? Ich verfolge jene Hunde. Nach Ysaa-den oder wohin auch immer. Zu *wem* auch immer — ich habe vor, den Zauberer zu finden, der sie ausgesandt hat.«

»Und du willst ihn töten«, verdeutlichte sie.

»So stelle ich es mir vor«, stimmte ich zu. »Es sei denn, er wäre so höflich, auf meine Bitte hin aufzuhören.«

Sie schob sich die Haare hinter die Ohren. »Aha. Du verfolgst die Hunde, um ihren Meister zu töten, und ich verfolge Ajani mit genau derselben Absicht. Wo liegt der Unterschied, Tiger? Warum hast du recht und ich unrecht?«

»Ich will darüber nicht streiten ...«

»Ich streite nicht. Ich frage.«

»Meine Gründe sind ein wenig anders gelagert als deine«, sagte ich gereizt. »Abgesehen davon, daß sie uns länger gejagt haben, als ich mich erinnern möchte, haben diese Bestien auch Menschen getötet. Und einige davon waren Kinder.«

»Ja«, stimmte Del zu, »so wie Ajani meine Familie getötet hat ... einschließlich aller Kinder.«

»O Hoolies, Del ...« Ich änderte meine Lage und wünschte sofort, ich hätte es nicht getan. »Was du willst, ist Rache, schlicht und einfach. Ich sage nicht, daß das *falsch* ist — was Ajani getan hat war furchtbar —, aber ich denke, du hast den Bezug zur Realität verloren. Was dich jetzt antreibt, sind fehlgeleiteter Stolz und äußerste Besessenheit, und das ist für niemanden gesund.«

»Du denkst, ich wäre im Bett eines Mannes, oder im Haus eines Mannes besser aufgehoben, um ihm vierzehn Söhne zu gebären.«

Ich blinzelte. »Vierzehn wäre vielleicht ein bißchen viel. Hart für die Frau, denke ich.«

Del verkniff sich eine Erwiderung. »Tiger, leugnest du es? Sähest du mich nicht lieber im Bett eines Mannes anstatt im Kreis?« Sie hielt bewußt inne. »In *deinem* Bett vielleicht, anstatt in deinem Kreis?«

»Du bist in meinem Bett gewesen«, antwortete ich direkt, »*und* du bist in meinem Kreis gewesen. Ich weiß nicht, was ersteres dir gebracht hat, aber letzteres hat dich fast getötet.«

Daß sie verletzt war, wurde offensichtlich, daß ich zu tief getroffen hatte ebenfalls. »Das stimmt«, sagte sie schließlich. »Ja, das stimmt. Und was das erstere betrifft? Ich weiß es nicht. Ich weiß nicht, was es mir gebracht hat. Ich weiß nicht, was es mir hätte bringen *sol-*

len — wollen wir einen Preis für den Beischlaf festlegen?«

»Ich ziehe nach Norden«, sagte ich. »Oder wohin auch immer die Hunde ziehen. Du kannst mitkommen oder nicht. Das liegt bei dir. Aber wenn du mitkommst, werden wir für nichts einen Preis festlegen. Kein Beischlaf, Del. Würde dich das glücklich machen?«

Sie sah mich ebenfalls an. »Ich dachte, das wäre dein Preis.«

»Für den Übungskampf mit dir?« Ich schüttelte den Kopf. »Das war einmal, ja. Damals, als wir uns zum ersten Mal trafen und du mir einen Beischlaf versprachst anstelle von Geld, das du nicht hattest. Und du hast bezahlt, Bascha. Du hast sehr angenehm bezahlt, letztendlich ... Nur daß ich damals nicht genau gezählt habe. Und du, so denke ich, auch nicht — so daß wir diese Schuld als erledigt betrachten können.« Ich zuckte die Achseln. »Wenn du jetzt mit mir kommen willst, um die Übung zu bekommen, die du brauchst, um Ajani gegenübertreten zu können, dann ist das für mich in Ordnung. Aber die Dinge können nicht mehr dieselben sein, nach allem, was geschehen ist.«

»Du wirst nicht standhalten«, prophezeite sie. »Dies könnte Wochen dauern, und es geht dir nicht so gut.«

»Wette mit mir.«

Del lächelte zaghaft. »Ich kenne dich, Tiger. Dies ist keine ehrliche Wette. Nicht für dich. Ich *kenne* dich.«

»Tust du das? Wirklich? Dann laß dir sagen, warum es doch eine ehrliche Wette *ist*.« Ich hielt ihren Blick mit meinem fest. »Wenn ein Mann zum Narr gemacht wurde, hat er nicht das Bedürfnis, mit der Frau das Bett zu teilen, die dies getan hat. Wenn ein Mann *benutzt* wurde — ohne seine Erlaubnis oder sein Wissen —, hat er nicht das Bedürfnis, mit der Frau das Bett zu teilen, die ihn benutzt hat.« Mühsam zügelte ich meinen Tonfall. »Und wenn diese Frau sich bei Gegenüberstellung mit der Wahrheit unnachgiebig weigert, zuzugeben, daß sie unrecht hatte, denkt er tatsächlich nicht mehr daran, mit ihr das Bett zu teilen. Denn was er an dieser Frau mag, ist mehr als nur ihr Körper. Was er an dieser Frau mag, sind ihre Rechtschaffenheit und Ehrlichkeit und ihr Ehrgefühl.«

Del sagte nichts. Ich glaube, sie konnte es nicht.

»Aber dann hast du im letzten Jahr alle diese Eigenschaften irgendwie zurückgestellt, nicht wahr, Delilah? Also vermute ich, daß das, was ich empfinde, nicht mehr so wichtig ist.«

Dels Gesicht war blaß. »Tiger ...«

»Denk darüber nach«, sagte ich. »Und denk zur Abwechslung auch mal an *mich,* statt nur an deine Ehreneide, an deine Besessenheit.«

Der Schreck wich langsam. Ich hatte eine Reihe von Saiten in ihr angeschlagen, aber sie war eindeutig nicht darauf vorbereitet, mit dem umzugehen, was ich ihr gesagt hatte. Und so kehrte sie zu unserem ursprünglichen Thema zurück. »Ich behaupte noch immer — ich behaupte *noch immer* —, daß die Wette Zeitverschwendung ist.«

Ich zuckte die Achseln. »Dann laß es uns ausprobieren.«

Ihr Blick war bestimmt. »Wie hoch ist dein Einsatz?«

Ich sah sie einen Moment lang fest an. Dann zog ich mein Schwert aus der Scheide.

Es fühlte sich richtig an. Warm und gut und *richtig,* wie eine Frau, die dich umarmt.

Wie ein völlig getränktes *Jivatma,* das dich zu beschützen verspricht.

Alle Haare auf meinem Arm standen aufrecht. Meine ganze Kraft war nötig, um das Schwert herunterzunehmen. Im wechselvollen trüben Mondlicht schimmerte das neu gefertigte *Jivatma.*

Alle Farbe wich aus ihrem Gesicht. Ich nickte zur Bestätigung auf die Frage, die sie nicht stellen wollte. »Jetzt weißt du, wie ernst es mir ist.«

»Aber … das kannst du nicht. Du kannst nicht dein *Schwert* verwetten.«

»Ich habe es gerade getan.«

Sie schaute auf die Waffe, die stumm vor meinen Knien lag. »Was sollte ich damit tun?«

»*Wenn* du siegen würdest — und das wirst du nicht —, alles was du willst. Es würde dein Schwert werden.«

»Ich habe ein Schwert.« Ihre linke Hand streckte sich aus, um den Harnisch und die Scheide zu berühren, die neben ihr lagen. »Ich habe ein Schwert, Tiger.«

»Dann verkauf es. Gib es weg. Zerbrich es. Schmelz es ein.« Ich zuckte die Achseln. »Es ist mit gleich, Del. Wenn du siegst, kannst du tun, was du willst.«

Sie schüttelte langsam den Kopf. »Du hast keinen Respekt vor Dingen, die du nicht verstehst.«

Ich unterbrach sie. »Respekt muß verdient werden, Bascha, nicht erkauft. Und auch nicht geübt, wie es in Staal-Ysta geschieht. Weil Respekt nichts als ein Wort ist, solange er nicht erwiesen ist. Leere, Del. Nicht mehr als das.«

Noch immer schüttelte sie den Kopf. »Dieses Schwert wurde für dich gemacht … *von* dir gemacht …«

»Es ist ein Stück Stahl«, sagte ich knapp.

»Du hast die Rituale ausgeführt, um den Segen gebeten …«

»… und es in dich hineingestochen.« Das verschlug ihr die Sprache. »Glaubst du, ich wollte ein Schwert haben, das versucht hat, dich zu töten?«

Del schaute auf Boreal, die in ihrer Scheide neben ihr lag. Erinnerte sich an den Kreis. Erinnerte sich an den Tanz.

Ihr Tonfall klang seltsam hohl. »Ich hätte dich getötet.«

»Du hast es versucht. Ich habe dich verrückt gemacht, und du hast es versucht. Ehrlich genug — ich hatte beabsichtigt, dich aus dem Konzept zu bringen.« Ich zuckte die Achseln. »Aber ich wollte dich nicht töten. Ich habe es nicht beabsichtigt. Das *Schwert* wollte es ... dieses blutrünstige, zornige Schwert.«

»Zornig«, wiederholte sie.

»Das war es«, sagte ich. »Ich konnte es spüren. Es *schmecken*. Ich konnte es in meinem Kopf hören.«

Sie hörte etwas aus meinem Tonfall heraus. »Aber ... jetzt ist es nicht zornig?«

Ich lächelte grimmig. »Nicht mehr sosehr. Genau wie dieser Hund hat es bekommen, was es verdiente.«

Del nickte bedächtig. »Du hast also jemanden getötet. Immerhin. Du hast dein *Jivatma* getränkt.«

Ich blinzelte nachdenklich. »Nicht ... ganz. Ich habe *etwas* getötet, ja, aber nicht das, was du vielleicht erwartest. Und nicht auf die Art, wie du es mir gesagt hast.«

Del runzelte die Stirn und war sehr aufmerksam. »Was hast du getan, Tiger?«

»Ich habe etwas getötet«, wiederholte ich. »Eine Katze. Weiß mit silbernen Sprenkeln.« Aus irgendeinem Grunde sagte ich nichts über das Fell, das ich in den Satteltaschen verstaut hatte. »Aber ich habe nicht gesungen.«

»Ein Schneelöwe«, sagte Del. »Du hast überhaupt nicht gesungen?«

»Ich bin ein Schwert*tänzer,* kein Schwertsänger oder was auch immer du zu sein beanspruchst. Ich töte Menschen mit meinem Schwert. Ich singe es nicht an.«

Del schüttelte gedankenvoll den Kopf. »Es spielt keine Rolle, ob du laut gesungen hast oder nicht. Sogar ein Stummer kann sich ein *Jivatma* verdienen. Sogar ein Stummer kann einen Gesang hervorbringen.«

Ich runzelte die Stirn. »Wie?«

Sie lächelte. »Ein Gesang kann schweigend gesungen werden. Ein Gesang kann aus der Seele kommen, ob man ihn nun hört oder nicht. Nur das Schwert zählt, und es benötigt nur die Seele und alle ihr innewohnenden Empfindungen.«

Ich dachte an den Gesang, den ich auf dem Aussichtspunkt am Seeufer gehört hatte. An den Gesang, den ich die ganze Zeit in meinem Kopf gehört hatte, seit ich die Klinge benannt hatte. Dank der Canteada war ich nicht in der Lage gewesen, ihn zu vergessen.

Und jetzt war es mein Schwert.

»Ich brauche es nicht«, erklärte ich. »Ich *will* es nicht, Del.«

»Nein. Aber es will dich.« Sie deutete auf mein Schwert. »Um dich zu finden, habe ich mein *Jivatma* gebraucht. Ich habe den Himmel mit meinem Schwert bemalt — du hast alle die Farben gesehen. Du hast alle die Lichter gesehen. Alles durch einen Gesang, Tiger... und du könntest dasselbe tun.«

Fragen brodelten auf. »Warum *hast* du es getan? Und wie hast du mich so schnell gefunden? *Insbesondere* mit dieser Wunde... Sie hätte dich länger behindern müssen, als meine es getan hat.« Ein plötzliches Frösteln berührte mit einer Fingerspitze mein Rückgrat. »Du hast nichts — *Sonderbares* getan, nicht wahr? Versprechungen gegeben? Irgendeinen Pakt geschlossen? Ich weiß, wie du bezüglich solcher Dinge bist.«

»Was ich tue, ist meine Angelegenheit.«

»Del... was hast du getan?« Ich schaute genauer auf die in ihr Gesicht eingegrabenen Linien. »Was hast du getan?«

Ihr Mund war eine harte schmale Linie. »Ich habe ein *Jivatma*.«

Eine Antwort, irgendwie. Sie sagte mir mehr als genug. »Also hast du es angesungen, nicht wahr? Mehr Magie von ihm erbeten? Noch mehr von deiner Menschlichkeit im Austausch für geheime Kraft angeboten?«

»Was ich tue...«

»... ist deine Angelegenheit. Ja, Del, ich weiß, ich weiß... Du hast dich immer so sehr bemüht, sicherzustellen, daß ich es verstehe.« Nur so konnte ich meinen

Tonfall gelassen halten. »Wie hast du das geschafft? Mit Magie?« Ich hob die Augenbrauen. »Hast du mich dadurch so schnell eingeholt?«

Ihr Gesicht war nachdenklich. »Das hat nichts mit Magie zu tun, Tiger. Sie sagten mir, daß du nach Ysaaden zögest. Ich kenne den Norden gut ... Ich habe eine Abkürzung genommen.«

Ich wartete. Sie sagte nichts mehr. Also fragte ich. »Warum hast du den Himmel bemalt?«

Nach einem Moment des Zögerns zuckte sie leicht die Achseln. »Ich dachte, es würde dich zu mir bringen.«

Das war etwas. Von ihr war es alles. »Aber du bist zu mir gekommen«, sagte ich. »Nachdem ich dich auf der Lichtung zurückgelassen hatte. Du kamst zu *mir.*«

Sie berührte das Heft ihres Schwertes. Sehr zärtlich. »Nachdem ich es getan hatte und du gekommen warst, habe ich erkannt, daß du nicht bleiben würdest. Daß ich zu dir kommen müßte.« Del lächelte traurig. »Der Stolz eines Mannes ist eine wichtige Angelegenheit.«

Ich runzelte kläglich die Stirn, mochte das schuldbewußte Zwicken nicht. »Es hat keinen Sinn, wenn ich den Himmel bemale.«

Sie lachte leise. »Vielleicht nicht. Aber es gibt andere Dinge. Andere Magien sind verfügbar. Du hast mein *Jivatma* gesehen.«

»Hmm.«

Del zuckte die Achseln. »Du hast mir geschworen, es niemals zu benutzen. Du würdest niemals damit töten, es niemals tränken. Aber du *hast* getötet, Tiger, und du hast deiner Klinge einen Gesang gegeben.« Sie schaute erneut auf mein Schwert. »Ob es dir gefällt oder nicht, es steckt Magie in deiner Klinge. Es steckt *Macht* in deiner Klinge. Und wenn du nicht lernst, sie zu beherrschen, wird sie dich beherrschen.«

Ich schaute zu Boreal, die so ruhig in ihrer Scheide steckte. Ich wußte, was sie tun konnte. Aber nur auf

Dels Bitte hin. Wenn sie ihren eigenen Neigungen überlassen würde ...

Nein. Denk nicht darüber nach. Denk an etwas anderes.

»Du«, sagte ich, »bist sandkrank. Also ist es jetzt an dir, aufzupassen.«

Und als Del mich verärgert anfunkelte, rollte ich mich in meine Bettdecke.

Acht

Man konnte sehr leicht in alte Verhaltensmuster verfallen. Del und ich waren schon lange genug zusammen, um gewisse Rhythmen in unserem alltäglichen Dasein entwickelt zu haben. Überwiegend einfache Dinge: Einer von uns entzündete und hütete das Feuer, der andere bereitete die Mahlzeit, beide kümmerten wir uns um unsere Pferde. Wir wußten, wann sie sich ausruhen mußten, wußten, wann wir Ruhe brauchten, kannten die geeignetsten Zeiten und Orte, um während der Nacht zu rasten. Vieles von dem, was wir taten, erforderte keine Worte, denn das meiste war eine Wiederholung der Dinge, die wir schon früher getan hatten.

Man konnte leicht vergessen, sich nur daran erinnern, daß wir zusammen waren. Und dann würde etwas, eine kleine Sache, anstehen und mich daran erinnern, daß wir für den Zeitraum von sechs Wochen *nicht* zusammengewesen waren — und ich würde mich an den Grund dafür erinnern.

Wir ritten auf Ysaa-den zu, folgten der Spur der Hunde. Sprachen wenig miteinander, weil wir nicht wußten, was wir sagen sollten. Zumindest wußte *ich* es nicht. Was Del dachte — oder wußte oder nicht wußte —, war, wie immer, ihre eigene Angelegenheit und mehr als persönlich, es sei denn, sie beschloß es zu teilen. Im Moment tat sie dies nicht.

Sie ritt vor mir. Dem Hengst gefiel dies nicht, aber ich bestimmte das Tempo. Ich wollte nicht, daß er sich überanstrengte. Also hielt ich ihn hinter dem fahlen

Rotschimmel, und er mußte sich mit dem Platz als Zweiter begnügen. Das Problem war nur, daß er es nicht war.

Dels Rücken war kerzengerade aufgerichtet. Sie reitet ohnehin immer sehr aufrecht, aber ich wußte, daß ein wenig ihrer außerordentlich geraden Haltung mit der Wunde zu tun hatte. Egal, was sie sagte oder nicht sagte — oder wieviel Magie sie angewandt hatte, ich wußte, daß sie Schmerzen hatte. Und ich wußte, welche Anstrengung es für sie bedeutete weiterzuziehen.

Boreal unterteilte ihren Rücken in zwei Hälften, von der linken Schulter zur rechten Hüfte, wie Samiel auch meinen Rücken unterteilte. Ich schaute auf Boreal und dachte Böses. Ich dachte auch an mein eigenes Schwert. Was erwartete es von mir? Wozu würde es mich zwingen?

Und dann vergaß ich Samiel und schaute erneut auf Boreal. Bemerkte, wie ruhig sie in der Lederscheide wippte. Wie sanft die Waffe ruhte und die tödliche Klinge verbarg. Den fremdartigen, von Göttern gesegneten Stahl verbarg, der seinen eigenen Gesang sang, genau wie Delilah es tat.

Und mit kalter, plötzlicher Klarheit fragte ich mich, wieviel von Dels Besessenheit in der Klinge statt in ihrem Gehirn den Ursprung hatte.

Ich wußte über *Jivatmas* wenig mehr als das, was Del und Kem mir erzählt hatten. Und selbst dann hatte ich ihren Worten wenig Beachtung geschenkt. So war es, bis mir mein eigenes neugestaltetes Schwert seinen Blutdurst gezeigt hatte und ich erkannte, wie unabhängig ein *Jivatma* sein konnte. Was bedeutete, daß Del für ihre Handlungen möglicherweise nicht völlig verantwortlich war. Hatte sie nicht bei mehr als einer Gelegenheit um Boreals Hilfe gebeten? Um *Macht?*

Ich schaute auf das Heft, das so weit über ihre linke Schulter hinausragte. Hatte Del ihre eigene Persönlichkeit freiwillig den Forderungen eines magiebeladenen

Schwertes unterworfen? Brauchte sie die Rache so dringend?

Sie hatte Eide geschworen. Ich selbst schwöre auch oft, aber niemals Eide. Zumindest keine bindenden, eher solche, die den Schwörenden zwingen, etwas zu tun, das er lieber nicht tun sollte. Aber Del war anders. Del nahm Versprechen und Eide und Schwüre sehr viel ernster. Das hatte sie dazu getrieben, eine Schwerttänzerin zu werden. Ein Kind aufzugeben. Das war es, was sie nach Süden getrieben hatte, allein, um nach ihrem entführten Bruder zu suchen.

Das war es, was sie dazu getrieben hatte, sich einen Schwerttänzer namens Sandtiger auszusuchen, der Leute kannte, die sie nicht kannte, und auch wußte, wo man sie fand.

Ein Mann macht sich zu vielem, abhängig von den Bedürfnissen und der Gestaltung seines Lebens. Ich, ich war ein Sklave. Und dann ein freier Mann, der Macht suchte, um sein Leben selbst in die Hand zu nehmen. Ein Leben eigener Wahl, ohne Forderungen von anderen.

Nun ja, es *gab* Forderungen. Wenn ich von einem Tanzeer angeheuert wurde, konnte er mir befehlen. Aber nur dann, wenn seine Wünsche in ausreichendem Maße mit meiner Bereitschaft übereinstimmten. Und es gab Dinge, die ich nicht tat. Menschen zu töten, die es verdient hatten oder mir keine andere Wahl ließen, war etwas, womit ich schon vor vielen Jahren zurechtgekommen war. Lange Zeit war das Töten fast ein Vergnügen, weil es ein wenig von meinem Zorn freisetzte. Nach einiger Zeit, als ich ein wenig älter geworden war, war die Feindseligkeit nicht mehr so offensichtlich. Ich war frei. Niemand konnte mich jemals wieder zum Sklaven machen. Ich mußte nicht mehr töten.

Abgesehen davon, daß es das einzige war, worin ich gut war.

Der Schwerttanz war mein Leben. Ich hatte es frei erwählt. Ich hatte den Schwerttanz erlernt und war ein Schwerttänzer des siebten Grades geworden, was bedeutete, daß ich sehr gut war. Es machte mich zu dem, was ich war. Zu einem gefährlichen, tödlichen Mann.

Der sein Schwert an jeden vermietete, der Geld hatte.

Von Natur aus sind wir einsame Seelen. Immerhin ist es schwierig für einen Berufsmörder, ein normales Leben zu führen. Huren macht es nichts aus, mit uns zu schlafen, solange wir sie bezahlen und sie damit angeben können — und manchmal ist unser Ruhm schon Bezahlung genug —, aber anständige Frauen heiraten uns normalerweise nicht. Weil sich ein Mann, der sich und sein Schwert verdingt, um leben zu können, immer auf einer Gratwanderung befindet und weil eine Frau, die mit ihrem Mann alt werden möchte, es nicht mag, ihn jung zu verlieren.

Es gibt natürlich Ausnahmen. Schwerttänzer heiraten oder nehmen eine Frau als Eigentum ohne den Vorteil der Rituale. Aber die meisten von uns tun dies nicht. Die meisten von uns reiten allein. Die meisten von uns sterben allein, sie hinterlassen keine Frauen oder Kinder, die trauern.

Dafür gibt es einen Grund. Häusliche Verantwortung kann die Seele eines Schwerttänzers zerstören.

Und jetzt war Del da. Nicht mehr dieselbe Del. Für immer eine andere Del. Nicht wegen des Mädchens, das sie geboren hatte, obwohl mich das veranlaßte, anders über sie zu denken. Nicht weil wir in der Vergangenheit so viele Male ein Bett geteilt hatten. Sondern aufgrund ihrer Taten und meiner Taten und aufgrund der daraus erfolgenden Veränderungen.

Treue ist eine heilige Angelegenheit. Etwas, das man bewundern muß. Etwas, das man in Ehren halten muß. Es ist nichts, das zwei Menschen in unserem Beruf, in dem die Treue so oft erkauft wird, häufig erfahren. Treue in einem Kreis ist tatsächlich sehr selten, weil zu oft jemand stirbt oder seinen Stolz opfert, was eine Beziehung zerstören kann. Aber für eine Weile hatten wir sie kennengelernt. Für eine Weile hatten wir sie gelebt.

Aber wir hatten im Kreis auf Staal-Ysta beide der Tugend abgeschworen.

O Hoolies, Bascha, was ich für die alten Tage geben würde.

Aber *welche* alten Tage? Die mit ihr oder die ohne sie?

Ohne sie war es leichter. Denn in den Tagen mit ihr hatte ich sie beinahe getötet.

Del wandte sich einen Moment im Sattel um und schob sich das Haar hinter ein Ohr. Dadurch wurde ihr Gesicht sichtbar. Ein fein gezeichnetes Gesicht mit phantastischen Flächen, von denen zu viele offenlagen. Qual, Schwüre und Besessenheit hatten die jugendliche Haut in eine Maske spröder Schönheit verwandelt. Eine kalte, scharfkantige Schönheit, die mich an Glas denken ließ.

Glas bricht zu oft. Ich fragte mich, wann sie brechen würde.

Ich erwachte unmittelbar nach Tagesanbruch und sah nach Del. Das tat ich, wie ich bemerkt hatte, jeden Morgen, seit wir wieder zusammen waren, und es verwirrte mich. Aber dennoch tat ich es jeden Morgen. Zur Beruhigung.

Und jeden Morgen sagte ich zu mir: Ja, Del lebt. Ja, Del ist hier.

Es ist immerhin kein Traum.

Grummelnd setzte ich mich auf. Versuchte, die Muskeln zu strecken und die Gelenke knacken zu lassen, ohne sie aufzuwecken, weil kein Mann einer Frau gern verrät, daß er älter wird, daß die Jahre ihren Tribut fordern. Und dann stand ich langsam auf und ging, gleichermaßen langsam, zu dem Hengst hinüber. Ich untersuchte ihn jeden Morgen, nur um sicherzugehen. Die Krallenwunden heilten gut, aber das Fell würde weiß nachwachsen. Wie ich würde auch er die Narben mit in den Tod nehmen.

Und dennoch schien er in viel besserem Zustand zu sein — oder vielleicht war es einfach so, daß die Gegenwart des Wallachs ihm wieder mehr Interesse am Leben schenkte. Was auch immer es war, er war wieder mehr er selbst. Sein altes unfreundliches Selbst.

Ich ließ meine Hand an der Schulter des Hengstes hinabgleiten, strich Winterfell aus. Es war *fast* Frühling, und er verlor sein Fell.

»Tiger.«

Ich schaute zurück und sah Del am Feuer stehen. Sie hatte alle ihre Decken abgelegt und sich in weißer Wolle mir zugewandt, das helle Haar aus dem Gesicht geflochten und mit weißem Band zurückgebunden. Sie nahm die Scheide und den Harnisch auf und ließ Boreal in die Dämmerung gleiten. Mit Runen versehener Stahl schimmerte. »Willst du mit mir tanzen, Sandtiger?«

Ich wandte mich von dem Hengst ab, um sie direkt anzusehen. »Du bist nicht in der Verfassung zu tanzen, Del. Noch nicht.«

»Irgendwann muß ich anfangen. Es ist schon viel zu lange her.«

Aus irgendeinem seltsamen Grund machte mich das sehr ärgerlich. »Hoolies, Frau, du bist sandkrank! Ich bezweifle, daß du eine Stellung länger als ein Augenzwinkern aushalten und kaum gegen einen Angriff bestehen könntest, den ich führen würde. Glaubst du, ich sei blind?«

»Ich glaube, daß du Angst hast.«

Etwas tief in mir wand sich. »Also das wieder.«

»Und wieder und wieder.« Sie hob das tödliche *Jivatma.* »Tanz mit mir, Sandtiger. Ehre das Abkommen, das wir getroffen haben.«

Stolz bewog mich, einen Schritt auf mein Schwert zu tun. Aber nur einen einzigen Schritt. Ich sah sie kopfschüttelnd an. »Dieses Mal nicht, Bascha. Ich bin älter und ein wenig weiser. Du kannst mich nicht in den Kreis locken. Nicht mehr. Ich kenne deine Kniffe zu gut.«

Die Spitze ihres Schwertes zitterte für einen Moment. Und blitzte dann auf, als sie ihren Griff verlagerte und die Klinge senkrecht nach unten stieß, tief in die Erde. »Dich locken?« fragte sie. »O nein.« Und bevor ich sie aufhalten konnte, kniete sich Del vor das Schwert. Sie setzte sich auf die Fersen und kreuzte die Hände vor der Brust. Der Zopf fiel ihr über die Schulter herab, so daß er über dem Boden baumelte. »Geehrter *Kaidin*«, sagte sie, »willst du etwas von deinem Können mit mir teilen?«

Ich sah die nordische Frau an, die sich vor mir verbeugte, und alles, was ich empfand, war Verärgerung. Eine tiefe und beständige Verärgerung, die so stark war, daß sie mich krank machte.

»Steh auf!« sagte ich heiser.

Aber sie beugte nur den Kopf.

»Steh auf, Delilah!«

Der volle Name ließ sie zusammenzucken, aber sie stand nicht auf.

Und so überquerte ich die Lichtung und ging zu ihr, denn ich wußte aus Erfahrung um die Kraft ihrer Entschlossenheit. Sie wußte, daß ich da war. Sie war nicht taub, und sie konnte meine Reihe gemurmelter Flüche nicht überhören. Aber sie stand nicht auf. Sie hob nicht einmal den Kopf.

Ich streckte eine starre Hand aus. Und bekam Boreal zu fassen.

»Nein ...« Einen Schrei unterdrückend, fiel Del rückwärts. Krankheit und Qual hatten ihr Kraft und Schnelligkeit geraubt. Ich hielt den Beweis in Händen.

»Ja«, sagte ich deutlich, »wir haben ein Abkommen getroffen, Bascha, und ich werde es ehren. Aber nicht jetzt. Noch nicht. Keiner von uns ist dazu bereit.« Ich schüttelte müde den Kopf. »Vielleicht liegt es nur daran, daß ich älter bin. Vielleicht liegt es daran, daß ich klüger bin. Oder vielleicht liegt es auch nur an dem blinden Stolz der Jugend, der dich dazu verleitet, dein Leben zu riskieren.« Ich rieb mit einer Hand über meine Augenbraue und schob herabgefallenes Haar zur Seite. »Hoolies, ich weiß es nicht — vielleicht ist es einfach eine Eigenart der Schwerttänzer. Ich habe früher das gleiche getan.«

Del sagte nichts. Sie kniete noch halb auf dem Boden und stützte sich mit einer Hand auf, während sie die andere auf die Rippen preßte. Ihr Gesicht war hochrot. Flecken hellen Karmesinrots vor perlweißer Haut.

Ich seufzte. Setzte Boreals Spitze auf dem Boden auf und drückte sie langsam hinab, so daß sie von allein aufrecht stand. Dann ließ ich mich schnell auf Dels Augenhöhe nieder, kniete mich vorsichtig hin und öffnete meinen schweren Gürtel.

Dels Augen weiteten sich. »Was tust du?«

»Ich will dir etwas zeigen.« Ich ließ den Gürtel fallen und zog mehrere Lagen Wolle hoch. Legte meinen Brustkorb frei. »Da«, sagte ich. »Siehst du es? Dein Werk, Del. Ein sauberer, vollkommener Schwertstoß. Und er tut weh. Er schmerzt wie die Hoolies. Und wird noch einige Zeit schmerzen, Del — vielleicht sogar für immer. Weil ich nicht mehr so jung bin, wie ich einmal war. Bei mir heilt alles langsamer. Und alles tut länger weh. Ich lerne aus meinen Fehlern, weil meine Fehler stets in der Nähe sind, um mich zu erinnern.«

Dels Gesicht war jetzt aschgrau. Sie schaute durchdringend auf die häßliche Narbe, die deutlicher sichtbar war, als sie es sonst vielleicht gewesen wäre, weil ich, seit ich in den Norden gekommen war, viel von meiner Farbe verloren hatte. Bläuliches Purpur vor Hellbraun ist keine attraktive Mischung.

»Ich habe Schmerzen, Bascha. Und ich bin müde. Ich will nur noch nach Hause ziehen, in den Süden, wo ich mich in der Sonne braten lassen und den nordischen

Schnee vergessen kann. Aber das kann ich erst tun, wenn ich die Arbeit beendet habe, die zu tun ich versprochen habe. Und um diese Arbeit zu beenden, muß ich hierbleiben.«

Del schluckte hart. »Ich will nur tanzen.«

Ich zog meine Tunika herunter. »Ich werde dich nicht bitten, mir deine Wunde zu zeigen, weil ich mir gut vorstellen kann, wie sie aussieht. Ich habe es getan, Bascha ... Ich weiß, wie der Stoß war. Ich weiß, was er dir angetan hat. Wenn du jetzt in einen Kreis einträtest, würdest du den Tanz nicht überleben.«

Ich nahm mein eigenes Schwert auf, das noch immer auf dem Boden zwischen uns lag. »Ich habe dich einmal fast getötet. Ich möchte das nicht noch einmal riskieren.«

»Zuviel Zeit«, flüsterte sie.

Ich stand mit einem Grummeln auf. »Du hast alle Zeit der Welt, meine nordische Bascha. Du bist jung. Du wirst gesund werden. Du wirst deine Kraft wiedergewinnen. Du wirst wieder tanzen, Delilah. Das verspreche ich dir.«

»Wie alt bist du?« fragte sie plötzlich.

Ich schaute stirnrunzelnd auf sie hinab. »Ich dachte, das hätte ich dir bereits gesagt.«

»Nein. Du hast mir nur erzählt, daß du älter seist als ich.« Del überraschte mich mit einem Lächeln. »Das wußte ich bereits.«

»Ja, nun ... das denke ich mir.« Verwirrt kratzte ich meine Sandtigernarben. »Ich weiß nicht. Alt genug. Warum? Spielt es denn eine Rolle? Nach dieser ganzen Zeit?«

»*Du* bist derjenige, der das Alter zum Thema gemacht hat, Tiger. Ich wollte nur wissen, wie alt der alte Mann ist.«

»Wie alt bist *du?*« konterte ich, obwohl ich es genau wußte. Aber es ist eine bei Frauen verhaßte Frage.

Del zuckte mit keiner Wimper. Und sie zögerte auch

nicht. »In drei weiteren Tagen werde ich einundzwanzig Jahre alt sein.«

»Hoolies«, sagte ich angewidert, »ich *könnte* dein Vater sein.«

Dels Gesichtsausdruck war ernst. »Er war vierzig, als er getötet wurde. Wie nahe bist du daran?«

»Zu nahe«, murmelte ich säuerlich und ging davon, um meine Blase zu beschwichtigen.

Neun

Del und ich ritten mehr als zwei Tage lang beständig in nordöstlicher Richtung. Wir ritten gemächlich in mehreren Etappen voran: erstens der Hengst, zweitens ich und drittens Del selbst. Keiner von uns liebt eine angeschlagene Gesundheit. Und keiner von uns redet gern darüber — was bedeutete, daß wir angesichts unserer beträchtlichen Wunden überwiegend schwiegen.

Aber wir nahmen natürlich alles wahr. Ich nahm Del wahr, und sie nahm mich wahr. Aber wir sagten beide nichts, denn das hätte bedeutet, Unbehagen zuzugeben, wozu keiner von uns bereit war. Man könnte es Stolz, Hochmut oder Dummheit nennen. Nur der Hengst war völlig ehrlich, aber er machte kein Aufhebens davon. Er hatte Schmerzen. Und das zeigte er uns.

Ich tätschelte seinen Hals, vermied aber die verheilenden Krallennarben. »Ich weiß, alter Junge ... aber es wird besser werden, das verspreche ich dir.«

Del, die vor mir zwischen Bäumen mit kahlen Zweigen hindurchritt, wandte den Kopf und murmelte über eine Schulter hinweg: »Wie kannst du das wissen? Du weißt nicht einmal, wohin wir reiten.«

»Wir reiten nach Ysaa-den.«

»Und wenn du dort keine Antworten findest?«

Wieder das. Es war an dem Tag, an dem wir aufgebrochen waren, kurz ein Streitthema gewesen. Sie war wenig davon überzeugt, daß ich mit der Verfolgung der Hunde zu ihrem Herkunftsort die richtige Entscheidung getroffen hatte. Aber da alle *ihre* Entscheidungen von einem unersättlichen Bedürfnis nach Rache beeinflußt wurden, erwiderte ich ihr, daß ich nicht so sicher sei, ob sie überhaupt eine neutrale Meinung zu irgendeinem Thema habe. Sie hatte sich in hochmütiges Schweigen gehüllt, wie Frauen dies so oft tun, wenn der Mann sie ertappt, und das Thema nicht mehr erwähnt.

Bis jetzt.

Ich paßte meine Haltung der Bewegung des Hengstes an und versuchte eine Stellung zu finden, die das heilende Narbengewebe nicht belastete. »Del«, sagte ich geduldig, »du wußtest nicht, wo *du* hinreiten würdest, als du in den Süden kamst, um deinen Bruder zu finden. Ich habe nicht bemerkt, daß dich das aufgehalten hätte, denn bevor wir uns trafen, hatten wir noch nie voneinander gehört — nun, vielleicht hattest du von *mir* gehört —, und jetzt sind wir hier und reiten zusammen im Norden. Was alles in allem bedeutet, daß es dir nicht viel ausgemacht hat, kein Ziel zu haben. Du zogst einfach los.«

»Das war etwas anderes.« Ich nickte müde vor mich hin. Ist es nicht immer etwas anderes?

Del spähte über die Schulter zu mir zurück und biß die Zähne zusammen, als ihr das Drehen des Körpers Schmerzen bereitete. »Wie willst du feststellen, wann du am Ziel bist?«

»Ich werde es einfach wissen.«

»Tiger ...«

»Del, hör einfach auf, mich zu bearbeiten und zu hoffen, daß ich dir nachgebe. Ich habe mir meine Meinung gebildet und beabsichtige, mein Versprechen auszuführen.« Ich hielt inne. »Mit dir oder ohne dich.«

Schweigen. Del ritt weiter. Dann, sehr gedämpft: »Diese Bestien waren niemals hinter *dir* her.«

Es war halb Herausforderung und halb Prahlerei. Und auch die Wahrheit, denn es war schon vor Monaten ziemlich klargeworden, daß die Hunde Dels Schwert, Del oder beides wollten.

Aber das war damals. Die Dinge hatten sich geändert. »Aber jetzt sind sie hinter mir her.«

Del brachte ihren Wallach zum Stehen. Wandte sich noch abrupter im Sattel um, was ihr weh tat, sie aber nicht davon abhielt, mich anzustarren. »Was?«

»Ich sagte: ›Aber jetzt sind sie hinter mir her.‹ Warum sonst hat einer von ihnen wohl die Wachpfeife gestohlen?«

Del zuckte die Achseln. »Sie war von den Canteada gemacht. Mit Magie belegt. Verlockend genug, denke ich, denn ich glaube nicht, daß du gemeint warst.«

Der Hengst streckte sich aus, um den fahlen Leib des Wallachs anzuknabbern. Ich zog ihn zurück, strafte ihn leicht und lenkte ihn weg, in der Hoffnung, ihn für etwas anderes zu interessieren, vielleicht für einen Baum. »Sie sind schon einmal in mein Lager gekommen. Sie alle. Und sie haben versucht, mein Schwert zu stehlen.«

»Zu *stehlen!*«

»Zu stehlen«, bestätigte ich. »Sie hatten kein großes Interesse an mir, nur an dem Schwert.«

Del Stirnrunzeln vertiefte sich. »Ich verstehe nicht.«

»Was gibt es da zu verstehen?« Ich kämpfte mit dem Hengst, der Anstalten machte, seine Zähne wieder dem Leib des Rotschimmels zu nähern. »Ursprünglich wollten sie nur *dein* Schwert, erinnerst du dich? Und dann meines … nachdem ich es erst einmal getränkt hatte. Nachdem ich erst einmal die Katze getötet hatte.« Die Erinnerung zog sich in meinem Bauch zusammen. »Sogar nachdem ich erst einmal …« Aber ich brach ab.

Dels Brauen schossen aufwärts. »Nachdem du erst einmal *was?*«

Die Erinnerung blühte noch vollständiger auf. Ich stand auf dem Aussichtspunkt am Seeufer und schaute hinunter auf Staal-Ysta, den Ort der Geister, wo nordische Tote in nordischer Erde begraben lagen, gewürdigt von Hügelgräbern und Steindolmen.

Ich stand auf dem Aussichtspunkt am Seeufer und schaute hinunter auf Staal-Ysta, den Ort der Schwerter, die Insel, die im Wasser trieb und von der Umarmung des Winters schwarz gefärbt war. Und ich hatte eine nackte Klinge in die Erde getrieben.

Nackt, als sie hineinglitt. Mit Runen versehen, als sie herauskam.

Ein Frösteln lief mein Rückgrat hinab. »Sie haben es gewußt, seit ich das Schwert benannt habe.«

Del wartete.

»Es muß so sein«, sann ich. »Sie waren ursprünglich eine große Gruppe, ich habe die Spur tagelang verfolgt ... Und dann hat sich die Gruppe geteilt. Einige Spuren führten weiter. Andere führten im Kreis zurück ...« Ich runzelte die Stirn. »Diese Hunde müssen es gewußt haben.«

Kurz darauf nickte sie. »Namen sind mächtig. Mit *Jivatmas* muß man vorsichtig sein. Auf Namen muß man gut aufpassen.« Und dann besänftigte sich ihr Gesichtsausdruck. »Aber das weißt du. Du würdest niemals jemandem den Namen deiner Blutklinge verraten.«

»Ich habe ihn *dir* verraten.«

Del war überrascht. »*Mir* verraten! Wann? Du hast mir nichts davon gesagt. Nichts, was sich auf ihren Namen bezog.«

Ich betrachtete stirnrunzelnd die Ohren des Hengstes. »Dort auf dem Aussichtspunkt, oberhalb der Insel. Nachdem ich es herausgezogen hatte. Ich sah die Runen, las den Namen — und sagte ihn dir.« Ich war ein wenig verlegen, denn ich wußte, wie dumm das klang. »Ich habe nicht erwartet, daß du es hören würdest. Ich war nicht einmal sicher, ob du noch lebtest ...« Ich brach ab. »Ich habe den Namen ... einfach gesagt. Dort auf dem Aussichtspunkt ... für dich.« Ich hielt inne, mußte es erklären. »Du hattest mir den Namen *deines* Schwertes genannt. Ich dachte, ich sollte dasselbe tun. Dadurch wären wir ebenbürtig.« Ich atmete heftig aus. »Das ist alles. Das ist der Grund. Dadurch wären wir ebenbürtig.«

Del sagte kein Wort.

Die Erinnerung war so deutlich. »Da war er«, sagte ich zu ihr. »Aufgeschrieben. Sein Name ... in den Runen. Genau wie du und Kem es versprochen hatten.«

»Runen«, wiederholte Del. »Runen, die du nicht lesen kannst.«

Ich öffnete den Mund. Schloß ihn wieder.

Das war mir nicht aufgefallen. Die Runen waren mir so vertraut gewesen, daß ich nicht einmal darüber nachgedacht hatte. Niemals. Ich hatte nur daraufgeschaut — und es *gewußt*. So wie ein Mann die Form und Beschaffenheit seines Kinns kennt, wenn er sich jeden Morgen rasiert. So wie sein Körper weiß, wie er zu einer Frau paßt, ohne daß Belehrungen nötig wären.

O Hoolies.

Unvermittelt zog ich das Schwert aus der Scheide. Wog die Klinge über meinem Sattelknauf aus und betrachtete die fremdartigen Runen.

Schaute *wie gebannt*. Bis meine Sicht verschwamm und die Formen ineinanderflossen. Die Formen, die ursprünglich nicht auf der Klinge gewesen waren. Nicht, als Kem sie mir gegeben hatte. Nicht, als ich sie ins Wasser getaucht und, sehr zynisch, den Segen der nordischen Götter erfleht hatte.

Nicht, als ich sie in die nordische Erde versenkt hatte, am Rande des Aussichtspunktes.

Erst nachdem ich sie herausgezogen hatte.

Del saß auf ihrem ruhigen Rotschimmel neben mir. Wie ich betrachtete auch sie die Klinge. Aber sie lächelte, wenn auch nur ein wenig. Ich schaute nur.

»Also«, sagte sie, »geht der Sandtiger wieder einmal seinen eigenen Weg. *Bahnt* sich seinen eigenen Weg, wie du dir auch dieses Schwert erkämpft hast.«

Mein Tonfall war schroff. »Was?«

»Erinnerst du dich daran, wie Kem dir in die Hand geschnitten und die Klinge mit Blut benetzt hat?«

Ich nickte säuerlich. Ich hatte es nicht besonders gern mit mir machen lassen.

»Das ist ein Teil der Benennungszeremonie. Normalerweise zeigen sich dann die Runen. Meine haben es getan. Alle *Jivatmas* tun dies.« Sie hielt inne. »Aber deines natürlich nicht.«

Ich erinnerte mich, daß Kem schon so etwas ähnliches gesagt hatte. Ich erinnerte mich auch, daß er gesagt hatte, der Glaube sei eine Notwendigkeit, und der wahre Name des *Jivatma* bliebe verborgen, solange ich nicht vollständig an seine Magie glaube. Das war in diesem Augenblick der Grund dafür gewesen, daß keine Runen sichtbar wurden.

Aber dort auf dem Aussichtspunkt, mit der Angst, daß Del tot sei, hatte ich daran geglaubt. Weil es das Schwert gewesen war, nicht ich, das versucht hatte, sie zu töten.

Und so hatte das Schwert in diesem Moment des Glaubens seinen wahren Namen preisgegeben. In Runen, die ich nicht lesen konnte.

Ich sagte etwas sehr Grobes. Sehr Heftiges. Es hatte mit Dingen zu tun, die ich gern mit dem Schwert getan hätte. Die ich ihm gern angetan hätte. Dinge, die mir großen Spaß gemacht hätten, die mir große Erleichterung verschafft hätten, Dinge, die alle zukünftigen Probleme gelöst hätten, weil es dann keine Zukunft für das Schwert gegeben hätte.

»Ja«, stimmte Del zu. »Es ist schwer, die zweite Seele anzuerkennen — besonders wenn diese Seele einst eine Katze und kein Mensch war. Aber du wirst sie anerkennen.« Sie lächelte, ein wenig selbstgefällig, wie es mir schien, was genauso unnötig war, wie es unbeantwortet blieb. »Sie kennt dich jetzt. Sie hat dir gesagt, was sie sein muß. Was sie am meisten will.«

»Töten«, murmelte ich.

Del antwortete ruhig. »Ist es nicht das, was du tust? Ist es nicht das, was du bist?«

Ich betrachtete die Klinge. Die Runen blieben. Vertraute Formen. Aber nicht lesbar.

Ich schaute von dem Schwert fort auf Dels Gesicht. »Samiel«, sagte ich ihr.

Del sog erschreckt den Atem ein.

»Samiel«, wiederholte ich. »Du konntest mich beim ersten Mal nicht hören. Jetzt kannst du es. Jetzt weißt du, was es ist.«

Ich sah sie den Namen aussprechen. Ich sah sie mein Schwert betrachten. Ich sah sie an ihr eigenes denken, daran, was die ›Ehre‹ mit sich brachte.

Sie wandte ihr Pferd um und ritt los.

Bei Sonnenuntergang beobachtete Del nachdenklich, wie ich mich um den Hengst kümmerte, Händevoll Hafer an ihn verfütterte und ruhig mit ihm sprach. Ich dachte mir nichts dabei. Menschen, die allein reiten, sprechen oft mit ihren Pferden. Und sie hatte mich dies schon zuvor tun sehen, wenn auch, zugegebenerweise, nicht so intensiv. Sie hatte während des Rittes nach Norden mit ihrem einfältigen gesprenkelten Wallach gesprochen. Jetzt hatte sie den ruhigen Rotschimmel, aber ich bezweifelte, daß sie ihre Gewohnheiten ändern würde.

Sie reichte mir die Bota, als ich zu der Feuerstelle zurückkehrte und mich auf meinem Schlafplatz einrichtete, indem ich mich in Umhang und Decken wickelte. Leise sagte sie:

»Du sorgst dich sehr um ihn.«

Ich trank *Amnit,* schluckte ihn hinunter und zuckte die Achseln. »Er ist ein Pferd, genausogut wie jedes andere, besser als die meisten. Er wird es vielleicht schaffen.«

»Warum hast du ihm nie einen Namen gegeben?«

Ich legte die Bota beiseite. »Namen sind Zeitverschwendung.«

»Du hast dein Schwert benannt. *Beide,* dein südliches Schwert, Einzelhieb, und dann dein nordisches Schwert.« Aber sie sprach den Namen nicht aus. »Und du hast selbst einen Namen, ehrenhaft erworben. Nach Jahren, in denen du keinen Namen hattest.«

Ich zuckte die Achseln. »Ich bin einfach nie dazu gekommen. Es schien irgendwie albern. Irgendwie — verweichlicht.« Ich grinste über ihren Gesichtsausdruck. »Er braucht keinen Namen. Er weiß, was ich meine.«

»Oder gemahnt er dich an etwas?«

Sie stellte die Frage sehr sanft, zeigte damit nicht mehr als echte Neugier. Del ist kein Mensch, der bewußt Unfrieden heraufbeschwört, weder mit Worten noch mit Waffen. Aber es schien eine seltsame Frage zu sein.

Ich runzelte die Stirn. »Nein. Ich habe einiges, was Erinnerungen hervorruft: diese Narben und meine Halskette.« Ich zog das Lederband unter der wollenen Tunika hervor und rasselte mit den gebogenen Krallen. »Außerdem habe ich ihn erst Jahre später bekommen, lange nachdem ich freigekommen war.«

Del betrachtete ihren Wallach, der in angemessener Entfernung von dem Hengst angebunden war. »Sie haben ihn mir gegeben«, sagte sie, »damit ich schneller abreisen würde.«

Ihre Stimme klang gefaßt, aber ich habe gelernt, die Nuancen zu erkennen. Mehr als nur die Wunde war nicht verheilt und würde auch noch eine ganze Weile schmerzen.

Ich ließ meine Halskette los. »Du hast das Richtige getan.«

»Habe ich das?« Jetzt war die Verbitterung offensichtlich. »Ich habe meine Tochter im Stich gelassen, Tiger.«

Ich sah keinen Sinn darin, diplomatisch zu reagieren. »Das hast du vor fünf Jahren getan.«

Da fuhr sie herum. Sah mich wütend an. »Welches Recht hast du ...«

»Das Recht, welches du mir gegeben hast«, belehrte ich sie nüchtern, »als du mich Staal-Ysta verpflichtet hast — ohne meine Erlaubnis, erinnerst du dich? —, um dir Zeit mit Kalle zu erkaufen. Obwohl du sie fünf Jahre zuvor aufgegeben hattest.«

Ich wollte es ihr nicht vorwerfen, es war ihre Entscheidung gewesen. Aber jetzt befand sie sich so sehr in der Defensive, daß sie jede Bemerkung so interpretierte, als stelle ich ihre Beweggründe in Frage. Was bedeutete, wie schon zuvor, daß sie sie selbst in Frage stellte.

Das tut Del nicht gern.

»Ich hatte keine Wahl.« Ihr Tonfall war unversöhnlich. »Ich hatte Schwüre abgelegt. Blutschwüre. Alle Schwüre sollten geehrt werden.«

»Vielleicht«, stimmte ich geduldig zu, »und du machst deine Sache gut ... um den Preis, Kalle zu verlieren. Es war deine Entscheidung.«

Del wandte den Kopf und sah mich an. »Eine weitere Sache«, sagte sie leise, »die Ajanis Tod rechtfertigt.«

Ich glaube, es gibt keine Möglichkeit für einen Mann, die Gefühle einer Frau für ihr Kind ganz zu teilen oder zu verstehen, wir sind zu verschieden. Da ich selbst kein Vater war — zumindest, soweit ich wußte —, konnte ich mir nicht einmal vorstellen, was sie empfand. Aber ich war ein Kind ohne jegliche Familie gewesen, gefangen in Namenlosigkeit und Sklaverei und hatte mich selbst als unvollständig empfunden. Dels Tochter hatte eine Familie, wenn auch keine Blutsverwandten, und ich dachte, daß diese Beziehung den Preis rechtfertigte.

Selbst wenn die Mutter nicht so dachte.

»Es ist vorbei«, sagte ich ruhig. »Du bist von Staal-Ysta verbannt worden. Aber zumindest lebst du.«

Del starrte angestrengt in die Dunkelheit. »Ich habe Jamail verloren«, sagte sie, »als er bei den Vashni blieb. Und jetzt habe ich Kalle verloren. Jetzt habe ich niemanden mehr.«

»Du hast dich. Das sollte genug sein.«

Dels Blick war tödlich. »Du verstehst nichts.«

Ich hob die Augenbrauen. »*Ist* das so?«

»Ja. Du weißt nichts von den Gebräuchen der Familien im Norden. Überhaupt nichts von Familie. Und doch wertest du so schnell Dinge ab, die mir sehr wertvoll sind.«

»Nun, Del ...«

Dels Ungeduld war offenkundig. »Ich werde es dir einmal sagen. Ein letztes Mal. Ich werde es dir sagen, damit du es weißt, und dann wirst du vielleicht verstehen.«

»Ich denke ...«

»*Ich* denke, du solltest still sein und mir zuhören.«

Ich schloß den Mund. Manchmal muß man Frauen reden lassen.

Del atmete tief ein, um sich zu beruhigen. »Im Norden sind die Verwandtschaftskreise sehr eng. Sie sind *heilig* ... genauso heilig wie ein Kreis für den Schwerttänzer. Generationen leben in einem einzigen Haus, manchmal bis zu vier, wenn die Götter bei der Verteilung der Lebensspannen großzügig sind.« Sie nickte kurz. »Wenn ein Mann heiratet, kommt die Frau in sein Haus — außer wenn er keine Familie hat und dann in ihres zieht —, und so erweitert sich der Kreis. Kinder werden geboren, und der Kreis erweitert sich noch mehr. Und wenn Krankheiten auftreten und die Alten sterben, oder auch die Neugeborenen, wird der Kreis wieder kleiner, so daß wir uns gegenseitig beistehen können. So können wir Schmerz, Kummer und Qual teilen und müssen ihnen nicht allein begegnen.«

Ich wartete, sagte nichts.

»Brüder und Schwestern und Vettern, Tanten und Onkel und Großverwandte. Manchmal sind die Häuser groß. Aber immer mit Gelächter erfüllt. Immer mit Gesang erfüllt. Selbst wenn Menschen sterben, damit ihre Seele in Frieden gehen kann.«

Ich dachte zurück an die Häuser auf Staal-Ysta. Große Holzhäuser, die voll von Menschen waren. So anders als das, was ich kannte. So fremdartig in ihren Gebräuchen.

Del sprach sehr sanft. »Wenn etwas Wichtiges geschieht, hat die Verwandtschaft immer Anteil daran. Werbungen, Hochzeiten, Geburten. *Und* Tod. Die Gesänge werden immer gesungen.«

Sie hielt inne, schluckte, runzelte die Stirn und fuhr dann fort. »Ein Vater stimmt einen Gesang für das verlorene Kind an, und die Mutter nimmt ihn auf und dann die Brüder, die Schwestern, die Tanten, die Onkel, die Vettern, die Großverwandten ... bis das Kind für immer in den Schlaf gesungen wurde. Wenn es einen Ehemann betrifft, beginnt die Ehefrau. Bei einer Ehefrau beginnt der Ehemann und so weiter. Der Gesang wird immer gesungen, damit die gerade Verstorbenen von einem Leben jenseits der Welt erfahren. Damit sie keine Dunkelheit umgibt, sondern nur Licht. Das Licht eines Tages, das Licht eines Feuers ... das Licht eines Sterns in der Nacht oder das Schimmern eines *Jivatma*. Licht, Tiger, und Gesang, damit man keine Angst haben muß.« Sie atmete hastig ein. »Aber jetzt, für mich, wird es keinen Gesang geben. Es ist niemand da, der ihn für mich singen könnte.« Sie beherrschte ihre Stimme mühsam wieder. »Niemand, für den *ich* singen könnte, denn Jamail und Kalle sind fort.«

Das war ein Hilferuf. Nach etwas Mitgefühl. Nach etwas Verständnis. Aber ich merkte, daß mir die Worte fehlten, das Feingefühl, das notwendige Verständnis, weil ich das Bedürfnis nach Rache kennengelernt hatte. Das Bedürfnis nach Blutvergießen.

Und so brachen die ersten Worte aus mir heraus, die mir einfielen, weil es die einfachsten waren. Weil sie kein *Mit*gefühl erforderten — nur stilles, großes Gefühl. »Dann laß uns die Welt von diesen Hunden befreien, Bascha ... laß sie uns von Ajani befreien.«

Del blinzelte heftig. Aber ihre Stimme klang sehr fest. »Willst du mit mir tanzen, Tiger? Willst du in den Kreis eintreten?«

Ich betrachtete mein Schwert, das ruhig in seiner

Scheide steckte. Ich dachte an seine Macht. Ich dachte an einen Mann namens Ajani und an die Frau, die einst Delilah genannt wurde. »Wann immer du willst.«

Lippen teilten sich. Ich wußte, was sie wollte. Sie wollte sagen: Hier, jetzt, in diesem Augenblick. Die Versuchung war unglaublich groß, aber sie widerstand ihr. Und machte sich dadurch nur um so stärker.

»Nicht jetzt«, sagte sie ruhig. »Auch nicht morgen. Vielleicht übermorgen.«

Sie wußte genausogut wie ich, daß übermorgen zu früh war. Aber wenn dieser Tag kommen würde, konnten wir es erneut verschieben.

Oder auch nicht.

Ich rollte mich vorwärts auf die Knie, zog eine meiner Satteltaschen heran, tauchte in ihre Tiefen und zog das aschgrau gesprenkelte Fell hervor. Ich schob es ihr sanft zu.

Del ergriff es. Faltete es auseinander und zeigte seine ganze Pracht. Und sah mich erklärungsheischend an.

»Dein Geburtstag«, belehrte ich sie. Dann, verlegen: »Ich kann es nicht gebrauchen.«

Dels Hände liebkosten das Fell. Der größte Teil ihres Gesichts war hinter herabhängendem Haar verborgen. »Ein schönes Fell«, sagte sie weich. »Ein Fell, wie man es für die Wiege eines Neugeborenen verwendet.«

Etwas zwickte in meinem Bauch. Ich setzte mich aufrechter hin. »Versuchst du, mir etwas mitzuteilen?«

Del runzelte die Stirn. »Nein. Nein, natürlich ...« Und dann verstand sie genau, was ich meinte. Sie strich das helle Haar zurück und sah mich offen an. »Nein, Tiger. Niemals.«

»Was meinst du mit niemals?« Und dann dachte ich daran, warum manche Frauen keine Kinder haben konnten, und bedauerte, die Frage gestellt zu haben. »Ich meine ... nein, vergiß es. Ich weiß nicht, was ich meine.«

»Doch, das weißt du.« Del lächelte, wenn auch nur

schwach. »*Ich* meine, niemals. Nur Kalle. Ich habe es so gemacht.«

»Was meinst du damit, du hast es *gemacht* ...« Und, hastig: »Nein, vergiß es.«

»Eine Übereinkunft«, erklärte sie einfach. »Ich habe sie von den Göttern erbeten. So konnte ich sicher sein, daß ich meine Schwüre erfüllen würde. Kalle hatte mich bereits genug Zeit gekostet.«

Ich blinzelte. »Solche Dinge sind nicht *bindend.*« Ich hielt inne. »Nicht wahr?«

Del zuckte die Achseln. »Ich habe seit Kalles Geburt nicht mehr geblutet. Ob es das war oder die Antwort der Götter auf meine Bitte, kann ich nicht sagen. Nur daß du keine Angst haben mußt, daß ich dich zu etwas zwingen könnte, das du nicht willst.«

Aha. Ein weiteres Teil des Puzzle namens Delilah rückte an seinen Platz.

Nur Kalle, für immer, die ihr gar nicht mehr gehörte. Und ihr jetzt auch niemals wieder gehören konnte.

Dank mir.

Dank meinem Schwert.

O Hoolies, Bascha ... was soll aus dir werden?

Was soll aus *uns* werden?

Kurz darauf streckte ich die Hand aus und berührte ihren Arm. »Es tut mir leid, Bascha.«

Del sah mich mit blinden Augen an und umklammerte das vom Mond silbrige Fell. Und lächelte schließlich. »Gibst du die Wette schon verloren?«

Ich brauchte einen Moment, weil ich es schon vergessen hatte. »Nein«, gab ich säuerlich zurück, »ich gebe die Wette nicht verloren. Aber du wirst dir noch wünschen, ich hätte sie verloren gegeben.«

Sie warf mir einen schiefen Blick zu. »Ich schlafe nicht mit meinem Vater.«

Hoolies, sie wußte, wie sie verletzen konnte.

Zehn

Hier«, verkündete Del. »Diese Stelle ist genausogut geeignet wie jede andere, und darum können wir genausogut jetzt feststellen, ob einer von uns dazu fähig ist.«

Da ich von dem Rhythmus des Hengstes und der Wärme der Mittagssonne — nun, nicht die Wärme, die ich gewöhnt war, aber es war *wärmer* — schon in den Schlaf gewiegt worden war, hatte ich keine Ahnung, wovon sie sprach. Also öffnete ich die Augen, sah Del absteigen und zügelte hastig den Hengst.

»Genausogut geeignet wofür? Und wozu sollen wir fähig sein?« Ich hielt inne. »Oder auch nicht?«

»Wahrscheinlich nicht«, bemerkte sie, »aber das ändert sich vielleicht noch.«

Ich runzelte die Stirn. »Del ...«

»Wir haben genug Zeit vertan, Tiger. Ysaa-den liegt nur einen Tag entfernt, und wir müssen noch tanzen.«

Oh, das! Ich hoffte, daß sie es nicht merkte. »Wir könnten noch ein wenig warten.«

»Wir *könnten* warten, bis wir den Norden gänzlich verlassen haben ... Aber dann würde sich dein Versprechen nicht erfüllen.« Del blinzelte zu mir herauf, bedeckte die Augen mit der flachen Hand, die sie gegen die Stirn preßte. »Ich brauche es, Tiger. Und du auch.«

Ja, nun ... Ich seufzte. »In Ordnung. Zeichne einen Kreis. Ich muß mich erst ein wenig lockern.«

Was ich tun mußte: schmerzende Gelenke und steife Muskeln daran zu erinnern, was Bewegung bedeutete, vom Tanzen einmal ganz abgesehen. Wir waren sechs Tage lang in Richtung Nordosten geritten, und allmählich hielt ich es für keine so gute Idee mehr, den Hunden bis zu ihrem Schöpfer zurück zu folgen. Es tat zu weh. Ich hätte mich lieber in einem rauchigen kleinen Wirtshaus verkrochen, mit *Aqivi* im Becher und einem Wirtshausmädchen auf dem Knie — nein, das täte wahrscheinlich auch weh. Sicherlich täte es weh, wenn ich etwas Anstrengenderes täte, als sie auf dem Knie zu halten. Also wäre es sowieso unsinnig gewesen, sie auf dem Knie zu halten.

Hoolies, ich hasse es, alt zu werden.

Del band ihren Wallach an einen Baum, fand einen langen Ast und zog einen Kreis in die Erde, wobei sie den Ast durch vermodertes Holz, feuchtes Laub und Schlamm zog. Ich beobachtete sie nachdenklich und bemerkte, wie starr sie ihren Körper hielt. Es war keine Biegsamkeit in ihren Bewegungen, keine flüssige Anmut. Wie ich hatte auch sie Schmerzen. Und wie ich genas auch sie.

Zumindest außen, wenn nicht auch innen.

Del hielt inne, warf den Ast beiseite, richtete sich auf und schaute mich an. »Kommst du? Oder verlangst du eine offizielle, den Ritualen entsprechende Einladung?«

Ich brummte, zog den Fuß aus dem Steigbügel, schwang ein Bein langsam hinüber und stieg ab. Der Hengst strebte zu dem Wallach hinüber, um ein paar Bisse und Tritt anzuwenden, aber ich unterstützte seine Bemühungen nicht und band ihn in einiger Entfernung von dem ruhigen Rotschimmel an, der sein Bestes getan hatte, um Freundschaft zu schließen. Es war der Hengst, der nichts davon wissen wollte.

Langsam löste ich die Umhangspangen, zog das wollene Kleidungsstück aus und drapierte es über den Sattel. Es fühlte sich gut an, davon befreit zu sein. Bald würde ich es, so hoffte ich, für immer einpacken können. Ich würde mich nicht frei fühlen, bis wir nicht wieder die Grenze überschritten hatten und ich Wolle und Felle durch Gaze und Seide ersetzt hätte; doch mich von dem Umhang zu befreien, war zumindest etwas. Es erlaubte mir, wieder zu atmen.

Meine Hand wanderte zu dem Harnisch, der über der Tunika getragen wurde. Finger verfingen sich in Perlen und Besätzen, fanden dann ihren Weg zu Lederriemen, geschmeidig und weich, die sich eng an weiche Wolle anschmiegten. Über meinem Rücken hing schräg die Scheide mit dem Gewicht des Schwertes. Mein hungriges, ärgerliches Schwert.

»Tiger.«

Ich schloß die Augen. Öffnete sie wieder, wandte mich um und sah Del im Kreis, ganz in Weiß, die in der Sonne erstrahlte. Es war eine Täuschung klaren makellosen Lichts, das nicht durch ein Gitterwerk aus Ästen abgeschirmt wurde, aber nichtsdestotrotz erschütterte es mich. Es erinnerte mich an die Nacht, die noch gar nicht so lange her war und in der sie in einem selbstentfachten Feuer und allen Farben der Welt gestanden hatte. Damals hatte ich geglaubt, wenn auch nur ganz kurz, sie sei ein Geist und keine Frau. Als ich sie jetzt ansah, wie sie so hell erstrahlte, fragte ich mich, ob ich sie vielleicht doch getötet hatte.

Nein. Nein.

Du Narr.

»Tiger«, sagte sie erneut. Unerbittlich wie immer.

Du sandkranker, lokiköpfiger Narr.

Del zog ihr Schwert aus der Scheide. Licht erwachte aus Boreal zum Leben.

Sie würde nicht singen. Sie würde es nicht tun. Und auch ich, das schwor ich, würde es nicht tun.

O Hoolies, Bascha … Ich will es nicht tun.

Dels Gesicht war gelassen. Ihre Stimme verriet nichts. »Tritt in den Kreis.«

Ein Zittern durchlief meine Glieder. Etwas zwickte mich in den Eingeweiden.

Bascha, bitte zwing mich nicht.

Del lächelte. Das Glühen der Klinge liebkoste ihr Gesicht. Es war freundlich, zu freundlich. Sie war älter, härter, kälter. Das Licht verlieh ihr erneut Jugend. Boreal machte sie wieder zu Del. Zu derjenigen vor dem Exil. Und vor Kalle.

Etwas kitzelte mich im Nacken. Kein Insekt. Keine verirrte Haarsträhne, die auf nackte Haut gefallen wäre. Etwas *Größeres*.

Etwas, das von Magie sprach, das mir eine Warnung zuflüsterte.

Oder war es einfach Angst, die mir Gänsehaut verursachte?

Angst vor meinem Schwert? Oder vor Del?

O Hoolies. Bascha.

»Tiger«, fragte Del, »bist du im Stehen eingeschlafen?«

Vielleicht. Und vielleicht träume ich.

Ich schlüpfte aus meinem Harnisch. Schloß die Hand um das Heft und zog die Klinge aus der Scheide. Hängte den Harnisch über meinen Sattel und ging auf den Kreis zu.

Del nickte, wartete. »Es wird uns beiden guttun.«

Meine Kehle verengte sich. Atmen war schwierig. Etwas rührte sich in meiner Magengrube. Ich biß mir auf die Lippe und schmeckte Blut. Schmeckte auch Angst.

O Bascha ... zwing mich nicht.

»Zuerst langsam«, schlug sie vor. »Wir müssen beide noch genesen.«

Ich schluckte schwer. Nickte. Zwang mich, über die mit einem Ast eingekerbte Linie zu treten.

Del runzelte leicht die Stirn. »Bist du in Ordnung?«

»Tu es«, sagte ich heiser. »Tu es einfach.«

Sie öffnete den Mund. Um eine Bemerkung zu machen. Um eine Frage zu stellen. Um eine Zurechtweisung auszusprechen. Aber sie tat nichts davon. Sie schloß einfach den Mund und trat fort, beide Hände um Boreals Heft geschlossen. Glitt weich in ihre Stellung. Daß es schmerzte, war deutlich an der weichen Haut um ihre Augen und dem kurzen Anspannen ihres Kinns zu erkennen, aber sie verbannte den Schmerz. Stellte die Füße auseinander. Balancierte aus. Hob die Klinge hoch. Und wartete.

Bei einem echten Tanz hätten wir unsere Schwerter in der Mitte des Kreises auf den Boden gelegt und unsere Positionen direkt gegenüber voneinander bezogen. Es war ein Wettrennen zu den Schwertern. Ein Tanz. Ein Zweikampf, um einen Sieger zu bestimmen. Manchmal ging es um Leben und Tod. Andere Male nur um die Aufgabe. Und gelegentlich nur darum zu zeigen, was das Tanzen bedeutete.

Aber dies war kein echter Tanz. Dies war nur Übung, eine Gelegenheit, uns gegenseitig auf die Probe zu stellen. Festzustellen, wie kampfesstark wir waren. Oder wie sehr wir der Übung bedurften.

Ich brauchte es für die Bestien. Del für Ajani.

Vielleicht ein und dasselbe Ziel?

Sie wartete ruhig. Ich habe sie schon früher so warten sehen, immer bereit, niemals schwankend, vollkommen in Einklang mit ihrem Schwert. Es erschien mir nicht mehr seltsam und fremdartig, daß eine Frau ein Schwerttänzer sein konnte. Daß eine Frau so gut sein konnte. Del hatte beides aus sich gemacht. Ich hatte die Ergebnisse gesehen — und gespürt.

Schweiß rann seitlich an meinem Gesicht entlang. Die Anspannung machte mich unruhig. Ich wünschte mich an einen anderen Ort, *irgendwo*hin.

Del senkte ihr Schwert. Kurz. Geringfügig. Kaum wahrnehmbar. Ein Gruß an ihren Gegner. Ich sah Konzentration in blauen Augen. Und kein Anzeichen von Angst.

Bedeutete es Del gar nichts, daß ich *sie* fast getötet hatte?

»Kaidin«, sagte sie weich und benannte mich damit mit dem nordischen Rang. Belegte mich mit nordischer Ehre.

Ich hob mein Schwert. Nahm meine Stellung ein. Spürte die Vertrautheit des Ganzen, das Einrichten der Muskeln und der Haut an ihren gewohnten Stellen. Spürte den Protest des Narbengewebes, das in eine andere Lage geschoben wurde.

Schweiß rann mir in die Augen. Verzweiflung wurde zu einer vorrangigen Empfindung.

Ich senkte das Schwert. Fuhr herum. Trat vollständig aus dem Kreis heraus. Und fluchte, als mein Bauch sich verkrampfte.

»Tiger?« Dels Stimme klang bestürzt. »Tiger... was ist?«

»... kann nicht«, sagte ich rauh.

»Du kannst nicht?« Sie war ein weiß verhülltes Gespenst, das aus dem Kreis heraustrat und Boreal trug. »Was meinst du damit? Bist du krank? Ist es wegen deiner Wunde?«

»Ich kann einfach nicht.« Ich richtete mich auf, preßte die Hände auf meinen Leib und wandte mich ihr zu. »Verstehst du nicht? Das letzte Mal, als wir dies getan haben, tötete ich dich fast.«

»Aber... dies ist kein wirklicher Tanz. Es ist nur *Übung*...«

»Glaubst du, das spielte eine Rolle?« Schweiß tropfte auf meine Tunika. »Hast du auch nur die leiseste Ahnung, wie es ist, wieder mit dir in den Kreis einzutreten, zwei Monate nach dem letzten verhängnisvollen Tanz? Hast du auch nur die leiseste Ahnung, welch ein Gefühl es ist, dir über den Kreis hinweg mit dieser Metzgerklinge gegenüberzustehen?« Ich zeigte ihr Samiel. »Das letzte Mal habe ich — hat *er* — alles getan, um sich in dir zu tränken... Und jetzt ist er sogar noch stärker, weil ich ihn letztendlich getränkt *habe.*« Ich hielt inne. »Willst du dieses Risiko eingehen? Willst du dein Leben meiner Fähigkeit anvertrauen, ihn zu beherrschen?«

»Ja«, antwortete sie ruhig und ohne Zögern. »Weil ich dich kenne, Tiger. Ich kenne deine Kräfte, deine Macht.

Deinen *eigenen* Anteil an der Macht, von tief innen her ... Glaubst du denn, ich würde jemals an dir zweifeln?«

Sie sollte zweifeln. *Ich* täte es.

Ich strich mir feuchtes Haar aus den Augen. »Del, ich kann nicht mit dir tanzen. Nicht jetzt. Vielleicht niemals. Weil ich jedesmal, wenn ich es versuche, alles wieder vor mir sehe. Dich auf dem Boden ... und Blut überall im Kreis. Blut überall an meinem Schwert.«

Del betrachtete meine Klinge. Dann ihre eigene. Erinnerte sie sich vielleicht, daß Boreal auch blutverschmiert gewesen war? Daß jemand anderer als sie selbst seinen Anteil an Blut im Kreis gelassen hatte?

Sie atmete tief ein. Schloß kurz die Augen, als kämpfe sie einen inneren Kampf. Öffnete sie dann wieder und sah mich an. »Es tut mir leid«, sagte sie sanft. »Ich bin — anders. Für einen Zweck. Ich habe hinter mir gelassen, was andere vielleicht beunruhigt. Wieder für einen Zweck. Erinnerungen können dich von deinem Weg abbringen. Aber — du solltest wissen, daß es nicht *leicht* für mich war, dich zu verletzen.« Sie runzelte leicht die Stirn, als seien die Worte nicht so hervorgekommen, wie sie sie gemeint hatte. »Du solltest wissen, daß auch ich Angst hatte ... daß *du* tot seist. Daß ich *dich* getötet hätte.«

»Ich kann nicht«, sagte ich erneut. »Nicht jetzt. Noch nicht. Vielleicht niemals. Ich weiß, ich habe es versprochen. Ich weiß, du brauchst jemanden, mit dem du tanzen kannst, damit du Ajani gegenübertreten kannst. Aber ... nun ...« Ich seufzte. »Vielleicht solltest du gen Süden ziehen. Zur Grenze weiterziehen. Nach Harquhal vielleicht — und jemanden suchen, der mit dir tanzen will. Schwerttänzer tun für Geld fast alles.« Ich zuckte die Achseln. »Sogar gegen eine Frau zu tanzen.«

»Es wird vergehen«, belehrte sie mich. »Vielleicht ... habe ich dich verärgert?«

Ich grinste. »Du verärgerst mich oft, Bascha, aber das bedeutet nicht, daß ich das mit dem Schwert bereinigen will.«

»Es wird vergehen«, sagte sie erneut.

»Vielleicht. Vielleicht nicht. Was ...« Ich brach ab.

Del runzelte die Stirn. »Was ist?«

Mein Magen drehte sich. Alle Haare auf meinen Armen standen aufrecht. Ein Schaudern rieselte durch Haut und Muskeln. »Magie«, sagte ich kurz. »Kannst du sie auch riechen?«

Del schnüffelte. »Ich rieche Rauch.« Sie runzelte die Stirn, prüfend, erkennend. »Rauch ... und etwas anderes. Etwas *Größeres.*« Sie schaute sich mit zusammengezogenen Augenbrauen um. »Jetzt ist es fort ...«

»Magie«, wiederholte ich. »Nein, sie ist nicht fort. Sie ist noch da. Sie ist da, Bascha ... das versichere ich dir.« Ich konnte lediglich versuchen, nicht wieder zu erschauern. Statt dessen rieb ich mir die Haut durch die Wolle hindurch und massierte den kribbelnden Arm. »Nicht die Hunde ... die Hunde *eigentlich* nicht ... Etwas anderes. Etwas Größeres.«

Del schaute in nordöstliche Richtung. »Wir sind nur noch einen Tag von Ysaa-den entfernt ...«

»... und in klarer kalter Luft wie dieser riecht man Bewegung, ich weiß. Aber dies ist *mehr.*«

»Rauch«, sagte sie erneut, sinnend, und trat vom Kreis weg. Von mir fort. Wie ein jagender Hund, der eine Beute verfolgt, glitt Del durch Bäume und Schatten, bis sie eine Lichtung fand, die sich zum Himmel öffnete, frei von Bäumen. »Da«, sagte sie, als ich neben sie trat. »Siehst du?«

Ich sah über ihre deutende Hand hinaus. Es war nicht viel mehr zu erkennen als die zerklüfteten Abhänge eines Berges und der messerscharfe Grat des Gipfels, der an einigen Stellen dunkel, an einigen weiß im Sonnenlicht schimmerte.

»Wolken«, sagte ich.

»Rauch«, korrigierte Del. »Viel zu dunkel für Wolken.«

Ich starrte angestrengt zum Gipfel hinauf. Sie hatte recht. Es war keine Wolke, die den Gipfel einhüllte, sondern Rauch, der vom Berghang aufstieg. Aschgrau, grauschwarz zog er vor dem Himmel seine Spur wie ein feuchtes Herdfeuer im Wind.

»Ysaa-den«, murmelte sie.

Ich runzelte die Stirn. »Dann ist dieses kleine Bergdorf erheblich größer, als mir gesagt worden ist. Das ist genug Rauch für eine Stadt, die halb so groß ist wie die Punja ...«

Del unterbrach mich. »Nein, nicht das Dorf. Der Name. *Ysaa-den.*«

Ich seufzte. »Bascha ...«

»Drachenlager«, sagte sie. »Das ist die Bedeutung der Worte.«

Ich sah stirnrunzelnd zum Berg hinauf. »Oh, ich verstehe — jetzt wird von mir erwartet, daß ich an Drachen glaube.«

Del streckte die Hand aus. »Das solltest du. Dort ist er.«

»Das ist ein *Berg,* Del ...«

»Ja«, stimmte sie geduldig zu. »Sieh dir die Form an, Tiger. Sieh dir den *Rauch* an.«

Ich schaute. Zum Rauch. Zum Berg. Und sah, was sie meinte: Der Umriß der Bergspitze, rauh, zerklüftet und schattig, bildete so etwas wie den Kopf eines echsenähnlichen Tieres. Ich sah die starre Kuppel des Schädels, die hervorstehenden Brauen, die wogenden Falten der von entblößten Zähnen zurückgezogenen Drachenhaut. Nur daß die Zähne Felsspitzen waren, wie auch der Rest des gewaltigen Tieres.

Ein gewaltiges *mythisches* Tier.

»Dort ist das Maul«, sann sie, »und die Nüstern ... Siehst du den Rauch? Er dringt aus beiden Nüstern.«

Nun, irgendwie schon. Da war Rauch, ja, und er

schien irgendwie aus den seltsamen Felsformationen zu dringen, die an ein Maul und an Nüstern erinnerten — wenn man *sehr* genau hinschaute.

»Ein Drache«, sagte ich angewidert.

»Ysaa-den«, wiederholte sie.

Ich brummte.

Del sah mich an. »Hörst du es, Tiger?«

»Ich höre den Wind in den Bäumen.«

Sie lächelte. »Hast du keine Phantasie? Es ist der Drache, Tiger, der Drache in seinem Lager, der gegen den Wind anzischt.«

Es war *Wind,* nicht mehr, der durch die Bäume strich. Er klagte sanft, strich uns das Haar aus dem Gesicht, kräuselte wollene Falten, blies Rauch in den Himmel. Und den Geruch von etwas — *etwas* — ein wenig kräftiger als Holzrauch.

Mein Nacken kribbelte. »Magie«, murmelte ich.

Del stieß ein Geräusch aus, das sehr nach Zweifel und Spott klang. Und dann wandte sie sich um und ging an mir vorbei, eilte zurück zum Kreis, den sie in den feuchten harten Boden eines Landes gezogen hatte, dem ich nicht trauen konnte.

Nicht mehr als meinem eigenen Schwert.

Elf

Wegen seines so dramatischen Namens Drachenlager hätte man Ysaa-den für einen beeindruckenden Ort halten können. Aber das war es nicht. Es war nicht viel mehr als ein baufälliges kleines Dorf, daß sich bis zur Hälfte des Berghanges ausbreitete. Es gab zusammengedrängte Häuser wie jene auf Staal-Ysta, aber sie waren kleiner, ärmlicher. Nicht so gut instand gehalten. Es lag eine Aura des Verfalls über dem ganzen Ort, aber immerhin hatte der Dorfbewohner, der zur Insel gekommen war, etwas darüber gesagt, daß die Einwohner wegen der Hundeangriffe den Mut verlören.

Ich schnüffelte vorsichtig, als Del und ich in das kleine Bergdorf einritten. Es gab viel zu riechen, in Ordnung, und nicht alles davon war gut, aber der Gestank hatte weniger mit den Hunden zu tun als mit Krankheit, Hoffnungslosigkeit und Verzweiflung. Auch der seltsame scharfe Geruch, den ich bei dem Kreis wahrgenommen hatte, den Del gezogen hatte. Rauch — und mehr.

Es war Mittagszeit. Und warm genug, daß wir unsere Umhänge ablegen konnten, sogar so hoch in den Bergen. Und so hatten wir sie schon zuvor abgelegt und an unsere Sättel gebunden, wodurch die Harnische und Schwerter offen zu sehen waren. Und das trieb viele Leute aus ihren Häusern, damit sie uns in das Dorf einreiten sehen konnten: nordische Schwerter in nordischen Harnischen. Es bedeutete, daß wir vielleicht — nur *vielleicht* — die Schwerttänzer waren, die von Staal-Ysta gesandt worden waren. Die Retter, die Ysaa-den erwartete.

Ich bin es gewohnt, angestarrt zu werden. Unten im Süden tun die Leute dies, weil sie im allgemeinen wissen, wer ich bin. Vielleicht wollen sie mich anheuern, mir Aqivi kaufen, meine Geschichten hören. Vielleicht wollen sie mich herausfordern, um den Beweis zu erbringen, daß sie besser sind. Oder vielleicht kennen sie mich überhaupt nicht, wollen mich aber kennenlernen. Das passiert manchmal bei Frauen. Oder vielleicht starren sie auch jeden Mann an, der größer ist als die anderen und Sandtigernarben im Gesicht hat. Ich weiß nur, daß sie mich anstarren.

Hier im Norden ist meine Größe nicht so ungewöhnlich, weil nordische Männer fast immer so groß sind wie ich oder größer. Aber hier im Norden bin ich von der Haut und den Haaren her um viele Schattierungen dunkler. Und noch dazu vernarbt. Also starren sie mich an.

Auch in Ysaa-den starrten sie mich an. Aber ich bezweifle, daß sie Größe, Farbe oder Nationalität bemerkten. Hier starrten sie mich an, weil jemand das Land mit Magie belegt hatte, die sie tötete. Und vielleicht — nur vielleicht — konnten wir etwas tun, um dies aufzuhalten.

Als wir die Mitte des Dorfes erreichten, hatten sich die Häuser geöffnet und Männer, Frauen, Kinder, Hunde, Hühner, Katzen, Schweine, Schafe, Ziegen und andere Lebewesen ausgespien. Del und ich wurden von den Einwohnern Ysaa-dens überspült. Die menschlichen Einwohner bildeten einen See aus blauen Augen und blondem Haar. Die anderen — die vierbeinigen — brachten uns ein Ständchen aus verschiedenen Gesängen, die alle zusammen einen fürchterlichen Lärm bildeten. Vielleicht konnte Del etwas Anziehendes an dieser Musik finden, da sie in Gesang so bewandert war, aber für mich war es nur Lärm. Genauso, wie es immer ist.

Wir hielten an, weil wir nicht weiterreiten konnten.

Die Leute drängten heran und zertrampelten matschigen Schnee zu Schlamm und Dreck. Dann, als spürten sie das Unbehagen des Hengstes und ihren Mangel an Höflichkeit, wichen sie zurück, verscheuchten die Tiere und machten uns Platz. Aber nur wenig Platz. Sie hatten sichtlich Angst, daß wir gehen würden, wenn wir Gelegenheit dazu hätten.

Del zügelte den Rotschimmel, um ihn daran zu hindern, ein Kind anzustoßen. Die Mutter ergriff das kleine Mädchen und riß es zurück, wobei sie ihm etwas zumurmelte. Del sagte der Frau ruhig, daß alles in Ordnung sei, daß das Mädchen nur neugierig und nichts geschehen sei.

Ich sah sie scharf an, als sie sprach, und mir fiel ihr Tonfall auf. Sie dachte an Kalle, an ihre Tochter auf Staal-Ysta. Und würde es, wahrscheinlich, noch lange Zeit tun. Vielleicht sogar jedes Mal, wenn sie ein blondes blauäugiges Mädchen von ungefähr fünf Jahren sah.

Aber sie würde lernen, damit zu leben, genauso wie sie es bei allem anderen gelernt hatte. Dies ist eine ihrer besonderen Stärken.

Sie sah mich an. »Es war dein Versprechen.« Mit anderen Worten: Sie würde mir die Einleitungen und Erklärungen überlassen.

Ich bewegte mich unbehaglich im Sattel, verteilte mein Gewicht neu. Unten im Süden spreche ich gern mit Dorfbewohnern oder Tanzeers, um Vereinbarungen zu treffen, einen Handel vorzuschlagen, Lösungen für Probleme zu ersinnen — aber das gilt für den Süden, dessen Sprache ich kenne. Und wo ich auch für solche Dinge bezahlt werde. Geld hat einen ungeheuren Anreiz.

Nur war ich hier nicht im Süden. Ich kannte die Menschen nicht, ich kannte die Sprache nicht — zumindest nicht sehr gut —, kannte die Gebräuche nicht. Und diese Art Unwissenheit kann eine ganze Welt von Problemen heraufbeschwören.

»Sie warten«, sagte Del ruhig.

Das taten sie. Sie alle. Sahen mich an.

Nun, es half nichts, ich mußte mein Bestes tun. Ich atmete tief durch. »Ich bin auf der Jagd nach Hunden«, begann ich in der nordischen Sprache mit südlichem Akzent — und das ganze Dorf brach in Beifall aus.

Er war laut genug, um Tote aufzuwecken. Zuvor hatte ich nur den Lärm von Tieren gehört. Jetzt war da auch menschlicher Lärm, mit dem ich mich auseinandersetzen mußte. Und der war genauso schlimm.

Hände tätschelten meine Beine, die einzig erreichbaren Körperteile. Ich konnte nicht umhin: Ich versteifte mich, griff hinauf zu meinem Schwert und erkannte erst dann, daß die Hände nur tätschelten. Es war eine Art des Willkommens, der Freude, außerordentlicher Dankbarkeit.

Dels Rotschimmel wurde umringt. Auch sie war diesem freudigen Willkommen ausgesetzt. Ich fragte mich, wie es auf sie wirkte, da sie nicht nach Ysaa-den gekommen war, um jemandem zu helfen. Sie war aufgrund eigener Bedürfnisse gekommen, die nichts mit Hunden zu tun hatten. Nur mit Ajani.

Wenn jemand bemerkte, daß ich kein Nordbewohner war, was ziemlich wahrscheinlich war, so wurde es nicht erwähnt. Offensichtlich war das einzig Wichtige, daß Staal-Ysta von ihrer hoffnungslosen Lage gehört hatte, ihre Bitten erhört und uns gesandt hatte, um die Dinge zu regeln. Niemand kümmerte sich darum, wer wir waren. Für sie waren wir die Rettung mit der stählernen Erlösung in unseren Schwertscheiden.

Ich schaute über die Menschenmenge hinweg. Da man von uns Rettung erwartete, sah ich keinen Sinn darin, Zeit zu verschwenden. Also kam ich direkt zur Sache. »Wo kommen die Bestien her?«

Wie ein Mann wandten sich alle dem Berg, dem Drachen über ihrer Welt zu. Und, einer nach dem anderen, deuteten sie hinauf. Sogar die kleinen Kinder.

»Ysaa«, murmelte jemand. Und dann stimmten alle anderen mit ein. Das Wort rollte durch das Dorf.

Ysaa. Ich benötigte keine Übersetzung: Drache. Was keinen Sinn ergab. Es *gab* keine Drachen. Nicht einmal im Norden, einer Gegend kalter, rauher Lebensumstände. Drachen waren mythische Lebewesen. Und sie hatten nichts mit Hunden zu tun.

»Ysaa«, flüsterte jedermann, bis das Wort zu einem Zischen wurde. Genauso wie der Atem des Drachen, der von dem gähnenden Felsmaul herunterkroch.

Dann, nachdem sie ihn benannt hatten, wandten sich alle wieder zu mir um. Hellblaue Augen schauten mich erwartungsvoll an, wollten eindeutig etwas von mir. Etwas, das mit dem Drachen zusammenhing.

Ich sah Del an. »Das ist lächerlich.« In der südlichen Sprache, nicht in der nordischen, denn ich bin *doch ein wenig* diplomatisch. »Ich bin hergekommen, um denjenigen zu finden, der die Hunde ausgesandt hat, nicht um Gutenachtgeschichten zu hören.«

»Nun«, sagte sie leichthin, »wenn es lächerlich *ist*, wird deine Aufgabe um so leichter sein.«

»Warum?« fragte ich mißtrauisch.

»Was glaubst du?« erwiderte sie. »Sie wollen, daß du den Drachen tötest.«

Ich spähte hinauf zu dem Berg in Drachenform. Er war ein Haufen Felsen, nicht mehr. »Wenn das wahr ist«, belehrte ich sie, »wird diese Aufgabe sehr leicht sein.«

Es stimmt, es war dumm gewesen, dies zu sagen. Wenn ich etwas in diesem Geschäft gelernt habe, dann den Grundsatz, niemals einen Gegner zu unterschätzen. Aber der Gedanke, daß ein *Berg* ein Feind sei, war genug, um sogar mich zu verärgern, obwohl ich sonst sehr ausgeglichen bin. Menschen, die der Religion oder der Mythologie erlauben, ihr Leben zu bestimmen, beschwören nichts als Ärger. So geht es einfach nicht. Wir werden geboren, wir leben, wir sterben — Götter haben genausowenig damit zu tun wie *Drachen.*

Und ich war gekommen, um Hunde zu jagen.

Jetzt, in einem Haus, schüttelte Del den Kopf. »Es spielt keine Rolle«, sagte sie. »Kein anderer Schwerttänzer von Staal-Ysta ist jemals hierhergekommen. Nur du. Und so kannst du jetzt dein Versprechen einlösen, wie du es vorgesehen hast.« Sie hielt inne. »Hast du mir das nicht erzählt? Daß du die Aufgabe übernommen habest, Ysaa-den im Namen deines neuerworbenen Ranges zu helfen?«

Nun, ja. Irgendwie schon. Ich meine, das hatte ich gesagt, aber eigentlich hatte ich vorgehabt, die Hunde aufzuspüren. Zu dem Zeitpunkt hatte mir das eine Möglichkeit zur Flucht geliefert. Eine Möglichkeit, alles hinter mir zu lassen, was ich Del angetan hatte. Weil ich geglaubt hatte, mich im Rahmen einer Aufgabe von ihrem Tod ablenken zu können.

Das Problem war nur — nun, nein, kein Problem —, daß Del nicht tot war. Was bedeutete, daß ich die Aufgabe nicht mehr brauchte, weil es nichts mehr gab, *wovon* es sich abzulenken galt.

Die Menschen von Ysaa-den — und alle ihre Tiere — hatten uns geschlossen zum Haus des Dorfältesten begleitet. Es war das größte, aber auch das leerste Haus. Er hatte die Hälfte seiner Familie an den Drachen verloren, wie er uns erzählte.

Ich seufzte, blieb geduldig und wandte mich meinen eigenen Angelegenheiten zu. Del und ich stellten unsere Pferde in dem Pferch hinter dem Haus ab — was dem Hengst nicht sonderlich gefiel, so daß er den kümmerlichen Zaun mit eisenbeschlagenen Hinterhufen bearbeitete, bis ich ihn an seine Manieren erinnerte — und gesellten uns dann zu dem Dorfältesten im Haus, wo ich versuchte, das Thema Hunde auf den Plan zu bringen. Aber er winkte ab, als wäre das unnötiger Ballast. *Er* wollte über den Drachen sprechen.

Ich hörte ihm kurz zu und erwähnte dann etwas von Müdigkeit nach einer langen Reise. Er nahm den Hinweis auf und verließ unter Verbeugungen das Haus, ließ uns allein. Damit wir uns ausruhen und erfrischen konnten.

Zumindest war das leere Haus ruhig. Der Gedanke, mit zahlreichen Menschen und Tieren zusammen zu leben, war keine Idee, die ich in Erwägung ziehen wollte.

Die Behausung des Dorfältesten war wie alle Häuser auf Staal-Ysta aus Holz erbaut, mit Schlamm, dünnen Zweigen und Stoff in den Ritzen zwischen den Balken. Das Haus bot Schutz vor der schlimmsten Kälte und dem Wind, blieb aber trotz der Feuerstelle unter dem offenen Rauchloch, das sowohl die Luft herein als auch den Rauch hinausließ, innen ziemlich kühl. Ein offener Gang wurde an beiden Seiten von hölzernen Stützbalken begrenzt, die in gleichmäßigen Abständen von etwa zehn Fuß angebracht waren. Jenseits der Stützbalken befanden sich die Wohnbereiche der Familien, kleine enge Nischen, die eher an Boxen als an Räume erinnerten. Es war ein Ort erzwungener Nähe. Del hatte von Familienbanden und Blutstreue gesprochen, die durch Lebensgebräuche gefestigt wurden. Ich erkannte, warum. Wenn sie nicht lernten, miteinander zu leben, würden sich diese Menschen letztendlich gegenseitig töten.

Del betrat die erste leere Nische, die sie fand. Zweifellos erwartete der Dorfälteste von uns, daß wir einen anderen Bereich benutzten — von ihm mit Bedacht ausgewählt, am anderen Ende des Hauses, da war ich sicher —, aber Del war niemals eine Anhängerin unnötigen Zeremoniells gewesen. Sie öffnete ihre Bettrolle, breitete die Felle über festgestampfter Erde aus und setzte sich nieder. Und nahm ihr *Jivatma* heraus.

Es war ein Ritual, das ich mehrere Male miterlebt hatte. Für jeden, der von dem Schwert lebt, ist die Pflege der Waffe ein wichtiger Teil des Überlebens. Del und ich hatten so manchen Abend unter dem Mond damit verbracht, unsere Schwerter zu säubern, zu schleifen und zu ölen, kleine Kerben zu behandeln oder Harnisch und Scheiden zu überprüfen und zu reparieren. Aber jetzt, hier, an diesem Ort, wirkte es seltsam, wie sie wieder einmal das Schwert umsorgte. Ich weiß nicht, warum. Es war einfach so.

In der Ferne bellten Bestien. Ich hörte das unheimliche Heulen, das von den Felsschluchten zurückgeworfen wurde, das Wehklagen der durch Magie erschaffenen Hunde, das von dem Drachen herunterschwebte, um durch ganz Ysaa-den zu ziehen, durch die Spalten in den Häusern glitt und durch die Rauchlöcher heruntergeisterte. Ich zitterte.

»Hoolies«, stieß ich entsetzt hervor. »Wie könnt ihr Leute an einem so kalten Ort leben? Ich brauche warme Tage oder ein Fleckchen Erde ohne Schnee. Wie kannst du das ertragen, Del? Diese Kälte und den Schnee und düstere grauweiße Tage? Es gibt hier keine *Farbe!*«

Sie hielt den Kopf über ihre Arbeit gebeugt. Der geflochtene Zopf schwang langsam hin und her, während sie sich um die Klinge kümmerte. Mit plötzlichem Unbehagen erinnerte ich mich der Wette, die wir bezüglich einsamer Nächte in verschiedenen Betten abgeschlossen hatten.

Und ich erinnerte mich an andere Dinge. An das Verhalten, das ich nicht entschuldigen konnte. An die Erklärungen, die ich nicht hinnehmen konnte.

Del schaute nicht einmal auf. »Es gibt Farben«, sagte sie schließlich. »Sogar im Winter. Es sind die zarten Farben des Schnees — Weiß, Grau, Blau, Rosa, alle abhängig von Sonne und Schatten und der Tageszeit — und der Reichtum der Berge, der Seen, der Bäume. Und sogar der Kleidung der Kinder.« Sie warf mir einen schnellen Blick zu. »Es gibt Farben, Tiger. Du mußt nur danach Ausschau halten.«

Ich brummte. »Ich ziehe den Süden vor. Die Wüsten.

Sogar die Punja. Zumindest weiß ich dort, woran ich bin.«

»Weil es dort keine Drachen gibt?« Del lächelte nicht, ließ nur den Schleifstein die Klinge entlanggleiten. »Aber es gibt Cumja und Danjacs und Sandtiger ... gar nicht zu reden von lüsternen Tanzeers, mordlustigen Borjuni und Kriegerstämmen wie den Vashni.«

Aufrecht zu stehen, war keine große Sache, außer wenn man schmerzende Knie und einen müden Rücken hatte. Ich ließ meine Bettrolle fallen und legte meinen Körper darauf, wobei ich ihre letzte Bemerkung aufgriff. »Sie haben deinem Bruder ein Zuhause gegeben.«

»Seinen Überresten«, sagte sie. Der Schleifstein wurde lauter hörbar als gewöhnlich. »Du hast gesehen, was er dem alten Mann bedeutete.«

Das hatte ich gesehen. Ich bin ein Mann für Frauen, habe kein Verlangen nach Männern in meinem Bett, aber ich hatte deutlich gesehen, was sich da zwischen Dels Bruder und dem alten Vashnihäuptling abgespielt hatte, der ihn aufgenommen hatte.

Und ich hatte damals gedacht, daß zumindest der Junge jemanden gefunden hatte, den er lieben konnte, nachdem er seiner Männlichkeit und seiner Zunge beraubt worden war. Jemanden, der *ihn* lieben konnte.

»Aber du hättest ihn auf jeden Fall zurückgebracht«, sagte ich. »Hattest du das nicht vor — ihn aus dem Süden wegzuholen?«

»Natürlich. Und das hätte ich auch getan. Aber — er hat sich anders entschieden.«

»Ich glaube nicht, daß er eine Wahl hatte, Del. Ich glaube, er wußte, daß es das Beste für ihn war, bei den Vashni zu bleiben, wo er um seiner selbst willen angenommen wurde.«

»Aber nur deshalb, weil er dem alten Mann *gehörte.*«

Ich wußte, was sie mit der Betonung des Wortes meinte. Im Süden, wo Frauen kaum mehr sind als Gebärmaschinen oder Schmuckstücke, suchen Männer oft anregende Gesellschaft bei ihrem eigenen Geschlecht. Sowohl im Bett als auch anderswo. Und dann gab es da natürlich den Sklavenhandel ...

Ich unterbrach den Gedanken. »Vielleicht ist es so«, stimmte ich zu. »Und vielleicht wollte er es damals so.«

Del hielt in ihrer Bewegung inne. »Aber was geschieht?« fragte sie. »Was geschieht, wenn der alte Mann stirbt? Wird Jamail dann der Sklave eines neuen Häuptlings? Wird er dann dem neuen Mann dienen, wie er dem alten gedient hat?«

»Ich weiß es nicht«, sagte ich. »Wir werden es niemals erfahren. Es sei denn, wir kehren dorthin zurück, um es herauszufinden.«

»Nein«, sagte sie scharf. Dann, ruhiger: »Nein. Du hast recht: Er hat seine Wahl getroffen. Genauso wie ich meine Wahl in bezug auf Kalle getroffen habe.«

Ich erwartete mehr. Aber sie bot mir nichts weiter als den stummen runden Schleifstein auf Stahl. Eine andere Art von Gesang.

Einen Gesang, den ich verstand.

Wir blieben bis zum Sonnenuntergang ungestört. Dann kamen der Dorfälteste und mehrere andere Dorfbewohner in das Haus und luden uns sehr höflich zum Essen ein. Da Del und ich nichts Besseres zu tun hatten — und beide hungrig waren —, nahmen wir an.

Wenn ich die Wahl gehabt hätte, dann hätte ich eine Mahlzeit innerhalb eines Hauses vorgezogen. Tatsächlich hatte ich das irgendwie erwartet. Aber offensichtlich sahen die Nordbewohner den ersten Atemzug des Frühlings als Versprechen für mildere Nächte und Tage an. Als sich das Essen als eine über das ganze Dorf verstreute Versammlung unter freiem Himmel entpuppte (wobei man auf dem fellbedeckten Boden saß), wickelte ich mich so fest in meinen Umhang, daß es mir fast unmöglich war, mich zu bewegen, auch wenn ich meinem Eßarm genug Raum ließ, seine Arbeit zu tun.

Im Essen bin ich gut. Und man muß mich niemals zu einer geschenkten Mahlzeit drängen, es sei denn, sie wird von einem Feind serviert.

Der Dorfälteste, dessen Name Halvar lautete, war sich der Ehre unser Anwesenheit in Ysaa-den überaus bewußt. Er war sich auch seiner Verantwortung bewußt, uns angemessen bewirten zu müssen. Während Del und ich Schweinebraten, Brot und Knollen aßen und krügeweise Ale tranken, unterhielt uns Halvar mit der Geschichte seines Dorfes. Ich hörte nicht sehr aufmerksam zu, da es mir Schwierigkeiten bereitete, seinem Akzent zu folgen, und er nur von dem Drachen erzählte, was mir sagte, daß die Mythologie in Ysaa-den überhandnahm. Und ich habe mich nie besonders für Mythologie interessiert. Gebt mir einfach ein reines Schwert aus gut geschliffenem Stahl ...

»Tiger.«

Es war Del, wenig überraschend. Ich schaute zu ihr hinüber, wobei ich mir eine Fleischfaser aus den Zähnen zog.

»Was ist?«

Sie runzelte die Stirn. Vollführte dann mit einer Hand eine anmutige Geste, die die ganze Versammlung einschloß. »Weil wir morgen dem Drachen gegenübertreten werden, würde das Dorf Ysaa-den uns zu Ehren gern einen Gesang anstimmen.«

»Ich singe nicht«, antwortete ich prompt.

»Sie wollen nicht *dich* singen hören, Tiger. Sie wollen für uns singen.«

Ich schluckte das befreite Stück Schweinefleisch hinunter und spülte mit Ale nach. Zuckte die Achseln. »Wenn sie wollen. Du weißt, daß ich nicht viel von Musik halte.«

Del wechselte geschickt die Sprache, sprach jetzt in akzentuiertem südlichen Dialog und lächelte Halvar zur Beruhigung heuchlerisch an. »Es ist als Ehrung gedacht. Und wenn du überhaupt irgendwelche Manieren hast

— *oder* Vernunft —, dann wirst du ihnen sagen, wie geehrt wir uns fühlen.«

»Sie können uns in den Schlaf singen, soweit es mich betrifft.« Ich trank noch mehr Ale.

Dels Lächeln verschwand. »Warum bist du so grob? Diese Leute glauben an dich, Tiger ... Diese Leute versuchen dir zu sagen, wie viel es ihnen bedeutet, daß du gekommen bist, um ihr Dorf zu retten. Du bist der *Sandtiger* ... eine Gestalt aus südlichen Legenden. Jetzt kannst du vielleicht auch zu einer Gestalt aus nordischen Legenden werden. Jemand, der sich um die Probleme anderer kümmert, der für die Hilflosen und Schwachen sorgt ...«

Ich mußte unterbrechen, bevor sie weitersprechen konnte. »Es wird nichts nützen, an meinen Stolz zu appellieren.«

»Es hat zuvor genützt.«

Ich überhörte diese Bemerkung. »Vielleicht, weil ich einfach nicht verstehen kann, warum ein Dorf voller Erwachsener darauf besteht, Geschichten zu erzählen, anstatt die Dinge verstandesmäßig zu erörtern.« Ich deutete in Richtung des aufragenden Berges. »Es ist ein Haufen Gestein, Del, nicht mehr. Wenn die Hunde dort oben sind, werde ich hingehen ... Aber warum erzählt man mir unentwegt, daß dort ein Drache haust?«

Del seufzte und setzte ihren Becher ab. Rundum sahen uns die Menschen an. Wir unterhielten uns in der südlichen Sprache, nicht in der nordischen, aber zweifellos war der Sinn unserer Diskussion offensichtlich, selbst wenn die Worte nicht verstanden wurden.

»Tiger, hast du nicht zugehört, was Halvar uns darüber erzählt hat, wie Ysaa-den entstanden ist?«

»Ich habe es *gehört*, ja ... aber ich habe nicht eines von zehn Worten verstanden. Diese Hochlandsprache ist völlig verdreht, und ich spreche sie ohnehin nicht so gut.«

Del runzelte die Stirn. »Ein Gebirgsdialekt. Ja, es ist

vielleicht schwierig für dich. Aber das entschuldigt nicht deine Grobheit ...«

»... weil ich seine Geschichte nicht ernst nehme?« Ich schüttelte den Kopf. »Ich bin nicht hier, um meine Zeit mit den Einbildungen eines Geschichtenerzählers zu verschwenden, Del. Sie sind ohnehin alle nur Lügner, wenn du mich fragst — sie erfinden gegen Bezahlung Geschichten, obwohl sie ihre Zeit lieber damit verbringen sollten, richtige Arbeit zu leisten. Ich meine, wie schwer ist es, Geschichten zu erfinden? Und dann dafür *bezahlt* zu werden ...«

»Tiger.« Dels Stimme unterbrach mich. »Wir sprechen nicht über *Skjalds*, die im Norden hoch verehrt werden — und woher willst du wissen, ob es schwer oder leicht ist, ein *Skjald* zu sein? Was weiß ein Mann, der andere Männer tötet, vom Geschichtenerzählen?«

Ich warf ihr einen schiefen Blick zu. »Das letzte Mal, als ich hingesehen habe, hast du deinen eigenen Anteil am Handel mit dem Tod gehabt, Delilah.«

Das verschlug ihr für einen Moment die Sprache. Und dann sah sie Halvar an, der geduldig wartete, und brachte ein schwaches Lächeln zustande. Aber ihre Stimme klang nicht schwach. »Dieser Mann und sein Dorf haben angeboten, uns hoch zu ehren, Sandtiger. Du wirst dem Gesang zuhören, und du wirst ruhig sein Ende abwarten, und dann wirst du Halvar und jedem anderen in Ysaa-den für seine Freundlichkeit und Güte danken. Verstehst du?«

»*Natürlich*«, sagte ich beleidigt. »Was glaubst du überhaupt, wer ich bin? Irgendein Narr, der heute morgen von einem Ziegenwagen gefallen ist?«

»Nein«, sagte Del kühl. »Irgendein Narr, der vor achtunddreißig oder neununddreißig Jahren vom Himmel gefallen und auf dem Kopf gelandet ist.«

»*Sechs*unddreißig«, erwiderte ich gereizt. Und fluchte, als sie Halvar süß lächelnd darüber informierte, daß wir uns durch den Gesang sehr geehrt fühlen würden.

Zumindest glaube ich, daß es das war, was sie ihm sagte. Man kann bezüglich der Hochlandsprache niemals völlig sicher sein. Sie ist holperig wie der Norden selbst. Aber was auch immer sie gesagt hatte, erfreute Halvar mächtig. Er rief etwas — für mich — Unverständliches, und die Menschen zerstreuten sich in Richtung ihrer Häuser, kehrten aber Augenblicke später mit Felltrommeln, Flöten, Pauken, Tambourinen, Holzstökken und anderen Instrumenten zurück, die ich nicht kannte.

Es waren offensichtlich Musiker. Die übrigen, die nur ihre Stimmen hatten, nahmen ihre Kinder auf den Schoß oder Geliebte in die Arme und bereiteten sich darauf vor, uns einen Gesang darzubieten.

Die Sonne war untergegangen, war von den Bergen verschluckt worden. Der Drache rauchte im Halbdunkel verdrießlich und sandte tief aus seiner ›Kehle‹ ein schwaches rotes Glühen. Ich sah stirnrunzelnd zu ihm hinauf und bemerkte, daß die Dunkelheit seine Gestalt nicht vollständig in ein freundlicheres Tier verwandeln konnte, wie es zu erwarten gewesen wäre — wenn überhaupt, dann sah er einem Drachen jetzt ähnlicher denn je —, und merkte, daß der seltsame Geruch geblieben war. Ein großer Teil davon wurde von anderen Gerüchen überlagert — Schweinebraten, Ale, ungewaschenen Körpern, Säuglingen, die frisch gewickelt werden mußten, Tiere, die zu beengt gehalten wurden —, aber der Geruch blieb zwischen allen diesen vorhanden, zog von dem wie ein Drache geformten Berg herunter, um Ysaa-den in ein muffiges, übelriechendes Leichentuch zu hüllen.

Kein Holzrauch. Holzrauch hat einen reinen süßen Duft, je nach der Holzart. Und auch kein Dunggeruch, nach Ziegen, Kühen oder anderem — ich muß es wissen, da ich in meiner Zeit als Sklave Dung eingesammelt habe —, der eine ganz eigene Schärfe hat. Dies war anders.

»Hunde«, sagte ich scharf.

Halvar unterbrach seine Einleitung zum Gesang. Del sah mich schief an.

»Hunde«, wiederholte ich, bevor sie etwas sagen oder mich wieder mit Schimpfwörtern belegen konnte. »So riecht es. Oder, noch besser, so riechen *sie.*« Ich hob das Kinn in Richtung des Berges. »Der Rauch.«

Del runzelte die Stirn. »Wie schlecht gewordene Eier?« schlug sie vor.

Ich dachte darüber nach. »Ein wenig«, stimmte ich zu. Dann, nach weiterer Überlegung: »Aber eher wie verwesende Körper.«

Ich sagte es leise, damit nur Del es hören konnte. Erwartungsgemäß reagierte sie barsch. Und dann wandte sie sich von mir ab und wieder Halvar zu, ganz betont, und sagte, er solle den aufgeschobenen Gesang beginnen.

Er war mehr als bereit dazu. Das Problem war nur, daß er noch etwas von uns benötigte und dann auch darum bat.

Dels Gesichtsausdruck veränderte sich. Ich sah alle Farbe daraus entweichen, ganz langsam, sah, wie sich ihre Augen ebenso langsam weiteten. Sie schüttelte es ziemlich schnell ab, aber der Schaden war bereits eingetreten. Als sie mit dem Dorfältesten sprach, tat sie dies in ihrem abgehackten Schwerttänzertonfall, ganz geschäftsmäßig, ohne jegliche Ausstrahlung. Sie hatte diesen Tonfall schon zuvor öfter gebraucht. Aber ich hatte nicht erwartet, daß sie ihn bei Halvar einsetzen würde, den sie doch schätzte.

Ich wurde unter meinem Umhang unruhig. »Was ist?«

Del gab mir mit der Hand ein Zeichen, als sei es genug.

»Was ist?« wiederholte ich mit etwas mehr Nachdruck. »Wir sind zu zweit hier, Bascha ... Was hat er gefragt?«

Sie warf mir einen tödlichen Blick zu. »Sie wollen Namen wissen«, antwortete sie. »Namen lebender Verwandter, die sie, wenn wir morgen versagen und sterben sollten, benachrichtigen können. Damit Grabgesänge gesungen werden können.«

Das kam unerwartet. Und wirkte ausgesprochen ernüchternd. »Nun«, sagte ich schließlich, »ich vermute, es bedeutet dann weniger Arbeit für Halvar, wenn *tatsächlich* etwas passiert. Denn es ist ja niemand da, der für einen von uns singen könnte.«

Del antwortete nicht sofort. Und als sie es tat, geschah es sehr leise und mit einem seltsamen Mangel an Gefühl. Sie sprach in der Hochlandsprache mit Halvar, erklärte ihm, wie die Dinge lagen. Ich verstand nicht alle Worte, aber ich konnte seinen Gesichtsausdruck lesen.

Er sah Del an. Sah mich an. Atmete tief ein und wandte sich an die versammelten Dorfbewohner, Erwachsene und Kinder gleichermaßen.

Ich hörte Dels erschrecktes Einatmen. Und dann versuchte sie Halvars kleine Rede wirkungslos zu machen, indem sie ihm wiederholt widersprach. Aber er war unerbittlich. Ich verstand das Wort für Ehre.

Vertraute darauf, daß er das richtige Wort fände. Es ließ sie sofort verstummen.

»Was ist?« fragte ich verwirrt.

Del war stahlhart. »Ich habe es ihm gesagt.« Sie biß die Zähne zusammen. »Ich habe es ihm gesagt. Daß es keine Namen gibt. Daß es keine Verwandten gibt. Nur der Sandtiger und Delilah, mit Blutklingen statt Familien und dem Kreis anstelle eines Heims.«

Ich wartete einen Moment. »Und?«

Del atmete tief ein, hielt den Atem an, ließ ihn ausströmen. Langsam. Schweigend. »Nun«, sagte sie, »sie werden singen. Sie werden einen Gesang für alle die anstimmen, die wir verloren haben, einen Abschiedsgesang, weil sie keine Familie hatten, die ihn für sie hätte singen können, um sie ins Licht zu geleiten, als sie starben.« Sie schluckte sichtbar. »Da du und ich keine Familie haben, die die Gesänge für uns singen könnten.«

Ich hörte die erste Stimme, die Halvars, das Privileg des Dorfältesten. Und dann die Stimme einer Frau, seiner Frau. Und dann eine weitere und noch eine, bis das ganze Dorf sang. Nur Stimmen, keine Flöten, keine Trommeln, keine Stöcke, keine Pauken, keine klingenden Tambourine. Nur Stimmen.

Stimmen genügten.

Fest in meinen Umhang gehüllt, saß ich unter einem sternengesprenkelten nordischen Himmel und dachte nur an den Süden. An die Wüste. An die Punja.

Wo eine Frau einen Jungen geboren hatte — einen starken, gesunden Jungen — und ihn zurückgelassen hatte, damit er im glühenden Sand unter einer sengenden Sonne verbrennen sollte.

Zwölf

Der Gestank wurde schlimmer. Halvar, der ein Stückchen vor der wiederum vor mir reitenden Del ritt, schien es nicht zu bemerken, was bedeutete, daß er entweder keinen Geruchssinn hatte oder sich so an den Gestank gewöhnt hatte, daß er ihn nicht mehr bemerkte. Mir schien dies in Anbetracht des Ausmaßes des Gestanks nicht möglich. Hoolies, ich konnte ihn *schmecken.* Er verursachte mir Übelkeit.

Ich lehnte mich in meinem Sattel zur Seite, paßte auf, daß ich nicht den Hengst erwischte, und erbrach mich. Zweimal. Er wackelte mit einem Ohr, schüttelte den Kopf und ging weiter.

Wir stiegen unaufhörlich zu dem Drachen auf, der seine Gegenwart durch Gestank *und* Rauch unter Beweis stellte. Beide erfüllten Nase und Mund, verweilten in den Lungen und verursachten einen starken, dumpfen Kopfschmerz, der mich sowohl gereizt als auch ungeduldig machte. Es waren keine Anzeichen von den Hunden mehr zu sehen gewesen, seit Del und ich Ysaaden erreicht hatten, obwohl wir sie gehört hatten. Und kein Anzeichen von einem Drachen. Während wir aufstiegen, bewirkte unsere Annäherung an die Felsformationen und die eingestürzten Felsspitzen, daß sie ihre gespenstische Gestalt verloren und zu nichts anderem als Fels und Erde wurden, was genau dem entsprach, was ich schon die ganze Zeit behauptet hatte. Ich fühlte mich entsprechend gerechtfertigt, doch unglücklicherweise wollte niemand an meinem Triumph teilhaben.

Während wir aufwärts stiegen, unterhielt Halvar uns

mit Geschichten über den Drachen und Ysaa-den. Das Problem war nur, daß ich zu weit hinter dem Dorfältesten und Del zurück war, um über den Lärm der Hufe hinweg alles hören zu können. Des weiteren konnte ich seinen Gebirgsdialekt fast nicht verstehen. Was mich nicht sonderlich störte, wenn ich ehrlich sein soll. Ich war damit zufrieden, mich dem Rhythmus des beständigen Aufstiegs anzupassen, und verbrachte meine Zeit damit, mich aufmerksam umzusehen. Ein Teil von mir wartete auf die Hunde. Jetzt, da ich nicht mehr die Canteada-Pfeife bei mir trug, waren die Risiken ein wenig anders gelagert. Aber ich hatte noch immer ein Schwert, ebenso wie Del.

Ebenso wie Halvar, aber seines war ein altes, schlecht gepflegtes Bronzeschwert, das niemandem von Nutzen sein konnte, außer einem im Kämpfen ungeübten Dorfältesten. Ich hatte das Gefühl, daß Halvar eher eine Behinderung denn eine Hilfe wäre, wenn es dazu käme, daß wir uns verteidigen müßten. Aber man kann einem Dorfältesten, wenn Probleme auftauchen, nicht einfach den Kopf tätscheln und ihn zu Mama und Papa schikken. Die Hunde hatten Halvars Eltern gefressen, und er war ohnehin ein zu gewissenhafter Mensch, als daß er so leicht aufgegeben hätte. Er würde ein gewisses Maß an Würde und Ehre als Dorfältester zeigen müssen.

Von den Höhen erklang ein trauriges, jammerndes Heulen, das sich plötzlich in ein tückisches, grollendes Knurren verwandelte. Halvar verhielt sein Pferd.

»Weit genug«, sagte er so betont, daß sogar ich es verstand. »Ich bin Dorfältester, kein Held. Solche Dinge sollten Schwerttänzern und Schwertsängern überlassen bleiben, die auf Staal-Ysta ausgebildet wurden.«

Was bedeutete, daß Halvar mehr als ein gewissenhafter Mensch war. Er war auch ziemlich schlau.

Wir hatten zwei Drittel des Wegs den Berg hinauf zurückgelegt. Der Weg hatte sich bereits vor einiger Zeit zu einem Pfad verengt, und jetzt erinnerte er eher an eine von schmelzendem Schnee geformte Rinne. Ich fragte Halvar, warum die Dorfbewohner, wenn sie den Drachen und seine Hunde so fürchteten, keine Angst hatten, weit genug hinaufzuklettern, um einen Weg anzulegen.

Halvar sah mich einen Moment lang offen an. Dann schaute er zu Del hinüber.

Sie seufzte. »Er hat das alles erklärt, Tiger. Während wir aufstiegen.«

Es gefiel mir nicht, daß sie mir Schuldgefühle einreden wollten. »Ich habe dir gesagt, daß ich seinen Dialekt nicht gut verstehe. Und außerdem mußte *einer* von uns nach den Hunden Ausschau halten.«

Del antwortete nicht sofort. Sie schaute den Berg hinauf in Richtung des ›Rachens‹, der noch immer in unregelmäßigen Abständen Rauchwolken ausstieß. »Die Hunde waren nicht immer hier«, erklärte sie schließlich. »Halvar erzählte, daß der erste vor ungefähr sechs, vielleicht sieben Monaten auftauchte. Anscheinend tötete er einen der Dorfbewohner, aber niemand ist sich dessen sicher, weil der Mann niemals gefunden wurde. Aber danach erschienen immer mehr dieser Bestien ... Und immer mehr Dorfbewohner verschwanden. Es gibt hier einen Pfad, denn der heilige Mann des Dorfes hatte vermutet, der Drache könne vielleicht mit Geschenken besänftigt werden. Und so kletterten die Dorfbewohner zu ihm hinauf, um ihm Gaben zu bringen. Unglücklicherweise ließ sich der Drache nicht besänftigen. Immer mehr Menschen verschwanden. Also sandte man Nachricht nach Staal-Ysta und bat um Hilfe.« Sie hielt inne. »Dich haben sie bekommen.«

Ich wollte etwas auf ihren übermäßig freundlichen Tonfall erwidern, der mich manchmal rasend machen kann, aber Halvar deutete den Berg hinauf und sagte etwas zu Del, das ich nicht verstand. Es klang für mich wie eine Warnung. Was auch immer es war — es gefiel Del nicht sonderlich. Sie gab Halvar in scharfem Tonfall eine Antwort, die ihn erröten ließ. Aber er tippte nur an die Spitze seines nutzlosen Bronzeschwertes und wiederholte, was er schon zuvor gesagt hatte. Dieses Mal bekam ich einen Teil davon mit. Etwas über *Jivatmas.*

»Was ist?« fragte ich wie gewöhnlich.

Del sah Halvar an. »Er sagt, es wäre klug, unsere Schwerter in den Scheiden zu lassen. Daß der heilige Mann die Magie zu einer Gefahr für Ysaa-den erklärt hat, weil sich der Drache davon ernährt.«

»Oh?« Das klang mir verdächtig. »Und woher weiß er das?«

»Er stellte Wachen auf, als die Hunde das erste Mal erschienen«, erklärte sie. »Zumindest behauptet Halvar das. Aber die Wachen haben die Hunde angezogen, anstatt das Dorf zu beschützen. Und die Hunde haben sie gestohlen.«

»Wen gestohlen, die *Wachen?* Ist er sandkrank? Was sollten Hunde mit Wachen anfangen?«

Del lächelte nicht. »Vielleicht dasselbe, was sie mit der Pfeife anfangen wollten.«

Und mein Schwert? Mein frisch getränktes *Jivatma?* Sie waren nicht im geringsten an dem Ding interessiert gewesen, bis ich es getränkt hatte. Nur an Boreal, die nach Blut und Macht roch.

Ich sah Halvar etwas respektvoller an. »Sag ihm, daß wir die Warnung zu schätzen wissen.«

Del sah mich an. »Tiger ...«

»Und frag ihn, ob er jeden Tag jemanden herschicken wird, der die Pferde füttert und tränkt. Wir werden sie hierlassen und den Rest des Weges zu Fuß gehen. Ich würde sie mit ihm zurückschicken, aber mir gefällt der Gedanke nicht, völlig ohne Pferde zu sein. Zumindest sind sie auf diese Weise in Reichweite, wenn wir sie brauchen.« Ich schaute erneut zu dem rauchenden ›Rachen‹ hinauf, der noch mindestens eine Stunde Fußmarsch von der Stelle entfernt war, an der wir uns befanden. »Irgendwie.«

»Jeden Tag?« echote Del. »Wie viele Tage gedenkst du denn in den Bergen umherzulaufen?«

»Zwei«, antwortete ich knapp. »Wenn ich einen Berg bis dahin nicht besiegen kann, ob nun mit Hunden oder ohne, bin ich das Geld nicht wert, das man mir bezahlt.«

»Das tun sie nicht.«

Ich runzelte die Stirn. »Was tun sie nicht?«

»Dich bezahlen.«

Ich runzelte die Stirn stärker. »Was meinst du damit, daß sie mich nicht bezahlen? Ich tue dies für meinen Lebensunterhalt, Bascha. Erinnerst du dich?«

»Aber diese Aufgabe hast du als eine Pflicht deinem Rang als *Kaidin* gegenüber übernommen.« Auch ihr Gesichtsausdruck war freundlich, aber ich kenne diesen Blick in ihren Augen. »Sie haben nicht den Sandtiger angeheuert, und Staal-Ysta hat ihn auch nicht gesandt. Ein neu ernannter *Kaidin* hat die Bitte des bedrohten Dorfes beantwortet und geschworen, auf jede ihm mögliche Weise zu helfen.« Sie hob helle Augenbrauen. »Hast du mir das nicht erzählt?«

»Hoolies, Del, du *weißt*, daß ich ein Schwerttänzer bin. Ich tue nichts umsonst.« Ich hielt inne. »Zumindest nichts Gefährliches.«

»Dann solltest du das vielleicht Halvar erklären, der der Älteste eines Dorfes ist, das wahrscheinlich gar kein Geld hat — oh, vielleicht eine oder zwei Kupfermünzen, wenn du darauf bestehst aufzurechnen —, das aber alle Widrigkeiten überleben kann, weil die Menschen ihren Lebensunterhalt aus dem Boden und dem lebenden Inventar erwirtschaften, in Währungen wie Wolle und Milch und Schweinefleisch ... Es sei denn, du betrachtest dies nicht als Leben, nicht wahr? Wenn es nicht Gold oder Silber oder Kupfer ist, ist es die Mühe nicht wert.«

Ich saß auf dem Hengst und sah sie an, betroffen von der Heftigkeit ihrer Verachtung. Dies war nicht die Del, die ich kannte ... Nun, ja, ich vermute, sie war es doch. Es war die *alte* Del, diejenige, die sowohl Worte als auch Waffen benutzt hatte, als wir auf dem Weg nach Julah die Punja durchquert hatten.

War dies die Del, die ich zurückhaben wollte, damit wir einen Teil der alten Beziehung wiederherstellen konnten?

War ich sandkrank?

Del hielt den fahlen Rotschimmel zurück, der den Hengst anrempeln wollte. »Also, gehen wir jetzt zurück? Erklärst du Halvar, daß dies alles ein großes Mißverständnis war, damit er gezwungen ist, das wenige an Geld anzubieten, das Ysaa-den besitzt? Willst du ein Dorf im Namen deiner Habsucht bluten lassen?«

Der Drache schnaubte Rauch. Eine der Bestien bellte.

»Hübsche kleine Rede«, bemerkte ich schließlich. »Du weißt wirklich, wie man einen Menschen erpressen kann, nicht wahr? Nur hast du zufällig übersehen, daß ich vorrangig gar kein Geld verlangen wollte — du bist einfach mit Riesenschritten zu dem Schluß gekommen, daß ich ein Lump sei, ein verkommenes Schwert ohne Sinn für Menschlichkeit, aber statt dessen mit einem ausgeprägten Sinn für Habsucht.« Ich lächelte sie mit beredter Heuchelei an. »Nun, du sollst nicht denken, du hättest mich überzeugt ... Ich werde tun, was ich will, egal, was du denkst, und dich raten lassen, was meine wahren Absichten sind. Ich möchte dir auch empfehlen, deinen eigenen Rat zu befolgen, niemals etwas vorauszusetzen. Denn das könnte dich in Schwierigkeiten bringen.«

Ich kletterte von dem Hengst und führte ihn von dem Pfad fort zu einem kräftigen jungen Baum, wo ich ihn anband und ihm erklärte, ich sei in zwei Tagen zurück, wenn nicht eher.

Er stieß mich mit der Nase an und schlug dann mit dem Kopf gegen meine Rippen, was schmerzte und mir den Abschied erleichterte. Tatsächlich verärgerte er mich regelrecht. Ich gab ihm einen Klaps auf die Nase und sagte ihm, daß er soeben seine heutige Haferration verspielt habe.

Natürlich sagte ich Halvar nichts davon, und der Hengst würde seine Ration von demjenigen bekommen, der sich um ihn kümmern würde, aber das mußte *er* nicht wissen. Es würde ihm guttun, bis zum Sonnenuntergang zu leiden.

Ich sah Del an, die noch immer auf ihrem Rotschimmel saß. »Nun? Kommst du mit?«

Sie legte den Kopf zurück und sah, leicht stirnrunzelnd, zum Gipfel des Berges hinauf. Ihr Haar, das noch immer gebunden und geflochten war, hing ihr auf den Rücken. Die Linie ihres Kinns durchschnitt die Luft wie eine Klinge. Ich sah, wie sich ihre Lippen teilten, sie sagte etwas zu sich selbst, sprach es schweigend aus, und ich fragte mich, was ihr durch den Kopf ging. Ajani? Die Verzögerung?

Oder vielleicht ein südlicher Schwerttänzer, der ihren schwindenden Vorrat an Geduld abschätzte.

Hoolies, sie mußte nicht bleiben. Ich zwang sie nicht dazu. Sie konnte mit Halvar umkehren und den Berg hinunter nach Ysaa-den zurückreiten. Oder geradewegs in den Süden. Nach Harquhal und weiter, vielleicht sogar nach Julah oder zu den Vashni, die ihren Bruder hatten. Hoolies, es gab keinen Ort auf der Welt, wo Del nicht hingehen konnte, wenn sie sich dazu entschließen sollte.

Außer Staal-Ysta.

Del ließ ein Bein über den Sattel gleiten und stieg vorsichtig ab, wobei sie ihre Rippengegend so weit wie möglich schonte. Es würde noch Tage, möglicherweise sogar Wochen dauern, bis einer von uns sich wieder frei bewegen konnte, ohne Steifheit und Schmerz zu verspüren. Es war auch möglich, daß keiner von uns die Geschmeidigkeit seiner Bewegungen jemals wieder vollständig zurückerlangen würde, da die Schwertklingen sowohl die Haut als auch Muskeln verletzt hatten.

Andererseits war es möglich, daß nur *ich* mich nicht erholen würde. Del war einundzwanzig. Die Jugend regeneriert schneller, vollständiger, besser.

Ich zog meinen Umhang aus, rollte ihn zusammen und befestigte ihn an meinem Sattel. Zweifellos würde ich in der kommenden Nacht bedauern, ihn zurückgelassen zu haben, aber sein Gewicht und seine schweren Falten würden mich während des Aufstiegs behindern. Ich hoffte, die Aufgabe beendet zu haben, bevor es für mich so kalt würde, daß ich die Wärme seines Gewichts brauchen würde.

Ich hoffte es.

Nun, man kann *immer* hoffen.

Del band den Rotschimmel an — außer Reichweite des Hengstes — und sprach kurz mit Halvar. Wie ich zog auch sie ihren Umhang aus und legte ihn ab. Sonnenlicht glitzerte auf dem Heft ihres *Jivatma.* Halvar betrachtete es mit einer Art Verehrung. Zweifellos erzählte sich jedes Dorf, das an Drachen glaubte, auch Gutenachtgeschichten über nordische Blutklingen und über Männer, die sie schwangen. Jetzt konnten sie ein völlig neues Kapitel über die hellhaarige Frau hinzufügen, die mit nichts als einem Namen und einem Gesang einen Bansheesturm heraufbeschwor.

»Laß uns gehen«, sagte ich gereizt. »Wir vergeuden unsere Kräfte.«

»Der Drache auch«, bemerkte Del, als Rauch aus ›Rachen‹ und ›Nüstern‹ drang. Dieses Mal war gleichzeitig ein Geräusch zu hören: ein tiefes zischendes Grollen, als speie der Drache aus.

»Nehmt Euch vor dem Feuer in acht«, sagte Halvar auch für mich recht gut verständlich.

Ich sah zum Berg hinauf. »Wenn es dort Feuer gibt« — ich deutete hinauf —, »muß es jemand schüren. Was bedeuteten würde, daß es dort oben mehr gibt als nur

Felsen und Hunde, sondern wahrscheinlich auch einen Menschen.«

Halvar sah mich befremdet an.

»Das ergibt einen Sinn«, sagte ich verteidigend. Ich hasse es, wenn man mir Zweifel entgegenbringt. »Glaubt Ihr wirklich, es gäbe einen *Drachen* dort oben, der Feuer spuckt und all das?«

Halvar sah mich noch immer an. Und dann sah er Del an, als hoffe er, sie könne es ihm erklären.

»Nein«, sagte Del ruhig, »er denkt nichts dergleichen ... Tiger, es tut mir leid, daß du sosehr von der Unterhaltung ausgeschlossen warst — ich habe nicht bemerkt, daß es für dich so schwer verständlich war. Niemand in Ysaa-den glaubt daran, daß es dort oben einen *echten* Drachen gibt — niemand ist so dumm, an ein mythisches Wesen zu glauben —, sondern sie glauben an einen Zauberer. Tatsächlich an einen bestimmten: Chosa Dei.«

»An wen?«

»Chosa Dei«, wiederholte sie. »Er ist ein legendärer Zauberer, Tiger. Du mußt bestimmt von ihm gehört haben, sogar im Süden.«

»Nein.« Nachdrücklich. »Del ...«

»Er wurde seit Hunderten von Jahren nicht mehr gesehen, seit einem Kampf mit seinem Bruder, Shaka Obre, der auch ein Zauberer ist. Aber Halvar erzählte mir, daß Ysaa-den seit fast neunzig Jahren in seinem Schatten lebt. Sie glauben, daß Chosa Dei derjenige ist, der sie jetzt bedroht, und daß er erwacht ist. *Er* ist der ›Drache‹, nicht dieser Felsenhaufen.«

»Hast *du* schon von diesem Zauberer gehört?«

»Natürlich.« Del war äußerst ernst. »Seine Geschichte war mir als Kind eine der liebsten. Ich weiß alles über Chosa Dei ... und über all die Kämpfe mit seinem Bruder und wie sie ihre ganze Magie bei dem Versuch verschwendet haben, sich gegenseitig zu töten ...«

»Bist du *völlig* sandkrank?« Ich starrte sie verständnislos und mit offenem Mund an. »Du stehst hier und erzählst mir, ein Mann aus Kindergeschichten lebe in diesem Gebirge und blase Rauch aus Felstunneln, nur um sich die Zeit zu vertreiben?«

Del lächelte. »Nein«, sagte sie in der südlichen Sprache. »Aber es wäre sehr grob, dies Halvar gegenüber zu sagen und somit die Geschichte seines Dorfes zu verderben.«

Ich blinzelte. »Warum *sind* wir dann hier?«

Sie ließ einen Daumen unter einen Harnischriemen gleiten und rückte ihr Schwert zurecht. »Weil ein neuernannter *Kaidin* ein Versprechen gegeben hat, das er zu halten gedenkt.«

Ich öffnete den Mund, um etwas zu erwidern. Etwas Grobes natürlich. Sie warf mir jetzt Dinge vor, die ich irgendwann einmal gesagt hatte. Aber bevor ich ein Wort sagen konnte, wurde ich unterbrochen.

Von einem klagenden, anschwellenden Heulen, das auf schauerliche Weise als Echo zurückgeworfen wurde. Und von einem Klumpen übelriechenden Rauchs, der von einem erhitzten Wind herabgeweht wurde.

Egal, *wer* es war, jemand — *etwas* — tötete Menschen. Und ich war hier, um dies zu beenden.

»Komm«, sagte ich kurz.

Del folgte mir.

Es ist für einen Schwerttänzer wichtig, sich in Form zu halten. Denn wenn Ausdauer, Geschwindigkeit und Atem fehlen, riskiert man, den Tanz zu verlieren. Und in den meisten Fällen riskiert man dann auch sein Leben.

Was bedeutet, daß ein Schwerttänzer, der sein Geld wert ist, immer in Form bleibt.

Es sei denn, er ist kürzlich verwundet worden, was die Situation völlig ändert.

Ich vermute, daß man nach zwei Monaten nicht von kürzlich reden kann. Aber es fühlte sich so an. Es fühlte sich bei jedem Schritt so an, als sei es erst gestern gewesen — nein, eher noch heute. Vielleicht so, als sei es erst einen Moment her. Ich weiß nur, daß es schmerzte, den Berg zu erklimmen.

Ich wußte, daß es närrisch war, mir die Ersteigung eines Felsgebirges aufzuhalsen, wo es keine Luft zum Atmen gab und meine Lungen nicht die Kraft zum Atmen hatten. Ich wußte, daß es närrisch war, auch nur zu *erwägen,* irgend etwas mit meinem Schwert ausrichten zu können, sei es gegen einen Menschen oder gegen ein Tier. Und sicherlich war es närrisch, es mit Del zu tun, die in keiner besseren Verfassung war als ich. Es ist schön, Rückendeckung zu haben — es ist *großartig,* Rükkendeckung zu haben —, aber nur, wenn sie von Nutzen ist.

Wir schimpften und schnauften und husteten und fluchten und brummten den ganzen Weg bergauf. Wir rutschten auch, stolperten, fielen hin, würgten aufgrund des Drachengestanks. Und wünschten, wir wären irgendwo anders, *täten* etwas anderes. Del dachte zweifellos an Ajani, während ich von einem Wirtshaus träumte. Einem Wirtshaus im *Süden,* wo die Tage warm und hell sind. Und wo es keine Berge zu erklimmen gibt.

Der Drache schnaubte Rauch. Ein Grollen begleitete ihn. Und dann ein unaufhörliches Zischen, das uns Wind ins Gesicht spie. Ich strich mir die Haare aus den Augen und paßte heiße Finger dem Gewebe meiner schweren wollenen Tunika an.

Ich rutschte, glitt, kletterte. Warf eine Frage über meine Schulter in Richtung der Frau, die hinter mir kletterte. »*Wer* ist dieser Mann noch mal?«

»Welcher Mann? Oh.« Del atmete schwer. Sie sprach in kurzen, abgehackten Sätzen, weil ihr der Atem ausging. »Chosa Dei. Zauberer. Man vermutet, daß er sehr mächtig war — bis er einen Streit verlor.«

»Mit seinem Bruder.«

»Shaka Obre.« Del sog den Atem ein. »Es gibt Geschichten über sie beide ... Erzählungen von großer und mächtiger Magie ... und auch von Ehrgeiz. Chosa Dei ist das Beispiel, das Eltern habsüchtigen Kindern vorhalten. *›Schau, o schau, hüte dich davor, soviel zu wollen, oder du wirst wie Chosa Dei enden, der auf dem Drachenberg lebt‹*.« Die Worte gingen in einem Husten unter.

»Also denken jetzt alle in Ysaa-den, *ihr* Berg sei ein Drachenberg, und Chosa Dei wohne darin.«

»Ja.«

»Das klingt, als würden sie dem alten Mann und seinem Hang zum Ehrgeiz nachgeraten. Ich meine, indem sie behaupten, ihr Dorf liege im Schatten des Drachen, versuchen sie ein gewisses Maß an Ruhm zu beanspruchen, nicht wahr? Genau wie Bellin die Katze.«

Jetzt war Del an der Reihe. *»Wer?«*

»Bellin die Katze«, wiederholte ich. »Du weißt schon, dieser alberne Junge damals in Harquhal, der ein Panjandrum sein wollte. Der sich einen Namen machen wollte.« Ich sog Luft ein. »Das Kind mit den Äxten.«

Daran erinnerte Del sich. »Oh. Der.«

»Nun, es scheint mir, daß Ysaa-den ihm ein wenig ähnelt ...« Ich unterdrückte einen Fluch, als ich mit einem Fuß ausrutschte und fast auf dem Gesicht landete. »Ich meine, ist es nicht ziemlich albern, eine Geschichte als Wahrheit anzunehmen, nur um ein wenig Ruhm zu erlangen?« Ich klopfte mir den Schmutz von der Kleidung und ging weiter.

»Wenn du in Ysaa-den leben würdest, was tätest *du* dann?«

Ich dachte darüber nach. »Das ist wahr.«

Del rutschte, bekam einen Stein zu fassen und kletterte wieder aufwärts. »Aber was soll's? Niemand weiß wirklich, wo der Drachenberg liegt — es gibt zahllose Landkarten mit zahllosen Bergen, die nach Chosa Deis Gefängnis benannt sind —, und niemand weiß wirklich, ob Chosa Dei jemals existiert hat. Er ist eine Legende, Tiger. Einige glauben sie, andere nicht.«

»Zu welcher Gruppe gehörst du, Delilah?«

Del lachte kurz auf. »Ich habe dir erzählt, daß Geschichten über Chosa Dei und seine Kämpfe mit Shaka Obre sehr beliebt waren, als ich klein war. Natürlich möchte ich sie glauben. Aber das bedeutet nicht, daß ich sie tatsächlich glaube.«

Ich fragte mich, nicht zum ersten Mal, wie Dels Kindheit gewesen sein mochte. Ich kannte nur Bruchstücke davon, weil sie mir nicht mehr erzählt hatte, aber es war nicht schwer, die Einzelheiten zusammenzufügen.

Ich stellte mir ein hübsches, aber eigensinniges Mädchen vor, das sich lieber wie ein Knabe als wie ein Mädchen verhielt und dem man als einziger Tochter die Freiheit gewährte, ein Junge zu *sein*, wenn auch nur symbolisch, weil das für Vater, Onkel und Brüder einfacher war. Einfacher für eine Mutter, die wußte, daß sie in der Minderheit war. Keine Röcke und Puppen für Del. Sie bekam ein Schwert in die Hand statt eines Kochlöffels.

Ich hatte sie einmal gefragt, was sie geworden wäre, wenn sie keine Schwerttänzerin geworden wäre. Und sie hatte geantwortet, daß sie vielleicht geheiratet hätte. Und wahrscheinlich Kinder bekommen hätte. Aber es war mir unmöglich, Del in dieser Rolle zu sehen, mir auch nur *vorzustellen*, wie sie ein Haus, einen Mann und ein Kind umsorgte. Nicht weil ich dachte, daß sie es nicht könne, sondern weil ich sie nie bei einer solchen Tätigkeit gesehen hatte. Ich hatte immer nur eine Frau mit einem Schwert gesehen, die sich im Kreis um Männer kümmerte.

Sechs lange Jahre lang war das alles, was Delilah gewesen war. Aber ich stellte es in Frage. Selbst wenn es ihr nicht in den Sinn kam, ich mußte daran denken. Ich konnte nicht umhin.

Was würde aus Delilah werden, wenn Ajani erst einmal tot war?

Und noch wichtiger: Wozu würde Delilah *werden*, wenn Ajani erst einmal tot war?

»Tiger ... schau.«

Ich schaute. War zu sehr außer Atem, um zu sprechen.

»Wir sind fast da«, keuchte Del, die fast genausosehr außer Atem war wie ich. »Spürst du die Hitze nicht?«

Hitze, ja, wenn man ein Nordbewohner war. Für einen Südbewohner war es nur eine sanfte Wärme, wie die leichte Brise eines Frühlingstages. *Ich* bemerkte, daß es stank.

»Hoolies«, murmelte ich, »wenn dieser Mann ein so mächtiger Zauberer ist, warum kann er dann nicht an einem Ort leben, der besser *riecht?*«

»Keine Wahl«, krächzte Del. »Es war ein Zauberbann, der ihm von Shaka Obre auferlegt wurde.«

»Oh. Natürlich. Ich vergaß.« Ich erkletterte den letzten Rest des Berges und erreichte die Lippe des Drachen. Hitze und Gestank rollten heraus und badeten mich in Drachenatem. »Hoolies, dieser Ort *stinkt!*«

Del kam an den Rand herüber und hielt inne, um wieder zu Atem zu kommen. Ich sah ihren angewiderten Gesichtsausdruck, als der Geruch auch sie verschlang. Es ist schwierig genug, Luft in überanstrengte Lungen zu saugen, aber wenn sie so schlecht riecht, ist diese Aufgabe noch viel schwieriger.

Rauch quoll aus dem ›Rachen‹. Ich stahl mich davon und ging hinüber, um ihn aus der Nähe zu betrachten.

Von unten sah es wie ein Drache aus. Die Gestaltung von Erde und Fels, die Anordnung derselben — von unten sah alles drachenähnlich aus. Aber von oben, von der Öffnung im Fels aus, war es nur eine große übelriechende Höhle, die sich in den Berg zurück erstreckte. Die Felsspitzen, die die ›Zähne‹ bildeten, waren nichts als Felssäulen. Ewiger, unaufhörlicher Regen und Wind, durch den Eingang der Höhle rauschend und den Gestank verwester Körper sowie den Anflug von etwas anderem mit sich tragend, hatten sie geformt.

Hat Magie einen Geruch?

»Keine Hunde«, bemerkte Del.

Keine Hunde. Kein Drache. Kein Chosa Dei.

»Warte einen Moment«, murmelte ich und sah stirnrunzelnd zu Boden. Ich beugte mich hinab, hockte mich hin und besah mir den grasbewachsenen Boden und die darauf abgebildeten Abdrücke genauer. »Krallenspuren«, murmelte ich, »die direkt in die Höhle führen.«

Del trat unfreiwillig einen Schritt zurück, und eine Hand bewegte sich in Richtung des Hefts, das über ihrer linken Schulter hervorragte. »Es könnte nicht ihre *Höhle* sein ...« Aber sie brach ab.

»Laß es stecken«, schlug ich vor, Halvars Warnung gedenkend. »Ja, ich denke, sie könnte es sein ... wenn ich daran glaubte, daß es wirklich Hunde wären. So habe ich sie genannt: die Hunde der Hoolies — aus Ermangelung eines besseren Namens, aber ich habe niemals wirklich geglaubt, daß es Hunde sind. Und ich glaube nicht, daß Bestien in Höhlen leben.« Ich zuckte die Achseln. »Obwohl ich vermute, daß sie es *könnten.*«

Wir sahen uns an, und uns gefiel der Gedanke nicht. Uns gefiel die Vision nicht, die ich gemalt hatte. Ich empfand sie als ziemlich ekelerregend. Del sagte nichts.

Sie trat näher an den Eingang heran. Sie zog Boreal nicht aus der Scheide, aber sie hatte die rechte Hand in ihren Harnisch eingehakt, als wolle sie sie *für alle Fälle* in der Nähe haben. Und ich konnte es ihr nicht verdenken.

»Tiger, glaubst du ...«

Aber ich hörte sie den Satz nicht beenden. Ein übelriechender Windstoß fegte brüllend aus der Höhle, und mit ihm kam eine überwältigende Vorahnung von Macht.

Ich verspürte ein Kribbeln, weil alle meine Haare auf Armen, Oberschenkeln und im Nacken aufrecht standen. Sogar meine Knochen kribbelten, und der Magen stieg mir in die Kehle hinauf. Es kostete mich Überwindung, mich nicht zu erbrechen. »Del ... o Hoolies ... *Del* ...«

»Was ist es? Tiger, was *ist* es?«

Ich stolperte von der Öffnung zurück und unterdrückte das Würgen. Ich versuchte auch Del fortzuwinken, aber sie folgte mir ohnehin. »Nicht, Bascha ... warte ... spürst du es nicht?«

Vielleicht. Vielleicht auch nicht. Aber Del zog Boreal aus der Scheide.

Das trieb mich auf die Knie. »Ich sagte, *warte* ... o Hoolies, Bascha ... ich glaube, ich werde krank.«

Aber ich wurde nicht krank. Ich konnte nicht krank sein. Es war keine Zeit dafür.

Ich stand auf, stolperte einen oder zwei Schritte vorwärts, fuhr wieder herum und zurück zur Höhle. »Dort drinnen«, keuchte ich. »Ich schwöre, es ist *dort* drinnen ...«

»*Was* ist dort drinnen, Tiger?«

»Das Wesen, das wir gejagt haben. Zauberer. Dämon. *Wesen*. Ich weiß es nicht! Ich weiß nur, daß es dort *drinnen* ist. Es *muß* dort sein — und wir müssen hinein.«

Del schaute zur Höhle. Schaute zurück zu mir.

»Ich *weiß*«, sagte ich gereizt. »Denkst du, mir gefällt der Gedanke?«

Dels *Jivatma* schimmerte: helles Lachsrot-Silber. Als Antwort brüllte der Drache.

Zumindest klang es so. Es war Wind, der durch die Höhle pfiff, in Rissen und Spalten heulte und dann aus der Öffnung herausfegte, um unsere Gesichter mit Gestank zu umhüllen.

»Komm mit«, sagte ich verzweifelt und betrat die Höhle. »Bringen wir dies hinter uns.«

Das Gewicht der Felsen war erdrückend. Ich blieb beim Eingang stehen.

»Was ist?« fragte Del, und es verklang in der Dunkelheit.

Ich wartete, sagte nichts. Das Gefühl verging nicht.

Del öffnete den Mund, schloß ihn wieder.

Hinter mir wölbte sich der Himmel. Ich wollte nichts

mehr, als mich von der Höhle abwenden und in den Himmel hinausschreiten. Mich aus der Dunkelheit befreien. In der kalten klaren Luft auf dem Rückgrat des Drachen entlanggehen, die Sonne im Gesicht. Sogar die nordische Sonne.

Del wartete noch immer. Irgendwo taten die Hunde es ihr nach.

Ich schwitzte. Schob Haar aus den Augen. Sog Atem ein und spie, verfluchte mich selbst für diese Schwäche.

»Brauchst du Licht?« fragte Del.

Ich sah sie scharf an, sah Verständnis in ihren Augen. Sie wußte. Sie erinnerte sich, obwohl sie nicht dabeigewesen war. Sie erinnerte sich zu gut an das Ergebnis.

»Nein«, sagte ich rauh.

»Ich müßte nur singen. Mein *Jivatma* wird uns Licht spenden.«

Ich betrachtete Boreal: ein schwach-silbernes Versprechen in der Dunkelheit. Licht ergoß sich von dem dahinterliegenden Tag in den Eingang der Höhle, aber es erstarb zu schnell, als daß es die Höhle ausgeleuchtet hätte. Es verlieh ihr eine unheimliche Unwirklichkeit, eine Vorahnung von Unsichtbarem. Die Wände waren mit Schatten besetzt.

Licht würde alles verändern. Aber wir konnten es uns jetzt nicht leisten. »Nein«, belehrte ich sie kurz. »Wir wollen doch den Hunden keine weitere Magie anbieten.«

Sie wartete kurz. »Glaubst du wirklich ...«

»Ich habe nicht die leiseste Ahnung.« Mein Unbehagen ließ mich barsch reagieren. »Ich denke mir nur, daß es nichts schaden könnte, vorsichtig zu sein.«

Atem dröhnte in der Kehle des Drachen. Das Geräusch war genauso betäubend wie die Luft, die an uns vorbei auf den Eingang zu rauschte. Das Brüllen klang fast wirklich, obwohl wir beide wußten, daß es nicht real war. Es war nicht mehr als Wind und Rauch, der aus der Höhle in die jenseitige weite Freiheit ausgestoßen oder von ihr eingesogen wurde.

»Wirst du es schaffen?« fragte Del.

»Laß es gut sein«, sagte ich mürrisch. Ich trat einen Schritt auf die Dunkelheit zu und blieb stehen. »Es ist *fort*.«

»Fort?«

»Dieses *Gefühl* ... es ist vergangen. Eben konnte ich es fast schmecken, und jetzt ist es völlig verschwunden.« Ich runzelte die Stirn und wandte mich langsam um. »Es war hier ... es war *hier* ...« Ich stach mit einem Finger abwärts, »... hat diesen Ort erfüllt ...

Es war wie eine Zisterne, die von unaufhaltsam rinnendem Sand erfüllt ist — nur daß das, was ich gespürt habe, *Magie* war ...« Ich schüttelte stirnrunzelnd den Kopf. »Jetzt ist alles vorbei.«

Wind heulte durch die Höhle. Und mit ihm kamen der Gestank und das Jaulen eines Hundes.

Ich schloß meine Hand um das Schwertheft und zog die Klinge heraus. »Zu den Hoolies mit diesen Hunden!« Und ging voraus in die Dunkelheit.

DREIZEHN

Durch den Schlund des Drachen hinab — so oder ähnlich hätte Halvar es ausgedrückt. Die Decke wurde niedriger, die Wände kamen näher, die Dunkelheit war fast vollständig. Bis auf ein schwaches rotes Glühen, das aus den Tiefen des Drachen heraufkroch, um uns den Weg zu erleuchten.

Ein gespenstisches karneolfarbenes Licht, das mich an frisches Blut erinnerte.

Die Angst war vorbei. Die Bewegung verschaffte uns Gelegenheit, sie beiseite zu schieben und an etwas anderes zu denken. Aber ich konnte sie nicht ganz vergessen. Sie wartete darauf, daß ich mich an sie erinnern würde, damit sie wieder hervorkriechen konnte.

Der Schlund fiel zum Magen hin ab. Wir ließen den Schlund hinter uns und betraten einen größeren Raum. Del und ich blieben stehen und festigten den Griff um die Waffen.

»Was zu den Hoolies ist *das?*«

Del schüttelte den Kopf.

Ich runzelte düster die Stirn. »Ich dachte, du kennst nordische Magie.«

»Ich weiß etwas *über* nordische Magie ... aber ich weiß nicht, was das ist.«

Das war ein Flammenvorhang. Gespenstische karneolfarbene Flammen, die sich über die ganze Breite der Höhle vom Boden bis zur Decke erstreckten. Es ähnelte einem Vorhang, der aufgehängt worden war, um eine Abtrennung zweier Räume zu bewirken. Undurchdringlich, aber dennoch seltsam lebendig schimmerte er vor der Dunkelheit. Funken glühten hell, erstarben, schwangen gegen ein Netz.

Aber es war nicht heiß. Es war kalt.

Mißtrauen keimte auf. »Weißt du, woran mich das erinnert«, fragte ich leichthin, »woran mich das *stark* erinnert? An das Licht von Bor ... von deinem Schwert.« Ich fing mich rechtzeitig.

Del warf mir einen Blick aus verengten Augen zu. Sie verzieh mir nicht. »Ich glaub nicht, daß es dasselbe ist.«

»Wie kannst du das wissen? Du hast selbst gesagt, du wüßtest nicht, was es ist. Nach dem, was *du* weißt, könnte es genau dasselbe sein.«

»Aber nicht aus derselben Quelle.« Del kam näher. Rotes Licht wand sich von ihrer Klinge, veränderte die Farbe. Lachsfarben-Silber wurde in Bernsteinfarben-Bronze verwandelt.

Ich betrachtete mein eigenes Schwert. Es hatte bis jetzt keinerlei Neigung gezeigt, eine bestimmte Farbe anzunehmen. Das Phänomen war bekannt — ich hatte unzählige Male gesehen, wie *Jivatmas* gestimmt worden waren, und alle hatten eine unverkennbare Farbe gezeigt, aber meines hatte dies nie getan. Es zeigte strahlendes und schimmerndes Silber, aber das war bei jedem anderen Schwert genauso, außer bei denjenigen, die aus nordischer Magie entstanden waren.

Was plötzlich die Frage aufwarf, ob meines vielleicht *nicht* getränkt war. Nicht richtig getränkt.

Und doch mußte es getränkt sein. Es zeigte zu viele Symptome. Zeigte zuviel von seiner Macht. Sogar die Hunde wußten es.

Del betrachtete stirnrunzelnd den Vorhang. »Vielleicht irgendeine Art Schutz? Etwas, das Menschen fernhalten soll?«

»Aber warum? Was gibt es dort zu verbergen? Warum sollte *hier* ein Schutz angebracht sein?«

Del lächelte plötzlich. »Chosa Dei«, antwortete sie. »Es ist Chosa Deis Gefängnis.«

»Oh, richtig. Natürlich, ich vergaß.« Ich blinzelte gegen die Helligkeit des Vorhangs an, sah mich um, suchte nach einem Hinweis. »Ich glaube nicht, daß es einen Weg um dieses Ding herum gibt … irgendeinen Tunnel oder Gang.«

Del zuckte die Achseln, sagte nichts. Wie ich inspizierte auch sie den Raum.

Ich hörte den Drachen poltern. Fuhr herum und schaute, als sich der Vorhang wellte. Das Glühen wurde intensiver, und dann teilte sich der Vorhang. Heißer Rauch quoll hervor.

Del und ich duckten uns natürlich. Flammen — oder was auch immer — züngelten auf uns zu. Der Vorhang schwankte im Wind, wurde dann auf ein Brüllen hin zerfetzt, als der Rauch aus dem Raum in den dahinterliegenden Tunnel gesogen wurde.

Der Gestank ließ mich schwanken. Ich vergaß alles bezüglich brennender Vorhänge oder Gänge und konzentrierte mich darauf, den Atem anzuhalten, damit ich meinen Mageninhalt nicht verlor. Del, halb verhüllt vom Rauch, klang nicht besser. Sie hustete stoßweise und würgte und fluchte, wenn auch nur kurz, in ihrer gewundenen nordischen Sprache. Ich half ihr mit südlichen Worten aus.

Und wünschte dann, ich hätte es nicht getan, denn beim Fluchen muß man Luft einsaugen.

»Urgh, *Götter* …«, stieß ich hervor. »Das genügt, um einem Mann Übelkeit zu verursachen.«

»Kohle«, sagte Del bestimmt. »Ich weiß es jetzt: *Kohle* … und etwas anderes. Etwas Zusätzliches. Etwas, das riecht wie …«

»… verweste Körper. Das habe ich dir schon vorher gesagt.« Der Vorhang schloß sich, als der Rauch erstarb. Im Moment schlief der Drache oder hielt vielleicht nur den Atem an. Ich stand auf, mit dem Verlangen nach Aqivi, um den fauligen Nachgeschmack hinunterzuspülen, und rückte meine jetzt schmutzige Tunika zurecht.

Und hielt mein Schwert fest in einer Hand. »Was ist diese ›Kohle‹, die du erwähntest?«

Del stand auf, klopfte sandigen dunklen Staub von ihrer nicht mehr unverfälscht weißen Kleidung und blickte stirnrunzelnd auf den Vorhang. »Kohle«, wiederholte sie. »Das ist ein Brennstoff. Kohle ähnelt Felsgestein, aber sie brennt. Wir haben in den Ebenen gelebt, wo reichlich Holz vorhanden ist. Ich habe nur einmal Kohle gesehen. Sie kommt von hoch oben in den Bergen, vom Hochland über der Baumgrenze.«

»Nun, wenn sie so schlecht riecht, kann ich nicht verstehen, wie überhaupt *jemand* sie benutzen mag.«

»Ich habe dir gesagt, da ist noch etwas anderes ...«

Der Vorhang schwang kurz zur Seite und entließ einen weiteren Schwall an Gestank. Rauchiger Wind rauschte auf seinem Weg zur Kehle des Drachen durch den Raum. Ich fluchte, schwankte heftig und versuchte durch den Spalt in den Flammen hindurchzuspähen.

Entsetzt sog ich den Atem ein. »Hoolies, ich habe *Menschen* gesehen!«

Del sah mich scharf an. Sie brauchte nicht zu fragen.

»Es stimmt«, erklärte ich. »Durch den Vorhang — ich schwöre, ich habe Menschen gesehen. Männer, glaube ich, die etwas um ein Feuer herum taten. Ein *wirkliches* Feuer, Bascha — nicht dieser magische Vorhang.« Ich schlenderte zu den *Flammen,* versuchte erneut hindurchzuspähen. »Wenn der Rauch hervordringt, wird er dünner. Du kannst geradewegs hindurchsehen. Wir müssen nur warten ...«

»... und dann einfach hineingehen?« Dels Brauen wölbten sich. »Bist du sicher, daß das klug wäre?«

»Natürlich bin ich nicht sicher. Ich kann die Zukunft nicht voraussagen, Bascha. Wie, zu den Hoolies, soll ich wissen, was klug ist und was nicht? Aber Halvar sagte, daß es keinen anderen Weg in den Drachen hinein gebe. Hier stehen wir und haben keine andere Wahl und zwei magische Schwerter. Also können wir diese Sache genausogut beenden, bevor es hier noch schlimmer riecht.«

»Ich bin mir nicht so sicher ...«

Ich hob eine ruhegebietende Hand. »Hörst du das? Das ist das Poltern ... Der Vorhang wird sich jeden Moment teilen ... Gebrauch einfach dein *Jivatma*, Del. Ist es nicht dafür gedacht?«

»Dies ist kein Kreis, Tiger ... du weißt nicht ...«

»Sei still und gebrauch dein Schwert ... Del ... *jetzt* ...«

Ich stieß eine Schwertspitze in den Vorhang aus kalten Flammen, als er dünner wurde und auseinanderwehte, und stach leicht zu, nicht allzu sicher, welche Art von Antwort ich bekommen würde. Die Spitze glitt ziemlich leicht hindurch, als sei der Vorhang aus Luft gemacht. Farbige kalte Luft, die so geformt war, daß sie wie Flammen aussah.

Ich stieß das Schwert ein wenig tiefer, wagte mich vorsichtig vor. Spürte ein Prickeln in Fingern und Händen, das sich ausbreitete, um die Unterarme mit einzubeziehen. Ich trat einen einzigen Schritt vor, verschloß Nase und Mund vor dem Gestank und spürte den Vorhang auf der Haut zufallen.

Das Gefühl war seltsam, aber nicht bedrohlich. Ich ging vorsichtig vorwärts, wobei ich mir bewußt wurde, daß die Geräusche gedämpft waren und das Licht erstarb. Alles war rot.

»Kommst du?« fragte ich undeutlich und hielt den Atem wieder an.

Ihre Stimme klang nicht besser. »Ja, Tiger, ich komme.« Sie klang gereizt. So als fände sie, daß wir nicht das Richtige täten. So als hielte sie mich für töricht.

So als gäbe sie mir nach, was noch niemals ihre Stärke gewesen war.

Ich wollte etwas erwidern, aber ich war viel zu beschäftigt.

Fast durch ... fast ...

Etwas wußte, daß ich da war.
»Tiger … *warte* …«
… oh … Hoolies …
»Del!«
Der Drache verschluckte mich ganz.

Vierzehn

Sie hatten mich erneut besiegt. Ich spürte es deutlich bis in die Knochen.

Ich lag mit dem Gesicht nach unten auf dem Fels, Beine und Arme ausgestreckt. Kalter harter Fels, der in die Haut biß. Der Wangenknochen und Brauen quetschte. In eine Hüfte einschnitt.

Sie hatten mich erneut besiegt, genau wie die Salset es getan hatten.

Ich drehte mich. Sog Luft ein. Hustete. Versuchte, mich nicht zu erbrechen. Lag sehr, sehr still, um meinen elenden Magen wieder zu beruhigen. Um ihm keinen Grund zum Protest zu geben.

Hoolies, aber es schmerzte.

Lauschte in die Stille. Hörte nichts in der Dunkelheit. Nichts außer stoßweisem Atmen. Ich hielt ihn an: Das Geräusch hörte auf. Begann erneut zu atmen und empfand das Geräusch als tröstlich.

Erwachende Muskeln verkrampften sich. Ein Bein zuckte, dann eine Hand. Unter mir knirschte Metall. Der Klang von Eisenfesseln.

Sie hatten mich erneut *angekettet.*

Ich fuhr entsetzt hoch, stieß mir an der niedrigen Decke den Kopf, stützte mich auf Hände und Knie. Sank dann gegen die Mauer zurück, glitt daran herab und blieb als kraftloser Haufen aus Haut und Knochen liegen. Hielt die Augen fest geschlossen. Saß schwer atmend da, während ich versuchte, den Sandtiger und allen übriggebliebenen Willen wiederzufinden.

Etwas immerhin. Es erlaubte mir, mit der Angst umzugehen. Sie erneut zurückzustoßen, wenn auch nur für einen Moment. Es erlaubte mir, die Augen zu öffnen.

Sah das gegen den Fels gelehnte Schwert: schwaches Schimmern in noch schwächerem Licht.

Schwert?

Erstaunt schaute ich. Kroch darauf zu, erreichte es, zog es klirrend über den Fels. Setzte mich unbeholfen auf unebenen Fels und hielt das Schwert in beiden Händen.

Nicht Einzelhieb.

Nicht Einzelhieb?

Und warum habe ich ein Schwert, wenn ich in Aladars Mine bin? Die Klinge war Eis in meinen Händen. Eine Vision brach hervor. Ich schüttelte sie ab und wünschte, ich hätte es nicht versucht. Die Bewegung erschütterte meinen Kopf.

Hoolies, und es schmerzte.

Ich lehnte mich gegen die Mauer, wischte mir den Schweiß aus den Augen und schob feuchtes Haar beiseite. Bartstoppeln verfingen sich in Wolle. In *Wolle,* nicht an Haut. Nicht an der Nacktheit eines Sklaven.

Rund um mich herum wartete der Fels mit großer Selbstzufriedenheit. Schwaches karneolfarbenes Licht überzog die Mauern mit Licht. Es badete die Klinge in Blut.

Ich bewegte mich, hielt den Atem an und veränderte noch vorsichtiger meine Lage. Sogar meine Ohren schmerzten, denn sie waren von einem dumpfen Klingeln erfüllt.

Ich roch etwas Faules. Und auch meinen eigenen Geruch, miteinander vermischt Angst und Anstrengung. Was ich brauchte: ein Bad. Was ich *wollte:* hier herauskommen.

Den Tunnel herab wimmerte etwas.

Ich bin nicht in Aladars Mine.

Wo *bin* ich dann — o Hoolies.

Ich weiß, wo ich bin.

Krallen kratzten auf Fels. Ein Schnaufen kroch den Tunnel herab.

Ich glaube, ich möchte nicht hier sein.

Das Wimmern echote in der Leere.

Hoolies — *wo ist Del?*

Bei Aladar natürlich — nein, nein, du bist nicht *in* Aladars Mine. Du bist nicht einmal im Süden. Du bist im Drachen, zusammen mit Hunden, die dir hart auf den Fersen sind.

Schnaufen kroch durch die Düsterkeit. Ein scharfes Grollen begleitete es.

Erwähl eine Richtung und *geh.*

Ich konnte nicht aufrecht stehen, weil die Tunneldekke zu niedrig war. Ich konnte nur trippeln, halb vornüber geduckt, umklammerte ein nordisches Schwert und versuchte, in der Enge des Tunnels so wenig wie möglich die Wände zu berühren. Die Spitze des Schwertes berührte von Zeit zu Zeit den Boden, kreischte über den Stein. Der Versuch, es von der Wand zurückzuziehen, endete zumeist mit einem angestoßenen Ellbogen, außer wenn ich sehr vorsichtig vorging.

Es ist schwer, sehr vorsichtig zu sein, wenn man um sein Leben läuft. Vorsicht kann tödlich sein.

O Delilah. Wo bist du?

Wenn sie nur nicht tot ist!

Ein Heulen durchdrang die Düsterkeit. Ich konnte nicht sagen, aus welcher Richtung es gekommen war.

Ich stieß mir den Kopf, zerbiß mir die Lippe, spie Blut und fluchte. Spürte das Prickeln im Nacken, das Stechen der Angst im Bauch. Und kam ruckartig zum Stehen, da ich das Ende des Tunnels erreicht hatte.

Hoolies, bring mich hier heraus! Es erinnert zu sehr an Aladars Mine ...

Ich brach den Gedanken ab. Roch den Gestank von Hunden.

... Ende des Tunnels ...

Aber es war nicht das Ende der Welt. Der Tunnel schwoll zu einer hohlen Röhre an, groß genug, daß ich aufrecht darin stehen konnte. Und breit genug für mein Schwert. Ich richtete mich auf und rang um Haltung, wobei ich das Spannen der Narbe verfluchte, die in meiner Rippengegend protestierte.

Ich war nicht mehr in einem Kreis gewesen, seit dem einen Mal, als ich Del gegenübergestanden hatte. Ich hatte seit diesem Kampf, den ich mit Del getanzt hatte, nicht einmal mehr *geübt*. Kondition war ein Wort, das nicht mehr zu mir paßte.

Aber ich war schon in schlechterer Verfassung gewesen.

Natürlich war ich da auch *jünger* gewesen ...

Ein Hund betrat die Röhre am schmalen Ende.

Zumindest *versuchte* der Hund, mich anzugreifen. Ich schlug ihm mit einem Streich den Kopf ab.

Es sollte etwas erwähnt werden bezüglich des Stehens in einem engen Raum, während man gefährliche Bestien bekämpft. Weil ich feststellte, als ich mich wieder außerhalb des Bergs im hellen klaren Sonnenlicht befand, feststellte, daß es Vorteile mit sich brachte, wenn man so kämpfte wie ich jetzt. Denn jedesmal, wenn ich einen Hund tötete, fiel der Körper auf den Boden. Und der so aufgeschichtete Stapel bildete einen Wall gegen die noch im Tunnel befindlichen Bestien, der mir Gelegenheit zum Atmen gab. Und Gelegenheit, meine schwindende Kraft zu sammeln.

Mein durstiges *Jivatma* zu benetzen.

Schließlich hielten sie inne. Und ich dann auch. Und ich erkannte, daß keine weiteren Bestien da waren, zumindest im Tunnel nicht. Der Rest war irgendwo anders.

Außer Atem stand ich da, sog die Luft ein und versuchte, meinen Kopf frei zu bekommen. Funken tanzten am Rande meines Sichtfeldes und sprangen auf wie winzige Flämmchen. Ich beugte mich vor, legte die Arme um die angezogenen Knie und versuchte Luft zu schnappen.

Während das Blut der Bestien über meine Stiefel floß.

Als ich soweit war, richtete ich mich auf, bog mich vorsichtig zurück und versuchte Verkrampfungen zu lösen. Versuchte das gezackte Narbengewebe zu strecken, das bei der Anspannung zu zerreißen drohte.

Etwas echote im Tunnel.

Ich richtete mich wieder auf, zuckte zusammen, das *Jivatma* bereithaltend. Vor mir häufte sich ein Wall aus blutenden Körpern. Durch die Zwischenräume hörte ich eine Stimme, von Felsen und der Entfernung, von den Windungen und Biegungen des Drachen verzerrt.

»... lange ich gewartet habe?«

Und Dels Stimme, sanft: *»Sechshundertzweiundvierzig Jahre.«*

Eine Pause, und Überraschung. *»Wie könnt Ihr das wissen?«*

»Man erzählt sich Geschichten über Euch, Chosa.«

Chosa. Chosa *Dei?* Aber er war doch nur eine Legende. Ein Mann aus Geschichten.

»Was sagen sie noch über mich?«

»Daß Ihr ein ehrgeiziger, rachsüchtiger Mann seid.«

Oho, Bascha. Nicht das Beste, was du sagen konntest.

»Und was sagen sie über Euch?«

»Daß ich Euch sehr ähnlich sei.«

Ich hörte eine Andeutung von Gelächter. *»Aber ich bin keine Frau, und Ihr seid kein Mann, nicht wahr?«*

»Schwerttänzerin«, antwortete sie sehr ruhig. *»Auch Schwertsängerin. Ausgebildet in Staal-Ysta, Chosa ... Ihr wißt von Staal-Ysta?«*

»Oh, ich weiß. Ja, natürlich weiß ich. Ich weiß viele Dinge, nicht wahr? Ich kenne Staal-Ysta ... Ich weiß von Jivatmas ... Ich weiß viele Dinge, nicht wahr? Wie ich auch weiß, was Ihr seid, nicht wahr? Genau weiß, was Ihr seid. Auf Euch habe ich gewartet. Ich brauche Euch sehr, Euch und Euer Jivatma ... Ich harre Euer seit Jahren ...«

Mein Stichwort, dachte ich. Aber mein Weg war von Bestien versperrt.

Hastig reinigte ich die Klinge an meiner schmutzigen Tunika und legte das Schwert neben den Eingang. Ohne Rücksicht auf das schleimige und ekelhafte Blut zog ich die Körper beiseite und warf sie übereinander. Nicht alle waren noch vollständig, und ich trat die Stücke zur Seite. Sobald ich einen Durchgang freigeräumt hatte, nahm ich das Schwert auf und rannte los.

Das Problem war nur, daß die Stimmen in dem Moment verblaßten, als ich mich in Bewegung setzte, von den Tunneln und Spalten fortgestohlen. Ich blieb stehen, kauerte mich hin, duckte mich, um meinen Kopf zu retten, und lauschte. Hörte nur meinen eigenen Atem. Keine Del mehr. Keinen Chosa Dei mehr.

Es *konnte nicht* Chosa Dei sein.

Ich fluchte, ging unbeholfen weiter und verfluchte die geringe Höhe des Tunnels. Verfluchte mich selbst für meine Größe. Wünschte, ich hätte die Macht, die den Berg auseinandersprengen und Chosa mit sich nehmen könnte. Chosa und seine Hunde.

»... also mußte ich die Pfeife haben, nicht wahr? Ich mußte die Wachen haben. Ich muß alle Magie haben. Das ist es, was ich tue: sammeln. Und ich muß alles haben, natürlich, alles, was sonst? Sonst hat es keinen Sinn, der Zweck ist sonst nicht erfüllt, nicht wahr? Keine Magie hat einen Wert, wenn nur jeder ein wenig davon hat.«

Ich blieb stehen, atmete schwer, aber Del antwortete nicht. Oder ich konnte es in dem Gewirr der Dracheninnereien nicht hören. Ich sog den Atem ein und rannte weiter, wobei die Stiefelschritte in dem Tunnel widerhallten.

»... waren ein Mittel, nicht mehr. Ich habe keine besondere Vorliebe für Bestien. Ich bin kein Mensch, der Haustiere mag. Aber ich mußte irgendwo anfangen, und so gestaltete ich mir einen — Hund, sagtet Ihr, glaube ich, nicht wahr? Nun denn, einen Hund. Einen guten und treuen Hund, der bereit ist, auf

mein Kommando hin zu sterben. Natürlich brauchte ich dann mehr, denn Jivatmas einzusammeln, ist schwierig. Eine einzelne Bestie war dieser Aufgabe nicht gewachsen, also befahl ich ihr, mir einen weiteren Menschen zu bringen. Der mir wiederum einen weiteren bringen konnte. Alles Dorfbewohner, nicht wahr? Bis ich genug hatte und sie nach Jivatmas aussandte.«

Ich nahm die linke Abzweigung. Ihre Decke war höher, und ich rannte.

Hoolies, Hoolies, Bascha — worauf hast du dich eingelassen?

Die Stimme stieg seitlich von mir an. »*... nein, nein, nicht ›gestalten‹ — ich kann es besser. Gestalten ist sehr einfach, ich gestalte* um, *nicht wahr? Das ist meine persönliche Gabe, die Magie von Chosa Dei. Ich nehme mir, was geschaffen worden ist und entziehe ihm seine Macht. Ich vernichte es äußerst gründlich und gestalte es dann meinen eigenen Bedürfnissen entsprechend um.«*

Ich blieb stehen, als die Stimme erstarb, hinter mir langsam verblaßte wie eine Kerze, die fortgetragen wird. Ich fuhr an dem Platz herum, wo ich stand, so daß die Schwertspitze die Wand entlangkratzte. Nichts lag hinter mir. Nichts als Leere.

O Bascha. Bascha.

Die Stimme echote von weit unten im Tunnel. *»... wißt, was Ihr seid? Wißt Ihr, was Ihr seid?«*

Ich lauschte, während ich rannte, hörte Del aber nicht antworten.

»... glaube, Ihr habt Euch der Bewußtheit verweigert, habt Angst, die Wahrheit zuzugeben, nicht wahr? Ich kann dieses Schwert riechen. Ich kann es schmecken ... Ich habe es die ganze Zeit über geschmeckt. Man kann es nicht vor mir verbergen, weder in der Scheide noch in einem Gesang. Und Ihr könnt es auch jetzt nicht verbergen. Ich kann umgestalten, was Ihr singt, umgestalten, was ihr schafft.«

Diesesmal hörte ich Dels Stimme: *»Warum?«*

Der Tonfall des Zauberers war sanft. *»So werde ich*

vielleicht die Wachen umgestalten. So werde ich vielleicht mein Gefängnis umgestalten.« Der Tonfall veränderte sich plötzlich. Chosa Dei war ärgerlich. *»So werde ich vielleicht meinen Bruder umgestalten, der mich an diesen Ort gebracht hat.«*

Der Tunnel verzweigte sich erneut. Ich nahm eine Abzweigung und blieb dann stehen. Er verzweigte sich noch einmal. Der Drache war voll von Tunneln, und Chosa Dei war in ihnen allen.

O Bascha, Bascha. Wie, zu den Hoolies, finde ich dich?

Fünfzehn

Fels biß in meine Knie. Die Klinge fiel klirrend zu Boden. Ich erkannte, daß ich gefallen war.

Hinter mir grollte die Bestie.

Ich taumelte hoch, ergriff die Waffe und wirbelte herum. Spießte sie auf, als sie sprang, riß die Klinge heraus und stieß erneut zu, als ein zweiter Hund erschien, der aus den rötlichen Schatten sprang. Hinter ihm nahte ein dritter.

Es spritzte reichlich Blut, als ich durch Brustkorb und Rückgrat schnitt und den dritten Hund in zwei Hälften zerteilte. Ich spürte ein Aufflackern der Freude, das jähe Gefühl des Sieges.

Und dann erinnerte ich mich an Chosas Worte: daß die Bestien einst Menschen gewesen waren. Dorfbewohner aus Ysaa-den. Schwerttänzer von Staal-Ysta.

Gallenflüssigkeit stieg auf. Kurz, nur kurz rutschte das Heft in meiner Hand. Und dann roch ich den Gestank. Spürte das Blut auf meinem Gesicht verkrusten. Und wußte, daß der vernichtete Mensch mich getötet hätte, wenn ich gezögert hätte.

Chosa Dei hatte Del. Er brauchte mich nicht mehr. Er brauchte mein Schwert nicht mehr. Er hatte das, was er gewollt hatte. Hatte das, was er *benötigt hatte,* um sich aus seinem Gefängnis zu befreien, damit er seinen Bruder finden und Shaka Obre vernichten konnte, der die anhaltend gute Eingebung gehabt hatte, Chosa in die Berge zu verbannen, wo er nichts und niemandem schaden konnte.

Sechshundertzweiundvierzig Jahre lang.

Sechshundert*ein*undvierzig, denn die letzten sechs Monate war Chosa Dei beschäftigt gewesen.

Und wo, fragte ich mich flüchtig, ist Shaka Obre *jetzt?*

Chosa Deis Stimme glitt durch Risse. »*... und eine Frau ist stärker, nicht wahr? Eine Frau hat größere Bedürfnisse. Eine Frau hat einen stärkeren Willen. Eine Frau ist, wenn sie sich dazu entschlossen hat, sehr viel entschlossener. Sehr viel bestimmter, nicht wahr? Mehr auf ihre Ziele ausgerichtet.*«

Dels Stimme echote auf seltsame Weise. »*Einige würden es vielleicht ›besessener‹ nennen.*«

»*Aber ja — ja, natürlich! Besessenheit ist notwendig. Besessenheit ist erforderlich. Besessenheit ist der Meister, wenn das Mitgefühl allmählich zerstört wird.*« Ich hörte Chosa lachen. »*Jetzt verstehe ich. Jetzt begreife ich. Mehr als ein Jivatma. Mehr als eine Blutklinge. Mehr als die Waffe eines Schwerttänzers. Es ist Eure zweite Seele. Es ist ein zweites Ihr ...*«

»*Nein!*« fauchte Del. »*Ich bin mehr als nur ein Schwert. Mehr als nur eine Waffe. Mehr als ein Wunsch nach Rache ...*«

Chosa klang bestürzt. »*Was ist stärker als Rache, wenn sie Euch so weit gebracht hat? Sie hat Euch geformt, sie hat Euch erschaffen ...*«

»*Ich habe mich erschaffen! Ich habe dieses Jivatma erschaffen. Es hat nicht mich erschaffen.*«

»*Es hat Euch umgestaltet*«, antwortete Chosa, »*und Euch zu etwas anderem gemacht, nicht wahr? Euch zu dem gemacht, was Ihr sein mußtet. Rache ist mächtig.*« Die Stimme des Zauberers veränderte sich kaum merklich. »*Sagt mir den Namen des Schwertes.*«

Sie ist ganz sicher nicht dumm.

»*Chosa Dei*«, antwortete Del prompt. »*Nun gestaltet Euch selbst um ...*«

Die Stimmen verblaßten erneut. Del und Chosa waren fort.

O Hoolies, Bascha ... kannst du nicht erneut singen? Nur um mir einen kleinen Hinweis zu geben?

Chosas Stimme wurde laut vernehmbar, erneut ein

Verwirrspiel der Tunnel. *»Ihr werdet mir den Namen sagen, nicht wahr? Während Ihr noch beide Füße habt, beide Hände? Während Ihr noch Eure beiden Brüste habt?«*

Ich belegte ihn mit jedem Schimpfnamen, den ich kannte. Aber ich tat es in Gedanken.

Bis auf rauhes Atmen und widerhallende Stiefelschritte beim Laufen.

Abzweigung um Abzweigung um Abzweigung. Aber das Licht wurde heller. Der Geruch wurde sogar noch stärker. Und Chosa Deis Drohungen wirkten zwingend. Ich hörte das Wimmern und Knurren sich versammelnder Hunde. Das Pfeifen eines Gebläses.

Eines Gebläses?

Licht fiel kurz durch einen Riß in der Tunnelwand, wurde von meiner Klinge zurückgeworfen. Ich blieb stehen, murmelte einen Fluch, als wunde Muskeln sich beschwerten, und streckte die Hand zu dem Riß hinaus. Warme Luft und Rauch zogen hindurch, auch rötliches Licht.

Ich preßte mich an die Wand, stieß mein Gesicht in den Riß. Ich sah Licht, Feuer und Rauch, bis mir die Augen tränten. Tränen rannen mir das Gesicht hinab.

Ich fluchte, zwinkerte und versuchte Einzelheiten zu erkennen.

Sah Menschen um das Feuer. Menschen um eine *Schmiede.* Chosa Dei spielte Schmied.

Fels biß in meine Stirn, als ich gegen die Wand sank. Ich konnte nicht glauben, was ich gesehen hatte. Konnte meinen Augen nicht trauen. Aber ein zweiter Blick bestätigte es: Chosa Dei hatte eine Schmiede. Männer bedienten ein Gebläse. Er hatte *Jivatmas* gestohlen, und jetzt wollte er das von Del. Damit er sich von Shaka Obres Wachen befreien konnte.

Chosa Dei hatte mehr als eine Schmiede. Er hatte einen Schmelztiegel. Er schmolz *Jivatmas.* Gestaltete sie um, um ihre Magie für seine eigenen Pläne zu verwenden.

Und jetzt wollte er Boreal. Jetzt brauchte er einen Bansheesturm und die ganze urwüchsige Magie des Nordens, um seine Fesseln abzuwerfen. Um den Berg zum Einsturz zu bringen, damit der Drache wieder fliegen konnte.

Die Stimme erscholl durch den Riß. »*... war einst mächtig. Ich kann es wieder sein. Aber ich brauche die urwüchsige Magie. Ich muß wieder gesunden, um die Einschränkungen aufzuheben, nicht wahr? Um wieder eins zu werden, damit ich meinen Bruder vernichten kann.*«

Dels Antwort ging in dem Brüllen einer auflodernden Flamme unter, die durch das Gebläse ins Leben gerufen worden war. Ich sah sie aufflackern und wieder kleiner werden, sah sie durch den Vorhang dringen, dem Del und ich gegenübergestanden hatten. Und schließlich wußte ich, was zu tun war.

Jetzt mußte ich nur noch einen Weg aus den Tunneln hinaus und in den zweiten Raum auf der gegenüberliegenden Seite des Vorhangs finden.

Wo ich — was tun würde?

Hoolies, ich wußte es nicht. Chosa seine wertvollsten Körperteile abschneiden — wenn Zauberer wertvolle Körperteile haben — und sie Del als Trophäe überreichen?

Wenn sie noch lebte, um sie in Empfang zu nehmen.

Wenn sie noch heil war.

Halt aus, Delilah! Der Sandtiger ist auf dem Weg ...

Die Hunde begannen im Chor zu knurren.

Chosa Deis Stimme erhob sich. »*... kann jeden Gesang zunichte machen. Ich kann jedes Schwert vernichten. Sollen wir es versuchen?*«

... laß sie nicht erneut sterben ...

Ich rannte. Stolperte. Fluchte. Hustete im Rauch. Blinzelte gegen das Licht an ... *Licht* ... Hoolies, der Boden des Tunnels war zerstört. Die Risse waren offene Spalten, die geradewegs hinunter in den Raum hinter Shaka Obres Wachen führten.

Ich warf mich auf den Tunnelboden und steckte den Kopf in eine der Spalten. Hielt den Atem an wegen des Geruchs und des Rauchs, die mir die Tränen in die Augen trieben. Blinzelte, sah in dem Augenblick, bevor die Tränen zurückkehrten, das Schimmern von Dels *Jivatma*. Sah den Kreis von Bestien, die näher herandrängten.

Und Chosa Dei unter mir.

Wenn ich mein Schwert gerade hinunterfallen ließe, könnte ich seinen Kopf wie eine Melone teilen.

Aber andererseits könnte ich ihn verfehlen. Und ihm ein weiteres *Jivatma* verschaffen.

Man kann nicht viel über einen Mann sagen, wenn man nur von oben seinen Kopf und seine Schultern sieht. Augen sagen einem eine Menge, ebenso der Gesichtsausdruck und die Haltung. Ich konnte nichts dergleichen sehen. Nur dunkles Haar und dunkel verhüllte Schultern.

Aber ich sah Del deutlich.

Sie war vollständig von Bestien eingekreist. Sie stand unbeweglich in diesem Kreis, vorsichtig und äußerst ruhig. In ihren Armen lag Boreal: ein diagonaler Blitz von links nach rechts, der über ihre Brust schnitt. Der Feuerschein der Schmiede beleuchtete den Stahl, färbte ihn rot.

Del konnte die Farbe verändern. Sie mußte nur singen.

Aber Chosa Dei konnte ihre Gesänge zunichte machen. Del hatte keine Waffe zur Verfügung.

Wodurch nur ich mit der meinen übrigblieb. Hoolies, was sollte ich tun?

Chosa Dei sprach erneut. *»Soll ich Euch zeigen, wie ich einen Menschen umgestalte? Wie ich ihn in eine Bestie verwandle?«*

Del schwieg.

»Ja, ich denke, das sollte ich tun.«

Wie erstarrt schaute ich ungläubig zu. Del stand gefangen im Kreis der Hunde, unfähig, den Zauberer aufzuhalten. Der somit ungehindert tun konnte, was er wollte. Chosa Dei rief einen der Männer herüber, die die Schmiede unterhielten, und entließ die anderen drei. Der vierte kniete nieder, und Chosa legte ihm die Hände auf den Kopf.

Ein Teil von mir schrie dem Mann zu, er solle fliehen, sich losreißen, um sich von Chosa zu befreien. Aber er tat nichts dergleichen. Er kniete nur schweigend und schaute verwirrt, als Chosa ihm die Hände auf den Kopf legte.

»Nein«, sagte Del ruhig.

Chosas Stimme war genauso ruhig. *»Oh, ich denke doch.«*

Er gestaltete den Mann um. Man frage mich nicht, wie. Ich weiß nur, daß sich die Gestalt des Mannes irgendwie veränderte, irgendwie verändert *wurde,* langsam und kaum merklich, bis die Nase vor- und der Kiefer zurückgeschoben wurde, die Schultern nach innen verlagert und die Hüften zu Keulen zurückgebogen wurden — der Mann war kein Mann mehr, sondern ein *Wesen* mit tierähnlicher Gestalt.

Augen schimmerten weißlich. Ein Schwanz wurde aus dem Hinterteil herausgebildet. Das Wesen kauerte mit den Gelenken und dem Fell eines Hundes auf dem Felsenboden und zeigte keinerlei Spuren von Menschlichkeit mehr.

»Nein«, wiederholte Del, aber ihr Tonfall war von Entsetzen geprägt.

»Umgestaltet«, sagte Chosa. *»Jetzt wird er sich zu den anderen gesellen. Und vielleicht wird* er *Eure Kehle angreifen.«*

O Hoolies. O *Götter ...*

Ich schloß die Augen, zwang mich dann, wieder hinzusehen.

Rauch stieg aus der Schmiede auf. Der größte Teil davon wurde durch den Vorhang gesaugt, als die Wachen ihm zu entweichen erlaubten. Der Rest verbreitete sich im Raum und entkam durch Risse, Spalten und Löcher.

Risse, Spalten und *Löcher.* Laut fluchend preßte ich das Gesicht fester gegen den Spalt und hielt Ausschau nach einem geeigneten Hinweis. Und sah ihn fast sofort, sprang auf und rannte ganze zwölf Schritte weiter den Tunnel hinab, wo mich das Loch willkommen hieß. Mein Eingang in den Raum.

Es war das größte von allen. Das wußte ich, weil ich den Rauch beobachtet hatte. Der größte Teil war hier hindurchgesaugt worden, aber das besagte nicht viel. Del konnte *vielleicht* nicht hindurch gelangen, und ich bezweifelte, daß ich es konnte. Es sei denn, ich wäre völlig nackt und mit Allasalbe eingeschmiert gewesen.

Fleisch erzitterte, ebenso der Geist. Der Gedanke daran, unangekündigt — und ohne alles — hinabzufallen, um einem Zauberer gegenüberzutreten, war nicht angenehm. Einem großen Teil von mir gefiel er nicht.

Besonders meinen wertvollen Körperteilen nicht.

Also würde ich einen Kompromiß schließen. Die *Hälfte* meiner Kleider würde ich ablegen.

Ich kniete mich neben das Loch, legte das Schwert beiseite und öffnete den schweren breiten Ledergürtel. Dann legte ich den Harnisch ab und streifte ihn über Arme und Kopf, ohne die Spangen zu öffnen. Und schließlich beide Tuniken, die ich gedankenlos zur Seite warf. Kühle Tunnelluft reizte die bloße Brust und die Arme und verursachte mir Gänsehaut.

Zunächst versuchsweise ließ ich die Beine durch das in den Fels getriebene Loch hinab, legte Unterarme und Ellbogen zu beiden Seiten auf und balancierte das Gewicht mit den Schultern aus. Ich senkte mich vorsichtig hinab. Spürte, daß die Hüften steckenblieben. Eine Drehung ließ sie hindurchgleiten. Aber die Breite des darüberliegenden Brustkastens und der Achselhöhlen versprach mich schmerzhaft zuzuspitzen, wenn ich nichts unternahm, um dies zu vermeiden.

Hoolies, aber es schmerzte ... Ich zog mich wieder hoch, stieß geräuschvoll den Atem durch zusammengebissene Zähne und kletterte wieder aus dem Loch hinaus.

Chosas Stimme schwebte herauf: *»Meine Bestien werden hungrig. Nennt mir den Namen Eures Schwertes.«*

Komm schon, Del, halt durch ... Ich tue, was ich kann.

Ein schneller Blick zeigte mir zerklüftete Vorsprünge in der Felswand. Ich wußte, ich würde springen müssen, wenn es dann soweit wäre, aber ich wollte die Entfernung verkürzen. Der einfachste Weg war, Gürtel und Harnisch zu benutzen, um mich so weit wie möglich durch das Loch hinabzulassen und mich dann des Rest der Strecke fallen zu lassen.

Ich würde es riskieren, mir ein Bein zu brechen. Aber ich riskierte ohnehin so viel, daß das nicht weiter wichtig war.

Ich band den Gürtel um einen Felsvorsprung und verknotete ihn fest. Ich schnitt die Scheide vom Harnisch ab, was mir ein Gewirr von Lederriemen bescherte, und trennte schnell die Riemennaht auf. Dann zog ich alles durch den Gürtel und ließ es in das Loch baumeln.

Nicht sehr viel. Doch zumindest etwas.

Aber dann war da immer noch das Schwert. Ich konnte es nicht gut mit hinunternehmen. Das zusätzliche Gewicht würde den Versuch beenden. Und ich wagte nicht, es mir mit abgerissenen Streifen meiner Tunika an den Körper zu binden. Wenn ich es aus Versehen verlieren würde, hätte Chosa ein weiteres *Jivatma*. Und irgendwie wollte ich es behalten, bis ich es in seinen Leib stoßen könnte.

Also legte ich es vorsichtig neben das Loch, gegenüber von meinem geplanten Einstieg, und ließ mich hinab.

Im Tunnel bellte eine Bestie.

Ich fror. Ich mochte den Gedanken nicht besonders, angegriffen zu werden, während ich in dem Loch eingeklemmt war. Ich ziehe den offenen Kampf vor. Also zog ich mich wieder hoch, ergriff das Schwert und gelangte bis zu den Knien hinaus, als der Hund aus den Schatten auf mich zusprang.

Ich hatte es satt. Ich wollte nicht mehr. Auf Knien bekämpfte ich den Hund. Mein Gleichgewicht und meine Hebelkraft waren gestört, aber reiner Stahl zerteilt noch immer die Haut von Bestien. Der Blutstrom machte meine Haut glitschig und tropfte mir den Bauch hinab bis auf die Hose.

Was mich auf eine Idee brachte.

In der Düsternis sah ich Augen. Das Schimmern weißer Hundeaugen. Aber diese Bestie zog den Schwanz ein und rannte davon, was eine willkommene Abwechslung war.

Erneut legte ich die Klinge vorsichtig neben das gezackte Loch. Dann schöpfte ich mit tropfenden Händen Bestienblut herauf und verteilte es über meinen Rücken und die Seiten sowie über die Schultergelenke, dorthin, wo sie in die Oberarme übergingen, wobei ich dem Brustkasten unter den Achselhöhlen, wo mein Körper besonders breit war, besondere Aufmerksamkeit schenkte.

Hoolies, ich stank!

Keine Zeit mehr vergeuden ...

Ich glitt mit den Stiefeln über den Rand, wickelte mir die Harnischriemen noch ein zusätzliches Mal um das linke Handgelenk und ließ mich hinab.

Die Hüften glitten erneut hindurch, obwohl mich der Stoff ein wenig behinderte. Und meine Taille, ganz rutschig vom Blut, auch wenn das nicht nötig gewesen wäre. Und dann meine unteren Rippen. Die oberen blieben stecken.

Ich fühlte mich vollkommen ausgeliefert, als ich wie ein Korken in einer Flasche feststeckte. Von der Taille abwärts war ich sehr leicht erreichbar, aber ich konnte nicht weiter sehen als bis zu meinem Brustkorb.

Die Harnischriemen hatten noch immer Spiel. Ich preßte den rechten Arm gegen den Rand des Lochs und drückte zu, versuchte mich freizuwinden. Hautschichten wurden abgeschürft und schmerzten. Aber schließlich schlüpfte ich hinaus und ließ Teile von mir an Felszacken zurück. Meine Schultergelenke hatten auch Haut verloren und dann zuvorkommenderweise mein eigenes Blut dem bereits vorhandenen hinzugefügt.

Es reichte, um den Korken zu lösen. Ich fiel, spürte die Riemen sich straffen und wimmerte, als sich die Schlinge um mein linkes Handgelenk zusammenzog. Mein ganzes Gewicht hing daran, und ich wünschte, ich hätte ein bißchen weniger gewogen.

Mein Kopf war auf gleicher Höhe mit dem Boden des Lochs. Ich spähte an meinem Körper vorbei hinab und versuchte, die Entfernung abzuschätzen. Ich war noch immer gefährlich weit vom Boden entfernt — ungefähr sieben Männer meiner Größe aneinandergebunden —, und die Landung würde auf Fels erfolgen. Wenn ich mir kein Bein bräche, schlüge ich mir wahrscheinlich den Kopf auf.

Das Schwert lag noch immer im Tunnel. Vorsichtig zog ich mich mit einem Arm erneut hinauf und schob ihn durch die Öffnung. Ich mußte mich nur ein wenig hochziehen, dann würde ich das Schwert ergreifen, es senkrecht halten und geradewegs auf den Boden hinabfallen.

Um meine Richtung festzulegen, schaute ich hinab. Und sah Chosa Dei mit einem Hund.

Hoolies, er *aß* ihn! ... nein, nein, das tat er nicht ... er ... Hoolies, ich *weiß* es nicht ... etwas, etwas Ekelerregendes ... er kniete davor nieder und legte ihm die Hände auf den Kopf ... Er sagte etwas zu ihm, *tat* etwas mit ihm ... und der Hund begann sich zu verwandeln.

Er schmolz. Ich weiß keinen besseren Ausdruck dafür. Die Bestie zerschmolz aus der eigenen vertrauten Form und wurde zu etwas anderem. Etwas annähernd Menschlichem — aber ohne Menschlichkeit.

Er war dabei, die Bestie umzugestalten. Sie wieder zu einem Menschen zu machen.

An meinem Harnisch herabhängend, verspürte ich so etwas wie Übelkeit. Ich hatte bis zu diesem Moment das volle Ausmaß von Chosa Deis Macht nicht erkannt. Wenn er frei wäre, wenn er frei *käme*... wenn er erst einmal seinen Bruder vernichtet hätte, was würde er dann anderen antun? Würde er, indem er alle Magie *einsammelte,* die Welt umgestalten?

Chosa Dei erhob sich und ließ das halbfertige Wesen auf dem Boden zurück, wo es sich wand, verkrampfte und starb. »*Es ist jemand hier*«, sagte er. »*Jemand* anderer *ist hier... verbirgt sich in den Tunneln. Verbirgt sich in meinem Berg.*« Er streifte den Raum mit seinem Blick. »*Und er hat ein zweites Jivatma, ein vollständig getränktes.*«

Hoolies. O *Hoolies* ...

»*Dort!*« schrie Chosa und zeigte auf mich.

Ich sah Dels nach oben gerichtetes Gesicht. Ich sah die Hundemeute. Und wußte, was ich zu tun hatte.

Chosa Dei vernichten.

Während ich mich aufwärtsreckte, stieß ich die rechte Hand durch die Öffnung und tastete den Rand ab. Berührte die Klinge, tastete mich bis zu ihrem Heft und schwang mich hoch, um die Finger darum zu schließen. Dachte an einen Gesang, während ich durch die Öffnung zurückfiel und wieder an meinem Harnisch hing.

Unter mir drängten sich die Hunde und warteten darauf, daß ich fiele.

Ein Gesang. Denk an einen Gesang. An etwas Persönliches. An etwas *Mächtiges.* An etwas, das niemand außer dem Sandtiger vollständig versteht.

Ich dachte an den Süden. Ich dachte an die Wüste. Und dann dachte ich an die Punja mit ihren tödlichen Samumen und Schirokkos, an den Windstoß, der Sand mit sich brachte und einem Menschen die Haut von den Knochen reiben und die Knochen blankputzen konnte. Ich dachte an die Sonne und den Sand und die Hitze und die Macht eines Sturmes, der hier und dort durch die Punja blies, kraftlos wie eine junge Ziege, dorthin ziehend, wohin er befohlen wurde. Denn dort gibt es eine stärkere Macht als nur die Hitze und den Sand. Dort gibt es auch den Wüstenwind. Einen heißen trockenen Wind. Einen Wind von einer Heftigkeit, die der Chosa Deis gleichkam.

Einen versengenden Wüstensturmwind, der alles bis auf die Knochen abstreift. Schirokko und Samum. Aber auch *Samiel* genannt.

Tief in mir sang ich einen Gesang. Vom Tränken, vom Stimmen. Von der Vernichtung eines Zauberers, der glaubte, nur Dels *Jivatma* besitze große Macht.

Dein Fehler, Chosa. Nun komm und kämpf mit *mir* ...

Ich durchschnitt den Harnisch und fiel.

Sechzehn

Ich landete in sich windenden Körpern voller Zähne und Krallen und faulem Atem. Dankte ihnen dafür, daß sie meinen Fall abgefangen hatten. Befreite mich, obwohl mein Körper blieb, wo er war.

Hitze ... Sand ... Sonne ... die Explosion eines Samiel ...

Die Explosion Samiels, ausgelöst, um den Berg von den Bestien und dem Zauberer zu befreien.

Sengende, brennende Sonne — mit Blasen bedeckte schwitzende Haut ... aufgesprungene und blutende Lippen ...

Del und ich hatten es überlebt. Aber Chosa würde es nicht überleben.

Das Singen der Salset, die versammelt sind, um den Jahreswechsel zu feiern ... das schrille Wimmern des Shukar, der zu seinen Göttern betet ... das Johlen und Schreien von Wüstenborjuni, die eine Karawane niederreiten ... das Rasseln und Klappern von Hanjii mit Goldringen in Nase und Ohren ...

Musik, alles Musik, der Gesang des Wüstenlebens. Die Musik der Punja, die Musik *meines* Lebens.

Dumpfes Klirren der Ketten, die mich in der Mine festhalten ...

Das Klingen des Meißels auf dem Fels, das Bröckeln fallenden Gesteins mit dem Versprechen des Goldes ...

Wiehern und Schnauben und Stampfen, als sich der Hengst gegen meinen Willen stemmt ...

Ein persönlicher, mächtiger Gesang, den niemand sonst singen kann.

Das Weinen eines Jungen, dessen Rücken von der Peitsche brennt, der versucht, seinen Schmerz zu verbergen, der versucht, seine Erniedrigung zu verbergen ...

Niemand sonst wußte um diese Dinge.

Der Gesang einer Klinge aus bläulichem Stahl, der Gesang von Einzelhieb, der mir die Freiheit schenkt, das Leben, den Stolz und die Kraft …

Und der Schrei einer wütenden Katze, die von einem Felsenhügel herunterfliegt.

Nur ich wußte um diese Dinge.

Nur ich konnte mein Leben singen.

Nur ich konnte Chosa Dei vernichten …

Schirokko. Samum. Samiel.

Versuch dein Bestes, Chosa Dei — *diesen* Gesang kannst du nicht umgestalten.

Dumpf hörte ich die Hunde. Das Wimmern Boreals. Ein Bruchstück von Dels Gesang, als sie durch Haut und Knochen hieb.

Dumpf hörte ich Chosa Dei, aber ich konnte seine Worte nicht verstehen. Alles in meinem Kopf war Teil meines persönlichen Gesangs.

Alles in meinem Gesang war ein Teil von Samiel.

Nimm ihn. Nimm ihn. Nimm ihn.

Dumpf rief Del.

Nimm ihn … nimm ihn … nimm ihn …

Del rief mir zu.

Nimm ihn … nimm ihn …

Vernichte ihn …

»Tiger … Tiger, *nein* … du weißt nicht, was du tust …«

Sing ihn in deinen Gesang …

»Tiger, es ist *verboten* …«

Samiel zersplitterte Rippen.

Haut, Blut, Muskel und Knochen, Samiel wollte alles.

»Tiger … Tiger, *nein* …«

Samiel sang seinen Gesang.

Ich konnte nur zuhören.

Muskeln verkrampften sich. Arme, Beine und auch mein Kopf zuckten. Ich schlug ihn auf den Boden des Raumes auf.

Warum ist mein Kopf auf dem Boden?

Warum ist *überhaupt etwas* von mir auf dem Boden?

Ich öffnete die Augen, sah die Decke des Raumes. Sah *mehrere* Zimmerdecken, bis ich wieder klar sehen konnte.

Hoolies, was ist mit mir?

Ich setzte mich auf, wünschte, ich hätte es nicht getan und legte mich wieder zurück.

Hoolies. O *Hoolies.*

Was habe ich getan?

Da ich ein Mann bin, der seinen Schmerz für sich behält, brachte ich ein nur rauhes Ächzen hervor. Und ebenso einen Schwall herkömmlicher Flüche, dem ein Schwall seltener Flüche folgte, bis mir der Atem ausging.

Zu dem Zeitpunkt war Del zurück.

»Also«, sagte sie, »hast du überlebt.«

Ich wartete einen Herzschlag lang. »Habe ich das?«

Dels Gesicht war blutbespritzt. Die Haare hingen ihr in rötlichen Streifen herab. »Ich hatte zuerst meine Zweifel, als ich sah, daß du nicht mehr geatmet hast. Aber dann habe ich dir auf die Brust geschlagen, und du hast sofort wieder angefangen.«

Nachdenklich rieb ich über eine wunde Stelle. Sie lag genau über meinem Herzen. »Warum hast du mich geschlagen?«

»Ich sagte es dir bereits: Du hast nicht mehr geatmet. Es war dein eigener Fehler, und ich war wütend.« Sie zuckte die Achseln. »Das scheint ein nützlicher Trick zu sein, dieser Schlag auf die Brust.«

Ich untersuchte meine blutverkrustete Brust, die an mehr als einer Stelle verletzt zu sein schien. Es waren Bißwunden und Krallenstriemen sowie schmerzhafte Kratzer zu sehen. »Warum habe ich nicht geatmet?«

»Weil du ein dummer, gefühlloser, tauber, stummer und blinder Narr gewesen bist ... ein Mann, der so mit sich selbst beschäftigt ist, daß er keine Zeit für andere hat und nicht auf andere achtet, wenn sie versuchen, sein Leben zu retten, weil er erpicht darauf schien, es zu verlieren. Und du hast es fast *getan.* Tiger, du bist ein Narr! Was willst du vollbringen? Es hat keinen Sinn, dich oder deine Gesundheit zu opfern. *Keinen* Sinn. Hast du keinen Gedanken an mich verwandt? Dachtest du, ich *wollte* dich tot sehen, nur um es dir heimzuzahlen, daß du mich fast getötet hättest?«

Vom Boden aus sah ich zu ihr hinauf. Ihr Zorn war wirklich furchteinflößend. »Was habe ich getan?« fragte ich.

»Was du getan hast? Was du *getan* hast?«

Ich nickte. »Was habe ich getan?«

Del zeigte es mir. »Das.«

Es war vom Boden aus kaum zu sehen. Also richtete ich mich ganz langsam und ganz vorsichtig auf und stützte mich auf einem Ellbogen auf. Schaute in die Richtung, in die sie deutete.

Jemand — *etwas* — war tot. Die Überreste lagen auf dem Boden verstreut.

»*Das* habe ich getan?«

Del senkte den Arm. »Du hast keine Ahnung, nicht wahr? Du weißt wirklich nicht, was du getan hast.«

»Anscheinend habe ich jemanden getötet. Oder etwas. Was *ist* das?«

»Chosa Dei«, antwortete sie. Dann, bedeutungsvoll: »Chosa Deis *Körper.* Sein Geist ist irgendwo anders.«

»Hoolies, nicht hier, hoffe ich. Ich möchte nicht so bald wieder mit ihm kämpfen.« Ich setzte mich ganz auf. Sah mich in dem Raum um. »Ich sehe, daß du die Hunde erledigt hast.«

»Das habe ich. Das hast du. Wichtig ist, daß sie tot sind. Ich glaube, sie sind alle tot.« Sie zuckte die Achseln. »Nicht daß es jetzt noch wichtig wäre, da Chosa Dei — fort ist.«

Ich bewegte langsam die Schultern, rieb gegen die Anspannung im Nacken an. »Nun, darum sind wir hergekommen. Jetzt ist Ysaa-den sicher — und auch alle *Jivatmas* sind es.«

»Oh?« fragte Del. »Bist du sicher?«

»Er ist *tot,* nicht wahr? Oder ist Chosa Dei etwa nicht tot?«

»Sein Körper«, wiederholte sie. »Seine Seele ist in deinem Schwert.«

Ich hielt erneut den Atem an. »Seine Seele ist *wo?*«

»In deinem Schwert«, antwortete sie. »Was glaubst du, was du getan hast?«

»Ich habe ihn getötet.« Ich hielt inne. »Nicht wahr? Ich habe ihm das Schwert durch die Rippen gestoßen. Das *sollte* ihn getötet haben.«

»Nicht das. Das meine ich nicht. Ich meine das, was du getan hast, als du gesungen hast.«

Ein Frösteln überlief meine Haut. »Was?«

Dels Blick wurde schärfer. »Du hast gesungen. Erinnerst du dich nicht? Du fielst von der Decke des Raumes in eine Meute von Hunden und hast die ganze Zeit über gesungen. Du hast nicht einmal aufgehört.« Sie zuckte die Achseln.

»Es war nicht sehr *gut,* du hast eine wirklich fürchterliche Stimme — aber das ist unwichtig. Wichtig ist, daß du es wolltest. Wichtig ist, daß es gelang. Du hast Chosa Dei vernichtet, aber du hast auch dein Schwert neu geschaffen.«

»Was?«

Del sprach überdeutlich. »Du hast es erneut getränkt, Tiger. Genau wie Theron es getan hat.«

Theron. Ich dachte Monate um Monate zurück und erinnerte mich des nordischen Schwerttänzers, der in den Süden gekommen war, um Del zu verfolgen. Er hatte ein *Jivatma* wie sie, ein wahrhaft gestaltetes, wahrhaft getränktes *Jivatma.* Aber er hatte mehr gewollt und seine nordische Klinge im Körper eines Magiers erneut getränkt. Das hatte ihm einen Vorteil verschafft. Es hatte Del fast besiegt. Mich fast besiegt.

»Nun«, sagte ich schließlich, »ich habe es nicht absichtlich getan.«

Del machte auf dem Absatz kehrt und ging davon. Ich glaube, sie war noch immer wütend, obwohl ich nicht recht wußte, warum. Ich hatte gerade ihr Leben gerettet. Ich hatte gerade die Welt gerettet.

Ich lächelte verzerrt. Mühte mich dann auf die Füße und ging zu dem Körper hinüber.

Nun, es war eine Art Körper. Er war versengt und eingeschrumpft und runzlig, in sich selbst zusammengebrochen. Er war nur noch halb so groß wie ich. Er war sogar kleiner als Del.

Nimmt eine Seele soviel Raum ein?

Es war seltsam, auf die Überreste eines Mannes hinabzublicken, den ich niemals gesehen, aber getötet hatte. Es waren keine erkennbaren Züge, kein normales Haar, nichts zu sehen, das auf einen Menschen hindeutete. Er war ein Umriß, nicht mehr. Es hinterließ einen schlechten Geschmack in meinem Mund.

Aus dem Stapel loser Kleider und runzliger Haut schimmerte das Heft meines erneut getränkten *Jivatma*. Chosa Deis neues Gefängnis.

»Ich werde es zerbrechen«, sagte ich. »Ich werde es einschmelzen.« Ich schaute zu dem Schmelztiegel. »Ich werde es zu Schlacke einschmelzen und mir dann ein südliches Schwert besorgen.«

Del fuhr herum. »Das *kannst* du nicht!«

»Warum nicht? Ich will kein Schwert mit *ihm* darin herumschleppen.«

Dels Gesicht war weiß. »Du mußt es mit dir herumschleppen. Du mußt es für immer tragen, bis wir eine Möglichkeit finden, seine Magie loszuwerden. Verstehst du nicht? Chosa Dei ist dort *drinnen*. Wenn du das Schwert zerstörst, wirst du sein Gefängnis zerstören. Du bist jetzt sein Wächter. Sein eigener, persönlicher Wächter. Nur du kannst ihn gefangenhalten.«

Ich mußte fast lachen. »Del, das ist lächerlich. Willst

du mir allen Ernstes erzählen, daß Chosa Dei *in* meinem Schwert ist und wieder herauskommen könnte, wenn nicht *ich persönlich* ihn bewache?«

Unter dem Blut war sie weiß. »Immer«, sagte sie, »immer. Immer mußt du zweifeln.«

»Du mußt zugeben, daß das ziemlich unglaubwürdig klingt«, belehrte ich sie. »Ich meine, *du* warst diejenige, die mir gesagt hat, Chosa Dei sei nur eine Legende, eine Gestalt, die jemand für Geschichten erfunden hat.«

»Ich habe mich geirrt«, erklärte sie.

Ich starrte sie an. Die ganzen letzten zwei Wochen über hatte ich sie dazu bringen wollen, genau das bezüglich ihres Verhaltens auf Staal-Ysta zuzugeben, und sie hatte es nicht getan. Aber sie war mehr als bereit, die vier magischen Worte zu sagen, wenn es um Chosa Dei ging — *wer* auch immer er war.

Mein Körper juckte von Schweiß und verkrustetem, übelriechendem Blut. Gedankenvoll kratzte ich durch meinen Bart hindurch über darunterliegende schmerzende Haut. »Sieh mal an«, sagte ich. »Du erwartest von mir, daß ich den Rest meines Lebens damit verbringe, Chosa Dei zu bewachen.«

»Nein, nicht dein ganzes Leben lang. Bis wir die Magie losgeworden sind.«

Ich runzelte die Stirn. »Wie sollen wir das schaffen? Und worum geht es dabei?«

Del hob ihr Schwert, das sie noch immer in der rechten Hand hielt. »Hier drinnen ist Macht«, sagte sie. »Ungezügelte Magie und gezähmte Magie — Herrschaft erlangt man durch angemessenes Tränken und Stimmen sowie durch Willenskraft. Aber es gibt eine Möglichkeit, die Macht loszuwerden, sie woandershin zu lenken, so daß das Schwert wieder ein Schwert wird.« Sie zuckte die Achseln. »Magie ist Magie, Tiger — sie hat ihr eigenes Leben. Darum konntest du, als Theron starb, sein *Jivatma* benutzen. Die Magie war daraus vertrieben worden.«

Das gefiel mir nicht sonderlich. »Also willst du sagen, daß mein Schwert *seine* Magie verlöre, wenn ich stürbe — zusammen mit Chosa Dei.«

Dels Brauen wölbten sich. »Das ist eine Möglichkeit, ja. Aber dann wärst du tot. Welchen Sinn hat es, einem Schwert seine Magie zu entziehen, wenn man dann nicht mehr lebt, um es zu benutzen?«

Ich machte mir nicht einmal die Mühe, darauf zu antworten. »Gibt es noch eine andere Möglichkeit?«

»Ja. Aber das lernt man nicht auf Staal-Ysta.«

»Wo *wird* es gelehrt?«

Del schüttelte den Kopf. »Ich glaube, dazu würde jemand benötigt, der die Magie von *Jivatmas* verstünde. Auch jemand, der Chosa Dei verstünde und die Bedrohung, die er darstellt. Weil Chosa Dei selbst mächtig ist. Wenn die Beseitigung nicht exakt durchgeführt würde, könnte er sich befreien.«

»Er hätte keinen Körper«, bemerkte ich. »Dieser hier ist zerstört.«

Del zuckte die Achseln. »Er würde einen anderen finden. Es könnte sogar deiner sein, denn bis dahin wird er dich gut genug kennen.«

Haut zog sich zusammen. »Was?«

Del seufzte stirnrunzelnd, als sei sie meiner Unwissenheit überdrüssig. »Chosa Dei *lebt* nicht mehr, nicht mehr als Baldur in *meinem* Schwert. Aber sein Geist und seine Seele sind da, das, woran er am meisten glaubt. Du wirst es spüren, Tiger. Du wirst *ihn* spüren. Nach einiger Zeit wirst du ihn kennen — du wirst *müssen* —, und er wird dich kennen.«

Ich runzelte die Stirn. »Weiß er, daß er sich in diesem Schwert befindet?«

Del zuckte die Achseln. »Selbst wenn er es weiß, spielt es keine Rolle. Chosa gestaltet Dinge nach seinem Willen um. Er wird dasselbe mit deinem Schwert versuchen.«

»Was wäre, wenn ich es jemand anderem gäbe?«

Del lächelte schief. »Welches getränkte, benannte *Jivatma* erlaubt jemand anderem, es zu berühren?«

»Wenn ich ihm Samiels Namen nennen würde, könnte er es berühren.«

Sie hob eine Schulter an. »Ja, das könntest du tun. Und dann könnte er dein Schwert berühren. Aber er könnte nicht du sein, er könnte weder die Magie noch Chosa Dei beherrschen.«

Ich sagte etwas sehr Kurzes und Deutliches.

Del überhörte es. »Ich frage mich ...«, murmelte sie.

»Du fragst dich? Was fragst Du dich? Wovon redest du?«

Ihr Gesichtsausdruck war nachdenklich. »Von Shaka Obre.«

»Chosas Bruder? Warum?«

»Weil er uns vielleicht — nur vielleicht — helfen könnte.«

»Er ist eine *Legende,* Bascha.«

»Das war auch Chosa Dei.«

Ich runzelte die Stirn. Dachte darüber nach. »Ich brauche keine Hilfe von einem Zauberer.«

»Tiger ...«

»Ich komme allein zurecht.«

Helle Brauen wölbten sich. »Oh?«

»Gib mir nur ein wenig Zeit. Ich werde mir schon etwas ausdenken. Inzwischen laß uns hier verschwinden.«

Ich schaffte drei Schritte. »Tiger.«

Ich fuhr herum. »Was?«

Del deutete auf mein Schwert, das noch immer in den Überresten Chosas steckte.

»Oh.« Ich ging hinüber, beugte mich hinab, berührte das Heft aber noch nicht. »Was wird geschehen?«

»Ich weiß es nicht.«

»Das hilft mir sehr«, sagte ich. »Ich dachte, du kennst dich mit diesem ganzen Zeug aus.«

»Ich kenne *etwas* von diesem ›Zeug‹«, stimmte sie zu.

»Aber du hast etwas getan, das niemals jemand zuvor getan hat.«

»Niemand?«

»Niemand. *An-Ishtoyas,* die die Reise unternehmen, während sie ihr Schwert tränken, nehmen immer Bürgen mit sich, um Mißgeschicke wie dieses zu vermeiden.«

»Damit willst du also sagen, daß ich auf mich allein gestellt bin.«

Del nickte schweigend.

Der Beste zu sein, ist oft unterhaltsam. Aber der *Erste* zu sein, ist etwas anders. Es kann gefährlich sein. Und ich bin noch nie so übertrieben eingebildet gewesen, mein Leben auf diese Art zu riskieren.

Ich atmete tief ein, streckte die Hand aus ...

»Darf ich etwas vorschlagen?« fragte Del.

Meine Hand zuckte zurück. *»Was?«*

»Versichere dich, daß du stärker bist. Jetzt. In diesem Moment. Wenn Chosa irgendeine Art von Schwäche spürt, wird er sie für sich selbst nutzen.«

Ich warf ihr einen unglücklichen Blick zu. Dann richtete ich mich auf und *trat* das Schwert aus dem runzligen, eingeschrumpften Berg Kleider, Knochen und Haut heraus.

Stahl schepperte über den Felsenboden. Nichts geschah. Das Schwert lag einfach da.

Außer daß die Klinge stumpf war.

Stirnrunzelnd stieg ich über die Überreste hinweg und schaute hinab auf das Schwert. Das Heft sah genauso aus wie immer — heller, glänzender Stahl —, aber die Klinge war von einem schmutzigen, stumpfen Grau, fast Schwarz. Die Spitze selbst *war* schwarz, als sei sie verbrannt.

»In Ordnung«, sagte ich. »Warum?«

Del stand neben mir, das Schwert in der Hand. Sie schaute auf die eigene Klinge hinab, die hell lachsrotsilbern schimmerte. Wenn sie gestimmt wurde, glühte sie stärker und heller. Nicht annähernd schwarz. Keines der *Jivatmas*, die ich je gesehen hatte, hatte diese Farbe gezeigt.

»Ich weiß es nicht«, sagte sie. »Niemand weiß, welche Farbe es haben wird, bis das *Jivatma* sie zeigt.«

»Aber du glaubst, das ist es?«

Del seufzte ein wenig. »Das glaube ich. Es ist die Folge des Tränkens und Stimmens.«

»Ich mag Schwarz und Grau nicht. Ich zöge etwas Helleres vor. Etwas Wüstenähnlicheres.«

Del sah mich überrascht an.

Ich zuckte abwehrend die Achseln. »Nun, wir haben alle unsere Vorlieben. Grau und Schwarz sind nicht meine Lieblingsfarben.«

»Vielleicht geschieht eine Verwandlung, wenn man das Schwert erneut tränkt.«

Ich stand da und betrachtete das Schwert mit der stumpfen Klinge, die Hände in den Hüften und auf der blutigen Unterlippe kauend. Dann, mit einem ungeduldigen Achselzucken, beugte ich mich hinab und hob es auf.

Nichts geschah. Überhaupt nichts. Das Schwert fühlte sich kalt und tot an.

Ich runzelte die Stirn. »Was soll es ...«

»Tiger!«

Dieses Mal landete ich flach mit dem Bauch auf dem Boden, mit hochgezogenen Knien, die Füße flach aufgelegt, mich aufstützend, und starrte erstaunt das Schwert an, das nur drei Fuß entfernt lag.

Noch immer grau und schwarz. Aber das Schwarz war ein wenig heller geworden.

Dels Hand lag über ihrem Mund. Kurz darauf sprach sie durch die Finger. »Bist du in Ordnung?«

»Mußtest du mich schon wieder auf die Brust schlagen?«

»Nein.«

»Dann bin ich, glaube ich, in Ordnung.« Dieses Mal

schmerzte das Aufstehen mehr, aber ich schaffte es, ohne mir etwas anmerken zu lassen. Und dann stand ich einen oder zwei Momente lang da, versuchte die Verwirrtheit zu verbannen und betrachtete stirnrunzelnd das Schwert. »Er ist wütend.«

»Wer?«

»Samiel. Chosa Dei ist nur erschreckt. Er hat nicht erkannt, daß er tot ist — oder was auch immer.«

Del trat einen Schritt vor. »Weiß *er* es?«

»Weiß er *was?*«

»Wo Shaka Obre ist?«

»Oh, zu den Hoolies ...« Ich funkelte sie an. »Ich habe gesagt, ich komme damit zurecht, Bascha — *ohne* Shaka Obres Hilfe.«

»Es war nur eine Idee«, bemerkte Del.

Ich näherte mich dem Schwert. »Im Moment dachte ich nur ans Verschwinden.«

»Wie?« fragte Del. »Kannst du dich nicht daran erinnern, was das letzte Mal geschehen ist, als wir versuchten, durch die Wachen zu kommen?«

Ich erinnerte mich sehr gut daran. Man vergißt es nicht so schnell, wenn man in der Mitte eines Tunnels in einem Berg erwacht, der wie ein Drache geformt ist. »Aber jetzt ist Chosa Dei tot, so daß die Wachen arbeitslos sind. Außerdem denke ich, daß wir diese nordische Magie anwenden sollten, von der du immer sprichst; dann wären wir in der Lage, einen Weg hinauszufinden.«

»Nur wenn du herausfindest, wie du dein Schwert aufheben kannst.«

Das war grundsätzlich einfach. Ich mußte Chosa Dei nur zeigen, wer der Herr war.

Del und ich gingen hinüber zum ›Vorhang‹. Eine weitere Betrachtung ergab nicht mehr, als wir bereits wußten: Das Ding war eine von Shaka Obre errichtete Wache, die Chosa Dei gefangenhalten sollte. Es ließ den Rauch hinaus, ließ Menschen herein — obwohl nicht ganz sicher war, wo sie endeten, wie ich bezeugen konnte — und verhinderte Chosas Flucht.

Verhinderte *unsere* Flucht.

Schweiß rann mir die Schläfen hinab. »Jetzt«, sagte ich und ergriff das Heft mit beiden Händen.

Del sah mich stirnrunzelnd an. »Du siehst nicht ...«

Die Klinge erbebte, *ich* erbebte. »Jetzt. Nicht morgen.«

Del wandte sich um, erhob ihr Schwert, schaute zu mir herüber. Ich ahmte ihre Haltung nach. Zusammen durchschnitten wir den Vorhang, als bestünde er nur aus Seide.

Wachen zerfielen zu Rauch. Das Gefängnis war durchbrochen.

Nach sechshundertzweiundvierzig Jahren war Chosa Dei von seinem Berg befreit.

Aber bis wir Shaka Obre fänden, wäre ich niemals von Chosa befreit.

Siebzehn

Wir saßen im Haus des Dorfältesten in Ysaa-den und flickten zusammen, was noch von zerschlagenem Fleisch und Geist zu retten war. Wir waren allein, wie immer, umgeben von Einsamkeit. Uns gegenseitig helfend, hatten wir Blut und Schmutz und Gestank abgewaschen und hatten fehlende oder zerfetzte Kleidung durch Kleidungsstücke ersetzt, die Halvar und seine Frau uns gegeben hatten. Jetzt saß ich auf einem warmen Fell, die Augen fest geschlossen, die Beine über Kreuz, und knirschte mit den Zähnen, als Del Stichwunden und Zahnabdrücke mit einer Kräuterpaste behandelte.

»Sitz still«, kommandierte sie, als ich meine Augen aufschlug.

»Es *tut weh.*«

»Ich weiß, daß es weh tut. Es wird noch mehr weh tun, wenn sich diese Bißwunden infizieren. Besonders diese *hier.*«

Sie tat es absichtlich. Ich zuckte zurück und verfluchte sie, verfluchte sie noch mehr, als sie lediglich lächelte und noch mehr Salbe in eine Bißwunde weit unten an meinem Bauch rieb. Del hatte den gelockerten Hosenbund zur Seite geschoben, zerkratzte und zerbissene Haut freigelegt und hatte nun Spaß daran, mich zu drangsalieren.

»Ich kann das tun«, sagte ich. »Was das betrifft, auch Halvars *Frau* kann das tun. Sie hat es angeboten.«

»Jeder in Ysaa-den hat es angeboten, Tiger. Du bist ein Held. Sie werden dir alles geben, was du willst, wenn sie nur können.« Del setzte sich auf ihre Fersen zurück. »Muß ich annehmen, daß du jetzt ihre zwei Kupfermünzen von ihnen verlangst?«

Sie trug Blau anstelle von schmutzigem Weiß, ein kühles, sanftes Blau, daß die Farbe ihrer Augen verstärkte. Helle Wimpern, helles Haar, noch hellere Haut — sie fühlte sich, ohne Zweifel, genauso müde und zerschlagen wie ich. Aber irgendwie sah sie nicht so aus.

»Nein«, antwortete ich mürrisch. »Ich möchte nur dieses Schwert loswerden, damit ich in Frieden leben kann. Oder, fürs erste jedenfalls, ein warmes Bett und eine Bota Aqivi. Und da dies hier der Norden ist, werde ich *Amnit* nehmen.«

»Du wirst deinen *Amnit* bekommen. Du wirst sogar dein Bett bekommen. Was dessen Wärme betrifft, so wird das davon abhängen, wie viele Frauen du hineinlegst.«

Ich knurrte. Ich war so voller Wunden, Bisse, Kratzer, Risse und Krallenspuren, daß ich bezweifelte, einem Bettpartner viel Freude bereiten zu können. Besonders da das, was ich am meisten wollte, nur Schlaf war.

»Zuerst das Essen«, erinnerte mich Del, als meine Augen zufielen. »Es ist eine Feier.«

»Können sie nicht ohne mich feiern?«

»Nein. Dann hätten sie niemanden, für den sie ihren Gesang der Erlösung und der Dankbarkeit singen könnten.«

Ich knurrte erneut. »Es gibt noch dich.«

»Aber *ich* habe Chosa Dei nicht getötet.«

»Du hast die Hälfte der Hunde getötet.«

»Die einst Dorfbewohner waren.« Dels Stimme klang ernst. »Ich denke, wir müssen diesen Teil der Geschichte nicht erzählen. Laß sie denken, die Hunde hätten ihre Verwandten einfach getötet, anstatt daß sie in Bestien verwandelt wurden, die noch mehr Menschen getötet haben, einschließlich ihrer Verwandten und Freunde.« Sie strich sich Haare aus den Augen. »Es wäre nur gnädig.«

Es wäre auch eine Lüge, aber eine, die ich verstehen konnte. »Dann gib mir die Tunikas, damit wir etwas essen gehen können. Mein Magen knurrt.«

Del gab mir zuerst die Untertunika aus weichgekämmter, ungefärbter Wolle, und dann, als ich sie angezogen hatte, reichte sie mir die grüne Übertunika, die aufgrund von komplizierter Perlenstickerei aus Bronze, Kupfer und Bernstein leise klingende Geräusche von sich gab.

»Das ist zu viel«, murmelte ich. »Er gibt sein bestes Kleidungsstück fort.«

»Ein Maß seines Respekts und seiner Dankbarkeit.« Dels Stimme war so sanft, wie sie nur sein kann.

Ich sah sie frustriert an. »Ich wäre ohnehin gekommen. Es hatte nichts mit Ysaa-den oder seinen Problemen zu tun. Es hatte mit den Hunden zu tun. Wären sie woanders hingegangen, wäre auch *ich* woanders hingegangen.«

»Aber das haben sie nicht getan und du auch nicht.« Del stand langsam auf und unterdrückte ein Stöhnen.

Sie trug ihr Schwert, wie gewöhnlich, im Harnisch über dem Rücken. »Sie warten auf uns, Tiger. Wir sind die Ehrengäste.

Ich runzelte die Stirn und erhob mich vorsichtig. Nach und nach verlor ich meine Verbindungen zum Süden. Zuerst Einzelhieb, der beim Kampf mit Theron zerbrochen war. Dann meine südlichen Seiden- und Gazestoffe, die gegen nordisches Leder und Fell eingetauscht worden waren. Und schließlich meinen Harnisch, den ich in Chosa Deis Berg aufgegeben hatte. Stück für Stück für Stück, auf dem Weg verstreut.

Ich nahm mein *Jivatma* auf, das weder durch eine Scheide noch durch einen Harnisch geschützt war, und folgte Del aus dem Haus. Es war nichts, *nichts* an ihr, das auch nur entfernt südlich gewesen wäre. Eine nordische Bascha bis in die Knochen, egal wo sie war. Ich hatte mich verändert, während Del dieselbe geblieben war.

Zeit, nach Hause zu gehen, sagte ich.

Aber ich sagte es nur zu mir selbst.

Heißes Essen, feuriger *Amnit* und warme Wünsche taten sich zusammen, um es mir unendlich schwer zu machen, während des Festmahls wach zu bleiben. Die Abendluft wurde frostig, aber ich trug jetzt zusätzlich zu der neuen Wollkleidung zwei Felle. Ich saß wie ein Fellberg auf einem dritten Fell und schaffte es, meine Augen einen Spaltbreit offenzuhalten, während Halvar das Dorf — in der Hochlandsprache — mit meinen Heldentaten erfreute.

Nun, *unseren* Heldentaten. Del wurde nicht ausgelassen.

»Bleib wach«, zischte sie, auf dem Fell neben mir sitzend.

»Ich versuche es. Hoolies, Bascha, was erwartest du? Bist *du* nach allem, was wir getan haben, nicht müde?«

»Nein«, antwortete sie grausam. »Dafür bin ich zu jung.«

Ich beschloß, dies zu ignorieren, da ich sehr genau wußte, daß sie log. Vielleicht war sie noch nicht *schläfrig*, aber sie war sicherlich angeschlagen. Das zeigte sich in all ihren Bewegungen. Es zeigte sich, wenn sie sehr still saß. »Wie lange müssen wir noch hier draußen sitzen?«

»Bis die Feier zu Ende ist.« Del beobachtete Halvar und verfolgte mit einem Ohr seine Worte, während sie mit mir sprach. »Wir haben gegessen, und jetzt erzählt Halvar die Geschichte nach. Wenn das erst einmal geschehen ist, werden sie alle einen Erlösungsgesang singen. Anschließend wird jedermann dasitzen, die Geschichte nacherzählen, die Durchführung bewundern und auf dein Wohl trinken.« Sie hielt inne und beobachtete mich. »Aber da ich, deinem Aussehen nach zu urteilen, bezweifle, daß du das überstehen wirst, kannst du dich wahrscheinlich davonstehlen.«

Ich nickte und unterdrückte ein Gähnen. Das kostete mich alle Kraft, die ich noch hatte.

Halvar sagte etwas zu Del, schaute an ihr vorbei zu mir — Del hatte den Dorfältesten unterbrochen, um seine Worte zu übersetzen und wiederholte mir gegenüber, was immer er zu Del gesagt hatte, einfach um höflich zu sein. Ich verstand eines von zwanzig Worten: *Gesang*.

Ich nickte. »Dann singt. Ich höre zu.«

Del warf mir einen mißbilligenden Blick zu und sprach dann kurz mit Halvar. Als Reaktion grinste der Dorfälteste, wandte sich an die versammelten, alle in ihre wärmsten Felle gewickelten Dorfbewohner und verkündete etwas. Wieder einmal sah ich zu, wie Musikinstrumente hervorgeholt wurden.

Ich saß mit einem höflichen, auf meinem Gesicht festgeklebten Lächeln da und versuchte interessiert auszusehen, während Ysaa-den zum Gesang überging. Meine eigene Gesangseinlage zur Bekämpfung Chosa Deis hatte weder verbessertes Verständnis noch Anerkennung bewirkt. Für mich klang das alles wie Lärm, wenn auch zugegebenermaßen Lärm mit Methode. Ich vermute, daß er sogar hübsch war, wenn man derartiges mag.

Del mochte es offensichtlich. Sie saß da, ganz in weißes Fell gehüllt, die Augen in die Ferne gerichtet, und verlor sich in der Musik. Ich fragte mich, ob sie sie in ihre Kindheit zurücktrug, als ihre Familie sich zum Gesang versammelt hatte. Und ich fragte mich plötzlich, ob *sie* jemals zu etwas oder jemand anderem gesungen hatte als zu ihrem Schwert.

Als der Gesang beendet war, wandte sich Halvar erneut uns zu und sagte etwas. Dieses Mal sah Del überrascht aus.

»Was ist?« fragte ich, während ich mich erhob.

»Er will den heiligen Mann zu uns bringen, damit dieser die Orakelknochen wirft.«

»Also liebt der alte Mann es zu spielen.«

Del wedelte mit der Hand. »Nein, nein — um die Knochen *richtig* zu werfen, so wie es früher gemacht wurde. Bevor die Menschen damit begannen, sie zum Wetten zu benutzen.«

Ich wollte noch etwas sagen, aber der alte heilige Mann war bereits erschienen. Er blieb vor uns stehen, verbeugte sich und setzte sich dann auf das gesprenkelte Fell, das Halvar sorgfältig ausgebreitet hatte. Er war ein *sehr* alter Mann, wie es heilige Männer oft sind, die so viel Zeremoniell in ein einziges Leben gepreßt haben. Bei den Salset war der Shukar eine Art heiliger Magier gewesen. Ich fragte mich, ob die nordischen Gebräuche dieselben waren.

Der alte Mann — mit weißen Haaren, blauen Augen und zittrig — schien auf etwas zu warten. Und dann brachte einer der jüngeren Männer einen niedrigen Dreifuß und stellte ihn vorsichtig vor ihm ab. Auf den drei Spitzen lag eine Platte aus poliertem Gold. Ihr Rand, der sich sanft aufwärts bog, war mit nordischen Runen versehen.

Ich blinzelte. »Ich dachte, du hättest gesagt, Ysaa-den hätte nur zwei Kupfermünzen.«

»In Münzen«, stimmte Del zu. »Dies ist ein Orakelständer mit Platte. Jedes Dorf hat einen solchen ... es sei denn, er wurde gestohlen oder eingetauscht.« Sie zuckte die Achseln. »Einige der alten Gebräuche sterben, wenn der Überlebensdrang größer ist.«

Der alte Mann nahm einen Lederbeutel aus seinen Fellen und löste vorsichtig das Zugband. Er schüttete den Inhalt in seine Handfläche: eine Handvoll polierter Steine. Sie waren nicht durchsichtig, aber seltsam durchscheinend, aus hellem, perlmuttartigem Weiß mit einem Hauch von Grün und Rot und Blau, als der alte Mann sie in seiner Hand ausstreute. Einer war feurig schwarz, aber in so vielen Farben schimmernd, daß ich sie gar nicht alle benennen konnte.

Ich runzelte die Stirn. »Das sind nicht wirklich Knochen. Das sind nur Steine. Orakelknochen sind *Knochen.*«

»Knochen der Erde«, sagte Del. »Sie sind sorgfältig geschliffen und poliert worden.«

Ich grunzte. »Vielleicht, aber es sind nicht die Art Orakelknochen, die *ich* kenne.«

»Diese funktionieren«, bestätigte sie.

Ich öffnete den Mund, um etwas zu erwidern — wieder eine *andere* Geschichte —, aber ich sagte nichts. Auch wenn ich nicht an Weissagung glaubte, wußte ich sehr genau, daß Del mir ins Gesicht springen würde, wenn ich etwas Despektierliches über den alten Mann und seine Steine sagen würde. Sie würde Chosa Dei erwähnen, den sogar *sie* für eine Legende gehalten hatte, bis er sie fast getötet hatte.

Also gab ich ihr keine Gelegenheit.

Der alte Mann warf die Steine auf die goldene Platte. Sie klapperten und rutschten, wie erwartet, und verteilten sich in zufälligen Mustern. Nur für den Mann, der sie zur Weissagung benutzt, sind die Muster niemals zufällig. So viel wußte sogar ich.

Er warf sie siebenmal, bevor er sprach. Und dann sagte er nur ein einziges Wort.

Dieses Mal runzelte Del die Stirn.

»Jhihadi«, wiederholte der alte Mann.

Del sah zu Halvar und ignorierte mich völlig. »Ich verstehe nicht.«

Halvar schüttelte den Kopf, genauso verwirrt wie Del.

»Jhihadi«, sagte der alte Mann und ließ die Steine in seine Hand gleiten.

Eine große Stille lag über der Versammlung. Zweifellos hatte jedermann tiefsinnige Worte der Weisheit erwartet, oder ein Versprechen guter Gesundheit. Statt dessen hatte der heilige Mann von Ysaa-den ihnen ein Wort genannt, das keiner von ihnen kannte.

»Jhihadi«, sagte ich leise, »ist ein südliches Wort.«

»Südlich?« Del runzelte die Stirn. »Warum? Was hat ein südliches Wort mit uns zu tun?«

»Tatsächlich ist es ein Wort der Wüstensprache, keine rein südliche Sprache ... und es könnte etwas mit der Tatsache zu tun haben, daß *ich*, immerhin, Südbewohner bin.« Ich lächelte huldvoll. »Obwohl ich, der ich das Wort kenne, bezweifle, daß es mich persönlich betrifft.« Ich grinste sie an und zuckte dann die Achseln. »Er muß etwas anderes meinen, oder *jemand* anderen. Er ist immerhin alt, und das sind einfach hübsche Steine.«

»Warum?« fragte sie mißtrauisch. »Was bedeutet ›Jhihadi‹?«

»Messias«, sagte ich einfach.

Zöpfe schwangen, als sie sich abrupt umwandte und den heiligen Mann ansah. Sie fragte ihn in höflichem Ton etwas, aber ich hörte unterschwelligen Zweifel heraus. Das Bedürfnis nach einer Erklärung.

Der alte Mann warf die Steine erneut aus. Und wieder verteilten sie sich in verschiedenen Mustern, von denen ich keines lesen konnte.

Er betrachtete sie und nickte dann. »Jhihadi«, wiederholte er. Und fügte in der Hochlandsprache etwas hinzu, das mit einem weiteren Wort der Wüstensprache endete.

»Iskandar?« sagte ich scharf. »Was hat Iskandar damit zu tun?«

Del sah mich verwirrt an. »Ich weiß nicht, was das *ist*.«

»Eine alte Geschichte«, sagte ich beiläufig. »Iskandar ist ein Ort und wurde nach einem Mann benannt, der vermutlich ein Messias war. Ich weiß nicht, wieviel an der Geschichte dran ist — du weißt, wie Geschichten verdreht werden können.« Wir standen da, sahen einander stirnrunzelnd an und dachten an Chosa Dei. »Auf jeden Fall war Iskandar der Ort, wo dieser vermeintliche Messias seinem Tod begegnete.«

Del sah mich eindringlich an. »Wurde er ermordet? Hingerichtet?«

Ich grinste. »Nichts so Romantisches. Sein Pferd trat ihm an den Kopf. Er starb zehn Tage später. Das ist der Grund, warum es Zweifel an seiner Identität gibt, denn ein wahrer Messias sollte nicht physisch verwundbar sein.« Ich zuckte die Achseln. »Ich weiß wirklich nicht viel darüber, weil es nicht die Art Dinge ist, auf die ich sonderlich achte ... ich weiß nur, daß er auf dem Todeslager versprach, zurückzukommen. Aber da das vor Hunderten von Jahren war und Iskandar in Schutt und Asche liegt, habe ich meine Zweifel bezüglich dieses Jhihadi, von dem der alte Mann spricht.«

Del runzelte noch immer die Stirn, wodurch ihre Brauen zusammentrafen. »Er sagt, daß wir dorthin gehen.«

»Nach Iskandar?« Ich machte mir nicht die Mühe, meine Belustigung zu verbergen. »Dann muß der alte Mann sandkrank sein.«

Del kaute an ihrer Lippe. »Wenn Ajani dort ist ...«

»Das wird er nicht. Ich verspreche dir, Bascha ... Iskandar ist eine Ruine, niemand geht dorthin. Nicht einmal Ajani würde das tun, es sei denn, er spricht gern mit Geistern.«

»Warum sollte der alte Mann das sonst sagen?«

Nach einem wohlabgewogenen Blick in die Runde der versammelten Dorfbewohner faßte ich meine Gedanken auf höfliche Art in Worte. »Sollen wir einfach sagen, daß Menschen manchmal versuchen, Weissagungen zu decken, indem sie darauf bestehen, daß sie wahr seien, wenn sie es in Wirklichkeit gar nicht sind?«

»Er lügt nicht«, erklärte Del.

Ich seufzte. Hier war ich, der ich mich so sorgfältig diplomatisch ausgedrückt hatte, und jetzt war Del so direkt.

»Nein«, stimmte ich zu. »Sagte ich denn, daß er das täte?«

»Du sagtest ...«

»Ich sagte, daß er sich vielleicht geirrt hat. Nun, sind wir jetzt fertig? Können wir schlafen gehen?«

Del wandte sich zu dem alten Mann um und fragte etwas in der Hochlandsprache. Danach warf er die Steine noch einmal aus. Dann sagte er ihr, was er sah.

»Nun?« drängte ich, als sie es mir nicht übersetzte.

»Ein Orakel«, sagte sie. »Dort ist ein Orakel zu erkennen.«

»Das sind Orakel*knochen* ...«

»Nein, nicht Knochen ... ein *Orakel.* Ein Mann sagt die Ankunft des Jhihadi voraus.« Dels Gesichtsausdruck zeigte Verwirrung, als sie mich ansah. »Ein Mann, der kein Mann ist, aber er ist auch keine Frau.« Jetzt runzelte sie die Stirn. »Ich verstehe nicht.«

»Das sollst du auch nicht, Bascha. Darauf bauen diese Leute, sie profitieren von der Auslegung.« Ich lächelte den heiligen Mann an und neigte respektvoll den Kopf. Dann vollführte ich dieselbe Geste Halvar gegenüber. »Können wir *jetzt* schlafen gehen?«

Del war offensichtlich verwirrt. »O Tiger, ich schwöre dir — du bist ein alter Mann geworden. Was ist mit den Zeiten geschehen, als du die ganze Nacht aufgeblieben bist und *Amnit* oder Aqivi getrunken und in Wirtshäusern Lügen gehandelt hast?«

»Ich habe dich getroffen«, erwiderte ich. »Ich habe mich dir angeschlossen und habe mehr eingesteckt, als ich beschreiben kann.« Ich stand langsam auf und zog die Felle wieder um meine Schultern. »Ist dir das Antwort genug?«

Del, die aus der Fassung gebracht war, erwiderte nichts. Ich ging davon und zu Bett.

Einige Zeit später setzte ich mich in der Dunkelheit kerzengerade auf. Neben mir glühte das ungeschützte

Schwert. Es war rot wie vom Wind angefachte Kohlen und heiß wie das Herdfeuer eines Schmieds. So heiß wie Chosa Deis Feuer im Innern des Drachen.

»Nein«, sagte ich deutlich und legte meine Hände um das Heft.

Der Schreck ließ mich ruckartig erstarren. Dann begann ich zu zittern. Es war nicht die Hitze des Schwertes, sondern die Macht, die hindurchwogte. Rohe, ärgerliche Macht, völlig unkontrolliert.

»Nein«, sagte ich erneut und richtete mich auf die Knie auf. Die Felle fielen herab, bis ich halb nackt dakniete und nichts trug als geborgte Hosen. Ich hatte gelernt, daß es wärmer war, wenn man nackt unter Fellen schlief, aber während wir in Ysaa-den waren, hatte ich diese Gewohnheit ein wenig geändert. Es schien angemessen, obwohl nur Del das Haus mit mir teilte.

Macht lief durch meine Hände und kroch dann die Arme hinauf, bis Ellenbogen und Schultern schmerzten.

»Zu den Hoolies mit dir«, brachte ich zähneknirschend hervor. »Ich habe dich bereits einmal besiegt. Ich kann es wieder tun.«

Es schmerzte. Hoolies, es *schmerzte* ... aber ich würde ihm nicht nachgeben. Ich kann ziemlich stur sein.

Chosa Dei war nicht erfreut. Ich spürte ihn in dem Schwert, spürte, wie er die Grenzen seines Gefängnisses ausprobierte. Ich fragte mich, ob er wußte, was geschehen war, ob er seine Lage verstand, ob er erkannte, daß er tot war. Für einen Mann wie ihn, der daran gewöhnt war, sowohl Leben als auch Magie zu stehlen, würde es eine furchtbare Entdeckung sein, zu erkennen, daß *sein* Leben gestohlen worden war, zusammen mit seiner erneuerten Magie.

Er testete die Klinge erneut. Ich setzte meine eigene Willenskraft ein. Verspürte zunehmende Neugier, verspürte das Bedürfnis zu verstehen.

Und spürte auch, daß Samiel versuchte, die Magie

wieder aufzusaugen, die der Zauberer entnommen hatte.

Wie lange? fragte ich mich erschöpft. Wie lange wird dies weitergehen?

Die Macht zögerte, floß dann plötzlich wieder aus und ließ meine Arme taub zurück. Langsam löste ich meine Hände von dem Heft und setzte das Schwert wieder ab. Ich reagierte mit Zittern, Schweiß badete Gesicht und Rippen.

Ein Frösteln überfiel mich, die Art Frösteln, die an den Knochen nagt. Zitternd kroch ich wieder unter die Felle und suchte übriggebliebene Wärme. Ich schmiegte Fell um mein Kinn und versuchte Arme und Hände zu entspannen. Als das Zittern nicht aufhören wollte, stieß ich meine Hände zwischen die angezogenen Knie und hielt sie fest am Platz. Wartete, daß die Reaktion nachlassen würde.

Eine Hand berührte meine starre linke Schulter, obwohl ich es durch die Felle nur gerade eben spüren konnte. »Tiger ... bist du in Ordnung?«

Ich atmete tief in den Bauch ein und dann wieder aus. Versuchte meine Stimme ruhig zu halten. »Ich dachte, du wärest noch immer mit Halvar und all den anderen draußen.«

»Es ist sehr spät. Fast Morgengrauen. Ich bin schon seit Stunden im Bett.«

Stunden. Dann hatte sie gesehen, was geschehen war.

»Bist du in Ordnung?« wiederholte sie.

»Laß mich einfach allein«, sagte ich. »Laß mich wieder schlafen.«

»Du zitterst. Frierst du?«

»Geh zurück ins Bett, Del. Du hältst mich wach.«

Der Schreck wirkte nach. Die Hand wurde zurückgezogen. Einen Augenblick darauf ging auch Del, kroch zurück unter ihre Felle, die nur drei Fuß von meinen eigenen entfernt lagen.

Ich lag schwitzend und zitternd da und versuchte meine Hände zu beruhigen, während meine Arme sich zu verkrampfen drohten. Ich spürte die Anspannung in den Schulterblättern, die hinabglitt und mein Rückgrat verkrampfte. Ich wollte mich nicht verkrampfen, *Hoolies,* laß mich nicht verkrampfen ... ich würde fast lieber mit einem Messer bearbeitet werden. Zumindest ist der Schmerz reiner.

Konzentriere dich ... *konzentriere dich* ... langsam ließ das Zittern nach. Ich nahm meine Hände zwischen den Knien hervor und spürte die Sehnen sich lockern. Der geisterhafte Schmerz der drohenden Verkrampfung floß langsam aus Rücken und Schultern ab, und schließlich konnte ich mich völlig entspannen. Die Erleichterung war überwältigend.

Ich stieß ein dankbares Seufzen aus. Dann rollte ich mich auf die linke Seite, zog die Felle erneut um mich und sah, daß Del mich beobachtete.

Sie saß mit gekreuzten Beinen auf ihrem Schlafplatz, ein Fell um ihren Körper geschlungen. Es gab nicht viel Licht in dem Haus, nur ein schwaches Schimmern von den Kohlen. Aber helles Haar und ein noch helleres Gesicht fingen das Licht ein und verstärkten es. Ich konnte ihr Gesicht recht deutlich erkennen. Ich konnte den Ausdruck darauf erkennen.

»Was ist?« krächzte ich.

Sie antwortete zunächst nicht. Es war, als sei sie an einem weit entfernten Ort gefangen. Sie sah mich nur starr an, einzig auf mein Gesicht konzentriert.

Mit mehr Nachdruck: »Was ist?«

Etwas glitzerte in ihren Augen. »Ich habe mich geirrt«, sagte sie.

Ich schaute sprachlos zurück.

»Ich habe mich *geirrt*«, wiederholte sie.

Ich sah Tränen überlaufen.

»Geirrt«, sagte sie mit belegter Stimme. »All die Gründe: ein Irrtum. All die Entschuldigungen: ein Irrtum. Nur aus Selbstsucht habe ich dein Vertrauen mißbraucht.«

Nach längerem Schweigen konnte ich endlich etwas durch meine enge Kehle zwingen. »Da war Kalle ...«

»*Irrtum*«, erklärte Del. »Eine Tochter ist eine Tochter und viele Opfer wert, aber dich zu *benutzen*, wie ich es getan habe, dich zu einer Münze zu machen, mit der man Tauschhandel betreiben konnte ...« Ihre Stimme versagte abrupt. Sie schluckte schmerzvoll. »Was ich getan habe, war, auf seine Art, nichts anderes, als das, was Ajani mir angetan hat. Er nahm mir meine Freiheit ... ich habe versucht, dir die deine zu nehmen.«

Eine beliebige Anzahl von Erwiderungen lag mir auf der Zunge. Jede und jede von ihnen war dazu gedacht, die Wahrheit dessen, was sie gesagt hatte, in Frage zu stellen, irgendwie aus ihren Gedanken zu verbannen, was sie getan hatte. Damit sie sich besser fühlen sollte. Damit sie nicht mehr weinen würde. Damit ich mich nicht schuldig fühlen würde, obwohl man mir keinen Vorwurf machen konnte.

Ich drängte das alles zurück. Diesem Impuls nachzugeben hätte bedeutet, die Macht ihres Eingeständnisses abzuschwächen.

Ich atmete tief ein. »Ja«, stimmte ich zu. »Es war falsch, was du getan hast.«

Dels Stimme klang seltsam leer. »Ich habe nichts getan, dessen ich mich schämen müßte, bis auf das. Ich habe Menschen getötet. Viele Menschen. Menschen, die mir im Weg waren, im Kreis und außerhalb. Ich entschuldige mich für keine dieser Tötungen, sie waren alle notwendig. Aber was ich Staal-Ysta angeboten habe, selbst wenn es nur für ein Jahr war, war nicht notwendig. Ich hatte kein Recht, dieses Angebot zu machen. Es war nicht mein Leben, das geopfert werden sollte.«

»Nein«, sagte ich weich.

Del atmete hörbar ein. »Wenn du willst, daß ich gehe, dann werde ich das tun. Du hast die Aufgabe beendet, die du dir gestellt hattest. Du hast dein Versprechen erfüllt. Jetzt ist es mir überlassen, die meine zu beenden, meinen Gesang zu beenden. Ajani liegt nicht in deiner Verantwortung.«

Nein. Das hatte er niemals getan. Aber ich wußte, daß ich den Mann für das, was er Del angetan hatte, fast ebenso sehr haßte wie sie.

Ich dachte darüber nach, wieder allein zu reiten. Nur der Hengst und ich. Keine weiblichen Komplikationen. Keine Rachemission. Keine Besessenheit. Nur durch den Süden zu reiten und zu versuchen, Arbeit aufzutreiben. Zu versuchen, mir meinen Lebensunterhalt zu verdienen. Jeden Tag älter zu werden, ohne mir Gedanken machen zu müssen.

Und keine nordische Bascha, mit der man sich die Zeit vertreiben konnte, im Gespräch oder im Kreis.

Ich räusperte mich. »Ich habe nichts zu tun.«

»Nach dem, was ich getan habe ...«

»Ich werde darüber hinwegkommen.«

Das kam abrupt. Spontan. Beiläufig. Es war auch genug. Wir sind beide nicht sehr gut darin, Gefühle in Worte zu fassen.

Del zog ihre Felle zurecht und legte sich auf ihrem Schlafplatz wieder zurück. Sie wandte mir den Rücken zu und die rechte Schulter ragte aufwärts. »Darüber wäre ich froh«, sagte sie.

Ich lag da und dachte darüber nach, überwältigt von neuen Empfindungen. Aber ich war von dem Schwert erschöpft, und es war zu anstrengend, über Gefühle nachzudenken. Del hatte ihr Eingeständnis gemacht. Del hatte die Aufgabe erfüllt, die ich von ihr erwartet hatte. Also mußte ich jetzt nur noch meine Augen schließen und loslassen, fortgleiten. In die Dunkelheit fallen. Der Schmerz war gnädigerweise vergangen, und der Schlaf lockte. Lockte. *Lockte* ...

Es war angenehm, hineinzutreiben, gerade am Rande des Wirbels ... am Punkt des Hinabfallens ...

»Du bist nicht alt«, sagte Del. Sehr leise, aber bestimmt.

Der Schlaf zog sich einen Moment zurück. Ich lächelte und zog ihn schnell wieder heran.

Nach Hause gehen, dachte ich und glitt vom Rand der Welt hinab.

TEIL II

Eins

Tiger«, sagte sie, »du pfeifst.«

»Nein, das tue ich nicht.«

»Nicht jetzt, nein ... aber du hast es getan.«

»Ich pfeife nicht, Bascha ... das erinnert zu sehr an Musik.«

»Pfeifen *ist* Musik«, erklärte sie, »und du hast es getan.«

»Sieh mal«, sagte ich geduldig, »ich singe nicht, ich summe nicht, ich pfeife nicht. Ich tue nichts, was auch nur annähernd mit Musik verbunden ist.«

»Weil du unmusikalisch bist. Aber das bedeutet nicht, daß du nichts derartiges tun *könntest*. Es bedeutet nur, daß du das alles nur mangelhaft tun kannst.« Sie hielt inne. »Und das tust du.«

»Warum *sollte* ich pfeifen? Ich habe es niemals zuvor getan.«

»Weil du dank der Canteada und deines *Jivatma* jetzt besser verstehst, welche Macht der Musik innewohnt ... und vielleicht, weil du glücklich bist.«

Nun, ich *war* glücklich. Ich war schon die ganze Zeit glücklich, seit Del ihr Eingeständnis gemacht hatte. Und noch glücklich*er*, seit wir das Hochland gegen die Ebenen und dann die Ebenen gegen das Grenzland eingetauscht hatten. Bevor eine Stunde vergangen wäre, würden wir den Norden ganz hinter uns gelassen haben.

Aber ich wußte nichts davon, daß mich dies zum *Pfeifen* brachte.

Ich atmete tief ein und dann zufrieden wieder aus. »Riechst du das? Das ist Luft, Bascha ... gute, reine

Luft. Und auch *warme* Luft ... keine gefrorenen Lungen mehr.«

»Nein«, stimmte sie zu, »keine gefrorenen Lungen mehr ... jetzt können wir südliche Luft atmen und unsere Lungen *verdörren* lassen.«

Ich grinste nur, nickte und ritt weiter. Es fühlte sich gut an, wieder auf dem Hengst zu sitzen und aus den Bergen und Hochebenen hinaus in das verkümmerte Grenzland zwischen dem Norden und Harquhal zu reiten. Es fühlte sich so gut an, daß mich nicht einmal Dels beharrliche Schweigeperioden störten oder die trockene Ironie ihres Tonfalls, wenn sie *tatsächlich* sprach. Ich wußte nur, daß ich mich mit jedem Schritt auf die Grenze zu weiter meiner Heimat näherte. Der Wärme und der Sonne und dem Sand. Den Wirtshäusern und dem Aqivi. All den Dingen, die ich in den letzten ungefähr zwanzig seltsamen Jahren meines Lebens so gut gekannt hatte — seit ich erst einmal frei gewesen war, um sie kennenzulernen.

»Ha!« sagte ich. »Siehst du? Dort ist jetzt der Markierstein.« Ohne auf eine Antwort zu warten, stieß ich dem Hengst die Stiefel in die Flanken, trieb ihn zu einem erschreckten, unruhigen Lauf an und galoppierte die Strecke, die noch zwischen mir und dem Süden geblieben war. Ich trieb ihn bis hinter den Steinhaufen, nahm ihn zurück, hielt ihn im Zaum und beobachtete, wie Del die Strecke in weitaus sittsamerer Gangart zurücklegte.

Oder war es Widerstreben anstatt Sittsamkeit?

»Nun komm, Del«, rief ich. »Der Boden ist gängig. Laß dieses fahle Pferd laufen!«

Statt dessen ließ sie es gehen. Den ganzen Weg bis zu dem Steinhaufen. Und dann zügelte sie es, glitt herunter und band seine Zügel um einen Steinstapel. Ohne etwas zu sagen, ging Del eine kurze Strecke fort und wandte mir den Rücken zu, wobei sie stur in Richtung Norden schaute.

Oh. Das wieder.

Ungeduldig beobachtete ich, wie sie das Schwert aus der Scheide zog, Klinge und Heft über beiden Händen liegend ausbalancierte und das Schwert dann über ihren Kopf hob, als wolle sie es ihren Göttern darbieten. Das brachte mir die Nacht wieder in Erinnerung, in der sie Farben aus dem Himmel gerufen und die Nacht mit Regenbogen bemalt hatte. Es brachte mir die Nacht wieder in Erinnerung, in der ich erkannt hatte, daß sie nicht tot war, in der ich erkannt hatte, daß ich sie nicht getötet hatte.

Die Ungeduld verging. Del verabschiedete sich von ihrer Vergangenheit und ihrer Gegenwart. Kein Staal-Ysta mehr. Keine Kalle mehr. Kein vertrautes Leben mehr. So sehr ich mich freute, den Süden wiederzusehen, so war es doch für sie nicht dasselbe. Das könnte es auch niemals sein, ungeachtet der Umstände.

Der Hengst stampfte, protestierte gegen die Untätigkeit. Ich brachte ihn mit einem Schwung der Zügel und einem einzigen Wort der Verwarnung zur Ruhe. Zur Abwechslung gehorchte er. Dann schwang er den Kopf herum so weit er nur konnte, schaute auf das noch immer unsichtbare Harquhal und schnaubte. Mit Gefühl.

»Ich weiß«, belehrte ich ihn. »Nur noch einen Moment oder zwei länger ... du kannst so lange warten, auch wenn es dir nicht gefällt.«

Er schüttelte den Kopf, ließ die Gebißstange klappern und schlug vernehmlich mit dem Schweif, der dringend geschnitten werden mußte. Das wurde mir fast sofort klar, als die Enden des rauhen Pferdehaars meinen Oberschenkel trafen.

»Hör auf damit«, schlug ich vor, »sonst werde ich dir deine *wertvollsten Körperteile* abschneiden, und was willst du *dann* machen?«

Del kam zu dem fahlen Rotschimmel zurück, zog die Zügel von dem Felsen los und führte den Wallach auf mich zu. Sie trug ihre Klinge noch immer ungeschützt und zeigte keinerlei Anzeichen, sie wegstecken zu wollen.

Ich runzelte die Stirn. Zügelte den Hengst, als dieser ernsthaft überlegte, den Rotschimmel mit einem Zwikken zu begrüßen. Versuchte eine Frage zu stellen, aber Del kam mir zuvor.

»Es wird Zeit«, sagte sie einfach.

Augenbrauen hoben sich. »Zeit?«

Sonnenlicht strahlte von Boreal ab. »Zeit«, stimmte Del zu, »einander im Kreis gegenüberzutreten.«

Es war drei Wochen her, seit das Thema zuletzt aufgekommen war, kurz bevor wir Ysaa-den erreicht hatten. Del sagte nichts von Übung, und ich wäre damit zufrieden gewesen, die Angelegenheit auf sich beruhen zu lassen. Ich hatte gehofft, sie könnte für immer ruhen.

Ich schaute hinab auf das Heft meines eigenen *Jivatma,* das in einer geborgten, an meinem Sattel befestigten Scheide ruhig neben meinem linken Knie hing. Halvar war so großzügig gewesen, mir die Scheide zu überlassen, die er für sein altes Bronzeschwert gebraucht hatte. Sie gefiel mir nicht wirklich, weil es nur eine Schwertscheide war und nicht die Scheide- und Harnisch-Kombination, wie ich sie bevorzugte, aber ich hatte etwas gebraucht, worin ich die Waffe tragen konnte. Ich konnte sie nicht mit ungeschützter Klinge herumschleppen.

»Ich glaube nicht«, belehrte ich sie.

Del furchte die Brauen. »Hast du immer noch Ang …«

»Du kennst dieses Schwert nicht.«

Sie betrachtete das Heft. Dachte über das nach, was ich gesagt hatte. Seufzte ein wenig und versuchte tapfer, ihre Geduld nicht zu verlieren. »Ich brauche Übung, Tiger. Und du auch. Wenn wir uns unseren Lebensunterhalt verdienen sollen, während wir versuchen, Ajani aufzuspüren, müssen wir wieder kampfstark werden.

Wir müssen miteinander üben, um die richtige zeitliche Abstimmung, die Kraft und die Ausdauer wiederzuerlangen ...«

»Das weiß ich alles«, sagte ich, »und du hast völlig recht. Aber ich trete so lange nicht mit dir in einen Kreis, wie Chosa Dei in diesem Schwert ist.«

»Aber du kannst es kontrollieren. Du kannst *ihn* kontrollieren. Ich habe dich gesehen. Nicht nur in dieser Nacht in Halvars Haus, sondern auch all die anderen Male auf dem Weg hierher ...«

»... und all die anderen Male bringen mich dazu, mich jetzt zu weigern«, sagte ich offen. »Dieses Schwert war schon nicht leicht zu kontrollieren, *bevor* ich es in Chosa Dei erneut getränkt habe ... glaubst du, ich wollte wirklich riskieren, jegliche erlernte Kontrolle zu verlieren, während wir beide üben?« Ich schüttelte den Kopf. »Chosa Dei wollte dein Schwert. Er wollte ihm die Magie entziehen, sie umgestalten, sie neu *erschaffen,* für seine eigenen speziellen Bedürfnisse. So weit ich es sagen kann, glaube ich, daß er das noch immer will.«

Del war offensichtlich bestürzt. »Wie kann er noch immer ...?« Sie schüttelte den Kopf und brach ab. »Er ist in einem *Schwert,* Tiger.«

»Und willst du, die du nicht weißt, wozu er fähig ist, wirklich riskieren, ihn Kontakt zu Boreal aufnehmen zu lassen?«

»Ich glaube nicht ...« Sie hielt inne. Runzelte die Stirn. Betrachtete nachdenklich Samiels Heft, daß neben meinem Knie aufragte. Deutete dann eine Geste des Zugeständnisses an. »Vielleicht hast du recht. Vielleicht würde er die Magie aus meinem *Jivatma* stehlen, wenn dein Schwert und meines sich jemals träfen. Und dann ...« Sie brach erneut ab, starrte mich, die Wahrheit erkennend, an. »Wenn er deine Magie und meine miteinander verbinden würde, was würde das dann aus ihm machen? Welche Art Mann wäre er dann?«

Ich schüttelte den Kopf. »Wir können nicht herausfinden, was geschehen könnte. Dein *Jivatma* unterscheidet sich von anderen, Bascha. Das hast du immer schon gewußt, obwohl du wenig darüber sagst. Aber es ist sogar für mich offensichtlich geworden, jetzt, wo ich einige andere gesehen habe. Jetzt, wo ich weiß, wie sie gemacht werden und was in sie hineingelangt.« Ich zuckte die Achseln. »Du hast sie in Baldur getränkt und deine Rituale vervollständigt, indem du deine Pakte mit jenen Göttern besiegelt hast, die du so sehr verehrst.« Ich schaute sie unverwandt an. »Ich glaube, das hat deinem *Jivatma* eine intensivere Art Macht verliehen.«

Del sagte nichts, und ihr Schweigen war sehr beredt.

Ich spreizte beide Hände, so daß die Zügel durch meine Finger glitten. »Als ich es erneut getränkt habe ... als ich es so getränkt habe, wie man es tun soll, *letztendlich* ... sang ich von besonderen, persönlichen Dingen, genau wie du es getan hast. Und mein Schwert ist, genau wie deines, anders, nur daß dies bei meinem von Chosa Dei kommt und nicht von irgendwelchen besonderen Pakten.« Ich schüttelte den Kopf. »Ich verstehe es noch nicht. Und vielleicht werde ich es niemals verstehen. Aber ich weiß, daß Hitze und Kälte sich nicht vereinen. Eines von beiden muß immer siegen. Und ich glaube, es ist dasselbe mit unseren Schwertern.«

Del war offensichtlich verwirrt. »Es war ein Fehler ... es hätte niemals geschehen sollen ... in Staal-Ysta lehrt man uns, ein Schwert niemals erneut zu tränken ...«

»Ich hatte doch nicht die geringste Chance, nicht wahr?«

»Nein, nein ... ich mache dir keine Vorwürfe.« Aber sie runzelte noch immer die Stirn. »Ich denke an den Grund, warum das erneute Tränken verboten ist. Ich denke an einen Schwerttänzer, der sein *Jivatma* erneut tränkt, wann immer er es wünscht. Und wie er selbst die persönliche Macht des Feindes ›sammeln‹ kann, genau wie Chosa Dei Magie sammelte, indem er Dinge umgestaltete.« Del betrachtete mein Schwert. »Ich denke an einen Mann ... oder eine Frau ... der oder die die Ehre und die Versprechen vergißt und sich der Macht ergibt. Dem erneuten Tränken ergibt.«

»Willst du damit sagen, daß nichts stärkeres als *Gebräuche* Schwerttänzer mit *Jivatmas* davon abhält, ihr Schwert jedes Mal, wenn sie töten, erneut zu tränken?«

»Gebräuche«, antwortete sie, »und die Ehre.«

Ich gab einen spöttischen Laut von mir. »*Das* ist eine Art Kontrolle! Du sagst mir damit, daß ein Schwerttänzer, der all dieser Gebräuche und Ehrenkodexe überdrüssig ist, zum Verräter werden könnte. Durch den ganzen Norden und den Süden reiten und sein Schwert auf seinem Weg immer wieder erneut tränken könnte.«

»Niemand würde das tun ...«

»Warum nicht?« unterbrach ich sie. »Was sollte ihn davon abhalten? Was sollte ihn *tatsächlich* davon abhalten, wenn die Gewohnheit nicht genug ist?«

»Ein Schwerttänzer, der so etwas täte, würde von den *Voca* formell gerügt und zum Geächteten erklärt werden«, sagte sie. »Zu einer Klinge ohne Namen. Er würde Staal-Ysta eine *Schwertschuld* schulden und unterläge der Bestrafung durch jeden Schwerttänzer, der ihn herausfordern würde.«

Ich schnalzte in gespieltem Kummer dreimal mit der Zunge. »Solch eine erschreckende Aussicht, Bascha. Genug, um mich dazu zu bringen, mich ins Bett zu legen und mir die Decke über die Ohren zu ziehen.«

Sie errötete. »Nur weil niemand im Süden überhaupt irgendeine Form von Ehre hat oder Verantwortung übernimmt ...«

»Das ist es nicht«, belehrte ich sie. »Das ist nicht mein Thema. Was ich sagen will ist, daß diese Schwerter gefährlich sind. Welche Magie auch immer ein normales Schwert in ein mit der Macht, einem Menschen die Seele auszusaugen, beladenes Schwert verwandelt, ist nichts, was man leichtnehmen sollte. In den falschen Händen könnte ein *Jivatma* eine verheerende Waffe sein.« Ich lächelte sardonisch. »Und dennoch händigen die *An-Kaidin* auf Staal-Ysta sie weiterhin aus.« Ich bewegte mich im Sattel. »Ich weiß nicht, ob das sehr klug ist, Delilah.«

»Niemand außer einem *Kaidin* erhält ein *Jivatma*. Oder derjenige, der statt dessen die Wahl trifft, ein Schwerttänzer zu sein.« Sie zuckte die Achseln und streckte eine Hand aus. »Zum Zeitpunkt seiner oder ihrer Wahl hat der oder die *An-Ishtoya* seine oder ihre Ehre bewiesen, dafür ist der Rang gedacht. Es ist ein Auswahlprozeß, eine Möglichkeit, die Ehrenkodexe von Staal-Ysta nachdrücklich geltend zu machen. Es wird nicht leichtfertig gehandhabt, Tiger. Sie vergeben eine Blutklinge nicht an jeden, es sei denn, es ist ganz sicher, daß er — oder sie — weiß, wie man die Magie angemessen anruft und sich eindeutig verpflichtet, die Ehrensysteme aufrechtzuerhalten.«

»Del«, sagte ich geduldig, »*ich* habe ein *Jivatma*.«

Das drang durch. Del starrte mich mit großen Augen an. Und machte dann eine abwehrende Handbewegung. »Ja, natürlich, aber das ist so, weil du eines *Jivatma* wert warst.«

»War ich das? Habe ich es nicht erneut getränkt?«

Sie öffnete den Mund zu einer Erwiderung und schloß ihn dann langsam wieder. Runzelte die Stirn noch stärker, verzog die glatte, weiche Stirn vor Anspannung und Kummer. Es ist niemals leicht, den Schwachstellen lebenslanger Überzeugungen von Angesicht zu Angesicht gegenüberzustehen. Das weiß ich. Ich pflegte der Magie generell zu mißtrauen.

»Del«, sagte ich ruhig, »ich habe nicht die Absicht, es erneut zu tränken, wenn es das ist, worüber du dir Sorgen machst. Und genauso würde ich dieses Ding auch nie wieder stimmen … ich bin ein *Schwerttänzer*, kein Zauberer. Ich will nur sagen, daß es mir ziemlich seltsam erscheint, diese Art Macht freimütig und mit sehr wenigen Beschränkungen fortzugeben. Ehre ist eine Sache, Bascha — und ich bezweifle nicht, daß sie auf Staal-Ysta einiges zählt —, aber nicht jeder auf der Welt versteht den Wert einer solchen Sache. Sicherlich wären die meisten Menschen — jeder, den *ich* kenne — mehr als bereit, jeden verfügbaren Vorteil zu nutzen, wenn es den Unterschied zwischen Leben und Sterben bedeuten würde.«

Del sah mich vom Boden herauf an. »Willst du mir damit sagen, daß du glaubst, ich würde meine Ehre wegwerfen und Ajani unfair bekämpfen?«

Ich grinste. »Ich glaube, du wirst tun, was auch immer nötig ist, um ihn zu töten. Weil du das, was du tust, im *Namen* der Ehre tust, was die Mühe irgendwie ausgleicht.«

Sie zuckte leicht eine Schulter. »Vielleicht. Vielleicht auch nicht. Aber wie ich Ajani töte, hat nichts mit deiner mangelnden Bereitschaft zu tun, mit mir in den Kreis zu treten.«

Ich seufzte. »Es hat damit zu tun, aber ich vermute, du kannst es gerade jetzt noch nicht erkennen. Also laß uns einfach sagen, daß ich, als ein Südbewohner, dem Ehre *und* Skrupel vollständig abgehen, nicht das leiseste Verständnis für das habe, was dieses Schwert zu tun in der Lage ist. Und das ist, zusätzlich zu anderen Dingen, der Grund, warum ich nicht mit dir tanzen möchte.«

»Chosa Dei«, murmelte sie.

Ich tippte auf den Heftknauf. »Genau hier, Bascha ... und wird jeden Moment ärgerlicher.«

Del betrachtete das Schwert in ihren Händen. »Ich muß tanzen«, sagte sie. »Darum habe ich dich gesucht.«

Das schnitt tief ein. Geradewegs durch die Haut, die Muskeln und die Magenwand hindurch in die verborgenen Stellen. Vier Wochen lang hatte ich jegliche Gedanken an persönliche Dinge beiseite geschoben, weil wir damit beschäftigt gewesen waren, Hunde zu jagen, aber jetzt waren sie wieder gegenwärtig. Jetzt schmerzte es wieder.

Es war besonders schmerzhaft angesichts der Dinge, die sie mir in Halvars Haus erzählt hatte.

»Nun denn«, sagte ich schließlich, »warum ziehst du dann nicht weiter, nach Harquhal, zwanzig Meilen oder so nach Süden, wo du, dessen bin ich mir sicher, jemanden finden wirst, der einen angemessenen Gegner für dich abgibt.«

Del sah lange Zeit zu mir herauf. Ihr Gesichtsausdruck war unlesbar. Für eine Frau von nur einundzwanzig Jahren — gerade erst einundzwanzig Jahren — konnte sie sehr gut verbergen, was sie empfand.

Abrupt ließ sie ihr Schwert wieder in die Scheide gleiten, wandte sich zu ihrem Rotschimmel um und stellte einen Fuß auf den Steigbügel. Schwang ein Bein hinüber, setzte sich und nahm die lose herabhängenden Zügel auf.

Hoolies, ich dachte, sie würde gehen. Nach alldem ... nachdem man die Dinge schließlich geregelt hatte, will sie wirklich gehen ...

Del führte ihr Pferd zu meinem. »Ich habe gelogen«, sagte sie offen.

O Hoolies, Bascha ... jetzt verwirrst du mich.

»Ich habe von Anfang an gelogen.«

»In bezug auf was?« fragte ich vorsichtig.

»In bezug auf das Tanzen. In bezug auf den Grund, warum ich dich gesucht habe.«

»Oh?«

Del nickte. »Du bist die Art Mann — oder warst es —, der die Zuneigung einer Frau leichtnehmen würde. Das Eingeständnis der Bewunderung seitens einer Frau. Das Bedürfnis einer Frau nach dir. Du würdest es leichtnehmen und sie verletzen, weil sie etwas Wertvolles angeboten hätte — die Wahrheit dessen, was sie empfände —, und du nichts Wertvolles darin erkennen würdest.«

»*Ich* würde das tun?«

»Männer«, sagte sie. »Du, früher, mit Sicherheit. Ich erinnere mich daran, wie du warst.«

»Aber ich würde es jetzt nicht mehr tun?«

Ihr Gesicht war seltsam ausdruckslos. »Nicht in meiner Nähe. Nicht in Reichweite meines Schwertes.«

Ich grinste und verbarg dieses Grinsen dann hinter einem schelmischen Gesichtsausdruck. »Also willst du, wie ich glaube, sagen, daß du mich nicht nur wegen des Tanzens gesucht hast.«

»Nein.«

Das machte mich abrupt wütend. Ich runzelte die Stirn. »Nein, du hast mich nicht wegen des Tanzens gesucht, oder doch, stimmt das nicht?«

Del lächelte. Sie *lächelte.* »Ich habe dich wegen des Tanzens gesucht, ja — du bist der Sandtiger —, aber auch wegen dir selbst. Nur wegen dir, Tiger, jetzt ist es heraus. Ich hoffe, du gehst sorgsam damit um.«

Das bedeutete etwas. Das bedeutete *viel* — aber ich konnte es nicht zeigen. Einige Dinge sind einfach zu persönlich. »Soll ich das also so verstehen, daß du Zuneigung für mich empfindest? Daß du mich *brauchst?*«

Del wandte ihr Pferd in Richtung Süden. »Vermute nichts, Tiger. Es könnte dich in Schwierigkeiten bringen.«

Zwei

Es war warm in Harquhal. Eine schwache Nachmittagsbrise blies uns Sand ins Gesicht und hinterließ Sand zwischen unseren Zähnen. Dieses eine Mal störte mich das Knirschen nicht. Es bedeutete, daß ich wieder zu Hause war.

Del jedoch störte es. Sie ritt ihren Rotschimmel nach Harquhal hinein, pustete den Sand von ihren Lippen, klopfte die blaue, wollene Tunika ab und murmelte in der Hochlandsprache vor sich hin. Es hatte etwas zu tun mit Staub und Sand. Es hatte etwas zu tun mit Abneigung. Und etwas, so glaube ich, mit einem Bad.

Aber das Bad würde warten müssen. »Harnisch«, sagte ich kurz und eilte die Straße hinunter davon.

Harquhal ist einer der Orte, die Schwerttänzer anziehen. Es ist eine Grenzstadt, was bedeutet, daß zwei Kulturen zusammentreffen, und das nicht immer auf friedliche Weise. Und *das* bedeutet wiederum, daß es oft Arbeit für jene von uns gibt, die sich anheuern lassen, um Schutz oder Rettung oder Rückhalt zu gewähren, abhängig von den Umständen und abhängig von dem Arbeitgeber. Was bedeutet, daß da, wo Schwerttänzer sind, auch Schwertschmiede und Handwerker sind, die dieser Kunst geweiht sind.

Der Mann, den ich besuchen wollte, war mir von drei verschiedenen Schwerttänzern in drei verschiedenen Wirtshäusern empfohlen worden. Es ist absolut sinnlos, bezüglich der Ausrüstung, die möglicherweise ein Leben retten kann, ungeduldig zu sein. Ich nahm mir Zeit, informierte mich und genehmigte mir einige Becher

Aqivi, einfach um meine Zunge wieder daran zu gewöhnen. Del machte keine Einwände, aber ich konnte ihre wachsende Ungeduld spüren. Sie wollte nach Ajani fragen, aber das hatte ich ihr ausgeredet. Zuerst wollte ich mir einen passenden Harnisch und eine Scheide besorgen, so daß ich, wenn wir in Schwierigkeiten geraten würden, vorbereitet wäre.

Obwohl sie schließlich sagte, daß ich mit all dem Aqivi in mir Glück hätte, wenn ich stehen bleiben könnte, vom Tanzen ganz zu schweigen.

»Ich will nicht tanzen«, belehrte ich sie. »Ich werde nach Möglichkeit sogar überhaupt nicht tanzen. Es gibt keinen Grund, feindselig zu sein.«

»Wir wollen einen Mann töten. Ich denke nicht, daß wir es vermeiden können.«

»*Du* willst ihn töten. Ajani ist nicht mein Problem. Mein Problem, gerade jetzt, ist, einen Mann zu finden, der mir mit einem passenden Harnisch genau das geben kann, was ich haben will.«

Was mich dazu brachte, noch einen dritten Schwerttänzer zu fragen, der mir denselben Namen nannte. Also gingen wir zu ihm.

Er war ein typischer Südbewohner: mit braunen Haaren, braunen Augen und von der Sonne braungebrannt. Er trug die einfache Kleidung des Händlers — eine gazeartige Tunika, bauschige Hosen, ein langes Gewand —, ohne jegliche Verzierungen. Was bedeutete, daß er kein übermäßiges Maß an Stolz in seine Erscheinung legte, unähnlich anderen begabten Menschen, sondern eher in sein handwerkliches Geschick.

Er stand hinter einem Tisch. Der Laden war klein, vollgestopft mit flachen Körben voller Häute, Holzgestellen, Regalen voller Draht, Lederriemen und Werkzeuge. Er beobachtete, wie Del und ich durch den mit einem Vorhang versehenen Eingang hereinkamen, und nickte zum Gruß. Dieses Nicken schloß Del kaum mit ein, sondern war überwiegend für mich gedacht, den

Mann, den Südbewohner. Es hatte sich nicht viel geändert, während ich im Norden gewesen war.

Ich blieb am Tisch stehen und schaute dem Mann tief in die Augen. »Es ist ein ganz besonderes Schwert.«

Juba lächelte. Zweifellos hatte er genau dieselben Worte schon zuvor gehört, geäußert von zahllosen Schwerttänzern, die von der Klinge überzeugt waren, die ihnen ihren Lebensunterhalt ermöglichte. Nur daß in diesem Falle das, was ich gesagt hatte, eine Untertreibung war.

»Ein ganz besonderes Schwert«, wiederholte ich, »das besonderer Aufmerksamkeit bedarf.« Ich legte das Schwert in seiner Scheide auf den Tisch vor Juba. »Berührt es nicht«, sagte ich.

Juba lächelte erneut. Es war kein herablassendes oder ungläubiges Lächeln — er war zu sehr Profi, um seine Gedanken so offen zu zeigen —, sondern es war ein Lächeln subtiler Bestätigung: *Laß den Kunden sagen, was er will. Juba wird es selbst beurteilen.*

Nur das Heft war über dem Rand der Scheide Halvars zu sehen. Es war glänzender, wie gedrehte Seide wirkender Stahl ohne übertriebene Verzierungen. Das Schwert war einfach ein Schwert.

»Jivatma«, sagte ich und Jubas braune Augen weiteten sich. »Ich will«, fuhr ich fort, »einen wahren Schwerttänzerharnisch, zugeschnitten auf meine Größe, und auch eine schräglaufende Scheide. Eine geschlitzte Scheide natürlich — mit einem sechs Zoll tiefen Schnitt am Rand —, damit die Klinge, wenn ich sie außen an der Scheide einhake, frei hängt. Wenn sie in der Scheide steckt, soll sie sich eng anpassen — ich kann Klappern nicht ausstehen —, aber sie muß sich leicht herausziehen lassen. Ohne sich zu verhaken und ohne daß ich unbeholfene Bewegungen ausführen muß.«

Juba nickte leicht. »Caddaholz«, sagte er. »Es ist leicht, aber sehr stabil. Und innen ein Velourlederfutter. Außen werde ich sie mit einer Danjac-Haut umhüllen und sie dann schnüren und mit Lederriemen umwickeln, mit etwas Draht zur Unterstützung.« Er hielt inne. »Wollt Ihr Verzierungen?«

Manche Schwerttänzer heften gern Münzen oder Ringe oder Schmuckstücke an ihre Scheiden, um zu beweisen, daß sie erfolgreich waren. Manche nehmen auch gern dem Verlierer etwas als eine Art Trophäe ab — ob er nun tot oder noch lebendig ist. Ich war immer eher der Meinung, daß so etwas Schwierigkeiten heraufbeschwören könnte. Obwohl es durchaus richtig ist, daß nicht allzu viele Diebe mit einem Mann kämpfen wollen, der seinen Lebensunterhalt mit einem Schwert verdient, habe ich jedoch niemals einen Räuber kennengelernt, der nicht alles tun würde, um einen Mann von seinem Reichtum zu trennen. Was bedeutete, daß ein Schwerttänzer, der betrunken war oder sich mit einem ränkevollen Wirtshausmädchen einließ oder dessen Urteilsvermögen einfach getrübt war, geradezu dazu herausforderte, beraubt zu werden.

Ich begann den Kopf zu schütteln.

»Ja«, sagte Del. »Könnt Ihr dies kopieren?«

Sie hatte so ruhig hinter mir gewartet, nichts zu Juba oder mir gesagt, daß ich fast vergessen hatte, daß sie da war.

Aber jetzt trat sie vor und bat Juba um Tonschiefer und einen Griffel. Er legte die Schiefertafel auf den Tisch, gab ihr den Griffel und beobachtete in nachdenklichem Schweigen, wie sie das Muster aufzeichnete.

»Hier«, sagte sie schließlich. »Könnt Ihr diese in das Leder einarbeiten? Von oben bis unten, so ... sich um und um und um windend ... könnt Ihr das tun?«

Juba und ich schauten auf die Tafel. Del hatte sorgfältig kunstvoll gearbeitete Runen in den ungebrannten Schiefer eingeritzt und dann den Staub fortgeblasen. Die Formen waren kompliziert und präzise und ähnelten nichts, was ich jemals gesehen hatte.

Außer auf Samiels Klinge.

Juba runzelte die Stirn und sah mich dann an. »Wollt Ihr das?«

Sein Tonfall drückte Zweifel aus. Er war immerhin ein Südbewohner und Del eine nordische Frau … aber sein Job war es, den Kunden zufriedenzustellen. Er würde mich entscheiden lassen.

Ich warf Del einen Seitenblick zu. Sie äußerte sich nicht, nur Schweigen, aber ich spürte die Anspannung ihres Körpers. Sie würde mich nicht bitten, ja zu sagen, weil es meine Wahl sein mußte. Aber sie wollte eindeutig, daß ich Juba erlauben sollte, die Runen einzuarbeiten.

Was zu den Hoolies … »Arbeitet sie ein.«

Juba zuckte die Achseln und nickte. »Ich muß Euch messen«, sagte er, »und auch das Schwert. Aber wenn Ihr mir nicht erlauben wollt, es zu berühren …«

»Ich werde Euch helfen«, sagte ich. »Meßt zuerst mich, und dann werden wir uns um das Schwert kümmern.«

Er arbeitete schnell und sachkundig, wickelte Lederriemen erst in der einen und dann in der anderen Richtung um mich herum und verknotete sie dann an den zu markierenden Stellen. Als er fertig war, sah ich nur einen Lederriemen voller Knoten, aber Juba beherrschte diese Sprache.

Dann schaute er auf das Schwert.

Ich befreite es aus Halvars Scheide und legte die Scheide beiseite. Jetzt war die Klinge ungeschützt. Sie war an der Spitze schwarz, ein schmutziges, dumpfes Schwarz, das sich drei Finger breit die Klinge hinauf erstreckte, als sei sie in irgend etwas eingetaucht worden. Runen fingen das Licht ein wie Wasser.

Juba sog den Atem ein. Begehren verdunkelte seine Augen. Ich sah seine Finger zucken.

»Ein *Jivatma*«, wiederholte ich. »Dachtet Ihr, der Sandtiger lügt?«

Ich tat es absichtlich. Nicht um zu prahlen, obwohl

das immer ein wenig mit hineinspielt, sondern um sicherzugehen, daß er verstand, für wen er den Harnisch fertigte. Wenn ein Schwerttänzer wie der Sandtiger mit Jubas Arbeit zufrieden war, könnte dies seinen Ruf verbessern und seine Geschäfte hundertfach mehren. Wenn er mit der Arbeit *nicht* zufrieden war, könnte Juba erledigt sein.

Aber ich tat es auch, weil ich wußte, daß Juba, wenn er allein gelassen wurde, doch das Schwert berühren könnte. Versuchen könnte, es aufzuheben. Und ich erinnerte mich viel zu gut an den Schmerz, den Boreal mir verursacht hatte, bevor Del mir ihren Namen gesagt hatte.

»Meßt es aus«, sagte ich. »Wenn es bewegt werden muß, werde ich es tun.«

Schnell zog Juba noch einen weiteren Lederriemen hervor und maß das Schwert aus, wobei er hier und dort Knoten knüpfte. Ich bewegte es, wie er es mir sagte und hielt den Lederriemen für ihn, wenn er in Kontakt kommen mußte. Als er fertig war, nickte er. »Sie wird passen. Das verspreche ich Euch. Sie wird so sein, wie ihr gesagt habt.«

»Und die Runen«, sagte Del nachdrücklich.

Juba sah sie zum zweiten Mal an. Dieses Mal *betrachtete* er sie und sah, was sie war. Sah über die nordische Schönheit hinaus. Sah über die Unabhängigkeit hinaus. Sah hinter das kühle Verhalten auf die Frau, die darinnen lebte.

Und sah wieder fort, da er ein südlicher Narr war. »Wie bald?« fragte er.

Ich zuckte die Achseln. »So bald Ihr könnt. Ich liebe es nicht, mein Schwert in der Hand zu tragen, und ich kann einen Gürtel oder ein Degengehänge nicht leiden.«

Nein, natürlich nicht. Kein wahrer Schwerttänzer trägt sein Schwert in etwas anderem als in Harnisch und Scheide. Ich hatte nicht vor, diese Angewohnheit zu ändern und zu riskieren, wie ein Narr auszusehen.

Juba dachte darüber nach. Er könnte bessere Bezahlung verlangen, wenn ich es so schnell haben wollte. Andererseits sollte mein Name genügen. »Zwei Tage«, bot er an.

»Morgen abend«, sagte ich.

Juba überlegte. »Nicht genug Zeit«, erklärte er. »Ich habe viel Arbeit, jetzt, wo so viele Leute nach Iskandar ziehen. Es wäre mir eine Ehre, den besten Harnisch und die beste Scheide für den Sandtiger zu fertigen, aber ...«

»Morgen abend«, sagte ich. »Was ist mit Iskandar?«

Er zuckte die Achseln und grub sich bereits durch Stapel von Leder. »Man sagt, daß der Jhihadi kommt.«

Ich grunzte. »Das gleiche sagt man alle zehn Jahre oder so.« Ich steckte mein Schwert in die Scheide und nahm es auf. Mit Del auf den Fersen ging ich durch den mit einem Vorhang versehenen Eingang hinaus.

»Du hast ihn gehört«, sagte sie, sobald wir draußen waren. »Er erwähnte Iskandar und den Jhihadi ... und du willst behaupten, es wäre Unsinn, wenn ein *Südbewohner* es erwähnt.«

»Iskandar ist eine Ruine«, sagte ich wieder einmal. »Niemand hat einen Grund dort hinzugehen.«

»Außer vielleicht, wenn der Messias kommt.«

»Alle möglichen Sorten von Gerüchten geraten in Umlauf, Bascha. Sollen wir sie alle glauben?«

Del antwortete nicht, und ihr Mund war fest zusammengepreßt.

»Und jetzt«, begann ich, »schlage ich vor, daß du mir erzählst, was es mit diesen Runen auf sich hat.«

Sie zuckte die Achseln. »Es sind einfach Runen. Verzierung.«

»Das glaube ich nicht, Bascha. Ich kenne dich besser. Du warst zu präzise, was mich nervös macht. Ich möchte wissen, welche *Art* von Runen es sind — was bedeuten sie? — und wofür sie gedacht sind.«

Del antwortete nicht. Wir waren unmittelbar vor Jubas Laden, als ich abrupt stehenblieb, herumfuhr, um sie anzusehen, und ihr dabei beinahe auf die Zehen trat. Sie sah mir ins Gesicht und sah wahrscheinlich, wie ernst es mir war. Sie trat einen Schritt zurück und seufzte.

»Eine Warnung«, belehrte sie mich. »Ein Schutz gegen Einmischung. Und auch dein Name und wer du bist ... und dein nordischer Rang.«

»Ich bin ein Südbewohner.«

Sie ging mühelos darüber hinweg. »Auch dein südlicher Rang«, fuhr sie nüchtern fort. »Des siebten Grades, wie du es gesagt hast. Ich habe nichts vergessen.«

»Du hast vergessen, mich zu fragen, ob ich solche Dinge auf meiner Scheide haben will.«

Sie war eindeutig beunruhigt. »Du selbst hast mir gesagt, wie gefährlich ein *Jivatma* in den falschen Händen sein kann. Du hast mir erklärt, daß sogar ein Nordbewohner, wenn er sich stark genug fühlt, die Lehren von Staal-Ysta verwerfen könnte, um zusätzliche Macht zu erlangen.«

»Aber was hat das mit *meinem* Schwert zu tun?«

»Schutz«, sagte sie einfach. »Wenn ein gewissenloser Schwerttänzer Macht für sich selbst erlangen wollte, könnte er nichts Besseres tun, als dein *Jivatma* zu stehlen.«

»Du meinst ...« Ich brach ab. »Willst du damit sagen, die Runen seien dazu da, *mich* zu beschützen?«

»Ja.«

»Niemand kann mein Schwert auch nur berühren, ohne seinen Namen zu kennen, Del. Ist das nicht Schutz genug?«

Sie wich meinem Blick nicht aus. »Du trinkst«, sagte sie. »Du hast bereits zu trinken begonnen, und du wirst, bevor die Nacht vorbei ist, noch mehr trinken, um deine Heimkehr zu feiern. Ich habe dich das schon zuvor tun sehen.« Sie zuckte die Achseln. »Ein Mann, der trinkt, tut und sagt oft dumme Dinge.«

»Und du denkst, ich könnte jemandem den Namen dieses Schwertes sagen und ihm — oder ihr — somit erlauben, es zu berühren. Es zu gebrauchen. Es vielleicht sogar erneut zu tränken, wenn er oder sie die richtige Prozedur kennt.«

Dels Augen waren kalt. »Chosa Dei ist keine Legende mehr«, sagte sie. »Er ist eine Wahrheit, und andere werden sie erfahren. Du selbst hast gesagt, daß du nicht weißt, was das Schwert vollbringen kann. Willst du, daß ein Feind dein Schwert *und* Chosa Dei auf einmal erringt? Weißt du, was das bedeuten würde?«

»Chosa Dei würde befreit werden«, sagte ich grimmig.

»Und mehr als das.« Falten verunstalteten ihre Brauen. »Ein Mann, der Können und Kraft erlangen will, könnte noch Schlimmeres tun, als eine Klinge in *dir* zu tränken.«

Daran hatte ich nicht gedacht, um die Wahrheit zu sagen. Aber jetzt tat ich es. Ich dachte gründlich darüber nach und schaute stirnrunzelnd auf mein in der Scheide steckendes *Jivatma.*

Ich, in Gefahr. Ich, eine Quelle des Könnens und der Kraft. Die Art ›ehrenwerter Feind‹, die andere vielleicht anziehend finden. Hoolies, ich war der *Sandtiger*... was auch immer jemand wirklich von mir dachte, war nicht mehr wichtig. Ich hatte den Ruf, sehr gut zu sein — nun, ich bin es —, und jeder, der eine Blutklinge zu seinem Vorteil nutzen wollte, könnte tatsächlich mich erwählen.

»Aber signalisieren wir nicht dadurch, daß diese Runen eingearbeitet werden, jedem, der daran interessiert sein könnte, daß ich ein gutes Ziel bin?«

Del schüttelte den Kopf. »Sie teilen deinen Namen mit und wer du bist, ja. Sie dienen auch als Schutz. Ein Mann wäre ein Narr, wenn er sich mit deinem Schwert abgeben würde.«

Ich war nicht überzeugt.

Del versuchte es erneut. »Chosa Dei wird alles in seiner Macht Stehende tun, um sich zu befreien. Jeder, der versuchen würde, dieses Schwert zu benutzen, würde den Tod herausfordern ... oder Schlimmeres. Würde die Besessenheit herausfordern.«

»Wie die Loki. Nicht wahr?« Ich schüttelte den Kopf. »Ich dachte, wir wären für immer von dieser Art Dinge befreit, da die Canteada sie im Kreis gefangen hatten ... und jetzt stehen wir *dem hier* gegenüber.«

Del strich eine Strähne hellen Haares hinter ihr linkes Ohr. »Es ist gut, daß nur Nordbewohner, die auf Staal-Ysta ausgebildet wurden, die Macht der *Jivatmas* verstehen und wissen, wie sie gebraucht werden kann ... ein Südbewohner weiß nichts von diesen Dingen. Es ist daher unwahrscheinlich, daß ein Südbewohner versuchen sollte, dein Schwert zu stehlen.«

Stimmt. Schon fühlte ich mich ein wenig besser. »Also — du denkst, daß nordische Runen gewissenlose Nordbewohner abschrecken werden.« Ich grinste. »Ich dachte, du hättest mir einmal erzählt, daß alle Nordbewohner *ehrenwerte* Leute seien.«

Del bemerkte den Witz nicht. »Ajani ist ein Nordbewohner«, sagte sie.

»Aber er ist kein Schwerttänzer.«

»Und auch kein ehrenwerter Mann.« Dels Stimme klang äußerst bitter. »Denkst du, er wäre das, was er geworden ist, durch Ignoranz und Dummheit geworden? Denkst du, er könnte nicht lernen, was er für wichtig hält? Und würdest du die Gebräuche und die Ausbildung eines Schwerttänzers nicht für wichtig halten, wenn du wüßtest, daß dein Leben davon bedroht sein könnte?«

»Del ...«

»Denkst du, er würde so dumm sein, eine Geschichte zu ignorieren, die erzählt, wie man eine benannte Klinge tränkt? Oder die Chance zu ignorieren, eine solche von jemandem wie dem Sandtiger zu stehlen, der ein

Schwerttänzer des siebten Grades und zusätzlich ein *Kaidin* ist? Denkst du ...«

»Del.«

Sie hielt den Mund.

»In Ordnung«, sagte ich beruhigend, »in Ordnung, ja, ich verstehe, nein, ich widerspreche dir nicht. Er ist nicht dumm und er ist kein Ignorant. In Ordnung? Können wir jetzt gehen?« Ich zupfte an schwerer Wolle. »Können wir jemanden aufsuchen, der all dieses Gewicht für einen Dhoti und einen Burnus eintauscht?«

»Du kennst ihn nicht«, sagte sie beharrlich. »Du kennst Ajani überhaupt nicht.«

Nein, das tat ich nicht. Und das konnte ich auch nicht. Bis Delilah ihn finden würde.

Ich seufzte, legte eine große Hand auf ihre Schulter und dirigierte sie die Straße hinunter. »Komm mit, Bascha. Laß uns diese Wolle loswerden. *Dann* können wir darangehen, Leute zu suchen, die vielleicht wissen, wo Ajani sich aufhält.«

»Keine Verzögerungen mehr«, sagte sie. »*Keine* Verzögerungen mehr.«

Es hatte sechs Jahre gedauert. Del war, letztendlich, am Ende ihrer Geduld. Und ich konnte es ihr wirklich nicht verdenken.

»Ich verspreche es«, sagte ich. »Wir werden ihn finden.«

Del sah mir ins Gesicht. Ihre Augen waren etwas, was man anschauen mußte. Blauestes Blau und wunderschön, aber so unglaublich unerbittlich.

Und ich erinnerte mich, als ich sie ansah, an etwas, was Chosa Dei in dem Raum zu ihr gesagt hatte. Etwas, dem sogar Del in bezug auf sich selbst zugestimmt hatte, als sie an ihren Schwur gedacht hatte.

Besessenheit ist notwendig. Besessenheit ist erforderlich. Besessenheit ist der Meister, wenn das Mitgefühl allmählich zerstört wird.

DREI

Sie setzte sich auf mein Knie und fuhr die Narben auf meiner Wange nach. »Soooo«, schnurrte sie, »du bist also gekommen.«

Ich öffnete ein Auge. »Sollte ich das?«

»O ja. Jedermann sagte, du würdest zurückkommen. Und jetzt bist du hier.«

Ich öffnete das andere Auge. Der Anblick änderte sich nicht, der Anblick einer schwarzhaarigen, braunäugigen Frau, die ihren Körper auf meinen Oberschenkel preßte. Die sich gegen mich lehnte, um lasterhafte Reize zu offenbaren, die kaum von der lockeren, gazeartigen Bluse verborgen wurden.

»Kima«, belehrte sie mich und lächelte. »Und du bist der Sandtiger.«

Ich räusperte mich. »Der bin ich.« Ich bewegte mich ein wenig, versuchte eine bequemere Lage zu finden. Kima war kein Leichtgewicht, und ich war noch immer ein wenig angegriffen von meiner schweren Arbeit in Chosas Berg. »*Wer* hat gesagt, ich würde kommen?« Kima wedelte mit der Hand. »Jeder«, sagte sie. »All die anderen Mädchen und ich hatten eine Wette abgeschlossen, wer von uns dich bekommen würde.«

Wirtshausmädchen sind allgemein dafür bekannt, daß sie gern Wetten abschließen. Und sie sind für ihre Gewöhnlichkeit bekannt. Aber andererseits, wenn man ein Mann ist, der zu lang allein in der Punja war und das dringende Begehren nach einer Frau hat, dann macht man sich nicht wirklich Gedanken darum. Es war üblicherweise so, daß ich einfach zu allem nickte, was sie sagten, da mein einziges Interesse ihren physischen Reizen galt. Jetzt sah ich Kima stirnrunzelnd an.

»*Warum* bin ich gekommen?«

»Weil das alle Schwerttänzer tun.« Sie kuschelte sich eng an meine Brust und stieß mit ihrem Kopf gegen mein Kinn. »Ich kenne Männer wie dich, Sandtiger ... der Reiz des Geldes ist mächtig. Er bringt euch alle aus der Wüste heraus.«

Ja, nun, gelegentlich. Tatsächlich *häufiger* als nur gelegentlich, es ist irgendwie Teil unseres Lebensstils. Es ist schwer, ohne Geld zu leben.

Ich griff an Kima vorbei, schaffte es, meinen Becher zu ergreifen und hob ihn vorsichtig an den Mund. Nahm drei Schlucke und wurde den Becher dann an Kima los. »Wieviel hast du gewonnen, weil du es geschafft hast, mich zu ›bekommen‹?«

Ihr Kichern klang tief und kehlig. »Ich habe noch nicht gewonnen. Ich muß dich erst noch ins Bett bekommen.«

Ich saß — samt Kima — in einer Ecke des Wirtshauses, in einen kleinen Alkoven geschmiegt. Ich war noch niemals jemand, der sich inmitten eines Raumes präsentiert, denn es ist dann schwer, jedermann in dem Wirtshaus im Auge zu behalten. Aber wenn man mir einen Ecktisch überläßt oder einen, der in eine Nische geschoben steht, dann bin ich ein glücklicher Mann.

Ich war jetzt nicht unglücklich, obwohl ich schon glücklicher gewesen war. Ich konnte nicht umhin, an Del zu denken, die fortgegangen war, um ein Zimmer in einem Gasthaus die Straße hinauf zu reservieren. Was würde sie von Kima halten?

Kima fuhr erneut die Narben nach, glitt mit den Fingernägeln durch meinen Bart. Die andere Hand rutschte tiefer, dann noch tiefer. Ich setzte mich so plötzlich aufrecht hin, daß sie beinahe auf den Boden gefallen wäre. »Entschuldige«, murmelte ich, als sie Aqivi über ihre Bluse verschüttete.

Sie erwog, beleidigt zu sein. Registrierte dann die Tatsache, daß die nasse Bluse auf ziemlich außergewöhnliche Weise noch mehr der halbverborgenen Reize enthüllte. Sie lehnte sich erneut gegen mich. »Erst der Sohn und jetzt der Vater. Er mag vielleicht jünger sein, aber du bist stärker.«

Ich brummte gleichgültig und versuchte, um sie herumzugreifen, um noch mehr Aqivi in den wiedererlangten Becher gießen zu können. Und dann begannen ihre Worte zu wirken. »*Was?*«

Sie lächelte, glitt mit ihrer Zungenspitze über die Narben und schmollte auf liebreizende Art, als ich mich ihr entzog. »Dein Sohn«, sagte Kima. »Er war auch hier.«

»Ich habe keinen Sohn.«

Kima zuckte die Achseln. »Er sagte, er wäre dein Sohn.«

»Ich habe keinen Sohn.« Ich schob sie von meinen Knien. »Und du bist sicher, daß er *meinen* Namen genannt hat?«

Sie stand über mir, die Hände auf den Hüften. Die Brüste spannten sich unter dem nassen Gaze. »Willst du mit mir ins Bett gehen oder nicht?«

Dels kühle Stimme drängte sich dazwischen. »Laß sie nicht warten, Tiger. Sie könnte die Stimmung verlieren.«

Sie hielt inne. »Andererseits wahrscheinlich auch nicht. *Haben* Wirtshausmädchen Stimmungen?«

Kima fuhr herum und stand von Angesicht zu Angesicht — nun, nein, nicht *genau* von Angesicht zu Angesicht; Del war einen Kopf größer — der kalten, harten Wahrheit gegenüber: Wenn Del im Raum ist, existiert keine andere Frau. Ihre Gegenwart bedeutet Größe, Farbe, das Schwert. Sie bedeutet auch Anmut und Gefahr. Sowie eine Menge anderer Dinge.

Kima erkannte es eindeutig sofort. Sie beschloß, auf *ihre* Art zu kämpfen, da sie nicht mit Del konkurrieren konnte. »Er geht mit *mir* ins Bett! *Ich* werde die Wette gewinnen!«

Del lächelte kühl. »Mit allen Mitteln.«

»Augenblick«, sagte ich, Ärger witternd. »Gerade jetzt ist es mir ziemlich gleichgültig, wer mit wem ins Bett geht — das kann bis später warten ... was *ich* wissen will ...«

Del unterbrach mich. »Du hast früher niemals warten können.«

Ich knallte den randvollen Becher hin. Aqivi floß über meine Hand. »Schau, Bascha ...«

Kima betrachtete Del von oben bis unten. »Du gehörst nicht hierher. Was willst du hier? Hier ist kein Platz für ein anderes Mädchen. Und du *kannst ihn nicht haben.*«

Dels Lächeln intensivierte sich. »Ich habe ihn bereits.«

Frauen können boshaft sein ... ich stand auf, stieß meinen Stuhl so heftig zurück, daß er gegen die Wand prallte und schaute Del tief in die Augen, was für mich kein Problem ist. »Kannst du nicht einfach einen Moment warten? Ich versuche etwas herauszufinden.«

Del taxierte Kima. »Fünf Kupfermünzen vielleicht.«

»Nein, *nein* ...«, begann ich, und Kima fluchte wütend.

Ab hier wurde der Tumult für den Rest des Wirtshauses interessant. Ich überhörte die Wetten, die in bezug darauf abgeschlossen wurden, welche der Frauen siegen würde. Oder ob eine von ihnen es wert wäre.

Was in mir den Wunsch erweckte, Del herumzuwirbeln, damit alle sehen könnten, was sie war. Die Wetterei würde beendet sein, bevor sie richtig begonnen hatte. Andererseits wollte ich Del nicht zur Schau stellen, denn es wäre wohl kaum als Kompliment zu verstehen, wenn man eine Frau wie ein Schmuckstück behandelte.

Abgesehen davon würde sie mich wahrscheinlich dafür töten.

Ich wandte mich erneut zu Kima um. »Du hast gesagt ...«

»*Geh* mit ihr!« schrie Kima. »Denkst du, es macht mir etwas aus? Denkst du, du wärest das wert? Ich habe bessere Schwerttänzer gehabt als dich. Ich habe *stärkere* Schwerttänzer gehabt als dich ...«

»Woher willst du das wissen?« fragte Del.

Ich fluchte. »Würdest du einfach ...? Del, warte ... *Kima!*« Aber sie war fort, stürmte erregt durch das Wirtshaus. Das ermöglichte es mir, mich wieder Del zuzuwenden. »Hast du auch nur die leiseste Ahnung, was du gerade getan hast?«

»Wenn du sie so sehr willst ...«

»*Das* ist es nicht!« Ich strich mit einer Hand durch mein Haar und versuchte, meinen Tonfall zu zügeln. »Was ich herauszufinden *versucht* habe war, was sie gemeint hatte, als sie von einem Mann sprach, der mein Sohn zu sein behauptet.«

»Dein Sohn?« Dels Brauen hoben sich, während sie sich mit einem Bein einen Stuhl unter dem Tisch hervorzog. »Ich wußte nicht, daß du einen Sohn hast.«

»Ich *habe keinen* ... o Hoolies, Bascha, laß es uns einfach vergessen. Laß uns einfach hier sitzen und etwas trinken.«

Del schaute auf meinen Becher. »Das hast du bereits getan.«

Ich rückte meinen Stuhl zurecht und setzte mich hin. »Hast du uns ein Zimmer reserviert?«

»Zwei Zimmer, ja.«

Ich blinzelte. »Zwei Zimmer? Warum?«

»Um es dir leichter zu machen. So kannst du deine Wette gewinnen.«

»Zu den Hoolies mit der Wette.« Ich war ein wenig verärgert. Ich empfand Del gegenüber in der letzten Zeit freundlichere Gefühle, da sie letztendlich zugegeben hatte, sich geirrt zu haben, und hatte keinerlei Absicht, an dieser Wette festzuhalten. Es war ohnehin eine wirklich alberne Angelegenheit, und ich sah keinen Sinn darin, die Farce fortzuführen. Immerhin waren wir beide gesunde Menschen mit normalen Trieben, und es war bereits einige Zeit her, daß wir ein Bett miteinander geteilt hatten.

Del lächelte. »Gibst du so leicht auf?«

»Ich denke, wir haben so lange an der Wette festgehalten, wie wir es verantworten konnten.«

Dels Tonfall klang sehr ernst. »Sie wurde angemessen abgeschlossen.«

»Das ist mir egal. Es ist mir *egal.* Laß uns die Wette vergessen.«

Jetzt entsprach ihr Gesichtsausdruck ihrem Tonfall. »Das können wir nicht. Ich denke, zwei Zimmer wären das beste. Und nicht nur wegen der Wette ... ich brauche die Zeit allein. Ich brauche die Zeit, um mich zu sammeln.«

»Zu sammeln?« Ich runzelte die Stirn. »Ich verstehe nicht ganz.«

»Für die Tötung.« Dels Haltung war sehr sachlich.

»So? Du wirst ihn ganz einfach töten. Dafür bist du hergekommen. Das hast du seit sechs ganzen Jahren vor.«

Del runzelte die Stirn. »Zuvor wäre es einfach gewesen. Aber jetzt ...« Ihre Stimme versagte. Sie schaute auf den Tisch hinab, schimpfte über die Messer- und Schwertkratzer und wischte mit angewidertem Gesicht Holzspäne vom Tisch. »Ich bin jetzt anders. Die Aufgabe ist dieselbe, aber ich bin ein anderer Mensch.« Sie sah mich nicht an. »Ich bin verändert *worden.*«

»Del ...«

Hellbewimperte Lider hoben sich. Blaue Augen sahen mich an. »Es gab einmal eine Zeit, in der sie mich überhaupt keine Mühe gekostet hätte, meine Aufgabe. Als sie meine ganze Welt war. Als sie alles war, woran ich dachte. Und die Erfüllung dieser Aufgabe wäre süß gewesen, weil es alles war, was ich wollte.«

Ich wartete schweigend, wie erstarrt durch ihre Eindringlichkeit.

»Aber du hast mich verändert, Tiger. Du bist in mein Leben gestolpert und hast meine Denkungsart verändert. Meine Art zu fühlen verändert.« Ihr Mund verkrampfte sich leicht. »Ich wollte es nicht. Ich wollte es *niemals.* Aber jetzt bist du hier, und ich merke, daß ich verwirrt bin. Ich merke, daß ich *abgelenkt* bin — und Ablenkung kann gefährlich sein.«

Ablenkung konnte tödlich sein.

»Und daher werde ich die Götter und mein Schwert bitten, mir in dieser Angelegenheit zu helfen. Mir zu helfen, mich zu sammeln, damit ich meine Aufgabe ohne zusätzliche Verwirrung vollenden kann. Ohne diese Ablenkung.«

Ich sah sie unverwandt an. »Hast du das nicht schon zuvor versucht? In der Nacht, in der wir uns wiedertrafen?«

Sie errötete und wurde dann wieder blaß. »Du hast es *gesehen?*«

»Ich habe es gesehen.« Ich war nicht stolz darauf. »Del, ich wußte nicht, was du tatest, dort draußen in den Bäumen mit dem magiebeladenen Schwert. Also habe ich selbst nachgesehen.«

Sie war nicht erfreut. »Und ich werde erneut darum bitten. Wieder und wieder, wenn es sein muß. Ich muß meine Konzentration wiederfinden.«

»Wenn du vorhast, alle Menschlichkeit abzustreifen, nur damit du in der Lage bist, Ajani zu töten, dann ist es das vielleicht nicht wert.«

Blaue Augen flackerten kurzzeitig. Ihr Mund wurde hart und schmal. »Ich habe Schwüre geleistet.«

Ich seufzte. »In Ordnung. Ich gebe auf. Tu, was du tun mußt.« Ich betrachtete sie mißtrauisch, überdachte ihre Verpflichtung. »Aber wenn du Abstand gewinnen willst, dann spiele nicht mit mir. Ich hasse Frauen, die spielen.«

»Ich spiele niemals.«

Das *hatte* sie niemals getan, das stimmte. Das bedeutete aber nicht, daß sie es nicht konnte.

Ich schob den Krug über den Tisch. »Trink.«

Del nahm ihn an. »Hast du wirklich einen Sohn?«

»Ich sagte es dir bereits, Bascha: soweit ich weiß nicht.«

»Ja, ich erinnere mich ... es ist nichts, worüber du nachdenkst.«

»Und ich habe auch nicht vor, darüber zu *reden* ... zumindest nicht mit dir.« Ich nahm meinen Becher wieder an mich und trank sofort daraus, schluckte den Aqivi hinunter.

Del trank ihren Anteil. »Aber du *könntest* einen Sohn haben«, bemerkte sie.

Ich runzelte die Stirn. »Das könnte ich, ja. Ich könnte mehrere Söhne haben. Ich könnte *viele* Söhne haben, warum? Willst du sie alle suchen?«

»Nein. Aber sie — oder vielleicht auch nur er — wollen dich vielleicht finden.« Sie schaute zu Kima hinüber, die jetzt auf dem Knie eines anderen Mannes saß. »Offensichtlich weiß er, wer du bist, wenn er in Wirtshäusern mit dir prahlt.«

Ich dachte darüber nach. Vielleicht würde ich, wenn ich einen berühmten Vater hätte, auch mit ihm prahlen, aber ich war nicht allzu sicher, daß ich gern das Objekt der Prahlerei wäre. Es ist eine Sache, als solches zu dienen, aber es ist eine andere Sache, einen völlig Fremden sich als nahen Verwandten bezeichnen zu hören. Als *nächsten* Verwandten.

Del trank vorsichtig. »Der Gastwirt hat sein Glück herausgefordert. Als ich drohte, wir würden unseren Geschäften woanders nachgehen, stellte er es mir frei zu gehen und sagte, das Gasthaus sei beinahe besetzt, und es sei in ganz Harquhal wegen des Orakels dasselbe. Daß alle Welt hierherkäme.«

Noch immer in Gedanken an meinen ›Sohn‹ vertieft,

brachte ich nur sehr mühsam Aufmerksamkeit auf. »Was?«

»Das Orakel«, wiederholte sie. »Erinnerst du dich an das, was der heilige Mann in Ysaa-den vorhergesagt hat?«

»Oh. Das.« Ich winkte ab. »Wir haben keinen Grund — und auch niemand sonst —, nach Iskandar zu gehen. Orakel oder nicht.«

Del betrachtete ihren Becher. »Viele Leute gehen hin«, sagte sie.

»Ich dachte, du hättest gerade gesagt, daß viele Leute *hierher* kämen.«

»Zunächst«, stimmte sie zu. »Weißt du, wo Iskandar liegt?«

»Irgendwo weiter fort von hier.« Ich machte erneut eine Handbewegung: in Richtung Nordosten.

»Ein bißchen mehr in *diese* Richtung.« Del ahmte meine Geste nach, aber mit einer leichten Abweichung in Richtung Nord-Nordost. »Der Gastwirt sagte, Harquhal sei die letzte feste Ansiedlung vor Iskandar, so daß die Leute hier Rast machen, um Vorräte zu kaufen.«

»Iskandar ist eine *Ruine.*«

»Darum kaufen sie Vorräte.«

Ich stellte den Becher auf den Kopf und trank dann noch mehr Aqivi. Setzte den Becher dann wieder ab. »Und ich vermute, daß dieser geschwätzige Gastwirt an dieses Orakel glaubt. An diesen Messias glaubt.«

Del zuckte die Achseln. »Ich weiß nicht, was er glaubt. Ich weiß nur, was er mir erzählt hat, nämlich daß die Leute nach Iskandar gehen.«

Ich konnte meinen Abscheu nicht verbergen. »Weil der Jhihadi wiederkommt.«

Sie ließ ihren Becher kreisen und beobachtete, wie sich ihre Finger bewegten. »Die Leute brauchen etwas. Für einige ist es die Religion, für andere sind es die Träume, die aus dem Huvakraut geboren werden. Ich sage nicht, was davon gut oder was schlecht oder was richtig oder falsch ist ... nur, daß die Leute etwas *brauchen,* um überleben zu können.« Ihre Stimme war sehr ruhig. »Ich brauchte, nach Ajanis Angriff, Rache. Dieses Bedürfnis half mir zu leben.« Jetzt verließ ihr Blick den Becher und richtete sich auf meine Augen. »Du hast auch etwas gebraucht. Dadurch hast du deine Zeit als Sklave überlebt. Dadurch hast du deine Zeit in Aladars Mine überlebt.«

Ich antwortete einen langen Augenblick nicht. Und als ich es dann tat, sagte ich nichts über mich selbst oder die Monate, die ich in der Mine verbracht hatte. »Also sagst du, daß die Leute es brauchen, daß das Orakel die Wahrheit sagt. Weil sie einen Jhihadi brauchen.«

Del hob eine Schulter. »Ein Messias ist eine sehr spezielle Art Zauberer, nicht wahr? Kann er keine magischen Dinge tun? Kann er nicht die Kranken heilen und die Lahmen kurieren und Regen machen, um ein von Jahren der Trockenheit ausgelaugtes Land wieder zu sättigen?«

»Ist es das, was man von ihm erwartet?«

Del bewegte sich auf ihrem Stuhl. »Als ich zu dem Gasthaus ging, hörte ich auf der Straße von dem Orakel reden. Als ich den gleichen Weg zurückkam, hörte ich von dem Jhihadi reden.« Sie zuckte die Achseln. »Das Orakel hat die Ankunft eines Mannes vorausgesagt, der Sand in Gras verwandeln kann.«

»Sand in Gras? Sand in *Gras?*« Ich runzelte die Stirn. »Wofür, Bascha?«

»Damit die Menschen in der Wüste leben können.«

»Es leben *tatsächlich* Menschen in der Wüste. *Ich* lebe in der Wüste.« Del seufzte leise. »Tiger, ich erzähle dir nur, was ich gehört habe. Habe ich gesagt, daß ich irgend etwas davon glaube? Habe ich gesagt, daß ich an Orakel oder Jhihadis glaube?«

Nicht direkt. Aber sie klang halbwegs überzeugt.

Ich zuckte die Achseln, wollte etwas sagen und wurde dadurch unterbrochen, daß jemand herankam. Ein

Mann stellte sich an unseren Tisch. Seinem Aussehen nach ein Südbewohner: dunkelhaarig, mit dunklen Augen und gebräunter Haut. Um die vierzig Jahre alt und zeigte alle seine Zähne. Einige fehlten.

»Sandtiger?« fragte er.

Ich nickte müde. Ich war nicht in Stimmung.

Das Lächeln verstärkte sich. »Aha, das dachte ich mir! Er hat Euch sehr gut beschrieben.« Er verbeugte sich kurz, warf einen kurzen Blick auf Del und schaute dann sofort wieder zurück zu mir. »Darf ich noch mehr Aqivi bringen lassen? Es wäre mir eine Ehre, Euch einen Becher auszugeben.«

»Wartet«, schlug ich vor. »*Wer* hat mich so gut beschrieben?«

»Euer Sohn natürlich. Und es klang sehr schmeichelhaft ...« Er runzelte kurz die Stirn. »Obwohl er nichts von einem Bart gesagt hat.«

Ich war nicht beunruhigt wegen des Bartes. Nur wegen meines ›Sohnes‹. Unbewegt fragte ich: »Wie war sein Name? Hat mein ›Sohn‹ Euch einen Namen genannt?«

Der Mann runzelte kurz die Stirn, dachte darüber nach und schüttelte dann den Kopf. »Nein, nein das hat er nicht getan. Er sagte nur, er sei der Junge vom Sandtiger, und erzählte uns Geschichten über Eure Abenteuer.«

»Abenteuer«, echote ich. »Ich beginne mich selbst darüber zu wundern.« Ich schob meinen Stuhl zurück und erhob mich. »Danke für das Angebot, aber ich habe eine Verabredung. Vielleicht morgen abend.«

Der Mann war eindeutig enttäuscht, widersprach aber nicht. Er trat unter Verbeugungen zur Seite und ging zurück zu seinen Freunden an einem anderen Tisch.

Del, die noch immer dasaß, lächelte. »Also gewinnt das Mädchen ihre Wette?«

»Welches Mädchen ... oh. Nein.« Ich runzelte die

Stirn. »Ich gehe zu dem Gasthaus. Willst du mitkommen?«

»Bist du schon müde? Aber du hast nur *einen* Krug Aqivi gehabt.« Del erhob sich weich. »Genau wie in Ysaa-den … vielleicht hat das Alter dich langsamer werden lassen.« Sie schob ihren Stuhl unter den Tisch zurück. »Oder ist es das Wissen, daß du einen Sohn hast?«

»Nein«, sagte ich gereizt, »es geht um das Tragen dieses Schwertes.«

Del verließ das Wirtshaus vor mir und trat auf die dunkle Straße. »Warum sollte das Tragen dieses Schwertes dich ermüden?«

»Weil Chosa Dei heraus will.«

Del vollführte eine Geste. »Hier entlang.« Und dann, während sie weiterging: »Es wird also schlimmer.«

Ich zuckte die Achseln. »Laß uns einfach sagen, daß Chosa letztendlich erkannt hat, in welcher Art Gefängnis er sich befindet.«

»Du mußt stärker sein, Tiger. Du mußt wachsam sein.«

»Ich muß von Chosa freikommen, Bascha.« Ich umging eine Urinpfütze. »Wo ist dieses Gasthaus mit dem geschwätzigen Wirt?«

»Genau hier«, antwortete Del und wandte sich von der Straße ab. »Ich habe ihm gesagt, daß du bezahlst.«

»*Ich* bezahle! Warum? Hast du kein Geld?«

Del schüttelte den Kopf. »Ich habe *Schwertschuld* an Staal-Ysta bezahlt. Ich habe gar nichts mehr.«

Das brachte mich zum Schweigen. Ich hatte die *Schwertschuld* vergessen, das Blutgeld, das man Staal-Ysta schuldet, wenn ein Leben unfair beendet wurde. Die *Voca* hatte Del alles genommen: Geld, Tochter, Lebensstil. Und ich hatte ihr beinahe das Leben genommen.

Wir gingen in das Gasthaus und riefen nach dem Wirt, der hinter einer aus einem Vorhang bestehenden

Abtrennung hervorkam. Er nahm mein Geld, nickte zum Dank und begrüßte mich dann herzlich. »Es ist mir eine Ehre, den Sandtiger als Gast zu haben.«

Ich murmelte etwas Angemessenes und fügte dann eine Extramünze hinzu. »Ich möchte morgen früh ein Bad nehmen. Und ich möchte das Wasser heiß haben.«

»Ich werde selbst dafür sorgen.« Dann, als ich mich dem Vorhang zuwandte: »Ich habe Euch denselben Raum gegeben wie Eurem Sohn. Ich dachte, es würde Euch gefallen. Und er wollte auch heißes Wasser.«

Ich blieb abrupt stehen.

»Mach dir nichts draus«, sagte Del.

»Ich habe keinen ...«

»*Mach dir nichts draus,* Tiger.« Und schob mich durch den Vorhang.

Vier

Die Knie fast bis zum Kinn hochgezogen, saß ich fröhlich im heißen Wasser. Es war nicht besonders bequem — die Wanne des Wirts war zu klein —, aber zumindest konnte ich naß werden. Immerhin ein Teil von mir, der Rest mußte mit der Hand gewaschen werden, anstatt durch Einweichen sauber zu werden.

Del kam herein ohne anzuklopfen und trug ein Bündel bei sich. »Ein hübscher Anblick«, bemerkte sie. Und dann, ein Lächeln halbherzig verbergend, schlug sie vor, eine größere Wanne zu benutzen. »Du paßt nicht richtig in die hier.«

Ich sah sie finster stirnrunzelnd an. »Ich hätte gern eine größere Wanne. Ich würde es *sehr schätzen,* eine größere Wanne zu haben. Aber diese ist die einzige, die da ist.«

Sie kauerte sich auf den Rand meines zerbrechlichen Bettes und betrachtete meine verkrampfte Haltung. »Wenn du schnell dort heraussteigen müßtest, glaube ich nicht, daß du es könntest.«

»Ich gehe nirgendwo schnell hin. Ich nehme nur ein Bad.« Ich kratzte ein juckendes Ohr. »Was tust du hier? Ich meine, hast du nicht, zu dem ausdrücklichen Zweck, allein zu sein, zwei Zimmer gemietet?«

Del ignorierte den Seitenhieb. »Ich habe dir ein paar Kleider gebracht«, sagte sie und ließ das Bündel fallen.

Ich versuchte mich aufzurichten, aber es gelang mir nicht. »Was für Kleider?« fragte ich mißtrauisch, denn ich stellte mir im Geiste noch mehr Wolle vor. »Was hast du getan, Del?«

»Ich habe Vorräte gekauft«, antwortete sie. »Inklusive

südlicher Kleidung. Dhoti — hier — und einen Burnus. Siehst du?«

Ich sah. Ein Velourlederdhoti, wie erwähnt, ein rostbraunfarbenes Gewand mit einem Ledergürtel und ein blaß orangefarbener Seidenburnus, der über allem getragen wurde. Und auch ein Paar weiche Lederreitstiefel. »Woher weißt du meine Größe?«

»Ich weiß, daß du schnarchst, ich weiß, daß du trinkst, ich weiß, daß du Wirtshausmädchen magst ... ich weiß vieles über dich.« Del ließ die Seide aus der Hand gleiten. »Du wirst dich rasieren, nicht wahr?«

»Ich hatte es vor, ja. Warum? Willst du, daß ich all diese Haare *behalte?*«

Sie neigte den Kopf zu einer Seite. »Du trägst den Bart jetzt schon so lange, daß ich vergessen habe, wie du ohne ihn aussiehst.«

»Zu lang«, murmelte ich. »Zu viel Zeit, zu viele Haare, zu viel Wolle.« Ich versuchte, mich in der Wanne zurechtzusetzen und schürfte mir das Schienbein an rauhem Holz auf. »Ich dachte, du hättest kein Geld. Wie hast du dann all dieses Zeug gekauft?«

»Ich habe ihnen gesagt, du würdest bezahlen.« Del zuckte vornehm die Achseln, als ich einen Protest hervorstieß. »Die Ladeninhaber kennen dich, Tiger. Sie fühlen sich geehrt, wenn sie mit dir Geschäfte machen können. Sie sagten, sie wären überglücklich, auf deine Bezahlung zu warten — sofern sie zu einem späteren Zeitpunkt des heutigen Tages erfolgt.«

»Ich habe eigentlich nicht viel Geld, Bascha ... und jetzt noch weniger als zuvor.« Ich preßte mein Gesäß gegen das Holz und zischte, als ein Splitter eindrang. »Du kannst nicht durch ganz Harquhal laufen und den Leuten in meinem Namen Geld versprechen. Ich könnte vielleicht gar keines haben.«

Del zuckte die Achseln. »Ich bin sicher, daß du welches gewinnen kannst. Es kommen täglich mehr Schwerttänzer hier an ... und ich denke, daß die meisten von ihnen, wenn nicht sogar alle, glücklich wären, dem Sandtiger in einem Kreis gegenübertreten zu dürfen.«

»Ich bin nicht in der Verfassung, irgend jemandem in einem ... *autsch.*« Ich fluchte, zog mir einen Splitter aus der Haut und veränderte meine Lage. Nahm meine Beine schließlich heraus und legte sie über den Rand. Abkühlendes Wasser schwappte über meinen Bauch.

Del betrachtete meine Stellung genau. »Du läßt Wasser auf den Boden tropfen.«

»Ich kann es nicht ändern ... meine Knie haben sich verkrampft.« Jetzt in bequemerer Haltung sitzend, ließ ich einen Streifen brauner Seife über meine Brust laufen, der wolleverfilzte Haare löste. »Also denkst du, wir könnten etwas Geld gewinnen, nicht wahr? Obwohl wir beide aus der Übung sind?«

»Wir wären nicht aus der Übung, wenn du *in* einen Kreis treten würdest.« Del lächelte milde. »Wie oft habe ich dich gefragt?«

»Nein.« Ich schrubbte mich heftiger ab und zog ein Haar, das ich mir gerade aus der Brust gerissen hatte, unter einem Fingernagel hervor. »Autsch ... Del, würde es dir etwas ausmachen? Kann ich mein Bad allein nehmen?«

Sie stand auf, glitt aus ihrem Harnisch und legte Boreal aufs Bett. »Wenn du dich rasieren willst«, sagte sie, »dann laß mich es tun. Du wirst dir die Kehle durchschneiden.«

»Das habe ich noch nie zuvor getan ... und ich rasiere dieses Gesicht schon länger, als du auf der Welt bist.«

Del hob eine Schulter an. »Ich pflegte meinen Vater zu rasieren. Er war nicht viel älter als du.« Ohne meine Erlaubnis — und meinen gemurmelten Fluch ignorierend — trat sie zu dem Stuhl neben der Wanne und hob mein Messer auf, das frisch geschliffen worden war, um ein Kinn von seinem Bart zu befreien. »Seif dir das Gesicht ein«, schlug sie vor.

Hoolies, das ist keinen Streit wert ... ich seifte mich gehorsam ein und legte dann den Kopf, wie befohlen, zurück. Versuchte mein Gesicht nicht anzuspannen, als Del die Klinge auf der Haut aufsetzte.

»Halte still, Tiger.« Und dann, als ich stillhielt: »Schmerzen diese Narben noch?«

»Die Sandtigernarben? Nein, nicht mehr. Schon lange nicht mehr.« Ich hielt inne. »Aber wenn du hineinschnittest, würden sie es, glaube ich, tun.«

»Ich werde nicht hineinschneiden.« Del klang abwesend, während sie sich auf die Rasur zwischen den Krallenstriemen konzentrierte, was nicht annähernd bewirkte, daß ich mich sicherer fühlte. »Sie werden mit zunehmendem Alter weißer und schmaler«, bemerkte sie. »Aber sie müssen sehr weh getan haben, unmittelbar nachdem die Katze dich erwischt hatte.«

»Wie die Hoolies«, stimmte ich zu. »Andererseits war ich nicht in der Verfassung, es wirklich zu bemerken. Sie hat mich auch an anderen Stellen erwischt, aber ihre Krallen waren noch nicht voll entwickelt. Das Gift hat mich mehrere Wochen lang aus dem Verkehr gezogen. Ich hatte Glück, daß ich überlebt habe.«

»Was du Sula zu verdanken hattest.«

Ja, was ich Sula zu verdanken hatte. Der Salsetfrau, die mich nicht sterben lassen wollte. Sie hatte die Anordnung des Shukar und des restlichen Stammes, daß dem lästigen Chula der Tod gewährt werden sollte, mißachtet. Diese Anordnung war erfolgt, weil sie alle wußten, daß ich mit der Tötung des Sandtigers auch meine Freiheit gewonnen hatte.

Ich bewegte mich. Der Name Sula brachte Erinnerungen zurück, die ich lieber vergessen hätte. »Bist du fertig?«

»Ich habe noch gar nicht richtig angefangen.«

Ihr gebundener Zopf hing über eine Schulter nach vorn und schwang hin und her, während sie beschäftigt war. Seine Spitze strich über meine Brust.

Es war, ziemlich plötzlich, äußerst schwierig zu atmen. Ich bewegte mich, setzte mich ein wenig mehr auf und schob mich dann wieder hinab. »Del, glaubst du …«

»Halte einfach still.«

Sie hatte keine Vorstellung davon, wie schwierig das war, angesichts der Umstände. »Du hast gesagt, du würdest nicht spielen.«

Sie blinzelte mit blauen Augen. »Was?«

»Spielen«, sagte ich ernüchtert. »Was glaubst du, was *dies* ist?«

»Ich *rasiere* dich!«

»Gib mir mein Messer zurück.« Ich beugte mich vor, ergriff ihr Handgelenk und entwand ihr das Messer mit der linken Hand. »Wenn du glaubst, daß ich fünfunddreißig oder sechsunddreißig Jahre — oder wieviele es auch immer sind! — gelebt habe, ohne einige weibliche Tricks kennenzulernen, dann bist du jünger, als ich dachte.«

Was mich, als es erst einmal heraus war, nicht glücklicher machte. Ich saß im kühlen Wasser und schaute, wobei ich ein nasses Messer festhielt, von dem Seife und Barthaare herabtropften.

Del stand mit den Händen auf den Hüften da. »Und wenn *du* glaubst, ich würde dir erzählen, ich wollte zwei Zimmer mieten, und würde dich dann so reizen …«

Die Ernüchterung machte mich gereizt. »Frauen tun solche Dinge immerzu.«

»Einige Frauen vielleicht. Nicht alle. Sicherlich nicht *ich*.«

Ich kratzte mir heftig den Kopf. »Vielleicht nicht. Vielleicht nicht *absichtlich*, aber das ändert nichts an der Tatsache …«

»… daß du keine Selbstkontrolle hast?«

Ich schaute. »Das *könntest* du als Kompliment auffassen.«

Sie dachte darüber nach. »Das könnte ich.«

»Also? Kann ich jetzt mein Gesicht selbst rasieren?«

Jemand klopfte an die Tür.

»Geh *fort*«, murmelte ich, aber Del wandte mir den Rücken zu, ging zur Tür und öffnete sie.

Ein Fremder stand davor. Ein Südbewohner. Er trug ein Schwert im Harnisch. »Sandtiger?« fragte er.

Ich nickte müde. Wünschte, ich hätte mein Schwert bei der Hand, statt daß es auf dem Stuhl läge, und empfand es als dumm, daß ich es wünschte. Aber ein nackter Mann fühlt sich *häufig* dumm. Oder zumindest verletzlich.

Er grinste, zeigte weiße Zähne in einem dunkelhäutigen Gesicht. »Ich bin Nabir«, sagte er. »Ich würde gern mit Euch tanzen.«

Nabir war jung. Sehr jung. Vielleicht gerade achtzehn. Und ich hätte wetten können, daß seine Knie nicht schmerzten.

»Fragt mich morgen«, grollte ich.

Ein Stirnrunzeln zog seine Augenbrauen zusammen. »Ich werde morgen nicht hier sein. Morgen früh breche ich nach Iskandar auf.«

»Iskandar. Iskandar! *Was ist in Iskandar?*«

Nabir schien durch meinen Ausbruch etwas bestürzt zu sein. »Das Orakel sagt, daß der Jhihadi ...«

»... nach Iskandar kommt, das weiß ich. Ich denke, *jeder* weiß es.« Ich sah den Jungen stirnrunzelnd an. »Aber warum kümmert *Euch* das? Ihr seht nicht religiös aus.«

»Oh, das bin ich auch nicht.« Er machte eine schnelle, abwehrende Handbewegung. »Ich bin Schwerttänzer. Darum gehe ich dorthin.«

Ich kratzte abwesend an meinen Narben, die jetzt vom Bart befreit waren. »Warum geht ein junger, zugegebenermaßen nicht religiöser Schwerttänzer nach Iskandar? Dort gibt es nichts zu *tun*.«

»Jedermann geht dorthin«, sagte er. »Sogar die Tanzeers.«

Ich schaute offen zu Del. »Tanzeers«, echote ich.

»Ajani«, sagte sie eindringlich.

Stirnrunzelnd schaute ich zurück zu Nabir, der so geduldig wartete. »Ihr sagtet, jedermann ginge dorthin ... Schwerttänzer, Tanzeers ... wer noch?«

Er zuckte die Achseln. »Die Anhänger der Glaubensgemeinschaften gehen natürlich hin, sogar die Hamidaa und *Khemi*. Und man sagt, daß auch einige Stämme hingingen: die Hanjii, die Tularain und auch andere, denke ich. Sie wollen das vom Orakel Vorhergesagte leibhaftig sehen.«

»Machtverschiebung«, murmelte ich. »Die Tanzeer werden ihn niemals überleben lassen, es sei denn, er arbeitet für sie.« Ich richtete mich in der Wanne auf und winkte Nabir mit einer Hand zu. »Geht hinunter in das nächste Wirtshaus — ich habe seinen Namen vergessen — und trinkt einen Becher auf mein Wohl.« Ich zog eine Augenbraue hoch. »Und sagt Kima, daß ich Euch geschickt hätte.«

»Werdet Ihr mich treffen?« beharrte Nabir. »Es wäre mir eine Ehre, mit dem Sandtiger im Kreis zu tanzen.«

Ich sah mir sein Gesicht genauer an — sein junges, noch in der Entwicklung begriffenes Gesicht — und auch seinen Harnisch. Seinen neuen, starren Harnisch, der quietschte, wenn er sich bewegte.

»In einem Jahr«, belehrte ich ihn. »Jetzt geht und genehmigt Euch diesen Becher.«

Del schloß die Tür hinter ihm und wandte sich dann mir zu. »Er ist jung. Neu. Ungeübt. Er wäre vielleicht die Übung wert gewesen. Und zumindest würdest du ihn nicht verletzen, was vielleicht irgendein anderer Schwerttänzer tun wird, einfach um ihn einzuführen.«

»Ich kann das Risiko nicht auf mich nehmen, Bascha. Wenn ich in einen Kreis eintrete, wird es gegen jemanden sein, der gut ist. Jemanden, der der Herausforderung gewachsen ist, gegen Chosa Dei zu tanzen.«

Dels unausgesprochener Kommentar stand laut in dem kleinen Raum.

Ich schüttelte den Kopf. »Jemand, der nicht *du* bist.«

»Es *wird* jemanden geben müssen«, sagte sie. »Tatsächlich deren *mehrere.* Du bist stark aus der Übung. Wenn du auf Leben und Tod tanzen müßtest ...«

»Ich bin nicht dumm genug, mich im Moment anheuern zu lassen, um jemanden zu töten. Und außerdem ...«

»Manchmal hat man keine Wahl.«

»... und außerdem ...«, ich lächelte, »... bist auch du aus der Übung.«

»Ja«, stimmte Del zu. »Aber ich beabsichtige zu tanzen, sobald ich einen Gegner finde.«

Ich beobachtete, wie sie auf mein Bett zuging. »Was ... *jetzt?«*

»Es hat keinen Sinn, Zeit zu verschwenden.« Del nahm Harnisch und Schwert wieder auf, schlüpfte hinein und eilte zur Tür. »Vielleicht wird Nabir es tun ... nein, steh nicht auf ... du mußt noch immer die Hälfte deines Gesichts rasieren.«

»Er ist ein *Junge!«* rief ich und planschte unbeholfen in meiner Wanne herum.

Dels Stimme klang gütig. »Nicht sehr viel jünger als ich.«

Fünf

Del hatte recht: sie kannte mich sehr gut. Der Velourslederdhoti paßte, ohne wund zu reiben, genau wie die weichen Reitstiefel — ich bin Schuhen gegenüber immer geteilter Meinung gewesen, aber diese waren bequem —, und der blaß orangefarbene Burnus ergoß sich wie Wasser über das mit einem Gürtel versehene Wüstengewand. Ich war wieder ein Südbewohner.

Aber ich verschwendete nicht viel Zeit damit, die Kleidung zu bewundern. Ich ergriff mein Schwert in seiner geborgten Scheide und verließ schnell das Gasthaus, wobei ich dem Wirt über die Schulter hinweg zurief, daß jetzt jemand anderer das Wasser haben könnte. Als er zu einer Antwort ansetzte, war ich bereits aus der Tür.

Es ist nicht schwer, einen Schwerttanz zu finden, besonders in einer Grenzstadt wie Harquhal, die durch den Wettbewerb gedeiht. Man muß nur nach der größten Menschenansammlung Ausschau halten — besonders nach Männern in Harnischen — und wird finden, wonach man sucht.

Ich fand Del sehr leicht, da sie die Art Frau ist, die die Aufmerksamkeit auf sich zieht. Sie wartete ruhig innerhalb des menschlichen Kreises, der Ansammlung von Männern und Frauen, die darauf warteten, den Tanz zu sehen. Jemand zog sorgfältig einen Kreis in den Staub, wobei er sich sehr bemühte, die Linie gleichförmig tief zu ziehen. Es war nicht wirklich wichtig — bei einem Schwerttanz befindet sich der wahre Kreis im Kopf, da die eingezeichneten Linien durch aufgewirbelten Staub und Schmutz schnell verwischen —, aber das war alles Teil des Rituals.

Ihr Gesichtsausdruck war friedfertig, wie auch ihre Haltung. Aber Del ist sehr groß für eine Frau — sogar groß für südliche Männer, und sie hält ihren Körper aufrecht. Sogar wenn sie, so wie jetzt, ruhig am Kreis stand, forderte sie die scharfsinnige Abschätzung aller heraus, die auf den Tanz warteten. Besonders mit einem nordischen Schwert, das in seinem Harnisch über ihrem Rücken hing.

Ich hielt nach Nabir Ausschau und sah ihn Del gegenüber am Kreis warten. Alle seine Hoffnungen waren ihm ins Gesicht geschrieben, genau wie seine südliche Arroganz. Er bezweifelte nicht, daß er die nordische Frau besiegen würde. Ich war nur überrascht, daß sie seine Zustimmung errungen hatte.

Andererseits ist, wenn man jung und stolz und neu ist, jeder Tanz willkommen. Zweifellos dachte Nabir, es sei den Ärger wert, gegen eine Frau zu kämpfen, da er sich eines Sieges vor so vielen zuschauenden Schwerttänzern, von denen einige seine Helden waren, sicher war.

Ich empfand fast Mitleid mit ihm.

Ich taxierte ihn schnell und präzise. Er war vier Finger kleiner als Del, was ihm wahrscheinlich nicht gefiel, und es fehlte ihm die harte Fitneß, die mit der Reife und der Erfahrung kommen würde. Er war nicht weich, aber er war auch noch nicht völlig ausgereift. Er mußte noch etwas wachsen. Er war, so schätzte ich, siebzehn, achtzehn, vielleicht neunzehn. Woraus ich schon so viel ersehen konnte, ihn als Schwerttänzer einzuschätzen, besonders als solchen, dessen Interesse einzig seinem Gegner galt.

Ich bin ein Schwerttänzer des siebten Grades, was in meinem Fall sieben Jahre Lehrzeit bedeutete. Aber diese sieben Jahre sind — zusammen mit dem sie begleitenden Rang — niemals eine sichere Sache. Lehrlinge, die in gewissem Maße vielversprechend scheinen, werden bestenfalls zum vierten Grad zugelassen, vom siebten ganz zu schweigen. Nabir konnte, allein schon von seinem Alter her, nicht viel mehr als ein Lehrling im zweiten Jahr sein oder vielleicht auch im dritten. Denn der Rang hat, wenn er auch mit dem Terminus *Jahr* bezeichnet wird, wenig mit der Zeit zu tun, die anhand der Jahreszeiten gemessen wird. Das ›Jahr‹ eines Lehrlings wird nur dann vollendet, wenn bestimmte Fähigkeiten erlernt wurden, und das kann viel länger dauern als zwölf Monate.

Ich hatte den siebten Grad in sieben Jahren beendet. Es war alles reibungslos verlaufen. Eine Quelle des Stolzes. Etwas für die Geschichten, für die Legende. Aber jetzt, während ich Nabir betrachtete, fragte ich mich, was *seine* Gründe dafür waren, ein Schwerttänzer werden zu wollen. Ich dachte, daß sie den meinen, die von Haß und einem mächtigen Bedürfnis nach Freiheit genährt worden waren, kaum ähnlich sein konnten. Das Bedürfnis nach Freiheit war mehr als nur physisch gewesen. Es war auch emotional gewesen. Mental. Und es war stark genug gewesen, mich zum Sandtiger zu machen.

Den hatte Nabir treffen wollen.

Nicht zum ersten Mal wünschte ich mir einen wahren Harnisch mit Scheide. Ich stand da, hielt inmitten von anderen Schwerttänzern, die angemessen ausgerüstet waren, ein umhülltes Schwert fest und fühlte mich seltsam fehl am Platze. Irgendwie ungenügend. Aber es war nicht nur der Stil, der ein Kennzeichen unseres Berufes war. Es war auch die Bequemlichkeit. Ich trug eine Klinge lieber über meinem Rücken, als sie in der Hand mit mir herumzuschleppen.

Der Kreis war vollendet. Ich erwog, neben Del zu treten, um ihr zu sagen, daß sie eine einfältige, sandkranke Närrin sei, entschloß mich aber dagegen, als ich erkannte, daß es sie ihrer Konzentration berauben und zu ihrer

Niederlage beitragen könnte, falls sie verlor. Und das konnte sie. Unabhängig davon, wie sehr sie triumphierte — wenn auch leise —, weil Jugend im Heilungsprozeß von Vorteil wäre, so war sie doch nach der Wunde, die ich ihr beigebracht hatte, noch immer nicht wieder völlig genesen. Hoolies, ihre Kondition war furchtbar! Sie würde Glück haben, wenn sie lange genug durchhielt, um eine passable Vorstellung zu bieten.

Andererseits war sie eigentlich nicht allein. Sie hatte Boreal.

Jemand bewegte sich neben mir. Ein Mann. Mit einem Harnisch: ein Schwerttänzer, der nach Huvakraut und Aqivi roch und auch nach einem zufriedenstellenden Besuch in Kimas Bett oder dem einer anderen wie sie.

»Also, Sandtiger«, sagte er, »seid Ihr gekommen, um das Debakel zu sehen?«

Ich erkannte ihn an der Stimme. Eine tiefe, rauhe, halb erstickte Stimme, die zu seltsamen Zeitpunkten und an seltsamen Konsonanten hängenblieb. Es war keine Verstellung. Abbu Bensir hatte bezüglich seiner Stimme keine Wahl, da ein wie ein Schwert geformtes Stück Holz seine Kehle vor ungefähr zwanzig Jahren fast zerschmettert hatte. Er hatte nur überlebt, weil sein Shodo — sein Schwertmeister — die Haut und die Luftröhre aufgeschnitten hatte, um Luft in seine Lungen strömen zu lassen.

Während der jüngste Lehrling desselben Shodo entsetzt das betrachtete, was er einem Schwerttänzer des sechsten Grades angetan hatte.

»Welches Debakel?« fragte ich. »Dasjenige, das gleich im Kreis beginnen wird, oder den Tanz, den Ihr von mir erbeten werdet?«

Abbu grinste. »Seid Ihr so sicher, daß ich Euch fragen werde?«

»Möglicherweise«, antwortete ich. »Eure Kehle mag weitgehend geheilt sein, aber Euer Stolz wird es niemals. Es war Euer eigener Fehler, daß ich Euch beinahe getötet hätte — der Shodo hatte Euch gewarnt, daß ich ungeschickt sei —, aber Ihr habt es ignoriert. Ihr wolltet nur den früheren Chula besiegen, damit er sich daran erinnern sollte, was er gewesen war.«

»Was er *war*«, sagte Abbu nüchtern. »Ihr wart noch immer ein Chula, Sandtiger ... warum es leugnen? Ihr habt die ganzen sieben Jahre dazu gebraucht, Euch von dieser Schande zu befreien ... wenn Ihr es überhaupt geschafft habt.« Er schürzte huvakrautbefleckte Lippen. »Ich habe gehört, daß Ihr im letzten Jahr von Sklavenhändlern gefangen und in die Mine eines Tanzeer geworfen wurdet ... wirkt das noch immer nach?«

Ich behielt einen ruhigen Tonfall bei. »Seid Ihr gekommen, um diesen Tanz zu beobachten oder nur um mir Huvagestank ins Gesicht zu blasen?«

»Oh, um den Tanz zu beobachten ... um zu sehen, wie der Junge die Frau erniedrigt, die keinen Platz in einem südlichen Kreis hat.« Er zuckte die Achseln und kreuzte die Arme über einer schwarz verhüllten Brust. »Sie ist phantastisch anzusehen — sie würde das Bett eines Mannes ausfüllen —, aber die Waffe eines Mannes aufzunehmen und in den Kreis eines Mannes einzutreten, ist die reinste Dummheit. Die nordische Bascha wird verlieren — nicht zu schlimm, hoffe ich. Es würde mir nicht gefallen, sie verletzt zu sehen —, und dann werde ich Mitleid mit ihr empfinden.« Er grinste mich an, und die dunklen Brauen wölbten sich vielsagend. »Ich werde ihr einige Tricks mit dem Schwert beibringen — im Bett *und* außerhalb.«

Ich hatte vier, vielleicht fünf Monate im Norden verbracht. Ich hatte auch ungefähr ein Jahr mit Del verbracht. Genug Zeit zu erkennen, daß ich eines oder zwei Dinge über mich selbst herausgefunden hatte. Genug Zeit zu erkennen, daß ich die Einfältigkeit südlicher Männer nicht besonders mochte. Mehr als genug Zeit, meine eigene Abneigung gegenüber Abbus offensichtlicher Sicherheit darüber zu empfinden, daß eine Frau, die gut genug fürs Bett sei, nicht gut genug für den Kreis sei.

Andererseits war nicht jede Frau wie Del. *Keine* andere Frau kam Del gleich. Sie hatte den Kreis und das Schwert aus anderen Gründen erwählt, als nur der Gleichheit wegen.

Was sie nicht in einem falschen Licht erscheinen ließ.

Ich sah zu ihr hinüber. Sie war nicht fit. War nicht bereit. Aber sie war noch immer ganz entschieden *Del.*

Ich warf Abbu Bensir einen Seitenblick zu. »Habt Ihr Interesse an einer kleinen Wette?«

»Darauf?« Er sah mich in geheucheltem Unglauben an und verengte dann die hellbraunen Augen. »Was wißt Ihr über den Jungen? Ist er so gut? Oder so schlecht?«

Keine Frage in bezug auf die Frau. Gut geeignet für eine Wette.

Ich hob eine Schulter. »Er kam heute morgen zu mir und bat mich um einen Tanz. Ich habe abgelehnt, und er hat statt dessen die Frau akzeptiert. Das ist alles, was ich weiß.«

Abbu runzelte die Stirn. »Eine Frau anstelle des Sandtigers ...« Dann schüttelte er den Kopf. »Das macht keinen Unterschied. Ja, ich werde darauf wetten. Was bietet Ihr an?«

»Alles, was hier drinnen ist.« Ich schlug auf die Münztasche, die von meinem Gürtel baumelte. »Aber Ihr habt mich zwischen zwei Aufträgen erwischt, Abbu. Es ist nicht viel übrig.«

»Genug, um einem Hanjii-Nasenring zu entsprechen?« Abbu griff in seine eigene Tasche und zog einen Ring aus purem südlichen Gold hervor, der zu einer runden Platte flachgehämmert worden war.

Das brachte Erinnerungen zurück: Del und ich, in einem Kreis, aber nur für den Sieg. Wir hatten vor den Hanjii getanzt, einem Stamm, der dem Kannibalismus frönte. Und auch ein Stamm, der großen Wert auf männlichen Stolz und Ehre legt. Dels nachfolgender Sieg über mich — dank eines gut in einen sehr verletzlichen Bereich plazierten Knies — hatte damit geendet, daß wir beide Ehrengäste eines religiösen Rituals, das Sonnenopfer genannt, geworden waren. Ohne Nahrung, Wasser oder Pferde in der Punja zurückgelassen, wären wir um ein Haar gestorben.

Aber hatte ich in meiner Satteltasche etwas, das einem Hanjii-Nasenring entsprach? »Nein«, antwortete ich wahrheitsgemäß. Ich lüge niemals, wenn es um Geld geht. Die Menschen können sonst leicht feindselig werden.

Abbu schürzte die Lippen und zuckte dann die Achseln. »Ja, nun, ein anderes Mal — es sei denn, Ihr hättet immer noch diesen kastanienbraunen Hengst ...?«

»Den Hengst?« echote ich. »Ich habe ihn noch immer, ja — aber er ist nicht Teil des Wetteinsatzes.«

Hellbraune Augen taxierten mich. »Werdet Ihr in Eurem hohen Alter sentimental, Sandtiger?«

»Er ist nicht Teil des Wetteinsatzes«, wiederholte ich ruhig.

»Aber ich biete Euch etwas anderes Wertvolles an ... etwas, das Ihr seit mehr als zwanzig Jahren begehrt.« Ich lächelte, als sich sein dunkelhäutiges Gesicht rötete. »Ja, Abbu, ich werde Euch in einem Kreis treffen — *wenn* die Frau verliert.«

»Wenn die Frau *verliert* ...« Er sperrte fast den Mund auf. »Seid Ihr sandkrank? Wollt Ihr die Wette *verschenken?*« Seine Augen verengten sich mißtrauisch. »Warum wettet Ihr auf die Frau?«

Ich nickte in Richtung des Kreises, in dessen Mitte sich Del und Nabir bückten, um die Klingen auf den Boden zu legen. »Warum schaut Ihr nicht zu und versucht, es herauszufinden?«

Abbu folgte meinem Blick. Wie auch ich es getan hatte, taxierte er Nabir als einen möglichen Gegner. Aber er taxierte Del als nichts anderes als eine mögliche Bettgefährtin.

Alles zu meinem Nutzen.

Abbu warf mir einen Blick zu. »Wir sind keine Freunde, Ihr und ich, aber ich habe Euch niemals für einen Narren gehalten. Und dennoch wettet Ihr auf die Frau?«

Ich lächelte milde. »Jemand muß es tun, sonst gäbe es keine Wette.«

Abbu zuckte die Achseln. »Ihr müßt mich sehr dringend treffen wollen.«

Ich antwortete nicht. Nabir und Del hatten ihre Fußbekleidungen und ihre Harnische abgelegt und sich außerhalb des Kreises direkt einander gegenüber aufgestellt. Es sollte ein wahrer Tanz werden, ein Schautanz, ein Tanz des Schwertkönnens, durchgeführt aus Freude am Wettbewerb. Es bestand für niemanden die Notwendigkeit zu sterben, was der wahren Natur des Tanzes entspricht. Shodos lehrten niemanden, in die Welt hinauszuziehen und zu töten. Sie lehrten nur die Anmut und das Können, das notwendig war, um ein südliches Schwert zu beherrschen. Es war eine Perversion des wahren Tanzes, daß sich die meisten von uns später verdingten. Es war auch eine der wenigen Arten, wie man sich in einem Land, das aus Hunderten kleiner Domänen bestand, die von Hunderten von Wüstenprinzen regiert wurden, seinen Lebensunterhalt verdienen konnte. Wenn die Macht absolut ist, sucht man seine Freiheit — und seinen Lebensunterhalt — auf jede nur erdenkliche Weise.

Abbu Bensir hatte recht: Wir waren noch nie Freunde gewesen. Als ich als Lehrling angenommen wurde, war er ein Schwerttänzer des sechsten Grades, der sich bereits verdingte. Er hatte dem Shodo zuliebe zugestimmt, mit hölzernen Schwertern zu üben, aber er war dann dumm genug gewesen, unvorsichtig zu sein, weil er zu selbstverständlich an das Können geglaubt hatte, das er sich Jahre zuvor angeeignet hatte. Er war älter als ich und selbstzufrieden, und daran wäre er beinahe gestorben.

Seit damals hatten wir uns von Zeit zu Zeit getroffen, wie Schwerttänzer das im Süden tun. Wir hatten uns ganz ähnlich verhalten, wie zwei Hunde, die die gegenseitige Stärke und Entschlossenheit erkennen. Wir hatten einander vorsichtig und wiederholt umkreist und uns durch Worte und Gesten beurteilt und getestet. Aber wir waren niemals in den Kreis eingetreten. Er war ein anerkannter Meister, wenn auch einer ohne Phantasie. Ich hatte mir, nach sieben Lehrjahren und mehr als zwölf Jahren professionellen Schwerttanzes, einen Ruf als hervorragender, unschlagbarer Gegner erworben. Größer, stärker, schneller in einem Land schneller, mittelgroßer Männer. Und ich hatte noch keinen Tanz verloren, der es erfordert hätte, daß jemand starb.

Natürlich galt das für ihn genauso.

Was bedeutete, daß er mich unbedingt treffen wollte. Jetzt war ich die Mühe wert.

»Sie ist phantastisch«, murmelte Abbu.

Ja, das ist sie.

»Aber viel zu groß.«

Nicht für mich.

»Und hart, wo sie weich sein sollte.«

Stark anstatt schwach.

»Sie ist fürs Bett gemacht, nicht für den Kreis.«

Ich warf ihm einen Blick zu. »Vorzugsweise *Euer* Bett?«

»Besser meines als Eures.« Abbu Bensir grinste. »Ich werde Euch erzählen, ob sie es wert war.«

»Nett von Euch«, murmelte ich. »*So*zusagen.«

Er hätte vielleicht geantwortet, aber der Tanz hatte bereits begonnen. Er beobachtet das Ganze, genau wie ich, sehr aufmerksam, taxierte die Haltungen, die Muster, die Stile. Das ist etwas, was man nicht verhindern kann, wenn man andere tanzen sieht. Man sieht sich selbst im Kreis, beurteilt, wie *man selbst* es gemacht hätte, und kritisiert die anderen. Man nickt oder schüttelt den Kopf, flucht leise und murmelt verächtlich. Spendet gelegentlich Lob. Und sagt immer den Sieger voraus und wie schwer der andere verlieren wird.

Mein Magen zog sich zusammen, während ich zusah. Innerlich zweifelte ich absolut nicht daran, daß Del der bessere Schwerttänzer war — der *weitaus* bessere —, aber sie war, meiner Meinung nach, zu offensichtlich aus der Übung. Sie war langsam, steif, unbeholfen und wandte keine ihrer bemerkenswerten Listen an. Ihre Klingenmuster waren offenkundig und weitausholend, was ungewohnt ist bei einer Frau, deren wahres Talent die Subtilität ist. Ihrer Haltung fehlte die geschmeidige, beredte Kraft, die so oft von Männern, die an grobe Stärke bei Gegnern gewöhnt sind, übersehen wird. Sie gab Nabir nichts von der Del, die ich kannte, und doch würde sie ihn haushoch besiegen. Das war von Anfang an deutlich erkennbar.

Was mir Grund zur Erleichterung gab.

Abbu blickte finster drein. »Der Junge ist ein Dummkopf.«

»Weil er mit einer Frau tanzt?«

»Nein. Weil er so leicht aufgibt. Seht Ihr, wie er sich ihr unterwirft? Seht nur, wie er ihr erlaubt hat, den Tanz zu führen?« Abbu schüttelte den Kopf. »Er hat Angst, sie zu verletzen und hat ihr daher den Kreis überlassen. Er hat ihr den Tanz überlassen. Und das alles nur, weil sie eine Frau ist.«

»Ihr würdet das nicht tun?« fragte ich, als die Klingen im Kreis klirrten. »Wollt Ihr mir erzählen, Ihr könntet ihr Geschlecht ignorieren und einfach gegen sie kämpfen, Tänzer gegen Tänzer?«

Abbu schaute noch finsterer drein.

Ich nickte. »Das dachte ich mir.«

»Und Ihr?« forderte er mich heraus. »Was würde der Sandtiger tun? Er war selbst sein halbes Leben lang eine Frau ...«

Ich schloß meine Hand um sein Handgelenk. »Wenn Ihr nicht sehr vorsichtig seid«, begann ich, »dann wird unser Tanz genau jetzt stattfinden. Und dieses Mal werde ich Eure Kehle mit Stahl öffnen anstatt mit Holz.«

Ein Tosen erhob sich aus der Menge. Es hatte nichts mit Abbu und mir zu tun, sondern mit dem Ausgang des Tanzes. Was bedeutete, daß Del gewonnen hatte. Nabir hätten sie bejubelt. Ihr zollten sie nur Schweigen, nachdem sie erst einmal ihren Schock überwunden hatten.

Abbu riß fluchend sein Handgelenk los. »Ihr seid verweichlicht«, klagte er mich an. »Denkt Ihr, ich kann es nicht erkennen? Eure Hautfarbe ist schlecht, Eure Knochen stechen hervor, der Blick Eurer Augen ist stumpf. Ihr seid nicht der Sandtiger, den ich vor achtzehn Monaten tanzen sah. Was bedeutet, daß Ihr alt, krank oder verletzt seid. Was davon ist es, Sandtiger?« Er hielt inne. »Oder trifft alles zu?«

Ich zeigte ihm alle meine Zähne. »Wenn ich krank bin, werde ich genesen. Wenn ich verletzt bin, wird es wieder heilen. Aber wenn ich alt bin, dann seid Ihr noch älter. Schaut in einen Spiegel, Abbu. Euer Leben steht Euch im Gesicht geschrieben.«

Ich übertrieb nicht. Sein dunkelhäutiges Gesicht war an Mund und Augen scharf eingeschnitten, und in seinem dunkelbraunen Haar zeigten sich graue Strähnen. Die Nase war ihm zumindest einmal gebrochen worden, wovon er eine Einkerbung über dem Nasenrücken zurückbehalten hatte, der er sich während meiner Lehrzeit als punjageboren hätte rühmen können. Er war, das wußte ich, älter als vierzig. Das ist in unserem Beruf schon alt. Und man sah ihm jedes dieser Jahre an.

Aber das gilt auch für mich. Die Wüste ist niemals freundlich.

Del, im Kreis, sagte etwas zu Nabir. Da ich sie kannte, mußte es etwas Diplomatisches sein. Etwas, das mit zukünftigen Siegen zu tun hatte. Sie ist keine Frau, die den Stolz eines Mannes mit Füßen tritt, außer wenn er es herausfordert. Und das hatte Nabir nicht getan, nicht wirklich. Oh, er war sich seines Sieges gewiß gewesen, aber andererseits hatte ich einen gewissen anderen jungen Schwerttänzer gekannt, der ganz ähnlich empfunden hatte, als es darum ging, sein vom Shodo gesegnetes Schwert aus bläulichem Stahl zu erringen. Und der seinen ersten Tanz an einen erfahrenen Schwerttänzer verloren hatte, der keine Zeit gehabt hatte, den Launen und dem Stolz eines arroganten jungen Mannes nachzugeben. Ich hatte es verdient gehabt zu verlieren. Und ich hatte verloren.

Nun, das hatte auch Nabir.

Er nahm es natürlich schwer. Das hatte ich auch getan. Es blieb abzuwarten, ob Nabir aus der Niederlage etwas lernen würde oder ob er sie in seinem Geist schwären lassen würde. Zugegebenermaßen gab es noch mehr, womit er sich geißeln mußte — er hatte seinen ersten Tanz an eine *Frau* verloren —, aber wenn er klug war, würde er in Zukunft zweimal darüber nachdenken, seinen Gegner zu unterschätzen. Zu viele Variablen spielten bei einem Tanz mit hinein und sicherlich mehr als nur das Geschlecht. Und wenn Nabir nicht mit ihnen umzugehen lernte, sie nicht anzunehmen lernte, würde er beim ersten Mal, wenn er auf Leben und Tod in einen Kreis eintrat, getötet werden.

Als der Junge Del nicht antworten wollte, wandte sie sich ab und trat aus dem Kreis heraus. Sie trug noch immer die blaue, wollene Tunika und die Hosen, die jetzt schweißgetränkt waren. Sie mußte jetzt zu südlicher Kleidung übergehen. Mit einem angehobenen Arm rieb sie sich die Feuchtigkeit aus dem Gesicht und befreite es von gelöstem Haar. Ihre Bewegungen waren steif und ließen jede Anmut vermissen. Sie bückte sich, nahm Harnisch und Schuhe auf und ließ die Menge vor sich zurückweichen. Sie war erhitzt, schwankte ein wenig und war offensichtlich müde. Aber sie verbarg die

Schwere dieser Müdigkeit vor jedermann außer vor mir.

Ich war so froh, daß der Tanz vorüber war, daß ich an nichts anderes dachte.

»Der Junge war ein Dummkopf«, erklärte Abbu.

»Ja.«

»Und ich war ein Dummkopf, daß ich so viel auf ihn gesetzt habe.«

Ich lächelte. »Ja.«

Abbu zog den Hanjii-Nasenring aus seiner Tasche. »Ich zahle meine Schulden, Sandtiger. Ich will nicht nachgesagt bekommen, daß ich es nicht täte.«

»Jetzt brauche ich das nicht, Abbu.«

Er starrte mich gereizt an, während er mir den Nasenring gab, und sah dann an mir vorbei auf Dels sich zurückziehenden Rücken. »Sie könnte vieles lernen, wenn sich ein Mann die Zeit nehmen würde, sie zu lehren.«

Ein Mann hatte das getan. *Männer* hatten das getan, alles Nordbewohner, *An-Kaidin* von Staal-Ysta. Und ein Bandit namens Ajani. Aber ich sagte nichts davon zu Abbu Bensir, der das auch nicht verstehen würde.

»Oh, ich weiß nicht, Abbu ... es scheint mir, als hätte sie bereits eine Menge gelernt.«

»Sie könnte besser sein. Schneller, glatter ...« Er machte eine nachdrückliche Handbewegung. »Sie ist natürlich eine Frau, mit den Fehlern einer Frau, aber sie *hat* Talent. Vielverspechendes Talent. Und sie ist groß genug und kräftig genug ...« Dann schüttelte er den Kopf. »Aber es wäre eine Dummheit, eine Frau zu lehren. Zu *versuchen*, eine Frau zu lehren.«

»Warum?«

Er war sehr selbstsicher. »Sie würde heulen, wenn der Shodo sie zum ersten Mal rügen würde. Sie würde sofort aufgeben, wenn sie das erste Mal verletzt würde. Oder sie würde einen Mann treffen und alles Interesse verlieren. Sie würde sein Essen kochen, sein Haus führen, seine Kinder gebären. Und sie würde das Schwert beiseite legen.«

Ich hob in lässiger Herausforderung die Augenbrauen. »Ist eine Frau nicht dafür geschaffen? Essen zu kochen, ein Haus zu führen und die Kinder eines Mannes zu gebären?«

Noch immer stirnrunzelnd, sah Abbu mich ungeduldig an. »Ja, natürlich, für alles das ... aber könnt Ihr nicht sehen, Sandtiger? Oder seht Ihr nichts außer der Frau, anstatt das Können der Frau zu sehen?« Sein Blick war sehr direkt. »Als ich Euch zum ersten Mal tanzen sah — Euren ersten *richtigen* Tanz, nicht den, bei dem Ihr mich beinahe getötet habt —, wußte ich, was Ihr sein würdet. Obwohl Ihr verloren hattet. Und ich wußte, daß zwei Namen in der Punja genannt werden würden, anstatt nur meiner.« Er zuckte mit einer Schulter. »Ich war bereit zu teilen, und das bin ich noch immer. Weil ich kein blinder Narr bin. Weil ich Talent anerkenne, wenn ich es sehe, selbst bei einer Frau. Und das solltet Ihr auch tun.«

Dies war nicht der Abbu Bensir, an den ich mich erinnerte. Er war sich seines Talents, seiner Technik und seiner Wirkung immer außerordentlich sicher gewesen. Andererseits *war* er ein ausgezeichneter Schwerttänzer. Er *hatte* eine hervorragende Technik. Und sicherlich hatte er Wirkung, mit der zerstörten Nase und allem. Obwohl er kleiner war als ich und leichter, mit deutlicher ausgeprägten südlichen Gesichtszügen, verfügte Abbu Bensir nichtsdestotrotz über die unausgesprochene Fähigkeit, die Menschen um sich herum zu beherrschen.

Aber er war niemals für seine Menschlichkeit oder ehrliche Gesinnung bekannt gewesen. Und ganz sicher nicht in bezug auf seinen Umgang mit Frauen. Er war immerhin Südbewohner, und die Frauen, die er kannte, waren Wirtshausmädchen oder einfältige Bedienstete, die für verschiedene Tanzeers oder Händler arbeiteten.

Er kannte mit Sicherheit keine Frau, die die Zeit wert

war, sie in der Handhabung eines Schwertes zu unterweisen. Ich bezweifle, daß ihm die Idee jemals gekommen war, ebensowenig wie mir — bevor ich Del traf. Aber ich hatte Del getroffen, und ich hatte mich verändert. Würde Abbu Bensir dasselbe tun?

Nicht, wenn ich etwas dazu zu sagen hatte. Sollte er lieber der arrogante südliche Mann bleiben.

»Ich erkenne ein Talent, wenn ich es sehe«, belehrte ich ihn. »Ich erkenne es an. Habt Ihr vergessen, daß ich auf *sie* gewettet habe?«

»Das habt Ihr getan, um mich herauszufordern«, erklärte Abbu. »Wir sind wie Öl und Wasser, Sandtiger ... so wird es zwischen uns immer sein.« Er sah an mir vorbei und beobachtete, wie sich die Menge langsam zerstreute. Dann kehrte sein Blick blitzartig zu mir zurück. »Ihr habt den Nasenring, Sandtiger. Jetzt werde ich mir die Frau nehmen.«

Er streifte mich leicht, als er sich umwandte, und die schwarze Gazeunterkleidung kräuselte sich. Er trug Harnisch und Klinge, eine südliche Klinge, die im Sonnenlicht schimmerte. Ein altes, ehrenwertes Schwert, das in vielen Legenden bedacht wurde.

Ich sah ihn fortgehen, mit dem flüssigen Gang eines Mannes davonschreiten, der mit seinem Leben sehr zufrieden ist. Eines Mannes, der, dessen war ich sicher, keinerlei Zweifel an sich selbst hegte.

Oder an der Frau, der er folgte.

Sechs

Als ich das Wirtshaus erreichte, hatte Abbu Bensir Del bereits in die Ecke getrieben. Nun, nicht *richtig* in die Ecke getrieben. Sie saß in einer Ecke, und er saß bei ihr.

Sie saß mit dem Rücken zur Wand, genau wie ich es immer getan habe. Dadurch konnte sie mich sehen, als ich mich näherte, obwohl sie sich nichts anmerken ließ. Dadurch konnte ich mich auch nähern, ohne daß Abbu es bemerkte, da sein Rücken mir zugewandt war. Also zog ich Vorteil daraus und blieb unmittelbar hinter ihm stehen. Hörte *seiner* Annäherung zu.

»... Ihr könntet noch viel besser werden«, sagte er überzeugt. »Mit meiner Hilfe natürlich.«

Del antwortete nicht.

»Ihr müßt zugeben«, fuhr er fort, »daß es ungewöhnlich ist, eine Frau mit Euren Möglichkeiten und Eurer Hingabe zu finden. Hier im Süden ...«

»... werden Frauen wie Sklaven behandelt.« Del lächelte nicht. »Warum sollte ich Eurer sein?«

»Nicht mein Sklave, meine Schülerin.«

»Ich war bereits eine *Ishtoya.* Ich war bereits eine *An-Ishtoya.*«

Nun war er verwirrt. »Ich bin Abbu Bensir. Jeder südliche Schwerttänzer kann Euch sagen, wer ich bin und wozu ich fähig bin. *Jeder* südliche Schwerttänzer ... sie alle kennen mich.«

Zum ersten Mal seit meinem Hinzutreten sah Del mich an. »Kennst du ihn?«

Abbu setzte sich aufrecht und wandte dann den Kopf. Sah mich, runzelte die Stirn, vermittelte mir wortlos die

Botschaft zu gehen und wandte sich dann wieder Del zu. »Fragt jeden anderen, aber nicht ihn.«

Ich grinste. »Aber ich kenne Euch *tatsächlich*. Und weiß, wozu Ihr fähig seid.«

»Nämlich?« fragte Del kühl.

Abbu schüttelte den Kopf. »Er wird Euch keine faire Antwort geben. Er und ich sind alte Rivalen im Kreis. Er wird nicht gut über mich sprechen.«

»Und Ihr seid ein Lügner«, sagte ich liebenswürdig. »Ich würde ihr die Wahrheit sagen, Abbu: daß Ihr ein hervorragender Schwerttänzer seid, der jedermann viel beibringen kann.« Ich hielt inne. »Aber ich bin noch hervorragender als Ihr.«

Del lächelte fast. Abbu starrte mich nur an. »Dies ist ein privater Tisch.«

»Die Dame war zuerst hier. Warum fragen wir *sie* nicht?«

Del machte eine ungeduldige Handbewegung, sie zeigt keine Toleranz bei solchen Dingen.

Ich zog mir einen Stuhl heran, setzte mich hin und lächelte Abbu entwaffnend an. »Habt Ihr ihr Euren Plan bereits erklärt?«

»Plan?« echote er bestürzt.

Ich sah Del an. »Er beabsichtigt, deinem Können zu schmeicheln, da Frauen leichtgläubige Geschöpfe sind ... er wird dir sagen, wovon er glaubt, daß du es hören willst, selbst wenn er nicht der gleichen Meinung ist ... und dann wird er dich in den Kreis führen, einfach um dein Interesse zu entfachen ...«, ich grinste, »und dann wird er dich direkt ins Bett führen.«

Abbus helle Augen glitzerten.

»Es funktioniert nicht«, belehrte ich ihn. »Ich habe es bereits versucht.«

»*Und* bist gescheitert.«

Abbu, der nicht dumm ist, runzelte die Stirn. Er sah Del an. Dann mich. Und forderte dann seinen Nasenring zurück.

»Warum?« fragte ich.

»Weil Ihr ihn unter falschen Voraussetzungen gewonnen habt. Ihr und die Frau kennt einander.«

Ich zuckte die Achseln. »Ich habe niemals gesagt, daß es nicht so wäre. Es ist nicht zur Sprache gekommen, Abbu. Ich habe eine Wette angeboten. Ihr habt die Wette angenommen. Der Nasenring wurde fair gewonnen.« Ich lächelte. »Und ich brauche ihn, um *meine* Schulden zu bezahlen.«

Del sah mich an. »Du hast auf den Tanz gewettet?«

»Ich habe auf dich gewettet.«

»Um zu gewinnen.«

»*Natürlich* um zu gewinnen. Denkst du, ich sei ein Narr?«

Abbu fluchte leise. »*Ich* bin der Narr.«

»Weil Ihr eine Frau lehren wollt?« Dels Tonfall klang wieder kühl. »Oder weil Ihr auf die falsche Person gewettet habt?«

Kima trat mit einem Krug an den Tisch heran. »Aqivi«, verkündete sie und schmetterte ihn auf den Tisch.

Abbu Bensir sah über den Rand des Kruges hinweg in offensichtlicher Herausforderung zu Del. Ich habe dies schon zuvor gesehen — Abbu hat, so ungern ich es zugebe, Erfolg bei Frauen —, aber ich hielt es nicht für sehr gefährlich. Er war nicht der Typ Mann, der Del interessieren könnte. Er war zu arrogant, zu abrupt, sich seiner Außergewöhnlichkeit, die einzig auf seinem Geschlecht beruhte, zu sicher.

Er war, und das vor allem anderen, zu *südlich.*

»Was könnt Ihr mich lehren?« fragte Del.

Ich trat sie unter dem Tisch.

Abbu dachte darüber nach. »Ihr seid groß«, sagte er, »und stark. Ihr habt eine genauso große Reichweite wie jeder Südbewohner ... ausgenommen vielleicht der Sandtiger. Aber Ihr würdet besser daran tun, Eure Muster kleiner zu halten. Subtiler.« Er griff über den Tisch hinweg nach Dels linkem Handgelenk. »Ihr habt die nötige Kraft — ich habe es gesehen —, um kleinere Muster zu führen, aber Ihr nutzt sie nicht. Ihr wart vorhin viel zu offen. Das hat Eure Reaktionszeit verlangsamt und ließ Möglichkeiten offen, Euch zu besiegen. Daß Ihr gesiegt habt, hatte weniger mit Eurem besseren Können als vielmehr mit der Unerfahrenheit des Jungen zu tun.« Er lächelte flüchtig. »Ich würde es anders machen.«

Es war eine exakte Zusammenfassung von Dels Tanz. Daß er auch kleinere Klingenmuster vorschlug, gefiel mir nicht, weil es mir zeigte, daß er sie sehr gut beurteilt hatte. Del gebraucht gewöhnlich *tatsächlich* kleinere, festere Muster, aber sie war aus der Übung und hatte nicht ihre üblichen Techniken angewandt.

Und wenn Del irgend etwas beeindrucken könnte, dann war das ein Mann, der sie aufgrund ihrer Erfolge beurteilte und nicht aufgrund ihres Geschlechts.

»Hier«, sagte ich abrupt, »es besteht kein Grund dafür, guten Aqivi zu verschwenden.« Ich ergriff den Krug und begann Alkohol in die Becher zu füllen, die Kima hingestellt hatte.

Abbu beobachtete mich von der Seite. Im Profil war seine Nase ein Zerrbild —, aber gerade das verlieh ihm den Anschein hart erworbener Erfahrung. Anders als Nabir war er kein Junge an der Schwelle des Mannestums. Abbu Bensir hatte sie schon vor vielen Jahren überschritten. Er hatte das hagere, tödliche Aussehen eines Borjuni, obwohl er Schwerttänzer anstatt Räuber war.

Was er über mich dachte, konnte ich nicht sagen. Ich war erheblich größer und schwerer und auch jünger, aber Abbu Bensir hatte recht. Ich hatte meine Kräfte, meine Ausdauer und meine Gesundheit nach der Wunde, die Del mir zugefügt hatte, noch nicht wieder vollständig zurückerlangt, und das zeigte sich auch. Sicherlich zeigte es sich einem erfahrenen Schwerttänzer, der sehr wohl zu beurteilen wußte, was zählte.

Er lehnte sich auf seinem Stuhl zurück und goß Aqivi in seine Kehle. »Also«, sagte er träge zu Del, »hat diese große Wüstenkatze Euch von unseren Abenteuern erzählt?«

»Abenteuer?« echote ich bestürzt. Abbu und ich hatten, meines Wissens nach, noch niemals viel mehr als ein Wirtshaus miteinander geteilt.

Wie es vorauszusehen gewesen war, sagte Del nein.

Natürlich war es das, was er beabsichtigt hatte. Mit einer geschickten, ruckartigen Bewegung seiner Finger öffnete Abbu den Kragen seines Untergewandes und ließ ihn aufklaffen. Seine Kehle war nun freigelegt und zeigte die helle Narbe, die von dem Messer des Shodo zurückgeblieben war. »Mein Ehrenmal«, sagte er. »Und es wurde mir von niemand anderem verliehen als dem Sandtiger.«

Dels Brauen hoben sich.

Abbus Stimme klang überschwenglich. »Es geschah sehr früh in seiner Laufbahn, aber es war ein eindringliches Zeichen für den Süden, daß ein neuer Schwerttänzer geboren werden sollte.«

»Es war nichts von ›sollte‹ daran«, sagte ich gereizt. »Es hat mich sieben weitere Jahre gekostet.«

»Ja, aber es erregte die Aufmerksamkeit jener von uns, die solche Dinge als Talent und Möglichkeit erkennen konnten.« Er hielt inne. »Der *wenigen* von uns.«

»Tat es das?« fragte Del kühl.

»O ja«, sagte Abbu. »Er war ein unbeholfener, siebzehnjähriger Junge mit Händen und Füßen, die zu groß waren für seinen Körper — und seinen Geist —, aber die Möglichkeiten waren da. Ich wußte, daß er werden würde ... solange seine angeborene Unterwürfigkeit und all seine Jahre als Chula ihn nicht zerstören würden, bevor er richtig begonnen hatte.«

Dels Augen flackerten nicht. »Abbu Bensir«, sagte sie weich, »paßt auf, wo Ihr hingeht.«

Er ist kein dummer Mann, er änderte seine Taktik sofort. »Aber ich bin nicht hier, um über den Sandtiger zu reden, den Ihr unzweifelhaft viel besser kennt als ich.« Da war ein Glitzern in seinen Augen. »Ich bin gekommen, um meine Dienste als Shodo anzubieten. Ich denke, Ihr könntet davon profitieren.«

»Vielleicht könnte ich das«, sagte Del. Und sah mir dann tief in die Augen. »Wenn du mich noch einmal trittst ...«

Ich fuhr ihr über den Mund, indem ich meine Stimme hob und Abbu ansprach. »Werdet Ihr nicht nach Iskandar gehen wie jeder andere auch?«

»Eventuell. Obwohl ich es für Unsinn halte, dieses Gerede von einem Jhihadi.« Abbu zuckte die Achseln und trank Aqivi. »Iskandar selbst, so heißt es in den Geschichten, versprach zurückzukehren, um dem Süden Wohlstand zu bringen, um den Sand in Gras zu verwandeln. Ich sehe keinerlei Anzeichen davon.« Er schüttelte den Kopf. »Ich denke, es ist nicht mehr als ein einfältiger Mann, der sich einbildet, ein Orakel zu sein ... ein Eiferer, der Aufmerksamkeit braucht, bevor er stirbt. Er wird die Stämme unzweifelhaft aufrütteln — das hat, soweit ich gehört habe, schon begonnen —, aber niemand, der ein wenig Verstand hat, wird darauf hören.«

»Außer den Tanzeers.« Ich zuckte die Achseln, als Abbu stirnrunzelnd über seinem Becher brütete. »Sie werden den Vorhersagen des Orakels nicht glauben, aber wenn sie überhaupt irgendwelche Intelligenz haben, werden sie erkennen, daß dieses Orakel — und der angekündigte Jhihadi, wenn jemals einer erscheint — einiges ihrer Macht aufsaugen könnte.«

»Ein Aufstand«, sagte Abbu nachdenklich, »im Namen der Religion geführt.«

»Die Menschen werden im Namen des Glaubens erstaunliche Dinge tun«, bemerkte ich. »Umgebt ihn mit dem Ruch des Heiligen, und sogar der Meuchelmord wird verehrt werden.«

»Ich verstehe nicht«, warf Del ein. »Was du über Religion sagst, ja, das habe ich selbst erlebt, aber inwiefern würde das den Süden betreffen?«

Ich zuckte die Achseln. »Der Süden besteht aus Hunderten von Wüstendomänen, die von jedem regiert werden, der stark genug ist, sich zu behaupten. Er kommt hin, baut seine Machtposition auf, nennt sich Tanzeer, um ein wenig Glanz zu erhalten — und regiert.«

Sie blinzelte. »So einfach?«

»So einfach«, bestätigte Abbu mit seiner gebrochenen Stimme. »Natürlich würde jeder Mann, der sich entschließen würde, so etwas zu tun, eine große Streitmacht treuer Männer brauchen ... oder eine große Streitmacht *gedungener* Männer, die seinem Geld die Treue halten.« Er grinste. »Ich selbst war an dem Aufbau mehrerer solcher neuer Regierungen beteiligt.«

Dels Stimme klang milde. »Aber Ihr selbst habt niemals versucht, Euer *eigenes* Reich zu gründen.«

Er zuckte die Achseln. »Es ist leichter, das Geld zu nehmen und zum nächsten Wüstenbanditen weiterzuziehen, der im Begriff steht, sich Tanzeer zu nennen.«

Del sah mich an. »Hast du das auch getan?«

»Niemals von Anfang an«, antwortete ich. »Ich habe mich verdingt, um den bereits etablierten Tanzeer zu beschützen, aber ich bin niemals hingegangen und habe eine brandneue Domäne errichtet.«

Sie nickte nachdenklich. »Also ist ein Tanzeer nicht vom Geburtsrecht her Tanzeer ... er wird nur durch die Kraft der Waffen zum Fürsten.«

Ich schüttelte den Kopf. »Ein Tanzeer ist vom Geburtsrecht her Tanzeer, wenn seine Familie die Domäne lange genug unterhält. Und einige dieser Wüsten›fürstentümer‹ existieren bereits seit Jahrhunderten und werden an jeden Erben weitergegeben ...«

»... der wiederum stark genug sein muß, es zu halten«, beendete Del den Satz.

»Natürlich«, krächzte Abbu. »Es hat viele neu ernannte Tanzeers gegeben, die vorzeitig geerbt haben und einfach nicht die Kräfte auftreiben konnten, die nötig waren, um sich gegen Eindringlinge zu verteidigen.«

Er lächelte. »Das ist der leichteste Weg, eine Domäne zu vergrößern.«

»Sie jemand anderem zu stehlen«, sagte sie.

»*Alle* Domänen sind gestohlen worden«, konterte Abbu. »Sicherlich gehörte der Süden früher einmal niemandem, er *war* einfach — und dann suchten sich Männer, die stark genug waren, es zu tun, die Domänen, die sie haben wollten, für sich selbst aus ... und so weiter und so weiter, bis das Land vom Meer bis zur nordischen Grenze aufgeteilt war, und auch vom Osten bis zum Westen.«

»Aufgeteilt«, echote sie. »Gibt es überhaupt kein unbesetztes Land mehr?«

Abbu zuckte die Achseln. »Domänen existieren dort, wo das Land es wert ist, sie zu unterhalten. Dort gibt es Wasser oder eine Stadt oder eine Oase oder Berge — ein Ort, der es wert ist, eine Domäne zu haben, wird zu einer. Was niemand will, bleibt unbesetzt.«

»Die Punja«, sagte ich. »Niemand herrscht über die Punja. Außer den Stämmen vielleicht ... aber sie haben mehr Respekt vor dem Land. Sie teilen es nicht auf und besetzen es. Und sie unterwerfen sich auch nicht der Herrschaft irgendeines Mannes, der sich zum Tanzeer ernennt. Sie ziehen einfach mit dem Wind, der hierhin und dorthin weht.«

»Ähnlich einem Schwerttänzer.« Del ließ ihren Becher auf dem Tisch kreisen. »Also stellt das Orakel — das unter den Stämmen Anhänger gewinnt — für die Tanzeers eine Bedrohung dar.«

»Indem es die Stämme mobilisiert, ja«, stimmte Abbu zu.

»Aber das Orakel ist nur ein Sprachrohr«, sagte ich. »Der Jhihadi stellt die wahre Bedrohung dar. Denn wenn die Geschichten wahr würden — wenn Sand in Gras verwandelt würde —, dann würde das bedeuten, daß der *ganze* Süden wert wäre, besetzt zu werden. Jeder Mann würde ein Tanzeer in sich selbst werden, und die Autorität jener unbedeutenden Fürsten, die die gegenwärtigen Domänen innehaben, würde zusammenbrechen.«

»Also werden sie versuchen ihn zu töten.« Dels Ton war sachlich. »Unabhängig davon, wer er ist, unabhängig davon, warum er gekommen ist, selbst wenn alles eine Lüge ist — die Tanzeers werden ihn töten lassen. Nur für alle Fälle.«

»Wahrscheinlich«, stimmte ich zu.

Abbu lächelte matt. »Zuerst müßten sie ihn einmal finden.«

»Iskandar«, sagte Del. »Soll er nicht dort erscheinen?«

Abbu zuckte die Achseln. »So sagt es das Orakel.«

»*Ihr* werdet gehen«, erklärte sie.

Abbu Bensir lachte. »Nicht wegen des Orakels. Nicht wegen des Jhihadi. Ich gehe dorthin wegen des Tanzens. Ich gehe dorthin wegen des Geldes.«

Del runzelte die Stirn. »Wegen des Geldes?«

Abbu nickte. »Wo sich Menschen versammeln, wird es Wetten geben. Wo es *Tanzeers* gibt, wird es Arbeit geben. Es ist leichter, beides an einem Ort zu finden, als über den ganzen Süden verstreut.«

»In der Hochlandsprache ein *Kymri*«, erklärte ich. »Wir haben nicht viele hier im Süden ... aber Abbu hat recht. Wenn dieses Orakel genug Leute aufhetzt, werden sie alle nach Iskandar gehen. Und das werden auch die Tanzeers tun. Und auch die Schwerttänzer.«

»Und die Räuber?« fragte sie.

»Die Borjuni, ja«, stimmte Abbu zu. »Sogar Huren wie Kima.«

»Ich möchte hingehen«, sagte Del.

Ich seufzte. »Scheint ein genauso geeigneter Ort wie

jeder andere zu sein, um etwas über Ajanis Verbleib zu erfahren.«

Aber Del sah mich nicht an. Sie sah zu Abbu. »Und ich möchte, daß Ihr mich lehrt.«

Ich verschluckte mich fast am Aqivi. *»Del ...«*

»Morgen«, erklärte sie.

Abbu Bensir lächelte nur.

SIEBEN

Warum?« fragte ich, während ich im Eingang stehenblieb. »Was versuchst du zu beweisen?«

Del, in ihrem kleinen Zimmer im Gasthaus, sah mich kaum an, während sie sich auf den Rand ihres mit Latten versehenen Bettes setzte, um ihre Stiefel und Fellgamaschen auszuziehen. »Nichts«, antwortete sie und wickelte die Lederbänder ab.

»Nichts? *Nichts?*« Ich funkelte sie an. »Du weißt genauso gut wie ich, daß Abbu Bensir dir nichts mehr beibringen kann.«

»Nein«, stimmte sie zu und schälte die Gamaschen von den Stiefeln.

»Warum dann ...«

»Ich brauche die Übung.«

Ich stand von den Türpfosten flankiert da und beobachtete, wie sie den Stiefel auszog. Sie ließ ihn auf den Boden fallen und wandte sich dann dem anderen zu. Erneut begann sie mit der Gamasche. Ihr bloßer rechter Fuß war an den Rändern wund gerieben. Der Rest des Fusses war weiß.

»Also«, sagte ich, »benutzt du ihn als Trainingspartner.«

Del schnürte die Bänder auf. »Ist er so gut, wie er behauptet?«

»Ja.«

»Besser als du?«

»Anders.«

»Und *hast* du ihm diese Narbe zugefügt?«

»Nein.«

Sie neigte leicht den Kopf. »Also ist er ein Lügner.«

»Ja und nein. Ich habe ihm die Narbe nicht selbst zugefügt, aber ich habe den Grund dafür geliefert, daß es nötig wurde.«

Del sah zu mir hoch. »Er haßt dich nicht dafür. Er könnte es — ein anderer Mann würde es vielleicht tun —, aber er tut es nicht.«

Ich zuckte die Achseln. »Wir sind niemals Feinde gewesen. Nur Rivalen.«

»Ich glaube, er respektiert dich. Ich glaube, er weiß, daß du deinen Platz im Süden hast — in der Hackordnung der Schwerttänzer — und er den seinen.«

»Er ist ein anerkannter Meister der Klinge«, sagte ich. »Abbu Bensir ist ein Begriff unter den Schwerttänzern. Niemand wäre dumm genug, das ihm gegenüber zu bezweifeln.«

»Nicht einmal du?«

»Ich habe mich nie für einen Dummkopf gehalten.« Ich hielt inne. »Du willst wirklich mit ihm üben?«

»Ja.«

»Du hättest ...«

»... dich fragen können?« Del schüttelte den Kopf. »Ich habe dich gefragt. Mehrere Male.«

»Ich werde üben«, sagte ich abwehrend. »Nur nicht mit meinem *Jivatma*. Wir werden uns hölzerne Übungsschwerter besorgen ...«

»Stahl«, sagte Del knapp.

»Bascha, du weißt, warum ich nicht ...«

»Du mußt es ja auch nicht.« Sie striff die Gamasche von ihrem Stiefel. »Also nehme ich statt deiner Abbu Bensir.«

»Aber er glaubt, daß er dich *unterrichten* soll.«

»Er soll denken, was immer er will.« Del zog an ihrem Stiefel. »Wenn ein Mann das, was man von ihm will, nicht auf die *Art* tut, wie man es will, dann erfindet man neue Namen für die gleiche Sache. Wenn es Abbu Bensirs Stolz befriedigt zu glauben, daß er die leichtgläubige nordische Bascha lehrt, dann laß ihn. Ich werde dennoch meine Übung bekommen. Ich werde dennoch meine Fitneß verbessern.« Sie sah mich offen an. »Was auch *du* nötig hast.«

Ich ignorierte diese letzte Bemerkung, denn wir wußten beide, daß es stimmte. »Wie lange soll das gehen?«

»Bis ich fit bin.«

Enttäuschung wallte auf. »Er will dich nur in sein Bett bekommen.«

Del erhob sich und begann ihren Harnisch aufzuhaken. »Ich lasse mir ein Bad bringen. Wenn du wirklich glaubst, ich wäre jemand, der dich quälen will, dann wäre es gut, wenn du gingest.«

Wie auf ein Stichwort rollte einer der Söhne des Gastwirts die Wanne aus meinem Zimmer. Sie war natürlich leer, was bedeutete, daß Del einen Extrabetrag für sauberes Wasser bezahlt hatte. Aber sie hatte kein Geld.

Die Enttäuschung schlug eine weitere Kerbe. »Bezahle ich auch dafür?«

Del nickte.

Ich schaute. »Es scheint so, als würde ich für ungeheuer vieles bezahlen und doch nichts dafür bekommen.«

»Oh?« Helle Brauen hoben sich. »Ist Höflichkeit und Großzügigkeit abhängig davon, wie bald und wie viele Male ich mit dir ins Bett gehe?«

Ich trat zur Seite, als der Junge die Wanne durch den Eingang rollte. Ich wartete ungeduldig, daß er sie hinstellen und gehen würde. Als er das erst einmal getan hatte, wandte ich mich erneut Del zu.

Ich stand jetzt direkt vor ihr und blieb so stehen, als sie sich von dem Bett umwandte, um mich Auge in Auge anzusehen. Da sie barfuß war, betrug der Größenunterschied zwischen uns noch einen Finger mehr, zusätzlich zu den bereits fünf, die ich schon immer größer war. Aber das beeinträchtigte sie nicht.

Ich atmete tief ein, um mich zu beruhigen. »Du machst es mir nicht leicht.«

Del preßte die Lippen zusammen. »Ich versuche

nicht, es überhaupt zu irgend etwas zu *machen*. Ich versuche, meinen Gesang zu beenden.«

Ich versuchte, einen ruhigen Tonfall beizubehalten. »Wie viele Männer hast du getötet?«

Dels Augen verengten sich. »Ich weiß es nicht.«

»Zehn? Zwanzig?«

»Ich weiß es nicht.«

»Schätze«, schlug ich vor.

Sie öffnete den Mund. Schloß ihn wieder. Und brachte dann zähneknirschend hervor: »Vielleicht zwanzig oder so.«

»Wie viele in einem Kreis?«

»In einem Kreis? Keinen. Ich habe sie alle getötet, um mich zu verteidigen.« Sie hielt inne. »Oder um andere zu verteidigen. Sogar dich.«

»Und einige einfach aus Rache. Ajanis Männer, du hast auch einige von ihnen getötet, nicht wahr? Vor einigen Monaten?«

»Ja.«

»Und erforderte jede dieser Tötungen solch intensive Konzentration?«

Dels Mund wurde zu einer flachen Linie. »Ich weiß, was du damit sagen willst. Du willst damit sagen, daß es falsch ist, solches Verhalten, solche *Konzentration* zu brauchen. Daß ich bereits getötet habe, wird eine weitere Tötung nicht weniger schwierig machen.«

Ich schüttelte den Kopf. »Ich will damit sagen, daß ich denke, daß du dich vielleicht selbst bestrafst. Daß du dadurch, daß du dir selbst solch unerbittliches Verhalten abverlangst, glaubst, du könntest den Tod deiner ganzen Familie wettmachen.«

Der Sohn des Gastwirts stieß mit dem Wassereimer gegen den Türrahmen, als er hindurchgehen wollte, und ließ Wasser über den Rand schwappen. Was auch immer Del vielleicht gesagt hätte, erstarb, bevor es heraus war, und ich wußte, daß nichts davon jetzt mehr gesagt werden würde. Der Moment war vorbei.

»Laß dich schön vollsaugen«, schlug ich oberflächlich vor. »Ich muß all deine Schulden bezahlen gehen.«

Stumm beobachtete Del, wie der Junge Wasser in die Wanne schüttete. Wenn sie nach mir sah, dann war es jetzt zu spät. Ich war bereits aus dem Zimmer. Aus dem Gasthaus. Und sehr aus der Stimmung.

Ich mußte in drei Wirtshäusern suchen, bevor ich ihn fand. Vielleicht war er überrascht. Vielleicht war er schüchtern. Oder vielleicht wollte er einfach an einem ruhigeren, kleineren Ort trinken, wo es nicht nach Huvakraut stank und so laut war wie in dem Wirtshaus, in dem Kima arbeitete.

Aber ich fand ihn. Und dann, als ich ihn gefunden hatte, stand ich im schwachen Licht der Dämmerung hinter der Tür und beobachtete ihn von weitem.

Nabir war, so beschloß ich, ein gutaussehender Junge, der gut in Form war. Schon bald würde er in seine Möglichkeiten hineinwachsen und jedermann im Kreis einwandfreies Können bieten. Wahrscheinlich auch einwandfreie Gesellschaft, obwohl er im Moment einfach in schwärzester Stimmung war. Sehr viel schlimmer dran, als ich es gewesen wäre, wenn es von derselben Frau verursacht worden wäre.

Er saß im hinteren Teil des Gastraumes zusammengesunken auf seinem Stuhl an einem Tisch, der gegen die Wand gerückt worden war. Seinen Kopf hatte er gleichgültig zurückgeworfen, aber ansonsten war nichts Gleichgültiges an ihm. Er runzelte die Stirn. Schwarzes Haar umrahmte ein gutes, wenn auch wenig bemerkenswertes Gesicht. Dichte schwarze Brauen trafen sich bei einem selbstverspottenden Stirnrunzeln über dem Nasenrücken. Es war eine gerade, schmale Nase mit nur der Andeutung einer Krümmung. Tatsächlich eher meiner ähnlich als Abbus, die die charakteristische Krümmung eines Raubvogelschnabels aufwies — oder aufgewiesen hatte. Bei einigen Wüstenstämmen ist die Krümmung der Nase eines Mannes kennzeichnend für größeren Heldenmut, als ein Krieger ihn hat, man frage mich nicht, warum. Eine dieser Moden, vermute ich, wie die verunstaltenden Nasenringe der Hanjii oder die Halsketten aus menschlichen Fingerknochen der Vashni.

Vor ihm auf dem Tisch lagen Harnisch und Schwert. Das war es, was er so stirnrunzelnd betrachtete. Daneben standen ein Krug mit Alkohol und ein Becher, aber er trank nichts. Saß nur da und runzelte die Stirn und schmollte und erwog, seinen neuen Beruf aufzugeben.

Ich bahnte mir meinen Weg durch die Tische und hielt inne, als er aufsah. Ich sah die Erkenntnis, die Anerkennung, die Weitung dunkelbrauner Augen. Er setzte sich so hastig auf, daß er fast seinen Stuhl umgeworfen hätte, was seinen Stolz noch mehr verletzt hätte.

Ich hieß ihn sich wieder hinsetzen, als er sich erheben wollte und setzte mich auf einem anderen Stuhl hin. »So«, sagte ich, »Ihr gebt also bereits auf?«

Ärger flackerte auf und erstarb wieder, wurde von Erniedrigung ersetzt. Er konnte mir nicht in die Augen sehen.

Ich behielt einen unterhaltsamen Ton bei. »Es ist am Anfang schwierig. Man weiß nicht, ob jemand mit einem tanzen will, und daher fragt man nicht. Und dann, wenn man genug Mut gesammelt hat, einen anerkannten Meister, einen Schwerttänzer des siebten Grades zu fragen — weil, so denkt man, gegen ihn zu verlieren erwartet wird und daher leichter ist —, lehnt er ab. Man geht und fragt sich, ob überhaupt *jemals* jemand mit einem tanzen wird — jemand anderer als ein anderer ehemaliger Lehrling, der gerade erst angefangen hat —, und dann kommt eine Frau daher und sagt, *sie* will mit dir tanzen.« Ich bewegte mich auf meinem Stuhl. »Zuerst fühlt man sich beleidigt — eine *Frau!* —, und dann erinnert man sich daran, daß sie die Frau bei dem Sandtiger war, eine Frau, die ein Schwert trägt und im Harnisch geht, genau wie Ihr. Man sieht, daß sie groß und stark und fremdartig ist, und man denkt, daß sie irgendwo in einem Hyort sein und für jemanden kochen und ein Baby umsorgen sollte, und man denkt, daß man sie an ihren Platz verweisen wird. Im Namen Eures hart erworbenen Schwertes und Eures heiklen südlichen Stolzes nehmt Ihr die Einladung der Frau an.« Ich hielt inne. »Und verliert.«

»Ich schäme mich«, flüsterte er.

»Ihr habt aus einem Grund verloren, Nabir. Aus einem.« Ich beugte mich vor und goß Alkohol in seinen Becher: Aqivi. »Ihr habt verloren, weil sie gesiegt hat.«

Lider flackerten. Er sah kurz zu mir und schaute dann zurück zu seinem verschmähten Schwert und Harnisch.

Ich trank. »Ihr habt verloren, weil Ihr Euch nicht von der Arroganz Eures Geschlechts trennen konntet, und von dem Wissen um *ihres.*«

Er runzelte die Stirn.

Ich sagte es noch direkter. »Sie hat gesiegt, weil sie besser war.«

Rote Flecken erschienen auf seinem dunklen Wüstengesicht. »Wie kann eine Frau besser sein ...«

»... als ein Mann?« Ich zuckte die Achseln. »Es hat vielleicht etwas mit ihrer Ausbildung zu tun, die vor der Euren begonnen hat. Eine *formale* Ausbildung war es. Und sie hat, genau wie Ihr, als Kind mit hölzernen Schwertern gespielt.«

Er preßte die Kiefer zusammen. »Ich bin ein Schwerttänzer des zweiten Grades.«

Ich trank. Nickte. »Etwas, worauf man stolz sein kann. Aber ich frage Euch: Warum seid Ihr gegangen, bevor Ihr die anderen Grade vollendet hattet? Es gibt sieben, wie Ihr wißt.«

Dunkle Augen schimmerten. »Ich war bereit zu gehen.«

»Ah. Ihr wart der Disziplin überdrüssig.« Ich nickte. »*Und* Ihr habt das Lied der Münzen immer wieder bei anderen Schwerttänzern anstatt bei Euch selbst gehört.«

Schwarze Brauen zogen sich zwischen seinen Augen zusammen. »Es ist nichts Unehrenhaftes daran, wenn man dann geht, wie ich es getan habe. Es gibt auch einige, die nach einem *einzigen* Jahr gehen.«

Ich nickte. »Und die meisten von ihnen sind tot.«

Er hob das Kinn. »Weil sie eine Einladung zu einem Tanz auf Leben und Tod angenommen haben.«

»Und das werdet auch Ihr tun.«

Er schüttelte den Kopf. Schwarzes Haar verfing sich in der herabgefallenen Kapuze seines indigofarbenen Burnus. »Ich bin nicht so dumm zu denken, daß ich dafür gut genug wäre.«

»Aber damit macht man das richtige Geld.« Ich zuckte die Achseln, als er mich unverwandt ansah. »Tanzeers zahlen immer gut, wenn sie jemanden getötet haben wollen.«

»Ich würde es lieber ...«

»... vermeiden, ich weiß. Aber was geschieht, wenn ein Schwerttänzer gedungen wird, um *Euch* zu töten?«

Seine Augen weiteten sich. *»Mich?«*

»Natürlich. Wenn Ihr diesem Tanzeer dient ...«, ich hob meine linke Hand, »... dann will *jener* Tanzeer ...«, meine rechte Hand, »... Euch schließlich aus dem Weg geräumt wissen. Und so wird jemand wie ich oder jemand wie Abbu Bensir — oder jemand wie Del — gedungen werden, um Euch in einen Kreis zu fordern, in dem der Tanz mit dem Tod enden wird.«

»Ich kann ablehnen.« Aber seine Sicherheit schwand.

»Ihr könnt ablehnen. Tatsächlich mehrere Male. Aber dann werdet Ihr den Ruf eines Feiglings erlangen, und kein Tanzeer wird Euch für irgend etwas anheuern.« Ich zuckte die Achseln. »Tötet oder werdet getötet.«

Nabir runzelte die Stirn. »Warum erzählt Ihr mir das?«

»Oh, vielleicht weil ich nicht zusehen möchte, wie Ihr

einen Beruf aufgebt, für den Ihr vielleicht geeignet seid.« Ich trank erneut. »Ihr braucht nur ein wenig Übung.«

Er blinzelte. »Mit ... Euch?«

»Mit mir.«

»Aber ... ich bin nicht gut genug für Euch.«

Im Moment war er es wahrscheinlich doch. Aber das sagte ich ihm nicht. »Ihr wart gut genug, um mich zum Tanz herauszufordern, nicht wahr?«

»Aber ich wußte, daß ich verlieren würde. Ich dachte nur ...« Er seufzte. »Ich dachte nur, daß es, wenn ich in einem Kreis zusammen mit dem Sandtiger gesehen würde, meinem Namen dienlich sein könnte. Ich wußte natürlich, daß ich verlieren würde, aber ich hätte gegen den *Sandtiger* verloren. Jeder verliert gegen Euch.«

»Und Ihr werdet auch beim Üben verlieren«, erklärte ich. »Aber zumindest werdet Ihr ein wenig lernen.« Und ich würde meine Kondition zurückerlangen. »Sollen wir also morgen beginnen?«

Langsam nickte Nabir. »Was ist mit ...« Er brach ab, überlegte und begann erneut. »Was ist mit der Frau? Ist sie wahrhaftig ein Schwerttänzer?«

Ich grinste. »Wenn Ihr Sorge habt, Euer Ruf — und Euer Stolz — hätte einen zu harten Schlag erlitten, um überleben zu können, dann würde ich mir darum keine Gedanken machen. Del hat auch mich besiegt.«

»Euch?«

»Nur im Übungskampf natürlich.« Ich erhob mich und stellte seinen Becher ab. »Danke für den Aqivi. Morgen früh als erstes sehe ich Euch.«

Er stieß sich hoch. »Sandtiger ...«

»O ja ... das werdet Ihr nicht brauchen.« Ich deutete auf seine Klinge. »Wir werden hölzerne Schwerter benutzen.«

Er blinzelte. »Hölzerne? Aber ich habe seit meinem ersten Jahr nicht mehr mit hölzernen Klingen geübt.«

»Ich weiß, ich auch nicht, und für mich liegt das

schon erheblich längere Zeit zurück als für Euch.« Ich zuckte die Achseln. »Ich möchte mich nicht gern vergessen und Euch den Bauch aufschlitzen. Zumindest kann ich Euch mit einem hölzernen Schwert nur ein paar Rippen brechen.« Ich grinste über seinen erschreckten Gesichtsausdruck. »Jetzt geht und sucht Euch eine Frau — vielleicht das hübsche kleine Wirtshausmädchen gegenüber, die Euch so sehr angehimmelt hat — und vergeßt nordische Baschas.«

»Sie ist wunderschön«, platzte er heraus.

Ich brauchte nicht zu fragen, welche Frau er meinte, ich habe diesen Gesichtsausdruck schon zuvor gesehen. »Die erste Lektion«, sagte ich. »Vergeßt solche Dinge. Wenn Ihr im Kreis seid, sogar gegen eine Frau ...«, ich hielt inne, »sogar gegen eine Frau wie Del, dann müßt Ihr an den Tanz denken. Und *nur* an den Tanz.«

»Im Kreis ist kein Platz für eine Frau.«

»Vielleicht nicht.« Ich hatte keine Lust, ihm irgendwelche von Dels Einwänden gegen diese Argumentationen zu erwidern. Das hätte zu lange gedauert. »Aber wenn Ihr dort eine trefft, wollt Ihr dann sterben, nur weil sie Brüste hat anstatt Hoden?«

»*Hod* ...« Er verstand es. Es war genug, um ihn dazu zu bewegen darüber nachzudenken. Kurz darauf nickte er. »Ich werde versuchen, nicht an die Frau zu denken. Ich werde versuchen, die Frau nicht zu *sehen*. Ich werde versuchen, es so zu machen wie Ihr.«

Hoolies, ich wünschte, daß ich nur die Frau sehen *könnte*, wenn ich mit Del im Kreis stehe. Wie Abbu Bensir. Wie Nabir. Wie all die anderen Männer, die sie in einem Kreis gesehen — oder getroffen — hatten.

Denn dann würde ich das Blut vergessen.

Acht

Wir trafen uns draußen im Freien, ein Stück vom Zentrum der Stadt entfernt. Ich suchte zum Nutzen des Jungen, und auch zu meinem eigenen, Abgeschiedenheit. Man muß seinem Gegner nicht sagen, daß man nicht ist, was man sein sollte.

»Zieht den Kreis«, befahl ich ihm.

Nabirs dunkle Augen weiteten sich. »Ich?«

Ich nickte ernst. »Das Privileg des Ranges«, sagte ich, »ist, daß man andere langweilige Dinge tun lassen kann, wie zum Beispiel im Schmutz zu graben.«

Er winkte ab. »Nein, nein ... ich meinte nur ... ich dachte, Ihr würdet es tun, um sicherzugehen, daß es richtig gemacht würde.«

»Es ist nicht allzu schwierig, einen Kreis zu ziehen«, sagte ich trocken. »Ich glaube, ein Schwerttänzer des zweiten Grades kann es schaffen.«

Was ihn daran erinnerte, wie es auch von mir beabsichtigt war, daß er einen gewissen eigenen Status hatte. Tatsächlich hätte Nabir, wenn ein Lehrling des ersten Grades dagewesen wäre, die Aufgabe an diesen delegieren können.

Aber es war keiner da. Also nahm Nabir das hölzerne Schwert in die Hand und fragte mich, einen wie großen Kreis ich haben wollte.

»Einen zum Üben geeigneten«, antwortete ich. »Es hat keinen Sinn, wenn wir uns jetzt schon die Beine lahmtanzen.« Insbesondere weil auch ein Übungskreis von sieben Schritten Durchmesser mich bereits genug fordern würde. »Wir werden als nächstes zu einem Trainingskreis übergehen und dann zu einem voll ausgeweiteten Tanzkreis, wenn ich irgendwann glaube, daß Ihr dazu bereit seid.«

Er öffnete den Mund. »Aber ...« Und brach ab. Seine Disziplin war also noch nicht vollständig abgebröckelt.

»Ich weiß«, sagte ich. »Ihr wollt sagen, daß Ihr gestern in einem Tanzkreis getanzt habt. Nicht wahr? Ihr habt verloren. Wir werden es auf meine Weise machen.«

Nabir errötete, nickte und fuhr damit fort, einen peinlich genau gezogenen Kreis in den Staub zu zeichnen. Er kannte die Dimensionen genauso gut wie ich — sieben lange Schritte im Durchmesser für einen Übungskreis, zehn für einen Trainingskreis und fünfzehn für einen voll ausgeweiteten Tanzkreis — und hatte eine ruhige Hand, was bedeutete, daß seine Linie nicht sehr schwankte. Das ist eines der Dinge, die ein Lehrling im ersten Jahr lernt: wie man einen sauberen Kreis zieht. Das hilft dabei, die Grenzen im Geiste festzusetzen, wo der wahre Kreis sein muß, wenn ein Lehrling Erfolg haben soll. Es klingt leicht. Es ist es nicht.

Nabir beendete seinen Kreis und sah mich mit der staubigen Klinge in der Hand erwartungsvoll an.

»Die Schuhe«, schlug ich vor. »Oder wollt Ihr mir noch einen weiteren Vorteil verschaffen?«

Wieder errötete er. Ich wußte, was er empfand — konnte er sich vor dem Sandtiger an *nichts* mehr erinnern? —, aber ihn bei der Hand zu halten würde ihm überhaupt nicht helfen. Er mußte darüber hinwegkommen, zu beeindruckt von mir zu sein, oder es würde seiner Konzentration schaden.

Obwohl ich mich durch die Hochachtung des Jungen, wie ich zugeben muß, gut fühlte. Es ist immer schön zu wissen, daß *irgend jemand* von dem beeindruckt ist, was man zuwege gebracht hat. Auch wenn Del es nicht war.

Nabir schlüpfte aus seinen Schuhen und ließ sie außerhalb des Kreises fallen, zusammen mit seinem indigofarbenen Burnus, der cremefarbenen Unterkleidung und dem Gürtel. In seinem Lederdhoti war er plötzlich überwiegend nackt und zeigte eine hagere südliche Kontur unter dunkler südlicher Haut. Sehnen spannten sich sichtbar, als er sich bewegte, da jeder Zentimeter seiner Haut fest gespannt war. Hager wie er war, war da dennoch ein sich wellender Bereich von Muskeln zwischen seinen Rippen und dem oberen Rand seines Dhoti zu sehen.

Ich runzelte nachdenklich die Stirn. »Zu welchem Stamm gehört Ihr?«

Er versteifte sich sichtbar. Farbe wogte durch sein Gesicht, daß die Wangenknochen hervorstachen und die Augen brannten. »Ist das wichtig?«

Es war Streitbarkeit in seinem Tonfall zu erkennen. Ich zuckte die Achseln. »Nicht wirklich. Ich war nur neugierig ... Ihr paßt einfach nicht in irgendeinen der Stämme, die ich kenne. Und doch ist Stammesblut in Euch ...«

»Ja«, unterbrach er mich. »Ich habe keinen Stamm, Sandtiger ... keinen, der mich haben wollte.« Er preßte die Kiefer zusammen. »Ich bin ein Mischling.«

»Nun gut, einige der besten Menschen, die ich kenne, sind Mischlinge.« Ich grinste. »Mich eingeschlossen — vielleicht. Hoolies, zumindest wißt Ihr es.«

Nabir sah mich über den von ihm so sorgfältig gezogenen Kreis hinweg an. »Ihr *wißt* nicht, ob Ihr reinrassig oder ein Mischling seid?«

»Das kommt vor«, sagte ich trocken. »Nun, wollen wir anfangen?«

Nabir nickte. »Was kommt zuerst?«

»Die Beinarbeit.«

»Beinarbeit! Aber ich habe die Beinarbeit vor fast zwei *Jahren* gelernt!«

»Ihr habt nicht viel gelernt, nicht wahr?« Dann, freundlicher: »Oder vielleicht habt Ihr es auch nur vergessen.«

Das bewirkte genau das, was ich erwartet hatte. Es ließ den Jungen verstummen.

Etwas so Grundlegendes wie die Beinarbeit zu üben war für uns beide gut. Sie ist eine der Grundlagen des Schwerttanzes, ein Teil des Grundwissens, das festgelegt werden muß, wenn man überhaupt etwas lernen oder Fortschritte machen soll. Schwerfälligkeit schafft einen nachlässigen Schwerttänzer, der kaum Zukunft hat. Sie schafft auch tote Schwerttänzer, die gar keine Zukunft haben. Es hat einfach keinen Sinn, das Wesentliche zu kürzen, wenn einige Extrastunden pro Tag, die man mit Beinarbeit verbringt, den Unterschied zwischen Überleben und Tod bedeuten können.

Aber es hatte nichtsdestotrotz lange Zeit gedauert, bis ich die Übungsroutine soweit unterbrochen hatte, um Techniken der Beinarbeit mit aufzunehmen. Del und ich hatten, vor dem Tanz in Staal-Ysta, jeden Tag zusammen trainiert, oder fast jeden Tag. Die Beinarbeit hatten wir nicht geübt, weil sie für uns nach so vielen Jahren dazugehörte. Es war alles Teil des Trainings. Aber Nabir brauchte eine neue Einstellung, und eine Möglichkeit, diese zu entwickeln, war, ganz von vorn anzufangen.

Nun, eigentlich konnte ich nicht *so* viel Zeit mit ihm verbringen. Ich bin Schwerttänzer, kein Shodo. Ich konnte keine Jahre investieren. Hoolies, ich konnte nicht einmal *Tage* investieren. Del würde darauf drängen, nach Iskandar weiterzuziehen, sobald sie das Gefühl hätte, daß die Übung mit Abbu nicht mehr nötig wäre.

Was bedeutete, daß ich soviel aus den Übungsstunden mit Nabir herausholen mußte wie nur möglich. Und *das* wiederum bedeutete, daß ich sehr viel härter arbeiten mußte, als ich es, sogar bei guter Gesundheit, gewohnt war.

Schließlich gebot ich Einhalt, denn wir waren beide schweißgebadet. Harquhal ist eine Grenzstadt, keine Wüstenstadt. Es war gerade erst Frühling, sogar im Süden, und die Temperaturen waren noch milde. Aber wir schwitzten, und wir stanken. Ich würde ein weiteres Bad benötigen.

Er stand in der Mitte des Kreises und nickte in erschöpfter Zufriedenheit. Das Haar klebte ihm am Kopf, Strähnen ringelten sich feucht im Nacken. »Gut«, keuchte er, »gut.«

Nun, vielleicht für ihn. Ich hatte Schmerzen.

»Ich erinnere mich an einige kleine Dinge, die der Shodo mich sehr früh gelehrt hat. Diese Art Dinge, so sagte er, könnten den Unterschied zwischen einem Stoß durch die Rippen und einem seitlichen Hieb ausmachen.«

Gut für ihn, dachte ich ironisch. Ich hatte beides vor fast drei Monaten gehabt. Und durch dasselbe Schwert.

Ich nickte stumm. Ich stand mit den Händen auf den Hüften da, das hölzerne Schwert in einer Faust und versuchte, nicht zu keuchen.

»Also, Sandtiger, ist das der neue ... *Ishtoya?*«

Eine gebrochene männliche Stimme, nicht Dels. Ich wandte mich abrupt um und wünschte, ich hätte es nicht getan. Sah Abbu Bensir außerhalb des Kreises stehen. Neben meiner Kleidung und dem nordischen, in einer Scheide aus Caddaholz, Leder und Runen steckenden Schwert.

Also hatte er zwischen gestern und heute ein nordisches Wort gelernt. Zweifellos erwartete er eine Reaktion von mir. Also bemühte ich mich, nicht zu reagieren.

»Neues Schwert, neuer Harnisch«, sagte ich obenhin.

»Armer alter Einzelhieb ...« Abbu schüttelte den Kopf. »Es muß ein schwerer Schlag gewesen sein. Immerhin erringt ein Chula nicht oft seine Freiheit, ganz zu schweigen von einem von einem Shodo gesegneten Schwert. Und es dann *zerstört* zu wissen ...« Erneut schüttelte er den Kopf.

Aus dem Augenwinkel sah ich, wie Nabir sich versteifte, als er das Wort Chula hörte. Ich hob eine beredte Schulter. »Das neue Schwert ist besser.«

»Ist es das?« Abbu schaute auf das Heft hinab, das über den Rand der Scheide aus Danjac-Haut herausragte. »Nordisch, seinem Aussehen nach. Und da dachte ich, ein wüstengeborener Punjawurm wie Ihr würde niemals ein fremdes Schwert tragen.«

»Wir verändern uns alle«, sagte ich spontan. »Wir werden älter, ein wenig weiser ... wir lernen, die Menschen nicht nach ihrer Herkunft, ihrer Sprache und ihrem Geschlecht zu beurteilen.«

»Tun wir das?« Abbu grinste. »Das tun wir. Ja, Sandtiger, die Frau ist viel besser, als ich erwartet habe. Aber ich kann sie noch immer viel lehren.«

»Wartet, bis sie sich warm gemacht hat.« Ich zeigte ihm die Zähne. »Oder noch besser, wartet, bis sie singt.«

Abbu hörte nicht zu. Er betrachtete nachdenklich mein Zwerchfell, das durch das Ablegen der Unterkleidung und des Burnus freilag. Wie Nabir trug auch ich nur einen Dhoti. Er verbarg keine der Zacken, Einkerbungen und Narben, die ich mir in neunzehn Jahren des Tanzens zugezogen hatte. Und keine der Peitschenspuren aus den sechzehn Jahren der Sklaverei. Und keinen einzigen der Kratzer, die ich mir von einem sterbenden Sandtiger eingehandelt hatte, der mir eben dadurch, daß er gestorben war, meine Freiheit geschenkt hatte.

Aber Abbu Bensir hatte das alles schon zuvor gesehen, denn ein Schwerttänzer trägt im Kreis nur einen Dhoti. Meine Geschichte war kein Geheimnis, und auch die Beweise dafür blieben nicht verborgen, da ich sie in meiner Haut trug.

Nein, er hatte das alles schon zuvor gesehen. Jetzt schaute er auf etwas, was er *noch nicht* gesehen hatte: auf das häßliche, bläuliche Narbengewebe, das von Boreal zurückgelassen worden war.

Er warf einen schnellen Blick auf mein Gesicht. »Ich verstehe«, bemerkte er nachdenklich.

»Laßt mich raten«, sagte ich trocken. »Jetzt wollt Ihr mich in einen Kreis fordern.«

Abbu schüttelte seinen grau bestäubten Kopf. »Nein. Wenn Ihr und ich uns treffen, werdet Ihr der Mann sein, den ich vor achtzehn Monaten gesehen habe. Ich will keinen unfairen Vorteil, weil Ihr Euch noch ... *davon* erholt.« Er runzelte die Stirn, so daß sich seine schwarzen Augenbrauen verbanden. »Ich habe Männer an weniger sterben sehen.«

Ich hob meine Augenbrauen. »Nett von Euch.«

Jetzt zeigte Abbu die Zähne. »Ja.« Dann kehrte sein Stirnrunzeln zurück. Er betrachtete erneut die heilende Wunde. »Ihr seid nach Norden gezogen«, sagte er. »Ich habe gehört, daß Ihr nach Norden gezogen wärt.«

»In *den* Norden, ja.« Ich zuckte die Achseln. »Warum? Ich habe noch keinen Schwerttänzer kennengelernt, der an einem Ort bleibt.«

Abbu machte eine abwehrende Handbewegung. »Nein, nein, natürlich nicht. Aber ich habe Erzählungen gehört über nordische Magie ... über nordische Schwerter ...« Er sah mich nachdenklich und mit einem Stirnrunzeln an. »Stahl *schneidet*«, sagte er leise. »Es verbrennt nicht. Es versengt nicht. Es frißt die Haut nicht weg.«

Es hatte nicht gebrannt. Es hatte gefroren. Auf eine Weise hatte ich großes Glück gehabt. Boreals Bansheebiß hatte genug äußere Haut weggefressen, um einen abgeflachten Auswuchs in der Größe einer Mannesfaust zurückzulassen, aber der eisige Stahl hatte auch das Blut und das innere Gewebe gefroren und somit einen erheblichen Blutverlust verhindert. Das *Jivatma* hatte, dank Valhail, alles Lebenswichtige verfehlt. Aber hätte Del mich mit einer südlichen Klinge getroffen, dann wäre ich, selbst wenn sie die lebenswichtigen Stellen verfehlt hätte, im Kreis verblutet.

»Ist das wichtig?« fragte ich. »Es heilt.«

»Versteht Ihr nicht?« beharrte Abbu. »Wenn ein Schwert das im *Kreis* tun kann ...«

»Nein.« Ich sagte es barsch und ließ keinen Raum für

Zweifel. »Es ist das beste, wenn der Kreis so belassen wird, wie wir es gelernt haben.«

»Ein Schwerttänzer mit einer Klinge, die in der Lage ist, das zu tun, wäre sein Gewicht in Gold, Edelsteinen und Seide wert ...« Abbu zuckte die Achseln. »Er könnte seinen Preis nennen.«

»Und vielleicht ein eigenes Reich finden?« Ich grinste. »Glaubt mir, Abbu, Ihr wolltet nicht den Preis dafür bezahlen, ein nordisches *Jivatma* mit Euch herumzutragen.«

Er schaute noch einmal auf meine Habseligkeiten hinab: auf das freiliegende Heft eines fremden Schwertes. Auf die fremdartigen Runen, die sich von dem gespaltenen Rand bis zu der verzierten Spitze der Scheide entlangwanden.

»*Jivatma*«, keuchte er und betonte die Silben auf seltsame Art. »Ich hörte sie dieses Wort sagen. Nur einmal. Aber als es einmal gesagt war, klang es laut.« Abbu schaute schweren Herzens von dem Schwert fort und wieder zu mir. »Als ein Schwerttänzer einen anderen — als ein Schüler, der die Lehren Eures Shodo geteilt hat —, bitte ich Euch um Erlaubnis, die Bekanntschaft Eures Schwertes machen zu dürfen.«

Es war eine gestelzte, formelle Ausdrucksweise. Und es war ein Ritual, das von jedem Schwerttänzer ausgeführt wurde, der die Waffe eines anderen Schwerttänzers berühren wollte. Wir sind vielleicht oft Mörder, aber der wahre Tanz gründet sich auf vollendete Höflichkeit. Einige von uns erinnern sich daran.

Nabir, der, aus einem eigenen Sinn für Höflichkeit heraus, im Kreis geblieben war und die zwei erfahrenen Schwerttänzer ihrer Unterhaltung überlassen hatte, kam jetzt näher. Er war immerhin dem bloßen Stahl von Dels Klinge begegnet. Ich dachte mir, daß er genauso das Recht hatte, mich darum zu bitten, wie Abbu.

»Habt Ihr und Del mit Stahl trainiert? Mit Euren eigenen Klingen?«

Abbu runzelte die Stirn. »Natürlich.«
»Dann habt Ihr ihr *Jivatma* gesehen.«
»Gesehen. Aber nicht berührt.« Sein Lächeln war verzerrt. »Irgend etwas an ihr ... untersagte es.«
Ich warf Nabir einen Seitenblick zu. Seine Augen sahen unverwandt auf das im Sonnenlicht hell schimmernde Heft. Die Klinge selbst war in der mit Runen versehenen Scheide verborgen.
Seufzend legte ich die restliche Entfernung zurück und ließ die hölzerne Übungsklinge neben den Haufen Seide und Gaze fallen. Hob den Harnisch auf, winkte Nabir näher, ließ nordischen Stahl in das südliche Sonnenlicht gleiten. Legte Harnisch und Scheide ab und präsentierte das Schwert dann in seiner Ganzheit, wobei die Klinge in meiner linken Hand ruhte, während die andere das Heft ausbalancierte.
Sonnenlicht floß über die Runen wie Wasser. Der reine Glanz blendete.
Mit einer Ausnahme.
»Was ist los damit?« fragte Nabir. »Warum ist die Spitze ganz verkohlt?«
Verkohlt. Ich hätte es nicht so ausgedrückt. Aber es stimmte: Die Klinge sah so aus, als seien einige Zentimeter davon in eine Feuersbrunst gestoßen worden.
Nun, irgendwie war es auch so gewesen. Nur daß das Feuer Chosa Dei gewesen war.
»Es ist wie ihres«, sagte Abbu ernst. Nickte dann langsam. »Also ist es wahr. Es *ist* Magie in nordischen Schwertern.«
»Nur in einigen. In Dels, ja. Glaubt mir. Aber dieses ... nun, dieses ist sich noch nicht so ganz sicher, was es sein will. Glaubt mir auch in diesem Punkt.«
»Darf ich?« Abbu streckte eine Hand aus.
Ich grinste. »Er würde es nicht mögen.«
Abbu runzelte die Stirn. »Er wer? *Wer* würde es nicht mögen?«
»Er. Das Schwert.«

Abbu schaute. »Wollt Ihr damit sagen, Euer Schwert hätte *Gefühle?*«

»So ähnlich.« Ich zog das Heft zurück, als Abbu es zu umfassen drohte. »Uu*huu* ... ich habe es Euch nicht erlaubt.« Schnell bückte ich mich, hob den Harnisch auf und steckte das Schwert wieder in die Scheide. Klemmte es in meine linke Armbeuge. »Seid versichert, Abbu ... Ihr wollt es nicht wissen.«

Er errötete. Hellbraune Augen wurden schwarz, als sich die Pupillen erweiterten. »Ihr kränkt mich mit diesem Blödsinn ...«

»Das war nicht beabsichtigt«, konterte ich schnell. »Glaubt mir, Abbu, Ihr *wollt* es nicht wissen.«

»Ich weiß zu vieles«, bellte er. »Ich weiß, daß Ihr in den Norden gezogen seid und daß Euch Euer Gehirn aus dem Kopf herausgefroren wurde, zusammen mit den aus Eurem Bauch entfernten Eingeweiden.« Er warf einen verächtlichen Blick auf meine noch immer nackte Rippengegend mit ihrer durch ein Schwert entstandenen Narbe. »Und ich habe Besseres zu tun, als hier zu stehen und Eurem Geschwätz zuzuhören.«

»Dann tut es nicht«, schlug ich milde vor, was ihm nicht besser gefiel.

Abbu sagte leise etwas in der Wüstensprache, die ich genauso gut verstand — und sprechen konnte — wie er, machte dann auf dem Absatz kehrt und marschierte davon, wobei sein schwarzes Untergewand flatterte.

Ich seufzte. »Ah, gut, es ist kein Schaden entstanden. Wir sind nicht *weniger* begeistert voneinander, als wir es auch zuvor schon waren.«

Nabirs Gesichtsausdruck war undurchdringlich, als ich hinabgriff, um die hölzerne Klinge, die Schuhe, die Unterkleidung und den Gürtel aufzusammeln. Er wartete, bis ich damit fertig war, die Gegenstände hier und dort zu verstauen.

»Ist es wahr?« fragte er.

»Ist was wahr?«

»Das.« Er nickte in Richtung meines Schwertes. »Lebt es?«

Ich lachte nicht, denn das hätte seine Würde verletzt. Und ich versuchte sehr angestrengt, nicht zu lächeln. »Ein Zauberer ist hier drinnen«, sagte ich ernst.

Einen langen Augenblick später nickte er. »Ich dachte mir, daß es so sein könnte.«

Ich öffnete den Mund. Schloß ihn wieder. Verschluckte den Lachanfall, der sehr heftig auszubrechen versuchte. Nicht, weil *kein* Zauberer in meinem Schwert war, sondern wegen Nabirs Reaktion.

Schließlich gelang mir ein harmloses Lächeln, als ich mich vom Kreis abwandte. Von Nabir abwandte. »Glaubt nicht alles, was Ihr hört.«

»Das muß ich nicht«, sagte er. »Ich habe es *gesehen.*«

Das ließ mich abrupt stehenbleiben. Langsam wandte ich mich wieder um. »Ihr habt es gesehen?«

Nabir nickte. »Ihr habt Abbu Bensir glauben gemacht, daß Ihr gelogen hättet. Ihr wußtet, daß er Euch nicht glauben würde. Und er tat es auch nicht. Er ging fort und dachte, Ihr wäret ein Narr oder sandkrank ... ein Mann, der sagt, daß sein Schwert *lebt.*« Er zuckte die Achseln. »Ich habe die Worte auch gehört ... aber ich habe auch gesehen, was Ihr getan habt.« Sein jugendlicher Mund verzog sich. »Beziehungsweise was Ihr *nicht* getan habt.«

Jetzt verwirrte er *mich.* »Was habe ich nicht getan?«

Nabirs Tonfall klang ruhig. »Ihn das Schwert berühren lassen.«

Ich legte es mit einem Achselzucken fort. »Ich mag es ganz einfach nicht, wenn andere mein Schwert berühren.«

»Darf ich?«

»Nein ... und aus dem gleichen Grund.«

Nabirs dunkle Augen blieben fest. »Als Schüler eines Shodo, erbitte ich ehrfürchtig ...«

»Nein«, sagte ich erneut, wohl wissend, daß ich gefangen war. »Wir sind nicht *wirklich* Schüler und Shodo, also sind die üblichen Formen nicht anwendbar.«

Seine jungen Gesichtszüge waren fast hart. Es gibt Stämme im Süden, die von Natur aus sehr wild sind, und das zeigt sich an der Haut. Vielleicht als Mischling geboren, hatte Nabir aber mehr als einen Spritzer der in der Punja gezüchteten Wildheit mitbekommen. Das veränderte ihn erheblich.

»Wenn die üblichen Formen nicht anwendbar sind«, sagte er ruhig, »dann habe ich nicht mehr den Wunsch, mit Euch zu tanzen.«

»Nein?«

»Nein. Und Ihr *braucht* mich, um mit Euch zu tanzen.« Nabir lächelte in täuschender Unschuld. »Ihr helft nicht mir, Sandtiger. Ihr helft Euch selbst. Ihr seid langsam und steif und unbeholfen durch diese Wunde, und Ihr habt Angst, daß Ihr Eure Kräfte nicht genug zurückerlangt, um gegen Männer wie Abbu Bensir zu tanzen. Und wenn Ihr *nicht* ...«

»In Ordnung«, sagte ich. »In Ordnung. Ja, ich bin aus der Übung. Ich bin langsam und steif und unbeholfen, *und* ich habe Schmerzen wie die Hoolies. Aber ich habe mir die Qual *verdient*, Nabir ... ich habe mir die Langsamkeit, die Steifheit und die Unbeholfenheit verdient. Eure ist vielleicht angeboren.«

Das war nicht nett. Aber er hatte mich zu tief getroffen, als er mir seine Ehrfurcht entzogen hatte.

»Also«, sagte er weich, »legt Ihr die stumpfe Klinge an den neu geschaffenen Schleifstein an und gestaltet eine neue Schneide.«

»Spielt das eine Rolle?« fragte ich. »Ihr werdet dadurch selbst besser werden.«

Nabir nickte. »Ja. Aber Ihr hättet mich vielleicht fragen können.«

Ich seufzte müde. »Das hätte ich vielleicht tun können. Aber Ihr werdet, wenn Ihr mein Alter erreicht, lernen, daß Stolz Euch dazu bringen kann, merkwürdige Dinge zu tun und zu sagen.«

»Ihr seid der Sandtiger.« Er sagte es mit einer beredten Einfachheit, die mich beschämte.

»Ich war ein Sklave«, sagte ich direkt. »Ihr habt das Wort gehört, als Abbu es aussprach: Chula. Und ich war fast genau in Eurem Alter, als ich meine Freiheit erlangte. Glaubt mir, Nabir, all diese Jahre der Vergangenheit bauen nicht für eine leichte Zukunft vor, sogar wenn man frei ist.«

»Nein«, stimmte er sehr leise zu.

Ich seufzte schwer und rieb meine Stirn unter noch feuchtem juckenden Haar. »Schaut«, sagte ich, »ich kann Euch seinen Namen nicht sagen. Also könnt Ihr ihn nicht berühren. Es tut mir leid, Nabir ... aber wie ich Abbu bereits gesagt habe, seid Ihr besser dran, ihn nicht zu kennen.«

»Das ist also die Antwort? Sein Name?«

»Ein Teil davon«, stimmte ich zu. »Der Rest bleibt besser unerklärt.« Ich machte Anstalten, mich abzuwenden. »Kommt Ihr mit? Ich brauche einen Krug Aqivi.«

Ernst kam er heran. Und dann: »Bin ich wirklich langsam und steif und unbeholfen?«

Ich erwog zu lügen. Ließ aber den Gedanken fallen. Er war der Wahrheit wert. »Ja. Aber das wird sich ändern.« Ich grinste. »Einige weitere Kreise mit mir, und Ihr werdet der gesetzmäßige Erbe des Sandtigers sein.«

Nabirs Lächeln kam zaghaft, aber warm. »Gar keine so schlechte Sache.«

»Nur manchmal.« Ich schlug ihm auf den Rücken. »Wie war das kleine Wirtshausmädchen?«

Nabir verweigerte die Antwort. Was bedeutete, daß er das Mädchen entweder zu sehr mochte, um es zuzugeben, oder daß er nicht den Mut gehabt hatte.

Ah, nun, gib ihm Zeit ... das junge Mannesalter kann unangenehm sein.

Neun

Über unsere hölzernen Klingen hinweg, blickte Nabirs Gesicht starr. »Sie will mich nicht heiraten.«

Wie bei Unterbrechungen üblich, war es fürchterlich. Ich richtete mich aus meiner zusammengekauerten Haltung auf und senkte stirnrunzelnd mein Schwert. »Wer will nicht ...« Ich blinzelte. »Das kleine *Wirtshausmädchen?*«

Nabir nickte und senkte auch sein wie eine Klinge geformtes Stück Holz. Seine Augen blickten wild drein.

Es war, so dachte ich, ein interessanter Zeitpunkt, um dies mitzuteilen. Wir waren mitten in einem Trainingsgang, zu dem wir vom Übungskreis nach zwei Tagen vorangeschritten waren. »Warum *wollt* Ihr, daß sie es tut?«

Nabir richtete sich auf. Schweiß rann seine Schläfen hinab. »Weil ich sie liebe.«

Ich öffnete den Mund. Schloß ihn wieder. Dachte darüber nach, wie man die Situation am besten mit dem Jungen besprechen könnte, dessen heikler Stammesstolz — ob er nun als Mischling geboren war oder nicht — manchmal Diplomatie erforderlich machte. Nicht daß er mir hätte schaden können, wenn es soweit käme, aber ich hatte auch keinerlei Verlangen danach, seine Gefühle zu verletzen.

Ich rieb mit dem Unterarm über meine Stirn und strich mir so das Haar aus den Augen. »Seid nicht gekränkt, Nabir ... aber ist sie Euer erstes Mädchen?«

Sein ganzer Körper versteifte sich. »Nein«, erklärte er. »Natürlich nicht. Ich bin schon seit vielen Jahren ein Mann.«

Ich wartete geduldig. Schließlich hob er den Blick.

»Ja.« Das Wort klang gedämpft.

So. Jetzt verstand ich.

»Laßt uns abbrechen«, schlug ich vor.

Er folgte mir aus dem Kreis heraus, nahm die Bota, als ich sie ihm reichte, und nahm einige Schlucke, während ich mich in meine Gaze und Seide wickelte und mein Gesäß im Sand zurechtrückte. Ich saß neben der hölzernen Klinge und schlang die Arme um hochgezogene Knie.

»Also«, sagte ich leichthin, »habt Ihr mit dem Mädchen geschlafen. Und es hat Euch gefallen. Es hat Euch sehr gefallen.«

Nabir, der noch immer dastand, nickte. Er umklammerte die Bota fest.

»Daran ist nichts falsch.« Ich blinzelte zu ihm hinauf. »Aber Ihr müßt sie nicht *heiraten.*«

»Ich will es.«

»Ihr könnt nicht jedes Mädchen heiraten, mit dem Ihr schlaft.«

Offensichtlich war es ihm noch nicht in den Sinn gekommen, daß noch andere Frauen eine Rolle spielen könnten. Er hatte die Magie eines Frauenkörpers entdeckt — und die seines eigenen — und dachte nun, daß es für den Rest seines Lebens so — mit *dieser* Frau — sein sollte.

Armer Junge.

»Sie will mich nicht«, sagte er verbissen.

Ein Segen, zweifellos. Aber da er es erwartete, fragte ich: »Warum nicht?«

Seine Kiefermuskeln spannten sich an. »Weil ich ein Mischling bin. Weil ich keinen Stamm habe.«

Noch besser, weil er nur wenig Geld und noch weniger Aussichten hatte. Aber das sagte ich nicht. »Dann betrachtet es so«, sagte ich. »Es ist ihr Verlust, nicht der Eure.«

»Wenn ich mich dem Stamm wieder anschließen

könnte ...« Er änderte seinen Satz abrupt. »Wenn ich mich als wert erweisen könnte, würden sie meinen Geburtsstatus übersehen.«

»Wer würde das?«

Nabir runzelte die Stirn und reichte mir die Bota hinab. »Die Älteren.«

»Von welchem Stamm?«

Nabir schüttelte den Kopf. »Ich sollte nicht davon sprechen. Ich habe schon zuviel gesagt.«

Ich wollte wirklich nicht zuviel Zeit mit dem Versuch verbringen, Nabirs Vergangenheit zu enträtseln oder seine mögliche Zukunft vorherzusagen. Ich kratzte an den Sandtigernarben. »Nun«, sagte ich schließlich, »es ist auch ihr Verlust. In der Zwischenzeit haben wir noch eine Lektion zu beenden.«

»Wenn ich des Stammes wert sein könnte, dann wäre ich ihrer wert«, beharrte er. »Das hat sie gesagt.«

Sie hatte wohl eher alles mögliche gesagt, was ihr eingefallen war, nur um ihn loszuwerden. Es könnte aber auch wahr sein. Ein Wirtshausmädchen, das auf ein besseres Leben hofft, macht seine Träume an jemandem mit größerer Statur fest, nicht an einem Mischling, der nichts zu bieten hat außer sich selbst. Für ein Mädchen, die sich jede Nacht an Männer aller Arten verkauft, würde Nabirs Aufmerksamkeit — und seine Gegenwart in ihrem Bett — nicht genug sein. Sie müßte wissen, daß da noch mehr wäre.

Im Moment war da nicht mehr.

Ich trank Wasser und korkte die Bota wieder zu. »Ein Schwerttänzer sollte wirklich nicht an Heirat denken, Nabir. Das macht die Schneide stumpf.«

»Wir haben gar keine Schneide.« Er grinste und hob seine Klinge. »Seht Ihr? Sie ist nur aus Holz.«

Ich lächelte. »Ihr seid noch immer erpicht darauf, richtige Schwerter zu benutzen, nicht wahr?«

»Mein Shodo hat mir gesagt, daß Holz nur eine gewisse Zeit nützlich sei. Daß ein richtiges Schwert notwendig sei, um ein richtiges Verständnis für den Tanz zu entwickeln. Denn ohne das Risiko lerne man nichts.«

Ja, nun ... Nabirs Shodo hatte niemals mein *Jivatma* kennengelernt. »Vielleicht ist das so«, stimmte ich zu, »aber im Moment ziehe ich Holz vor.«

Nabir sah an mir vorbei. »Sie ist es«, sagte er finster.

Das Wirtshausmädchen? Ich wandte mich um. Nein. Del.

Endlich hatte sie nordische Wolle gegen südliche Seide eingetauscht. Der intensiv blaue Burnus kräuselte sich beim Gehen, und die Kapuze bedeckte ihre Schultern. Die Sonne hatte ihr Haar bereits ein wenig heller gebleicht, und ihre Haut war intensiver gefärbt als gewöhnlich. Bald würde sie sich in ein cremiges Gold verwandeln. Und das Haar würde fast zu Weiß aufgehellt werden.

Del überquerte weich den Sand, und das Heft schimmerte hinter ihrer linken Schulter hervor. Ihre Treffen mit Abbu Bensir hatten etwas von der Anspannung ihres Körpers vertrieben, als erkenne sie, daß sie etwas entschieden auf ihr Ziel Zuführendes tat, denn sie mußte bei Kräften sein, um Ajani treffen zu können. Ich war froh zu sehen, daß sie sich besser bewegte, sich besser fühlte, aber die Quelle dessen gefiel mir nicht. Wenn sie bereit gewesen wäre, mich mit hölzernen Klingen zu treffen, wie Nabir, dann hätte ich das gleiche bewirken können. Hoolies, ich hätte mehr bewirken können.

Del blieb neben dem Kreis stehen. »Tiger ist der einzige mir bekannte Schwerttänzer, der sein Tanzen auf dem Boden sitzend ausübt.«

Nabirs Augen weiteten sich. Wie würde ich dazu stehen?

»Das stimmt nicht«, erwiderte ich gleichmütig. »Nabir kann dir erzählen, daß ich ihn häufiger auf den Kopf geschlagen habe als du zählen kannst ... ich gönne ihm nur eine Verschnaufpause.«

Nabir runzelte die Stirn. Es stimmte nicht. Del, die es sah, lächelte schief und dachte sich ihr Teil. Aber sie sagte nichts, sondern schaute nur tadelnd auf die hölzerne Klinge, die der Junge festhielt. »Wollt Ihr *jemals* Stahl benutzen?«

Nabir öffnete den Mund.

»Das ist nicht nötig«, antwortete ich für ihn. »Du weißt genausogut wie ich, daß die grundlegenden Kenntnisse besser mit Holz als mit Stahl vermittelt werden.«

»Er *braucht* die grundlegenden Kenntnisse nicht ... zumindest nicht unabhängig vom Stahl. Bei einer hölzernen Klinge gibt es kein Risiko, und ohne Risiko lernt man nichts.«

Ich sah sie verärgert an, als Nabir ruckartig den Kopf wandte und mich ansah. »Ich habe Euch gesagt, warum«, sagte ich. »Wenn wir schon vom Risiko sprechen ... was ist mit dem Risiko, das der Junge eingehen würde, wenn ich mein Schwert benutzen *würde?*«

»Was soll damit sein?« erwiderte Del. »Es wäre genauso gut für dich, damit du Kontrolle darüber erlangst, wie es für ihn gut wäre, um die Technik zu erlernen.«

Nabir räusperte sich. »Ich würde gern gegen Stahl kämpfen.«

»Dann kämpft mit mir.« Del schlüpfte leicht aus dem Burnus und ließ ihn zu ihren Füßen liegen. Darunter trug sie eine weiche cremefarbene Ledertunika mit kurzen Ärmeln und einem Gürtel, der ihre Taille betonte. Sie hatte etwas Ähnliches getragen, als ich sie das erste Mal gesehen hatte. Obwohl nichts Unanständiges an ihrer Tunika war — sie verhüllte alles —, war es immer noch erheblich weniger, als südliche Frauen trugen. Sogar im Bett.

Nabir, der sie nur in nordischer Tunika, Hose und Schuhen gesehen hatte, starrte sie an. Es war ein großer Teil der Glieder zu sehen, da sie lange Beine und Arme hat, und daher eine Menge Haut. Eine *Menge* cremiger nordischer Haut spannte sich über feine nordische Knochen.

Ich, der ich sie auch schon länger, als ich mich erinnern mochte, nur in nicht weniger als Tunika und Hose und Schuhen gesehen hatte, starrte sie ebenfalls an. Aber mit weniger Erschütterung als Nabir. Sie ist sehr beeindruckend, ja, aber bezüglich irgendwelcher Erwartungen auch außerordentlich enttäuschend.

Nabir schluckte schwer. »Ich habe bereits gegen Euch getanzt.«

»Und verloren«, sagte sie. »Wollen wir sehen, was Tiger Euch beigebracht hat?«

Ich beobachtete, wie sie ihren Harnisch aufhakte und sich bereitmachte, ihn ihrem Kleiderstapel hinzuzufügen, wenn sie erst einmal die Klinge aus der Scheide gezogen hätte. Ich stand auf. »Das glaube ich nicht, Del.«

Sie lächelte nicht. »Es ist seine Entscheidung.«

»Ja«, sagte Nabir sofort.

Ich ignorierte den Jungen und sah statt dessen Del an. »Du tust das, um mich unter Druck zu setzen. Um mich dazu zu *zwingen*, mein Schwert zu gebrauchen.«

»Du kannst nicht dein ganzes Leben damit verbringen, Angst davor zu haben«, sagte sie. »Ich will nicht bestreiten, daß du dir zu recht Sorgen machst, aber du mußt lernen, es zu kontrollieren. Und es wäre besser, es jetzt zu tun, als bei einem Tanz auf Leben und Tod oder in einer gefährlichen Situation, wo Zögerlichkeit deinen Tod bedeuten könnte.«

Nabir runzelte die Stirn. »Ich verstehe nicht.«

»Das sollt Ihr auch nicht«, sagte ich kurz. »Das hat nichts mit Euch zu tun.«

»Aber was *hat* es dann ...«

»Dies.« Ich beugte mich hinab, nahm den Harnisch auf und zog die Scheide von meinem Schwert ab. »Damit hat es zu tun, Nabir: mit einer Blutklinge. Einer benannten Klinge. Einem *Jivatma.* Und mit noch etwas: mit Chosa Dei. Dessen Seele in dieser Klinge ist.«

»Und auch deine«, sagte Del fest. »Glaubst du, nur Chosa Dei wäre in dieses Schwert eingegangen, als du es erneut getränkt hast? Du hast dich selbst hineingesungen, genauso wie Chosa Dei. Das wird, zusammen mit deiner Entschlossenheit und Kraft, jeden Versuch, den er vielleicht unternehmen könnte, um dich der Macht zu berauben, abschlagen.«

»Chosa Dei«, echote Nabir.

Ich sah ihn scharf an. »Kennt Ihr Chosa Dei?«

»Natürlich.« Er zuckte die Achseln. »Aus Geschichten darüber, wie der Süden zum Süden wurde.«

Jetzt war ich an der Reihe, die Stirn zu runzeln. »Was?«

Er zuckte erneut die Achseln. »Ich hörte als Kind, daß der Norden und der Süden einst eins waren. Daß es keine Wüste gegeben hat, sondern nur Grasland und Berge. Und dann wurde Chosa Dei eifersüchtig auf seinen Bruder — ich habe seinen Namen vergessen — und versuchte das zu stehlen, was sein Bruder besaß.«

»Shaka Obre«, murmelte ich.

Nabir brach ab und blinzelte. »Was?«

»Sein Bruder.« Ich machte eine Handbewegung. »Fahrt fort.«

»Chosa Dei wurde eifersüchtig. Er wollte das haben, was sein Bruder — Shaka Obre? — besaß. Und als sein Bruder das nicht aufgeben wollte, versuchte Chosa es zu stehlen.«

»*Was* versuchte er zu stehlen?«

Nabir zuckte die Achseln. »Den Süden. Chosa hielt bereits den Norden besetzt, aber er wollte auch den Süden, weil er immer alles das wollte, was sein Bruder hatte. Er versuchte es mit vielen magischen Tricks, aber keiner funktionierte. Bis er lernte, wie man die Macht in Dingen sammelt und sie umgestaltet.« Nabir runzelte die Stirn. »Es war eine echte Bedrohung. Also verteilte Shaka Obre zahllose Wachen über das Land, weil er wußte, daß Chosa es nicht wagen würde, zu zerstören, was er so sehr begehrte — nur daß er sich irrte. Chosa *ging* das Risiko ein, das Land zu zerstören. Er dachte, wenn er es nicht haben könne, dann sollte sein Bruder es auch nicht haben.«

»Aber das funktionierte nicht.« Del klang nachdenklich. Kannte sie das Ende auch?

Ich beschloß, ihnen beiden zuvorzukommen. »Oh«, sagte ich, »ich verstehe. Chosa versuchte den Süden einzunehmen, und Shaka Obres zahllose Wachen trugen ihr Scherflein dazu bei. Dadurch wurde das Land brachgelegt und in eine unfruchtbare Wüste verwandelt — zumindest das meiste davon.« Ich glaubte kein Wort davon. »Aber wenn das alles wahr ist, warum verwandelte Shaka Obre den zerstörten Süden dann nicht wieder in das, was er einmal war?«

Nabir nahm seine Erzählung wieder auf. »Das wollte er. Aber Chosa war so zornig, daß er seinen Bruder mit einem Fluch belegte und irgendwo einsperrte.«

»*Chosa* wurde eingesperrt«, erklärte ich, als widerlege das die Geschichte.

»Ich weiß nicht«, sagte Nabir mürrisch. »Ich weiß nur, was ich gehört habe, nämlich daß Chosa Dei Wachen aufstellte, um Shaka Obre in einem Drachen gefangenzuhalten. Aber daß Chosas Magie zu dem Zeitpunkt, als der Fluch aufgehoben wurde, letztendlich Erfolg hatte. Auch Shaka Obre wurde eingesperrt.«

Ich schaute von ihm zu Del. Sie zeigten beide den gleichen Gesichtsausdruck. »Warum«, begann ich erneut, »kennt jeder diese Geschichten außer mir? Nordbewohner, Südbewohner — das scheint nicht wichtig. Wer hat euch diese Geschichten *erzählt?*«

»Jedermann«, antwortete Del. »Meine Mutter, mein Vater, meine Onkel, meine Brüder ... einfach jeder, den ich kannte.«

Ich sah Nabir an. »Und wie war das bei Euch?«

»Meine Mutter«, antwortete er sofort. »Bevor ...« Aber er brach abrupt ab.

Ich beließ es dabei. »*Mir* hat niemals jemand etwas davon erzählt.«

Dels Stimme klang weich. »Niemand erzählt Sklaven Geschichten.«

Nein. Das tun sie nicht.

Noch etwas, was ich verloren hatte.

Ich drängte mich an Nabir vorbei und betrat den Kreis. »In Ordnung«, sagte ich, »in Ordnung. Wenn Ihr so sehr gegen echten Stahl zu kämpfen wünscht, dann werde ich Euch echten Stahl bieten. Aber Ihr setzt Euer Leben aufs Spiel.«

Nabir zögerte nur einen Moment. Dann griff er hinab, tauschte die hölzerne Klinge gegen eine stählerne ein und richtete sich wieder angespannt auf. Und betrat den Kreis.

Sein ruhiges Gesicht war undurchdringlich. »Ihr seid der Sandtiger.«

Ich bin ein Narr, dachte ich. Ein alternder, sandkranker Narr.

Der keinerlei Geschichten kennt außer denen, die er selbst erfindet.

Zehn

Das Schwert trieb mich auf die Knie. Nicht das Nabirs, sondern mein eigenes.

»*Siehst du es?*« schrie ich Del zu, die ruhig am Kreis wartete.

Nabir, der in dem Moment, als meine Klinge ihre scheinbar dramatische Botschaft übermittelt hatte, sofort zurückgesprungen war, stand jetzt am äußersten Rand des Kreises. Es war offensichtlich, daß er den Kreis am liebsten verlassen hätte, aber ebenso offensichtlich, daß er es nicht tun würde. Gewohnheiten sind nur sehr schwer abzulegen.

»Ich sehe es«, bemerkte Del. »Ich sehe auch, daß du es das tun *läßt.*«

»Ich lasse es! Ich lasse es? Bist du sandkrank?« Ich stand unbeholfen auf, kämpfte um mein Gleichgewicht, murmelte Flüche bezüglich wunder Knie und sah sie angriffslustig an. »Ich habe es nichts tun *lassen,* Del. In einem Moment trainierte ich mit Nabir und im nächsten saß ich im Sand. Ich hatte nicht die geringste Chance.«

»Sieh es dir an«, sagte sie.

Ich schaute. Es war ein Schwert. Dasselbe alte Schwert, das es immer gewesen war, zumindest seit ich es in dem Berg erneut getränkt hatte.

Und schaute dann genauer hin. Das Schwert *war* anders. Die schwarze Verfärbung hatte sich die Klinge hinauf fortgesetzt. Fast die Hälfte der Klinge war jetzt davon bedeckt.

Ich wollte kein schwarzes Schwert.

Ich legte meine Hände noch fester um das Heft. »Nein«, sagte ich flach und sandte jedes kleinste bißchen Kraft, das ich aufbringen konnte, durch Arme, Hände und Finger in das Schwert selbst. Es würde das Schwert *zwingen,* sich zu verändern, wenn ich ihm meinen Willen aufzwang.

Ich fühlte mich wie ein Narr. Welchen Nutzen hätte es, wenn ich mir *vorstellen* würde, daß ich einen südlichen Zauberer, der in meinem Schwert gefangen war, überwältigen würde? Welche Art Macht war das? Ich konnte keine Dämonen herbeirufen oder Runen erschaffen, konnte keine Macht von Menschen und Dingen einsammeln. Ich konnte nur schwerttanzen.

»Singe«, sagte Del ruhig.

»Singe«, stieß ich höhnisch hervor.

»Singen ist der Schlüssel. Es ist schon immer der Schlüssel gewesen. So kannst du ihn besiegen.«

Ich hatte auch eine Klinge in ihn hineingestoßen. Aber jetzt lagen die Dinge anders. Ich konnte nicht gut ein Schwert erstechen.

Innerlich fluchte ich. Aber ich schuf auch einen kleinen Gesang, einen *dummen* kleinen Gesang. Man frage mich nicht, was es war. Ich kann mich nicht einmal daran erinnern. Einfach irgend ein alberner kleiner Gesang über einen südlichen Sandtiger, der wilder war als ein nordischer Zauberer ... auf jeden Fall funktionierte es. Das Schwarz zog sich ein wenig zurück. Jetzt sah nur noch die Spitze verkohlt aus.

»Das ist zumindest etwas«, sagte Del, als ich mich schwankend aufrichtete. »Im Moment sollte es genug sein.«

Ich blinzelte, rieb mir über die Augen und versuchte wieder einen klaren Blick zu bekommen. »Ich fühle mich schwindelig.«

»Du hast Macht zu Hilfe gerufen.« Ihr Ton war sachlich. »Du kannst das nicht einfach *tun,* ohne zu erwarten, daß du einen gewissen Preis dafür zahlen mußt. Kommst du genauso frisch aus einem Kreis heraus, wie du hineingegangen bist?«

Wohl kaum. Ich konnte mich riechen. »Schwindelig«, wiederholte ich. »*Und* durstig und hungrig.«

Nabir stand noch immer am äußersten Rand des Kreises. Er starrte auf das Schwert. »Kann es alles tun? Absolut alles?«

Ich sah auf die Klinge hinab. »Eine Sache, die es tun *kann*, ist, zu bewirken, daß man sich ziemlich krank fühlt. Hoolies, ich brauche etwas zu trinken!«

Del reichte mir meinen Harnisch. »Du brauchst *immer* etwas zu trinken.«

Ich steckte das Schwert in die Scheide, sah sie stirnrunzelnd an und schob die Arme durch die Schlaufen. Das neue Leder war noch immer steif. Ich würde etwas Zeit damit verbringen müssen, Öl in die Riemen einzuarbeiten. »Zieh dir was an«, sagte ich verärgert zu ihr. »Laß uns etwas essen gehen.«

Del sah an mir vorbei zu Nabir. »Kommt Ihr mit?«

Er schüttelte den Kopf. »Ich möchte Xenobia besuchen.«

»Sein Sonnenschein«, erzählte ich ihr leise, als Del verwirrt dreinschaute.

Sie beobachtete, wie Nabir seine Sachen aufsammelte, wie auch ich die meinen aufsammelte. »Ich wußte nicht, daß er einen hat.«

»Seit zwei Tagen. Ein Wirtshausmädchen. Er will sie heiraten.«

»Sie *heiraten!*«

»Das hat er gesagt.« Ich stopfte Seide, Gaze, die Bota und das Übungsschwert unter meine Arme und wandte mich in Richtung Harquhal. »Sie ist sein erstes Mädchen, und er glaubt, er sei in sie verliebt.« Ich grinste, als Nabir davoneilte. »Warum verlieben sich so viele Jungen und Mädchen in die oder den Erstbesten, der mit ihnen ins Bett geht?«

Dels Tonfall klang tödlich. »Ich habe das nicht getan.«

Nein. Nicht bei Ajani.

»Komm mit, Bascha«, seufzte ich. »Du brauchst auch einen Schluck.«

Das Wirtshaus war voll besetzt und laut. Grünlichgrauer Huvarauch wirbelte im Gebälk umher und zog übelriechende Bahnen. Der Ort stank auch nach saurem Wein, scharfem Aqivi, Hammelstew und gewürztem Kheshi, alles vermischt mit dem herben Beigeschmack von südlichem Sand, staubigen Körpern und einer Spur billigen Parfums. Der Ort war vollgepackt mit Männern, die Wirtshausmädchen glücklich machten. Und er war mit Arbeit überlastet — in bezug auf beide Beschäftigungsarten.

Jeder Tisch war mit Schulter an Schulter sitzenden, burnusbekleideten Männern besetzt. Ich sah Schwerter von Gürteln hängen, Schwerter von Degengehängen baumeln und Schwerter, die an Harnische gebunden waren. Wenn ein Tanzeer eine Streitmacht wünschte, müßte er nur hierher kommen.

»Kein Platz«, murmelte Del.

»Dort ist Platz. Nur gibt es da keine Tische.« Ich drängte mich durch ein Knäuel von Männern in der Nähe der Tür hindurch und steuerte auf ein tiefliegendes Fenster zu. Sie ignorierten mich überwiegend und wichen nur ein wenig zurück, aber als Del hindurchzugehen begann, hörte ich plötzlich Stille einkehren. Nicht in dem ganzen Raum — dazu war er zu voll —, aber die Gruppe an der Tür hörte ganz eindeutig auf zu reden.

Ich warf einen Blick über meine Schulter. Wie nicht anders zu erwarten, standen fünf Münder unschön offen. Schlossen sich dann wieder und lächelten breit, als Del durch das wieder in Bewegung geratene Knäuel schritt.

Man hätte denken sollen, daß sie zur Seite treten würden. Südbewohner haben zumindest ein paar Manieren — nur daß es diese Gruppe anscheinend nicht tat. Als Del auf dem Weg zu mir in ihrer Mitte angelangt war, schlossen sie sich um sie herum.

O Hoolies, Bascha, kannst du *nirgendwohin* ausweichen?

Ich bezweifle, daß sie viel mit ihr vorhatten. Vielleicht ein Kneifen hier und ein Zwicken da, ein Streicheln oder ein Liebkosen oder zwei. Aber was immer sie auch als Gegenleistung zu bekommen hofften, gab Del ihnen nicht. Sie hatte etwas anderes im Sinn. Ich hörte, im Handumdrehen, mehrere Flüche, einen oder zwei Schmerzenslaute, ein lautes, erschrecktes Zischen. Und dann war Del hindurchgelangt. Sie gesellte sich am Fenster zu mir.

Ich bemerkte ein ganz schwaches Schimmern von Stahl, als sie ihr Messer in seine Scheide zurücksteckte. Hinter ihr bückten sich zwei Männer, um sich ihre Schienbeine zu reiben. Einer untersuchte aus Sandalen herausragende Zehen. Del trug Stiefel. Sie alle schauten zu ihr.

»Hier?« fragte Del am Fenster.

»Ein tiefer Sims.« Ich verstaute die Kleidung, die Bota und das Schwert in dieser Nische. »Wir können ihn als Tisch benutzen.«

Das konnten wir. Die Adobeziegelwände des Wirtshauses waren fast eine Manneslänge dick, und die Fenster waren in die Steine hineingeschnitten. Da der Sims so tief war, konnte ein Mann bequem darauf sitzen.

Del schaute sich nach der Menge um. »Wir hätten vorne Essen und Getränke holen sollen. Jetzt müssen wir uns noch einmal unseren Weg hindurch erkämpfen.«

»Nein, das tun wir nicht. Dieses kleine Mädchen wird uns gern aushelfen.« Ich ergriff den Ellenbogen eines Wirtshausmädchens, die auf jemandes Knie kauerte, und zog sie hoch und herüber. »Aqivi«, sagte ich knapp. »Und Kheshi und Hammelstew.« Ich schaute zu Del. »Und Wein für die Lady. Sie hat einen ausgezeichneten

Geschmack.« Bevor das Mädchen protestieren konnte, gab ich ihr einen Klaps und schickte sie durch die Menge davon.

Dels Gesichtsausdruck war merkwürdig milde. »Wenn du das jemals wieder tust, kannst du dich gleich zu den anderen stellen.«

»Zu welchen anderen?«

»Zu den Männern an der Tür.«

Ich schaute hinüber, sah, daß sie die Männer meinte, die sie bedrängt hatten und runzelte die Stirn. »Was habe ich *getan?*«

»Du hast sie wie Dreck behandelt.«

Ich keuchte fast. »Ich habe sie nur weggeschickt, damit sie ihre Arbeit tut. *Eine* ihrer Arbeiten immerhin.«

Dels Mund war angespannt. »Es gibt Möglichkeiten, das gleiche zu tun, ohne das Mädchen herabzusetzen.«

»O Del, nun komm ...«

»Vielleicht ergibt das mehr Sinn für dich: Du hast sie wie einen Sklaven behandelt.«

Ich richtete mich auf, immerhin war ich Sklave gewesen. »Das habe ich nicht ...«

»Doch, das hast du«, sagte sie. »Und wenn du das nicht sehen kannst, bist du blind.«

»Ich habe nur ...« Aber ich konnte den Satz niemals beenden. Jemand kam hinter mir heran und schlug mich auf den Rücken.

»Sandtiger!« rief er. »Wann seid Ihr hereingekommen?«

Hoolies, das tat weh. Ich wandte mich um, sah ihn stirnrunzelnd an und blinzelte dann erstaunt. »Ich dachte, Ihr wäret *tot.*«

»Hoolies, nein«, sagte er, »obwohl es sich so angefühlt hat, sogar für mich.« Er grinste, sah an mir vorbei zu Del und stieß mich mit dem Ellenbogen in die Rippen. »Ich würde Euch die Narbe zeigen, Sandtiger, aber das könnte die Bascha kränken.«

»Ich würde wahrscheinlich sogar ohnmächtig werden.« Dels Stimme klang ausgesprochen sanft.

Verspätet erinnerte ich mich an die Vorstellungsformalitäten. »Del, dies ist Rhashad. Ein alter Freund von mir. Rhashad, dies ist Del. Eine neue Freundin von mir.«

»Ich kann verstehen, warum.« Er schenkte ihr sein schönstes Lächeln, wobei er große, sehr weiße, von einem schweren roten Schnurrbart, der bis über sein Kinn reichte, eingerahmte Zähne zeigte. »Ihr seid im Norden geboren, nicht wahr? Ich bin selbst zur Hälfte nordisch.«

Und das konnte man sehen. Rhashad war ein Grenzbewohner, geboren im Vorgebirge in der Nähe der Ruinen von Iskandar. Sein Haar war rötlich blond, seine Augen dunkelblau. Passend zu seinem Haar war seine Haut zu einem seltsamen gelblichen Rot gebrannt, mit einer großzügigen Ansammlung von Sommersprossen. Er war groß, seine Höhe reichte fast an meine heran. Del war nur eine Fingerbreite kleiner. Er hatte mehr Gewicht als ich, obwohl das hauptsächlich an seinen breiten Schultern lag.

»Also«, sagte ich trocken, »ich vermute, daß du auf dem Heimweg bist, denn dein Zuhause liegt in der Nähe von Iskandar. Zweifellos machst du gerade einen Abstecher, und sei es auch nur, um zu sehen, was sich tut.«

Rhashad grinste. Er hat ein hübsches Grinsen. Er zeigte es weiterhin Del. »Es liegt mir im Blut, Tiger. Und ich wage es nicht, arm nach Hause zu gehen. Meine Mutter würde mich aus dem Haus werfen.«

Rhashads Mutter war ein seit langem bestehender Scherz unter Schwerttänzern, die ihn kannten. Sie war, so behauptete er, eine Riesin, die ihn mit nur einer kurzen Bewegung eines Fingers zu Boden schicken konnte. Aber jemand, der sie einmal getroffen hat, sagte, sie sei ein kleines Wesen, das ihrem Sohn kaum bis zum Ellenbogen ging. Rhashad ist dafür bekannt zu übertreiben, aber das ist alles nur Teil seiner Vorstellung. Bis jetzt hat es ihn nicht umgebracht, obwohl es vor einiger Zeit fast soweit gewesen wäre.

Ich schaute zu Del. »Seine Mutter ist die nordische Hälfte. Daher hat er seine Farbe.«

Del wölbte die Augenbrauen. »Daher hat er seinen *Charme.*«

Was Rhashad prompt dazu veranlaßte, nach einem Wirtshausmädchen zu rufen, um Dels Voraussicht zu belohnen. Ich sagte ihm, daß bereits ein Mädchen auf dem Weg sei. Er setzte sich im Fenster zurecht und legte die Ellenbogen auf das Fensterbrett.

»Ich bin fertig mit Julah. Es ist jetzt ein neuer Tanzeer dort unten, jetzt, wo Aladar tot ist. Ich nahm ein wenig Arbeit an, aber dann wurden die Vashni zu aktiv, und ich beschloß, zurück nach Hause zu ziehen. Es hat keinen Sinn, mein Leben aufzugeben, nur um ihre schwarzäugigen Frauen Reichtümer mit meinen Knochen verdienen zu lassen.«

Ich wußte all das über Aladar. Ich war dabeigewesen, als Del ihn getötet hatte. »Was hat die Vashni aufgeschreckt?«

Rhashad zuckte die Achseln. »Dieser Orakelbursche. Er erzählt aller Welt dauernd, der Jhihadi käme, um den Süden für die Stämme zurückzufordern. Die Vashni waren schon immer abergläubisch. Also beginnen sie jetzt zu denken, daß sie der Vorhersage vielleicht nachhelfen sollten, indem sie sie wahr werden lassen. Sie haben hier und dort einige Leute getötet, noch nichts Ernsthaftes, aber es hat offensichtlich die Fremden getroffen. Du weißt schon ... jeder Blonde, Rothaarige, Blau- oder Grünäugige ... von wem immer sie *glauben,* er sähe nicht südlich aus. Ich vermute, daß sie das Gefühl haben, sie müßten den Süden von Fremden befreien, wenn sie ihn zurückfordern wollen.« Er zuckte die Achseln und strich über eine Hälfte seines Schnurrbartes. »Ich sehe zu nordisch aus, denke ich, also machte ich mich auf meinen Weg zurück hierher.«

»Jamail«, sagte Del schreckensbleich.

Rhashad runzelte die Stirn. »Wer?«

»Ihr Bruder«, erklärte ich. Dels Gesicht war weiß. »Er lebt bei den Vashni.«

Das Stirnrunzeln vertiefte sich: zwei Linien trafen sich zwischen seinen Augen. »Was hat ein Nordbewohner bei den Vashni zu suchen?«

»Kümmert Euch nicht darum«, sagte Del grimmig. »Seid Ihr sicher, daß sie alle Fremden töten?«

»Das *haben* sie getan. Ob sie es noch immer tun, kann ich nicht sagen. Ich weiß nur, daß dieser Orakelbursche sie alle aufgerüttelt hat.« Seine blauen Augen blickten ernst drein.

»Ich will offen sein, Bascha ... wenn Euer Bruder bei den Vashni ist, stehen seine Chancen nicht sonderlich gut. Sie nehmen religiöse Angelegenheiten sehr ernst.«

»Sie werden ihn töten«, sagte sie verbittert, »weil dieser lokiköpfige Orakelbursche es ihnen befiehlt.«

Rhashad hob eine gleichgültige Schulter. »Dann macht das mit *ihm* aus. Er ist auf dem Weg nach Iskandar.«

»Das Orakel?« Ich runzelte die Stirn. »Woher wißt Ihr das?«

»Ein Gerücht. Es ergibt jedoch einen Sinn. Dieser Orakelbursche hat vorausgesagt, daß der Jhihadi sein Gesicht in Iskandar zeigen wird. Glaubst du nicht, daß er dann vielleicht dort sein möchte? Um seine Behauptung irgendwie zu beweisen?«

Ich antwortete nicht. Das Wirtshausmädchen kam heran, endlich, und trug Schalen mit Stew und Kheshi herbei und auch je einen Krug Wein und Aqivi. Sie balancierte das alles mit großer Sorgfalt und Konzentration und stieß südliche Entschuldigungen hervor, während sie sich ihren Weg durch die Menge bahnte. Del sah es und streckte sofort die Hand aus, um sie von den Krügen und Bechern zu befreien.

»Zahle ihr etwas extra«, befahl Del, als ich nach meiner Satteltasche griff.

Ich runzelte die Stirn, während ich tief hineingriff. »*Du bist* fürchterlich großzügig mit meinem Geld.«

»So sind Frauen«, bemerkte Rhashad heiter. »Du solltest sehen, wie schnell meine Mutter das Geld ausgibt, das ich nach Hause schicke.«

Del dankte dem Mädchen und wölbte dann eine Augenbraue in Richtung Rhashad. »Ihr schickt Geld nach Hause zu Eurer Mutter?«

»Wenn ich es nicht täte, würde sie mir die Ohren langziehen. Oder noch schlimmer: meinen Schnurrbart.« Rhashad grinste. »Ihr solltet meine Mutter kennenlernen. Sie würde eine mutige Bascha wie Euch mögen.«

»Oder auch nicht«, sagte ich hastig, denn ich sah Interesse in Dels Augen aufflackern. Vielleicht für die Mutter. Ich wollte es nicht riskieren, daß es vielleicht Rhashad galt. »Hier, trinkt etwas Aqivi. Del zieht Wein vor.«

Del zog es vor, nichts zu trinken. »Kennt Ihr einen Mann namens Ajani? Er ist ein Nordbewohner, kein Grenzbewohner, aber er reitet auf beiden Seiten.«

»Ajani, Ajani«, murmelte Rhashad. »Der Name klingt bekannt ... ein Nordbewohner, sagt Ihr?«

»Genau das«, sagte sie flach, »in jeder Beziehung, auch was sein Aussehen betrifft. Er ist blond, blauäugig, sehr groß ... und er liebt es, Menschen zu töten. Und wenn er das nicht tut, sie an Sklavenhändler zu verkaufen.«

Rhashads Blick verschärfte sich. Er betrachtete sie intensiver. Dieses Mal sah er sie wirklich. Sah sie *und* das Schwert.

Der Tonfall seiner Stimme war seltsam. »Wart Ihr jemals in Julah?«

Sag nein, warnte ich sie stumm.

Del sagte ja.

Hoolies, er würde es sich zusammenreimen.

Rhashad nickte langsam. Sein scharfsinniger Blick ruhte auf mir. »Vor achtzehn Monaten — ungefähr — regierte Aladar Julah. Ein reicher Mann, Aladar: Er handelte mit Gold und mit Sklaven. Und würde das noch heute tun, wenn ihn nicht Sklaven getötet hätten.« Er sah Del nicht an. »Niemand kennt irgendwelche Namen. Nur daß eine eine nordische Frau war, der andere ein südlicher Mann. Ein Mann mit Narben auf seinem Gesicht, der als Sklave in Aladars Mine war.«

Ich hob eine Schulter an. »Viele Männer haben Narben.«

Rhashad streckte vier Finger aus und strich damit über eine Wange. »Viele Männer haben Narben. Aber nicht alle genau solche.«

»Ist das wichtig?« fragte Del rauh.

Rhashad ließ seine Hand sinken. »Nicht für mich«, sagte er ruhig. »Ich verrate meine Freunde nicht. Aber andere Leute könnten es tun.«

Kälte berührte mein Rückgrat. »Warum? Wenn Aladar tot ist, was kümmert es dann den neuen Tanzeer, wie es passiert ist?«

»Der neue Tanzeer ist Aladars Tochter.«

»Aladars *Tochter*«, keuchte ich. »Wie konnte eine *Frau* die Domäne erben?«

»Danke«, sagte Del trocken.

Ich winkte ab. »Nicht jetzt, das ist wichtig.«

Rhashad nickte. »Das ist es wirklich. Und der Grund, warum sie die Domäne leitet, ist, weil sie reich genug war, um Männer zu kaufen, und stark genug, sie zu halten.« Er lächelte flüchtig. »Zu viel Frau für mich.«

»Eine Frau«, sann ich. »Hoolies, die Dinge ändern sich.«

»Zum Besseren«, bemerkte Del und trank dann ihren sauren Wein.

»Vielleicht nicht, Bascha.« Ich sah stirnrunzelnd in meine Schale mit schnell abkühlendem Kheshi. Dann zuckte ich die Achseln. »Ja, nun, das wird nicht andauern. Sie nehmen vielleicht jetzt ihr Geld, aber das wird sich geben. Sie werden nicht lange damit zurechtkommen, Befehle von einer Frau entgegenzunehmen. Rhashad hat es auch nicht getan, nicht wahr? Und er ist ein Grenzbewohner. Ein Mann, der Angst vor seiner Mutter hat.«

»Ich *respektiere* meine Mutter. Und das solltest du auch tun. Sie ist ein besserer Mann als du.«

»Sie werden sie stürzen«, sagte ich nachdenklich. »Sie werden jemand anderem ihre Treue schenken. Sie werden die Domäne einem Mann anbieten, oder jemand wird sie für sich selbst stehlen. Und dann wird ein anderer versuchen, sie wiederum *ihm* zu stehlen.« Ich schüttelte den Kopf. »Julah wird Blut bedeuten.«

»Siehst du, warum ich gegangen bin?« fragte Rhashad. »Zuerst fangen die Vashni an zu töten, und jetzt wird es einen Krieg geben um die Kontrolle über Julah. Ich werde lieber meine Mutter besuchen.«

»Und Jamail ist mittendrin, wenn er nicht bereits tot ist.« Del seufzte und kratzte an ihrer Augenbraue. »O Tiger, wie lange noch? Erst muß man sich um Ajani Gedanken machen und jetzt auch noch um Jamail. Was soll ich tun?«

»Geh nach Iskandar«, sagte ich. »Das ist die einzige logische Chance.«

Dels Mund war verzerrt. »Es gibt keine Logik, wenn es um Gefühle geht.«

Was, so dachte ich, ungefähr das Wahrste war, was sie jemals gesagt hatte. Besonders wenn man es auf *sie* bezog.

ELF

Etwas landete auf meinem Kopf. »Komm mit«, sagte die Stimme. »Wir gehen nach Iskandar.«

Ich lag mit dem Bauch nach unten auf meinem wackeligen Bett und drückte mein Gesicht in das Bündel Stoff, das vorgab, ein Kissen zu sein. Mein linker Arm lag unter dem Bündel. *Ich* lag unter einem Laken aus Gaze und versuchte wieder einzuschlafen.

Das Ding auf meinem Kopf wich nicht. Ohne meine Augen zu öffnen griff ich aufwärts, ertastete die Satteltaschen, zog sie von meinem Kopf weg und hinüber zur Seite des Bettes. »Wer hält euch fest?« murmelte ich.

Del war wenig amüsiert. »Ich habe keine Zeit für so was. Ajani könnte in Iskandar sein.«

»Ajani könnte überall sein. Ajani könnte in den Hoolies sein.« Ich befreite meinen linken Arm. »Ich *hoffe,* daß Ajani in den Hoolies ist. Dann können wir ihn vergessen.«

Del nahm die Satteltaschen auf. »Fein«, erklärte sie. »Ich werde mit Abbu dorthin gehen.«

Del droht niemals. Del handelt. Sie war dabei, jetzt zu handeln.

»Warte ...« Ich hievte mich hoch, blinzelte durch zu helles Tageslicht zu ihr hin und versuchte mich an meinen Namen zu erinnern. Mein Mund schmeckte wie ein alter Dhoti. »Gib mir einen Moment Zeit, Bascha.«

Sie gab mir keinen Moment Zeit. »Wir treffen uns bei den Ställen.« Und schlug die Tür hinter sich zu.

O Hoolies.

Hoolies.

Warum tut sie das immer an dem Morgen nach der Nacht davor?

Ich schwöre es, die Frau plant es. Sie plant es und wartet ab. Sie weiß, was sie mir damit antut.

Mühsam drehte ich mich ganz herum und setzte mich auf. Natürlich war die Tür noch immer geschlossen. Del war noch immer fort.

Ich saß auf dem Rand des Bettes und verbarg mein Gesicht in den Händen, wobei ich über die vom Schlaf faltige Haut rieb. Ich brauchte etwas zu essen und einen Schluck Aqivi, aber Del würde mir nichts von beidem gönnen. Und sie würde mir auch keine Zeit gönnen.

»Du könntest sie immer noch einholen«, schlug ich vor.

Ja. Das könnte ich. Ich wußte, wohin sie ging.

Und ich wußte, wer mit ihr gehen würde.

Hoolies, Hoolies, *Hoolies.*

Ich hasse Männer wie Abbu.

Ich benutzte den Nachttopf. Dann, in dem Versuch, gleichzeitig wach zu werden und mich zu waschen, spritzte ich mir Wasser ins Gesicht und durchtränkte den größten Teil meiner Haare. Nasse Strähnen breiteten sich über meinen Nacken aus. Tröpfchen lösten sich und rollten hinab, kitzelten die Schultern, die Brust, den Bauch.

Ich fühlte mich nicht wesentlich besser. Nur nasser.

Ich schaute finster zur Tür, während ich nach meiner Unterkleidung, dem Harnisch und dem Burnus griff. »Was erwartest du? Ich habe die ganze Nacht mit Rhashad zusammengesessen.«

Del, die schon fort war, antwortete nicht. Was mir genauso recht war. Sie hätte etwas erwidert. Dann wäre *ich* gefordert gewesen zu antworten. Und wir hätten, in dem Versuch, die Oberhand zu behalten, zuviel Zeit damit verbracht, wegen nichts zu streiten.

Was mir ziemlich dumm erschien.

Ich beugte mich hinüber, um mir die Schuhe anzuziehen, die Del für mich besorgt hatte. »Du *bist* dumm«, murmelte ich. »Du könntest gerade jetzt in einem Wirtshaus sitzen, mit einer warmen und willigen kleinen, südlichen Schönheit auf dem Schoß und einem Krug Aqivi in der Hand. Oder du könntest dich irgendeinem reichen Tanzeer dafür verdingen, seine feuchtäugige Tochter zu beschützen, oder für einen ähnlich bequemen Job wie diesen. Oder mit Rhashad über den Orakelknochen sitzen und ihm all sein Geld abnehmen. *Oder* du könntest schlafen.« Ich hatte einen Schuh angezogen. Ich wandte mich dem anderen zu. »Und was tust du statt dessen? Machst dich bereit, mit einer kaltherzigen, heißzüngigen Bascha auf Rachefeldzug nach Iskandar zu reiten ...«

Del wartete bei den Ställen. Mit dem fahlen Rotschimmel. Draußen. Auf der Straße. Was mir etwas sagte.

»Es wird dort sein«, belehrte ich sie. »Es ist schon seit Hunderten von Jahren dort.«

Sie runzelte die Stirn.

»Iskandar«, klärte ich sie auf.

Dels Stirnrunzeln vertiefte sich. Aber sie sprach von etwas anderem. »Ich hätte ihn für dich bereitgehalten, aber niemand kann an ihn herankommen.«

Ihn. Sie konnte nur eines meinen. »Das geht deshalb nicht, weil sie nicht die richtige Technik haben.« Ich ging an ihr vorbei in den aus Latten gebauten Stall, nahm das Zaumzeug auf und ging hinüber zu seiner Box. Zumindest war es eine Art Box, aber es war nicht viel davon übriggeblieben. »In Ordnung«, sagte ich, »was hast du vor?«

Der Hengst, der an ein in den Boden versenktes, dikkes Stück Holz gebunden war, antwortete mir, indem er heftig scharrte. Weitere Teile der Box fielen herab. Der Boden um ihn herum war voll davon.

»Aha«, sagte ich, »ich verstehe.«

Und das tat auch der Stallknecht. Er kam angerannt,

als er bemerkte, daß der Besitzer des Hengstes zurück war. Ich hörte seiner Schimpfkanonade weitaus länger zu, als mir lieb war, und da ich den Hengst ohnehin aufzäumen, satteln und beladen mußte, verlor ich keine Zeit. Nur meine schwindende Geduld.

»Wieviel?« fragte ich.

Der Stallknecht nahm die Frage als Einladung dazu, erneut mit seinen Beschwerden zu beginnen. Ich unterbrach ihn mitten im Wort, indem ich mein Messer zog.

Er wurde weiß. Keuchte. Wechselte dann von Weiß zu Rot, als ich mich über den linken Vorderhuf des Hengstes beugte, um ihn auf Steine oder festgebackenen Schmutz zu untersuchen und den Strahl des Hufs mit meiner Messerspitze zu reinigen.

»Wieviel?« wiederholte ich.

Der Stallknecht nannte einen Preis.

»Zuviel«, belehrte ich ihn. »Dafür könntet Ihr Euch einen zweiten Stall kaufen. Er hat nicht *so* viel Schaden angerichtet.«

Er nannte einen anderen Preis.

Ich überließ dem Hengst seinen linken Huf wieder und trat an den rechten Huf heran. »Ich könnte ihn hier*lassen ...*«

Ein dritter — und besserer — Preis. Ich nickte und gab ihm das Geld.

Del war aufgestiegen und wartete, während ich den Hengst hinaus ins Tageslicht führte. Ihr Rotschimmel schnaubte. Der Hengst zog seine Oberlippe hoch, trompetete seinen Führungsanspruch heraus und trat mir, während er den Schweif hob und tänzelte, gleichzeitig in die Hacken. Ein Hengst, der am Ende eines nur zu menschlichen Armes herumtänzelt, ist äußerst beunruhigend. Daher war ich, zwischen einem momentanen Taubsein durch seinen Lärm und dem Traktieren meiner Stiefelhacken, in keiner besonders guten Stimmung.

Aber andererseits ging es Del nicht besser. »Hübsche

Technik«, bemerkte sie, als ich mit der Faust auf seine Nase schlug.

»Ich muß seine Aufmerksamkeit erringen.«

»Das hast du«, sagte Del. »Jetzt versucht er, dich zu beißen.«

Nun, das tat er. Aber auch Pferde haben schlechte Stimmungen.

Ich setzte meinen linken Fuß in den Steigbügel und begann mich hinaufzuziehen. Der Hengst schwang den Kopf herum und erwischte mich nur deshalb nicht, weil ich es kommen sah und ihn ins Maul schlug. Er versuchte es noch zweimal, und ich schlug ihn noch zweimal. Dann gab ich die Zögerlichkeit auf, wuchtete mich mit einem Schwung hinauf und landete auf dem Sattel, die Zehen in die Steigbügel gehakt.

»*Jetzt* versuche es«, schlug ich vor.

Er würde es vielleicht tun. Er hatte es zuvor getan. Dieses Mal tat er es nicht. Wofür ich sehr dankbar war, weil ich das Gefühl gehabt hatte, daß er siegen würde.

»Bist du fertig?« fragte Del.

Bevor ich antworten konnte — obwohl das nicht erwartet wurde —, trat der Stallknecht vor. »Ich konnte nicht umhin, Eure Narben zu bemerken — seid Ihr der Sandtiger?«

Ich nickte und nahm die Zügel auf.

Der Mann zeigte mir ein breites Grinsen. »Ich habe Eurem Sohn ein Pferd verkauft.«

»Meinem *Sohn* ...« Ich schaute stirnrunzelnd zu ihm hinab. »Welche Art Pferd, wohin ging er, und wie sieht er aus?«

Dels Tonfall klang trocken. »Nur eines auf einmal, Tiger. Du wirst den armen Mann verwirren.«

Der Stallknecht kannte die Pferde am besten. »Eine alte, graue Stute«, sagte er. »Mit einem Spritzer Weiß unten an der Nase und drei weißen Beinen. Sehr sanft. Die Stute einer Lady, aber er sagte, das sei es, was er wollte.«

»Wohin ging er?«

»Nach Iskandar.«

Wohin sonst? »Wie sieht er aus?«

Der Mann zuckte die Achseln. »Nicht groß, nicht klein. Achtzehn oder neunzehn Jahre alt. Mit braunen Haaren und blauen Augen. Er sprach die südliche Sprache mit einem Akzent.«

»Welche *Art* Akzent?«

Er zuckte die Achseln und schüttelte den Kopf.

»Aber er hat Euch gesagt, er sei mein Sohn.«

»Der Sohn des Sandtigers, ja.« Er grinste. »Er hat nicht die Narben, aber er trägt eine Kette aus Krallen.«

»Und ein Schwert?« fragte ich grimmig.

Er runzelte die Stirn. Dachte zurück. Schüttelte den Kopf. »Ein Messer. Kein Schwert.«

»Eine Halskette, aber kein Schwert. Und reitet eine alte, graue Stute.« Ich schaute zu Del. »Wenn er wirklich nach Iskandar geht, wissen wir wenigstens, wonach wir Ausschau halten müssen.«

Sie war verblüfft. »Du willst *Ausschau halten?*«

»Sollte nicht schwer sein, ihn zu finden. Er hat offensichtlich keine Hemmungen, mit seiner Herkunft zu prahlen — auch wenn es eine Lüge ist.«

Ihre Stimme klang ein wenig seltsam. »Woher willst du wissen, daß es eine Lüge ist?«

»Er ist zu alt«, belehrte ich sie. »Wenn ich sechsunddreißig bin und er achtzehn — oder auch *neunzehn* —, bedeutet das, daß ich gerade ...« Ich brach ab.

»Achtzehn«, half Del aus. »Oder vielleicht siebzehn.«

Immerhin nicht allzu alt. »Laß uns aufbrechen«, sagte ich kurz. »Es hat keinen Sinn hierzubleiben.«

Als wir Harquhal hinter uns gelassen hatten, war der größte Teil meiner schlechten Stimmung verflogen. Es war zu schwierig, schlecht gelaunt zu bleiben, wenn die südliche Sonne auf mein Gesicht schien und die Stelle erwärmte, wo der Bart gewesen war. Es fühlte sich seltsam an, glattrasiert zu sein. Es fühlte sich seltsam an, Gaze und Seide zu tragen. Es fühlte sich seltsam an, so sorglos zu sein.

Aber es fühlte sich *gut* an, sich so seltsam zu fühlen.

»Weißt du«, bemerkte ich, »du hättest mich gestern abend vorwarnen können, daß du gehen willst. Ich hätte mich von Rhashad verabschieden und Nabir sagen können, daß es keine weiteren Lektionen gibt …«

»Nabir weiß es. *Ich* habe es ihm gesagt.«

»Oh? Wann?«

»Gestern abend. Du und Rhashad, ihr wart voller Aqivi und zu beschäftigt mit dem Versuch, das Geld des anderen zu gewinnen … Nabir kam herein, und ich sagte es ihm.« Sie zuckte die Achseln. »Er sagte, er würde auch mitkommen, wenn er Xenobia davon überzeugen könnte, ihre Tätigkeit aufzugeben, und mit ihm zu gehen.«

»Xenobia«, murmelte ich.

»Und ich habe es Abbu gesagt, der gestern abend auch hereinkam.«

Ich sah sie an. »Er kam herein? Ich habe ihn nicht gesehen. Wann kam er herein? Gestern abend? In unser Wirtshaus?«

»Ich sagte bereits, daß du voller Aqivi warst.« Del machte eine flüchtige Handbewegung. »Kurz bevor ich ging.«

»Ging«, echote ich. »Du bist *gegangen*? Wann? Warum?« Ich runzelte die Stirn. »Mit ihm?«

»Gut, daß *du* heute gar keine Fragen hast.«

»Ich denke, ich habe das Recht dazu.«

»Oh? Warum?«

»Ich habe es einfach.« Ich runzelte die Stirn, denn mir gefiel ihr Tonfall nicht. »Wer weiß, in welche Schwierigkeiten du dich hättest bringen können, wenn du so mit Abbu weggegangen wärst. Du weißt nicht, welche Art Mann er ist, Bascha.«

»Einer, der dir sehr ähnlich ist.« Sie hob eine Hand,

um meinem Protest vorzubeugen. »Nein ... der so ist, wie du *warst*. Ich gebe zu, du hast dich geändert. Du bist nicht mehr der eingebildete Narr, der du früher einmal warst.«

»Zu freundlich«, sagte ich trocken. »Und war er mir auch im Bett ähnlich?«

»Du hast kein Recht, das zu fragen.«

»Hoolies, du meinst, du hast es *getan?*« Ich verhielt den Hengst abrupt. »Es war nur ein Spaß, nach all dem Gerede von deinem Bedürfnis nach Konzentration ... willst du mir erzählen, daß du gestern abend mit Abbu weggegangen bist?«

Dels Ton klang tödlich. »Ich habe dich bezüglich meines Bedürfnisses nach Konzentration nicht belogen. Und ich habe dir offen gesagt, daß ich Abgeschiedenheit brauche. Würde ich dann mit Abbu ins Bett gehen?«

Das beruhigte mich nur einen Moment. »Vielleicht. Ich bin mir nicht mehr sicher.«

»Nein.«

Ich fühlte mich ein wenig besser ... ich fühlte mich *erheblich* besser aufgrund Abbus mangelnden Erfolges, aber ich war immer noch ein wenig verärgert darüber, daß sie mit ihm gegangen war. »Du mußt zugeben, daß ich ein Recht habe, mir Sorgen zu machen.«

»Nein«, erwiderte Del. »Dazu hast du kein Recht.«

Das brachte mich wieder auf. »Warum habe ich kein Recht dazu? Wir haben die letzten — wieviel, achtzehn Monate? — zusammen verbracht, *im* Bett und außerhalb, und du sagst, ich habe kein Recht dazu?«

»Du hast kein Recht zu fragen, mit wem ich zu schlafen beschlossen habe«, erklärte Del, »nicht mehr, als ich das Recht habe, dich dasselbe zu fragen.«

»Aber du *kannst* ruhig fragen«, sagte ich. »Du warst die einzige Frau in meinem Bett, seit ...« Ich runzelte die Stirn. »Hoolies, siehst du, was du angerichtet hast? Ich kann mich nicht einmal erinnern.«

»Elamain«, sagte sie trocken.

Elamain. Elamain — o *Elamain.*

Del sah meinen Gesichtsausdruck. »Ja«, sagte sie, »Elamain. *Jene* Elamain.«

Wie konnte ich das vergessen? Wie konnte *irgendein* Mann das vergessen? Ihr Appetit war unersättlich gewesen, ihr Können jenseits allen Glaubens, ihre Ausdauer unglaublich, ihre Phantasie unvergleichlich ...

»Natürlich«, bemerkte Del, »hat sie dich fast umgebracht.«

Der Traum verschwand. »Schlimmer«, sagte ich ... mit Gefühl.

»Was könnte schlimmer sein als das ... oh. Oh. Ja, ich erinnere mich. Sie hat dich fast kastriert.«

Ich bewegte mich im Sattel. »Laß uns nicht darüber reden. Abgesehen davon, was hast du erwartet? *Du* hast mir nichts gegeben. Warum sollte ich nicht mit Elamain schlafen ...«

»... insbesondere da sie dir keine große Wahl gelassen hat.« Del lächelte. »Tiger, du denkst vielleicht, andere Frauen wüßten nicht, aber wir wissen. Ich weiß sehr genau, welche Art Frau Elamain ist — oder war, denn Hashi hat sie wahrscheinlich getötet und wie sie ihre Magie dir gegenüber eingesetzt hat. Frauen wie sie haben Macht. Männer können ihr niemals widerstehen.« Sie schob ihr gelöstes Haar hinter ihre Schultern. »Man kann so abgelenkt werden ... man kann die Übersicht darüber verlieren, was man vorgehabt hat, nur weil eine Frau ...«

»... mir eine Geschichte darüber erzählt, wie ein nordischer Borjuni ihre Familie getötet und ihren Bruder in die Sklaverei verkauft hat.« Ich lächelte. »Klingt das bekannt, Bascha?«

»Das habe ich nicht gemeint, Tiger.«

»Nein. Du meintest, daß Frauen wie Elamain arme Narren in ihr Bett locken. Ich weiß. Ich streite nicht einmal ab, daß es zu anderen Zeiten auch auf mich gewirkt hat.« Ich zuckte die Achseln. »Du hast eine andere Methode angewandt, aber das Ergebnis war dasselbe.«

Del antwortete nicht sofort. Sie hatte ihren fahlen Rotschimmel in meine Richtung gelenkt, und jetzt mußte sie ihn zurücknehmen, damit er nicht gegen den Hengst stieß. Als sie ihn beruhigt hatte, erwiderte sie meinen Blick kerzengerade. Und neigte den Kopf ein wenig.

»Was hättest du getan?« fragte sie. »Was hättest du mit deinem Leben angefangen, wenn ich dich nicht in diesem Wirtshaus gefunden hätte?«

»Angefangen?«

»Angefangen«, wiederholte sie. »Du sagtest, ich hätte dich genauso sehr abgelenkt, wie Elamain es vielleicht getan hätte — dich abgelenkt von was? Dich veranlaßt, den Überblick zu verlieren über — was?«

»Nun, wenn du mich nicht in diesem Wirtshaus gefunden *hättest*, wäre ich nicht als Sonnenopfer der Hanjii zurückgelassen worden. Ich wäre nicht in Aladars Mine geworfen worden. Ich hätte Einzelhieb nicht verloren und wäre nicht an diesem nordischen Schwert kleben geblieben und hätte Chosa Dei nicht eingesaugt.«

»Danach habe ich nicht gefragt.«

»Diese Dinge *wären* nicht geschehen.«

»Tiger, du weichst meiner Frage aus.«

»Nein, das tue ich nicht.« Ich zuckte die Achseln. »Hoolies, ich weiß es nicht. Ich bin ein Schwerttänzer. Ich verdinge mich, um Dinge zu tun. Ich hätte wahrscheinlich diese Dinge *getan*. Beantwortet das deine Frage?«

»Ja«, sagte sie, »das tut es.« Sie verscheuchte eine weitere Fliege. Oder vielleicht dieselbe. »Du hast mich einmal gefragt, was ich tun würde, wenn Ajani tot wäre. Wenn ich meinen Gesang einmal beendet hätte.«

»Ja, das habe ich gefragt. Soweit ich mich erinnere, hattest du keine Antwort.«

»Weil ich mich weigere, darüber hinauszusehen. Über

Ajanis Tod hinauszusehen bedeutet, die Konzentration zu verlieren. Die Vision abzuschwächen. Und das kann ich mir nicht leisten.« Del hob abrupt eine Hand. »Also schaue ich nicht soweit. Aber du hast nicht die gleiche Einschränkung. Du *kannst* voraussehen. Was ich dich jetzt frage, ist: hast du es?«

»Kein Schwerttänzer verschwendet viel Zeit damit, über das nächste Jahr, den nächsten Monat, die nächste Woche nachzudenken. Hoolies, manchmal nicht einmal über den nächsten *Tag*. Nur über den nächsten Tanz. Er schaut voraus bis zu dem Tanz, Bascha. Denn dafür lebt er.«

Dels Blick war fest. »Wann wird dein Tanz beendet sein?«

»Das kann ich nicht beantworten«, sagte ich rauh. »Ich weiß nicht einmal, was es bedeutet.«

»Das tust du. Oh, das tust du. Du bist kein dummer Mensch. Du bist kein einfältiger Mensch. Du gibst nur vor es zu sein, wenn du mit Wahrheiten handeln willst.«

Ich sagte kein Wort.

Del lächelte flüchtig. »Es ist in Ordnung, Tiger. Ich mache es genauso.«

»Du gibst nicht vor, einfältig zu sein. Und du gibst niemals vor, ein Narr zu sein.«

»Nein.« Ihr Mund war seltsam verzogen. »Statt dessen mache ich mich kalt und hart. Ich mache mich innerlich tot, damit ich diesen Wahrheiten nicht begegnen muß.«

Es gibt Zeiten, in denen ich diese Frau hasse.

Jetzt war es nicht so.

TEIL III

Eins

Dels Stimme kam aus weiter Ferne. »Tiger ... was ist mit dir?«

Es ergab keinen Sinn. Nur ein Wirrwarr von Worten. Nein, nicht von Worten, von *Klängen.*

»Tiger? Bist du in Ordnung?«

Ich fühlte mich — seltsam.

»Tiger!«

O Hoolies, Bascha ... etwas ist falsch ... etwas ist falsch mit *mir* ... etwas ist *falsch* mit ...

Ich brachte den Hengst zum Stehen. Stieg ab. Zog das Schwert aus der Scheide. Ging dann über den Weg zu einem herabgefallenen Haufen Felsgestein. Fand einen Riß. Trieb das Schwert hinein.

Trieb das *Heft* hinein und ließ die Klinge aufrecht in die Luft ragen.

»Tiger ...?« Und dann drängte sie ihren Rotschimmel zwischen die Klinge und meinen Körper.

Dadurch wurde ich zurückgestoßen. Ich fiel flach auf den Boden. Ich saß da und versuchte herauszufinden, was geschehen war.

Del lenkte den Rotschimmel herum. Ihr Gesichtsausdruck war zutiefst erschreckt. »Bist du loki geworden?« schrie sie.

Ich glaubte nicht. Irgendwie saß ich nur auf dem Boden anstatt im Sattel.

Schweigen: Del sagte nichts. Ihr Wallach stampfte, wirbelte Kieselsteine und Staub auf. Ich hörte das Klakken von Fels auf Fels, das Kratzen des Hufes auf hartem Untergrund, das Klirren von Gebiß und Zaumzeug.

Sah das Schwert aus dem Riß hervorstehen.

»Hoolies«, murmelte ich heiser.

Del sagte nichts. Sie beobachtete, wie ich aufstand, beobachtete, wie ich mir den Staub vom Burnus klopfte, beobachtete, wie ich einen Schritt auf das Schwert zu machte. Und führte den Wallach dann dazwischen.

So aufgehalten, streckte ich eine Hand aus, um den Rotschimmel abzuwehren. »Was versuchst du ...«

»Dich davon abzuhalten, dich umzubringen«, sagte sie flach. »Denkst du, ich könnte das nicht beurteilen?«

»Ich würde niemals ...«

»Du hast es gerade getan. Oder hättest es getan.«

Ich sah erstaunt zu ihr hinauf. Dann über den fahlen Leib des Rotschimmels hinweg zu dem wartenden Schwert, das geduldig in die Luft ragte.

Das konnte ich nicht getan haben. Das *konnte* ich nicht getan haben. Das ist nichts, was ich tun würde. Ich hatte zuviel Seelenqual in meinem Leben überstanden, um es absichtlich zu beenden, und erst recht nicht mit eigener Hand.

»Laß mich in Ruhe«, sagte ich.

Del bewegte den Wallach nicht.

»Laß mich in Ruhe«, wiederholte ich. »Ich bin wieder in Ordnung, Bascha.«

Ihr Gesichtsausdruck war undurchschaubar. Dann führte sie den Wallach aus dem Weg. Ich hörte das Zischen einer Klinge, die aus der Scheide gezogen wird. Ich wurde von einem seltsamen Gedanken heimgesucht: Würde Del versuchen, mich zu töten, um mich daran zu hindern, mich selbst zu töten?

Aus irgendeinem Grunde lachte ich nicht. Und sah nicht zu meinem Schwert.

Ich näherte mich ihm vorsichtig. Empfand nichts. Keine Angst, keine Erwartung, keinen Wunsch danach, mich selbst zu verletzen. Nur eine sanfte Neugier darüber, was das Ding gewollt haben mochte.

Ich sagte kein Wort.

Ich beugte mich hinab. Schloß eine Hand um den hervorstehenden Teil des Hefts, wobei ich es vermied, die Klinge selbst zu berühren. Zog das Schwert aus dem Riß und hielt es mit der richtigen Seite nach oben.

Schwarz kroch die Klinge hinauf. Jetzt berührte es schon die Runen.

»Es will nicht weichen«, brach es aus mir heraus.

Dels Stimme: »*Was?*«

»Es — *er* — will nicht weichen.« Ich sah stirnrunzelnd auf das Schwert hinab und zwang meinen Blick dann davon fort, um Dels zu begegnen. »Chosa Dei will nach Süden ziehen.«

Dels Mund wurde zu einer dünnen Linie. »Sag ihm, daß wir nordwärts ziehen.«

»Nordostwärts«, korrigierte ich sie. »Und er weiß genau, wohin wir gehen — darum hat er diese Schau abgezogen.« Ich hielt inne. »Immerhin einer der Gründe. Er will auch aus dem Schwert heraus. Mich zu töten wäre ein erfolgreicher Weg.«

Del steckte Boreal zurück in die Scheide und führte den Wallach näher heran. »Es ist wieder schwarz.«

»Ein Teil davon.« Ich wandte die Klinge von einer Seite zur anderen, um beide Seiten zu zeigen. »Was denkst du, was passieren würde, wenn die ganze Klinge schwarz würde?«

Dels Stimme klang seltsam. »Willst du das wirklich herausfinden?«

Ich sah sie scharf an. »Weißt du es?«

»Nein. Aber *ich* würde das Risiko nicht eingehen.«

»Das werde ich auch nicht tun«, murmelte ich. »Zeit, ihm wieder einmal zu zeigen, wer der Herr ist.«

Wie schon zuvor, schloß ich beide Hände um den Griff und verschränkte die Finger an ihrem Platz. Beim letzten Mal war ein Gesang notwendig gewesen, ein Bruchstück eines kleinen Gesangs, der gesungen wurde, um Chosa Dei an seinen Platz zu verweisen. Ich rief ihn erneut herbei und ließ ihn meinen Kopf ausfüllen. Dachte kurzzeitig an nichts anderes als daran, meine

Vorherrschaft zu beweisen. Wie der Hengst bei Dels fahlem Rotschimmel.

Ich schwitzte, als ich die Augen öffnete. Der Gesang in meinem Kopf erstarb. Die Runen waren frei von Verkohltem, aber nicht die ganze Klinge. »Nur ein wenig«, keuchte ich. »Jedes Mal bleibt mehr von dem Schwarz zurück.«

»Du mußt wachsam sein«, erklärte Del.

»Wachsam«, murmelte ich. »Sei *du* wachsam.«

Ihr Gesicht schwankte vor mir. »Bist du in Ordnung?« fragte sie.

Ich taumelte auf den Hengst zu, der gelangweilt am Schlamm knabberte. Sein Maul war davon verkrustet. »Ob ich in Ordnung bin, fragt sie. Ich weiß es nicht. *Sollte* ich in Ordnung sein? Jedes Mal, wenn ich diese kleine Diskussion mit meinem Schwert habe, fühle ich mich, als wäre ich um zehn Jahre gealtert.« Ich blieb abrupt vor dem Hengst stehen und fuhr herum. »Aber das bin ich nicht, nicht wahr?«

»Was?«

»Um zehn — oder mehr — Jahre gealtert.«

Del taxierte mich kritisch. »Ich glaube nicht. Du siehst genauso aus wie zuvor — ungefähr wie sechzig, würde ich sagen.«

»Das ist nicht witzig«, schnappte ich und erkannte dann, wie ich geklungen haben mußte. »In Ordnung, in Ordnung, aber kannst du es mir vorwerfen? Wer weiß, zu was Chosa Dei in der Lage ist, sogar in einem Schwert!«

»Stimmt«, räumte Del ein. »Nein, Tiger, du siehst nicht so aus, als wenn du um zehn oder zwanzig Jahre gealtert wärst. Tatsächlich siehst du besser aus als noch vor einer Woche. Das Trainieren bekommt dir. Du solltest es häufiger tun.«

»Das würde ich, wenn ich es könnte«, murmelte ich. »Vielleicht in Iskandar.«

Ich wandte mich zu dem Hengst um, der mich mit einem Stoß seines Mauls gegen mein Gesicht, gefolgt von einem Schnauben, begrüßte. Sein Schnauben ist jedes Mal schlimm genug, und dieses Mal war Dreck mit im Spiel. Dreck und Schleim ergeben Schlamm.

Ich fluchte, wischte mir den Schlamm von Gesicht und Hals und benannte ihn mit einem Dutzend unflätiger Namen. Er hatte sie alle schon zuvor gehört und zuckte nicht einmal mit einem Ohr. Also ergriff ich die Zügel, stellte einen Fuß auf den linken Steigbügel, zog mich mühsam hoch und ließ meinen Körper auf den Sattel plumpsen. Spähte zu Del hinüber.

»In Ordnung«, sagte ich, »in Ordnung. Ich gebe auf. Je eher ich Chosa aus diesem Schwert vertreiben kann, desto glücklicher werde ich sein ... Und wenn das bedeutet, daß ich Shaka Obre finden muß, dann werden wir das tun.«

Dels Gesichtsausdruck war seltsam. »Das könnte Monate dauern. Vielleicht sogar Jahre.«

Ich knirschte mit den Zähnen. »Ich weiß das«, belehrte ich sie. »Was, zu den Hoolies, soll ich *sonst* tun? Dieses Ding für den Rest meines Lebens bekämpfen?«

Dels Stimme klang ruhig. »Ich denke einfach, du solltest erkennen, welche Art Verpflichtung du eingehst.«

Ich sah sie an. »Dieses Schwert hat gerade versucht, mich dazu zu bringen, mich selbst zu töten. Jetzt ist es eine *persönliche* Angelegenheit.«

Ihre glatten Brauen zogen sich zusammen. »Shaka Obre ist kaum mehr als ein Name, Tiger ... er wird schwer zu finden sein.«

Ich seufzte. »Wir haben Chosa Dei gefunden. Wir werden Shaka Obre finden, egal was dafür notwendig ist.«

Dels Lächeln erschien seltsam abrupt.

»Was ist?« fragte ich vorsichtig.

»Nur daß du genauso klingst wie ich.«

Ich dachte darüber nach. Über Dels Suche nach Ajani und die Opfer, die sie gebracht hatte.

Jetzt war ich an der Reihe.

Sie führte ihren Rotschimmel neben mich. »Wie weit ist es noch bis Iskandar?«

»Nach dem, was Rhashad mir gesagt hat, noch einen Tagesritt. Wir sollten morgen abend dort eintreffen.« Ich spähte den Pfad hinab, der sich durch verkümmerte Bäume und dünnes Gras wand. »Weißt du, vielleicht wäre es nicht so schlimm, wenn tatsächlich ein Jhihadi dort *wäre.* Vielleicht kann er mein Schwert heilen.«

Del klang pikiert. »Es ist nichts mit deinem Schwert, was du nicht selbst heilen könntest. Du brauchst nur Kontrolle. Und die Bereitschaft, es zu *versuchen.*«

Ich sah sie lange an. Und veränderte dann meine Lage im Sattel. »Weißt du«, sagte ich leichthin, »ich werde froh sein, wenn Ajani tot ist.«

Das verblüffte sie. »Warum?«

»Weil du dich dann vielleicht daran erinnerst, wie es ist, wieder ein Mensch zu sein.«

Ihr Mund öffnete sich. »Ich *bin* ...«

»Manchmal«, stimmte ich zu. »Aber dann wieder, zu anderen Zeiten, bist du ein kaltherziges, hart urteilendes Weib.«

Ich wandte den Hengst um und ritt weiter. Kurz darauf folgte sie mir.

Schweigen ist manchmal sehr laut.

Iskandar hatte, wie ich wußte, schon lange vor Harquhal bestanden. Was bedeutete, daß der Pfad zwischen beiden sehr neu war, nur als Reaktion auf das Orakel angelegt. Mit der Zeit würde der Pfad verblassen, von Wind und Regen fortgewaschen werden, und das Land würde wieder ursprünglich werden, ohne die Narben, die ihm von Pilgern, die hierhergezogen waren, um den Jhihadi zu sehen, zugefügt worden waren. Bis dahin würde der Pfad jedoch erst einmal eine Lebensader werden.

Rhashad hatte ihn sehr genau beschrieben, obwohl es

nicht nötig gewesen wäre. Es war leicht, den Weg zu erkennen. Leicht, die Leute zu erkennen, die Harquhal auf dem Weg nach Iskandar hinter sich ließen. Aber schwerer, sie zu umgehen.

Wir umgingen sie gelegentlich, indem wir den Pfad verließen. Die Dämmerung brach herein, es wurde frostig, und mein Magen beschwerte sich. Del und ich überquerten einen Hügel und fanden einen abgelegenen Lagerplatz, denn wir hatten keinen Wunsch nach Gesellschaft. Unterwegs kann man niemals sicher sein.

»Kein Feuer«, schlug ich vor, als ich von meinem Hengst kletterte.

Del sagte nichts und nickte nur. Sie zog ihren Sattel, die Satteldecke, die Satteltaschen und die Rolle mit den Fellen und Decken von ihrem Pferd, warf alles auf einen Haufen und ging zurück, um sich um den Rotschimmel zu kümmern.

Es ging sehr schnell. Wir banden die Pferde an, breiteten unsere Bettrollen aus, aßen eine Reisemahlzeit aus unseren Satteltaschen und tranken Wasser aus Botas. Als die Sonne untergegangen war, blieb uns nur noch die Möglichkeit, ins Bett zu gehen. Aber keiner von uns hatte das Bedürfnis.

Im weißen Licht des Vollmondes saß ich auf meinem Fell, die Decken um die Knie drapiert, und bearbeitete meinen Harnisch mit Öl. Das Leder war steif, weil es neu war, und mußte weich gemacht werden. Mit der Zeit würden das Öl, mein Schweiß und die Form meines Körpers den Harnisch zwingen, sich anzupassen. Bis dahin würde ich ihn jede Nacht bearbeiten. Es war ein Ritual.

Del führte ihr eigenes Ritual aus, genauso wie ich meines vollführte. Aber es war nicht ihr Harnisch, den sie bearbeitete. Es war Boreals Klinge. Mit Schleifstein, Öl und Tuch. Und ausgesprochen sanfter Sorgfalt.

Sie hatte ihr Haar zurückgebunden. Somit lag der größte Teil ihres Gesichts frei. Im Mondlicht wirkten die

Konturen hart. Die Flächen wirkten wie aus Glas geschnitten.

Die Klinge hinab und wieder hinauf: verlockendes Zischen. Dann das Flüstern von Seide auf Stahl. Sie hielt den Kopf gebeugt und seitlich geneigt, während sie die Länge der Klinge entlangschaute. Weißbewimperte Lider waren gesenkt und verbargen die Augen vor mir. Der dichte, helle Zopf fiel über eine seideverhüllte Schulter und schwang mit ihrer Bewegung mit. Die Klinge hinab und wieder hinauf: langsame, subtile Verlockung.

Ganz plötzlich mußte ich es wissen. »Woran denkst du?«

Del zuckte kurz. Sie war sehr weit fort gewesen.

Ruhig wiederholte ich: »Woran denkst du, Bascha?«

Ihr Mund verzog sich einen Moment. Nahm dann wieder seine richtige Form an. »An Jamail«, sagte sie weich. »Ich habe mich daran erinnert, wie er war.«

Ich hatte ihn nur einmal gesehen. Und niemals so wie sie.

»Er war ... ein Junge«, sagte sie. »Nicht anders als alle anderen. Er war der Jüngste von uns allen, mit zehn — fünf Jahre jünger als ich. Er versuchte so angestrengt, ein Mann zu werden, als wir wollten, daß er ein Junge bliebe.«

Ich lächelte und verstand. »Daran ist nichts Falsches.«

»Er dachte es. Er pflegte meinen Vater anzusehen, meine Onkel, meine Brüder und dann mich. Und zu schwören, er sei genauso tapfer ... zu schwören, er sei genauso stark ... zu schwören, er sei genauso fähig wie jeder ausgewachsene Mann.«

Ich hatte als Junge keine normale Kindheit gehabt. Ich konnte nicht sagen, wie es hätte sein sollen. Konnte nicht nachempfinden, was Jamail empfunden hatte. Konnte die Worte nicht sagen, die ich vielleicht gesagt hätte, wenn ich Jamail gewesen wäre und meine Schwester hätte trösten wollen.

»Sie trieben uns zusammen«, sagte sie. »Wir verbargen uns unter dem Wagen, versuchten uns klein zu machen, aber die Borjuni steckten den Wagen in Brand. Wir konnten uns nirgends sonst verstecken. Wir rannten ... Jamails Kleidung fing Feuer ...« Sie brach einen Moment lang ab, das Gesicht seltsam verzerrt. »Sie fing Feuer, aber er schrie nicht. Er stopfte sich einfach die Fäuste in den Mund und biß darauf, bis sie bluteten. Ich mußte ihn zu Boden werfen. Ich mußte ihn zum Stolpern bringen und zu Boden werfen, damit ich die Flammen ersticken konnte ... und in dem Moment erwischten sie uns.«

Meine Hände ruhten auf dem Harnisch. Dels Hände fuhren fort, ihre Klinge zu bearbeiten. Ich bezweifle, daß sie es überhaupt bemerkte.

»Er hatte Verbrennungen«, sagte sie. »Sie kümmerten sich nicht darum. Er lebte, er würde genesen. Er würde noch immer eine hübsche Summe einbringen. Das war das einzige, woran sie dachten: was die südlichen Sklavenhändler zahlen würden.«

Nein, es war nicht alles, woran sie gedacht hatten. Da war auch noch Delilah — eine fünfzehnjährige, nordische Schönheit —, aber Del sprach nicht von sich selbst. Jamail war das Thema. Jamail war alles, was zählte, und auch das Schicksal ihrer Familie.

Del hielt sich selbst nicht für wert genug, die Besessenheit zu rechtfertigen.

O Bascha. Bascha. Wenn du nur wüßtest.

»Aber er hat es überlebt«, sagte sie. »Und sicherlich mehr als nur das: die Sklaverei, die Kastration und den Verlust seiner Zunge. Er hat das alles überlebt, nur um in die Hände der Vashni zu fallen.« Del atmete tief ein. »Also bleibt mir jetzt nur, hier zu sitzen und mich zu fragen, ob er tot ist.«

»Du weißt nicht, daß er es ist.«

»Nein. Nein, das weiß ich nicht. Und es nicht zu wissen schmerzt.«

Ihre Hand fuhr mit ihrer Aufgabe fort, niemals in ihrer Bewegung zögernd. Boreal sang einen Gesang, einen Gesang der Versprechen.

»Mach dir keine unnötigen Sorgen«, sagte ich. »Jamail könnte bei den Vashni auch vollkommen sicher sein.«

»Sie töten Fremde. Er ist zu offensichtlich nordisch.«

»Ist er das? War er das?« Ich zuckte die Achseln, als sie aufschaute. »Als wir ihn fanden, hatte er bereits fünf Jahre im Süden verbracht. Davon zwei Jahre bei den Vashni. Nach allem, was wir wissen, könnten sie ihn als einen der Ihren ansehen. Der alte Mann liebte ihn, das sollte einiges Gewicht haben.«

»*Alte* Männer«, sagte sie leise, »verlieren oft ihre Macht.«

»Und manchmal tun sie es nicht.«

»Aber alte Männer sterben.«

Ich schüttelte den Kopf. »Ich kann es dir nicht erleichtern, Del. Ja, er könnte tot sein. Aber du *weißt* es nicht.«

»Und ich frage mich: Werde ich es jemals wissen? Oder den Rest meines Lebens verbringen, ohne zu wissen, ob einer meiner Blutsverwandten übriggeblieben ist.«

»Glaube mir«, sagte ich rauh, »du kannst lernen, damit zu leben.«

Dels Hand schloß sich über der Klinge. »Und sagst du *das,* weil ich ein kaltherziges, hart urteilendes Weib bin?«

Ich sah sie scharf an, bestürzt über ihre Frage. Und noch bestürzter über den verletzten Tonfall. »Nein«, antwortete ich ehrlich. »Ich sage das, weil es das ist, was *ich* getan *habe.*«

»Du«, sagte sie verwirrt.

»Ich«, bestätigte ich. »Vergißt du die Umstände? Keine Mutter, kein Vater für mich ... und auch keine Brüder oder Schwestern. Ich habe nicht die leiseste Ahnung, ob jemand von *meinen* Blutsverwandten übriggeblieben ist, da ich meine Blutsverwandten gar nicht kenne.«

»Grenzbewohner«, sagte sie. »Grenzbewohner oder Fremde.«

Ich richtete mich auf. »Denkst du das?«

Del zuckte die Achseln. »Du hast die Größe eines Nordbewohners, aber deine Hautfarbe ist überwiegend südlich. Nicht so dunkel natürlich, und deine Gesichtszüge sind nicht so grob. Du bist ein wenig von beidem, denke ich, was heißen könnte, daß du ein Grenzbewohner bist.« Sie lächelte flüchtig und abschätzend. »*Oder* ein Fremder. Hast du das niemals in Erwägung gezogen?«

Das und mehr. Alles. An jedem Tag meiner Zeit als Sklave. In jeder Nacht in meinem Bett aus Dreck. Und hatte es niemandem gegenüber zugegeben. Nicht einmal Sula oder Del gegenüber. Denn das zuzugeben könnte mich schwach machen. Die Schwachen überleben nicht.

»Nein«, sagte ich laut und vertrieb die Schwäche.

»Tiger.« Del legte das Schwert beiseite. »Ist dir niemals in den Sinn gekommen, daß die Salset vielleicht gelogen haben?«

»Gelogen?« Ich runzelte die Stirn. »Ich verstehe nicht.«

Sie saß mit über Kreuz geschlagenen Beinen da. Die Finger kreisten um ihre Knie. »Du hast dein Leben in dem Glauben verbracht, daß du zum Sterben in der Wüste zurückgelassen wurdest. Im Stich gelassen von der Mutter, dem Vater ... so hast du es erzählt.«

»Das ist das, was man mir erzählt hat.«

»Wer hat es dir erzählt?« fragte sie sanft.

Ich runzelte die Stirn. »Die Salset. Das weißt du. Worum geht es hier?«

»Um Lügen. Um Irreführung. Um absichtlich zugefügte Qual, um den fremden Jungen leiden zu lassen.«

Etwas zwickte mich im Bauch. »Del ...«

»*Wer* hat es dir erzählt, Tiger. Es war nicht Sula, nicht wahr?«

Meine Antwort kam sofort. »Nein. Sula war niemals grausam. Sula war meine ...« Ich brach ab.

Del nickte. »Ja. Sula war deine Rettung.«

Ich umklammerte den Harnisch mit beiden Händen. »Was meinst du damit?« fragte ich. »Was hat Sula hiermit zu tun?«

»Wann ist dir das erste Mal bewußt geworden, daß du kein Salset warst?«

Ich wußte keine wirkliche Antwort. »Ich wußte es einfach immer schon.«

»Weil sie es dir gesagt hatten.«

»Ja.«

»*Wer* hat es dir gesagt? Wer hat es dir zuerst gesagt? Wer hat es dir in so jungem Alter gesagt, daß du niemals etwas anderes gedacht hast?«

»Del ...«

»Waren es die Erwachsenen?«

»Nein«, sagte ich verwirrt. »Die Erwachsenen haben mich vollständig ignoriert, bis ich alt genug war, um nützlich sein zu können. Es waren die Kinder, immer die Kinder ...« Ich brach ab. Erinnerte mich nur zu gut an die schmerzvollen Tage meiner Vergangenheit, an den Alptraum meiner Kindheit.

Erinnerte mich und *fragte* mich.

Hätte es eine Lüge sein können?

Ich saß sehr still da. Alles war plötzlich und auf seltsame Weise klar, so wie es unmittelbar vor einem Schwerttanz ist. Wenn man sich auf Messers Schneide befindet und weiß, daß ein Augenblick den Unterschied bedeuten kann.

Alle meine Sinne verschärften sich. Ich wußte, wer und wo ich war und was ich geworden war. Und ich wußte, daß es schwierig war zu atmen.

Del wartete in vollkommenem Schweigen ab.

»Die Kinder«, wiederholte ich und spürte, wie sich der Abgrund unter mir auftat.

Dels Gesicht war angespannt. »Kinder können grausam sein.«

»Sie sagten ...« Ich brach ab, denn ich wagte nicht, es laut auszusprechen.

Kurz darauf nahm sie meine Worte auf. »Sie sagten, daß du von Eltern zum Sterben in der Wüste zurückgelassen worden bist, die dich nicht haben wollten.«

»Sie alle sagten das«, murmelte ich vage. »Erst einer, dann auch alle anderen.«

»Und du hast es niemals in Frage gestellt.«

Ich konnte nicht mehr dort sitzenbleiben. Ich konnte überhaupt nicht mehr sitzen. Wie konnte ich einfach *dasitzen ...?*

Ich stieß den Harnisch beiseite, stand steif auf und ging dann vier Schritte fort. Blieb stehen. Starrte blind in die Dunkelheit.

Fuhr wieder herum, um sie herauszufordern. »Es war niemand da, den ich hätte fragen *können*. Wen sollte ich fragen? Was sollte ich sagen? Ich war ein Chula ... Chulas *stellen* keine Fragen ... Chulas reden überhaupt nicht, weil zu reden Schläge nach sich zieht.«

»Es gab Sula«, sagte sie sanft.

Etwas rührte sich träge. Zorn. Verzweiflung. Eine Art Schmerz, wie ich ihn nie zuvor empfunden hatte, weil ich mir nie zuvor Gedanken darum gemacht hatte. Nicht auf die Art, wie ich mir Gedanken um sie machte. »Ich war *fünfzehn*.« Ich wußte nicht, wie ich es erklären sollte. Nicht so, daß sie es erkennen konnte, verstehen konnte, begreifen konnte. »Ich war fünfzehn, als ich Sula traf. Damals wußte ich es besser, als daß ich gefragt hätte. Damals machte ich mir keine Gedanken darum. Damals war nichts in mir, das sich auch nur gefragt hätte, wer ich war.«

»Das ist eine Lüge«, sagte sie.

Verzweiflung schneidet wie eine Klinge. »O Hoolies … o Bascha, du weißt einfach nicht …« Ich strich mit steifen Fingern durch meine Haare. »Es gibt keine Möglichkeit, daß du es wissen *kannst.*«

»Nein«, stimmte sie zu.

Ich sah sie im Mondlicht an. Es schmerzte, sie anzusehen. Darüber nachzudenken, was sie gesagt hatte. Sich zu fragen, ob sie recht hatte.

»Es war falsch, daß du das getan hast«, sagte ich. »Du hättest es nicht tun sollen. Du hättest es ruhen lassen sollen — du hättest *mich* in Ruhe lassen sollen … siehst du nicht, was du getan hast?«

»Nein.«

»*Vorher* wußte ich, was ich war. Ich wußte, was geschehen war. Es machte mich nicht glücklich — wer würde glücklich sein zu wissen, daß er im Stich gelassen wurde? —, aber zumindest hatte ich eine Vorstellung. Zumindest war da etwas, was ich hassen konnte. Zumindest fragte ich mich nicht, ob es Lüge oder Wahrheit war.«

»Tiger …«

»Du hast mir das genommen«, sagte ich. »Und jetzt ist da *überhaupt* nichts mehr.«

Dels Gesicht war betroffen. Sie starrte mich einen Moment wie blind an und atmete dann geräuschvoll ein. »Würdest du nicht auch lieber wissen, daß du *nicht* im Stich gelassen worden bist?«

»Meinst du, ob ich *lieber* wissen würde, daß meine Eltern von Borjuni ermordet wurden? Oder vielleicht von den Salset ermordet wurden, die mich dann als Andenken mitnahmen?«

Sie zuckte zusammen. »Das wollte ich nicht …«

Ich wandte ihr erneut den Rücken zu. Schaute äußerst angestrengt in die Dunkelheit und versuchte die Dinge zu sortieren. Sie hatte alles verändert. Das verändert. Ich mußte meinen Halt zurückgewinnen. Mußte neue Spielregeln finden. Jetzt war ich an der Reihe, geräuschvoll einzuatmen. »Was soll ich jetzt tun? Was soll ich tun, Del? Mich mit Fragen nach der Wahrheit in die Sandkrankheit treiben?«

»Nein«, antwortete sie barsch. »Welche Art Leben ist das?«

Ich fuhr herum. »Deine Art«, belehrte ich sie. »Du strafst dich selbst mit *deinem* Leben. Soll ich mich mit meinem strafen?«

Del erschauerte. Schluckte dann sichtbar. »Ich wollte dir nur ein wenig Frieden geben.«

Aller Ärger erstarb in mir. Und damit wich auch die Bitterkeit und ließ Leere an ihrer Stelle zurück. »Ich weiß«, sagte ich. »Ich weiß. Und vielleicht hast du das auch, Bascha. Ich weiß es nur noch nicht.«

»Tiger«, flüsterte sie, »es tut mir leid.«

Das Mondlicht lag auf ihrem Gesicht. Es schmerzte mich, sie anzusehen.

»Geh zu Bett«, sagte ich abrupt. »Ich muß noch nach dem Hengst sehen.«

Der Hengst war nur vier Schritte entfernt angebunden. Es ging ihm gut. Er schlief. Er brauchte nichts von mir.

Aber Del sagte kein Wort.

Zwei

Iskandar war eine Spielzeugstadt: ein Stapel ungebrannter Ziegelblöcke, die zu lange in Sonne und Regen gelegen haben. An den Gebäuden waren keine Ekken mehr zu erkennen, nur abgerundete, wie eingefallene Schultern wirkende Außenwände, die langsam zu Staub zerfielen. Zu dem Dreck und dem Lehm und den Schieferhaufen, aus denen die ganze Stadt entstanden war.

»Das ist verrückt«, sagte ich. »All diese Leute, die auf das Wort eines unbekannten Eiferers hin ihre Heime zurücklassen, um einer ruinierten Stadt entgegenzuziehen. Und nach allem, was jedermann weiß, gibt es dort nicht einmal Wasser.«

Del schüttelte den Kopf. »Es gibt dort Wasser. Es ist zu viel Grün dort. Und glaubst du nicht, daß der Jhihadi dafür sorgen wird, wenn er gerade dorthin zurückzukehren plant?«

Ihre Stimme klang trocken und ironisch. Ein Echo meiner eigenen. Del glaubt mehr an Religion, als ich es tue — zumindest im Sinne des wahren Glaubens —, und sie hatte bisher keine Anzeichen von Ablehnung gegenüber der angekündigten Wiederkehr gezeigt. Wenn überhaupt etwas, so hatte sie mich wegen meines Zynismus gewarnt und gesagt, ich solle den Glauben anderer respektieren, selbst wenn er nicht meinem eigenen entspreche.

Aber jetzt, von Angesicht zu Angesicht mit Iskandar, dachte Del nicht an den Glauben. Nicht einmal an Religion. Sie dachte an Ajani. Sie dachte daran, einen Mann zu töten.

Und an die ihren, weit von Iskandar entfernten, Göttern geleisteten Schwüre.

»Wo ist die Grenze?« fragte ich. »Du kennst all diese Dinge.«

Was der Wahrheit entsprach, denn sie wußte mehr als ich. Ein Teil von Dels Ausbildung auf Staal-Ysta war etwas gewesen, was sie *Geographie* nannte, die Lehre davon, wo Orte lagen. Ich kannte den Süden recht gut, besonders die Punja, aber Del kannte alle Arten von verschiedenen Orten, sogar jene, an denen sie niemals gewesen war.

»Die Grenze?« echote sie.

»Ja. Die Grenze. Du weißt: dieses Ding, das den Norden vom Süden trennt.«

Sie warf mir einen Blick zu, der genau nichts sagte. Was bedeutete, daß er eine Menge sagte. »Die Grenze«, sagte sie kühl, »ist nicht wahrnehmbar.«

»Sie ist was?«

»Nicht wahrnehmbar. Ich kann nicht sagen, wo sie liegt. Das Land ist zu ... seltsam.«

Der Hengst stolperte. Ich zog seinen Kopf hoch, beruhigte ihn und ließ ihn weitergehen. »Was meinst du mit ›seltsam‹?«

Del machte eine allumfassende Handbewegung. »Sieh dich um, Tiger. In einem Moment befinden wir uns auf Wüstensand, im nächsten auf nordischem Grasland. Einen Schritt weiter zwischen Grenzlandgestrüpp und einen weiteren Schritt weiter in windzerzauster Felslandschaft.«

»So?«

»So. Es ist eine Sache, von Julah nach Staal-Ysta zu reiten und zu sehen, wie sich das Land verändert ... es ist eine völlig andere Sache, dieselben Veränderungen im Abstand von zehn Schritten zu bemerken.«

Ich hatte nicht wirklich darüber nachgedacht. Aber als sie es jetzt erwähnte, bemerkte ich, daß sich das Land sehr veränderte. Wie auch die Temperatur. In einem Moment war es heiß, im nächsten ein klein wenig frostig. Aber das eine verschmolz mit dem anderen und bewirkte überwiegende Wärme.

Wir streiften, wie auch der Weg, den Rand eines weiten Plateaus. Zu unserer Linken erhoben sich die Ausläufer des Nordens, zu unserer Rechten, jenseits des Plateaus, erstreckten sich gestrüppbewachsene Grenzgebiete, die, wenn das Auge so weit sehen könnte, zur Wüste abflachen würden. Unter uns, direkt in Richtung Nordosten, befand sich ein weiteres, kleineres Plateau. In dessen Mittelpunkt, auf der Spitze, stand die Stadt Iskandar.

Sie konnte nicht als Hügelfestung oder auch als Wüstenstadt bezeichnet werden. Es gab keine Mauern, nur Gebäude mit Dutzenden von Wegen und Eingängen. Die meisten davon waren von herabgefallenen Ziegelblöcken blockiert, die allmählich zu Staub zerfielen, doch Schieferwände markierten Fundamente, die mit trockenem, grasfarbenem Schlamm wie mit Mörtel verputzt waren.

Einst mochten die Ruinen vielleicht majestätisch gewesen sein, Wahrzeichen menschlichen Stolzes. Aber die Menschen waren zurückgekehrt, und das Majestätische war zerstört worden.

Iskandar war ein Straßengewirr, das von Wüstenparasiten überrannt worden war. Es gab Karren, Wagen, Pferde, Danjacs und unzählige menschliche Tiere, die herbeigebracht worden waren, um die Lasten hereinzutragen. Die meisten hatten sich in die Stadt begeben und erfüllten alle Ritzen, aber viele hatten auch Hyorts um die Ränder der Stadt aufgestellt, wodurch kleine Lager mit Wüstenbewohnern entstanden waren, die sich nicht mit dem Stadtpöbel vermischen wollten.

Wir hielten unsere Pferde am Rande des Plateaus an. Der Pfad wand sich hinab, aber wir blickten nicht hinunter. Wir schauten darüber hinweg auf die Stadt.

»Stämme«, sagte ich knapp.

Del runzelte die Stirn. »Woher willst du das wissen? Sie sehen aus wie jeder andere.«

»Nicht, wenn man näher herankommt. Sehe ich wie ein Hanjii aus?« Ich deutete mit dem Kopf auf Iskandar. »Die Stämme bauen keine Städte. Sie wollen nicht darin leben. Die meisten von ihnen ziehen in Karren und Wagen umher und errichten ihre Hyorts, wenn sie eine Weile rasten. Siehst du? Daher all diese Zelte, die die Ränder der Stadt umgeben.«

»Aber sie haben doch gerade ihre *eigene* Stadt gebildet, indem sie sich alle auf einem Fleck niedergelassen haben.«

»Besondere Umstände.« Ich zuckte die Achseln, als sie mich ansah. »Du findest niemals so viele Stämme versammelt — zumindest nicht ohne Blutvergießen. Aber wenn dieses Orakel sie alle aufgestört hat, wird es anders werden. Sie werden einander dulden, bis diese Jhihadifrage geklärt ist.«

Del schaute auf die zerstörte Stadt hinab. »Glaubst du, daß die Salset da sind?«

Etwas kitzelte in meinem Magen. »Ich denke, es ist möglich.«

»Würden sie wegen des Jhihadi kommen?«

Ich dachte an den Shukar. Die Magie des alten Mannes hatte nachgelassen, sonst hätte *er* die Katze getötet und mich ohne Fluchtmöglichkeit gelassen. Für die Salset basiert Magie auf der Religion. Wenn die Magie nicht wirkt, sehen die Götter fort. Sie hatten von dem Shukar fortgesehen. Wie hätte sonst ein kleiner Chula die Katze an seiner Statt töten können?

Ich dachte über Dels Frage nach. Würde er sie nach Iskandar führen? Wenn er glaubte, er müßte es. Wenn er glaubte, es würde ihm Ehre einbringen. Wenn der alte Mann noch lebte.

Vor einem Jahr hatte er noch gelebt.

»Vielleicht«, sagte ich. »Vielleicht auch nicht. Das hängt davon ab, wie die Dinge stehen.«

»Du könntest Sula wiedersehen.«

Ich nahm die Zügel auf. »Laß uns weiterreiten. Es hat keinen Sinn hierzubleiben, nur um die Landschaft zu betrachten.«

Nun, das hatte es nicht. Aber ich hätte es besser ausdrücken können.

Del wandte den Rotschimmel um und eilte den Weg hinab, der sich vom Rand des Plateaus fortwand. Hinab, hinüber und dann hinauf. Und wir würden in Iskandar sein.

Wo sie Ajani vielleicht letztendlich finden würde.

Der Hengst erklomm die letzte Erhebung und brachte mich auf das Plateau, auf dem Iskandar himmelwärts ragte.

Der Weg war jetzt nicht mehr schmal, sondern breit und gut eingeebnet und zeigte Spuren von Karren und Wagen. Er wand sich um Bäume und dichtstehende Büsche und teilte sich dann in fünf Abzweigungen: fünf kleinere Wege, die auf fünf verschiedene Teile der Stadt zuführten, wo sie sich erneut teilten. Die meisten führten nicht nach Iskandar hinein. Die meisten endeten an Ansammlungen von Hyorts, an Sammelpunkten, die durch hölzerne Wagen entstanden waren.

Was mir einiges klarmachte.

»Was ist das?« fragte Del, während sie ihren Rotschimmel neben mich dirigierte.

Ich schaute stirnrunzelnd und verwirrt zu den Hyorts. Es waren mehrere zehn und zwanzig davon zwischen dem Rand des Plateaus und der Stadt errichtet worden. Das veränderte das Aussehen des Ortes; zeichnete den Umkreis von Iskandar weich; veränderte die Lage des Landes auf mehr als eine Art.

»Stämme«, sagte ich schließlich. »Zu viele und zu verschiedene.«

»Sie haben genauso das Recht hier zu sein wie jeder andere.«

»Das stelle ich gar nicht in Frage. Ich frage mich nur, wohin das führen wird.«

»Wenn es wirklich einen Jhihadi gibt ...«

»... könnte er gefährlich sein.« Ich führte den Hengst um eine Ziege herum, die mitten auf dem Weg stand. »Zu viele Macht in der Hand eines Mannes.«

Del ritt auch an der Ziege vorbei. »Und wenn er sie dazu gebrauchen würde, Gutes zu tun?«

Ich gab einen spöttischen Laut von mir. »Kennst du irgend jemanden, der so viel Macht hat und sie dazu gebraucht, *Gutes* zu tun?« Ich schüttelte den Kopf. »Ich halte das nicht für möglich.«

»Nur weil du das noch nicht erlebt hast, heißt das doch nicht, daß es nicht sein kann. Vielleicht kommt er deshalb.«

»*Wenn* er kommt«, murmelte ich.

Hyorts säumten beide Seiten des Weges. Ich roch den ätzenden Geruch von Danjac-Urin. Den Geruch der Milch und des Käses von Ziegen. Den fast überwältigenden Gestank von zu vielen Menschen — von zu vielen Gebräuchen —, die zu dicht beieinander lebten.

Und das war außerhalb der Stadt.

Del und ich wurden kaum beachtet. Ich wußte nicht, wie lange einige der Stämme hier schon lagerten, aber offensichtlich lange genug, daß die Ansicht von zwei Fremden keines Kommentars mehr bedurfte. In der Punja hätte uns ein halbes Dutzend der versammelten Stämme sofort getötet oder gefangengenommen. Aber niemand belästigte uns. Sie schauten und schauten dann fort.

Schauten von *Del* fort.

Ich runzelte die Stirn. »Es müssen Nordbewohner hier sein.«

»Warum denkst du ... oh, ich verstehe.« Del sah sich um. »Wenn welche hier *sind,* müssen sie in der Stadt sein.«

»Dorthin gehen wir«, sagte ich. »Wir werden es früher oder später erfahren, Bascha. Früher — wir sind fast drin.«

Und das waren wir. Wir durchquerten die letzte Ansammlung von Hyorts und betraten Iskandar selbst. Keine Mauern, keine Tore, keine Wachen. Nur offene Wege und die Stadt.

Die Stadt und ihre neuen Bewohner.

Die meisten davon Südbewohner. Weniger Grenzbewohner. Eine Handvoll flachshaariger Nordbewohner, deren Köpfe und Schultern über den Rest der Menschen hinausragten. Und Ziegen und Schafe und Hunde und Schweine, die ungehindert durch die Straßen Iskandars liefen.

Ich konnte nicht umhin zu grinsen. »Sieht nicht sehr nach dem Ort aus, an den ein lange erwarteter Jhihadi zurückkehren könnte.«

»Es stinkt«, bemerkte Del.

»Das kommt daher, weil hier eigentlich niemand lebt. Aber das stört sie nicht. Sie *borgen* sich die Stadt nur für eine Weile aus ... sie werden sie mit dem Jhihadi wieder verlassen.«

»Wenn der Jhihadi sie verläßt.«

Ich führte den Hengst einen engen Weg entlang. »Es würde für ihn sinnlos sein zu bleiben. Iskandar ist eine Ruine. Er zieht vielleicht eine bewohnbare Stadt vor.«

»Sie könnte bewohnbar *gemacht* werden ... Tiger, wohin gehen wir?«

»Informationen«, antwortete ich. »Man kann sie nur an einem Ort bekommen.«

Dels Tonfall klang trocken. »Ich glaube nicht, daß es hier ein Wirtshaus gibt.«

»Wahrscheinlich gibt es *doch* eines«, bemerkte ich, »aber dort gehen wir nicht hin: Du wirst schon sehen.«

Das tat sie, als wir erst einmal dort anlangten. Und es war auch kein Wirtshaus. Es war gar nicht ein Ort, sondern zwei: der Brunnen und der Basar.

In jeder Ansiedlung ist der Brunnen der Mittelpunkt der Stadt. Dorthin geht jeder, weil es eine Notwendigkeit ist. Und auch ein Ort der Begegnung, besonders in Iskandar, das von keinem Tanzeer regiert wurde. Es war der einzige Ort in der Stadt, wo sich alle Wege kreuzten.

So wird er zum Basar. Wo die Menschen auch hingehen, kaufen sie. Andere hatten Dinge zu verkaufen. Sogar in Iskandar.

»So *viele*«, rief Del aus.

Mehr als ich erwartet hatte. Stände füllten den größten Teil des Basars aus und ergossen sich auch noch in sich daran anschließende Straßen. Es gab Händler aller Arten, die den Vorbeiflanierenden zuschrien. Das Jammern der Dijflöten erfüllte die Luft, schneidend in ihrem überladenen südlichen Stil, während Straßentänzer Glockenbänder schrillen ließen und auf harte Lederhäute von Trommeln schlugen. Sie bahnten sich ihren Weg durch die Menge und versuchten eine oder zwei Münzen aufzustöbern oder die Kunden zu den Ständen der Händler, die sie dafür angeheuert hatten, zurückzuführen.

»Es ist so«, sagte Del. »Es ist genau wie ein *Kymri.*«

Aber dies war der Süden, nicht der Norden. Wir haben keine *Kymri.*

Ich zügelte den Hengst. Vor uns lag der überbevölkerte Platz. »Es hat keinen Sinn, dort hindurchzureiten«, sagte ich. »Wir sollten besser laufen ... *he!*« Der Schrei sollte einen Jungen aufhalten, der sich an dem Hengst vorbeidrängen wollte. »Du«, sagte ich ruhiger. »Bist du schon lange hier?«

»Ungefähr sechs Tage«, antwortete er in der Wüstensprache.

Ich nickte. »Also lange genug, um ein wenig über den Ort zu wissen.«

Der Junge lächelte zaghaft. Schwarzhaarig, dunkelhäutig, helläugig. Ein Halbblut, dachte ich. Aber ich hätte die Hälften nicht benennen können.

»Wo können wir einen Platz zum Schlafen finden?« fragte ich.

Die Augen des Jungen weiteten sich. »Überall«, antwortete er. »Es gibt viele, viele Zimmer. Viel mehr Zimmer als Menschen. Bleibt, wo Ihr wollt.« Seine Augen ruhten auf meinem Schwertheft. »Schwerttänzer?« fragte er.

Ich nickte bestätigend.

»Dann werdet Ihr zu den Kreisen wollen.« Er winkte mit der Hand. »Auf der anderen Seite der Stadt. Dort sind alle Schwerttänzer.«

»Alle?«

»Alle«, wiederholte er. »Sie kommen jeden Tag. Dort bleiben sie alle, um einander herauszufordern, damit sie die Tanzeers beeindrucken können.«

»Und wo sind die Tanzeers?«

Ein schnelles Lächeln erhellte das Gesicht des Jungen. »In den Zimmern, die noch Dächer haben.«

Aha. Natürlich. In einer so alten Ruine wie Iskandar würde das Holz verrottet sein. Die Häuser würden keine Dächer mehr besitzen, außer jenen mit mehr als einem Stockwerk. Wohin die Tanzeers sich zurückziehen würden.

Also: das Aufteilen der Macht begann.

Jungen erfahren oft Dinge, die andere Leute nicht erfahren. »Wie viele?« fragte ich. »Wie viele Tanzeers?«

Er zuckte die Achseln. »Ein paar. Noch nicht viele. Aber sie haben Schwerttänzer mitgebracht ... die restlichen heuern sie an.« Seine Augen strahlten. »Ihr werdet keine Probleme damit haben, Arbeit zu finden.«

Das klang nicht ganz wahr. »Und weißt du auch, *warum* sie so viele von uns anheuern?«

Der Junge zuckte die Achseln. »Schutz vor den Stämmen.«

Das machte Sinn. Die Stämme und die Tanzeers vermischten sich nicht häufig, und wenn sie es taten, dann nicht von Angesicht zu Angesicht. Und wenn sich der versprochene Messias vorrangig an die Stämme wenden würde, wie es den Anschein hatte, dann würden die Tanzeers es wissen wollen.

Ich grub eine Münze aus meiner Tasche und warf sie dem Jungen zu. Er fing sie auf, grinste erneut und schaute an mir vorbei zu Del. Sagte schnell etwas in der Wüstensprache, wandte sich dann um und rannte über den Platz.

Grinsend dirigierte ich den Hengst mit den Knien. Wir ritten auf direktem Wege über den Basar zu den dahinter liegenden Randgebieten. Wo sich, laut der Aussage des Jungen, die Kreise befinden sollten.

»Was hat er gesagt?« fragte Del. »Und du weißt, welchen Teil ich meine.«

Ich lachte und wandte dann den Kopf, um zurückzuschauen. »Er machte mir ein Kompliment bezüglich meines Geschmacks bei Baschas.«

»Dieser Junge kann nicht älter als zwölf gewesen sein!«

Ich zuckte die Achseln. »Im Süden fängt man früh an.«

Es war nicht leicht, tatsächlich auf direktem Wege über den Platz zu gelangen. Es gab kein System in dem Gewirr von Gassen zwischen den Ständen. Einige machten Windungen, einige endeten plötzlich, einige führten wieder zurück. Zweimal war ich gezwungen umzukehren, fand dann aber schließlich meinen Weg durch die eng beieinanderstehenden Gebäude und dann hinaus auf das Plateau.

Wir waren, soweit ich es beurteilen konnte, direkt gegenüber der Hyorts, wobei Iskandar dazwischen lag. Aber hier gab es keine Hyorts. Hier gab es keine Wagen. Nur Pferde, Schlafplätze und Kreise.

»Sieht eher nach einem Krieg aus«, bemerkte ich, »als nach einer Versammlung für den Jhihadi.«

Del brachte ihren Wallach neben mir zum Stehen und betrachtete die Szene. »Viele Kriege«, stimmte sie zu. »Sind dort nicht viele Tanzeers?«

Langsam schüttelte ich den Kopf. »Es fühlt sich nicht richtig an.«

»Was fühlt sich nicht richtig an?«

»Die Tanzeers heuern *tatsächlich* eine Streitmacht an ... ein Heer von Schwerttänzern. Nur daß sie dies auf einer individuellen Basis tun — verfeindete Tanzeers heuern Männer an, um sich gegenseitig zu bekämpfen, damit sie einander zerstören können —, aber niemals als Gruppe. Das Charakteristische an einer Wüstendomäne ist, daß jeder Mann für sich selbst einsteht ... es scheint nur einfach nicht richtig, daß hier so viele zusammen sind und alle Männer anheuern.«

Del zuckte die Achseln. »Ist das wichtig?«

»Vielleicht«, sagte ich unbehaglich. »Vielleicht auch nicht.«

Und dann dachte ich an das, was Abbu Bensir bezüglich dessen gesagt hatte, daß man zu einem abgelegenen Ort zieht, um Geld zu gewinnen und einen Job zu finden. Es war nicht die südliche Art, aber ich sah gewisse Vorteile. Zweifellos erging es so auch den anderen, darum waren so viele hier.

»Wir könnten reich werden«, sagte ich nachdenklich. »Wenn wir uns dem richtigen Tanzeer verdingen würden, könnten wir *sehr* reich werden.«

»Ich bin nicht hergekommen, um reich zu werden. Ich bin hergekommen, um einen Mann zu töten.«

»*Wenn* du ihn findest«, sagte ich, »was willst du dann tun? Ihn zum Tanz herausfordern?«

»Er ist dieser Ehre nicht wert.«

»Oh. Also willst du einfach zu ihm hingehen und ihm den Garaus machen.«

Dels Gesichtsausdruck veränderte sich nicht. »Ich weiß es nicht.«

»Denkst du, du möchtest darüber nachdenken?«

Jetzt sah sie mich an. »Ich habe seit sechs Jahren darüber nachgedacht. Jetzt ist an der Zeit, es endlich zu tun.«

»Aber du kannst es nicht *tun,* ohne es zu durchdenken.«

Ich bewegte mich im Sattel, verlagerte mein Gewicht auf die auf dem Sattelknauf aufgestützten Arme. »Er ist kein beliebter Mann. Andere werden ihn auch töten wollen. Ich bezweifle, daß er allein umhergeht. Und wenn er all die Dinge getan hat, die du mir erzählt hast, dann bezweifle ich sogar, daß er allein *pißt.*«

Dels Stimme war fest. »Ich werde einen Weg finden.«

Ich setzte mich wieder im Sattel zurück. »Können wir wenigstens zuerst etwas essen? Und uns vielleicht einen Platz zum Übernachten suchen?«

Del streckte eine Hand aus und deutete auf das Plateau. »*Dort* können wir übernachten.«

»Irgendwie hatte ich gedacht, wir könnten uns vielleicht ein Zimmer suchen. Es hätte vielleicht kein Dach, aber schließlich ist keiner von uns ein Tanzeer. Und es sieht nicht nach Regen aus.«

Automatisch schaute Del gen Himmel. Er zeigte ein klares, strahlendes Blau ohne die geringste Bewölkung. Aber dies war Grenzland. Dies war *seltsames* Land, es fühlte sich einfach nicht richtig an. Zu viele Teile zusammengemischt: die Vegetation, die Temperatur, die Menschen.

»Sandtiger! Tiger! *Del!*«

Ich sah mich um. Runzelte die Stirn. Spähte zu den Kreisen hinüber, sah aber niemanden, den ich gekannt hätte. Nur Männer in den Kreisen mit Schwertern in den Händen.

»Da.« Del zeigte in die andere Richtung. »Ist das nicht ... Alric?«

Alric? »Oh ... *Alric.*« Der Nordbewohner, der uns in Rusali, der Domäne unmittelbar vor Julah, geholfen hatte. Ich blinzelte. »Ja, ich glaube, er ist es.«

Alric näherte sich winkend. Mit ihm kam eine kleine, dicke Frau heran. Zwei kleine Mädchen liefen vor ihnen her, und auf einem Arm trug er ein drittes. Zumindest glaube ich, daß es ein Mädchen war, manchmal ist es schwer zu sagen.

Del glitt aus dem Sattel. »Lena hat ihr Baby bekommen.«

Ich blieb auf meinem sitzen. »Und so wie es aussieht, erwartet sie noch ein weiteres.«

Die kleinen Mädchen stürzten sich, nachdem sie herangekommen waren, auf Del, die sich hinabbeugte, um sie zu begrüßen. Ich war insgeheim erstaunt, daß sie sich überhaupt an sie erinnerten. Sie waren gerade mal drei und vier Jahre alt — oder vielleicht vier und fünf, wer kann das in diesem Alter schon genau sagen —, und sie hatten nur eine Woche oder so mit uns verbracht, als Alric uns in sein Haus aufgenommen hatte, nachdem ich verwundet worden war. Aber Del kann sehr gut mit Kindern umgehen, und die Mädchen hatten sie bewundert. Offensichtlich hatten sie ihre Meinung nicht geändert.

Ich beobachtete sie, während sich die Mädchen um ihre Umarmung balgten. Sie lächelte, lachte mit ihnen, tauschte südliche Begrüßungen aus. Ich erwartete fast Schmerz zu sehen, erwartete, daß Del Kalle in ihren Gesichtern sah, aber dort war nur Glück zu erkennen. Ich sah keine Spur von Qual.

Ungefähr in dem Moment erreichte uns Alric mit seiner hochschwangeren Frau. Als ich sie das letzte Mal gesehen hatte, war sie auch hochschwanger gewesen. Und da die älteren Mädchen altersmäßig kaum ein Jahr auseinander waren, begann ich zu vermuten, daß Lena und Alric sich aktiver, gemeinsamer Nächte erfreuten.

Lena war Südbewohnerin und sah auch so aus. Er war eindeutig Nordbewohner. Die Mädchen waren ein wenig von beidem. Sie hatten das schwarze Haar und die dunkle Haut ihrer Mutter, aber ihres Vaters hellblaue Augen und hochgewölbte Wangenknochen. Sie würden Schönheiten sein, wenn sie erst erwachsen wären.

Alric grinste. »Das dachte ich mir!« sagte er. »Ich habe Lena gesagt, daß Ihr es wärt, aber sie war anderer Meinung. Sie sagte, Del wäre inzwischen sicherlich zur Vernunft gekommen und hätte nach einem nordischen Mann anstatt nach einem südlichen Danjac Ausschau gehalten.«

»Oh?« Ich schaute auf Lena hinab, die mir weiße Zähne zeigte. »Ich vermute, daß Ihr denkt, sie wäre mit einem zweiten Alric besser bedient.«

Lena tätschelte ihren angeschwollenen Bauch. »Ein starker, gesunder Nordbewohner ist gut für die Seele einer Frau.« Schwarze Augen glänzten. »Und auch für andere Dinge.«

Alric lachte laut. »Wenn auch bisher alles, was dieser gesunde Nordbewohner zustande gebracht hat, Mädchen sind.« *Er* tätschelte Lenas Bauch. »Vielleicht wird dieses ein Junge.«

»Und wenn nicht?« fragte ich. Alrics Grinsen verstärkte sich. »Wir werden es weiter versuchen, bis wir einen bekommen.«

Ich wartete auf Dels Kommentar, denn sicherlich hatte sie einen parat. Aber die Mädchen schnatterten auf sie ein, und sie hatte keine Gelegenheit, auch etwas zu sagen.

Lena winkte zur Begrüßung mit der Hand. »Kommt mit, kommt mit ... wir haben nicht weit von hier in der Stadt ein Haus. Ihr werdet mitkommen und bei uns bleiben. Es gibt dort viele Zimmer. Wir können zusammen auf den Jhihadi warten.«

Ich sah zu Alric. »Seid Ihr deshalb hergekommen?«

Er verlagerte das Gewicht des Babys auf seinem Arm. »Alle anderen zogen nach Iskandar. Sogar die Tanzeers. Ich dachte, es würde sich vielleicht lohnen, selbst herzukommen und zu sehen, wie es mit dem Tanzen steht.« Er deutete mit dem Kopf in Richtung der Kreise. »Und, wie Ihr sehen könnt, sind jede Menge Schwerttänzer da. Es wird auch Geld dasein. Oder ein Tanzeer, der mich anheuert. Da ich all diese kleinen Münder füttern muß, wäre zusätzliches Geld willkommen.«

Drei kleine Münder zu füttern und ein viertes unterwegs — kein Wunder, daß er nach Iskandar gekommen war, aber ich dachte, daß es bei Lena doch seltsam wäre. Es konnte nicht mehr lange dauern bis zur Geburt.

Lena spürte meine Gedanken. »Ein Kind, das in Gegenwart eines Jhihadi geboren wird, wird sein ganzes Leben lang gesegnet sein.«

»Oder ihr ganzes Leben lang«, sagte Alric leutselig. Die Möglichkeit, vielleicht eine weitere Tochter zu bekommen, schien ihn nicht zu beunruhigen.

Er hatte sich nicht sehr verändert. Er war noch immer groß. Noch immer ein Nordbewohner. Noch immer ein Schwerttänzer. Aber es schien seltsam, ihn jetzt anzusehen — lächelnd, begeistert, offen freundlich — und sich daran zu erinnern, was ich empfunden hatte, als ich ihn das erste Mal getroffen hatte. Als ich geglaubt hatte, er habe es auf Del abgesehen. Ich hatte ihm absolut nicht getraut, bis wir in einem Straßenkreis gegeneinander angetreten waren. Auf diese Weise lernt man einen Mann kennen. Lernt, woraus er gemacht ist.

»Alric«, sagte ich plötzlich, »wie steht es bei Euch mit dem Tanzen?«

Seine Brauen hoben sich. »Ziemlich gut. Warum?«

»Was haltet Ihr von ein paar Gängen? Im Andenken an alte Zeiten.«

Er grinste und zeigte große Zähne. Alric war überall groß. »Ihr habt mich immer besiegt«, sagte er. »Aber ich habe geübt. Jetzt kann ich vielleicht Euch besiegen.«

Ich schaute zu den Kreisen hinüber. »Wollen wir es herausfinden?«

»Nicht *jetzt*«, sagte Lena. »Zuerst kommt Ihr mit zu unserem Haus. Ihr werdet etwas essen. Euch ausruhen. Uns Eure Neuigkeiten erzählen. Und wir werden Euch unsere erzählen.« Sie warf einen Blick auf Alric. »Es ist auch später noch Zeit zum Tanzen und Trinken.«

Del kam mit einem Mädchen auf jedem Arm heran. Der Rotschimmel trottete hinter ihnen her. »Wir sind dankbar für Euer Angebot. Eure Neuigkeiten werden willkommen sein.«

Ich war ein wenig überrascht. Ich hatte erwartet, Del würde sofort hinter Neuigkeiten über Ajani herjagen und versuchen wollen, ihn in Iskandar aufzuspüren, oder herauszufinden, ob er erwartet wurde. Aber offensichtlich hatte sie über das nachgedacht, was ich gesagt hatte.

Wenn sie den Mann töten wollte, mußte dies sorgfältig geplant werden.

»Kommt mit«, sagte Lena. Sie wandte sich um und watschelte davon.

Alric schaute über den mit schwarzem Flaum bedeckten Kopf des Babys hinweg zu Del. Er lächelte, sagte etwas in einem nordischen Dialekt und warf mir einen schiefen Blick zu.

Dels Kinn hob sich. Sie antwortete kurz in demselben Dialekt und bat die Mädchen dann, ihr den Weg zu ihrem Aufenthaltsort zu zeigen. An ihren Armen hängend, führten sie sie auf die Stadt zu. Der Rotschimmel trottete hinterher.

»Und was war das?« fragte ich Alric.

Er grinste. »Ich habe sie gefragt, ob ein Südbewohner Manns genug sei für eine freimütige Hochlandfrau.« Blaue Augen glitzerten. »Als ein älterer Bruder gesprochen, der sich um das Wohlergehen seiner Schwester kümmert.«

»Natürlich«, stimmte ich trocken zu. »Und was hat die Schwester dem älteren Bruder *erzählt?*«

»Es gibt keine südliche Übersetzung davon. Es war ein nordischer Kraftausdruck.« Alrics Grinsen verstärkte sich. »Was ganz für sich allein spricht.«

Nun, ich vermute, das tut es. Aber er sagte mir nichts weiter.

»Laßt uns essen gehen«, sagte ich säuerlich.

Alrics Blick war arglos. »Möchtet Ihr das Baby halten?«

Was mir die Gelegenheit verschaffte, einen unübersetzbaren *südlichen* Kraftausdruck zu gebrauchen.

Das breite Grinsen verstärkte sich erneut. »Und hier habe ich gehört, daß Ihr Vater wärt.«

Der Hengst trat mir in die Fersen. Da ich stehengeblieben war, kam das nicht überraschend. »Vater …? Oh, das.« Angewidert stieß ich dem Hengst den Ellenbogen gegen die Nase und schob ihn einen Schritt zurück. »Habt Ihr ihn gesehen?«

Alric hob das Baby höher auf eine große Schulter und strebte der Stadt zu. »Euren Sohn? Nein. Ich hörte nur, daß hier ein Junge sei — tatsächlich ein junger Mann —, der sagt, er sei der Sohn des Sandtigers.«

»Das ist er nicht«, murmelte ich und paßte meinen Schritt dem seinen an. »Zumindest nicht, so weit ich weiß.«

»Spielt es eine Rolle, wenn er es ist?«

Ich dachte darüber nach. »Vielleicht.«

»Vielleicht? *Vielleicht?* Wie seltsam, daß Ihr das sagt.« Das Baby erwischte eine Handvoll blonden Haares und zog daran. Alric befreite es sanft. »Wollt Ihr keinen Sohn haben, der Euer Blut in sich trägt?«

Welches Blut? Und wessen? So weit ich wußte, konnte es das Blut von Borjunimördern sein. »Ich denke, ich schaffe es ganz gut, es allein in mir zu tragen.«

Alric spottete, aber gedämpft. »Ein Mann sollte einen Sohn haben. Ein Mann sollte eine Familie haben. Ein Mann sollte Verwandte haben, die die Gesänge für ihn singen.«

»Nordbewohner«, murmelte ich.

»Und wenn Ihr ihm im Kreis begegnet?«

Ich blieb abrupt stehen. »Er ist Schwerttänzer? Mein S … — dieser junge Mann?«

Alric zuckte die Achseln und runzelte flüchtig die Stirn. »Ich habe bei den Kreisen von ihm gehört. Ich habe angenommen, daß er Schwerttänzer sei, aber vielleicht ist er das auch nicht. Vielleicht ist er ein Tanzeer.«

Mein Sohn ein Tanzeer. Was bedeutete, daß er mich anheuern konnte.

»Nein«, sagte ich, »das glaube ich nicht.«

»Nun, es ist nicht wichtig. Er ist, was immer er ist.« Alric schritt weit aus und führte mich in die Stadt.

Drei

Das Haus, das Alric für Lena und die Mädchen in Anspruch genommen hatte, war groß — vier Räume —, aber es hatte kein Dach, und auf einer Seite fehlte eine halbe Wand. In dem Raum, dem der größte Teil der Wand fehlte, brachte er das Zugpferd und sein eigenes Pferd, einen wild aussehenden kastanienbraunen Wallach, unter. Damit waren noch zwei Räume verfügbar, und er bot Del und mir einen davon an.

Ich war niemals jemand, der gern enge Beschränktheit teilt, weil ich Abgeschiedenheit vorziehe, aber in manchen Situationen ist es gut, Leute um sich zu haben. Ich hielt es für möglich, daß dies eine davon werden könnte. Wenn sich die Stadt mit Fremden füllte, würden unvermeidlich Schwierigkeiten entstehen. Es würden sicherlich Diebe auftauchen, um Andächtige auszurauben, und es würde Fehden zwischen verfeindeten Rassen geben. Und wenn der versprochene Jhihadi niemals eintreffen würde — was ich für sehr wahrscheinlich hielt —, würde die Enttäuschung ungeduldige Menschen dazu treiben, Dinge zu tun, die sie sonst nicht einmal in Erwägung gezogen hätten. Wie zum Beispiel, Kämpfe anzufangen und zu töten. Wenn man das alles bedachte, mußte ich zugeben, daß Alrics Angebot großzügig war. Del und ich stimmten zu.

Lena schickte die beiden kleinen Mädchen — Felka und Fabiola, aber man frage mich nicht, welche welche war — fort, um Del beim Verstauen unserer Habseligkeiten in einem der Räume zu helfen. Ich erwog kurz, ebenfalls zu helfen, entschied mich aber dann dagegen.

Del schien es Freude zu machen, einige Zeit mit den Mädchen verbringen zu können, obwohl sie wenig hilfreich sein würden. Und mir war eher danach, mit Alric am Feuer zu sitzen und eine Bota Aqivi mit ihm zu teilen, während Lena das Essen zubereitete.

Alric wischte sich den Mund ab. »Habt Ihr Dels Bruder jemals gefunden?«

Ich nahm die Bota entgegen. »Wir haben ihn gefunden. Und wir haben ihn zurückgelassen.«

»Tot?«

Alric zog eine Grimasse. »So gut wie tot. Es ist kein gastfreundlicher Stamm.«

Ich hob eine Augenbraue in seine Richtung. »Ihr habt Euer Schwert von einem Vashni bekommen, nicht wahr? Die Klinge mit dem Heft aus menschlichen Oberschenkelknochen?«

Alric nickte. »Aber ich habe es weggelegt und mir ein südliches Schwert besorgt. Ich beschloß, daß es ein wenig zu schauerlich sei, ein Schwert mit einem aus den Knochen eines mir unbekannten Menschen gemachten Heft zu benutzen — oder vielleicht eines Menschen, den ich *tatsächlich* gekannt habe.«

»Neue Schwerter«, überlegte ich. »Davon hört man jetzt viel.«

»Das habe ich bemerkt.« Alrics Blick ruhte auf dem Harnisch neben meinem Bein. »Kein Einzelhieb mehr?«

Ich nahm einen flachen, heißen Laib Brot von Lena entgegen und blies darauf, um ihn abzukühlen. »Er zerbrach bei einem Schwerttanz, nachdem wir Julah verlassen hatten.« Ich blies etwas heftiger und biß dann hinein. Der dampfende Laib war schmackhaft, locker und würzig. »Wie Ihr, besitze auch ich noch ein anderes.«

»Aber Eures ist ein *Jivatma.*«

Alrics Stimme klang seltsam. Ich warf ihm einen Blick zu, warf einen Blick auf das in der Scheide steckende Schwert und sah dann wieder ihn an. Erinnerte mich daran, daß es Alric gewesen war, der mir als erster etwas über *Jivatmas* gesagt hatte. Über nordische Blutklingen und darüber, wie die Ränge im Norden festgelegt wurden.

»*Jivatma*«, stimmte ich zu. »Del nahm mich mit nach Staal-Ysta.«

Blonde Brauen schoßen in die Höhe. Senkten sich dann wieder. »Da Ihr eine Blutklinge besitzt, nehme ich an, daß Ihr ein *Kaidin* seid.«

»Ich bin Südbewohner«, sagte ich. »Ich bin ein Schwerttänzer des siebten Grades. Ich brauche keinen Phantasienamen.«

»Aber Ihr tragt ein *Jivatma.*«

Gereizt schluckte ich heißes Brot hinunter und spülte mit Aqivi nach. »Glaubt mir, Alric, ich würde es Euch schenken, wenn ich könnte. Aber das dreimal verfluchte Ding läßt es nicht zu.«

Alric lächelte. »Wenn Ihr mit einer Blutklinge in Händen in einen Kreis eintretet, wird Euch niemand besiegen können.« Er hielt nachdenklich inne. »Außer vielleicht Del.«

»Nein«, platzte ich heraus.

»Aber sie besitzt auch ein *Jivatma* ...«

Ich schüttelte den Kopf. »Das habe ich nicht gemeint. Ich meinte, Del und ich haben es einmal versucht. Wir werden es nie wieder tun.«

Alric grinste. »Ihr habt verloren.«

Das traf, aber nur ein wenig. »Niemand hat verloren. Niemand hat gesiegt. Wir wären beide fast gestorben.« Ich trank und fuhr dann fort, bevor er irgendwelche Fragen stellen konnte. »Und was das Mitnehmen meines Schwertes in einen Kreis betrifft — nein. Auf jeden Fall nicht *hier.* Hier geht es um Schaukämpfe. Ich glaube einfach nicht, daß es fair wäre.«

Alric zuckte die Achseln. »Dann singt nicht. Ein ungestimmtes *Jivatma* ist nicht viel mehr als ein Schwert.«

»So ist es nicht.« Ich nahm einen zweiten Laib Brot entgegen. »Ihr versteht nicht. Dieses Schwert wurde nicht rechtmäßig getränkt, weder beim ersten *noch* beim zweiten Mal.«

»Beim zweiten Mal!« Alrics Augen weiteten sich. »Ihr habt Eure Klinge erneut getränkt?«

»Ich hatte keine Wahl«, murmelte ich und biß in den zweiten Laib. »Das Ding verursacht mir Magenschmerzen, und ich möchte es austauschen. Ich werde dieses zur Seite legen und ein südliches Schwert gebrauchen.«

»Es gibt hier einen Schwertschmied«, sagte er. »Da so viele Schwerttänzer hier sind, wäre ein Schmied ein Narr, wenn er solch einen unerwarteten Gewinn verschmähen würde. Sein Name ist Sarad, und er hat draußen bei den Kreisen eine Schmiede errichtet.«

»Ich werde morgen zu ihm gehen«, sagte ich, als Del mit den Mädchen zurückkam.

Ein leichtes Stirnrunzeln kräuselte ihre Brauen, obwohl sie sich in ihrem Verhalten nichts anmerken ließ. Die Mädchen halfen ihrer Mutter bei der Essenszubereitung, und Del kam herüber, um sich neben Alric und mich zu setzen.

»Was ist los?« fragte ich.

Die gefurchte Stirn glättete sich nicht. »Kannst du es nicht spüren? Das Wetter ändert sich. Es fühlt sich nicht richtig an.«

Alric und ich sahen uns beide um und erforschten das Tageslicht und die Temperatur. Die Art, wie der Tag *schmeckte,* so seltsam sich das auch anhört.

»Kühler«, bemerkte Alric. »Nun, ich will mich nicht beklagen. Nachdem ich schon so lange im Süden lebe, könnte ich ein wenig nordisches Wetter gebrauchen.«

»Dies ist die Grenze.« Ich zuckte die Achseln. »Manchmal ist es kühl und manchmal heiß.«

»Es *war* heiß«, sagte Del, »noch vor einer Stunde. Aber jetzt ist es kühler. Erheblich kühler. Es fühlt sich einfach nicht richtig an.«

Ich schaute hinauf zu dem Dach, das nicht wirklich ein Dach war. Einige wenige dünne Holzsparren waren übriggeblieben, aber die meisten waren verfault und zusammengebrochen, wodurch sie Holz für Lenas Herdfeuer lieferten. Alle vier Räume waren in ähnlichem Zustand, wodurch sie den Elementen weitgehend preisgegeben waren. Kein richtiger Schatten und auch kein Schutz. Alric hatte eine Reihe von Decken aufgespannt, um ein behelfsmäßiges Dach zu errichten, aber das würde nicht viel helfen, wenn das Wetter schlechter würde.

Del schüttelte nur den Kopf. »Ich spüre etwas in den Knochen.«

Ich hob unverhohlen die Brauen. »Bekommst du mit den Jahren Probleme?«

Sie warf mir einen Blick zu. »Einer von uns hat sie bereits eindeutig.«

»Hier.« Lena reichte Tonschalen mit Brot und Hammeleintopf herum. »Da die Stämme hereinkommen, sollten wir reichlich Hammelfleisch zur Verfügung haben. Und auch all die Händler. Vielleicht werden wir hier monatelang leben.«

Ich hielt es für unwahrscheinlich, daß sie das müßten.

»Ich könnte Fallen legen«, bot Del an, und sofort wollten Felka und Fabiola sie begleiten.

Das erinnerte mich an etwas. Einen Moment lang wurde ich zu einem vertrauten und doch unbekannten Ort davongetragen. Das Gefühl verging schnell wieder, und ich erkannte, woran ich mich erinnert hatte. Del, die anbot, Fallen zu legen, während ein strohblonder, kleiner Grenzbewohner darum bat, ihr helfen zu dürfen. Massou, Adaras Sohn, der einen nordischen Dämon beherbergt und uns fast alle vernichtet hatte.

Loki. Es genügte, um mich zittern zu lassen. Den Göttern sei Dank für die Canteada, die sie in einem zur Falle gewordenen Kreis gesungen und die Grenzbewohner somit befreit hatten.

»Später«, versprach Del den Mädchen. »Wir wollen erst abwarten, ob ein Sturm aufkommt.«

Lena drückte das Baby an ihre Brust. »Zumindest braucht sich diese Kleine keine Gedanken darüber zu machen, wo ihre Mahlzeiten herkommen.«

Alrics Augen glänzten. »Und ich auch nicht, wenn es soweit kommt.«

Ein Windstoß fegte in den Raum und streute Händevoll Staub aus. Ein kühler, feucht schmeckender Wind, der auf die kommende Veränderung hinwies. Nach Monaten, die ich im Norden verbracht hatte, erkannte ich die Vorzeichen genau.

Del sah mich an. »Regen.«

Nun, es *war* die Grenze. Einen Tagesritt von hier in Richtung Süden, und Regen war eine fast unbekannte Sache.

»Vielleicht.« Ich trank *Amnit.*

»Regen«, sagte sie erneut, aber mehr zu sich selbst.

Alric schaute nach oben. Zwei Decken, die an verfaulendes Holz gebunden waren, und das Wetter schmeckte nach Regen.

Lena bewegte sich unbehaglich. Im Süden geboren und aufgewachsen, konnte man dem Regen nicht trauen und ihn nicht sehr gut verstehen. »Vielleicht sollten wir nach einem Haus mit Dach Ausschau halten.«

Alrics blondes Haar schwang über seine Schulterblätter, als er den Kopf schüttelte, wobei er noch immer nach oben schaute. »Keine Dächer für Leute wie uns ... die Tanzeers haben auf alle Anspruch erhoben.«

»Auf alle?« fragte ich. »Es sind nicht *so* viele Leute hier ... und es können nicht so viele Tanzeers sein. Noch nicht.«

Alric zuckte die Achseln. »Ich habe nachgesehen. Alle unversehrten Behausungen wurden bereits beansprucht. Wir haben das beste genommen, das wir finden konnten.«

Ich legte die Bota beiseite. »Ich sage Euch was ... ich möchte ohnehin einen kleinen Spaziergang machen, einfach um mir alles genau anzuschauen. Ich werde sehen, ob ich auf dem Weg einen besseren Schutz finden kann. Wenn ein Sturm *kommt,* sollten wir vorbereitet sein.«

Alric stand auf. »Ich werde zu den Händlern gehen und noch mehr Decken und einige Felle kaufen ... wir können ein Behelfsdach errichten.«

Del schüttelte den Kopf, als ich in ihre Richtung sah. »Ich werde hierbleiben und Lena helfen.«

Das überraschte mich ein wenig. Del ist keine Frau für Frauenangelegenheiten, wie sie mir so oft nachdrücklich versichert hat. Aber sie ist auch keine Frau, die die Nöte anderer mißachtet. Lena hatte die Hände — und den Bauch — mit vier Kindern besetzt. Del verweigert niemals ihre Hilfe.

Nun, es war meiner Meinung nach in Ordnung. Ich glaubte nicht, daß Del viel Freude daran gehabt hätte, wenn ich mit einem Schwertschmied über ein anderes Schwert sprechen würde.

Ich ließ sie alle zurück und strebte hinaus und auf die Kreise zu. Mehr Wind kam auf, während ich dahinschritt, fegte durch enge Straßen und wand sich um Ekken, um meinen Burnus zu ergreifen. Sand stach mir ins Gesicht. Ich blinzelte, um die Sicht zu klären.

»Sandtiger? *Tiger!*«

Ich blieb stehen, blinzelte und wandte mich um. Aus einem zerstörten Eingang trat ein Nordbewohner heraus, dessen blonde Zöpfe bis zur Taille reichten. Und der eine Narbe auf der Oberlippe hatte.

»Garrod«, sagte ich ein wenig ungläubig.

Er grinste, als er herankam, die blauen Augen glänzten. »Ich hätte niemals geglaubt, Euch wiederzusehen, als Ihr und Del die Canteada verlassen hattet und gen Norden gezogen wart.« Er wurde ernst, denn er erinnerte sich an die Gründe. »Hat Del ihr Problem bereinigt?«

»Ja und nein«, antwortete ich. »Was macht Ihr hier? Iskandar ist eigentlich nicht Kisiri.«

Er zuckte die Achseln und verhakte die Daumen in einem breiten Gürtel. Seine Zöpfe schwangen, und herabbaumelnde bunte Perlen klimperten im Wind. »Wir brachen nach Kisiri auf. Wir waren bereits halbwegs dort, aber dann hörten wir von Iskandar und daß viele Leute hierher kämen. Ich wußte überhaupt nichts von irgendeinem Orakel oder diesem angekündigten Messias — zumindest nicht von Anfang an —, aber ich habe auf dem Weg eine Reihe Pferde aufgelesen. Und da das Handeln mein Beruf ist, wollte ich dorthin gehen, wo ich kaufen oder verkaufen könnte. Nur ein Narr würde eine solche Gelegenheit ungenutzt lassen, und ich bin niemals ein Narr gewesen.«

In letzter Zeit vielleicht nicht. Vorher wäre ich nicht so sicher gewesen, als wir kurzzeitig zusammen geritten waren. Garrod war ein Pferdesprecher, ein Mann, der Geschick mit Pferden hatte. Er nannte es eine Art Magie. Er behauptete, er könne mit ihnen *sprechen,* sie verstehen, so wie ein Mensch einen Menschen versteht. Ich war nicht so sicher, daß das stimmte, aber er hatte eine gewisse Art, mit ihnen umzugehen. Ich hatte es bei dem Hengst erlebt.

»Also seid Ihr nach allem nicht mit Adara und ihren Kindern weitergezogen.« Das überraschte mich ein wenig. Garrod hatte geschworen, er würde sie nach Kisiri bringen, aber ein Mann kann seine Meinung ändern.

Garrod grinste. »Oh, ich bin mit ihnen gegangen … damals hatte ich keine Wahl. Das Mädchen ließ mir keine.« Und er rief nach Cipriana.

Sie kam. Und auch Adara, ihre Mutter. Und auch ihr Bruder, Massou.

Ich blinzelte einfältig und überrascht und war im Handumdrehen umringt. Sie waren eindeutig genauso verblüfft und sicherlich erfreuter. Ich war ein wenig verlegen, denn das letzte Mal, als ich mit ihnen zusammen gewesen war, hatten sie bösartige Dämonen beherbergt.

Die rothaarige, grünäugige Adara errötete, was nicht ganz mit ihrem Haar übereinstimmte, ihre Augen aber zum Leuchten brachte. Sie war seltsam zurückhaltend, fast schüchtern. Ich erinnerte mich mit einem Hauch von Unbehagen daran, daß sie meine Zuneigung erhofft hatte. Aber diese gehörte ganz Del. Adara hatte das Feld geräumt, aber sie hatte die Geschichte offensichtlich nicht vergessen.

Massou, blond und blauäugig wie seine Schwester, war größer, als ich ihn in Erinnerung hatte. Inzwischen war er elf, und Cipriana sechzehn.

Und Cipriana war *schwanger.*

Jetzt wußte ich, was Garrod damit gemeint hatte, daß er keine Wahl gehabt hätte. Frauen können einem dies antun.

Wie ihre Mutter, war auch sie errötet, aber aus anderem Grund. Es gehörte auch bei ihr nicht viel dazu, den Grund herauszufinden. Sie kam zu Garrod heran und schlang ihre Finger um seinen Gürtel. Helles Haar war aus dem Gesicht, das durch die Schwangerschaft apart gerundet war, zurückgebunden. Ich sah erneut die nordischen Gesichtszüge, die mich an Del erinnert hatten. Eine jüngere, weichere Del. Die Del vor Ajani.

Garrod legte einen Arm um ihre Schultern. »Wir sind jetzt verwandt.«

»Das sehe ich«, sagte ich trocken.

»Ist Del hier?« fragte Massou.

»Del ist hier«, bestätigte ich. »Wir wohnen einige Straßen weiter.«

Die Augen des Jungen erhellten sich. »Ihr könntet *hierher* kommen«, drängte er.

Adara nickte. »Das könntet Ihr. Wir haben genug Platz. Seht Ihr?« Sie deutete auf das Haus.

»Wir sind mit Freunden hier«, erklärte ich.

Garrod zuckte die Achseln. »Bringt sie mit.«

»Sie haben drei kleine Mädchen, und ein weiteres ist unterwegs.«

Der Pferdesprecher grinste erneut. »Bei *uns* ist auch eines unterwegs.« Worauf Cipriana errötete.

»Es ist Platz genug«, sagte Adara ruhig. »Ich kann verstehen, wenn Ihr Euch nicht trennen wollt, aber es ist genug Platz für Euch alle.«

Ihre Art zeigte eine Mischung aus verschiedenen Gefühlen. Sie erinnerte sich eindeutig daran, daß ich mich als an ihrer Verfügbarkeit uninteressiert erwiesen hatte: an der Witwe, deren Mann wegen seiner angegriffenen Gesundheit unfähig gewesen war. Es hatte sie Mut gekostet, überhaupt zu reden. Ich hatte sie sanft abgewiesen, aber es war zweifellos schwierig gewesen. Und dann waren die Loki in ihren Körper eingedrungen, und in die ihrer Kinder, und hatten sie alle zu seltsamem Verhalten veranlaßt.

Sie erinnerte sich an alles, war verwirrt und wollte doch meine Gesellschaft, was sie erneut verwirrte.

Ich schaute an ihr vorbei zu dem Haus und dachte an die anderen. »Habt Ihr ein Dach?«

Garrod schüttelte den Kopf. »Die Tanzeers haben alle Häuser mit unbeschädigten Dächern besetzt.«

»Das höre ich ständig.« Ich schaute in den sich verdunkelnden Himmel hinauf. »Ich glaube, es braut sich ein Sturm zusammen.«

»Aber es ist warm«, bemerkte Cipriana.

Massou widersprach. »Kühl.«

Garrod hielt die Nase in den Wind und runzelte die Stirn. »Es riecht fast nach Schnee.«

»Schnee!« Adara war erstaunt. »Vergeßt Ihr, daß wir von einem Ort nicht weit von hier kommen? Wir kennen das Wetter. An der Grenze schneit es niemals.«

»Es riecht wie *etwas*«, sagte ich. Aber nicht nach den Hunden.

Garrod runzelte noch immer die Stirn. »Ich denke, ich werde nach den Pferden sehen.«

Cipriana blieb noch da. »Habt Ihr noch immer den Hengst?«

»Natürlich.«

»Oh.« Ihr Gesichtsausdruck veränderte sich. Der Hengst hatte sie nicht besonders gemocht. Hatte niemanden von ihnen gemocht, nachdem die Loki sie erst einmal heimgesucht hatten.

»Er würde sich jetzt anders verhalten«, belehrte ich sie.

»Er hat mich gebissen«, sagte Massou.

»Ja, nun, er hatte seine Gründe. Er hat auch mich gebissen, und ich war niemals von Loki besessen.«

Adaras Röte vertiefte sich. »Ich wünschte, wir könnten das vergessen.«

»Ihr wart nicht Ihr selbst«, sagte ich. »Ich weiß das, und Del weiß es auch. Wir machen Euch keinerlei Vorwürfe wegen alledem.«

»Wir hätten Euch *töten* können.«

Oder Schlimmeres. Aber das sagte ich nicht. »Laßt es gut sein«, sagte ich leise. »Laßt Euch nicht zermürben.«

»Kann ich Del besuchen?« fragte Massou.

Wie immer schaute ich zu Adara. Es hatte eine Zeit gegeben, in der sie gewollt hatte, daß ihre Kinder uns mieden.

Adara, die mein Zögern verstand, nickte sofort, als wolle sie jeden Anschein ihrer früheren Abneigung vertreiben. »Natürlich kannst du gehen, aber nur wenn du willkommen bist.«

»Del hätte nichts dagegen«, sagte ich. »Ich bin sicher, daß sie sich freuen wird, ihn zu sehen.«

»Ich möchte hingehen«, erklärte der Junge.

Ich machte eine zustimmende Handbewegung. »Zwei Straßen weiter, das dritte Haus auf der linken Seite.«

Massou schoß davon.

Cipriana murmelte etwas darüber, daß sie Garrod suchen wollte und ging davon. Adara lächelte mich an und strich sich windzerzaustes Haar aus den Augen. »Ihr seht ein wenig müde aus. Möchtet Ihr etwas zu trinken? Oder zu essen?«

»Ich habe gerade gegessen.« Ich fühlte mich seltsam unbehaglich. »Wie lange werdet Ihr bleiben?«

»Bis Garrod bereit ist, weiterzuziehen.« Sie zuckte flüchtig die Achseln, denn sie merkte selbst, wie abhängig das klang. »Er ist ein braver Mann und behandelt Cipriana gut. Sie kümmern sich umeinander. Und es ist leichter für Massou und mich, bei ihnen zu bleiben. Ich kann ihnen bei der Babypflege helfen.«

Ich lächelte. »Das erste Enkelkind.«

Ihre Augen strahlten. »Ja. Kesars Blut wird weiterleben.«

Sie hatte ihren Mann auf dem Weg von der Grenze nach Kisiri begraben. Eine starke Frau, Adara, auf ihre Art genauso stark wie Del. Grenzbewohner müssen so sein.

Der Wind blies Sand in unsere Gesichter. Das lieferte mir einen Vorwand. »Ihr solltet besser hineingehen«, sagte ich.

Adara nickte nachdenklich und betrachtete forschend mein Gesicht. Als suche sie eine Antwort. Ich weiß nicht, was sie sah. Ich weiß nicht, was sie wollte. Ich konnte nur abwarten.

Sie lächelte zaghaft, spürte mein Unbehagen. Sie legte eine Hand auf meinen Unterarm. Eine schwielige, verhärtete Hand. Aber ihre Berührung war irgendwie sanft. »Ihr seid ein guter Mann«, sagte sie weich. »Wir werden Euch niemals vergessen.«

Ich beobachtete, wie sie sich dem Haus zuwandte. Beobachtete, wie sie durch die Tür ging. Sah das leichte Schwingen ihrer Hüften, das Flattern windgebauschter Röcke, ein Schimmern roten Haares. Hörte den rhythmischen Klang einer Frauenstimme, die sich in einem sanften Gesang erhob.

Man frage mich nicht warum. Ich bin nie für Musik empfänglich gewesen. Aber sie berührte etwas in mir, und ich folgte ihr dennoch.

Adara wandte sich erschreckt um, als ich in den Eingang trat. Der Gesang erstarb in ihrer Kehle, eine Hand lag ausgebreitet darüber.

Sie war plötzlich verwundbar. Und etwas in mir antwortete. »Geht es Euch gut?« fragte ich. »Braucht Ihr etwas?«

Adara schluckte schwer. »Fragt nicht danach«, sagte sie. »Ihr könntet vielleicht nicht die Antwort bekommen, die Ihr hören wollt.«

Ich betrachtete eine zerbrochene Wand.

»Sie sind irgendwo anders«, sagte sie, meinen Blick deutend.

»Nein, ich meinte nur ...« Ich brach ab. »Es könnte sehr peinlich werden, wenn sie es mißverstehen würden.«

Adara lächelte flüchtig. »Ja.«

Schatten krochen in den Raum und zeichneten ihr Gesicht weich. Schnee oder kein Schnee, ein Sturm braute sich zusammen. Das Licht hatte sich verändert.

»Ich wollte etwas sagen«, bemerkte ich.

Adaras Gesichtsfarbe veränderte sich.

Es war schwerer, als ich gedacht hatte. Ich bin niemals ein Mann gewesen, der mit einer Frau über grundlegende Dinge sprechen kann, über Dinge, die mit Gefühlen zu tun haben, außer bei Del. Und selbst das ist manchmal unbequem, weil wir so verschieden denken. Aber etwas an Adara veranlaßte mich, helfen zu wollen.

Ich atmete tief ein. »Es geht mich eigentlich nichts an. Aber ich werde es trotzdem sagen.«

»Ja«, sagte sie schwach.

»Eine Frau wie Ihr braucht einen Mann. Ihr seid schon zu lange allein. Del würde dem vielleicht nicht zustimmen ... sie würde wahrscheinlich sagen, daß eine Frau ohne einen Mann oft besser dran ist — und vielleicht hat sie damit in gewisser Weise recht, aber ich glaube nicht, daß Ihr zu diesen Frauen gehört.«

»Nein.« Es war ein Flüstern.

»Ihr solltet nicht allein sein. Ich weiß, Garrod ist eine gewisse Hilfe, aber das ist es nicht, was Ihr braucht. Ihr braucht selbst einen Mann. Jemanden, den Ihr umsorgen könnt, jemanden, der Euch umsorgen kann.«

Adara sagte nichts.

Ich bewegte mich leicht. »Ich meine nur, vielleicht ergibt sich eine Gelegenheit. Hier, in Iskandar. Es sind viele Männer hier.«

Eine kurze, vielsagende Handbewegung, die sie selbst einschloß. »Ich bin keine junge Frau mehr, und ich habe zwei Kinder.«

»Cipriana führt jetzt ihr eigenes Leben. Und Massou wird sehr bald ein Mann sein. Aber jetzt braucht er einen Vater. Er ist intelligent. Ein Mann könnte etwas viel Schlechteres bekommen, als Euch und den Jungen.«

Sie sah mich lange an. Ihre Augen waren voller Gedanken. Voller Möglichkeiten.

Sie schloß sie einen Moment. Sah mich dann direkt an und befeuchtete sorgfältig ihre Lippen. »Ich denke, Ihr solltet lieber gehen.«

Das überraschte mich. »Was?«

Ihr Mund zitterte leicht. »Das ist es nicht, was ich hören will, dieses Gerede von anderen Männern. Nicht von Euch. Nicht von *Euch.*«

Das hatte ich nicht beabsichtigt. Irgendwie hatte ich es noch schlimmer gemacht. Und das für uns beide. Nach zu vielen Wochen ohne Del in meinem Bett war ich mir Adaras Gegenwart sehr bewußt. Ich bin nicht für die Enthaltsamkeit geschaffen. Ich *wollte* Adara nicht ... aber ein Teil von mir wollte eine Frau.

Das meiste von mir wollte Del, so sehr das auch den Rest von mir verwirrte.

Adaras Lächeln war bittersüß. »Ich dachte nicht, daß ich dies sagen könnte, aber ich möchte kein Ersatz sein.«

Das war wie eine kalte Dusche. Der Wind fegte durch den Raum und kräuselte die Gaze ihrer Röcke. Strich ihr das Haar aus dem Gesicht, so daß ich ihren Stolz sehen konnte.

Ich wollte sie berühren, aber ich konnte es nicht. Es würde die Dinge nur verschlimmern.

»Für jemand anderen werdet Ihr das nicht sein.« Ich wandte mich um und verließ das Haus.

Vier

Sarad, der Schwertschmied, war einäugig. Das blinde Auge war hinter einem welken, faltigen Lid verborgen. Das gesunde Auge war schwarz. Haar der gleichen Farbe war zu einem Zopf geflochten und mit orange gefärbtem Leder im Nacken zusammengebunden. Er trug einen ockerfarbenen Burnus und einen Ledergürtel, der mit glänzend polierten Kupfermünzen besetzt war. Die Farben leuchteten hell und veränderten sich.

Sarad lächelte mich an. Er saß mit überkreuzten Beinen auf einer Decke und hatte Schwerter vor sich ausgebreitet. Stahl schimmerte dumpf im sterbenden Tageslicht. »Dies sind meine besten«, sagte er. »Ich kann natürlich bessere *machen* ... aber das würde Zeit erfordern. Habt Ihr Zeit?«

Nun, ja und nein. Ich konnte Zeit erübrigen, damit er mir eine Klinge anfertigen konnte, aber nur wenn ich bereit wäre, in der Zwischenzeit mein *Jivatma* zu gebrauchen.

Sarad gegenüberkauernd, dachte ich an Kem, den Schwertschmied auf Staal-Ysta. Es hatte Tage gedauert, Samiel zu gestalten, und das mit meiner Hilfe. Aber überwiegend aufgrund der Rituale. Kem hatte nichts erzwungen. Und während Sarad sich wahrscheinlich auch nicht beeilen würde — nicht wenn er ein gutes Schwert schmieden wollte —, so hatte er zumindest keine komplizierten Rituale zu beachten, die zusätzliche Stunden erfordern würden.

Die Schwerter sahen alle ausgezeichnet aus. Sie fühlten sich auch ausgezeichnet an. Ich hatte bereits sechs in der Hand gehabt und anhand einfacher und komplizierterer Muster ausprobiert. Zwei zeigten eine mir gut erscheinende Ausgewogenheit, aber sie hätten nur halbwegs zu mir gepaßt. Ich hatte mehr als die Hälfte meines Lebens damit verbracht, ein Schwert zu gebrauchen, das speziell für *mich* angefertigt worden war. Der Gedanke, mit einer gewöhnlichen Klinge zu tanzen, die für irgend jemanden gestaltet worden war, der das Geld hatte, sie zu kaufen, gefiel mir nicht.

Aber noch weniger gefiel mir der Gedanke, mit Chosa Dei zu tanzen, der abwartend in meinem Stahl ruhte.

Sarad machte eine Handbewegung, die eines der Schwerter einschloß. »Ich würde mich freuen, dem Sandtiger mein bestes Schwert zu einem sehr guten Preis anbieten zu dürfen.«

Ich schüttelte den Kopf. »Euer bestes ist nicht hier. Euer bestes habt Ihr noch nicht geschaffen.«

Etwas schimmerte in seinen Augen. »Natürlich. Ein Schwerttänzer wie Ihr schätzt wahres Können und Kreativität. Ich kann Euch ein perfektes Schwert gestalten. Alles, was ich brauche, ist Zeit.«

Ich nahm eines der beiden Schwerter auf, von denen ich glaubte, daß sie genügen würden. Der Stahl war rein und glatt, mit scharfen, schimmernden Schneiden. Es hatte das richtige Gewicht, die richtige Biegsamkeit, den richtigen Griff, die richtige Verheißung.

»Dieses«, sagte ich schließlich.

Sarad nannte seinen Preis.

Ich schüttelte den Kopf. »Zuviel.«

»Es gehört eine Scheide dazu ... seht Ihr? Und ich bin ein Meister, Sandtiger ...«

»Aber dies ist nicht das beste, das Ihr fertigen könnt. Erwartet Ihr dann von mir, daß ich den vollen Preis bezahle?«

Er dachte darüber nach. Überlegte, was es für seine Geschäfte bedeuten könnte, wenn der Sandtiger sein Schwert trüge. Nannte einen niedrigeren Preis.

Ich zählte das Geld ab.

Sarad steckte es ein. »Habt Ihr schon einen Tanzeer?«

»Noch nicht. Warum?«

Der Schwertschmied machte eine flüchtige Handbewegung. »Ich habe gehört, daß Tanzeers Schwerttänzer suchen.«

»Das habe ich auch gehört.« Ich runzelte leicht die Stirn. »Wißt Ihr, *warum* die Tanzeers so viele und alle sofort anheuern?«

Sarad zuckte die Achseln. »Ich höre Dinge ... Dinge über die Stämme, und den Jhihadi.« Er sah sich um und blickte dann wieder zu mir. »Ich glaube, die Tanzeers haben Angst. Also vereinigen sie sich angesichts eines mächtigen Feindes und heuern Männer zum Kämpfen an.«

Ich sah Sarad ernst an. »Wenn das Gerücht stimmt, würde das bedeuten, daß die Tanzeers glauben, daß dieser Jhihadi existiert oder daß er existieren *wird.* Und ich habe niemals Tanzeers kennengelernt, die an viel mehr als nur an ihre eigene Habgier glauben.«

Sarad zuckte die Achseln. »Es ist das, was ich gehört habe.« Er sah mich nachdenklich an. »Ich dachte, daß ein Mann wie der Sandtiger sicherlich von vielen gesucht und sofort angeheuert werden würde.«

Ich steckte das neu erstandene Schwert in die Scheide und dachte darüber nach, wie ich es am besten an meinem Harnisch befestigen könnte, der speziell für ein anderes Schwert angefertigt worden war. »Ich bin erst heute mittag hier eingetroffen.«

»Dann seid Ihr langsam.« Sarad lächelte. »Euer Sohn ist vor einer Woche angekommen.«

Ich versteifte mich. »Wo *ist* diese Person?«

Er zuckte die Achseln. »Ich habe ihn hier und dort gesehen. Er besucht die Kreise, bleibt eine Weile, geht dann in die Wirtshäuser.«

»In welche?«

Eine schnelle Handbewegung. »In dieses. Und in jenes. Und in das auf der anderen Straßenseite. Es gibt hier viele Wirtshäuser. Schwerttänzer trinken gern.«

Ich erhob mich. »Ich denke, es ist Zeit, daß ich *meinem Sohn* einen Besuch abstatte.«

»Das wird ihm gefallen«, sagte Sarad. »Er ist sehr stolz auf Euch.«

Ich grunzte und ging davon.

Er führte, so hatte man mir gesagt, eine alte graue Stute mit einem weißen Tupfer auf der Nase und drei weißen Beinen mit sich. Er war dunkelhaarig und blauäugig. Jung, vielleicht achtzehn oder neunzehn. Kein Schwert. Eine Kette aus Krallen um seinen Hals. Und er war schnell mit meinem Namen bei der Hand. Was alles in allem bedeutete, daß es nicht schwer sein sollte, ihn zu finden.

Außer daß ich ihn nicht finden konnte.

Oh, die Leute wußten von ihm. Ich besuchte jedes der drei Wirtshäuser, die Sarad mir genannt hatte, und zwei weitere. Keines davon war ein *richtiges* Wirtshaus, denn es waren kaum mehr als zerstörte Gebäude, in denen ein Südbewohner, der Alkohol besaß, hastig einen Laden errichtet hatte und Becher voll Aqivi und *Amnit* zu überhöhten Preisen verkaufte. Aber es schien niemanden zu stören. Es waren Orte, wo man sich treffen, Geschichten austauschen und Arbeit suchen konnte.

Ja, so sagten mir die Männer, sie kannten ihn. Und sie beschrieben ihn in der Art, wie ich es schon mehrfach gehört hatte. Aber keiner von ihnen kannte einen Namen. Jeder kannte ihn nur als den Jungen des Sandtigers.

Ich fand es beunruhigend. *Jedermann* könnte das gleiche behaupten, da niemand es besser wußte; er könnte alle Arten schändlicher Taten vollbringen und dadurch meinem Ruf schaden, den ich mir ziemlich mühsam aufgebaut hatte. Es hatte Jahre gedauert. Und dann machte ihn sich irgendein Junge, der sich einbildete, mein Sohn zu sein, ohne mein Wissen zu eigen.

Das gefiel mir nicht besonders.

Selbst wenn er mein Sohn *war*.

Nach einiger Zeit gab ich es auf. Aber ich ersuchte jeden, ihn an mich zu verweisen, wenn er auftauchen sollte.

Ich ging mit meinem neu erstandenen Schwert ›nach Hause‹ und dachte böse Dinge über den Mann, der mein Blut beanspruchte und, folglich, auch meinen Namen. Das gefiel mir überhaupt nicht. Mein Name gehörte *mir*, und ich hatte ihn mir zu einem sehr hohen Preis errungen. Ich wollte ihn nicht teilen. Nicht einmal mit einem Sohn.

Der Hengst weckte mich auf. Es war sehr spät und sehr dunkel, und jedermann sonst schlief, wegen der kühlen Temperatur in Decken eingerollt. Im anderen Raum schnarchte Alric sanft in Lenas Armen.

In unserem Raum schlief Del allein auf ihrem eigenen Schlafplatz. Wie auch ich auf meinem.

Der Hengst fuhr fort zu stampfen, zu scharren und zu schnauben. Wenn ich ihn noch lange weitermachen ließe, würde er alle anderen aufwecken. Und da ich keine große Lust hatte, Entschuldigungen für ein Pferd hervorzubringen, beschloß ich, ihn zu beruhigen.

Ich seufzte, warf die Decken von mir, rappelte mich auf. Alrics Behelfsdach war auf den verrottenden Dachsparren abgesackt, aber es hielt ein wenig Wind ab. Und es hielt das Licht ab. Ich mußte mich anstrengen, um etwas zu sehen.

Es war kalt außerhalb meiner Decken. Kaum hatte ich gesagt, wie schön es sei, wieder zu Hause zu sein, wo es warm war, schon mußte es kalt werden. Aber ich schloß diese Erkenntnis aus meinem Bewußtsein aus — ich war froh, daß ich in meinen Kleidern geschlafen hatte — und ging hinaus, um nach dem Hengst zu sehen.

Dels fahler Wallach war in einer Ecke des Raumes angebunden, den Alric zum Stall erklärt hatte. Er war von dem Lärm des Hengstes aufgeschreckt worden, stand aber noch ziemlich ruhig da. Der Hengst tat dies jedoch nicht. Außer Reichweite des Rotschimmels angebunden, warnte er ihn dennoch, nicht näher zu kommen.

Alrics notdürftiges Dach aus Decken und Fellen erstreckte sich nicht über den ›Stall‹, aber das Licht war hier kaum besser. Es war kein Mond zu sehen, kein Stern. Ich konnte nur durch die feuchte Dämmerung spähen. Wind strich über mein Gesicht und kroch in den Kragen meiner Tunika. Ich legte die Hand auf den warmen Rumpf des Hengstes und trat dann an seinen Kopf heran. Versprach ihm, ihn seiner wertvollsten Körperteile zu berauben, wenn er nicht ruhig wäre. In der Zwischenzeit versuchte ich, seine Zeichen des Unbehagens zu deuten.

Es war nicht nur der Wallach. Der Hengst mochte ihn nicht, aber er duldete ihn doch weitgehend. Er hatte es in den letzten Wochen gelernt. Und ich bezweifelte, daß das Packpferd, das Alric gehörte, eine alte, ruhige Stute, die Ursache war. Er hatte sich bereits als an ihr uninteressiert gezeigt, was bedeutete, daß etwas völlig anderes schuld sein mußte. Etwas, das ich nicht sehen konnte.

Wind strich durch die zerbrochene Mauer und wirbelte Staub und Sand auf. Der Hengst legte die Ohren an.

Ich legte eine beruhigende Hand auf seinen Hals. »Ruhig, alter Junge! Es ist nur ein wenig Wind. Und die Wand hält den größten Teil davon ab. Also beschwere dich nicht.«

In der Dunkelheit war das ganz schwache Leuchten eines einzelnen Auges auszumachen. Die Ohren blieben zurückgelegt.

Ich dachte kurz an Garrod. Er hätte mich aufgeklärt, er wüßte, was es zu bedeuten hat, einfach indem er mit dem Hengst *gesprochen* hätte.

Mit mir sprach das Tier nicht.

Oder doch? Er stampfte heftig mit einem Vorderhuf auf und kam meinen Zehen damit sehr nahe.

»He! Paß auf, Alter, oder ich *werde* dir ...«

Eine schnelle Seitwärtsbewegung seines Kopfes, und er schloß die Zähne um meinen Finger.

Ich fluchte. Bearbeitete sein Auge, um sicherzugehen, daß er zuhörte. Sonst hätte er mich nicht beachtet und ich meinen Finger vielleicht verloren. Als er dann aber zuhörte, zog ich meine Hand aus seinem Maul zurück.

Und begann ernsthaft zu fluchen.

Ich trat besonnen einen Schritt zurück, außer Reichweite des Hengstes, und beäugte meinen Finger. Es war schlimm.

Ich fluchte noch etwas mehr, stieß die Worte zwischen zusammengebissenen Zähnen hervor und streckte die ganze Hand aus — den verletzten Finger eingeschlossen —, wobei ich mir einredete, daß es überhaupt nicht weh tat.

Ich drückte die Hand leicht. Das gefiel dem Finger nicht.

Ich marschierte erregt im Kreis herum und hegte böse Gedanken bezüglich des Hengstes. Wünschte kurz, ich wäre eine Frau, bei der Tränen nicht verurteilt würden. Ich weinte natürlich nicht, aber ich dachte, daß es schön wäre, diese Art Erleichterung zu haben. Aber ein Mann zeigt nicht soviel von sich selbst, wenn andere in der Nähe sind.

»Laß mich sehen«, sagte sie.

Ich fuhr herum, fluchte noch mehr, sagte ihr, es ginge mir gut.

»Hör auf zu lügen«, sagte sie. »Und hör auf zu versuchen, ein tapferer *Mann* zu sein. Gib zu, daß der Finger weh tut.«

»Er tut weh«, quetschte ich sofort zähneknirschend hervor. »Und jetzt tut er *immer noch* weh. Es zuzugeben, hat nicht geholfen.«

»Ist er gebrochen?«

»Das kann ich nicht sagen.«

»Hast du ihn dir angesehen?«

»Nicht sehr lange.«

Del kam näher. »Dann laß mich sehen.«

Die Hand zitterte. Sie wollte nicht berührt werden.

»Ich werde vorsichtig sein«, versprach sie.

»Das sagen sie alle.«

»Hier, laß mich sehen.« Sie nahm mein Handgelenk in eine Hand.

»Faß ihn nicht an«, sagte ich scharf.

»Ich werde ihn mir *ansehen*, nicht berühren. Natürlich muß der Knochen, wenn er gebrochen ist, gerichtet werden.«

»Ich glaube nicht, daß er gebrochen ist. Er hat nicht so fest zugebissen.«

Del untersuchte den Finger so gut sie es in dem schwachen Licht konnte. »Fest genug, um die Haut zu zerfetzen. Du blutest.«

»Blut wäscht ... *autsch* ...«

»Tut mir leid«, murmelte sie.

Ihr Kopf war gebeugt. Helles Haar verbarg ihr Gesicht, fiel weich über ihre Schultern, blieb auf ihren Brüsten liegen. Ich konnte ihren Gesichtsausdruck nicht sehen. Nur ihre Stimme hören. Ihren vertrauten Geruch riechen. Ihre Hände auf meinen spüren.

Das Erwachen kam plötzlich.

O Hoolies, Bascha ... wie lange noch ...?

»Es regnet.« Del schaute nach oben, spähte durch die Stelle, wo das Dach gewesen war, in den Himmel. Ihre Lippen teilten sich. Ihr Haar fiel aus ihrem Gesicht zurück. Ein gemeißeltes, makelloses Gesicht, das von Jahren der Besessenheit zerbrechlich geworden war. Von Monaten entschlossener *Konzentration*.

Ich dachte plötzlich an Adara, die mehr als erfreut gewesen wäre, mich haben zu können. Die aber kein Ersatz war. Welche Frau konnte das für Del sein?

»Das wäre es«, sagte sie fest.

Regentropfen rannen durch ihr Haar, rannen zusammen mit fast rosafarbenem Blut von meinem zerbissenen Finger herab, der, wie auch meine ganze Hand, unruhig auf ihrer Schulter ruhte. Wollte ihr Kinn umfassen, wollte ihr Gesicht berühren, verlangte danach, sich fest in glattes, helles Haar zu klammern ...

Del schluckte sichtbar. »Wir sollten uns unterstellen.«

Ich blinzelte nicht einmal, als das Wasser mein Gesicht hinablief. »Ja, das sollten wir wahrscheinlich.«

Del sah mich an. Keiner von uns bewegte sich.

Es regnete jetzt stärker. Keiner von uns bewegte sich.

Meine Stimme schwankte. »Ich kann mir schönere Orte vorstellen.«

Del sagte nichts.

»Ich kann mir *trockenere* Orte vorstellen.«

Del sagte nichts.

Die Anspannung explodierte zwischen uns. »Du solltest lieber zurückgehen«, sagte ich rauh. »Ich weiß nicht, wieviel länger ich deine wertvolle Konzentration noch respektieren kann.«

Del berührte mein Gesicht. Ihre Schwerthand zitterte.

O Delilah ... *nicht* ...

In der Dunkelheit waren ihre Augen schwarz. *»Zu den Hoolies mit meiner Konzentration.«*

Fünf

In der Dämmerung waren wir wieder im Bett. Dieses Mal teilten wir uns eines, breiteten die Decken und Felle in der Kälte eines zu feuchten Morgens aus und versuchten, uns vor der durch die herabhängenden Dekken hereinwirbelnden Brise zu schützen.

»Zu lange«, murmelte ich schwach. »Können wir deine Konzentration nicht häufiger vergessen?«

Del, die ihre Haare unter meiner Schulter hervorzog, verzog den Mund ein wenig. »Wir sind bereits abgelenkt. Ich habe dir gesagt, daß Männer sich auf nichts konzentrieren können, wenn eine Frau verfügbar ist.«

Es traf mich überhaupt nicht, denn sie hatte es nicht böse gemeint. Ich empfand es als willkommene Unterbrechung. »Habe ich deine Konzentration zerstört?«

»Letzte Nacht sicherlich. Aber nicht heute.«

»Nein?«

»Nein«, antwortete sie leichthin. »Ich werde mit meinem Schwert Rücksprache darüber halten.«

Aus irgendeinem seltsamen Grund störte es mich. »Bascha ... das meinst du nicht ernst.«

»Natürlich meine ich es ernst.«

Ich rückte zur Seite, vergrößerte den Abstand zwischen uns, damit ich sie deutlich sehen konnte. »Willst du mir erzählen, daß du all die Menschlichkeit, die du dir gerade erst wieder zurückerobert hast, aufgeben willst?«

Dels Brauen hoben sich. »Und willst *du* mir erzählen, daß ich im Namen einer einzigen gemeinsamen Nacht vergessen soll, wer ich bin?«

Ich kratzte mein stoppeliges Kinn. »Nun, irgendwie

habe ich gedacht, daß dies zu *mehr* als einer einzigen gemeinsamen Nacht führen könnte. Wie vielleicht zu *vielen* einzigen gemeinsamen Nächten, die sich alle aneinanderreihen würden, bis wir sie nicht mehr auseinanderhalten könnten.«

Del dachte darüber nach. »Vielleicht«, räumte sie ein.

Ich wollte widersprechen, aber ich tat es nicht. Konnte es nicht. Ich sah das Glitzern in ihren Augen. »Hoolies, ich glaube, sie ist aufgetaut!«

Aber die Belustigung schwand dahin. »Tiger, ich will nicht über das hinweggehen, was letzte Nacht geschehen ist. Aber ich kann auch nicht über das hinweggehen, weswegen ich hierhergekommen bin.«

Ich seufzte, streckte mich erneut aus, kratzte an einer Braue. »Ich weiß. Ich wünschte, ich könnte dich bitten, Ajani zu vergessen, aber ich glaube nicht, daß das fair wäre.«

»Ich würde dich niemals darum bitten.«

Nein, vielleicht nicht darum. »Aber du *hast* versucht, meine Seele für ein Jahr an Staal-Ysta zu verkaufen.«

Del versteifte sich neben mir. »Und wie viele Jahre lang willst du mich noch daran erinnern?«

Ich lag da und wagte nicht zu atmen. Nicht wegen ihres Tonfalls, der eine Mischung aus Scham, Qual und Verwirrung war. Und auch nicht wegen ihrer Haltung, die den tiefsitzenden Schmerz deutlich ausdrückte. Sondern wegen der Worte selbst.

»Jahre«, wiederholte ich weich.

»Ja.« Sie *war* verwirrt. »Willst du das Thema einmal im Jahr aufgreifen? Zweimal? Vielleicht sogar einmal pro Woche?«

Ich schluckte schwer. »Einmal im Jahr, denke ich.«

»Warum?« Der Ausruf kam instinktiv. »Habe ich nicht zugegeben, daß ich falsch gehandelt habe?«

»Einmal im Jahr«, wiederholte ich, »weil das bedeutet, daß wir dieses Jahr gemeinsam *erleben*.«

Del lag sehr ruhig da. Sie atmete auch nicht. »Oh«,

war alles, was sie nach einiger Zeit des Nachdenkens sagte. Was sie nach einiger Zeit der Selbstdeutung sagte.

Die Aussicht war erschreckend. Aber auch seltsam erfreulich.

Ich bin nicht mehr allein.

Man könnte sagen, daß ich nicht mehr wirklich allein gewesen war, seit Del und ich uns das erste Mal zusammengetan hatten. Abgesehen von einigen aufgezwungenen Trennungen. Aber bis zu diesem Moment hatten wir niemals über mehr als nur den Augenblick nachgedacht. Schwerttänzer tun das niemals.

Männer und Frauen müssen es tun.

Was mich auf andere Dinge brachte. »Ich frage mich, ob er *tatsächlich* ...« Ich brach ab.

Del rührte sich unter den Decken. »Was fragst du dich? In bezug auf wen?«

»Ob er wirklich mein Sohn ist.«

Sie lächelte. »Würde es dir gefallen, wenn er es wäre?«

Ich dachte darüber nach. »Ich weiß es nicht.«

»Tiger! Ein *Sohn.*«

»Was nützt es, wenn man entdeckt, daß man einen erwachsenen Sohn hat, von dessen Existenz man nichts wußte? Und wenn es ihn *tatsächlich* gibt, dann nur wegen einer gemeinsamen Nacht, an die man sich nicht einmal mehr erinnern kann.«

Dels Tonfall klang trocken. »Hast du so viele gehabt?«

»Ja.«

Sie sah mich einen Moment lang fragend an, wandte dann den Kopf wieder in die andere Richtung und schaute hinauf in den heller werdenden Himmel. »Nun, ein Sohn ist ein Sohn. Es sollte nicht wichtig sein, wie er empfangen wurde, nur, daß er empfangen wurde.«

»Wie Kalle empfangen wurde, das ist wichtig.«

Ich dachte, sie würde mich anfauchen, wie sie es so gut kann. Ich dachte, sie würde mich verfluchen, wie sie es so gut kann. Ich habe ihr die meisten Ausdrücke beigebracht. Ich dachte, sie würde sich vielleicht vollständig zurückziehen. Sie ist sehr geschickt darin, wenn sie keine Lust hat zu teilen. Del verbirgt sich sehr gut.

Aber dieses Mal versuchte sie es nicht.

Del seufzte schwer. »Kalle war niemals Kalle. Kalle war ein Grund. Kalle war eine Entschuldigung. Sie rechtfertigte die Qual. Sie machte es leichter, zu hassen.«

»Daher konntest du sie aufgeben.«

»Ja. Daher konnte ich meine Schwüre erfüllen.«

»Die du geleistet hast, *bevor* du überhaupt wußtest, daß du schwanger warst.«

Del runzelte die Stirn. »Ja. Ich habe sie unmittelbar nach dem Tod meiner Familie geleistet, in dem Moment, als Jamail verschleppt wurde, in dem Moment, als Ajani mir die Unschuld nahm. Spielt es eine Rolle wann? Sie wurden geleistet. Und waren es wert, geleistet zu werden. Die Ehre ist den Kampf wert.«

Wie Del, sah auch ich zum Himmel hinauf. »Du hast ein Kind aufgegeben. Warum sollte ich meines annehmen?«

Nach einem langen, schmerzlichen Schweigen wandte Del den Kopf ab. »Ich habe keine Antwort für dich.«

»Es gibt keine«, belehrte ich sie und rollte mich herum, um sie an mich zu ziehen.

Ich hatte fast damit gerechnet, daß Del etwas über das neue Schwert sagen würde, wenn sie es entdeckte. Aber nicht, daß es zerbrochen wäre.

Ich wandte mich von meiner Tätigkeit um, die Schlafdecken zum Trocknen in die Sonne zu legen. Nur daß keine da war. Noch immer verdeckten Wolken den Himmel. »*Was?*«

»Es ist zerbrochen«, wiederholte sie.

»Das *kann* nicht sein!« Ich stieg über die Schlafdecken hinweg und blieb bei der neuen Scheide stehen. Sie lag genau da, wo ich sie gelassen hatte: auf einer Decke bei Samiel.

Das Schwert war aus der Scheide gerutscht. Die Klinge war in zwei Hälften gebrochen.

»Schlechter Stahl«, sagte sie.

Ich schüttelte den Kopf. »Das war kein schlechter Stahl. Dessen bin ich mir sicher. Ich habe ihn sorgfältig geprüft.«

Del zuckte die Achseln. Die Waffe, das blanke, nicht magiebeladene Schwert, konnte ihr Interesse nicht länger fesseln. »Wenn er zu sehr gepreßt wird, kann er brechen. Gegen wen hast du getanzt? Gegen Alric?«

»Del, ich habe nicht getanzt. Gegen niemanden. Ich habe dieses Schwert nur gekauft. Ich habe nicht einmal damit *trainiert.*«

»Dann war es schlecht geschmiedet.«

»Ich würde niemals ein schlechtes Schwert kaufen. Das weißt du.« Jetzt war ich verwirrt. Es sollte keine Rolle spielen, daß es kein nordisches *Jivatma* war, doch es sollte ein Schwert sein, dem ich mein Leben anvertrauen wollte. Dem ich es anvertraut hätte, wenn es heil gewesen wäre. Ich untersuchte das Schwert genau. »Das Heft und diese Hälfte sehen völlig normal aus. Laß uns den Rest ansehen.«

Ich nahm die Scheide auf, hielt sie umgekehrt und schüttelte den Rest der Klinge heraus. Sie landete mit dumpfem, häßlichem Klang auf der Hälfte mit dem Heft.

Del sog laut den Atem ein.

»Schwarz«, sagte ich bestürzt.

»Genau wie dein *Jivatma.*«

Wir sahen uns nur einen kleinen Moment lang an. Und dann ergriff ich den Harnisch, ergriff die Scheide und schloß eine Hand um das Heft. Und riß es aus der Scheide.

Samiel war heil. Samiel war unverändert. Stahl schimmerte glänzend und unbefleckt ... bis auf das schwarz Verkohlte, das sich über gut ein Drittel der Klinge erstreckte.

»Es ist mehr geworden«, sagte ich. »Mehr Verfärbung.«

Del sagte kein Wort.

Ich schaute auf die zerbrochene Klinge. »Er hat sie zerstört«, sagte ich tonlos.

Sie kniete sich neben mich und betrachtete das *Jivatma* genauer. »Er ist in deinem Schwert gefangen.«

»Er *zerstört* Dinge«, erklärte ich. »Verstehst du nicht? Das neue Schwert war eine Bedrohung. Er will mich zu seinen eigenen Bedingungen, wobei er keine Niederlage durch Unterlassung riskieren will.«

Dels Tonfall war sorgsam gedämpft. »Tiger, ich glaube, du bist ...«

»... sandkrank? Nein.« Irgendwie war ich mir da sicher. Man frage mich nicht wieso. Ich *wußte* es einfach, tief in meinem Bauch, tief in meinem Herzen, tief in einem Teil von mir, an dem niemand sonst teilhaben konnte. »Ich beginne zu verstehen. Ich denke, ich lerne ihn allmählich kennen.«

»Tiger ...«

Mein Blick ließ sie verstummen. »Du sagtest, er hätte mich kennengelernt. Warum kann ich ihn dann nicht auch kennenlernen?«

Alric kam herein. »Wollt Ihr trainieren?« fragte er. »Sie wetten bei den Kreisen auf die Kämpfe ... es sind Wetten zu gewinnen.«

Del und ich sahen ihn an. Dann betrachteten wir das Schwert. Und dachten an Chosa Dei.

»Wann?« fragte ich laut und an jeden gerichtet, der es wissen könnte. »Wann soll dieser Jhihadi ankommen?«

Del und Alric waren gleichermaßen unsicher bezüglich dieser Frage und warum *ich* sie stellte. Sie tauschten Blicke und sahen mich dann achselzuckend an.

»Ich weiß genausoviel wie du«, sagte Del.

Ich warf Alric, der noch immer den Durchgang zwischen unseren Zimmern versperrte, einen Blick zu. »Ihr seid schon länger hier.«

»Das Orakel kommt«, antwortete er. »Ich vermute, daß er zuerst hier eintreffen soll. Da er derjenige ist, der die Ankunft des Jhihadi vorhersagt, würde ich denken, daß er es von Iskandar aus tun will, anstatt nur bei Stammesversammlungen.«

Etwas klang seltsam. »Stämme«, sagte ich gespannt. »Wollt Ihr damit sagen, daß dieses Orakel seine Vorhersage *nur* an die Stämme richtet?«

Alric zuckte die Achseln. »Ich vermute, daß seine Vorhersage alle einschließt. Müßte sie das nicht, da er vom Süden spricht? Sicher weiß man nur, daß er zwischen den Stämmen einhergeht.« Er hielt inne. »Oder aber sie kommen zu ihm.«

Ich dachte zurück an das Gespräch, das Abbu Bensir und ich mit Del bezüglich Tanzeers, des Jhihadi und der Stämme geführt hatten. »Ich weiß nicht, wieviel davon wahr ist oder wieviel davon der ehrgeizige Versuch eines Mannes ist, sich einen Namen zu machen«, sagte ich langsam. »Man sollte denken, daß er sich, wenn er diese offensichtliche Art Macht erringen wollte, direkt an die Tanzeers wenden würde. Sie regieren den Süden ... zumindest Teile davon.«

»Aber sie sind korrupt«, bemerkte Alric. »Tanzeers werden ständig gekauft und verkauft. Hoheitsgebiete zerfallen über Nacht.«

»Es gibt Menschen, die nicht korrupt sind«, sagte ich ruhig. »Südliche Menschen, deren einziges Anliegen das Überleben ist, das Aufrechterhalten ihrer eigenen Lebensart. Sie schulden den Tanzeers absolut nichts, und sie mißachten die unbedeutenden Pakte und Machtkämpfe. Sie leben nur und beziehen Kraft aus ihrer Heimat.«

»Die Stämme«, stimmte er zu.

»Ich sollte es wissen«, sagte ich. »Ich bin bei einem aufgewachsen.«

Del schüttelte den Kopf. »Ich verstehe nicht.«

Ich runzelte die Stirn und versuchte, es in Worte zu fassen, die etwas bedeuteten. »Die Stämme sind alle kleine Teile des Südens. Verschiedene Rassen, verschiedene Gebräuche, verschiedene religiöse Glaubensrichtungen. Darum kann niemand die Punja wirklich regieren ... die Stämme sind zu sehr zerfallen, zu schwer zu beherrschen. Und daher begnügen sich die Tanzeers mit den Teilen, die sie beherrschen *können*, und die Menschen ... die Stämme werden in Ruhe gelassen.«

Del nickte. »Du hast so etwas schon einmal erwähnt, mit Abbu.«

»*Jetzt* frage ich mich, ob dieser Jhihadi-Unsinn vielleicht weniger mit den Tanzeers zu tun hat, sondern statt dessen auf die Stämme abzielt.« Ich kaute an meiner Unterlippe. »Die Stämme sind, zusammengenommen, uns anderen allen zahlenmäßig überlegen. Niemand weiß wirklich, wie viele es sind — sie leben in allen Teilen des Südens, und fast keiner von ihnen bleibt lange an einem Ort. Was es unmöglich macht, mit ihnen zu rechnen, selbst wenn man es wollte.«

Del nickte. »Also?«

»Wenn du also ein Mann wärst, der absolute Macht begehrte, was wäre dann der sicherste Weg, sie ein für allemal zu erlangen, *ohne* die Tanzeers einzuschalten?«

Sie vergeudete keine Zeit. »Die Stämme zu vereinigen.«

Ich nickte. »Was die Erklärung dafür sein könnte, warum so viele Tanzeers ihre Gebiete verlassen haben, um nach Iskandar zu kommen. Nicht wegen des Jhihadi. Wegen der *Stämme.* Sie heuern Schwerttänzer an, um eine Streitmacht für den Süden aufzurüsten.«

Alric schüttelte den Kopf. »Unmöglich«, sagte er. »Ich bin Nordbewohner, ja, aber ich lebe schon seit Jahren im Süden. Ich glaube nicht, daß irgend jemand alle Stämme vereinigen *könnte,* aus all den Gründen, die Ihr genannt habt.«

Jetzt war es an mir, den Kopf zu schütteln. »Es ist eine Frage der Sprache«, sagte ich. »Man muß nur die Art Botschaft finden, die jeden einzelnen Stamm anspricht, und dann die richtige Sprache gebrauchen.«

»Religion«, sagte Del tonlos.

Jetzt nickte ich. »Religion ohne Glauben, ohne Überzeugung, ist nicht mehr als ein Mittel, den Willen einiger weniger vielen aufzuzwingen. Seht Ihr das nicht? Sagt einem Mann, er solle etwas tun, und der Gedanke gefällt ihm vielleicht nicht. Er weigert sich. Aber sagt ihm, daß sein *Gott* es verlangt, und er wird sich beeilen, die Aufgabe zu erfüllen.«

»*Wenn* er gläubig ist«, warf Alric ein.

»Ich weiß nicht, wie es um Euch steht, aber ich bin kein religiöser Mensch. Ich halte es nicht für sehr sinnvoll, einen Gott oder Götter zu verehren, wenn wir für unser eigenes Leben verantwortlich sind. Sich auf etwas — oder *jemanden* — zu verlassen, das oder den man nicht kennt, ist ein Glücksspiel. Jedoch würden viele Menschen dem widersprechen. Viele Menschen richten ihr Leben rund um ihre Götter aus. Sie sprechen mit ihnen. Machen Angebote. Fragen sie um Rat.« Ich sah Del an. »Sie leisten Schwüre im Namen jener Götter und leben ihr Leben dann diesen Schwüren gemäß.«

Sie errötete. »Was ich tue, ist meine eigene Angelegenheit.«

»Ja«, stimmte ich zu. »Das streite ich nicht ab. Was ich sagen will ist, daß die Stämme voller Aberglauben sind. Wenn eine Ziege Zwillinge gebiert, soll das Jahr üppig werden. Und wenn es das nicht wird, *wenn* es das nicht wird, dann wird etwas anderes dafür verantwortlich gemacht.« Ich seufzte und kratzte an meinen Narben. »Wenn ein Mensch einen Weg finden könnte, die Stämme für ein gemeinsames Ziel zu vereinigen, könnte er den Süden für sich beanspruchen. Das wollte ich damit sagen.«

Alric runzelte die Stirn und dachte über die Folgen

nach. Dachte über die Tanzeers nach, die den Jhihadi tot sehen wollten. Die das Orakel tot sehen wollten. Und über all die Schwerttänzer, die sie anheuern konnten, um einen heiligen Krieg zu gewinnen.

Del schüttelte den Kopf. »Spielt das eine Rolle? Wie willst du wissen, daß es für den Süden nicht besser wäre, wenn *tatsächlich* ein Mann ihn regieren würde, anstatt all diese Tanzeers?«

»Weil niemand weiß, was dieser eine Mann tun würde«, entgegnete ich. »Zunächst einmal, wenn er die Stämme auf seine Seite gebracht hätte, brauchte er keine Schwerttänzer mehr anzuheuern, und wir wären arbeitslos.« Dels Gesichtsausdruck war zynisch. »In Ordnung«, räumte ich ein, »aber abgesehen davon, was wäre, wenn die Stämme beschlössen, daß wir anderen es nicht verdient hätten zu leben? Daß wir den Süden entweihen würden? Was ist, wenn dieser Jhihadi den heiligen Krieg erklären und uns andere zu seinen Feinden machen würde, die nur der Vernichtung wert wären?«

»Das würde er nicht tun«, erklärte Del. »Ein ganzes Volk? Ein ganzes Land?«

Alrics Stimme klang seltsam. »Die Vashni töten Fremde.«

Del erblaßte.

»Wenn der Sand in Gras verwandelt wird«, sagte ich, »wird der Süden begehrt sein.«

Del runzelte die Stirn und dachte nach. »Aber wenn der Süden so einschneidend verändert wird, dann ändert das auch die Lebensart der Stämme. Würden sie das wollen? Du selbst hast gesagt, daß sie ihre Lebensart zu schützen versuchen.«

»Das ist die eine Seite«, stimmte ich zu. »Aber da ist andererseits auch das Wissen, daß ein Mensch für seinen Gott — oder seine Götter — viele seltsame Dinge zu tun bereit ist.«

Alric nickte bedächtig. »Die *Khemi* zum Beispiel. Wie

viele Männer kennt *Ihr*, die freiwillig die Frauen aufgeben würden?«

Dels Stimme klang angewidert. »Ich weiß von den *Khemi*«, sagte sie. »Die Frauen aufzugeben ist eine Sache ... aber zu behaupten, wir seien Auswüchse und nicht wert, angesprochen, berührt oder *überhaupt* irgend etwas zu werden, bedeutet, die Dinge zu weit zu treiben.«

»Sie nehmen das Hamidaa'n ein wenig zu wörtlich«, stimmte ich zu. »Diese Schriftrollen sagen nicht wirklich, daß Frauen völlig wertlos seien. Sie sagen nur, sie seien weniger wert als Männer. Wenn man mit jemandem des wahren Hamidaa-Glaubens spricht — nicht mit den *Khemi*-Eiferern —, wird er Euch sagen, wie es wirklich ist.«

Dels Brauen hoben sich. »Und das rechtfertigt diese Meinung?«

»Nein. Es beweist nur, was ich sagte: Religion ist eine Methode des Herrschens.«

Del neigte den Kopf. »Wenn man es zuläßt. Sie kann auch Sicherheit bieten, einen zentralen Punkt im Leben. Sie kann das Leben lebenswert machen.«

Ich betrachtete ihren Harnisch, der neben meinem lag. Das komplizierte, gewundene Heft eines gefährlichen, faszinierenden Schwertes. »Du verehrst *das*. Macht das dein Leben lebenswert?«

Del blinzelte nicht einmal. »Was es verspricht, das hält es.«

Alric ging über unsere Diskussion hinweg. »Wenn das, was Ihr gesagt habt, stimmt, dann sollte etwas unternommen werden.«

Del kam mir zuvor, bevor ich mich äußern konnte. »Was ist, wenn es stimmt, was das *Orakel* gesagt hat? Wollt Ihr mit einem Messias streiten?«

»Als erstes«, sagte ich, »muß ich mir ein anderes Schwert kaufen.«

Alric schüttelte den Kopf. »Ich habe das Vashni-Schwert. Ich würde es Euch gern ausleihen.«

Del wartete, bis er in den angrenzenden Raum gegangen war. »Du bist ein Narr«, sagte sie. »Du gehst deinem *Jivatma* aus dem Weg, obwohl du lernen solltest, es zu beherrschen.«

»Das *stimmt*«, sagte ich scharf und beugte mich hinab, um das Schwert aufzunehmen. »Hier. Du hast die Wette gewonnen. Das Schwert ist jetzt das Pfand.«

»Tiger, *nein* ...«

»Du hast gewonnen, Bascha. Du sagtest, ich könnte nicht bestehen.« Ich legte das Schwert in ihre Hände. Ich wußte, daß sie sicher war. Del kannte seinen Namen.

Sie schloß die Finger um die Klinge. Die Knöchel standen weiß hervor.

Ich runzelte die Stirn. »Du weißt es besser, Bascha. Du wirst dir auf diese Weise nur die Finger zerschneiden.«

Del sagte nichts. Ihre Augen waren weit geöffnet und schwarz. Alle Farbe wich aus ihrem Gesicht.

»Bascha ...?« Ich dachte erneut darüber nach, wie Sarads Schwert zerbrochen war. »Hier, laß es mich halten ...«

»Es will mich ...«

Meine Hände lagen auf dem Schwert. »Laß los, Del ... laß *los* ...«

»Es *will* mich ...«

»Laß los ...«

»Boreal«, flüsterte Del.

Das erschreckte mich. Ließ mich erstarren.

»Er will uns *beide* ...«

Ich nahm eine Hand von dem Schwert und stieß mit versteiftem Arm gegen ihre Brust.

Del fiel zurück, ließ mein Schwert los, ihre Hände öffneten sich ruckartig. Sie stolperte über den Schlafplatz, landete flach auf dem Rücken und sah mich entsetzt an.

Nicht weil ich sie gestoßen hatte. Das verstand sie.

Sondern wegen dessen, was sie erfahren hatte. Wegen dessen, was sie *empfunden* hatte.

»Du mußt es töten«, sagte sie.

»Wie kann ich ...«

»Töte es«, wiederholte sie. »Du mußt es beseitigen. Du mußt es von Chosa Dei befreien. Du mußt ...«

»Ich weiß«, sagte ich. »Ich weiß. Habe ich das nicht bereits gesagt?«

Del sammelte sich, riß sich wieder zusammen, blieb aber auf dem feuchten Staub sitzen. »Er will mich«, sagte sie. »Verstehst du? Er ist ein Mann. Er ist ein *Schwert* ... erkennst du, was das bedeutet?«

Es war ein schrecklicher Gedanke. Gallenflüssigkeit regte sich in meinem Inneren.

»Töte es«, sagte sie erneut. »Bevor es mir Schlimmeres antut.«

Sechs

Del gefiel der Gedanke nicht. »Es sollte unter Beobachtung bleiben«, erklärte sie. »Es sollte niemals allein gelassen werden.«

Ruhig fuhr ich fort, das *Jivatma* in eine Decke zu wikkeln, und stöhnte, als ich an meinen geschwollenen kleinen Finger stieß. Wir hatten entschieden, daß er nicht gebrochen war, aber er schmerzte wie die Hoolies. Ein fester Verband schützte die zerfetzte Haut, konnte aber den Schmerz kaum lindern.

Ich legte das Bündel beiseite, neben die Wand und erhob mich. »Ich nehme es nicht mit. Ich kann das Vashni-Schwert benutzen. Dieses kann hierbleiben.«

»Du hast gesehen, was es angerichtet hat.«

»Als du es berührt hast. Wenn niemand weiß, daß es hier ist, kann es nichts anrichten.«

»Die Mädchen ...«

»Lena hat sie gut erzogen. Sie werden nicht hier hereinkommen, weil sie es nicht dürfen.«

Del war nicht überzeugt. »Es sollte unter Aufsicht bleiben.«

Ich seufzte. »Ja. Warum, denkst du, habe ich nach dem Jhihadi gefragt?«

Augen weiteten sich. »Aber du *glaubst* nicht ...«

»Gerade jetzt würde ich alles versuchen. Ich glaube, daß dieser Messias wahrscheinlich nicht mehr als ein Opportunist ist, aber warum sollte man dem Ganzen nicht wenigstens eine Chance geben? Die Tanzeers werden einen Beweis für seine Göttlichkeit fordern ... sie werden besondere Zeichen fordern, ihm spezielle Aufgaben stellen. Warum sollten wir ihn nicht bitten, mein Schwert zu ›heilen‹.«

»Weil er es vielleicht nicht kann.«

»Vielleicht kann er es nicht. Vielleicht kann er es.« Ich zuckte die Achseln. »Ich denke, es ist einen Versuch wert.«

Del sah mich stirnrunzelnd an. »Das sieht dir nicht ähnlich, Tiger.«

»Was sieht mir nicht ähnlich? Meine mangelnde Bereitschaft, dir zuzustimmen, oder meine Bereitschaft, es den Jhihadi versuchen zu lassen?«

»Du bist fast *niemals* bereit, mir zuzustimmen. Das meine ich nicht. Ich meine das letztere. Du bist derjenige, der behauptet, Religion sei Unsinn.«

»Ich pflegte dasselbe über die Magie zu sagen, und sieh nur, wohin es mich gebracht hat.« Ich steckte die Arme durch meinen Harnisch und rückte das geborgte Vashni-Schwert zurecht. »Schau, Bascha, ich sage nicht, daß ich an die Religion glaube — ich bezweifle wirklich, daß ich das könnte —, aber wer will behaupten, daß dieser Jhihadi, wenn er real ist, nicht mehr als ein Messias ist?«

»Mehr?«

»Wenn er Sand in Gras verwandeln können soll, würde ich sagen, daß er mehr als nur göttliche Zauberkraft besitzt.« Ich grinste. »Vielleicht vermag er Wunder zu vollbringen. Vielleicht ist er Shaka Obre.«

Das erschreckte sie. »Der *Jhihadi?*«

»Warum nicht? Ist Shaka Obre nicht derjenige, der einst den Süden besaß? Wer hat ihn grün und saftig werden lassen? Klingt es nicht logisch, daß er den Süden, wenn er ihn wirklich erschaffen hat, wieder zu dem machen will, was er einst war?«

»Chosa Dei hat ihn gefangengenommen.«

»Und er hat Chosa gefangengenommen. Aber Chosa ist jetzt frei — auf gewisse Weise —, und vielleicht ist Shaka das auch. *Er* könnte der Jhihadi sein. *Er* könnte der Mann sein, von dem das Orakel spricht.«

Del dachte darüber nach. »Wenn er es ist ...«

»... dann schuldet er mir etwas.«

Sie hob skeptisch eine Augenbraue. »Und du denkst, er wäre so dankbar, daß er dir einen besonderen Gefallen erweisen würde?«

»Chosa Dei war nahe daran, die Wachen zu vernichten. Er verfügte über wer weiß wie viele *Jivatmas,* deren Magie er gesammelt hat, und noch einige andere Tricks. Wenn er ein wenig mehr Zeit gehabt hätte — oder dein Schwert —, dann wäre er ausgebrochen. Ich habe ihn vielleicht in *mein* Schwert eingesaugt, aber zumindest streift er nicht frei umher. Wenn ich Shaka Obre wäre, würde ich mir dankbar sein.«

Del seufzte schwer. »Das ergibt genausoviel Sinn wie alles andere.«

»Und wenn dieser Jhihadi *nicht* Shaka Obre ist, welche Rolle spielt es dann? Er kann mein *Jivatma* vielleicht trotzdem befreien.«

Sie betrachtete das fest zusammengerollte Bündel. Das Schwert war vollständig verborgen. »Es verdient zu sterben«, sagte sie tonlos.

»Ich dachte irgendwie, du würdest mir zustimmen ... wenn du meinen Standpunkt erst einmal kennengelernt hättest.«

Ich rückte den Harnisch zurecht und wandte mich der Tür zu. »Hast du heute etwas vor?«

»Nach Neuigkeiten über Ajani Ausschau halten.«

Etwas zwickte mich im Bauch. »Aber nicht nach dem Mann selbst.«

Del schüttelte den Kopf. »Ich muß etwas über ihn erfahren. Ich muß erfahren, wer er *ist.* Was ihn nachdenklich macht. Es ist sechs Jahre her, und ich habe ihn niemals wirklich gekannt. Ich habe nur gewußt, was er getan hat.« Sie zuckte die Achseln. »Ich muß ihn sehen, ohne daß er mich sieht. Dann werde ich mit meinem Schwert sprechen.«

»Du willst nicht ... wieder um deine Konzentration bitten? *Jetzt?*«

Del lächelte. »Du hattest die letzte Nacht, nicht wahr?«

»*Wir* hatten die letzte Nacht. Und ich würde mich freuen, wenn es weiterginge.«

Das Lächeln verblaßte. Sie war ruhig, beherrscht, gelassen. »Das wird es ... wenn ich siege.«

Ich ließ den Hengst zurück, denn mir auf dem Pferderücken meinen Weg durch die anwachsenden Menschenmengen zu suchen, würde meine Geduld überfordern und könnte auch in einen Kampf ausarten, wenn sich der Hengst entschließen sollte, sich widerspenstig zu verhalten. Und außerdem kann man Gerüchte besser hören, wenn man, wie alle anderen, zu Fuß geht. Wenn ich das Neueste über das Orakel oder den Jhihadi erfahren wollte, sollte ich mich besser unter die Leute mischen.

Als ich mir einen Weg durch die Gassen, Straßen und Basare erkämpft hatte, wußte ich ein wenig mehr. Das Orakel, so sagte man, war eifrig dabei, die baldige Ankunft des Jhihadi zu verkünden. Natürlich ist ›bald‹ relativ. Nach orakelmäßiger Zeitrechnung könnte es immer noch ein Jahr dauern. Aber ich bezweifelte ernsthaft, daß jemand so lange warten würde.

Aber das Orakel verkündete auch einige andere Dinge. Es erwähnte Einzelheiten, Dinge über den Messias. Dinge wie *Macht:* eine neu erworbene Macht. Eine Enthüllung der Identität: ein Mann, der in vielen Gegenden reitet. Und eine unerschütterliche Verpflichtung, den Süden wieder zu dem zu machen, was er einst gewesen war.

Kein Wunder, daß die Tanzeers sich Sorgen machten.

Ich näherte mich mit einem Gefühl der Vorahnung der von den Stämmen vereinnahmten Seite der Stadt. Normalerweise kann man mit einem einzelnen Stamm, der für sich ist, auf die eine oder andere Weise zurechtkommen, durch Handel, Geschenke, Vereinbarungen.

Einige Stämme, wie die Hanjii und die Vashni, neigen ein wenig mehr zu Feindseligkeiten und werden im allgemeinen gemieden. Nur wenn man durch die Punja reitet — wo die Stämme, da sie Nomaden sind, umherziehen, wohin immer sie wollen —, ist es manchmal schwierig, sie zu meiden. Aber es war sehr ungewöhnlich, so viele verschiedene Stämme auf einem Fleck zusammengepfercht zu sehen. Das veränderte die Spielregeln.

Ich war nicht sicher, daß mein Besuch etwas nützen würde. Einerseits könnte es sein, daß die Salset gar nicht da waren. Andererseits — selbst wenn sie da waren — war es möglich, daß sie mich einfach ignorieren würden. Die Erwachsenen wußten alle sehr genau, was ich gewesen war. Und keiner von ihnen würde es mich vergessen lassen.

Sicherlich nicht der Shukar, der seine Gründe dafür hatte, mich zu hassen. Aber vielleicht war er tot. Wenn der alte Mann tot war, wäre die Sache für mich leichter.

Aber der alte Mann war nicht tot.

Ich fand die Salset eher zufällig. Nachdem ich mir einen Weg, der sich durch die Ansammlungen von Hyorts und Wagen wand, durch Ziegen, Schafe, Danjacs, Kinder, Hunde und Hühner gebahnt hatte, kam ich zum Ende der Hyortansiedlung neben der Stadt. Ich zögerte einen Moment unsicher, dachte daran, einen anderen Stamm aufzusuchen, und wandte mich dann um, um zurückzugehen. Und sah einen bekannten roten Hyort, der neben einem Wagen aufgebaut war.

Die Salset hatte hinter einer Ansammlung von blauen und grünen Tularain-Hyorts ihr Lager errichtet. Da mehr Tularains da waren, war es nicht verwunderlich, daß die Salset schwer zu sehen waren. Also bahnte ich mir mühsam einen Weg durch die Tularain-Ansammlung und blieb dann vor dem Hyort des Shukar stehen.

Er saß auf einer Decke vor seinem nach oben geschlagenen Türfell. Sein weißes Haar wurde dünner, er hatte fast alle Zähne verloren, seine Augen waren trübe und blind. Es war nicht viel übriggeblieben an dem alten Mann. Aber er erkannte mich dennoch, in dem Moment, in dem ich das erste Wort ausgesprochen hatte.

»Wir haben euch Pferde gegeben«, bellte er. »Wir haben uns um deine von Schmerzen geplagte Frau gekümmert. Wir haben euch Nahrung und Wasser gegeben. Du hast keine Ansprüche mehr an uns.«

»Ich kann Anspruch auf Höflichkeit erheben, die Ihr jedermann schuldet. Das ist ein Salset-Brauch.«

»Belehre *mich* nicht, was Salset-Brauch ist!« Das Zittern seiner Stimme beruhte auf dem Alter und auf Zorn, nicht auf Angst. »Du warst es, der die Bräuche aufgehoben und Hilfe bei einer unverheirateten Frau gesucht hat.«

Meine Verärgerung wuchs, bis sie der seinen gleichkam. »Ihr wißt genauso gut wie ich, daß es Sulas Entscheidung war. Sie war frei, an keinen Mann gebunden. Salset-Frauen nehmen, wen sie wollen, bis sie einen Mann als Ehemann akzeptieren. Ihr seid nur eifersüchtig, Alter — sie nahm einen Chula, keinen Shukar.«

»Du hast sie gezwungen zu sagen, daß *du* die Bestie getötet hättest ...«

»Ich habe sie getötet«, sagte ich tonlos. »Das wißt Ihr auch ... Ihr wollt nur einfach nicht zugeben, daß ein Chula dort Erfolg gehabt hat, wo Ihr versagt habt.« Ein Blick auf die Schäbigkeit seiner Kleidung und seines Hyorts sagte mir, daß die Zeiten nicht mehr leicht waren. Er war einst ein reicher Mann gewesen. »Hat sich Eure Magie ganz verbraucht? Haben die Götter die Augen von Euch abgewendet?«

Er war alt und würde vielleicht kein Jahr mehr leben. Ein Teil von mir mahnte, nicht so bitter, so hart zu sein, aber der größere Teil erinnerte mich daran, wie das Leben bei den Salset gewesen war. Ich schuldete ihm keine Höflichkeit. Ich schuldete ihm nichts außer Ehrlichkeit. Ich haßte den alten Mann.

»Du hättest an dem Gift sterben müssen«, sagte er. »Noch einen Tag länger, und du wärest gestorben.«

»Dank Sula war es nicht so.« Meine Geduld war am Ende. »Wo ist ihr Hyort, Shukar? Zeigt mir den Weg zu Sula, wie es die Salset-Höflichkeit verlangt.«

Er verzog die runzeligen Lippen und zeigte die übriggebliebenen Zähne, die von der Bezanuß braun gefärbt waren. Dann spuckte er zu meinen Füßen aus. »Wenn der Jhihadi kommt, werden du und andere wie du für immer aus dem Süden vertrieben werden.«

Das bestätigte meine Vorahnung, aber ich sagte nichts davon zu ihm. »Wo ist Sula, alter Mann? Ich habe keine Zeit für Spiele.«

»Ich habe keine Zeit für *dich*. Finde Sula selbst.« Trübe Augen verengten sich. »Und ich hoffe, es *gefällt* dir, was du findest, weil du die Ursache dafür bist!«

Ich vergeudete keine Zeit mit weiteren unnützen Fragen oder mit dem Versuch, seine düsteren Andeutungen zu entschlüsseln. Ich ging einfach fort, um Sula zu suchen.

Und als ich sie fand, wußte ich, daß sie sterben würde. Eindeutig.

»Setz dich«, sagte sie schwach, als ich im Eingang stehenblieb.

Ich setzte mich. Ich fiel fast hin. Ich konnte kein Wort sagen.

Sulas Lächeln war ihr eigenes. Man hatte es ihr noch nicht genommen. »Ich habe mich gefragt, ob mir die Götter noch einmal die Gelegenheit geben würden, dich wiederzusehen.«

Der Tag war trübe und unfreundlich. Wechselvolles Licht malte rauhe, siennafarbene Patina auf das Ockerorange des Hyorts. Es überschwemmte das Innere mit Fahlheit, wie alterndes Elfenbein. Es war unvorteilhaft für Sula.

Dies war meine dritte Sula. Die erste war sie in ihren frühen Zwanzigern gewesen, eine schlanke, wunderhübsche junge Frau mit klassischen Salset-Gesichtszügen: ein breites, lebhaftes Gesicht, ein eingesunkener Nasenrücken, das schwarze Haar so dick und von der Sonne verwöhnt, daß es bei Tageslicht rötlich schimmerte. Bei Nacht war es schwarze Seide.

Die zweite Sula war über vierzig gewesen und hatte eine Neigung zum Dickwerden gezeigt. Ihr hatte die frühere Schönheit gefehlt, aber nicht ihre Großzügigkeit, die Freundlichkeit, die ich zu schätzen gelernt hatte. Sie hatte Del und mich vor den Auswirkungen der Punja gerettet. Und jetzt würde ich sie sterben sehen.

Die dritte Sula war nicht wesentlich älter, und die Schwerfälligkeit war von ihr abgefallen. Es war nichts von Sula übriggeblieben außer über Knochen gespannte Haut. Das Haar war strähnig und matt. Die Augen dumpf vor Schmerz. In schlaffe Haut eingegrabene Linien zeugten von einem ständigen Kampf. Der Hyort roch nach Tod.

Ich konnte nur ihren Namen hervorbringen.

Ich weiß nicht, was sie in meinem Gesicht sah. Aber es rührte sie. Es brachte sie zum Weinen.

Ich nahm ihre Hand in meine und schloß dann die andere darüber. Zerbrechliche, zarte Knochen unter zu trockener, spröder Haut. Die Frau meiner Mannesjahre war ein Leichnam in Salset-Gaze.

Ich schluckte schwer. »Welche Krankheit ist es?«

Sula lächelte erneut. »Der alte Shukar sagt, daß es keine Krankheit sei. Es sagt, es sei ein Dämon, der in mich hineingebracht wurde, um mich zu bestrafen. Er lebt hier, in meiner Brust — und frißt mein Fleisch auf.« Sie lag in die Kissen gestützt. Mit einer Hand berührte sie ihre linke Brust.

»Warum?« fragte ich rauh. »Was hast du denn schlechtes getan?«

Sula hob einen Finger. »Vor vielen Jahren nahm ich einen jungen Chula auf, der kein Junge mehr war, sondern ein Mann. Und als er den Sandtiger tötete — als er seine Freiheit errang —, sorgte ich dafür, daß er sie auch bekam. Dafür werde ich bestraft. Dafür beherberge ich einen Dämon.«

»Das *glaubst* du doch nicht ...«

»Natürlich nicht. Der alte Shukar ist eifersüchtig. Er hat mich immer gewollt. Und er hat mir niemals vergeben.«

Sie vollführte eine schwache Geste. »Dies ist seine Bestrafung: Er erzählt den Leuten von dem Dämon, damit mir niemand hilft.«

»Niemand ...«

»Niemand«, stimmte sie erschöpft zu. »Oh, man gibt mir Nahrung und Wasser — niemand wird mich verhungern lassen —, aber es will mir auch niemand helfen. Nicht da, wo es der Dämon sehen kann.«

»Er ist ein gefährlicher alter Narr. Und er ist ein *Lügner ...*«

»Und er ist schon seit ewigen Zeiten Shukar.« Sula seufzte und bewegte sich in den Kissen. »Aber jetzt hat er sogar das verloren.«

»*Verloren ...*« Das verblüffte mich. »Wie?«

»Seine Magie war schwach. Die ganze Zeit, seit du fortgegangen bist, war seine Magie schwach. Und daher, als der Aufruf kam — als das Orakel unsere Namen aufrief —, wurde der Shukar von einem jüngeren, stärkeren Mann ersetzt.« Schwarze Augen blickten mich traurig an. »Der alte Mann sitzt in der Sonne. Der junge Mann spricht von Macht.«

»Erlangt durch den Jhihadi.«

Sula nickte schwach. »Das Orakel sagt, daß der Süden den Stämmen zurückgegeben werden wird. Es werden keine langen Reisen von dieser Oase zu jener, von diesem Ort zu einem anderen mehr nötig sein. Der Sand wird in Gras verwandelt sein, und Wasser wird überall im Land fließen.«

Ich barg ihre Hand in meiner. »Ist diese Veränderung das, was du willst?«

Sie war sehr müde. Ihre Stimme klang verzerrt. »Ich habe nur die Wüste gekannt ... die Hitze, den Sand, die Sonne. Ist es falsch, sich nach Gras zu sehnen? Die Götter um reichlich Wasser zu bitten?«

»Wenn ein Krieg der Preis ist, ja.« Ich hielt inne. »Laß mich dir etwas zu trinken holen.«

Sula hob eine Hand. Ich setzte mich wieder neben sie. »Du siehst nur eine Seite«, sagte sie. »Ausgerechnet du.«

»Ich verstehe nicht.«

Sie lächelte, aber sehr traurig. »Warum bist du bei uns geblieben?«

»Geblieben ...?« Ich runzelte die Stirn. »Ich mußte es. Ich hatte keine Wahl.«

»Warum bist du nicht fortgelaufen?«

»Wasser«, sagte ich sofort. »Ich hätte nicht genug Wasser mit mir nehmen können, um weit genug zu gelangen. Die Punja hätte mich getötet. Bei dem Stamm konnte ich zumindest überleben.«

Steife Finger ballten sich in meiner Hand. »Wenn das Land saftig und kühl wäre, könnte sich niemand Sklaven halten. Es wäre leicht davonzulaufen, einen Tag ungeschützt zu überleben, wenn es Wasser im Überfluß gäbe.«

Ich war einmal davongelaufen. Und wieder eingefangen worden. Als Bestrafung war ich an einen Pfosten im Sand angebunden und einen zweiten ganzen Tag ohne Wasser zurückgelassen worden. Dort zurückgelassen und nicht beachtet, nur zehn Schritte vom Lager entfernt, damit ich wüßte, was es bedeutete, daß die Salset meine Rettung waren, daß ich ihnen mein Leben schuldete.

Ich war damals neun Jahre alt.

Ich atmete schmerzerfüllt ein. »Ich bin wegen einer Auskunft gekommen. Du hast mir bereits einiges gesagt ... aber ich muß etwas über den Jhihadi erfahren. Darüber, was die Stämme vorhaben.«

Sula hielt meine Hand fest. »Sie planen einen heiligen Krieg.«

»Aber keiner verehrt dieselben Götter!«

»Das ist unwichtig. Wir brauchen einen Jhihadi.«

»Und *das* ist es, was er will? Den Süden vollständig zerstören?«

»Ihn erneuern. Ihn zu dem machen, was er einst war, bevor das Land brachgelegt wurde.« Sie rollte den Kopf auf den Kissen herum. »Ich bin nur eine Frau ... Ich sitze nicht in den Konzilen. Man hat mir nur gesagt, daß der Jhihadi alle Stämme vereinigen wird. Das verspricht das Orakel.«

»Also erwartet man von diesem Mann nur, daß er eines Tages *ankommt*, mit den Händen winkt, alle zu Freunden erklärt und sie dann aussendet, um zu töten?« Ich schüttelte den Kopf. »Keine friedliche Art von Messias.«

»Die jungen Männer wollen keinen Frieden.« Sula schloß die Augen. »Sie haben dem Orakel zugehört, aber sie haben gehört, was sie hören wollten. Wenn er die Vorherrschaft der Stämme vorhersagt, glauben sie, daß das nur auf Kosten ihrer Leben wahr werden kann. Sie halten nichts davon, mit den Tanzeers in Frieden zu leben. Sie vergessen, daß sich unser Leben ändern wird ... daß die Saat auf dem Land wachsen wird, daß das Wasser zu den Stämmen kommen wird, anstatt daß die Stämme ihm folgen müssen.« Sie atmete mühsam ein. »Er sagt nichts von einem Krieg, aber das ist es, was sie hören.«

»Hast du ihn gehört? Das Orakel?«

»Er hat einige der Stämme aufgesucht. Sein Wort wird weitergetragen.«

»Und sie akzeptieren ihn fraglos und glauben, was er sagt.«

Sula wandte den Kopf. »Sie glauben, was sie glauben wollen. Das Orakel spricht von einem Jhihadi, der Sand in Gras verwandeln kann. Man muß nur in die Punja hinausgehen, um zu wissen, was das bedeuten könnte.«

Ich wußte es. Ich lebte dort. Hoolies, ich war dort *geboren* worden.

Was mich an etwas erinnerte.

»Sula.« Ich rückte näher heran. »Sula, da ist etwas, was ich wissen muß ... etwas, was ich dich fragen muß. Es hat damit zu tun, wie ich zu den Salset kam ...«

Sulas Augen waren glasig. »... Geschichten sagen, daß der Süden und der Norden eins waren ... zwischen zwei Brüdern aufgeteilt ...«

Ich blieb geduldig. Ich schuldete dieser Frau zuviel. »Chosa Dei«, sagte ich. »Sein Bruder war Shaka Obre.«

»... und daß nach einem letzten Kampf die eine Hälfte brachgelegt wurde ...«

»Shaka Obres Wachen. Sie haben Chosa Dei zu Fall gebracht.«

»... und nach Hunderten von Jahren würden die Brüder befreit werden, um erneut um das Land zu wetteifern ... um die zerbrochenen Hälften zusammenzufügen ...«

»Sula«, sagte ich scharf, »ist der Jhihadi Shaka Obre?«

Ihre Lippen bewegten sich kaum. »... nur einen kleinen Gefallen ... einen einzigen kleinen Gefallen ...«

»Sula ...«

»Laß mich ohne Qualen sterben.«

»*Sula* ...« Ich beugte mich über sie. »Sula, bitte ... sag mir die Wahrheit ... haben die Salset mich gefunden? Oder haben sie mich *geraubt?*«

Vom Schmerz gezeichnete Brauen hoben sich. »Dich geraubt?«

»Man hat mir erzählt ... sie haben immer gesagt ...« Ich brach ab und versuchte es erneut. »Es würde mir etwas bedeuten, wenn ich wüßte, wie ich zu den Salset gekommen bin.«

Tränen lösten sich von ihren Augen. »Ich habe gehört, was sie dir gesagt haben. Die Kinder. Wie sie dich verspottet haben.«

»Sula, was ist wahr? Wurde ich in der Punja zurückgelassen? Ausgesetzt und dem Tod überlassen?«

Ihre Hand schloß sich um meine. Ihre Stimme war nur noch ein Flüstern. »O Tiger … ich wünschte, ich wüßte es …«

Mehr konnte sie nicht mehr geben. Und nachdem sie es gegeben hatte, starb sie.

Ich saß da und hielt ihre Hand.

Mutter. Schwester. Bettgefährtin. Frau.

Alles und nichts davon.

SIEBEN

Der Mann trat vor mich hin. Ich hielt inne, trat beiseite, aber er versperrte mir erneut den Weg.

Kein Mann: ein Vashni.

»Nicht jetzt«, sagte ich deutlich und formulierte es in der Wüstensprache.

Dunkle Augen glitzerten. Er bewegte keinen Muskel, sagte kein Wort, gab keinerlei Hinweis darauf, daß er die Absicht hätte, beiseite zu treten.

Drei weitere Männer tauchten hinter ihm auf; das war kein Zufall.

Der Tag war grau. Stumpfes, trübes Sonnenlicht wich schweren Wolken. Regen verfärbte den Boden.

Vashni tragen nur sehr wenig Kleidung. Kurze Lederschurze mit Gürteln. Keine Schuhe, keine Sandalen. Aus Knochen, die von den Skeletten von Feinden stammten, gefertigten Schmuck. Im Regen waren die nackten Leiber glitschig und glatt wie geölte Bronze. Schwarzes Haar war aus wilden Wüstengesichtern gekämmt und zu einem einzigen langen Zopf zurückgeflochten, der in Hüllen aus gebundenen Fellen bis auf die gegürtete Taille hing.

Brustknochenplatten klimperten und klangen beim Atmen.

Ich trug ein Messer und ein Schwert. Ich berührte keines von beidem.

Seltsamerweise fühlte ich mich müde. Zu erschöpft, um unmittelbar nach Sulas Tod mit dieser Situation fertigzuwerden. »Wenn Ihr Fremde tötet, warum fangt Ihr dann bei mir an? Nur zehn Schritte entfernt ist eine ganze Stadt voll von ihnen.«

Der Krieger mir gegenüber lächelte, wenn ein Vashni

so etwas überhaupt kann. Hauptsächlich entblößte er die Zähne, sehr weiß in einem dunklen Gesicht. Er sprach die Wüstensprache schnell und fließend. »Eure Zeit wird kommen, Südbewohner ... jetzt bleibt Euer Leben erhalten.«

»Großzügig«, lobte ich. »Um was geht es Euch also?«

»Um das Schwert«, antwortete er ruhig. Hinter mir atmeten die anderen.

Hoolies, wie kam es, daß Samiel schon so bekannt war? Ich hatte niemanden getötet. Hatte seine Magie nicht vorgeführt. Nur Del und ich wußten von dem zerbrochenen Schwert und seiner geschwärzten, verfärbten Hälfte. Und die Vashni waren, so weit ich wußte, für keine Waffe eingenommen außer ihre eigene mit ihrer bösartigen, gewundenen Klinge und dem Heft aus menschlichen Oberschenkelknochen.

Ich schüttelte bedächtig den Kopf. »Das Schwert gehört mir.«

Röte überzog sein Gesicht und ließ seine Augen glitzern. »Keiner außer einem Vashni trägt ein Vashnischwert.«

Ein Vashni ... oh, ein *Vashni*-Schwert ... wie das, was von meinem Harnisch herabhing.

Die Vashni sind nicht so wie alle anderen, und sie beurteilen Außenseiter nur nach ihren eigenen Maßstäben. Sie befleißigen sich keines abstoßenden, verabscheuungswürdigen Verhaltens wie die Hanjii, die Menschen essen, und sie entschuldigen keinen regelrechten Mord. Aber sie haben die Angewohnheit, Feindseligkeiten zu provozieren, so daß der Tod, der einem Feind dann zugemessen wird, als ehrenhaft gilt.

Und dann entfernen sie Haut, Muskeln, Eingeweide und verteilen das noch feuchte Skelett während einer ausgiebigen Feier.

Gerade jetzt wäre das Eingehen auf Feindseligkeiten vielleicht genau das, was ich brauchte, aber ich war ärgerlich. Zu ärgerlich, um logisch zu denken: dieser

Vashni hatte kein Recht, sich aus einer boshaften, auf Stammesgebräuchen begründeten Laune heraus in mein Leben einzumischen, ungeachtet des Grundes.

Nicht direkt nachdem Sula ...

Ich brach ab. War klug genug, um nicht zu protestieren oder etwas zu sagen, was er vielleicht als unfreundlich empfunden hätte. Ich hatte keinerlei Absicht, jemandes Brustschmuck zu werden. »Nehmt es«, sagte ich tonlos.

Er hob einen Finger. Ich stand sehr still. Ich spürte die Berührung einer Hand an dem Heft, das Klicken einer herausgleitenden Klinge. Das Gewicht auf meinem Rükken verringerte sich. Jetzt trug ich nur noch den Harnisch.

Die schwarzen Augen des Vashni zeigten einen kaum wahrnehmbaren Anflug von Verachtung. »Ein Vashni-Krieger gibt niemals seine Waffe auf.«

Ich biß die Zähne zusammen. »Wir haben bereits festgestellt, daß ich kein Vashni bin. Und ich sehe keinen Sinn darin zu versuchen, ein Schwert zu beschützen — oder dafür zu sterben —, das nur geborgt ist.«

Augen verengten sich. »Geborgt?«

»Mein eigenes Schwert ist zerbrochen. Dieses wurde mir geliehen.«

»Ein Vashni verleiht sein Schwert *niemals.*«

»Er tut es, wenn er tot ist«, stieß ich hervor. »Nennt es eine ständige Leihgabe.«

Der Krieger hatte eine solche Antwort offensichtlich nicht erwartet. Vashni sind es gewohnt, ängstliche Leute so stark einzuschüchtern, daß sie sich sofort ergeben, und ich spielte da nicht mit. Er starrte mich durch den Regen hindurch an und schaute dann an mir vorbei zu den anderen. Eine Hand lag nahe bei seinem Messer. War das beleidigend genug, um einen Angriff herauszufordern? Oder mußte er noch mehr tun?

Tief in mir verstärkte sich der Ärger. Instinktiv rief ich mir meine Eindrücke unserer unmittelbaren Umgebung und Situation in Erinnerung: Die Hyorts der Stämme in nur einem oder zwei Schritten Entfernung ... regennasser Boden ... schlechter Halt ... kein Schwert ... vier Vashni ... keine Unterstützung ... der Eingang zur Stadt zehn Schritte entfernt ... Hühner und Hunde und Ziegen ...

Und dann fiel mir etwas ein. Es ließ mich das Kämpfen vergessen. »Aus welchem Teil des Südens kommt Ihr?«

Er rümpfte die Nase. »Vashni kommen von überall her. Der Süden gehört uns.«

»So sagt das Orakel.« Ich lächelte heuchlerisch. »Aber er gehört Euch noch nicht ganz. Warum beantwortet Ihr mir also nicht einfach meine Frage?«

Er dachte über mein Verhalten nach. »Beantwortet die meine«, konterte er. »Warum macht Ihr Euch Gedanken darum?«

»Weil die Gebirgsvashni unten in der Nähe von Julah jemanden ›beherbergt‹ haben, den ich kenne. Ich habe mich gerade gefragt, ob Ihr ihn wohl kennt.«

Er spuckte in den Schlamm. »Ich kenne keine Fremden.«

Ich fuhr dennoch fort. »Er ist ein Nordbewohner ... blond, blauäugig, hellhäutig ... er ist auch kastriert und stumm, dank des früheren Tanzeers von Julah.« Ich zuckte beiläufig die Achseln, damit meine wahre Sorge nicht erkennbar werden würde, die ihm sonst als Waffe hätte dienen können. »Sein nordischer Name war Jamail. Er ist jetzt sechzehn Jahre alt.«

Er taxierte mich. Schwarze Augen blinzelten nicht. »Seid Ihr mit diesem Junge verwandt?«

Ich hätte nein und damit die Wahrheit sagen können. Aber lügen ist manchmal sinnvoll. In diesem Fall würde ich dadurch meine Antwort bekommen. »Ich bin blutsverwandt mit seiner Schwester.«

Verwandtschaft. Solch ein einfacher, offensichtlicher Schlüssel zu den Geheimnissen der Vashni. Eine Möglichkeit, die Hilfe des Kriegers zu erzwingen.

Er schaute erneut an mir vorbei zu den anderen. Aber ich wußte, daß er mir sagen würde, was er wußte, egal wie er sich dabei fühlte. Es ist ein wilder, gefährlicher Stamm, aber die Vashni haben, genau wie jeder andere auch, ihre Schwächen. In diesem Fall war es die Verwandtschaft. Sie würden keine Bastarde oder Mischlinge akzeptieren, aber reinrassige Verwandtschaft oder Blutsverwandtschaft kommt vor dem Stolz.

Seine Augen blickten nicht freundlich. »Es gab solch einen Jungen.«

»Ein nordischer Junge ... sechzehn.«

»Er war so, wie Ihr ihn beschrieben habt.«

Ich hielt meine Stimme ruhig. »Ihr sagtet ›war‹?«

Der Vashni versuchte es nicht mit Diplomatie, um den Schlag vielleicht zu dämpfen. »Der nordische Junge ist tot. Dies ist ein heiliger Krieg, Südbewohner ... wir müssen unser Volk von Unreinheiten befreien, um uns auf den Jhihadi vorzubereiten.«

Ich versuchte nicht an Jamail — oder an Del — zu denken, während sich meine Verachtung aufbaute. »Ist es das, was das Orakel gesagt hat?«

Ich erwartete, daß die Kränkung aufgegriffen würde. Ich erwartete kämpfen zu müssen. Aber der Vashni-Krieger lächelte.

Das Lächeln war offen, ungekünstelt und äußerst natürlich. Dann wandte er sich um und ging im Regen davon.

* * *

Wie soll ich es Del sagen? Wie, zu den Hoolies, soll ich es ihr sagen?

Sula ist tot, Chula. Es gibt keine Rettung mehr.

Wie soll ich ihr sagen, daß sie die einzige ist, die von ihrer Verwandtschaft noch übriggeblieben ist?

Wie willst du Sula für alles, was sie war und getan hat, danken?

Ich kann nicht einfach in unser geborgtes Schlafzimmer hineinspazieren und sagen: »Dein Bruder ist tot, Bascha.«

Du kannst nicht zu den Göttern des Valhail gehen und Sula zurückfordern.

Es würde sie umbringen. Oder sie dazu bringen, sich töten zu *lassen,* denn sie würde sofort Ajani verfolgen.

Wie sagt man einer kinderlosen Frau, daß sie dennoch einen Sohn geboren hat?

Sie hat erst gerade jetzt erkannt, daß es im Leben mehr geben muß als Rache.

Wie sagt man einer toten Frau, daß sie diejenige ist, die dir das Leben geschenkt hat?

Ist ihre Freiheit den Preis wert?

Ist meine Freiheit den Preis wert?

* * *

Etwas stimmte nicht. Ich wußte es sofort, als ich mich dem Haus näherte, das Del und ich mit Alric und seiner Sippe teilten. Da ist ein Gefühl, ein *Geräusch* ... wenn sich eine Menschenmenge versammelt, um Zeuge des Todes zu werden, dann weiß es jeder.

Zu viel Sterben, dachte ich. Zuerst Sula, dann Jamail ... wer starb jetzt?

Die Totenwache war im Gange. Es kostete mich große Überwindung hindurchzugehen und zu versuchen, das Haus zu erreichen. Und dann blieb ich unvermittelt stehen.

O ihr Götter ... oh ... Hoolies ...

Alle Haare an meinem Körper standen aufrecht. Mein Bauch brannte. Der Straßengestank der Magie.

O Hoolies ... nein ...

Jemand hatte mein *Jivatma.*

Nein — mein *Jivatma* hatte ihn.

Aber ich hatte es versteckt. Ich hatte es eingewickelt, zur Seite gelegt, versteckt ...

Und irgend jemand hatte es gestohlen.

Und jetzt stahl es ihn.

Er grub sich mit den Füßen in den Schlamm. Auf dem Rücken ausgestreckt liegend, grub er. Weil die Klinge an seinem Bauch eingedrungen war und sich ihren Weg durch seine Rippen gebahnt hatte, um oben aus einer Schulter herauszuragen.

Und eine geschwärzte Spitze zu zeigen, die nur leicht vom Blut gefärbt war.

Niemand tötet auf diese Weise. Ein sauberer Stoß durch die Rippen, durch den Bauch, ein Schlag quer über den Unterleib. Aber niemand zieht ein Schwert durch die Rippen wie eine Frau, die Stoffe webt.

Außer Chosa Dei.

Er lag auf dem Rücken im Regen und wühlte mit den Füßen den Schlamm auf. Versuchte seine Haut zu zerfetzen, um das schwer Erreichbare wirkungslos machen zu können.

Wie konnte er noch leben?

Weil Chosa Dei den Körper haben will.

Ich bahnte mir einen Weg durch die versammelte Menge und kniete mich neben ihn. Seine Augen sahen mich, erkannten mich, baten mich um Hilfe.

Langsam schüttelte ich den Kopf. Er hatte gewußt, was das Schwert war. Er hatte mir von Chosa Dei erzählt.

»Warum?« fragte ich nur.

Seine Stimme klang vor Schmerz gebrochen. »Sie wollte mich nicht haben ... mich haben ... Xenobia wollte mich nicht haben ...«

»Ist sie es wert zu sterben?«

»Sie wollten mich nicht haben ... mich haben ... man sagte, ich sei ein Bastard ...«

Ich wußte, von wem das gekommen war. »Vashni«, sagte ich grimmig. »Das ist Eure Stammeshälfte.«

Nabir nickte nicht. Schwarze, geweitete Augen starrten mich an. *»Mein Bruder«*, sagte er. *»Mein Bruder, ja? Ich muß meinen Bruder vernichten.«*

»Nabir!« Ich umschloß mit meiner Hand seinen Arm. »Gib ihn auf, Chosa.«

»Ich muß meinen Bruder vernichten.«

»Aber ich bin hier, Chosa. Wie willst du siegen?«

Nabir wühlte mit den Füßen den Schlamm auf. »Ich wußte, was es war ... ich wußte es ... mit diesem Schwert hätten sie mich vielleicht ... mit diesem Schwert hätte *sie* mich vielleicht ... das Schwert des Sandtigers ...«

Es war wenig Blut zu sehen. Chosa Dei vereinnahmte alles.

»Nabir ...«

»Ich stolperte ... er ließ mich *stolpern* ... er nahm meine Füße fort ...«

Sofort sah ich hin. Nabir wühlte noch immer den Schlamm auf, aber es waren keine Füße da, es zu tun. Nur schlammbedeckte Stümpfe.

»... und ich fiel ... und es drehte sich ... ohne, daß jemand es berührte, drehte es sich ...«

»Nabir ...«

»CHOSA DEI ... *weißt du nicht, wer ich bin?«*

Ich legte eine Hand auf das Heft. Spürte das Ausmaß seines Zorns.

»Weißt du nicht, WAS ich bin?«

Nur zu gut.

»Es tut mir leid«, sagte ich. »Es tut mir leid ... ich habe keine Wahl, Nabir.«

»Ich werde ihm seine Füße zurückgeben ...«

»Nein, Chosa ... es ist zu spät.«

»Ich werde DICH vernichten ...«

»Nicht solange *ich* dieses Schwert halte.«

»Du willst dieses Schwert nicht ...«

Zwei Hände auf dem Heft. »Und du kannst diesen Körper nicht bekommen.«

Nabirs Körper bäumte sich auf. »SAMIEL!« schrie er. *»Das Schwert ist Samiel ...«*

ACHT

Er war noch nicht ganz tot. Aber ich wußte, daß ich ihn töten mußte.

»Nabir«, sagte ich, »es tut mir *leid* ...«

... machte das schwer Erreichbare unwirksam ...

Nabir war fast tot. Chosa benutzte, was noch übrig war.

»Sam ... Sam ... Sam*iel* ...«

»Es hat keinen Sinn, Chosa. Jetzt bin nur noch ich es.«

... Blut und Atem strömten aus.

Ungezügelter Zorn brach aus.

Hoolies, das tut *weh* ...

Ich war mir, wenn auch nur verschwommen, der um uns versammelten Menschenmenge bewußt. Im Moment sahen sie nur einen toten Mann am Boden und einen anderen Mann, der bei ihm kniete und das Schwert festhielt, das ihn getötet hatte. Und sie *hörten* ein tiefes, schneidendes Klagen wie das Maunzen einer auf der Lauer liegenden Katze. Sie wußten nicht, daß es der Stahl war. Sie wußten nicht, daß es Chosa war. Sie wußten nur, daß der Mann auf schmutzige, schaurige Art tot war.

Gesichter: Alric, kurz Lena, mit den Mädchen, die sie wieder hineindrängte. Garrod, mit Zöpfen und allem, der sich seinen Weg aus der Menge heraus zum inneren Umkreis bahnte. Und Adara, die stumm zuschaute und vergeblich versuchte, Massou fortzuschicken. Und viele, viele Fremde.

Keine Del. Wo ist De ...

Chosa Dei war ärgerlich. Chosa Dei war *sehr* ärgerlich ... und er gab sich keine Mühe, es zu verbergen.

Es kam für mich nicht unerwartet. Aber die Kraft war überwältigend.

Ich kniete im blutigen Schlamm, während der Regen meinen Rücken hinablief, und wünschte, ich wüßte, was zu tun wäre. Wünschte, ich hätte die Kraft. Wünschte, ich hätte die Fähigkeit, mein verkehrtes *Jivatma* zu vernichten.

Hitze jagte das Schwert hinab. Der Stahl dampfte im kalten Regen.

Ich zitterte. Ich *zitterte* mit ihm und versuchte, die rohe Kraft zu unterdrücken, die danach drängte, aus dem Schwert freizubrechen. Chosa Dei testete seine Fesseln in dem Versuch, die Magie, die ihn innerhalb des Stahls gefangenhielt, zu zerschmettern. Ich wußte es besser als mich zu fragen, was passieren könnte, wenn ich ihn einfach gewähren ließe, wenn ich ihn einfach frei ließe — wenn er das Schwert vollständig verlassen würde, wäre er nichts als eine *Wesenheit* ohne Gesicht und Gestalt. Um sein zu können, was er sein wollte, würde er einen Körper brauchen. Er hatte versucht, Nabirs zu nehmen. Er würde meinen nehmen, wenn ich es zulassen würde.

Der Regen wusch das Blut fort und ließ die Klinge unbefleckt zurück … bis auf die Verfärbung, die sich jetzt beinahe bis zum Heft erstreckte.

Wenn Chosa es jemals berühren würde …

Nein.

Meine Knochen schmerzten. Sie *kribbelten.* Das Blut rann heiß und schnell durch meine Adern, *zu* heiß und zu *schnell* und wogte in meinen Kopf. Ich dachte, mein Schädel würde platzen.

Samiel schrie. Das Schwert wehrte sich gegen Chosa.

Wenn wir *zusammenarbeiten* könnten …

Licht flammte in meinem Kopf auf.

Geh zu den Hoolies, Chosa … du besiegst mich nicht.

Die Klinge qualmte.

Du besiegst *mich* nicht …

Der Regen hörte auf. Der Schlamm trocknete allmählich. Der Boden unter mir dampfte.

Wenn du einen Gesang haben willst, werde ich ihn singen ... ich kann nicht singen, aber ich werde es tun ... ich werde tun, was ich tun muß, Chosa ... was auch immer nötig ist, Chosa ... du wirst mich nicht besiegen, Chosa ... du wirst mein Schwert nicht bekommen ... du wirst *mich* nicht bekommen ...

Getrockneter Schlamm platzte auf.

Ich stand auf. Umklammerte das Heft mit den Händen. Beobachtete, wie das Schwarz weiterkroch und am Heft leckte.

Ich bin ein Südbewohner, Chosa ... du befindest dich jetzt in *meinem* Land.

Wind kam auf.

Glaubst du wirklich, du könntest *siegen ...?*

Der Wind begann zu wehklagen.

Dies ist *mein Land ...*

Ein heißer, trockener Wind.

... du bist hier nicht willkommen ...

Ein Wind aus der Punja.

... ich will dich hier nicht haben ...

Der durch die Gassen und die Straßen blies, seidene Burnusse kräuselte, Behelfsdächer zerstörte, Augen und Münder austrocknete.

Geh weg, Chosa! Geh zurück in dein Gefängnis!

Getrockneter Schlamm brach und zerbröckelte und wurde nordwärts aus der Stadt geweht.

Geh wieder schlafen, Chosa. Ich bin viel zu stark für dich.

Die Sonne biß in die Haut.

Sei nicht dumm, Chosa ... du kannst *mir* nicht das Wasser reichen ...

Schwarz floß das Schwert hinab und setzte sich erneut in der Spitze fest.

Nein, Chosa ... weg ...

Chosa Dei weigerte sich.

Chosa zog sich ein wenig zurück ... und dann verschlang mich der Feuersturm.

Ich begegnete Stimmen.

»Laßt ihn zugedeckt«, sagte jemand.

»Aber er sieht so heiß aus«, protestierte ein anderer.

»Er ist sonnenverbrannt. Aber er fühlt sich kalt an.«

Sonnenverbrannt? Wie konnte ich sonnenverbrannt sein? Das letzte, an das ich mich erinnerte, war, daß der Tag verregnet gewesen war.

Ich zitterte unter der Decke.

»Ich wünschte, wir könnten ihn dazu bringen, dieses Schwert loszulassen.«

»Wollt *Ihr* es berühren?«

»Nach dem, was es getan hat? Nein.«

»Ich auch nicht.«

Nichts war sehr wichtig. Ich ließ alles davontreiben.

Und kam dann wieder zurück und versuchte, einen Sinn hinter den Worten zu entdecken.

»... was sie über das Orakel sagen ... glaubt Ihr, daß es wahr ist?«

Jetzt Alrics Stimme. Ich konnte sie allmählich auseinanderhalten. »Darum sind die meisten Leute hergekommen ... um das Orakel und den Jhihadi zu sehen.«

»Aber sie sagen, daß er *jetzt* kommt.« Das war Adara.

Garrods Stimme klang trocken. »Ganz genau in diesem Moment?«

»Nein. Aber heute. Vielleicht auch morgen.«

Lenas ruhigere Stimme: »Ich hörte, er sei bereits hier, aber bei den Stämmen verborgen.«

»Warum sollten sie ihn verstecken?« fragte Garrod. »Er ist es, den die Leute wollen.«

Alrics Stimme klang scharf. »Es gibt Leute, die ihn gern töten würden — oder töten *lassen* würden. Und abgesehen davon, würdet Ihr Euer heiliges Orakel präsentieren, bevor alles bereit ist?«

Adara klang überrascht. »Was meint Ihr mit ›alles‹?«

Garrod verstand. »Wenn es wirklich einen Jhihadi gibt, wäre es wirkungsvoller, wenn das Orakel erst kurz vor dem Messias auftauchte. Wenn es zu früh käme, würde sich jedermann langweilen.«

»Die Leute sind bereits gelangweilt«, bemerkte Alric. »Die Tanzeers — die vielleicht am meisten gelangweilt sind und für die dennoch das meiste auf dem Spiel steht — sind bereits dabei, sich gegenseitig herauszufordern. Sie stellen Schwerttänzer gegen Schwerttänzer auf und wetten auf den Ausgang ... ich war vorhin bei den Kreisen, um zu versuchen, eine Wette zu gewinnen. Sie reden dort auch über das Orakel — und wetten natürlich darauf und auch darauf, welche Art Persönlichkeit dahinterstecken mag. Die Gerüchte besagen, es sei weder Mann noch Frau.« Alrics Tonfall änderte sich. »Ich werde gleich zurückgehen, sobald ich weiß, daß es dem Sandtiger gutgeht.«

»Geht es ihm gut?« fragte Adara.

Etwas, was ich selbst gern gewußt hätte.

Und dann Dels Stimme, erregt, aus geringer Entfernung, die auf Massous durchdringenden Kommentar im anderen Raum antwortete. »Was meint du damit, daß er krank sei?«

Ich öffnete ein Auge. Sah Lena, Alric, Garrod, Adara — und Del, die sich herankämpfte. Das Auge schloß sich wieder.

»Es ist das Schwert«, sagte Alric zu ihr. »Es hat etwas damit getan.«

Sie kniete sich neben mich. Ich erkannte, ziemlich verschwommen, daß ich auf meinem Schlafplatz in dem Raum lag, den Del und ich uns teilten.

Sie schlug die Decken zurück. »Hat *was* mit ihm getan?«

Alric schüttelte den Kopf. »Ich kann Euch nicht genau sagen, was geschehen ist ... ich glaube nicht, daß irgend jemand es wirklich weiß. Aber es war das Schwert. Das *Jivatma* — und Tiger. Inmitten irgendeiner Art Kampf.«

Ich öffnete das Auge erneut.

»Chosa Dei«, sagte sie weich, wobei sie die Brauen hob. Finger waren sanft und flink, und dann hörte sie auf, mich zu untersuchen. »Tiger, kannst du mich hören?«

Ich öffnete das andere Auge. »Natürlich kann ich dich hören«, antwortete ich. »Ich kann euch alle hören — jetzt.«

»Was ist geschehen?«

»Ich weiß es nicht.«

Sie drückte ihren Handrücken gegen meine Wange. »Du bist sonnenverbrannt«, sagte sie, »und der Tag ist glühend heiß.«

Ich blinzelte. »Es hat geregnet.«

Del hob eine Hand und zeigte nach oben.

Ich folgte der Richtung ihres Fingers. Erkannte, daß Alrics Behelfsdach aus Decken und Fellen herabgekommen war — oder herabgezogen worden war, da noch Fetzen herunterhingen —, und sah deutlich den Himmel. Den blauen, brennenden Himmel, voll südlicher Sonne. Kein Regen. Keine Wolken. Kein Wind. Es war ruhig, sehr ruhig. Meine Haut erzitterte von der Sonne.

Ich bewegte mich leicht. Spürte Gewicht in meiner rechten Hand. Erkannte, daß ich ein Heft festhielt, an dem noch immer die Klinge befestigt war. »Was, zu den Hoolies ...?« Ich sah Del stirnrunzelnd an.

Alric antwortete statt ihrer. »Ihr wolltet nicht loslassen. Und niemand wagte, es zu berühren.«

Nun, nein. Es war, immerhin, ein *Jivatma* ...

Ich versteifte mich. Hievte mich dann auf meinem Schlafplatz in eine sitzende Position. »Hoolies, das war *Nabir!*«

»Das war er.« Garrods Gesichtsausdruck war ernst. »Wer auch immer er war, er ist tot.«

Ich schaute auf das Schwert. Langsam, sehr langsam, löste ich die steifen Finger und legte es neben mir ab. »Er hat Nabirs *Füße* vernichtet ...« Ich schluckte schwer, erkannte, daß ich benommen war, daß mein Magen rebellierte. »Und hat sich dann in dem Mann niedergelassen. Erst das Schwert, dann sich selbst ... er hätte beinahe bekommen, was er wollte.«

Adaras Stimme klang verwirrt. »Ich verstehe nicht.«

Del machte sich kaum die Mühe, sich zu ihr umzuwenden, sondern beobachtete statt dessen mich. »Erinnert Ihr Euch an die Loki, Adara?«

»Ja.«

»Etwas sehr Ähnliches ist in Tigers Schwert gefangen.«

»Kein Loki«, sagte ich. »Etwas viel Schlimmeres.«

Adara erschauerte. »Nichts könnte schlimmer sein.«

Garrods Brauen hoben sich. »Ihr habt gesehen, was Tiger getan hat ... und was es mit Tiger getan hat.«

Etwas störte mich. »Was *hat* es mit Tiger getan?«

Garrod faßte sich sehr kurz. »Es hat versucht, Euch zu verbrennen. Aber Ihr wolltet es nicht zulassen ... Ihr habt ihm Einhalt geboten ... sozusagen.« Er grinste. »Der Regen verging, der Schlamm trocknete aus, und die Sonne kam hervor.«

Lenas Stimme klang gedämpft. »Es war ein Samum.«

Samum — oder Samiel.

Ich sah zu Del. Keiner von uns sagte ein Wort.

Lenas Gesicht zeigte einen besorgten Ausdruck. »Der junge Mann kam, nachdem Alric zu den Kreisen gegangen war, um den Sandtiger zu suchen. Als ich erklärte, daß Ihr nicht da wärt, daß Ihr für eine Weile fortgegangen wärt, fragte er, welches Schwert Ihr trüget.« Sie hob die breiten Schultern. »Ich sagte es ihm: Alrics Vashni-Schwert. Und dann ging er fort.«

»Nur um später zurückzukommen, als Lena und die Mädchen fort waren.« Alrics Stimme klang bekümmert. »Wer würde ein *Jivatma* stehlen?«

»Ein junger, stolzer Mann, der versucht, seine erste Frau zu beeindrucken. Ein verstoßener Vashni-Mischling, der versucht, sich seinen Weg in den Stamm zu erkaufen.« Ich rieb meine Wange und wünschte gleich darauf, ich hätte es nicht getan. Del hatte recht: ich war sonnenverbrannt. »Wahrscheinlich hat er den Kriegern berichtet, daß ich das Vashni-Schwert hatte und wußte, daß das für Ablenkung sorgen würde, so daß er das *Jivatma* stehlen könnte.« Ich seufzte. »Es tut mir leid, daß Nabir tot ist, aber ich kann nicht behaupten, daß er nicht gewarnt gewesen wäre.«

Del schaute auf das ungeschützt neben meinem Schlafplatz liegende Schwert. »Tiger, das Schwarz ist höher gestiegen.«

Das war richtig: Die Verfärbung reichte fast bis zur Hälfte der Klinge hinauf. »Weniger als vorher«, bemerkte ich. »Es hatte fast das Heft berührt.« Ich sah mich um, sah den Harnisch und streckte einen Arm aus, um ihn zu erreichen. Del zog ihn näher heran und gab ihn mir dann in die Hand. Ich steckte das verfärbte Schwert in die Scheide und legte es wieder zu Boden. »Glaubst du ...« Aber was auch immer es war, was hatte gefragt werden wollen, es glitt von meiner schwachen Zunge ab.

Dels Stimme klang erschreckt. »Tiger ...? *Tiger* ...«

»Was ist los?« schrie Adara.

Krämpfe erschütterten meinen ganzen Körper. Zehen, Knöchel, Oberschenkel, dann durch Eingeweide und Brust, bis sie meinen Rücken erreichten. Die Brustmuskeln verknoteten sich und spannten die Haut bis zu meinen Schultern. Der Schmerz kroch bis in meinen Nacken hinauf, streckte sich dann und umschloß meine Kiefer.

Hoolies, und es *schmerzte.*

»Was ist *los?*« wiederholte Adara.

»Eine Reaktion«, erklärte Del kurz. »Das kommt von der Magie ... das ist schon mal geschehen ... es wird rechtzeitig vorbeigehen. Lena, habt Ihr Huvakraut? Wenn nicht, könntet Ihr Alric dann schicken, etwas zu besorgen? Ich kann einen Tee bereiten, der ihm helfen wird.«

»Ich habe etwas«, sagte Garrod und nahm Adara und Massou mit sich.

Ich fand es irgendwie verwirrend, daß über mich gesprochen wurde, als sei ich nicht da, aber da ich das ja auch im Grunde nicht war — nur mein sich verkrampfender Körper —, machte ich mir nicht die Mühe zu protestieren. Ich lag einfach verkrampft da und versuchte nur, durch die Verkrampfung des Zwerchfells und des Rückens ein- und auszuatmen.

Alric, der Dels Kopfbewegung bemerkt hatte, drängte Lena und die Mädchen in den anderen Raum zurück.

»Bascha ... ich kann nicht ... *atmen* ...«

Del schob das in der Scheide steckende Schwert zur Seite, aus dem Weg. »Ich weiß. Versuche, dich zu entspannen. Versuche, an etwas anderes zu denken.«

»Versuche *du* es.«

Ihr Tonfall wurde weicher. »Ich weiß«, sagte sie erneut.

Es bereitete mir Mühe, einen ganzen Satz zu sprechen. »Ist dir das ... auch schon passiert?«

Del war eifrig mit dem Bemühen beschäftigt, die schlimmsten Krämpfe herauszumassieren. Das Problem war nur, daß mein ganzer Körper verkrampft war und sie nur zwei Hände hatte. »Nicht so«, antwortete sie. »Ein wenig, ja, das erste Mal, als ich mein *Jivatma* angerufen habe. Aber danach nie wieder und niemals so ... dies ist das Schlimmste, was ich je gesehen habe.«

Und das passierte ausgerechnet mir. »Wenn diese Schwerter angeblich so *hilfreich* sind ...« Ich brach ab und knirschte mit den Zähnen. »O Hoolies ... das tut weh.«

»Ich weiß«, sagte sie schon wieder. »Das muß an Chosa Dei liegen ... wenn es nur das *Jivatma* wäre, wäre es nicht so schmerzhaft. Ich weiß nicht, was du getan hast, aber es hat zuviel ungezügelte Magie erweckt. Und jetzt bezahlst du den Preis.«

»Ich weiß auch nicht, was ich getan habe.« O Hoolies, es schmerzte. Schweiß rann mir den Körper hinab und stach in die sonnenverbrannte Haut. »Ich habe nur ... ich habe nur versucht, Chosa Dei davon abzuhalten, Nabirs Körper einzunehmen ... und zu versuchen, den *meinen* einzunehmen.«

Del preßte meinen Nacken in dem Versuch, den unbeweglichen Kiefer zu lösen. Der Schmerz war außergewöhnlich. »Du hast das Wetter verändert, Tiger. Du hast einen Sturm heraufbeschworen.«

Sie klang so sicher. »Woher willst *du* das wissen?« fragte ich durch zusammengebissene Zähne. »Du warst nicht einmal hier.«

»Weil ich mit *meinem* Schwert einen Bansheesturm herbeirufe, der nur im Norden bekannt ist. Dein Sturm hingegen ist ein Samum, ein heißer Wüstenwind, der direkt aus der Punja herausbläst.« Sie hielt inne. »Verstehst du nicht? Du hast die Kraft des Südens in deinem Schwert. Die Kraft, die Macht, die Magie ... dein Schwert *ist* der Süden, genau wie meines der Norden ist.«

Das bewirkte etwas. »Seit wann ... autsch ... ist dir das so klar?«

»Seit du das Schwert in dem Berg gegen Chosa Dei eingesetzt hast.«

»Warum also bis jetzt warten ... autsch! ... Hoolies, Bascha, sei vorsichtig ... du hast Garrod zum Huvaholen geschickt?«

»Ja.«

»Huvakraut ist ein Narkotikum.«

»Ja.«

»Es wird mich benommen machen.«

»Nicht benommener als du bist, wenn du zuviel Aqivi trinkst ... ah, da ist Garrod. Lena wird einen Tee zubereiten.«

Lena bereitete Tee zu. Del massierte mich. Ich schwitzte und litt. Als der Tee fertig war, war *ich* zu allem bereit, wenn es bedeutete, daß der Schmerz vergehen würde.

»Hier.« Del hielt den Becher fest. »Er wird bitter sein, weil er nicht so lang gebraut oder eingeweicht wurde, wie er es sollte, aber trink ihn trotzdem. Er wird helfen.«

Er war mehr als bitter. Er war *schrecklich.* »Wie lange dauert es, bis er wirkt?«

»Bei dieser Konzentration nicht lange. Versuche, dich zu entspannen, Tiger.«

»Ich glaube, ich habe vergessen, wie das geht.«

Sie massierte die Steifheit aus meinen Schultern heraus. »Laß ihm ein wenig Zeit.«

Ich ließ ihm Zeit. Ich ließ ihm viel Zeit. Und dann, als ich nicht aufpaßte, erwischte mich der Tee.

»Bascha ...?«

»Ich bin hier, Tiger.«

»Der Raum steht auf dem Kopf.«

»Ich weiß.«

»Und du schwebst durch die Luft.«

»Ich weiß.«

»Und *ich* schwebe durch die Luft.«

»Ich weiß.«

Der Schmerz verringerte sich ein wenig. Erleichterung trat in mein Bewußtsein, aber ich wollte sie nicht hineinlassen. Ich hatte *Angst,* sie hineinzulassen. Wenn ich sie hineinließe und sie nicht bliebe, würde ich es niemals ertragen können.

Benommen sagte ich: »Er hat Nabirs Füße vernichtet.«

»Und hat versucht, *dich* zu vernichten.«

»Er wollte Nabirs Körper ...«

Ihre Hände bearbeiteten noch immer meine wunde Haut. »Siehst du jetzt, Tiger, warum du vorsichtig sein mußt? Warum du es niemals beiseite legen oder verkaufen oder verstecken oder es irgend jemandem geben darfst? Warum es deine Sache ist, dich um das Schwert zu kümmern?«

Ich antwortete nicht.

»Du hast recht, Shaka Obre zu suchen. Er ist vielleicht der einzige, der dir helfen kann ... der einzige, der Chosa Dei gut genug versteht, um ihn zu besiegen.«

Ich konnte nicht mehr deutlich sprechen. »Wenn es so weitergeht wie bisher, dann lernt Chosa vielleicht *mich* gut genug kennen ... er will meinen Körper, sagtest du?«

»Du bist stark genug für Chosa Dei. Du kannst ihm das Wasser reichen, oder besser ... er kann dich nicht besiegen.«

Es wurde zunehmend schwieriger zu sprechen. »Das weißt du nicht, Bascha ... er hat mich heute fast besiegt ...«

»Aber er hat es nicht geschafft. Du hast ihn aufgehalten. Du hast ihn bekämpft, und du hast ihn besiegt. Du hast es jedes Mal geschafft, und du *wirst* es jedes Mal schaffen.«

Weiterer Schmerz floß von mir ab. Und mit ihm schwanden meine Sinne. »Ich muß ... es loswerden ...«

»Dann laß es richtig beseitigen.«

»Shaka Obre«, murmelte ich. »Vielleicht der Jhihadi ... *vielleicht* der Jhihadi ...«

Del lächelte leicht. Durch den Schleier meiner Wimpern wurden die angespannten nordischen Züge weichgezeichnet. »Wenn der Jhihadi für so etwas Zeit hat.«

»Hoolies ... Tee ... *stark* ...«

Die Krämpfe lösten sich allmählich. Ich ließ die Erleichterung einströmen und leugnete sie nicht mehr. Sie konnte mich einnehmen, sie konnte mich *haben* ... und ihr Wirken entsprach Seligkeit. »Oh, besser ... *besser ...*« Ich trieb benommen dahin, überließ mich dem Huvatee. Und dann fielen Worte aus meinem Mund. »Ich habe Sula gefragt«, nuschelte ich. »Ich habe sie nach der Wahrheit gefragt.«

Dels Finger wurden langsamer und nahmen dann ihre beständige, massierende Bewegung wieder auf. »Was hat sie gesagt?«

Es war schwer wachzubleiben. »Sie kannte die Wahrheit nicht ... sie sagte, sie wüßte nicht ...«

Die Finger waren jetzt sanft. »Es tut mir leid, Tiger.«

Meine Zunge lag dick in meinem Mund. »Und dann ... starb sie. Sie *starb.*«

Die Hände hielten inne.

Meine Augen waren zu schwer, um sie aufzuhalten. »Es tut mir leid ... Bascha ...«

»Es sollte dir nicht *meinetwegen* leid tun.«

»Nein ... wegen ... wegen Jamail.« Die Welt glitt davon.

»Jamail! Was *ist mit* ...« Sie brach ab.

Es wurde noch schwerer, es zu versuchen. »Ich habe nicht ... es tut mir leid ... ich meine ...« Die Sicht verblaßte langsam.

Del sagte nichts.

Ich spazierte am Rande der Klinge. *Ein ... weiterer ... Schritt ...*

»Das ist es nicht ... das ist es nicht, wie ...« Ich benetzte trockene Lippen »... ich wollte, daß es anders wäre ...«

Del saß da wie ein Fels.

Noch ein winziger *Schritt ...*

Die Zusammenhänge gingen mir verloren. »Es tut mir ... leid ... Bascha ...«

Der Fels bewegte sich schließlich. Del legte sich neben mich, wobei eine Hüfte gen Himmel zeigte. Ich spürte die Kante ihres Wangenknochens auf der sich lösenden Haut an meiner Schulter.

So ... nahe ... jetzt ...

Sie legte ihren Arm auf meine Brust und die Handfläche auf mein Herz, als wolle sie sein Schlagen spüren.

»... Del ...«

Sie schloß ihre Füße um meine. »Es tut mir auch leid«, flüsterte sie. »Es tut mir für uns beide leid.«

NEUN

Dels Gesicht war weiß. »Das ist *ernst.*«
Kurz darauf nickte ich. »Deshalb habe ich das Thema angesprochen.«

»Wenn der Name allgemein bekannt ist ...«

»Das war nicht mein Fehler, Bascha. Nabir nannte den Namen.«

»Aber ... wie konnte er ihn kennen?« Sie winkte ab, bevor sie die Frage richtig ausgesprochen hatte. »Nein. Er wußte es, weil Chosa Dei es ihm gesagt hatte. Chosa Dei war *in* ihm ... das *Jivatma* hatte keine Geheimnisse.«

»Du willst sagen, wenn meine Klinge jemals jemanden verletzt, wird er alles über ihre Macht wissen?«

Dels Stimme wurde nüchtern. »Während er stirbt, ja. Aber ich glaube nicht, daß es ihm viel nützt.«

Alric trat in den Eingang. »Ich konnte nicht umhin zuzuhören ... und ich habe ohnehin gestern gehört, wie der Junge es hinausgeschrien hat.« Er zuckte die Achseln. »Wenn Ihr Euch Gedanken darüber macht, daß der Name der Blutklinge jetzt bekannt ist, so glaube ich nicht, daß es wirklich so ernst ist.«

Del sah ihn stirnrunzelnd an. »Ihr seid Nordbewohner. Ihr wißt es besser ...«

»*Weil* ich Nordbewohner bin, ja.« Alric schüttelte den Kopf. »Benannte Klingen sind hier unten nicht bekannt, Del. Nicht bei sehr vielen. Und die Leute, die ich gestern in der Menge gesehen habe, waren überwiegend Südbewohner. Der Name bedeutet nichts. Sicherlich wissen sie nicht, daß den Namen zu kennen bedeutet, daß sie Tigers Schwert ungehindert berühren können ... und selbst wenn sie es durchschaut haben, bezweifle ich, daß sie sich das zunutze machen würden.« Sein Gesichtsausdruck war grimmig. »Ihr wart gestern nicht hier. Ihr habt nicht gesehen, was geschehen ist.«

»Nein, aber ich kenne die Ergebnisse.« Del sah noch immer besorgt aus. »Südbewohner sind vielleicht keine Bedrohung, aber wenn Nordbewohner dabei waren …«

»… dann wissen sie es auch.« Alric nickte erneut. »Aber sogar im Norden sind *Jivatmas* überwiegend eine Legende. Wenn man nicht gerade zum Schwerttänzer ausgebildet wurde, erfährt man nicht viel über Blutklingen.«

»Hoolies«, sagte ich müde, »was gäbe ich für ein südliches Schwert.«

Dels Stimme klang unerbittlich. »Das kannst du niemals haben. Nicht solange Chosa lebt.«

Das verwirrte mich. »Was meinst du damit? Was wäre, wenn ich losginge und ein *anderes* Schwert kaufte?«

»Wie das von Sarad dem Schwertschmied?« Ausgesprochene Verachtung klang in Dels Stimme mit. »Wie das, das du dir von Alric geborgt hast?«

Ich sagte nichts.

Sie seufzte. »Verstehst du denn nicht? Er wird dich kein anderes haben *lassen.* Er wird es zerbrechen wie das erste.«

Alric nickte. »Oder dafür sorgen, daß es gestohlen wird, wie das Vashnischwert, das ich Euch geliehen habe.«

»Das war wahrscheinlich Nabir … ich glaube, daß er zu den Vashni gegangen ist und es ihnen gesagt hat, in der Hoffnung, es könnte ihm Wohlwollen einbringen.« Ich schälte tote Haut von meinem Unterarm ab. Aus irgendeinem merkwürdigen Grund verging der Sonnenbrand bereits, und die tote Haut löste sich zwei Tage eher als üblich. Ich betrachtete die Hautfalten und das Muster, das Haut und Haare bildeten. »Ich kann keinen weiteren Nabir riskieren. Ich kann keinen weiteren … Kampf riskieren.«

»Einen weiteren Sturm, meint Ihr.« Alrics Mund verzog sich. »Ich weiß nicht, Tiger ... Ihr habt diesen recht gut unter Kontrolle gehalten. Und wenn *ich* die Fähigkeit hätte, immer dann einen Simum heraufzubeschwören, wenn ich es wollte ...«

»Ich will es *nicht*«, stellte ich deutlich fest. »Ich möchte nur zu der Art Leben zurückkehren, die ich zuvor geführt hatte, als ich mich hier ansässigen Tanzeers verdingt oder bei Wetten am Kreis mein Geld verdient habe.«

»Das geht nicht mehr«, sagte Del. »Das ist für dich vorbei.«

Alrics Brauen hoben sich. »Vielleicht nicht. Ich habe den anderen gegenüber schon zuvor erwähnt ... es gibt Wetten bei den Kreisen. Tanzeers heuern Schwerttänzer an, also stellen sich die Schwerttänzer zur Schau. Einige der Tanzeers lassen ihre Schwerttänzer gegeneinander antreten wie die Hoolies. Einige führen Listen. Diese Tänze sind echt.«

Ich schüttelte den Kopf. »Ich bin nicht in der Verfassung zu tanzen. Alles schmerzt zu sehr.«

Alric zuckte leicht die Achseln. »Das wird sehr bald vergehen.«

»Wird es das?« Verdrießlich pflückte ich tote Haut ab. »Ich bin nicht mehr so jung, wie ich einmal war.«

»Im Namen der *Hoolies!*« schrie Del. »Du bist erst sechsunddreißig!«

Erst. Sie sagte ›*erst*‹.

Wie großzügig von ihr.

Alric lehnte am Türrahmen. »*Ich* würde mein Geld auf Euch verwetten.«

»Auf mich oder auf mein Schwert?«

Er grinste ein nordisches Grinsen. »Ein wenig von beidem, denke ich.«

Ich schüttelte bedächtig den Kopf. »Ich weiß nicht, Alric ... ich bin mir nicht so sicher, daß irgend jemand hier jemals Geld auf einen Tanz setzen würde, bei dem ich beteiligt bin. Wenn so viele Leute, wie Ihr sagtet, gesehen haben, was gestern geschehen ist ...« Ich verstummte.

»Ihr seid sandkrank«, antwortete er freundlich. »Wißt Ihr, wie viele Leute nur für den Fall zahlen würden, daß Ihr dieses Schwert *möglicherweise* erneut stimmt?«

Ich verzog kurz den Mund. »Vielleicht. Die Menschen *sind* blutrünstig ... sie würden an so was vielleicht Gefallen finden. Aber wie viele Schwerttänzer wären bereit, ihr Leben gegen ein besessenes Schwert zu riskieren? Ich werde keine Gegner haben.«

Alric richtete sich hastig auf und trat zur Seite, als Lena ihren umfangreichen Bauch zwischen Mann und Türrahmen drängte. »Tiger«, sagte sie, »hier ist jemand, der Euch sehen will.«

»Mich sehen?«

Sie nickte. »Er hat nach Euch gefragt.«

Ich sah Del einen Moment lang nachdenklich an, raffte dann meine schmerzenden Muskeln und den Harnisch zusammen und zwang mich aufzustehen. Die Huvabenommenheit war vergangen, aber nicht die Nachwirkungen der Verkrampfung. Alles tat mir weh.

»Soll ich ihn hereinschicken?« fragte Lena.

»Nein, ich werde hinausgehen. Es wird Zeit, daß ich ein wenig Sonne bekomme.« Dabei warf sie einen Blick zum grellen Himmel, unbehindert durch eine Decke oder ein Fell.

Draußen war der Tag genauso strahlend. Und auch der Mann, der auf mich wartete und in blendende Seide gekleidet war. Tand glitzerte an seinen Fingern.

»Lord Sandtiger«, sagte er glücklich grinsend.

Verblüfft schaute ich ihn an. Und streckte dann die Hand aus, um eine derbe Schulter zu tätscheln. »Sabo. *Sabo!* Was machst du denn hier?«

Das Grinsen des Eunuchen hielt an. »Ich wurde gesandt, Euch zu holen.«

Mein Antwortgrinsen erstarb. »Mich holen? *Mich* holen? Ich weiß nicht, Sabo ... als du das letzte Mal gesandt wurdest, mich zu holen, fiel ich direkt in die zitternden Hände Hashis ... und fast unter das Kastriermesser!«

Ein Stück seiner Fröhlichkeit verging. »Das ist vorbei«, belehrte er mich. »Mein Herr Hashi, möge die Sonne auf sein Haupt scheinen, starb vor zwei Monaten. Ihr braucht jetzt keine Angst mehr vor seiner Vergeltung zu haben.«

Ich hoffte, daß das stimmte. Sabos Herr, der Tanzeer von Sasqaat, hatte sich als sehr unfreundlicher Gastgeber erwiesen. Natürlich hatte er Wiedergutmachung gefordert, weil die Unschuld seiner zukünftigen Braut geraubt worden war, und somit vermute ich, daß er das Recht hatte ... nur daß niemand sonst Elamain jemals bezichtigt hätte, eine Jungfrau zu sein — *niemals* —, so daß die sogenannte Wiedergutmachung kaum mehr war als die eifersüchtige Gehässigkeit eines alten Mannes. Aber es hatte mich nichtsdestoweniger beinahe meine Männlichkeit gekostet. Nur durch Sabos Hilfe waren Del und ich befreit worden.

Der rundgesichtige Eunuch lächelte noch immer. »Ich habe jetzt einen neuen Herrn.«

»Oh? Wen?«

»Hashis Sohn. Esnat.«

»Esnat?«

»Esnat. *Lord* Esnat.«

Ich nickte höflich. »Und ist Lord Esnat ungefähr so wie sein Vater?«

»Lord Esnat ist ein Narr.«

»Das war Hashi auch ... entschuldige: *Lord* Hashi. War ein Narr.«

»Mein Herr Hashi, möge die Sonne auf sein Haupt scheinen, war ein alter, verbitterter Mann. Lord Esnat ist ein Narr.«

»Warum dienst du ihm dann? *Du* bist niemals ein Narr gewesen.«

Sabos Stimme klang sanft. »Weil die Herrin mich darum gebeten hat.«

Tief innen zwickte mich etwas. »Die Herrin«, echote ich bedeutungsvoll. »Du meinst nicht ...«

»... Elamain«, beendete er meinen Satz. »Möge die Sonne auf ihr Haupt scheinen.«

»Und auf andere Teile ihres Körpers.« Ich kaute an meiner Unterlippe. »Dann gehe ich recht in der Annahme, daß Elamain diejenige ist, die dich gesandt hat?«

»Nein. Lord Esnat hat nach Euch geschickt.«

»Warum?«

»Elamain hat ihn darum gebeten.«

Ich beschloß, es ohne Umschweife zu sagen. »Ich bin immer noch mit Del zusammen, Sabo.«

Der Eunuch lächelte. »Dann habt Ihr Euch Eure Menschenkenntnis bewahrt ... und Euren guten Geschmack.«

»Aber ... verstehst du nicht? Ich kann nicht zu Elamain gehen.«

»Das wird Elamain nicht stören.«

»Daß ich noch mit Del zusammen bin? Natürlich wird sie das stören. Ich bin nicht *so* dumm, Sabo.«

»Die Herrin möchte Euch *sehen.*«

»Sie wird mich *ganz* sehen wollen.«

Sabos hellbraune Augen waren arglos. »Das hat Euch früher nicht abgehalten.«

Ich bewegte mich unbehaglich. »Ja, nun ... vielleicht nicht ...«

»Kommt mit und sagt es ihr selbst«, schlug er vor. Und dann erhellte sich sein Gesicht. »Ah, die nordische Bascha ... möge die Sonne auf Euer Haupt scheinen!«

Del, die im Eingang stand, schaute gen Himmel. »Ich denke, das tut sie bereits.«

Ich sah sie an. Dachte erneut an das Thema, das Sabo und ich erörtert hatten, an meine Einladung von Elamain. Stellte fest, daß ich nichts zu sagen wußte.

Del lächelte zaghaft. »Laß die ... *Herrin* ... nicht warten.«

Ich benetzte meine Lippen. »Ich vermute, daß du nicht mitkommen willst.«

Ihr Lächeln wurde breiter. »Du klingst fast hoffnungsvoll, Tiger.«

Ja, nun, vielleicht war das so. Aber das würde ich Del nicht sagen.

Ich zuckte die Achseln. »Nur so ein Gedanke«, bemerkte ich. »Ich dachte, du würdest vielleicht gern ein wenig plaudern. Zwei Frauen immerhin ...«

Del schüttelte ernst den Kopf. »Eher würde ich einen Kreis betreten ... *dort* kenne ich zumindest die Regeln.«

Ich wollte antworten, erinnerte mich dann aber an etwas. »Warte. Du bist doch fortgegangen, um etwas über Ajani zu erfahren.«

Del sagte ausdruckslos: »Das stimmt.«

»Und hast du etwas herausgefunden?«

Sie zuckte die Achseln. »Das kann warten.«

»Vielleicht kann es das, aber werde ich das?« Ich schüttelte den Kopf. »Ich kenne dich, Bascha ... du wirst mir nichts erzählen und dich dann allein auf den Weg machen.«

Sie lächelte. »Geh jetzt zu Elamain.«

»Del ...«

»Geh«, sagte sie tonlos.

Unschlüssig gab ich ihr ein Versprechen. »Ich werde sofort zurückkommen.«

Ihr Tonfall war ausgesprochen gütig. »Und vielleicht werde ich hier sein.« Hoolies, sie kann schwierig sein.

Ich sah zu Sabo. Sah das amüsierte Glitzern in seinen Augen. Wußte, daß ich nicht länger zögern konnte, ohne mich bloßzustellen.

Du bist ein erwachsener Mann, sagte ich mir. Und Elamain ist nur eine *Frau.*

Hoolies, welch ein Narr.

Esnät war nicht der einzige.

Zehn

Elamain war allein. »Hallo, Tiger«, schnurrte sie.
O Hoolies. Del.

Ich wunderte mich über meine Gedanken. Ich meine, ich war ein erwachsener Mann. Einer, der seine eigenen Entscheidungen trifft und keine Frau braucht, die das für ihn tut. Ich brauchte keine Führung, keine Vorschläge, keine Befehle. Ich konnte meinen eigenen Weg in der Welt finden, mit oder ohne Frau, und daher brauchte ich genau in diesem Moment nicht einmal an Del zu *denken*.

Elamain breitete ihren Burnus aus. »Erinnerst du dich daran, wie es war?«

Hoolies, Hoolies, *Hoolies* ... wo ist Del, wenn ich sie brauche.

»Wann?« fragte ich. »In deinem Wagen? Oder in Hashis Zelle?«

Elamain schmollte. Eine schmollende Elamain genügt, um allen Sand aus der Punja fortzubewegen.

Nur daß ich es nicht wollte.

Elamain hatte sich in einem der Häuser eingerichtet, die noch ein Dach hatten. Esnat war immerhin ein Tanzeer und Elamain die Witwe eines Tanzeers. Der Raum, den sie bewohnte, war durch Teppiche und Seidenstoffe und Gaze, die hier und dort angebracht und aufgehäuft waren, um einiges behaglicher gemacht worden. Sie ruhte auf dicken Kissen, die einladend auf dicken Teppichen aufgetürmt waren.

Ihre goldenen Augen blickten sorgenvoll. »Wirfst du mir das vor?«

Goldene Augen, schwarz-seidenes Haar, weiche, dunkle Haut. Die Frau war für den Beischlaf gemacht.

Die Frau hatte *Spaß* am Beischlaf.

Mit gewissenhafter Sorgfalt hielt ich meine Augen über die kunstvolle Einbuchtung in der Seide ihres Untergewandes, die von ihren Brüsten herabfiel, gerichtet. »Du *hattest* etwas damit zu tun. Warst nicht du es, die Del Hashi als Hochzeitsgeschenk angeboten hat, damit er mich dir gäbe?«

Lider senkten sich kurz. Schwarze Wimpern verbargen ihre Augen. »Ich wollte dich nicht verlieren.«

»Vielleicht nicht. Aber das ist eine ziemlich häßliche Art zu versuchen, mich zu *halten*, findest du nicht auch? Es hat mich fast meine Männlichkeit gekostet.«

Sie setzte sich steif auf. »*Das* war nicht mein Fehler! Woher sollte ich wissen, daß Hashi so verärgert sein würde?«

Verärgert. Ein interessantes Wort: verärgert. Ich hätte es im Hinblick auf die Strafe, die Hashi als Wiedergutmachung dafür gefordert hatte, daß ich mit einer Frau geschlafen hatte — die allgemein dafür bekannt war, daß sie schlief, mit wem es ihr gefiel —, stärker ausgedrückt. Hashi *selbst* hatte es gewußt.

Ich hob die Augenbrauen. »Schläfst du auch mit Esnat?«

»Natürlich tue ich das.« Elamains Tonfall war sachlich. »Hashi ist *tot* ... ich mußte meine Stellung irgendwie halten.«

»Söhne heiraten nicht oft die Witwen ihrer Väter.«

»Ich brauche ihn nicht zu heiraten, Tiger. Ich muß nur mit ihm schlafen. Esnat ist ...« Sie hielt inne.

»Ein Narr?« half ich ihr.

Sie machte eine anmutige Handbewegung beiläufigen Eingeständnisses. Und streckte die Hand dann in meine Richtung aus. »Ich hoffte, daß du in Iskandar wärst. Komm zu mir, Tiger. Laß uns neu beleben, was wir einst geteilt haben.« .

Soviel zu Sabos Beteuerungen. »Ich kann nicht, Elamain.«

Seide glitt tiefer. »Warum nicht? Bin ich alt und fett geworden?«

Sie wußte es besser. Elamain war nicht dicker als vor anderthalb Jahren, als ich dabei geholfen hatte, ihre Karawane vor den Borjuni zu retten. Und obwohl sie diese anderthalb Jahre älter war, konnte man es nicht erkennen. Sie war eine wunderschöne, verlockende Frau.

Und ich bin nicht aus Stein.

Ich räusperte mich hastig. »Sabo sagte, *Esnat* habe nach mir geschickt.«

Elamain schmollte erneut. »Weil ich es ihm befohlen habe.«

»Das hat Sabo auch gesagt. Nun, jetzt bin ich hier. Wolltest du über Geschäfte reden, Elamain ... oder geht es um etwas völlig anderes?«

Elamain hörte auf zu schmollen. Ihre Augen verloren ihren verführerischen Blick und nahmen einen anderen Ausdruck an. Elamain dachte nach.

Eine Frau wie Elamain — die *nachdenkt* — kann gefährlich sein.

»Da ist jemand anderes«, sagte sie.

»Vielleicht«, stimmte ich vorsichtig zu. »Vielleicht fühle ich mich aber auch einfach nicht nach ...«

Elamain ließ mich nicht ausreden. »Kein Mann hat sich jemals *nicht danach gefühlt*«, fauchte sie. »Nicht bei mir.«

Die Situation nahm völlig neue Gestalt an. Jetzt war ich neugierig. »Meinst du das ernst?« fragte ich. »Niemand? Niemals? Egal unter welchen Umständen?«

»Natürlich meine ich es ernst.« Elamain fand es nicht lustig. »Kein Mann — kein einziger Mann — hat zu mir jemals nein gesagt.«

»Und das bedeutet dir etwas.«

Farbe stieg in ihre Wangen. Bezaubernde, dunkle Wangen. »Wie würdest du dich fühlen, wenn du jemals einen Schwerttanz verlieren würdest?«

»Wir reden nicht von einem Schwerttanz, Elamain ...

wir reden über deinen Beischlaf mit Männern. Das eine hat mit dem anderen nichts zu tun.«

»Das eine ist dem anderen sehr *ähnlich*«, erwiderte sie, »und das nicht in einem offensichtlich vulgären Sinn.«

»Elamain ...«

Sie erhob sich. Glättete fließende Seide. Überquerte den mit Teppichen ausgelegte Boden in meine Richtung. »Da ist jemand anderes«, erklärte sie. »Sonst würde ein Mann wie du niemals nein sagen.«

Das verwirrte mich. »Ein Mann wie ich? Wie ist ein Mann wie ich?«

»Ein Mann wie du ist *ganz* Mann. Warum sollte er nein sagen?«

Elamain hatte einen Pluspunkt errungen, obwohl mir das nicht gefiel. »Sind wir alle so berechenbar?«

»Die meisten von euch«, bestätigte sie. »Kein einziger der Männer, die ich getroffen habe — außer Sabo und anderen Eunuchen — war dem Beischlaf und dem, was daraus werden könnte, abgeneigt. *Du* warst das natürlich auch nicht.«

Nein.

»Und kein Mann«, fuhr sie fort, »den ich in mein Bett eingeladen habe, hat jemals die Gelegenheit ungenutzt gelassen. Selbst Männer, die an Frauen gebunden waren, oder Männer, die Ehefrauen zu Hause hatten.«

Nein, das konnte ich mir vorstellen. Sie ist diese Art Frau.

Elamain runzelte die Stirn. »Nur du.«

»Ich bin nicht blind«, belehrte ich sie. »Ich bin nicht einmal taub. Und ich bin *ganz sicher* kein Eunuch.«

»Aber du willst nicht mit mir schlafen.«

Ich seufzte. »Elamain ...«

»Weil da jemand anderes ist.«

Ich sagte es deutlich: »Ja.«

Ein leichtes Stirnrunzeln führte ihre Brauen zusammen. Dann, plötzlich, glättete es sich. »Als du meine

Karawane gerettet hast, war eine Frau bei dir ... eine Nordbewohnerin. Du meinst nicht *sie*, nicht wahr? Diese Frau, die glaubt, sie sei ein Mann?«

Ich räusperte mich. »Zuerst einmal glaubt Del nicht, daß sie ein Mann sei. Sie *will* kein Mann sein, warum sollte sie auch? Sie ist mehr als vollkommen eine Frau ...« Ich hielt inne. »*Mehr* als vollkommen.«

Elamain war außer sich. »Sie ist fast so groß wie du! *Viel* größer als ich!«

»Ich mag große Frauen.« Ich dachte darüber nach, wo ich mich befand und wen Elamain herbeirufen könnte: Einen Tanzeer mit Autorität. »Aber ich mag auch kleinere Frauen.«

»Sie ist *weißhaarig*. Sie sieht alt aus.«

»Sie ist nicht weißhaarig, sie ist blond. Das Haar bleicht hier im Süden aus. Und sie ist ganz gewiß nicht alt. Sie ist mehrere Jahre jünger als du.«

Oho. Das hätte ich nicht sagen sollen.

Elamain starrte mich an. »Ich habe sie *gesehen*, Tiger. Sie sieht aus wie ein Mann mit Brüsten.«

Unglücklicherweise mußte ich lachen.

Hände legten sich auf Hüften. »Das tut sie. Sie ist riesig. *Und* sie trägt ein Schwert ... weißt du, was das bedeutet?«

Es bereitete mir Mühe, nicht noch mehr zu lachen. »Nein, Elamain. Warum sagst du es mir nicht?«

»Es bedeutet, daß sie Männer haßt. Es bedeutet, daß sie sie töten will. Wahrscheinlich will sie *dich* töten.«

»Manchmal«, stimmte ich zu. »Einmal hat sie es fast getan.«

Goldene Augen verengten sich. »Du verspottest mich.«

Ich grinste. »Ein wenig. Und du hast es verdient. Hast du inzwischen nicht gelernt, daß nicht alle Männer eine Frau gern klagen hören?«

Elamain hob eine Augenbraue. »Ich würde lieber den Sandtiger *schnurren* hören.«

Ich lächelte. »Dieses Mal nicht.«

»Du hast es früher getan.«

»Das war früher.«

Das Stirnrunzeln kehrte zurück. »Ist sie wirklich so gut?«

Geduldig erklärte ich: »Es ist mehr daran als nur das.«

»Oh?«

»Aber das würdest du nicht verstehen.«

Elamain dachte ausführlich darüber nach. Und lächelte dann — wie nur Elamain lächeln kann —, schüttelte ihren seidigen, schwarzen Vorhang ungebundenen Haars zurück und machte einen einzigen weichen Schritt vorwärts, um ihren Körper mit meinem zu vereinen. Und Elamain weiß, wie man sich vereint.

»Dann«, sagte sie rauh, »werde ich mich anpassen müssen.«

Hoolies, sie machte es mir schwer.

Ich war vier Schritte vom Eingang entfernt, als ein Mann aus einer Gasse kam und mir ihn den Weg trat. Ein schlanker, ziemlich junger Mann mit staubfarbenem Haar, das unter einem schlaffen Turban hervorschaute. Er trug einfache weiße Gaze, die jetzt beschmutzt und verdreckt war. Es waren Flecken an seinem Kinn, das sich im Hals zu vergraben versuchte. Seine Augen waren mittelbraun. Sein Verhalten zögerlich.

»Sandtiger?« fragte er. Als ich nickte, sah er erleichtert aus. »Ich bin Esnat«, sagte er.

Esnat. *Esnat.* Das Schuldgefühl ließ mich erglühen. Oder vielleicht war es auch der Sonnenbrand.

»Esnat«, antwortete ich. Eine einfältige Antwort.

Er schien sich nicht daran zu stören. »Esnat«, bestätigte er. »Ich bin der Tanzeer von Sasquaat.«

Elamain schlief mit *dem?*

Nun, Elamain würde so etwas tun.

Ich räusperte mich. »Das hat Sabo mir gesagt.«

»Ja. Ich habe es ihm befohlen.«

Esnat war nicht die Art Mann, die zu zeugen ich von Hashi erwartet hätte. Er war schüchtern, höflich und alles in allem zu langweilig für einen Mann in seiner Position. Was bedeutete, wie ich erschüttert dachte, daß Elamain freie Bahn hatte. Er *bildete sich* nur *ein*, er würde herrschen.

Ich dachte über Elamain nach. »Also«, sagte ich, »kann ich Euch helfen?«

Esnat schaute betont an mir vorbei zum Eingang, was mich noch mehr ins Schwitzen brachte. Und bedeutete mir dann, ihm zu folgen.

Ich hatte zunächst nicht die Absicht. Immerhin war ich gerade von Elamain gekommen, und wer weiß, was Esnat vielleicht tun würde. Er *war* Hashis Sohn, die äußere Erscheinung zählt nicht immer.

Aber sein Verhalten blieb ziemlich unverändert: zögerlich, höflich, fast zu anspruchslos. Er war ein sehr bescheidener Mann ... oder aber ein sehr gerissener.

Ich blieb, wo ich war. »Was ist los?« fragte ich deutlich.

Esnat blieb stehen, kam einige Schritte zurück und sah erneut besorgt an mir vorbei. »*Kommt* Ihr?« zischte er. »Ich will nicht, daß sie zuhört.«

Ich bewegte mich nicht. »Warum nicht?«

Er heftete den Blick seiner mittelbraunen Augen eindringlich auf mich. Es war der erste Ausdruck irgendeiner Regung, die ich in seinem Gesicht sah. »Weil, Ihr schwerfälliger Narr, wie soll ich ein Geheimnis erklären, wenn ich nicht an diesem Geheimnis teilhabe?«

Ein schwerfälliger Narr, war ich das? Nun, zumindest klang das eher nach einem Mann, der wirklich ein Tanzeer war. Oder glaubte, daß er es war.

Ich erinnerte mich daran, daß ich mein *Jivatma* hatte. Ich ging mit Esnat.

Nicht weit. Nur um die Ecke, wo er sich in einem tiefliegenden Eingang verbarg. Dadurch mußte ich auf der

Straße bleiben, aber da ich noch keinen Anteil an dem Geheimnis hatte, war das nicht wirklich wichtig.

Esnat warf schnelle Blicke an mir vorbei die Straße hinauf und hinab. »In Ordnung«, sagte er schließlich. »Ich habe nach Euch geschickt, weil ...«

»*Elamain* hat nach mir geschickt.«

Er nickte nur, eindeutig ungeduldig. »Ja, ja, natürlich hat sie das ... *ich* wollte auch nach Euch schicken, aber ich habe gelernt, daß es einfacher ist, sie in dem Glauben zu lassen, daß sie die Dinge regelt.« Seine Haltung war sachlich, fast so wie bei Elamain, wenn sie von Esnats Status sprach. »Und ich weiß auch, was sie wollte ... aber Ihr wißt nicht, was *ich* will.«

Ich veränderte meine Haltung ein wenig.

Esnat sah es und lächelte. »Das ist es, was ich will«, sagte er.

Ich erstarrte. »Ihr wollt *was?*«

»Euch«, sagte er geradeheraus. »Ich will Euch anheuern.«

Ich entspannte mich ein wenig. Einen Moment lang ... Hoolies, der Moment war noch nicht vorbei. »Warum wollt Ihr mich anheuern?« Und vorsichtiger: »Wofür?«

»Euer Schwert«, sagte Esnat.

Ich war nicht von gestern. »Verzeiht«, sagte ich. »Über welches Schwert reden wir?«

Esnat sah mich offen stirnrunzelnd an. Und verstand dann und keuchte. »Nicht *das*, Ihr Narr ... ich will einen Schwerttänzer anheuern, damit er eines Schwerttänzers gemäße Dinge tut.«

Ich wünschte, er würde aufhören, mich einen Narr zu nennen. Besonders da es die Bezeichnung war, mit der jedermann *ihn* bedachte ... und ich hatte nicht das Gefühl, daß Esnat und ich uns irgendwie ähnlich wären.

»Eines Schwerttänzers gemäße Dinge«, echote ich. »Welche Art Dinge sind das?«

Esnat blinzelte. »Wißt Ihr das nicht?«

Wir redeten, wie mir allmählich schien, aneinander vorbei. Es war Zeit, die Dinge beim Namen zu nennen. »Was soll ich tun?«

»Helft mir, eine Frau zu erobern.«

»Ich dachte, Ihr schlaft bereits mit Elamain.«

»Nicht *diese* Frau ... eine Frau, die ich heiraten kann.«

Ich grinste. »Dann schickt Elamain fort.«

Esnat lachte. »Nein, jetzt noch nicht ... Elamain dient einem Zweck. Im Moment. Und nebenbei, wie sonst sollte ein Mann wie ich eine solche Frau ins Bett bekommen?«

Er war nicht *so* Übel ... nun, vielleicht war er doch sehr gerissen. Aber dennoch ... »Ihr seid ein Tanzeer, Esnat ... Ihr könnt jede Frau haben.« Ich berichtigte mich schnell, denn ich dachte an Del. »Fast jede Frau.«

»Jede, die ich kaufen würde, ja ... sogar *Elamain* ist gekauft.« Sein Lächeln wirkte wenig fröhlich. »Ich spreche nicht von Elamain. Ich spreche von Sabra.«

Ich nickte bedächtig. »Und ich soll Euch dabei helfen, sie für Euch zu gewinnen. Wie?«

»Indem Ihr tanzt natürlich.«

Mühsam bewahrte ich meine Geduld. »Esnat, mein Tanzen wird Euch nicht dabei helfen, diese Frau heiraten zu können.«

»Natürlich wird es das«, versicherte er mir. »Sie wird wissen, daß meine Werbung ernst gemeint ist.« Er hielt inne und betrachtete meine gerunzelte Stirn. »Versteht Ihr nicht? Normalerweise war es so, daß ein Mann, der eine Frau beeindrucken wollte, ihre anderen Freier bekämpfte. Wer auch immer siegte, gewann die Frau. Nun, ich bin ein Tanzeer, und wir tun solche Dinge nicht. Es wäre dumm, unser Leben zu riskieren, wenn es Schwerttänzer gibt, die dies für uns tun können.«

Ich überhörte die Anspielung. »So etwas Ähnliches habt Ihr schon zuvor erwähnt.«

»Und ich habe es so gemeint. Dies wird ein stellvertretender Tanz werden. Eine Möglichkeit, ihre Aufmerksamkeit zu erringen, ihr meine Sichtweise klarzumachen. So wird sie mich als Bewerber akzeptieren.«

Vielleicht war dies die Art, wie Tanzeers heirateten. Auf jeden Fall war das wirklich nicht meine Angelegenheit. Etwas anderes interessierte mich schon eher. »Wieviel bietet Ihr?«

Esnat sagte es mir.

»Ihr seid sandkrank!« explodierte ich.

»Nein. Es ist mir ernst.«

Ich starrte ihn an. »So viel für eine Frau?«

Esnat schaute mich offen an. »Ist eine Frau das nicht wert?«

Er war genauso schlimm wie Del. »Ihr setzt eine Menge aufs Spiel«, belehrte ich ihn. »Was ist, wenn ich verliere? Werdet Ihr dann meine wertvollsten Körperteile fordern?«

»Eure wert ... oh.« Er lachte laut auf, was ich nicht sehr komisch fand. »Nein, nein ... das war meines Vaters Art. Ich möchte lieber, daß Ihr Eure wertvollsten Körperteile behaltet ... ich brauche nicht noch mehr Eunuchen.«

»Was ist, wenn ich verliere?« wiederholte ich. »Ihr bietet eine Menge, wenn ich siege. Was geschieht, wenn ich verliere?«

Esnats Lächeln erstarb. »Ihr werdet nicht verlieren«, sagte er. »Ich habe dieses Schwert gesehen.«

Allmählich verstand ich. »Also seid Ihr doch kein solcher Narr.«

Esnats Augen glitzerten. »Ich lasse sie denken, daß ich einer sei. Das macht es leichter. Wenn sie keine Erwartungen hegen, muß ich meine Zeit nicht damit vergeuden zu versuchen, danach zu leben. Ich kann tun, was ich will. Was ich will, ist Sabra.« Er zuckte die Achseln. »Ich bin nicht die Art Mann, die von Frauen wahrgenommen wird. Das wißt Ihr, wenn Ihr mich anseht. *Ich* weiß das, wenn ich mich ansehe.«

»Oh, ich weiß nicht ...«

»Versucht nicht, freundlich zu sein, Tiger.« Er zuckte leicht die Achseln und steckte dann die Hände in seine weiten Ärmel. »Auch eine Frau wie Sabra wird mich nicht bemerken, bis ich einen Weg finde, sie dazu zu bringen, mich zu beachten. Sie ist selbst reich, Geld wird sie nicht beeindrucken. Ich brauche Hilfe. Ich brauche einen Vorteil. Ich brauche eine Möglichkeit, sie dazu zu bringen, mich zu *sehen,* zu sehen, was ich bieten kann.« Er sah kurz über meine linke Schulter hinweg. »Dieses Schwert«, sagte er einfach, »kann mir meinen Vorteil verschaffen. Die Kunde darüber kursiert in ganz Iskandar. Jeder Tanzeer wird es wollen, und Euch auch. Aber wenn *ich* den Mann anheuere, der dieses Schwert trägt ...« Esnat lächelte glücklich. »Dann kann ich Sabras Aufmerksamkeit erringen.«

Männer haben für weniger mehr getan. »Ihr wußtet es«, sagte ich. »Ihr wußtet, daß ich sofort kommen würde, wenn Ihr diese Falle mit Elamain auslegen würdet. Und Ihr wolltet Euch meine Dienste erkaufen, bevor jemand anderes ein Angebot machen kann.«

»Ich habe gelernt«, sagte Esnat, »vor allen anderen zuzuschlagen. Das Unerwartete zu tun. Gewisse Dinge *vorauszuahnen* ... Dinge wie magische Schwerter.«

»Ihr hättet dieses Schwert nicht vorhersehen können.«

»Nun, nein, nicht eigentlich«, gab er vernünftigerweise zu, »aber ich habe es mir zur Angewohnheit gemacht, *wachsam* zu sein ...« Braune Augen verengten sich. »Wollt Ihr Euch mir verdingen?«

Es wäre eine ziemlich leichte Aufgabe, dachte ich, selbst mit einem besessenen *Jivatma,* das ich nicht benutzen wollte. Ich bin gut, sehr gut. Wenn ich keine Zeit verschwendete und darum kämpfte, zu siegen, anstatt zu tanzen, könnte es sofort vorbei sein. Und ich würde nicht riskieren, jemanden zu verletzen, und inzwischen einen riesigen Gewinn erzielen.

Aber ich mochte *Esnat.* Langsam schüttelte ich den

Kopf. »Ich bewundere Eure Absichten, aber Ihr bietet zuviel.«

Esnats Augen nahmen einer Ausdruck besorgter Anklage an. »Denkt Ihr nicht, daß Ihr es wert seid?«

Ich zuckte die Achseln. »Was ich wert bin, ist nicht wirklich wichtig. Ich denke einfach, daß das zuviel ist. Ich will Euch nicht arm machen. Dann würde nichts für Sabra übrigbleiben.«

Esnat grinste. »Wenn Ihr das Spiel *gewinnen* wollt, müßt Ihr auch bereit sein, es zu verlieren.«

Hoolies, das war lächerlich. Aber wenn er es so empfand ... »In Ordnung«, stimmte ich schließlich zu, »ich werde Eure Bedingungen annehmen. Ihr macht es mir schwer, es nicht zu tun.«

Esnat lächelte glücklich. »Ich werde sofort die Herausforderung überbringen lassen. Der Tanz wird in zwei Tagen stattfinden.«

Es blieb nichts zu sagen übrig. Ich wandte mich ab, um davonzugehen.

Esnats Stimme hielt mich auf. »Hat Euch der Köder zugesagt?«

Ich machte mir nicht die Mühe, mich umzusehen. »Fragt Elamain.«

ELF

Der Weg zurück über Iskandars überfüllten Basar gestaltete sich seltsam. Es waren noch immer Hunderte von Menschen da, die sich alle in den Gassen und Straßen zusammendrängten, aber es fühlte sich anders an. Der *Geruch* war anders.

Zuerst, als ich mich mit den Ellenbogen durch Menschenansammlungen quetschte, die hier und da an den Ständen versammelt waren oder in Gruppen miteinander sprachen, dachte ich, es sei einfach deshalb so, weil jetzt noch mehr Menschen da waren. Aber dann, als ich meinen Weg tiefer ins Zentrum der Stadt fortsetzte, erkannte ich, daß es nichts mit der Anzahl der Menschen zu tun hatte. Es hatte mit Empfindungen zu tun. Ich konnte sie tatsächlich *schmecken:* die Vorahnung, die Ungeduld, eine angespannte Erwartung.

Verwirrt sah ich mich um. Und wußte fast augenblicklich, welcher Teil der Empfindungen es war.

Die Stadt beherbergte keine Stämme mehr. Am Tag zuvor war das nicht so gewesen. Menschen aus der Wüste waren ungehindert durch die Stadt gewandert und hatten genau das gleiche getan wie alle anderen: Sie hatten geschaut, sich unterhalten, Geschäfte abgewikkelt. Aber jetzt waren die Stämme fort. Nur die anderen waren geblieben.

Auch die Tanzeers und ihre Wachen, die die engen Straßen füllten.

»Das ist nicht richtig«, murmelte ich und bahnte mir einen Weg durch die Menge.

In der Nähe sprach jemand von dem Orakel und erörterte seine Göttlichkeit. Ein Zuhörer widersprach, ein Streit folgte. Ich weiß nicht, wer siegte.

In der Nähe sprach jemand über den Jhihadi und die dem Süden versprochenen Veränderungen. Daß ein Mann mit einer neu erworbenen Macht die südlichen Stämme vereinigen und dann den Sand in Gras verwandeln könne.

Ich schüttelte den Kopf, während ich weiterging. Es war unmöglich.

Schließlich hatte ich mich hindurchgedrängt und suchte Del, um ihr von Esnat und dem Tanz zu erzählen, auf den ich mich eingelassen hatte. Entdeckte aber, daß sie fort war.

Lena schaute von der Essenszubereitung auf. »Vorhin waren einige Männer hier und suchten nach Euch.«

»Oh?«

»Sie sagten, sie seien Gesandte eines Tanzeer namens Hadjib, der Euch anheuern will.«

Ich schüttelte den Kopf. »Ich kenne ihn nicht.«

Lenas Gesichtsausdruck war seltsam. »Sie sagten, ihr Herr habe von Eurem Schwert gehört.«

Also fing es an. Jedermann wollte die Macht. »Wo ist Del?«

»Sie ist mit Alric zu den Kreisen gegangen. Sie sagte, sie hätte einen Schwerttanz zu tanzen.«

Die Vorahnung kam schnell und schmerzhaft. »Sie sagte, daß sie hier auf mich warten würde.«

»Nein, das hat sie nicht getan.« Lena grinste. »Sie sagte, sie wäre *vielleicht* noch hier.«

Ich schaute zu ihr hinunter. »Das ist nicht fair«, beschwerte ich mich. »Ihr Frauen deckt euch immer gegenseitig.«

Lenas Brauen hoben sich. »Tut Elamain das?«

Ich blinzelte. »Sie hat Euch von Elamain *erzählt?*«

»Ein wenig.« Lenas Lächeln verging nicht. »Ich habe ihre Sorte schon zuvor gekannt.«

Ich hatte keine Zeit mehr für Elamain oder ihre Sorte.

»Macht nichts, es ist nicht wichtig ...« Und dann hielt ich inne, als mir etwas einfiel. »Hoolies ... das würde sie nicht. Oder doch? *Würde* sie?« Ich sah Alrics Frau an. »Sie würde Ajani nicht herausfordern, ohne es mir zu sagen.«

Lena sah mich offen an. »Warum geht Ihr nicht hin und seht nach?«

Aber ich war bereits fort.

Er war groß. Er war blond. Ich hatte ihn noch nie zuvor gesehen.

O Hoolies, Bascha ... du sagtest, du würdest es nicht tun ... nicht mit *ihm* ... er war keinen Kreis wert ... du sagtest, er wäre es nicht wert ... du sagtest, du würdest es nicht tun ...

Vielleicht ist es nicht Ajani.

Laß dies nicht Ajani sein.

Wie immer hatte sie eine Menschenmenge angezogen. Die meisten waren Schwerttänzer, wie es zu erwarten gewesen war. Viele waren Tanzeers, und der Rest bestand aus einfachen Leuten. Überwiegend Südbewohner und hier und dort ein Nordbewohner.

Reiz ihn nicht, Bascha ... bring es einfach hinter dich.

Mein Magen verkrampfte sich. Meine Hände sehnten sich nach einem Schwert. Meine Augen wollten sich schließen, aber ich würde es ihnen nicht erlauben. Ich zwang mich zuzusehen.

Er war nicht besonders gut, aber er war auch nicht schlecht. Seine Muster waren offen und losgelöst, es fehlte ihnen die präzise Zielgerichtetheit, aber er war groß genug, um Schaden anzurichten, wenn er jemals mit einem Stoß durchkäme. Ich bezweifelte, daß das geschehen würde, denn Dels Verteidigung ist zu gut.

Beeile dich, Bascha.

Ich benetzte trockene Lippen. Biß mir in die Wange. Spürte das Jucken frischen Schweißes unter den Armen und die Schläfen hinabrinnen.

O Bascha, bitte!

Ich dachte erneut an Staal-Ysta. An den Kreis. An den Tanz, den wir tanzen mußten, vor den zuschauenden *Voca*. Vor den Augen ihrer Tochter. Niemand war für mich dagewesen. Niemand hatte an mich gedacht.

Mit Ausnahme der Frau, der ich gegenüberstand.

Aber ich hatte mich nicht hilflos gefühlt. Benutzt, ja. Betrogen, sicherlich. Aber nicht hilflos. Ich hatte gewußt, Del würde mich niemals töten wollen, nicht mehr, als ich es wollte. Und das hatten wir auch nicht getan, nicht wirklich. Das hatte das Schwert übernommen. Ein durstiges, namenloses *Jivatma,* das getränkt zu werden verlangte.

Jetzt fühlte ich mich hilflos. Ich stand am Rande der Menge, beobachtete, wie Del tanzte, und war mir nur der Angst bewußt. Nicht ihres Könnens, nicht ihrer Anmut, nicht ihrer makellosen Muster. Nur meiner Angst.

Würde es immer so sein? Jemand trat neben mich. »Ich habe die Bascha gut ausgebildet.«

Ich sah nicht hin. Ich brauchte es nicht. Ich kannte die gebrochene Stimme, die bekannte Anmaßung. »Sie hat sich selbst ausgebildet, Abbu. Mit der Hilfe Staal-Ystas.«

»Und ein wenig Eurer Hilfe, denke ich.« Abbu Bensir lächelte, als ich einen schnellen Blick auf ihn warf. »Ich will Euer Können nicht leugnen, und dabei auch mein eigenes nicht schmälern. Wir haben bei demselben Shodo gelernt.«

Ich beobachtete erneut Del. Sie hatte ihre Schnelligkeit, ihre Einteilung und ihre Finesse wiedergewonnen. Ihre Stöße kamen fest und sicher, ihre Muster waren natürlich weich. Aber sie versuchte nicht, ihn zu töten.

Ich runzelte die Stirn. »Also kann das nicht Ajani sein.«

Abbu sah verwirrt zu dem Mann im Kreis hinüber. »Ajani? Nein, das ist er nicht. Ich weiß nicht, wer das ist.«

Ich wandte mich jäh um. »Ihr *kennt* ihn?«

»Ajani? Ja. Er reitet auf beiden Seiten der Grenze.« Er zuckte die Achseln. »Ein Mann, der in vielen Gegenden reitet.«

Dieser Satz brachte mich einen Moment zum Schweigen. *»Ein Mann, der in sehr vielen Gegenden reitet.«* Ich wußte, daß ich das schon zuvor gehört hatte. Es hatte mit dem Jhihadi zu tun gehabt. Etwas, was das Orakel gesagt hatte ...

Jetzt war keine Zeit dafür. »Ist er hier? Ajani?«

Abbu zuckte die Achseln. »Vielleicht.«

Die Geräusche des vergessenen Schwerttanzes verblaßten. »Abbu ... *ist er hier in Iskandar?*«

Abbu Bensir sah mich geradeheraus an. Sah, wie ernst es mir war. »Vielleicht«, wiederholte er. »Ich habe ihn noch nicht gesehen, aber das bedeutet nicht, daß er nicht hier ist. Nicht mehr als es bedeutet, daß er hier *ist.*«

»Aber Ihr würdet ihn erkennen, wenn Ihr ihn sehen würdet.«

Abbu runzelte die Stirn. »Ja. Das sagte ich Euch bereits. Ich kenne den Mann.«

»Wie sieht er aus?«

»Er ist ein Nordbewohner. Blond, blauäugig, hellhäutig ... sogar größer als Ihr und von schwererem Körperbau. Ein wenig älter, denke ich. Und ein wenig jünger als ich.« Abbu grinste. »Wollt Ihr ihn zum Tanz herausfordern? Er ist kein Schwerttänzer.«

»Ich weiß, was er ist«, erwiderte ich und schaute grimmig zu Del.

Abbu sah ebenfalls zu ihr hin. »Wenn ich ihn sehe, werde ich ihm sagen, daß Ihr ihn sucht ... *ah* ... schaut, sie hat gesiegt. Und ohne ehrlos zu handeln.«

Klingen schlugen ein letztes Mal zusammen. Der Nordbewohner, dessen Muster zerstört waren, taumelte aus dem Kreis, was bedeutete, daß der Tanz verloren war. Er stand am zerstörten Rand des Kreises und sah Del entsetzt an.

Die, wie immer, bescheiden dastand und sich nicht ihres Sieges rühmte.

Die Erleichterung war spürbar. »Ich suche ihn nicht«, sagte ich. »Und sagt ihm nichts.«

Abbu betrachtete mich. »Habt Ihr eine alte Rechnung zu begleichen?«

Jetzt konnte ich ihm meine volle Aufmerksamkeit schenken. Ich sagte: »Es ist nichts.«

Er rieb gedankenvoll über die Einkerbung auf seinem zerstörten Nasenrücken. »Wir sind keine Freunde«, sagte er, »dieser Nordbewohner und ich. Ich *kenne* ihn, das ist alles.«

Es war nicht wirklich wichtig. Selbst wenn Abbu log und er und Ajani Freunde *waren*, würde eine Warnung im voraus wenig bewirken. Auf die eine oder andere Art würden Del und ich ihn finden.

Ich sah zu Del hinüber, die sich um ihr Schwert kümmerte. »Wie würdet Ihr einen Mann nennen«, begann ich, »der ungeschützte Karawanen mit Familien überfällt und jeden tötet, den er findet, außer denen, die er als Sklaven verkaufen kann? Diejenigen, die noch Kinder sind, weil sie weniger Schwierigkeiten machen. Diejenigen, die *nordische* Kinder sind, weil sie auf dem Sklavenmarkt im Süden höhere Preise erzielen.«

Abbu sah ebenfalls hin, und das sehr lange Zeit. Dunkle Augen waren unergründlich, verbargen, was er dachte. Als er sprach, ließ seine Stimme keinerlei Gefühl erkennen. »Wie ich *ihn* nennen würde, ist unwichtig. Wichtig ist, wie ich sie nenne.«

Etwas regte sich tief in mir. »Und wie nennt Ihr sie, Abbu?«

»Schwerttänzer«, sagte er heiser und bahnte sich dann einen Weg durch die Menge.

Ich wandte mich um und wollte zu Del gehen, wurde aber von einer Hand auf meiner Schulter aufgehalten. »Sandtiger!« rief der Besitzer der Hand. »Ich wußte nicht, daß Ihr einen Sohn habt. Warum habt Ihr es mir nicht gesagt? Und obendrein solch ein guter Redner... der Junge ist zum *Skjald* geboren.«

Rotes Haar, blaue Augen, ein fließender Schnurrbart. »Rhashad«, sagte ich überrascht. Und dann, mit ausgesprochener Deutlichkeit: »Wo ... ist ... er?«

Er deutete mit dem Daumen schräg zur anderen Straßenseite. »Dort drüben im Wirtshaus. Er ist gerade mitten in einer Geschichte über seinen Vater, dem größten Schwerttänzer des Südens ... ich wollte nicht darüber streiten, denn der Junge ist stolz auf Euch, aber er könnte sich ruhig einmal daran erinnern, daß es immerhin noch *mich* gibt, und Abbu Bensir ...«

Ich unterbrach ihn. »... und zweifellos Eure Mutter.« Ich sah kurz stirnrunzelnd zu Del, die mit sich selbst beschäftigt war. »Dort drüben im Wirtshaus, sagt Ihr ...? Nun, ich denke, es ist an der Zeit, diesen Sohn zu treffen.« Ich sog die Luft ein. »*Del!*«

Sie hörte mich. Sah mich. Bahnte sich einen Weg durch den Kreis. Ihr Gesicht war ein wenig gerötet, und helles Haar war an den Schläfen feucht, aber sie schien nicht erschöpft. »Was ist los?« fragte sie leise, als wolle sie mich für den Lärm tadeln.

Ich hatte keine Zeit dafür. »Komm mit! Rhashad sagt, daß dieser Narr, der überall herumerzählt hat, er sei mein Sohn, dort drüben im Wirtshaus sei.« Ich deutete in die entsprechende Richtung.

Del sah hinüber. »Geh voraus«, schlug sie vor. »Ich muß noch meine Gewinne einfordern.«

»Kann das nicht warten?«

»Deine können das auch nie.«

Rhashad strahlte Del an. »Ihr habt den Tanz gewonnen, nicht wahr? Ein zerbrechliches Mädchen wie Ihr?«

Del, die nicht wirklich zerbrechlich ist, kannte den Grund, warum das gesagt wurde. Und da sie Rhashad mochte — man frage mich nicht warum —, war sie weniger geneigt zu streiten. »Ich habe gewonnen«, bestätigte sie. »Wollt Ihr als Nächster mit mir tanzen?«

Blaue Augen weiteten sich. »Gegen Euch? Niemals! Ich würde es hassen, diese zerbrechlichen Knochen zu zerstören.«

Del zeigte ihm die Zähne. »Meine Knochen sind sehr robust.«

»Redet ein anderes Mal über deine Knochen«, schlug ich vor. »Kommst du mit mir?«

»Nein«, sagte Del. »Das sagte ich dir bereits. Geh voraus, ich werde nachkommen.«

Rhashad machte eine eindrucksvolle Handbewegung. »Ich werde ihr den Weg zeigen.«

Hoolies, das war es nicht wert. Ich ging davon, um meinen Sohn aufzusuchen.

Das Wirtshaus war klein. Es hob sich vom Rest der zerstörten Stadt kaum ab, was bedeutete, daß es wenig Annehmlichkeiten bot. Es gab ein mit Decken errichtetes Behelfsdach, das den Kunden beim Trinken Schatten spendete, aber das war auch alles.

Ich lehnte mich an den Eingang und hielt Ausschau nach meinem Sohn.

Dunkelhaarig, blauäugig, neunzehn oder zwanzig Jahre alt. Der, nach seinem Pferd zu urteilen, nicht sehr gut reiten konnte. Der kein Schwert trug, aber statt dessen eine Zunge hatte, die er wahrscheinlich mehr gebrauchte, als gut für ihn war.

Nicht viel mehr. Aber ich dachte, das würde genügen, unter diesen Umständen.

Es waren viele Männer in dem Wirtshaus versammelt. Keine Stühle, sondern hastig zusammengeschusterte Hocker und Bänke standen im Raum verstreut. In der Mitte saß ein Mann auf einem Hocker, mit dem Rükken zur Tür, was niemals gut ist. Aber offensichtlich machte er sich keine Sorgen darüber, wer hereinkommen könnte. Er hatte ein Publikum.

Die Stimme klang jung und ausdrucksvoll. Er weidete sich offensichtlich in der Aufmerksamkeit, die seine Geschichte hervorrief, denn jedermann war davon gefesselt.

»... und so fand auch ich mich als Sieger über eine große Katze wieder, genauso wie mein Vater, der Sandtiger, es erlebt hatte — Ihr wißt alle von *ihm* —, und daher kennzeichnete ich meinen Sieg, indem ich die Krallen der Katze nahm und mir diese Kette fertigte.« Eine Hand berührte seinen Hals und rasselte kurz mit etwas. »Es war, so dachte ich, ein äußerst günstiges und angemessenes Treffen zwischen dieser Katze und dem Jungen des Sandtigers gewesen — das liegt im Blut —, und wenn ich meinen Vater letztendlich treffe, wird es mir ein Vergnügen sein, ihm die Krallen zu zeigen und ihm zu erzählen, was ich getan habe. Er wird sicher stolz sein.«

Die Zuhörer nickten wie ein Mann: Natürlich würde der Sandtiger stolz sein.

Nur daß ich es nicht war. Nicht *stolz*. Ich war nur ... Hoolies, ich weiß nicht, was ich war. Ich fühlte mich sehr seltsam.

»Natürlich«, fügte der Junge hinzu, »habe ich mir die Schönheit meines Gesichts nicht zerstören lassen.«

Die Männer in dem Wirtshaus lachten.

Ist das mein Sohn? fragte ich mich. Hätte ich dieses Mundwerk zeugen können?

Ich verließ die Tür, betrat leise den Raum, sagte nichts und blieb hinter dem jungen Mann stehen. Es war nicht viel zu sehen: dunkelbraune Haare, die seine Schultern streiften, ein lebhaft grüngestreifter Burnus, beredte, anmutige Hände von anderer Hautfarbe als meine. Er war braun, ja, aber die Sonne hatte ihn anders gebräunt. Dunkler als einen Nordbewohner. Heller als einen Südbewohner, sogar heller als mich. Und er sprach mit fremdem Akzent, der seine südliche Sprache verfärbte.

Warum noch länger warten?

Ich atmete tief ein, um mich zu beruhigen. »Wo ich

herkomme«, sagte ich ruhig, »benennt kein Mann einen Vater, wenn er sich der Wahrheit nicht sicher ist.«

Er begann sich auf seinem Hocker umzuwenden, schwang leicht herum. Er hatte ein junges, offenes und ziemlich — wie er es genannt hatte — schönes Gesicht. »Oh, aber ich *bin* mir sicher ... ich bin der Sohn des *Sandtigers* ...« Dunkelblaue Augen weiteten sich plötzlich in verspäteter Erkenntnis.

»Ach?« fragte ich sanft.

Der junge Mann erhob sich mit einer einzigen weichen Bewegung. Ich ahnte nicht, was kommen würde.

»*Wißt* Ihr«, rief der Junge, »wie lange ich darauf gewartet habe?«

Ich bin groß und stark genug, um den meisten einzelnen Schlägen zu widerstehen, besonders wenn sie von einem kleineren, leichteren Mann kommen. Aber es stand ein Hocker hinter mir, und als der Schlag mein Kinn traf, spreizte ich zwar beide Beine, um mein Gleichgewicht zu bewahren, fiel aber prompt über das Ding.

Es war kein anmutiger Fall. Es war ein *peinlicher* Fall.

Und Del war nicht hier, um es zu sehen.

Ich setzte mich auf, rückte meine in der Scheide und dem Harnisch steckende Klinge in eine bequemere Lage und blieb fluchend sitzen. Nahm keine Notiz von dem mich anstarrenden Publikum und sah mich nach dem Jungen um, der zur Tür eilte. Er war fort, aber sie nicht.

Del schlenderte in das Wirtshaus. Ihre Ankunft hatte einen Vorteil: jetzt starrten sie sie an, anstatt mich anzustarren.

»Vaterschaft«, bemerkte sie, »kann eine schmerzliche Sache sein.«

Ich stand auf, befreite meine Beine von dem Hocker und trat das Ding beiseite. »Dieser verlogene Punjawurm ist nicht mein Sohn ... er ist ein Scharlatan!« Ich schaute sie stirnrunzelnd an. »*Du* hast gesehen, wer er ist!«

»Ja«, stimmte Del zu.

»Ich werde ihn töten«, versprach ich.

Einer der Männer erhob seine Stimme. »Ihr würdet Euren eigenen Sohn töten?«

Ich sah ihn an. »Er ist nicht mein eigener Sohn. Er ist nicht einmal Südbewohner.«

Der Mann zuckte kaum merklich die Achseln. »*Ihr* seht auch nicht wie ein Südbewohner aus.« Und dachte dann noch einmal darüber nach. »Vielleicht zur Hälfte, oder zu einem Viertel. Aber Ihr seid kein vollständiger Südbewohner. Es sind noch andere Dinge in dem Eintopf.«

Aus irgendeinem Grund verletzte mich das. Normalerweise kümmert es mich nicht sehr, wie ich aussehe oder was die Leute von mir halten. In meinem Beruf ist es unwichtig, wo ich geboren wurde oder wie vielen Rassen ich angehöre. Entscheidend ist, daß ich tanzen kann. Und siegen. Ich werde dafür bezahlt zu siegen.

Ich schaute in die Runde. »Zumindest bin ich hier *aufgewachsen*. Die Punja ist meine Heimat, aber *dieser* Junge kommt irgendwo anders her. Er ist ein verlogener, unverschämter Fremder, der meinen Namen benutzt, um *sich selbst* einen Namen zu machen.«

Der Südbewohner zuckte die Achseln. »Das schadet doch niemandem.«

Schadet niemandem. *Schadet* niemandem. Ich würde ihm ›schadet niemandem‹ *geben*.

»Tiger«, sagte Del ruhig. »Ist es einen Kampf wert?«

Nein. Nicht hier. Und nicht mit *ihm*. Wen ich wollte, war Bellin die Katze.

»Panjandrum«, murmelte ich angewidert und stolzierte aus dem Wirtshaus.

Zwölf

Dels Stimme klang ruhig. »Bist du verärgert, weil er gelogen hat? Oder weil es nicht wahr ist?«

Wir saßen in einem der zerstörten Gebäude, das als Wirtshaus diente. Weil kein richtiges Dach vorhanden war, konnte der Vollmond ungehindert hereinscheinen und bemalte den Raum mit silberner Farbe. Tropfende Kerzen und qualmende Laternen fügten weitere Beleuchtung hinzu. Es gab auch keine richtigen Tische und nichts, was an Stühle erinnert hätte, nur zusammengetragene Einzelteile, die ihren Zweck erfüllten, um darauf zu sitzen oder die Getränke darauf abzustellen. Es ähnelte sehr stark dem Wirtshaus, in dem ich Bellin entdeckt hatte.

Der sich als mein Sohn ausgab.

Ich hatte von Anfang an gewußt, daß nichts daran war. Obwohl es nicht *unmöglich* war, daß ich einen Sohn seines Alters gezeugt haben könnte, war es doch einigermaßen unwahrscheinlich. Zumindest unwahrscheinlich, daß der Junge genug wissen würde, um jedermann erzählen zu können, daß der Sandtiger ihn gezeugt hätte. Es schien wahrscheinlicher, daß, wenn es *tatsächlich* ein Sandtigerjunges im Süden gab, dieses nicht wissen würde, wer es war.

Und es würde nicht wissen, wer *ich* war.

Ich seufzte. »Ich weiß es nicht.«

Del lächelte zaghaft. »Es tut dir jetzt leid, nicht wahr? Du hast darüber nachzudenken begonnen, wie es sein könnte, einen Sohn zu haben ... hast darüber nachzudenken begonnen, wie du dich fühlen würdest, wenn du deiner eigenen Unsterblichkeit begegnen würdest, denn das ist es, was ein Kind bedeutet.« Sie hob eine Schulter und betrachtete den Alkohol anstatt mich. »Ich weiß, wie es für mich war, Kalle zu sehen, aber ich *wußte,* daß ich eine Tochter hatte. Für dich war es anders.«

Anders. So könnte man sagen.

Ich seufzte erneut, trank langsam, ließ den Aqivi meine Kehle hinablaufen. Das vertraute Brennen war gedämpft. Ich dachte an etwas anderes. »Er hätte es nicht tun sollen, Bascha. Diese Art Lüge ist nicht richtig. Wenn er sich so brennend gern einen Ruf machen will — ein *Panjandrum* sein will —, könnte er sich nach einer besseren Möglichkeit umsehen, als sich jemandes Namen zu borgen.«

»Oder sich den Namen von jemand anderem als dir borgen.«

Dumpfer Zorn regte sich. »Es hat mich zuviel Zeit gekostet, diesen Namen zu erlangen ... ich will ihn mit niemandem teilen, und ganz sicher nicht mit einem Lügner.«

»Er muß einen Grund dafür gehabt haben.«

»Dieser wo auch immer geborene Punjawurm braucht für nichts einen Grund, erinnerst du dich?« sagte ich gereizt. »Er will nur Ruhm. Also entschloß er sich, meinen zu borgen.«

Dels Tonfall klang trocken. »Du hast mehr als genug zu teilen.«

»Das ist nicht der Punkt. Der Punkt ist, daß er, Hoolies weiß *wie* lange, im Süden umhergeritten ist und, Hoolies weiß wie vielen, Leuten erzählt hat, daß er mein Sohn sei.« Ich hörte die Erregung in meiner Stimme und dämpfte sie bewußt. »Ich mag es einfach nicht.«

Del trank ihren Wein. »Wenn du ihn findest, kannst du es ihm sagen.«

»Ich *werde* ihn finden«, versprach ich. »Er kann sich nicht vor mir verbergen.«

Ihr Mund verzog sich leicht. »Er scheint in den letzten paar Wochen diesbezüglich gute Arbeit geleistet zu haben. Ich bezweifle, daß du ihn wiederfinden wirst, es sei denn, er will es.«

»Ich werde ihn finden«, wiederholte ich.

Eine Gestalt trat an unseren niedrigen ›Tisch‹. »Nun, Sandtiger«, sagte der Mann. »Ich habe gehört, daß Ihr angeheuert wurdet, um übermorgen zu tanzen.«

Ich schaute auf: Rhashad. »Das hat sich bereits herumgesprochen?« Und ich dachte, daß Esnat nicht viel Zeit vergeudet hatte, damit zu prahlen.

Der rothaarige Grenzbewohner grinste. »In ganz Iskandar. Das dauert nicht lange, wenn es um den Sandtiger geht.« Er setzte sich auf den Boden, machte sich nicht die Mühe, sich einen ›Stuhl‹ zu besorgen, und lehnte sich gegen die bröckelige Wand. Mit einer sommersprossigen Hand winkte er nach mehr Aqivi. »Ich habe vor, Geld darauf zu setzen.«

Ich zuckte die Achseln. »Es gibt noch nichts, worauf man setzen könnte ... ich habe keinen Gegner.«

Rashad zeigte große Zähne im Schatten seines rötlichen Schnurrbartes. »Sogar ich könnte dieser Gegner sein.«

Ich blinzelte nicht einmal. »Eurer Mutter würde das nicht gefallen.«

»Warum nicht?«

»Sie würde Euch nicht verlieren wollen.«

»Ha!« Rhashad hatte dieses Spiel schon zuvor gespielt. »Ich wäre mir nicht so sicher zu siegen, Sandtiger ... es heißt auch, daß Ihr nicht mehr der Tänzer sein sollt, der Ihr einmal wart.«

Ich trank sparsam. »Oh?«

Rhashad wartete, bis der gerade bestellte Krug Aqivi kam, und goß sich dann etwas davon in den Becher. »O ja. Es ist ziemlich bekannt. Der Sandtiger, so besagen die Gerüchte, hat seit Monaten nicht getanzt. Er hat seine Schnelligkeit verloren, seine Schärfe ... hat viel von seinem Feuer verloren. Wegen einer Wunde, höre ich ... einem noch nicht vollständig verheilten Schnitt.«

Ich lächelte belustigt. »Ihr habt mit Abbu gesprochen. Oder ihm *zugehört*, was noch schlimmer ist.«

Rhashad zuckte die Achseln. »Ihr kennt Abbu Bensir. Ein Teil des Grundes dafür, daß er ist, wer er ist, beruht auf dem Tanz hier oben.« Der Grenzbewohner tippte sich an den Kopf. »Ihr seid niemals ein Opfer gewesen. Ihr wißt nicht, wie das ist.«

»Abbu behauptet, was immer er will.« Ich trank mehr Aqivi. »Ihr kennt Gerüchte genausogut wie ich, Rhashad. Wie oft haben wir gehört, wie alt und langsam jemand sei — oder wie jung und ungestüm —, und haben entdeckt, wie sehr wir uns geirrt hatten?« Ich grinste und zeigte Zähne, die genauso weiß waren wie die seinen. »Das klingt für mich so, als wenn jemand — vielleicht Abbu? — versucht, bessere Bedingungen zu erzwingen.«

Der Grenzbewohner nickte. »Kein schlechter Versuch, weil Ihr *tatsächlich* nicht so gesund ausseht, wie ich Euch schon gesehen habe.« Er grinst betont zurück. »Und ja, ich kenne Gerüchte ... wie die über diesen Orakelburschen und den Jhihadi.«

Ich seufzte. »Was kommt jetzt?«

Er zuckte die Achseln. »Nur daß dieser Orakelbursche in den nächsten paar Tagen hier auftauchen soll. Morgen, oder vielleicht übermorgen. Vielleicht am Tag danach.«

»Das wird schon seit Tagen behauptet.«

»Dieses Mal sind die Gerüchte ein wenig eingehender.« Rhashad trank Aqivi. »Aber ich denke, es spielt keine Rolle. Außer natürlich, daß es einigen Einfluß auf unsere Geldbeutel haben wird.«

»Warum?« fragte Del. »Was hat das Orakel — oder der Jhihadi — mit Geld zu tun?«

»Es wird wahrscheinlich einen Krieg geben.« Er saß mit gespreizten Beinen gegen die Wand gelehnt und kämmte mit den Fingern seinen Schnurrbart. »Habt Ihr die Veränderung nicht bemerkt? Die Stämme sind alle verschwunden, das heißt: die Krieger … man sagt, daß sich alle Stammesangehörigen in den Ausläufern des Gebirges versammelt haben, um diesen Orakelburschen willkommen zu heißen. Und dann sollen sie ihn nach Iskandar hinunterbringen, damit er den Jhihadi benennen kann.«

Ich nickte nachdenklich. »Ich habe bemerkt, daß sich etwas verändert hat. Die Tanzeers heuern bewaffnete Männer an.«

»Und einige Mörder.« Rhashads Zähne wurden kurz sichtbar. »Das war noch nie mein Stil, aber das hat ihn nicht daran gehindert zu fragen.«

Ich runzelte die Stirn. »Wer hat was gefragt?«

»Ein Tanzeer hat mich um Hilfe bei der Ermordung des Orakels gebeten.« Rhashad vollführte eine Geste. »Nicht in so deutlichen Worten natürlich, aber das war der wesentliche Punkt des Gesprächs.«

Ich rieb mir die brennenden Augen. »Ich dachte mir, daß es dazu kommen könnte. Sie können es sich nicht leisten, ihn leben zu lassen … *insbesondere* wenn er die Krieger auf diese Weise aufrüttelt. Sie werden versuchen ihn zu töten, bevor er noch mehr Schaden anrichtet.«

Del schüttelte den Kopf. »Das wird einen Krieg *verursachen.*«

Rhashad wölbte die Lippen. »Einen kleinen, ja … aber wenn das Orakel sie nicht mehr aufrüttelt, werden die Stämme niemals vereint bleiben. Sie werden sich letztendlich gegenseitig bekämpfen.«

»Und die Tanzeers werden siegen.« Ich nickte. »Also heuern sie Schwerttänzer an, um ihre Wachen zu verstärken, und planen, sie gegen die Stämme einzusetzen.«

»Das ist wahrscheinlich.« Rhashad trank etwas. »Ich bin kein Mörder. Ich habe dem Gesandten des Tanzeers gesagt, ich würde mich zum Tanzen verdingen, aber nicht um einen heiligen Propheten zu ermorden. Daran war er nicht interessiert, so daß ich noch immer keine Arbeit habe.«

Del sah mich an. »Du hast Arbeit.«

»Ich habe mich zum *Tanzen* verdingt«, betonte ich. »Glaub mir, Bascha, das letzte, was ich tun würde, wäre, mich in einen heiligen Krieg *oder* in eine Ermordung zu verstricken. Es macht mir nichts aus, im Kreis mein Leben zu riskieren, weil das kein wirkliches Risiko ist ...«, das war für Rhashads Ohren gedacht »... und ich werde mich nicht verdingen, um irgend jemanden zu ermorden. Und schon gar nicht, um dieses Orakel zu ermorden.«

Rhashads blaue Augen glitzerten. »›Ein Mann, der in vielen Gegenden reitet.‹«

Del runzelte die Stirn. »Was?«

»Oh, das ist eines der Dinge, die man sich über den Jhihadi erzählt. Das und seine spezielle ›Macht‹. Da niemand weiß, wer — oder was — er wirklich ist, erfinden sie alles mögliche.«

Ich sah Del an. »So etwa hat Abbu Ajani beschrieben.«

»*Abbu* hat ihn beschrieben ...« Del brach ab und dachte sich ihr Teil. »Also kennt Abbu Ajani. Und reitet auch mit ihm? Auf beiden Seiten der Grenze?«

»Das glaube ich nicht, Bascha.«

»Woher willst du das wissen? *Ich* habe mit ihm getanzt. Ich habe ihn ein wenig kennengelernt. Abbu könnte ...«

»... viele Dinge in sich verbergen. Aber er ist kein Borjuni. Er ist kein Mörder und kein Mann, der Kinder verkauft.« Ich behielt einen ruhigen Tonfall bei. »Er sagte, daß er Ajani kennt. Aber er sagte auch, daß sie keine Freunde seien. Bezeichnest *du* jeden, den du triffst, als Freund? Oder sind es für dich alles Feinde?«

Rhashad, der nicht viel von einem Diplomaten an sich hatte, spürte die Gefahr nicht. »*Ich* bin kein Feind, Bascha ... ich wäre viel lieber ein Freund.«

Dels Tonfall zerschnitt sein Gelächter. »Kennt Ihr Ajani?«

Rhashad sah sie an. Die Belustigung verging. »Ich kenne ihn nicht. Ich weiß *von* ihm. Was ist er für Euch?«

Del war sehr kurz angebunden. »Ein Mann, den ich töten will.«

Rötliche Brauen schossen in die Höhe. »Oh, kommt, Bascha ...«

»Tut es nicht«, sagte ich bestimmt.

Er ist langsam, aber er begreift. »Oh«, sagte er schließlich. Und ging dann in eine andere Richtung davon. »Du hast mit Abbu Bensir getanzt?«

»Trainiert«, antwortete sie kurz.

Ich grinste. »So nennt *sie* es. Fragt Abbu danach. Er würde Euch erzählen, daß er sie unterrichtet hat.«

»Abbu würde keine Frau unterrichten.« Rhashad betrachtete sie nachdenklich. »*Ich* würde es jedoch. Braucht Ihr noch immer einen Shodo?«

Dels Stimme klang kalt. »Ich brauche Ajani.«

Ich setzte den Becher mit Aqivi ab. »Was du *meiner* Meinung nach brauchst ...«

Aber ich beendete den Satz nicht. Etwas kam dazwischen.

Zunächst war es nicht erkennbar. Es war Lärm, nicht mehr. Ein seltsamer, fremdartiger Lärm. Ich dachte sofort an Hunde, schob den Gedanken aber dann ungeduldig beiseite. Es klang nicht danach. Und außerdem *waren* keine Hunde mehr da.

Rhashad bewegte sich unbehaglich, beugte sich von der Wand vor, um Haltung und Gleichgewicht zu verändern. Er tat dies, ohne darüber nachzudenken, denn tief verwurzelte Gewohnheiten sind schwer abzulegen. »Was, zu den Hoolies, ist *das?*«

Ich schüttelte den Kopf. Del bewegte sich nicht.

Stille breitete sich im Wirtshaus aus. Niemand sprach. Niemand bewegte sich. Alle lauschten nur.

Es war ein schrilles, durchdringendes Klagen. Es

echote in den Vorläufern der Berge und kroch dann auf das Plateau und in die Stadt selbst.

»Stämme«, sagte ich bewußt, als sich der Lärm plötzlich änderte.

Das durchdringende Klagen veränderte seine Tonhöhe. Hunderte von Stimmen vereinigten sich in frohlokkendem Geheul.

Rhashads Augen blickten starr. »Hoolies«, keuchte er entsetzt.

Del sah mich an. »Du kennst die Stämme.«

Das war eine Aufforderung dazu, eine Erklärung abzugeben. Aber es gab nur wenig, was ich sagen konnte. »Wenn ich eine Vermutung äußern sollte«, murmelte ich schließlich, »dann würde ich sagen, daß es das Orakel ist. Sie zollen ihm Tribut ... oder bereiten sich vielleicht auf einen Angriff vor.«

»Tollkühn«, murmelte Rhashad. »Sie müßten den Randpfad heraufkommen. Das Plateau ist zu leicht zu verteidigen.«

Ich warf ihm einen schnellen Blick zu. »Wer lagert am Anfang dieses Pfades?«

»Stämme«, murmelte Del. »Aber ich glaube, daß sie immer noch in der Minderheit sind.«

»Wir kennen ihre Anzahl nicht einmal. Einige der Krieger sind vielleicht jeden Tag hier vorbeigekommen, aber die meisten haben woanders gelagert. Die *Familien* sind hier gewesen ... und einige wenige Männer, die sie beschützen sollten.«

Rhashad nickte. »Um den Anschein der Normalität zu wahren.«

Ich erhob mich und stieß meinen Stuhl zurück. »Ich denke, wir sollten zurückgehen. Alric ist wahrscheinlich bei Lena und den Mädchen, aber man weiß nie.«

Gerade als wir uns in Bewegung setzten, erstarb das Geheul. Sein Verstummen war unheimlich und seltsam beunruhigend. Dann drängte jedermann in dem Wirtshaus zur Tür hinaus.

»Komm mit, Bascha«, sagte ich. »Ich mag dieses Gefühl nicht … ein Gefühl, als würde etwas geschehen.«

Del folgte mir auf die Straße.

Etwas geschah. Es wartete, bis wir fast den ganzen Weg zu dem Haus, das wir mit Alric teilten, zurückgelegt hatten, gab uns Zeit zu atmen, wurde dann aber ungeduldig. Die Zeit des Abwartens war vorbei.

Del und ich hörten es, bevor wir es sahen. Hufschläge, dann rasendes Geschrei. Ungefähr vier Straßen weiter.

»Der Basar«, sagte Del und zog Boreal aus der Scheide. Die Klinge schimmerte im Mondlicht weiß.

Ich zog ebenfalls mein Schwert aus der Scheide, und zwar mit tiefstem Widerwillen.

Im Basar versammelten sich die Menschen. Sie kauerten sich unbehaglich in die Schatten leerer Stände und Behausungen, mochten die Unsicherheit nicht, wußten aber nicht, was sie sonst hätten tun sollen. In der Mitte des Basars, im genauen Zentrum der Stadt, hatten sich Stammesangehörige versammelt. Nicht viele. Ich zählte sechs, die alle auf Pferden saßen und bereit waren, fortzureiten. Wir waren ihnen zahlenmäßig um einiges überlegen.

Ein siebtes Pferd war gesattelt, aber nicht auf die übliche Art. Der Mann, der es ritt, war tot.

»Was sind sie?« fragte Del.

»Zwei Vashni. Ein Hanjii. Ein Tularain. Sogar zwei Salset.«

»Kennst du die Salset?«

»Ich habe *sie* gekannt. Aber sie kannten keinen Chula.«

Bewegung lief durch die Menge. Einer der Stammesangehörigen — ein Vashni — fuhr mit seiner Rede fort, deutete auf den Körper und vollführte dann barsche Gesten. Er war eindeutig zornig.

»Was sagt er?« fragte Del, denn er sprach reine Wüstensprache mit dem Dialekt der Punja.

Ich atmete geräuschvoll aus. »Er warnt uns — nein, nicht *uns*. Er warnt die Tanzeers. Der Mann — der tote Mann — hat sich in ihre Versammlung eingeschlichen und versucht, das Orakel zu ermorden, genau wie Rhashad es vorausgesagt hat. Jetzt sagt er den Tanzeers, daß sie alle Narren seien, daß das Orakel leben wird, um uns den Jhihadi zu präsentieren, genau wie er es versprochen hat.« Ich hielt inne und hörte zu. »Er sagt, sie wollten keinen Krieg. Sie wollten nur das, was ihnen rechtmäßig zusteht.«

»Den Süden«, sagte Del grimmig.

»Und den in Gras verwandelten Sand.«

Der Krieger beendete seine Rede. Er vollführte eine Geste, und einer der anderen schnitt die Seile durch, die den Leichnam auf dem Pferd gehalten hatten. Der Körper fiel mit dem Gesicht nach unten herab. Er wurde roh herumgedreht und dann von seinen Hüllen befreit, um die blutige Nacktheit und seine himmelschreiende Verstümmelung zu zeigen.

Ich mußte ein Geräusch verursacht haben. Del sah mich scharf an. »Kennst du ihn?«

»Ein Schwerttänzer«, antwortete ich verbissen. »Kein sehr guter — und *kein* sehr kluger —, aber jemand, den ich nichtsdestoweniger kannte.« Ich atmete tief ein. »Das hat er nicht verdient.«

»Er hat versucht, das Orakel zu töten.«

»Dummer, dummer Morab.« Ich berührte sie am Arm. »Laß uns gehen, Bascha. Die Botschaft ist überbracht worden.«

»Werden die Tanzeers zuhören?«

»Nein. Das bedeutet nur, daß sie versuchen müssen, unter ihren eigenen Männern einen weiteren Mörder zu finden. Kein Schwerttänzer wird diese Arbeit übernehmen. Ich bin überrascht, daß Morab sich dafür hergegeben hat.«

»Vielleicht wollte er das Geld.«

Ich warf ihr einen angewiderten Blick zu. »Es wird schwer sein, es jetzt auszugeben.«

Gerade als Del und ich in die Schatten zurücktraten, ertönten die Hufschläge erneut. Ich wußte, ohne hinsehen zu müssen, daß die Krieger hinausritten. Und Morab war tot, ein Opfer der Gier und der Dummheit. Jemand würde ihn begraben. Die Dummköpfe versammelten sich bereits.

Die Dunkelheit war dicht und tief in den Höhlungen der tiefliegenden Türen. Del und ich waren klug genug, jeden zu meiden, den wir meiden konnten, ohne uns allzu auffällig zu benehmen. Ein Kompromiß war das beste. Ein Kompromiß — und ein Schwert.

Und doch half das Schwert nicht viel, als das *Ding* quer durch meinen Sichtkreis schnitt und nur zwei Fuß von meinem Gesicht entfernt in das Holz eines Türrahmens donnerte.

»Tut mir leid«, sagte eine Stimme. »Ich wollte nur ein wenig üben.«

Er hätte es besser wissen sollen. Seine Stimme verriet mir nicht nur, wer er war, sie verriet mir auch, *wo* er war. Und ich ging schnell dorthin, um ihn zu finden.

Er grinste, trat mit federnden Schritten aus einem Eingang heraus und kam direkt über die Straße. In jeder seiner Hände lag eine Axt, die dritte steckte im Holz.

»Axt«, sagte Del ruhig und untersuchte die ins Holz gepflanzte Waffe, während ich losging, um ihrem Werfer das Handwerk zu legen.

»Oh, ich weiß«, sagte ich leichthin und kitzelte sein Kinn mit meiner Klinge.

»Wartet«, sagte Bellin.

»*Du* wartest«, sagte ich. »Was, zu den Hoolies, tust du eigentlich?«

Bellins Stimme klang verschlagen. »Ich übe«, erklärte er.

»Nicht mehr.« Ein leichter Schlag hierhin und dorthin, und die Äxte flogen aus seinen Händen. »Nein«, sagte ich nüchtern, als er sich anschickte sie aufzuheben.

Im Mondlicht wirkte sein Gesicht sehr jung. Fast zu jung, und zu hübsch. Sein Grinsen erstarb. »Ich wußte, was ich tat.«

»Ich will wissen: *warum?*«

Er sah mich unerschütterlich an und achtete nicht auf die schmerzenden Hände. »Weil ich es konnte«, belehrte er mich. »Und weil Ihr *Ihr* seid.«

Del zog die Axt aus dem Türrahmen und brachte sie zu mir herüber. »Er hätte dir die Nase abhacken können.«

Bellin die Katze lächelte. »Ich wollte nur Eure Aufmerksamkeit erringen.«

Ich betrachtete ihn abschätzend, und mir gefiel seine Haltung nicht. Also streckte ich meine linke Hand aus, packte ihn am Kragen und stieß ihn zurück an die Wand. »Du«, sagte ich, »bist ein Narr. Ein verlogener, unverschämter Narr, der Glück hat, daß er noch lebt. Ich sollte dir eine Tracht Prügel verabreichen mit drei Fuß nordischen Stahls.«

Meine Faust war unter sein Kinn gepreßt, und Bellins Gesicht sah wenig glücklich aus. Aber er klang nicht reumütig. »Ich habe Euch in dem Wirtshaus geschlagen, weil ich es mußte.«

»Oh. Und warum das?«

»Wenn ich es nicht getan *hätte,* hätten sie vielleicht begonnen, mir zu mißtrauen.«

»Wer ist ›sie‹?« fragte ich.

»Die Männer, mit denen ich reite.«

»Die Männer, mit denen du reitest, haben von dir verlangt, mich zu schlagen? Das ist schwer zu glauben.«

»Ihr kennt sie nicht.« Er schluckte sichtbar. »Wenn Ihr Eure Hand von meiner Kehle nehmen würdet, könnte ich vielleicht atmen ... und dann könnte ich es Euch erklären.«

Ich ließ ihn sofort los. »Erkläre«, sagte ich barsch, als Bellin mühsam sein Gleichgewicht wiederfand.

Er rieb heftig seine Kehle und zupfte dann sein grüngestreiftes Gewand zurecht. »Die Geschichte würde bei einem Krug Aqivi besser klingen.«

Ich hob leicht meine Klinge. »Oder bei drei Fuß Stahl.«

Bellin schaute an mir vorbei zu Del. Lächelte schwach, beäugte die Axt in ihrer Hand und schaute dann wieder zu mir. »Es war Eure Idee.«

»*Meine* Idee ...« Schnell ging ich auf ihn zu und zwang ihn zurückzuweichen. Der Eingang hinter ihm war geöffnet. Bellin stolperte hindurch. Ich folgte ihm schweigend und mit Del auf den Fersen. »Meine Idee, Panjandrum?«

»Ja.« Er blieb stehen und bewahrte Haltung. »Meine Äxte«, sagte er klagend.

Del und ich rührten uns nicht.

Bellin, der das sah, seufzte. Rieb heftig seinen Kopf, wodurch seine zerschnittene Hand schmerzte, raufte sich die Haare und schaute dann zu mir zurück. »Ihr sagtet, ich könnte mit Euch reiten, wenn ich Ajani für Euch finden würde.«

Jetzt war Del an der Reihe. »Hast du ihn gefunden?« fragte sie. »Oder ist das wieder ein Trick?«

»Kein Trick«, versicherte er uns. »Wißt Ihr, wie viele Monate es mich gekostet hat, ihn zu finden?«

»Weniger als mich«, fauchte sie. »Was ist mit Ajani?«

Bellin seufzte. Er war, wie ich immer wieder bemerkte, nicht älter als neunzehn, vielleicht zwanzig, und fremd im Süden. Ich wußte nicht viel über ihn, außer daß er Ruhm suchte und redegewandt war. Ich war überrascht, daß er noch lebte, daß niemand ihn bis jetzt getötet hatte.

Und dann erinnerte ich mich an die Äxte.

»Wir warten«, sagte ich grimmig.

Bellin nickte. »Kurz nachdem ich Euch getroffen hatte, machte ich mich auf die Suche nach Ajani. Das war die Bedingung, wie Ihr gesagt hattet. Ich beschloß, sie zu erfüllen.«

Die Axt in Dels Hand blitzte auf. »Verschwende keine Zeit, Panjandrum.«

Er sah sie an. Sah die Axt an. Überlegte, wie es sein könnte, durch seine eigene Waffe zu sterben. Zumindest *denke* ich, daß er das tat. Aber es brachte ihn wieder zum Reden.

»Man kann nicht einfach in zahllose Städte und Ansiedlungen hineinmarschieren und nach Ajani fragen«, erklärte er, obwohl Del dies auf ihre direkte Art getan hatte. »Es ist mehr als das erforderlich. Klugheit, List, ein wenig Erfindungsgabe.« Er lächelte kurz. »Es bedarf eines Mannes, der weiß, wie man eine Geschichte seinen Bedürfnissen anpaßt.«

»Der Sohn des Sandtigers«, murmelte ich.

Bellin nickte. »Was war ich anderes als ein Fremder? Ein Neuling noch dazu. Niemand würde mir die Wahrheit sagen, wenn ich erklären würde, was ich wirklich wollte. Also setzte ich ihnen eine Geschichte vor. Die Beste, die mir einfiel.« Er berührte einen Schatten an seinem Hals, und aufgereihte Krallen rasselten. »Ich gab mich als Eueren Sohn aus. Und die Leute redeten mit mir.«

»Warum?« fragte Del barsch. »Warum soviel Ärger auf sich nehmen? Du mußtest wissen, daß wir nichts von dir wollten.«

Es war direkt, aber wahr. Bellin zuckte nur die Achseln. »Aber wenn ich Euch sagen würde, was Ihr wissen wolltet, würdet Ihr mich vielleicht besser beurteilen. Geschichten würden die Runde machen. Mein Name würde darin erwähnt werden.«

»Oh, *dein* Name ist bekannt«, sagte ich, »nur daß du ihn von mir gestohlen hast.«

Er grinste. »Aber vielleicht könnte ich Euch irgendwann gewachsen sein. Ich werde einer Menge Leute gewachsen sein. Wenn sie mich erst einmal kennenlernen, mögen sie mich ziemlich gern.«

Del und ich antworteten bewußt nicht.

Bellin räusperte sich. »Euren Namen zu benutzen, hat mich bekannt gemacht, mit einem gewissen Anspruch auf Ruhm, so daß ich einige Aufmerksamkeit erringen konnte. Ich habe mir damit den Zugang zu Orten erkauft und mir gute Chancen für den Fall verschafft, daß — *wenn überhaupt* — Ajani sich meiner bewußt würde oder meiner bewußt *gemacht* würde.« Bellin zuckte die Achseln. »Es brachte mir, was ich wollte: von Ajani angeheuert zu werden. Und es brachte *Euch,* was Ihr wollt ... aber noch mehr, als Ihr jemals erwartet habt.«

Dels war kurz angebunden. »Was ist es, Panjandrum?«

»Ajani ist der Jhihadi.«

Dreizehn

»*Was?*« brach es aus mir heraus.

Del wahrte etwas mehr Fassung. »Wenn du auch nur einen Moment glaubst, wir würden solchen Unsinn glauben ...«

Bellin lächelte nur. »Es spielt keine Rolle, was einer von *Euch* glaubt, sondern nur, was jedermann sonst glaubt.«

Das brachte uns einen Moment zum Schweigen. Es war zu wahr, als daß man es hätte leugnen können.

Dann wurde Del ärgerlich. »Es ist mir egal, wie er sich nennt. Ich weiß, was er ist ... ich weiß, was er *getan* hat.«

Bellin unterbrach mich. »Aber es ist wichtig. Könnt Ihr das nicht erkennen? Ajani erhebt sich zum Jhihadi. Er wird die Leute glauben machen, daß er es ist. Wenn sie es fest genug glauben, wird er der Jhihadi *sein,* weil sie ihn dazu machen werden.«

»Du meinst ...« Ich brach einen Moment ab und dachte über all das nach, was geschehen war, seit wir zum ersten Mal von dem Jhihadi gehört hatten. »Du willst uns erzählen, daß diese ganze Scharade Ajanis Idee war? Das Orakel und alles?«

»Unmöglich«, sagte Del kurz. »Nicht wenn die Stämme darin verwickelt sind. Nicht wenn so viele Leute bereit sind, ihn Messias zu nennen.«

Bellin zuckte die Achseln. »Ich weiß nichts über Orakel und Jhihadis ... ich bin ein Fremder, erinnert Ihr Euch? Ich weiß nur, daß Ajani die Stadt zu seinem eigenen Nutzen manipuliert.«

Ich schüttelte den Kopf. »Nicht die ganze Stadt. Nicht

jeden, der hier ist. Nicht all jene Stämme, die Tanzeers und die Leute, die einen Gott brauchen. Er *kann* das nicht alles tun ... es ist einfach nicht möglich.«

Bellin seufzte. »Er hat Männer angeheuert, um die Gerüchte zu verbreiten. Ich bin einer von ihnen. Wir spazieren zwischen den Menschen umher und lassen hier und da Hinweise fallen, über die sie nachdenken sollen. Es war Ajanis Idee zu sagen, daß das Orakel in zwei Tagen ankommen soll. Weil er dann den Jhihadi präsentieren kann ...«

Del griff den Gedanken auf und nickte. »... der in Wirklichkeit Ajani sein wird.«

Ich schüttelte bedächtig den Kopf. »Da hängt zuviel dran. Es sind zu viele Leute beteiligt ... ein Mann kann nicht einfach eines Tages beschließen, daß er ein Messias werden will, und sich dann dazu ernennen. So geht es nicht.«

»Natürlich geht es so«, lachte Bellin. »Die Religion ist eine seltsame Sache. Eine *sehr* seltsame Sache ... und Ajani versteht das. Er weiß, daß ein starker Mann, wenn er sich mit ebenso ehrgeizigen Männern umgibt, seine eigene Religion aufbauen oder sich zum König erheben kann. Alles was er braucht ist ein Kern getreuer Gefolgsleute, die bereit sind zu tun, was er befiehlt, *egal* was er befiehlt, um sie dann das Wort verbreiten zu lassen.« Er vollführte eine Geste. »Das hat er bereits. Und wir haben alle die Menschenmengen vorbereitet.«

»Sula«, sagte ich ernst. »Sie sprach von den Geschichten ... von einem versprochenen Jhihadi, der den Sand in Gras verwandeln soll.«

Bellin zuckte nur die Achseln. »Wenn man etwas wahrhaftig erscheinen lassen will, greift man auf wahrhaftige Dinge zurück.«

Das war absolut unmöglich. Nicht die Idee, die ich sehr gut verstehen konnte, sondern daß er so *viele* Leute aufrütteln könnte, die bereit wären, ihn Messias zu nennen. »Er ist nur ein Borjuni ... ein im Norden geborener

Verräter. Er tötet Menschen. Entführt Kinder und verkauft sie in die Sklaverei. Willst du uns erzählen, daß Ajani die Voraussetzungen dafür hat, eine neue Religion zu gründen und sich zum *Messias* zu machen?«

Bellins Gesichtsausdruck war seltsam. »Habt Ihr Ajani schon einmal getroffen?«

»Ich habe ihn schon einmal getroffen«, sagte Del kalt.

Er spreizte die Hände. »Dann wißt Ihr Bescheid.«

»Worüber weiß ich Bescheid« fauchte sie. »Wie sehr ihn seine Arbeit erfreut?«

Bellin wich nicht aus. »Wenn Ihr ihn getroffen habt, dann wißt Ihr es.«

»Sag es *mir*«, schlug ich vor. »Ich weiß nichts.«

Der junge Mann gestikulierte heftig mit den Händen. »In der Umgangssprache der Insel würden wir ihn einen *Musarreia* nennen, einen Mann, der sehr hell strahlt, so wie der größte Stern am Himmel. Ich bin auch Seemann. Er könnte als der Polarstern bezeichnet werden, nach dem wir steuern.« Er runzelte die Stirn, denn er sah unsere Gesichter. »Versteht Ihr? Er scheint heller als jeder andere. Er ist die Flamme, und wir sind die Motten ... Ajani zieht uns alle an. Und für jene, die nicht achtgeben, wird die Flamme zur Todesfalle.«

Ich konnte nichts sagen. Aber Del konnte es.

»Er ist ein *Mörder*«, erklärte sie. »Er hat meine ganze Familie getötet und meinen Bruder an Sklavenhändler verkauft. Ich war *dabei*. Ich weiß es.«

Bellin sah sie an. Ihre Stimme war sehr ruhig, aber deshalb nicht weniger überzeugend. »Niemand sonst weiß das. Und wenn er zum Jhihadi ernannt wird, wird niemand diese Geschichte glauben.«

Dels Gesicht zeigte einen seltsamen Ausdruck, und es schmerzte fast, es zu betrachten. Es war offensichtlich, daß sie Bellin einen Lügner nennen, alles widerlegen wollte, was er gesagt hatte, denn das Eingeständnis, daß er vielleicht recht hatte, gab Ajani zusätzliche Macht. Sie hatte sechs Jahre ihres Lebens damit verbracht, ein Gefängnis für ihn zu bauen, ihn in Gewahrsam zu nehmen, bis sie sich mit ihm beschäftigen könnte. Damals war er einfach Ajani, der Mann, der ihr Leben zerstört hatte.

Jetzt war er jemand anderer. Jemand, der nicht mehr im Gefängnis war. Jemand, mit dem sie sich zu anderen Bedingungen als ihren eigenen beschäftigen mußte.

Es tat mir weh, sie anzusehen. Es tat mir weh, ihre Qual zu erkennen, den Kampf um das Verstehen. Wieder mit Ajani konfrontiert zu werden, ohne ihm leibhaftig gegenüberzustehen.

Ich steckte mein Schwert zurück, steckte es tief in die Scheide. »Ich werde die Äxte holen.« Und ging hinaus.

Als ich zurückkam, saß Bellin am Boden, gegen eine bröckelige Wand aus Ziegelsteinen gelehnt. Del ging schweigend auf und ab: Eine hellhaarige, schwarzäugige Katze, die sich gegen das Eingesperrtsein wehrte.

Ich gab Bellin seine beiden Äxte. Die andere hatte er bereits. »Bist du sicher?« fragte ich leise. »Bist du ganz sicher?«

Im Mondlicht sah er jünger aus. »Ich weiß nicht alles. Nur das, was er uns gesagt hat.« Äxte klangen zusammen, als er geschickt damit hantierte. Es waren keine schweren Hackäxte, sondern kleinere, ausgewogenere Waffen. Und gleichermaßen tödlich. »Ich bin ein Pirat«, sagte Bellin ruhig, »ein zufälliger Seemann. Ich weiß wie man sein Glück erkennt, und ich weiß, wie man es sich nimmt. Ich habe meinen Weg in dieser Welt durch einen schnellen Verstand und eine noch schnellere Zunge gemacht. Ihr habt das Ergebnis gesehen.« Sein jungenhaftes Lächeln geriet schief. »Ich habe gelernt, die Menschen unter ihrer Haut zu beurteilen. Ajanis ist dikker als die meisten.«

Ich hockte mich neben ihn. »Erzähl weiter.«

Bellin seufzte. »Ich *weiß* das nicht ... ich vermute jetzt nur. Aber ich bin schon eine Weile hier, und ich glaube, ich verstehe ein wenig davon, wie der Süden funktioniert.« Er schaute kurz zu Del, die vier Schritte entfernt in die Schatten gehüllt dastand und zuhörte. »Um im Süden Macht zu haben, muß ein Mann ein Tanzeer sein.«

»Das ist offensichtlich«, sagte ich. »Jeder weiß das.«

»Könnte ein Nordbewohner eine Domäne beanspruchen?«

»Wahrscheinlich nicht«, antwortete ich. »Selbst wenn er genug Männer hätte, um sich eine kleine Domäne zu erobern, würden die Leute ihn niemals anerkennen. Jemand anderer käme daher — jemand *Südliches*, mit mehr Männern — und würde ihn gewaltsam absetzen. Er würde seine Domäne verlieren und wahrscheinlich auch sein Leben.«

Del trat ins Licht. »Er ist ein Borjuni«, sagte sie. »Das ist er seit Jahren. Warum sollte sich das jetzt ändern?«

Bellin zuckte die Achseln. »Ajani ist vierzig Jahre alt.«

Das traf den Punkt. Ich rieb gedankenvoll meine Narbe. »Zeit für eine Veränderung«, sagte ich. »Zeit für etwas Dauerhafteres.« Stirnrunzelnd erhob ich mich und begann selbst auf und ab zu gehen, wobei ich weiter nachdachte. »In Ordnung. Sagen wir, daß Ajani ehrgeizig ist. Wir wissen, daß er es ist. Sagen wir, daß er gierig ist. Das wissen wir auch. Und sagen wir, daß er auf irgendeine Weise ein Talent dafür hat, die Menschen zu begeistern — und zu beherrschen. *Du* sagst, daß er es hat.« Ich zuckte die Achseln. »Dann können wir auch sagen, daß er mehr will als nur eine einfache Domäne. Vielleicht will er sie alle — oder zumindest einen großen Teil davon.«

»›Sagen wir‹«, wiederholte Bellin zustimmend.

Ich fuhr fort, während ich noch immer auf und ab ging. »Aber wie fängt er das an? Indem er den Feind tötet. In diesem Fall: die *Feinde.*« Ich dachte darüber nach. »Wir wissen, daß das Töten ein naheliegendes Mittel für Ajani darstellt — das hat er oft genug bewiesen —, aber er braucht auch eine Waffe. Eine besondere Art Waffe, gegen die niemand anderer ankommt. Und ich meine damit kein Schwert.«

»Menschen«, erklärte Del, die nur zu gut verstand.

»Menschen«, stimmte ich zu. »So viele Menschen, daß die Tanzeers gezwungen sind aufzugeben.«

Sie kam weiter ins Licht und ließ die Schatten hinter sich. »Er will die Stämme. Aber er weiß, daß nichts sie vereinigen kann. Nichts kann sie zu der Bereitschaft bringen, gemeinsam gegen die südlichen Tanzeers anzutreten. Das hast du oft genug gesagt.«

Ich nickte. »Also benutzt er die Religion. Die Stämme sind unglaublich abergläubisch ... er macht sich zu einem Messias, den die Stämme außerordentlich verehren werden, weil er ihnen die Dinge erzählt, die sie am dringendsten hören wollen: daß er den Sand in Gras verwandeln kann.« Ich blieb unvermittelt stehen. »Wenn er so überwältigend ist, wie Bellin vermutet, werden sie alles tun, was Ajani verlangt. Sie werden sogar einen heiligen Krieg beginnen.«

Del widersprach verzweifelt. »Er ist nur *ein Mensch.*«

Bellins Stimme klang sanft. »Sein Schein ist sehr hell.«

Die Stille war schneidend. Dann sprach ich das Offensichtliche aus: »Das ändert die Dinge.«

Del schüttelte den Kopf. »Ich habe noch immer die Absicht, ihn zu töten.«

Trocken schlug ich vor: »Dann tust du es besser heimlich.«

Das saß. »Ich bin kein Mörder, Tiger. Was ich tue, tue ich bei Tageslicht, damit jedermann es sehen kann.«

»Gut«, stimmte ich zu. »Tu es, Bascha, aber du wirst einen heiligen Krieg auslösen.«

Del machte eine barsche Geste. »Aber es *gibt* keinen Messias! Es *gibt* keinen Jhihadi. Es ist alles Lüge!«

»Hast du Bellin nicht zugehört? Hast du nicht gehört, was er gesagt hat?« Ich deutete mit dem Daumen in seine Richtung. »Es ist egal, was wir wissen oder was wir denken … nur was *sie* glauben zählt. Wenn du den Jhihadi tötest, werden sie dein Blut fordern. Sie werden *jedermanns* Blut fordern.«

»Tiger …«

»Willst du das auf dich nehmen?«

»Willst du, daß ich ihn *nicht* töte?«

»Nachdem du all diese Schwüre geleistet hast?« Ich schüttelte den Kopf. »Ich möchte nur, daß du nachdenkst.«

»Ich habe nachgedacht.« Sie sah Bellin an. »Wo *ist* Ajani?«

Der Junge zögerte nicht. »Irgendwo in den Ausläufern der Berge. Ich weiß nicht wo.«

Ihre Augen verengten sich. »Und dennoch arbeitest du für ihn.«

Bellin zuckte die Achseln. »Ich wurde nur dafür angeheuert, nach Iskandar hineinzureiten und bei der Verbreitung der Gerüchte zu helfen. Er traf sich mit uns in der Nähe von Harquhal und sagte uns, was wir tun sollten. Dann ging er fort, um sich auf seine heilige Ankunft vorzubereiten.«

»Kannst du erfahren, wo er ist?«

»Er wird in einem oder zwei Tagen *hier* sein.«

»Du hast es gehört, Tiger«, sagte sie. »Endlich einmal ergibt etwas einen Sinn.«

Wie nett von ihr, das zu sagen.

Bellin stand auf und verstaute die Äxte unter seinem Gewand. Er barg sie in einem Gürtel an seinem Rücken, wo sie unter dem bauschigen Stoff absolut nicht zu sehen waren. »Ich kann es versuchen«, sagte er. »Aber Ajani ist absichtlich fortgegangen. Er will nicht gefunden werden. Er will im Verborgenen bleiben, bis der Jhihadi erscheinen kann.«

Ich dachte über die Krieger nach, die in den Ausläufern der Berge versammelt waren. Es war wahrscheinlich, daß sie wußten, wo er war. Vielleicht war er sogar *bei* ihnen.

Dann dachte ich über den toten Morab nach, dem so viel von seiner Haut und seinen Genitalien gefehlt hatte.

Das war das Risiko nicht wert.

»Wir werden uns etwas überlegen«, murmelte ich.

Bellin grinste mich an. »Das wird der Sohn des Sandtigers auch.«

Vierzehn

Del schwieg während des ganzen Weges zurück zu der Behausung, die wir uns mit Alric teilten. Es gab nicht viel, was ich hätte sagen können, um sie aus ihrem Grübeln zu reißen. Und außerdem war ich selbst zu sehr mit Nachdenken beschäftigt.

Ajani. Der *Jhihadi?* Es war einfach nicht möglich.

Und doch ergab Bellins Erklärung durchaus einen Sinn. Ergab zuviel Sinn. Wenn das alles stimmte, waren Dels Schwüre ernsthaft gefährdet.

Offensichtlich wußte sie das. Wir gingen nicht in das Gebäude hinein, weil Del kurz vor der Tür plötzlich stehenblieb. Sich dann zur Seite wandte und halbwegs an der bröckeligen Wand zusammenbrach, die Arme fest unter ihren Brüsten verschränkt, während sie sich dagegen lehnte.

»Sechs Jahre«, sagte sie angespannt. »Sechs Jahre sind sie jetzt schon tot ... sechs Jahre bin *ich* jetzt schon tot ...« Sie rollte den Kopf in nutzloser, schmerzlicher Verzweiflung an der Wand hin und her. »Ein Messias ... ein *Messias* ... wie kann er so etwas tun?«

»Del ...«

»Er gehört *mir.* Dafür habe ich überlebt. Da*durch* habe ich überlebt. Darum habe ich nicht aufgegeben.«

»Ich weiß. Del ...«

Sie hörte nicht zu. »Den ganzen Weg nach Staal-Ysta habe ich mich am Haß genährt ... an der Rache, die mir im Namen der nordischen Götter versprochen worden war. Als ich keine Nahrung hatte, hatte ich keinen Hunger, weil da der Haß war ... als ich kein Wasser hatte, hatte ich keinen Durst, weil da immer der *Haß* war ...«

Sie hielt inne, als hätte sie sich selbst gehört und ihren Mangel an Selbstbeherrschung erkannt. Del fürchtete sich davor, die Fassung zu verlieren.

Ruhiger fuhr sie fort: »Und als ich wußte, daß da ein Kind sein würde, weidete ich mich an dem Haß ... das gab mir einen Grund zu leben. Es würde mich nicht sterben lassen. Ich *durfte* nicht sterben, weil ich meine Schwüre geleistet hatte. Das Kind würde ein Beweis sein, sogar in meinem Bauch.«

Ich sagte nichts.

Del sah mich an. »Du kannst Haß verstehen. Du hast davon gelebt, genau wie ich ... du hast von Haß erfüllt gegessen und getrunken und geschlafen ... aber du hast nicht zugelassen, daß er dich auffrißt. Du hast nicht zugelassen, daß er *du* wurde.« Sie legte beide Hände an ihr Gesicht. »Wenn Ajani mir genommen wird, dann bleibt kein *Ich* mehr übrig.«

Es schmerzte zu sehr. Es ließ meine Stimme hart werden. »Also willst du ihn trotz allem siegen lassen. Nach sechs Jahren. Nach all diesen Schwüren.«

»Du verstehst ni ...«

»Ich verstehe sehr gut, Delilah. Wie du selbst gesagt hast, habe auch ich mit dem Haß gelebt. Ich kenne seinen Geschmack, ich kenne seinen *Geruch* ... ich weiß, wie er im Bett ist. Und ich weiß, wie verlockend er ist, wie alles verschlingend ... wie *befriedigend* er anstelle eines menschlichen Partners ist.«

Dels Gesicht war knochenweiß. »Alles was ich getan habe, habe ich im Namen des Hasses getan. Ich habe eine Tochter geboren und habe sie aufgegeben ... ich habe mich in Staal ausbilden lassen ... ich habe viele Menschen getötet ...« Sie schluckte mühsam. »... ich habe versucht, mich an der Freiheit eines Mannes, an dem mir liegt, zu vergreifen ... und dann habe ich *ihn* fast getötet.«

Das beschäftigte mich einen Moment. »Nun«, sagte ich, »er hat überlebt.«

Dels Blick schwankte nicht. »Wenn er nicht überlebt hätte, hätte ich mir keine Trauer erlaubt. Ich hätte den Schmerz abgelegt und weiterhin Ajani gesucht ... allein, wie zuvor. Eine Frau, die sich vom Haß nährt und mit der Besessenheit schläft ...« Ihre Stimme versagte. Um gleich darauf wieder da zu sein. »Warum bist du hier, Tiger? Warum bleibst du bei mir?«

Ich wollte sie berühren, aber ich tat es nicht. Ich wollte mit ihr reden, aber ich konnte es nicht. Ich habe kein Talent im Umgang mit Worten. Dieser besondere Schwerttanz erforderte mehr, als wir uns beide bewußt waren. Viel mehr, als wir im Kreis mit unseren Schwertern gelernt hatten.

Als ich dazu fähig war, zuckte ich die Achseln. »Ich dachte irgendwie, du würdest bei *mir* bleiben.«

Del lächelte nicht. »Du hast keine Schwüre geleistet. Ajani ist nicht deine Verbindlichkeit.«

Müßig trat ich gegen einen Stein und ließ ihn beiseite rollen. Und trat dann an die Wand, neben Del, und lehnte mich dagegen. »Ich denke, es gibt Zeiten, in denen keine Schwüre geleistet werden *müssen*. Einige Dinge — geschehen einfach.«

Del sah mich an. Atmete dann hastig ein. »Du machst es mir schwer.«

Ich schaute unbewegt über die Straße. »Du hast Angst, nicht wahr?«

»Vor Ajani? Nein. Ich habe zu sehr gehaßt, um Angst zu haben.«

»Nein. Du hast große Angst vor dem, was danach kommt.«

Del schloß die Augen. »Ich habe Angst«, sagte sie, »daß ich nicht die Empfindungen haben werde, die ich haben sollte.«

»Welche sind das, Bascha?«

»Freude. Befriedigung. Stolz. Erleichterung. Erfüllung.« Sie öffnete die Augen wieder. Ihre Stimme war von Bitterkeit geprägt. »Die Empfindungen, die sich mit dem unbelasteten Beischlaf einstellen sollten oder die vom Haß gezeichnet sind.«

Ich sah stirnrunzelnd zu Boden. »Als ich jung war«, erzählte ich ihr, »schwor ich, einen Mann zu töten. Und ich meinte es absolut ernst. In meiner Seele war für nichts anderes mehr Platz als für Haß, für nichts anderes als diesen Schwur. Wie du, lebte auch ich davon. Ich trank davon. Ich ging jede Nacht mit ihm ins Bett und flüsterte den Sternen zu, daß ich den geleisteten Schwur einlösen würde, daß ich diesen Mann töten würde. Ich war ein Junge. Jungen schwören Dinge und halten sie niemals. Aber ich *meinte* es so ... und dieser Schwur half mir, bis zu dem Zeitpunkt zu überleben, als ein Sandtiger in das Lager kam und einige der Kinder tötete.

Dieser Schwur veranlaßte mich dazu, meinen groben Speer zu nehmen und allein in die Punja hinauszugehen, um den Sandtiger zu töten. Weil ich wußte, daß ich, wenn es mir gelänge, wenn ich den Sandtiger tötete, eine Gnade fordern könnte, und dann würde ich das bekommen, was ich mir am meisten wünschte.«

»Die Freiheit«, murmelte Del.

Ich schüttelte bedächtig den Kopf. »Eine Chance, den Shukar zu töten.«

Sie straffte sich. »Diesen alten Mann?«

»Dieser alte Mann hat mehr dazu beigetragen, das zu zerstören, was von meinem Leben übriggeblieben war, als irgend jemand sonst in dem Stamm. Und er war es, der mich überleben ließ.«

»Aber du hast ihn nicht getötet.«

»Nein. Ich war drei Tage lang krank von dem Gift. Sula sprach für mich und sagte, man schulde mir die Freiheit.« Ich zuckte die Achseln. »Ich hatte geglaubt, den Shukar zu töten, würde mir eine Freiheit verschaffen — eine Freiheit des Geistes, wenn nicht des Körpers. Es war die einzige Art, die ich gekannt hatte.«

»Aber sie haben dich statt dessen fortgeschickt.«

»Sie gaben mir die physische Freiheit. Ich war kein Chula mehr.«

»Was willst du damit sagen, Tiger?«

»Daß ich letztendlich gesiegt habe. Was der alte Mann sich am meisten gewünscht hatte, war, mich *tot* zu sehen, nicht frei ... und ich habe ihn überlistet.«

»Tiger ...«

Ich behielt einen ruhigen Tonfall bei. »Manchmal ist das, was wir wollen, nicht das Beste für uns. Egal wie sehr wir es wollen.«

Del antwortete nicht. Sie lehnte gegen die Wand, genau wie ich, und starrte in die Dunkelheit. Und sprach schließlich. »Denkst du, ich habe unrecht?«

Ich lächelte verzerrt. »Es spielt keine Rolle, was ich denke.«

Del sah mich an. »Es spielt eine Rolle«, sagte sie. »Ich wollte immer wissen, was du denkst.«

»Immer?«

»Nun, vielleicht am Anfang nicht ... nicht als wir uns zum ersten Mal trafen. Du warst unausstehlich, so selbstsicher und südlich und *männlich.*« Del lächelte leicht. »Ich dachte, daß das, was du brauchtest, ein Schlag auf den Kopf sei, um ein wenig Besinnung in dich hineinzuprügeln ... oder vielleicht die Kastrierung, damit du nicht mehr mit deiner Männlichkeit anstatt mit deinem Gehirn denken würdest.«

»Du hast keine Ahnung, was du einem Mann antun kannst, Delilah, wenn er das erste Mal ein Auge auf dich wirft. Glaube mir, kein Mann — kein *gesunder* Mann — kann dann mit etwas anderem denken.«

Del zog eine Grimasse. »Danach habe ich nie gefragt. Es ist eine Last, kein Geschenk.«

»Seltsam«, sagte ich müßig, »*ich* habe es nie als Last empfunden.«

Sie warf mir einen Blick zu. »Selbstgefälligkeit steht dir nicht.«

»Alles steht mir.«

»Sogar Chosa Dei?«

Ich runzelte die Stirn. Das Spiel war vorbei. »So weit es mich betrifft, hat er keinen Anteil daran. Er ist kein Teil von mir. Er ist nicht einmal Teil des Schwertes. Er ist nur ein Parasit.«

»Aber ein tödlicher. Und jetzt, wo wir wissen, daß Shaka Obre in keiner Weise mit diesem Jhihadi in Zusammenhang steht ...« Sie stockte. »Ich kann es noch immer nicht glauben. Ajani — ein Messias?«

Ich zuckte die Achseln. »Er ist ein Opportunist. Vielleicht ist wirklich etwas an dieser Jhihadi-Geschichte — immerhin war es der alte heilige Mann in Ysaa-den, der zuerst das Orakel und den Jhihadi erwähnt hat —, und Ajani hat einen Plan ausgeheckt, der sich auf dem begründet, was er gehört hat.«

Del schüttelte bedächtig den Kopf. »Ich kann den Mann, den ich kannte, nicht mit dem Mann, den Bellin kennt, in Einklang bringen.«

Ich dachte einen Moment darüber nach und sagte dann vorsichtig: »Bist du denn so sicher, daß du ihn mit irgend etwas in Einklang bringen kannst? Du kannst dich an Brutalität und Mord erinnern ... du hast gesehen, wie Ajani und seine Männer deine ganze Familie getötet haben. Du hast gesehen, wie Jamail mißhandelt wurde. Du hast Ajanis *Aufmerksamkeiten* erlitten. Mit fünfzehn Jahren — und unter solchen Umständen — konntest du diesen Mann auf keinen Fall richtig beurteilen. Du konntest nur *empfinden* ... und Gefühle — oder ihr Nichtvorhandensein — lassen nicht viel Objektivität zu.«

Dels Stimme klang tonlos. »Sie lassen die Fähigkeit — und das Verlangen — zu, einen Mörder zu töten.«

»Und damit sind wir wieder da, wo wir angefangen haben.« Ich richtete mich auf. »Aber vielleicht auch nicht.«

»Vielleicht auch nicht? Tiger, was willst du ...«

»Komm mit«, sagte ich bestimmt, »es gibt da jemanden, mit dem ich reden muß.«
»Jetzt? Es ist schon spät.«
»Komm mit, Bascha! Das kann nicht warten.«

Elamain dachte natürlich, ich sei gekommen, um sie zu sehen. Bis sie Del sah.
»Esnat«, sagte ich knapp.
Sabo, der uns an der Tür begrüßt hatte, ging sofort los, um seinen Herrn zu holen. Und so stand Elamain in dem Raum, eingehüllt in ihr seidiges Haar, das vorn über ihr Nachtgewand herabfloß. Die zarten Füße waren nackt. Ich empfand dies als seltsam erotisch. Dann erinnerte ich mich daran, daß für einen Südbewohner jeder Körperteil einer Frau erotisch war, da sie sie unter so vielem verbarg.
»Esnat?« echote sie.
»Geschäfte«, sagte ich kurz. »Du kannst genausogut wieder ins Bett gehen.«
Elamain warf Del einen schnellen Blick zu und sah dann wieder zurück zu mir. »Nur wenn du mitkommst.«
»Verschwendet Eure Zeit nicht«, schlug Del vor. »Er ist ein Mann, Elamain, keine zahme Katze ... und im Gegensatz zu Euch glaube ich, daß er mehr Gefühl und Integrität besitzt, als Ihr ihm zutraut. Einen Mann mit Neckerei und Tricks zu bearbeiten, ist kein Weg, ihn für sich zu gewinnen.«
Elamains Augen weiteten sich. »Wer neckt? Wer wendet Tricks an? Ich verberge nichts von dem, was ich will. Nicht mehr als Ihr, die Ihr die Waffe eines Mannes bei Euch tragt, tut, was *Ihr* wollt ...«
Aber sie konnte ihren Satz nicht beenden, weil Esnat den Raum betrat.
Er hatte geschlafen und war noch nicht vollständig wach. Er blinzelte, als er uns sah, zupfte seine Kleidung zurecht und hob die Brauen, als er Elamain gewahr wurde. Dünnes, staubfarbenes Haar, das jetzt nicht

mehr von einem Turban fast erdrückt wurde, hing lang auf schmale Schultern. Und die Flecken auf seinem Kinn waren zahlreicher geworden. Ich wurde mir immer wieder der Tatsache bewußt, daß ich für diesen Mann tanzen sollte, damit er eine Frau beeindrucken konnte.

Doch seine Werbung würde warten müssen.

»Ich verlange Ehrlichkeit«, sagte ich. »Warum seid Ihr hier?«

Sabo, Elamain und Esnat starrten mich an. Das war nicht das, was sie erwartet hatten.

»Warum?« fragte ich erneut. »Sasqaat liegt am anderen Ende der Punja. Es ist eine kleine Domäne. Warum solltet Ihr den ganzen Weg nach Iskandar auf Euch nehmen? Warum, um den Gedanken weiterzuführen, sollte *irgendein* Tanzeer kommen? Was lockt sie an?«

Etwas flackerte in Esnats Augen auf. Jetzt wußte ich, daß ich ihn genau an der richtigen Stelle erwischt hatte.

»Verschwendet keine Zeit«, sagte ich. »Ihr seid ein Tanzeer, und noch dazu kein dummer, egal was Ihr Elamain und andere glauben gemacht habt. Die Maskerade ist vorbei, Esnat. Ich will die Wahrheit hören. Dann werde ich Euch meine erzählen.«

Esnat sah sich um. Dann ließ er Kissen und Teppiche bringen. Er sank auf den nächstgelegenen Platz, gerade als auch Del und ich uns niederließen. »Das Orakel«, sagte er.

Elamain, die den Mund geöffnet hatte, um Einwände zu erheben, schloß ihn jetzt wieder. Sie runzelte die Stirn. Esnats Antwort war für sie offensichtlich unerwartet und verwirrend. Sie hatte geglaubt, daß sie aus einem völlig anderen Grund nach Iskandar gekommen seien.

Esnat gestikulierte erregt. »O Elamain, setz dich *hin.* Es hätte keinen Sinn, dich ins Bett zu schicken, denn du würdest nur an der Tür lauschen. Also setz dich hin, und halte den Mund. Vielleicht kannst du etwas lernen.« Er sah jetzt Sabo an. »Auch du, Sabo. Du kennst diesen Mann besser als ich.«

Elamain saß. Sabo saß. Esnat schaute wieder zu mir.

»Ihr seht ihn als eine Bedrohung an«, sagte ich. »Seine Verkündigungen über das Erscheinen eines Jhihadi haben jeden Tanzeer in die Angst versetzt, er könnte die Wahrheit sagen.«

Esnat nickte. »Es besteht kein Zweifel darüber, daß das Orakel die Stämme aufgerüttelt hat. Als die Nachricht kam, daß er die Ankunft des Jhihadi hier in Iskandar vorhersagte, konnte es niemand glauben. Aber die Stämme glaubten es und verließen die Punja in Massen. Das machte uns unruhig.«

»Also lagert Ihr hier oben, um diesen Jhihadi zu töten, bevor er erscheinen kann.«

Esnat schüttelte den Kopf. »*Ich* will ihn nicht töten. Ich denke, das würde die Entwicklung beschleunigen. Es gibt andere Tanzeers, die das gleiche denken wie ich, und wir wollen einen heiligen Krieg vermeiden, beziehungsweise keinen heraufbeschwören, indem wir das Orakel töten würden. Wir kamen in der Hoffnung nach Iskandar, die anderen überzeugen zu können.«

»Die anderen Tanzeers wollen Krieg?«

Er zuckte die Achseln. »Hadjib und seine Gefolgsleute halten ihn für unvermeidbar. Sie glauben, daß nichts die Stämme jetzt mehr beruhigen kann, es sei denn, das Orakel würde getötet. Ohne einen Führer, der sie vereinigen kann, werden die Stämme wieder auseinanderbrechen.« Esnat kratzte sich am Kinn und hinterließ rote Striemen. »Sie haben so viele Männer mitgebracht, wie sie anheuern konnten, und sie heuern noch weitere an. Sie glauben absolut, daß sie diesen Aufstand vor seinem richtigen Beginn niederschlagen oder aber die Stämme in einem Krieg vereinnahmen können.« Er zog eine Grimasse. »Diese Männer sind an absolute Macht gewöhnt. Sie haben keine Vorstellung von Religion oder von dem, was sie tun kann, um die Stämme zu vereinigen ... sogar die Wüstenstämme.«

Hadjib. *Hadjib.* Irgendwie kannte ich den Namen ... und dann erinnerte ich mich, woher. Lena hatte mir von einem Tanzeer erzählt, der nach mir gesucht hatte. Jetzt wußte ich warum.

»Aber Ihr versteht es *tatsächlich*«, sagte ich. »Ihr versteht, Ihr und einige andere, was geschehen könnte.«

Esnat zögerte nicht. »Es würde ein Blutbad geben.«

»Und das wollt Ihr nicht.«

»Nein. So etwas wäre schädlich.« Esnat runzelte die Stirn und schaute kurz zu Sabo, Elamain und Del. »Die Stämme stellen keine Bedrohung für uns dar, wenn sie so bleiben, wie sie seit Jahrzehnten sind: isolierte, unabhängige Rassen ohne richtige Heimat, die einfach im Süden umherziehen. Aber wenn sie sich aufgrund eines gemeinsamen Ziels, das vom Glauben motiviert wird, vereinigen, werden sie zu dem größten Feind, den wir uns vorstellen können. Sie werden im Namen ihres Jhihadi mit Freuden sterben, weil sie glauben, daß das, was sie tun, zur Erlangung göttlicher Gunst geschieht ... diese Art Fanatismus kann den Süden zerstören. Für uns — und für jedermann — bleibt es besser so, wie es ist.«

»Die Stämme könnten anderer Meinung sein.«

Esnat zuckte die Achseln. »Sie waren zufrieden mit ihrem Leben, wie Ihr sehr wohl wißt ... wenn das Orakel nicht aufgetaucht wäre, wären sie jetzt nicht hier.«

»Sie glauben«, sagte ich ruhig, »daß dieser Jhihadi den Sand in Gras verwandeln wird.«

»Das spielt keine Rolle«, sagte Esnat. »Ihr und ich wissen, daß so etwas unmöglich ist.«

»Magie«, sagte Del leise.

Esnat sah sie an. Er musterte sie schnell und lächelte dann. »Ihr habt Euren eigenen Anteil an der Magie, Bascha, und der Sandtiger auch. Aber Ihr werdet sicherlich erkennen, was notwendig wäre, um den Süden zu verändern. Ich glaube nicht, daß solche Magie noch existiert, wenn sie überhaupt jemals existiert hat.«

»Macht Euch keine Gedanken um die Magie«, sagte ich. »Es gibt noch etwas anderes, um das wir uns Gedanken machen müssen.« Ich rückte mich auf dem Kissen zurecht. »Esnat, was würdet Ihr und die anderen sagen, wenn ich Euch erzählte, daß es keinen Jhihadi gibt?«

Er lächelte schief. »Daß wir alle eines Geistes sind. Aber was würde das nützen? Hadjib und seine Gefolgsleute kümmert es nicht, ob der Jhihadi existiert oder nicht.«

Ich beugte mich ein wenig vor. »Was wäre, wenn ich Euch erzählte, daß ein Mann hinter diesem heiligen Krieg steht, kein wirklicher Jhihadi? Nur ein Mann wie Ihr und ich, aber ein sehr gerissener. Ein Mann, der die Stämme sehr geschickt glauben gemacht hat, daß er der Jhihadi sei, damit er Macht erlangen kann.«

Esnats Augen weiteten sich. »Ein einzelner Mann?«

»Ein einzelner Nordbewohner mit einem Talent, andere zu begeistern.«

Er saß verblüfft da und dachte darüber nach. Dachte daran, was es bedeuten könnte. »Aber diese *Gewaltigkeit* ...« Er brach ab. »Es ist unmöglich.«

»Ist es das? Denkt darüber nach. Ein Mann heuert einen anderen Mann an und nennt ihn ein ›Orakel‹. Er sendet ihn mit einer Botschaft, die Nomadenvölker anspricht, zu einigen der Stämme aus. Dieser Jhihadi, so sagt das Orakel, kann Sand in Gras verwandeln, so daß die Stämme wieder im Überfluß leben könnten. Die Stämme werden wieder *Macht* kennen.«

Esnat sagte nichts.

»Nach einiger Zeit verbreiten die Stämme selbst diese Kunde in der Punja und vielleicht sogar im ganzen Süden. Nach und nach bereitet dieses ›Orakel‹ den Boden vor, und vielleicht schlägt die Saat Wurzeln. Vielleicht trägt sie sogar Früchte.«

»Ein Mann«, murmelte Esnat.

»Ajani«, sagte ich. »Ein nordischer Borjuni, ein Mann, der sehr hell strahlt.«

Stirnrunzelnd rieb Esnat sein Kinn. »Hadjib würde nicht zuhören«, murmelte er. »Wir haben es versucht, wir alle. Sie mißachten das Wissen, das wir ihnen anbieten. Es sind zornige, mächtige Männer, die nicht bereit sind, einen Kompromiß in Erwägung zu ziehen, wenn der Krieg eine andere Möglichkeit ist.« Er sah mich offen an. »Sie wollen diesen Krieg, Sandtiger. Sie wollen ihn in Iskandar führen, damit keine Domänen bedroht werden.«

»Mehr als nur Domänen werden bedroht«, erklärte ich. »Für Karawanen stehen die Dinge in der Punja schlecht genug, ganz zu schweigen davon, wenn Borjuni und einige wenige feindselige Stämme Einfluß bekämen. Wenn sich die Stämme vollkommen auflehnten, könnten sie alle Karawanenrouten unterbinden. *Das* würde die Domänen genauso zerstören wie alles andere.« Ich schüttelte den Kopf. »Einige würden überleben, ja, aber nicht die kleinen, die so sehr vom Handel abhängig sind. Was ist mit Sasqaat? Ihr versorgt Eure Leute durch den Handel nach außen, nicht wahr?«

»Natürlich. Sasqaat würde ohne Handel untergehen.«

»Also dann?«

»Also dann«, wiederholte er. »Was können wir tun, wenn die anderen Tanzeers uns nicht zuhören? Wir können sie nicht einfach nach Hause schicken, obwohl das das Beste wäre.«

»Fordert sie heraus«, schlug Del vor.

Esnat sah sie blinzelnd an. »Was meint Ihr mit ›herausfordern‹?«

Ihre Stimme klang sehr ruhig. »Dies ist der Süden, nicht wahr? Wo die Dinge im Leben eines Tanzeers sehr häufig durch einen Schwerttanz entschieden werden. Zwei Männer, die für einen einzigen Zweck angeheuert werden: um Differenzen zu bereinigen. Um ein Herrschen mit dem Schwert zu ermöglichen. Um einen einzigen zum Sieger zu erklären.«

»Südliche Tradition«, sagte ich, »kann eine sehr mächtige Sache sein.«

Esnat sah uns an. »Sie haben bereits versucht, das Orakel zu ermorden.«

»*Wenn* es ein Orakel gibt«, stimmte ich zu. »Ajani hat ihn vielleicht schon seiner Pflichten enthoben. Und ich habe keinerlei Zweifel daran, daß er sich, wenn er sich den Stämmen als der Jhihadi präsentiert hat — oder es zumindest plant —, mit Wachen umgeben wird.« Ich schüttelte den Kopf. »Heute nacht haben wir bereits gesehen, was die Stämme zu tun bereit sind, um ihr Orakel zu beschützen. Für den Jhihadi werden sie noch Schlimmeres tun. Ich glaube nicht, daß die Tanzeers noch jemand anderen finden werden, der bereit wäre, dieses Risiko auf sich zu nehmen.«

»Aber es gibt noch andere Möglichkeiten. Und danach werden sie suchen.«

Ich schüttelte den Kopf. »Nicht wenn eine Regierung, die auf dem Ausgang eines traditionellen Schwerttanzes basiert, Eurer Seite die Gelegenheit gegeben hat, sie offen herauszufordern und das Orakel und den Jhihadi für sicher zu erklären. Wenn alle Tanzeers wachsam wären — auf beiden Seiten — und zustimmen würden, den Ausgang abzuwarten, könnte man den Krieg beenden, bevor er überhaupt begonnen hat.«

»*Wenn* wir siegen würden«, sagte er.

»Das ist immer ein Risiko«, stimmte ich zu. »Wenn Hadjibs Gruppe siegen würde, müßtet ihr sie tun lassen, was immer sie wollte. Ihr hättet kein Mitspracherecht bei ihren Plänen, selbst wenn diese Mord einschlössen.«

Er klang nachdenklich. »Aber wenn sie *verlören*, könnten wir sie nach Hause schicken.«

»Und wahrscheinlich noch mehr Gewalt verhindern.«

Esnat runzelte die Stirn. »Aber die *Stämme* ... niemand kann mit Sicherheit voraussagen, was sie tun werden.«

»Nein. Aber wenn Ajani in den Hintergrund verbannt wird und alle Tanzeers nach Hause ziehen, wird er einiges an Macht verlieren. Wenn sie fortgingen, glaube ich nicht, daß Ajani die Stämme lange genug zusammenhalten könnte, damit er durch den ganzen Süden ziehen und Domänen für sich selbst erobern könnte. Die Stämme würden letztendlich zu streiten beginnen.«

Ich schüttelte den Kopf. »Nach allem was wir wissen, war es Ajanis Idee, so viele Tanzeers wie möglich hier nach Iskandar zu locken. An einem Ort zusammengebracht, hat man die Tanzeers gut im Griff. Wenn sie in alle Winde verstreut sind, ist das nicht möglich. Genau wie bei den Stämmen.«

Esnat beobachtete mich genau. »Er spielt den einen gegen den anderen aus.«

»Der Trick ist, Ajanis Plan zu vereiteln. Die anderen Tanzeers zum Rückzug zu zwingen, würde genügen. Wenn Eure Seite den Tanz gewänne und alle anderen Tanzeers nach Hause ziehen würden, wäre die halbe Schlacht gewonnen, ohne daß ein Schwert gezogen werden müßte, außer jenen im Kreis.« Ich zuckte die Achseln. »Vielleicht sogar die ganze Schlacht.«

Esnat dachte darüber nach. »Wenn ich mit den anderen, die so empfinden wie ich, reden würde und sie einverstanden wären ... wir müßten die richtigen Worte finden, die Art Worte, die die anderen Tanzeers veranlassen würden, solch eine Herausforderung anzunehmen ...«

Ich unterbrach ihn. »Macht es zu einer formellen Herausforderung Hadjibs. Wenn er das Gefühl hätte, daß er die für den Krieg stimmende Gruppe unter sich hat, würde sein Stolz es erfordern, daß er persönlich auf die Herausforderung reagiert. Ich kann Euch die rituellen

Formulierungen nennen, die es erfordern werden, daß er die Herausforderung annimmt.«

Esnat fuhr fort, wobei er meinen Vorschlag vorbehaltlos in seinen Plan einfügte. »... und dann einen Schwerttänzer anheuern, der diesen Tanz wert ist, einen, der das Risiko wert ist, weil es kein Risiko *wäre*, wenn wir sicher wären, daß er siegen könnte ...« Ein eindringlicher Blick brauner Augen. »Werdet Ihr es tun, Sandtiger?«

Ich lächelte. Es entsprach nicht meiner Art, eine solch glänzende Gelegenheit ungenutzt zu lassen. »Ihr habt mich bereits zum Tanzen angeheuert, in der Hoffnung, eine Frau zu beeindrucken. Dafür habt Ihr mir ein sehr großzügiges ...«

Esnat machte sich nicht die Mühe, mich zu Ende anzuhören. »Geld«, sagte er abwehrend. »Dafür werdet Ihr eine Domäne erhalten.«

Elamain keuchte. »Das kannst du tun?«

Esnat lächelte sie an. »Ich kann viele Dinge tun.«

»Aber ... eine ganze *Domäne?*«

Er hob eine staubfarbene Augenbraue. »Ich denke, einen Krieg aufzuhalten, wäre die Kosten wert.«

Elamain sah mich an. Dann sah sie Esnat an.

Sabo grinste nur.

Möge die Sonne auf sein Haupt scheinen.

Später — tatsächlich *sehr* viel später — saß ich da und sann über meine Zukunft nach, wobei ich müßig an einer Kniescheibe kratzte. Ich vermute, daß das Kratzen ein Geräusch verursachte, weil Del sich umdrehte.

»Tiger, kannst du nicht schlafen?«

»Nein. Ich sitze hier und denke darüber nach, wie es ist, ein Tanzeer zu sein.«

»›Ist‹?« fragte sie ironisch. »*Du* bist dir deiner sicher.«

»Warum sollte ich es nicht sein? Ich bin der beste Schwerttänzer im Süden.«

»Der seit Monaten nicht getanzt hat.«

»Ich habe gegen Nabir getanzt.«
»Du hast mit Nabir *trainiert.*«
»Außerdem habe ich dieses Schwert.«
»Das niemals bei einem Tanz zu gebrauchen du geschworen hast.«
Ich beschloß, nicht zu antworten. Es schien, als habe Del jedesmal, wenn ich etwas sagte, eine Erwiderung parat.
Was bedeutete, daß wir wieder normal miteinander verkehrten.
Ich saß in unserem Raum gegen die bröckelige Wand gelehnt. Del lag, in Decken eingekuschelt, neben mir, und es war nicht viel mehr von ihr zu sehen als ein wenig Haar, helles Glänzen im Mondlicht. Nebenan schnarchte Alric. Ich hatte versucht zu schlafen, aber es war mir nicht gelungen. Zu viele Gedanken schossen mir durch den Kopf.
Ich: ein Tanzeer. Ein zum Tanzeer gewordener Schwerttänzer. Angesichts meiner Herkunft war es beinahe unmöglich, sich das vorzustellen. Ein Baby, das in der Wüste zurückgelassen wurde, um zu sterben, von Leuten geboren, die niemand kannte. Und dann ein Sklave, Gefangener der Salset. Und schließlich ein Mörder. Ein Mann, der von seinem Schwert lebte.
Ich: ein Tanzeer. Das brachte mich fast zum Lachen.
Ich streckte die Beine aus und beeinflußte die Stellung meiner Knie vorsichtig von innen, indem ich Sehnen und Knorpel durch innere Muskelkontrolle bewegte. Ich hörte das dumpfe Knacken, die krachenden Geräusche, spürte das Einrasten, das Gleiten an den richtigen Platz. Ich würde meine Knie zum Tanzen brauchen. Ich wünschte, ich wäre ein wenig jünger.
Del, deren Kopf nahe bei meinen Beinen lag, schlug eine Decke zurück. »Das klingt furchtbar.«
»Du solltest erst einmal den Rest von mir hören.«
»*Ich* klinge nicht so.«
»Du bist nicht alt genug dazu.« Kein ermutigender

Gedanke, außer vielleicht für Del. »Sei leise, solange du es kannst.«

»Ich habe einen Finger, der knackt.« Del demonstierte es. »Ich habe ihn mir auf Staal-Ysta einmal gebrochen.«

»Hoolies, ich habe mir einige Finger und Zehen so oft gebrochen, daß ich mich nicht einmal mehr daran erinnern kann, welche es waren.« Ich schaute auf den noch immer verbundenen kleinen Finger, den der Hengst zu verspeisen versucht hatte. »Außer diesem. An diesen erinnere ich mich.«

»Der ist nicht einmal gebrochen.« Del bewegte sich und rollte sich wieder auf den Rücken. »Vielleicht wird es eine gute Sache werden, das mit dieser Domäne. Vielleicht ist es an der Zeit, daß du dich irgendwo niederläßt. Kein Herumziehen mehr, kein Tanzen mehr ... keine gebrochenen Knochen mehr.«

Mich niederlassen. Ich. So hatte ich es noch nicht betrachtet. Ich hatte erst einmal nur über die Dinge nachgedacht, die sich aus dem Titel ergaben. Geld. Ein eigenes Zuhause. Einen Stall für den Hengst. Leute, die kochen und saubermachen würden. Aqivi, wann immer ich wollte. Vielleicht sogar einen Harem.

Ich warf Del einen Blick zu.

Vielleicht doch keinen Harem.

Ich rutschte an der Wand herab, streckte mich wieder auf meinem Schlafplatz aus und deckte mich zu. Del lag sehr nahe. Ihr Haar verfing sich in meinen Bartstoppeln. Ich zupfte es fort und glitt ein wenig näher an sie heran. Dachte daran, wie es so viele Jahre lang, in denen ich die Nächte und Tage mit niemandem geteilt hatte, gewesen war.

Die Frage tauchte erneut auf. »Bascha, was wirst du tun, wenn Ajani erst einmal tot ist?«

»Frag mich das, wenn er tot ist.«

»Del ...«

»Ich werde ihn morgen aufstöbern. Frag mich morgen abend.«

Ihre Stimme klang entschlossen. Sie wollte keine Fragen mehr hören und im besonderen keine über Ajani. Ich sah, wie sie die Augen schloß.

»Bascha ...«

»Schlafe jetzt, Tiger. Du bist älter als ich. Du brauchst deinen Schlaf.«

Ich lag lange Zeit in betrübtem Schweigen da und versuchte, eine entsprechend treffende Erwiderung zu ersinnen. Aber als ich sie gefunden hatte, war Del bereits fest eingeschlafen.

Also lag ich hellwach und mit offenen Augen da, starrte in die Dunkelheit und hegte unbarmherzige Gedanken bezüglich der Frau an meiner Seite und des schnarchenden Alric und der schlafenden Lena und der Mädchen.

Warum denken Menschen, die keinerlei Probleme mit dem Einschlafen haben, daß es für jeden anderen auch leicht sei?

Das ist einfach ungerecht.

Wenn ich Tanzeer wäre, würde ich jedermann zum Wachbleiben zwingen, bis ich selbst eingeschlafen wäre.

Wenn ich ein Tanzeer wäre?

Hoolies ... ich könnte es bald sein.

Wenn es mir gelänge, den Tanz zu gewinnen.

Fünfzehn

Ich ging hinaus, um den Kreis zu begutachten, und dort fand er mich.

Seine Worte waren fast schon ein Ritual. »Ich wurde gesandt, um Euch zu sagen, daß mein Herr Hadjib die formelle Herausforderung Lord Esnats annimmt. Sein persönlicher Schwerttänzer wird Euch im Kreis treffen, wenn die Sonne direkt darüber steht.«

Was uns nicht viel Zeit ließ. Es war bereits mitten am Vormittag. »Versteht Euer Herr Hadjib die Herausforderung richtig? Daß, falls ich den Tanz gewinne, er und seine Gefolgsleute Iskandar sofort verlassen und in ihre Domänen zurückkehren müssen?«

»Er versteht diese Herausforderung richtig. Mein Herr Hadjib schwört, daß kein Tropfen Blut vergossen werden soll, wenn er und seine Gefolgsleute genötigt sein werden, Iskandar zu verlassen. Und er läßt im Gegenzug fragen, ob Euer Lord Esnat seinen Anteil an der Herausforderung versteht, falls *Ihr* den Tanz verliert.«

»Lord Esnat versteht die Herausforderung gänzlich. Sollte ich den Tanz verlieren, werden sich Esnat und seine Gefolgsleute so an dem Kampf beteiligen, wie es Hadjib befiehlt.«

Einfache Bedingungen, die verständlich waren. Es war kein Tanz auf Leben und Tod, es ging nur um den Sieg.

Das Ritual war beendet. Es gab keinen Grund mehr für Förmlichkeiten.

»Also«, sagte ich freundlich, »habt Ihr Lust auf einen Becher Aqivi?«

Er lächelte. »Ich glaube nicht.«

Ich sah dunkle Augen, tief in sein Gesicht eingegrabene Linien, den eingekerbten Nasenrücken. Erinnerte mich an das, was ich empfunden hatte, als ich ihm fast die Kehle zerquetscht hatte.

»Zu schade«, sagte ich leichthin. »Ihr hättet vielleicht Gefallen daran gefunden, unsere phantastischen Geschichten nachzuerzählen.«

Abbu Bensirs Lächeln verstärkte sich. »Oh, ich denke, wir werden eine neue und bessere Geschichte zu erzählen haben, wenn dieser Tag vorüber ist. Und ebenso der restliche Süden.«

Ich schüttelte leicht den Kopf. »Das ist nicht Eure Art Tanz. Was haben sie Euch versprochen?«

»Jeder Tanz ist meine Art von Tanz. Ihr wißt es besser, Sandtiger.« Er grinste. »Was sie mir versprochen haben? Eine Domäne für mich allein.«

Ich blinzelte. »Euch auch?«

Eine silbern getupfte Augenbraue wölbte sich. »Ein beliebtes Geschenk, diese Domäne. Ich frage mich, ob es dieselbe ist.«

»Das würden sie nicht tun.«

»Sie könnten es tun. Traut Ihr Eurem Tanzeer?«

»Traut Ihr Eurem? Er hat versucht, *mich* anzuheuern.«

»Nicht dafür.«

»Nein. Er wollte einen Mörder.«

»Ah. Ich verstehe.« Abbu rieb sich die Nase. »Ich denke, darüber sind wir hinaus, seinem Tanz nach zu urteilen. Was denkt Ihr?«

Ich runzelte die Stirn. »Warum sagt Ihr das?«

»Ihr habt bei den Salset gelebt. Ihr wißt, wie die Stämme sind. Ich könnte wetten, daß Ihr einen heiligen Krieg vermeiden wollt, da Ihr Euch sehr gut vorstellen könnt, wie schmutzig ein solcher Krieg wäre.«

»Schmutzig«, bestätigte ich. »Das ist gut ausgedrückt.«

»Andererseits mache ich mir nicht wirklich Sorgen

darum. Soweit es mich betrifft, sind die Stämme nichts anderes als Parasiten, die uns das Wasser aus dem Mund stehlen. Es bliebe besser für uns, das wenige, das es gibt.«

»Also könntet Ihr genausogut diesen Tanz *gewinnen*, damit Ihr einige Krieger töten könnt.«

»Ich könnte genausogut *jeden* Tanz gewinnen, Sandtiger. Aber ich muß zugeben, daß Euch zu treffen alles nur um so süßer macht.«

»Endlich«, sagte ich.

»Endlich«, stimmte er zu.

Wonach uns nicht viel mehr zu sagen blieb. Wir gingen beide davon.

* * *

Ich saß draußen im Schatten gegen die Mauer gelehnt. Die Sonne stieg in den Himmel auf, und jedermann beobachtete sie aufmerksam. Wenn sie erst einmal über uns stehen würde, würden wir uns alle zum Kreis begeben.

Massou beobachtete mich. »Werdet Ihr sterben?«

Adara war natürlich entsetzt, aber ich winkte ab.

»Es ist eine ehrliche Frage«, belehrte ich sie, »und ich werfe ihm nicht vor, daß er sie gestellt hat. Er ist nur neugierig.«

Adaras grüne Augen starrten wie gebannt auf die Bewegung meiner Hand und meines Armes, als ich sorgfältig mein Schwert schliff. »Er hat kein *Recht* ...«

»Ich hätte in seinem Alter dasselbe gefragt.« Wenn es mir erlaubt gewesen wäre, überhaupt etwas zu fragen. »Nein, Massou, ich werde nicht sterben. Es ist kein Tanz auf Leben und Tod. Es geht nur um den Sieg.«

Er dachte darüber nach. »Gut. Aber ich würde lieber Del tanzen sehen.«

Das traf mich ein wenig. »Warum?«

»Weil sie besser ist.«

Del, die nicht weit entfernt an der Mauer lehnte, lächelte und versuchte dann, es hinter einer Maske kühler Gleichgültigkeit zu verbergen.

Ich sah sie kurz stirnrunzelnd an und schaute dann zurück zu dem Jungen. »Das kommt nur daher, daß ich nicht in Hochform war, als du mich beim Üben gesehen hast.«

Dels Stimme klang trocken. »Du bist auch *jetzt* nicht in Hochform.«

»Gut genug für Abbu.«

Alric stand im Eingang. »Seid Ihr das?« fragte er ernst. »Abbu Bensir ist gut.«

»Und ich bin nicht gerade *schlecht.*«

Wieder Dels Stimme: »Aber nicht so gut, wie du einmal warst.«

»Und außerdem ist es ja nicht so, als hätte ich noch niemals zuvor gegen ihn getanzt. Ich bin derjenige, der ihm diese Halsverletzung zugefügt hat.«

Del erneut: »Mit einem hölzernen Schwert.«

Ich hörte auf, die Klinge zu schleifen. »In Ordnung, was ist los? *Willst* du, daß ich verliere? Ist es das, warum du so erpicht darauf bist, mein Selbstvertrauen zu erschüttern?«

Del lächelte. »Dein Selbstvertrauen erscheint mir unerschütterlich. Ich zweifle nur an deiner Bereitschaft zu erkennen, daß du nicht in der richtigen Verfassung bist.«

»Es geht mir gut.«

»Gut ist nicht genug.« Del rückte von der Mauer ab und richtete sich auf. »Ich will nicht, daß du in diesen Kreis spazierst und denkst, Abbu hätte keine Chance. Er ist gut, Tiger — ich habe selbst mit ihm trainiert. Du bist auch gut — ich habe selbst mit dir *getanzt.* Aber wenn du dich weigerst, die Wahrheit in dieser Sache zu erkennen, hast du verloren, bevor es begonnen hat.«

»Ich habe nicht die Absicht, in den Kreis einzutreten, ohne Vorsicht walten zu lassen, wenn du das befürchtest. Hoolies, Bascha, du denkst anscheinend, ich hätte noch nie zuvor getanzt!«

Del sah mich direkt an. »Wie oft bist du im Kreis verwundet worden?«

»Häufiger, als ich zählen kann.«

»Wie oft bist du im Kreis *ernsthaft* verwundet worden?«

Ich zuckte die Achseln. »Zwei- oder dreimal vermutlich. Das passiert uns allen.«

»Und wie oft warst du im Kreis dem Tod sehr nahe?«

»In Ordnung«, sagte ich, »einmal. Das weißt du genausogut wie ich.«

»Und du hast seitdem keinen richtigen Tanz mehr getanzt.«

Ich fühlte mich plötzlich angegriffen. »Ich habe keine Angst, wenn du das meinst.«

Del lächelte nicht. »Natürlich hast du Angst.«

»Del ...«

»Ich habe es gesehen, Tiger. Ich war in dem Kreis, erinnerst du dich? Als du das letzte Mal versucht hast zu tanzen, hat die Angst dich hinausgetrieben.«

Ich vergaß Massou und Adara und Alric völlig. »Das war Angst um *dich!* Es hatte nichts mit mir zu tun.« Ich sah sie ärgerlich an. »Du hast keine Vorstellung davon, wie es für mich war, als ich dich auf dem Boden dahingestreckt und mit Stahl in den Rippen liegen sah. Du weißt nicht, was ich empfunden habe. Du weißt nicht, was ich gedacht habe. Als ich auf dem Weg nach Ysaaden' in diesen Kreis eingetreten bin, war ich wieder in Staal-Ysta. Ich konnte nur an diesen Tanz denken, und ich hatte Angst, es könnte wieder geschehen.«

Del zog Boreal. »Dann tanze jetzt mit mir.«

»*Jetzt?* Bist du sandkrank? Und außerdem sollst du dich mit Bellin treffen, erinnerst du dich? Er wird Informationen über Ajani für dich haben.«

»Nein«, sagte sie kühl. »Aufwärmung wird dir guttun. Es wird alle deine Muskeln lockern ... und deine geräuschvollen Knie ruhigstellen.«

»Oh, *gut*«, erklang es von Massou, bevor Adara ihn zum Schweigen bringen konnte.

Hoolies, Hoolies, Hoolies. Ich will das nicht!

Also sage Bascha ab.

Nicht so leicht, das zu tun.

Besonders wenn sie recht hat.

Ich säuberte die Klinge. Schaute zur Sonne auf. Wußte, daß wir die Zeit hatten. »Alric?«

Er nickte. »Ich spiele den Schiedsrichter.«

Adara zog Massou unter widerspenstigem Maulen gewaltsam zum Ende der Gasse. Er zappelte natürlich, aber sie ließ ihn nicht los. Er beruhigte sich schließlich, denn sie drohte ihm damit, ihn ganz wegzubringen, wenn er nicht den Mund hielte.

Es war kein Kreis erforderlich, also machten wir uns nicht die Mühe, einen zu ziehen. Wir standen uns nur schweigend gegenüber, maßen uns und hegten ganz persönliche Gedanken.

Meine waren nicht sehr glücklich. Ich weiß nicht, *was* sie dachte.

»Tanzt«, sagte Alric.

Hoolies, aber ich will nicht ...

Zu spät, Tiger. Du kannst nichts anderes mehr tun als tanzen.

Nichts anderes mehr tun als *singen* ...

Nein ... sing nicht ...

Gib Chosa Dei nicht die Chance ...

Nordischer Stahl klirrte. Das Geräusch erfüllte die Gasse. Lockere dich, dachte ich. *Lockere* dich ...

Dels Klinge blitzte auf. In die Schatten und wieder heraus; sie schnitt die Sonne entzwei. Zerbrach das Tageslicht mit dem Glanz magischen Stahls.

Ihr Götter, sie kann tanzen ...

Nun, ich kann es auch.

Meine Füße bewegten sich nach ihrem eigenen

Rhythmus. Ich spürte die Anpassung meiner Muskeln, die zu lange vom Kreis ferngehalten worden waren, das Schärferwerden des Blicks. Die Konzentration kehrte schnell zurück, schloß die Gasse, die Sonne und die anderen, die sich versammelt hatten, aus. Ich sah nur Del. Ich hörte nur Del: das Schürfen ihrer Füße, das Sirren ihres Stahls, das geräuschvolle Atmen.

Dies ist der wahre Tanz, bei dem zwei perfekt ausgewogene Hälften letztendlich zusammenkommen und ein vollständiges Ganzes bilden. Dies ist der Tanz des Lebens, des Todes, des Fortbestandes, die Welt innerhalb von sieben Schritten. Nichts anderes existiert. Nichts ist so wichtig. Nichts kann das Bedürfnis so befriedigen wie ein richtiger Schwerttanz, der mit dem richtigen Gegner getanzt wird.

Es gibt nichts anderes für mich.

Ah, ja, Bascha ... zeig mir, wie man tanzt.

Und dann, plötzlich, erwachte mein schlafendes Schwert. Chosa Dei erwachte. Ich spürte ihn von dem Ort, wo immer er lebte, durch die Klinge schwärmen. Spürte, wie er meine Kraft erforschte. Spürte, wie er sich sammelte. Wußte, was er vorhatte.

Verwirrung schwächte den Blick, sickerte durch die Konzentration: Aber ich habe nicht gesungen. Ich habe nicht einmal daran *gedacht* zu singen.

Chosa Dei kümmerte sich nicht darum. Chosa Dei war erwacht.

O Bascha ... *Bascha ...*

Sie spürte es in den Schwertern. Schmeckte es in der Luft, in dem beißenden Geruch der Magie. Und riß ihre Klinge von meiner los, trat zwei Schritte zurück. »Setze es gezielt ein!« schrie sie. »Steuere es! Du hast die Macht. *Gebrauche* sie!«

Ich konnte spüren, wie es — wie *er* — versuchte, das Schwert zu verlassen. Versuchte, die Klinge zum Heft hinaufzukriechen, wo er Kontakt mit meinen Händen bekommen könnte. Wenn dieser Kontakt erst einmal hergestellt wäre, wäre ich verloren, weil mein Fleisch viel zu schwach ist. Er hatte fast Nabir vereinnahmt — er *hatte* Nabir vereinnahmt —, er hatte Nabirs Füße vernichtet ...

Was würde er mir antun?

Ich stand in der Mitte der Gasse, umklammerte die Blutklinge und fragte mich, wie ich sie bekämpfen sollte. Wie ich sie *besiegen* sollte, bevor sie mich besiegte.

»Steuere sie«, wiederholte Del. »Du hast die Kraft. Gebrauche sie!«

Macht, hatte sie gesagt. Kraft.

Die Klinge wurde schwarz.

Gebrauche sie, hatte sie gesagt. *Gebrauche* sie.

Weiß ich, wie man das macht?

Hoolies, natürlich weiß ich das. Ich bin der *Sandtiger.*

Niemand besiegt mich.

Nicht einmal Chosa Dei.

»Ja!« schrie Del. »*Ja!*«

Ich mußte es wohl richtig machen.

Samiel, flüsterte ich. Aber nur in meinem Kopf. Nabir hatte es laut ausgesprochen. Nabir hatte mich in Gefahr gebracht.

Oder war es Chosa Dei?

Samiel, wiederholte ich. Aber nur im Kopf.

Dels Gesicht schwamm in mein Sichtfeld. Ein schweißglänzendes, lachendes Gesicht. »Ich habe dir *gesagt,* daß du es kannst ... aber du willst mir nie glauben!«

Ich keuchte. Schnaufte wie ein Blasebalg. Spürte das Ziehen in der Rippengegend: das gezackte Narbengewebe war gerissen. Meine Hände hielten noch immer das Schwert, klammerten sich um den Griff. Die Knöchel standen weiß hervor.

»Es ist ... vorbei?« Ich sah hinab auf das Schwert in meinen Händen. »Habe ich es getan?«

Sie nickte und grinste noch immer. »Du hast ihn zurückgeschlagen, Tiger. Dieses Mal ohne den Samum. Dieses Mal ohne die Hitze. Dieses Mal nur durch dich selbst. Mit der aus deinem Inneren kommenden Kraft.« Sie legte eine Hand auf mein Herz. »Und du hast sie im Überfluß.«

Ich runzelte die Stirn und betrachtete die Klinge. »Aber sie ist noch immer schwarz. Die Spitze. Chosa Dei ist noch immer hier drinnen.«

Sie nickte und zog die Hand zurück. »Er ist nicht vertrieben worden. Nur besiegt. Die Vertreibung wird einige Zeit dauern. Wir müssen es tun. Wir müssen ihn richtig beseitigen.«

Und dafür brauchten wir mehr Magie. Wir brauchten Shaka Obre.

»Tiger?« Alrics Stimme. »Tiger — könnt Ihr herkommen? Irgend etwas hat Euren Hengst erregt. Er versucht, das Haus abzureißen.«

Jetzt konnte ich es hören. Er stampfte und scharrte und trat und schrie sein Unbehagen heraus.

»Es ist die Magie«, murmelte ich ergeben. »Er haßt sie genauso sehr wie ich.«

Ich steckte mein besiegtes Schwert in die Scheide und ging hinein, um nach dem Hengst zu sehen. Er versuchte tatsächlich, das Haus abzureißen. Er scharrte Stücke bröckeliger Ziegelsteine und uralten Mörtel aus der Wand und zermalmte sie.

»In Ordnung«, sagte ich, »du kannst jetzt aufhören. Ich habe das Schwert weggesteckt.« Ich ging durch die Tür hinein und betrat den ›Stall‹. »Du gehst nirgendwo hin, also kannst du auch genauso gut ruh ...«

Er trat mit beiden Hinterhufen aus. Einer davon trat mich am Kopf.

Stimmen.

»Alric ... bringt ihn *hinaus* ...«

»Ich kann nicht, Del ... der Hengst hat sein Halteseil zerrissen ... er läßt mich nicht an ihn heran ...«

Ein Schwall unverständlicher Worte in einer Sprache, die ich nicht kannte oder aber vergessen hatte.

Dieselbe männliche Stimme. »Ich weiß, Del ... ich *weiß* ... aber wie kann ich ihn herausziehen, wenn der Hengst mich nicht an ihn heranläßt?«

Die Stimme einer Frau antwortete: erschreckt, ärgerlich, ungeduldig. »... brauchen einen Pferdesprecher ...« Dann, abrupt: »Holt *Garrod* ...«

Die Stimme eines Jungen: »*Ich* werde ihn holen!«

»Dann beeile dich, Massou ... beeile dich!«

Ich lag flach auf dem Rücken im Dreck.

Warum liege ich im Dreck?

Versuchte mich aufzusetzen. Konnte es nicht. Ich konnte nur zucken.

Wieder die Stimme der Frau. »Tiger ... bleib ruhig liegen! Versuche nicht, dich zu bewegen.«

Die Augen wollen sich nicht öffnen lassen.

Alles klingt verzerrt.

»Tiger ... *bewege* dich nicht ... gib ihm keine zweite Gelegenheit.«

Wem *welche* zweite Gelegenheit geben?

»Blutet er?«

»Das kann ich nicht sagen.«

Warum sollte ich bluten?

Scharf: »Versuch es nicht, Del. Es wäre nicht gut, wenn ihr beide am Boden läget.«

»Ich kann ihn nicht dortlassen, Alric. Der Hengst könnte ihm den Kopf zerschmettern.«

Jemand bewegte sich um mich herum. Nein ... *etwas*. Atmete schwer. Scharrte. Bewegte sich erneut um mich herum.

Jetzt eine neue Stimme. »Wo ist ... oh. Hier, macht mir Platz.«

»Tiger, *bewege* dich nicht.«

Keine Angst, ich glaube nicht, daß ich es kann.

»Redet mit ihm, Garrod. Sagt ihm, er soll uns hereinlassen, damit wir Tiger herausbringen können.«

Stille, bis auf ein nahes Kratzen. Ich schmeckte Staub. Spürte ihn. Er legte sich wie Federn auf mein Gesicht. Ich versuchte einen Arm zu heben, um den Staub wegzuwischen, aber nichts gehorchte mir. Ich zuckte nur.

Das Kratzen hörte auf. Ich roch den scharfen Geruch von Schweiß und Angst. Etwas hatte Angst.

»Jetzt«, sagte eine ruhige Stimme.

Hände. Sie berührten mich, ergriffen mich, zogen mich.

Hoolies, *zieht* mich nicht ... der Kopf wird mir vom Hals fallen ...

»Hier«, sagte jemand, und sie setzten mich wieder ab.

»Lebt er?«

Hoolies, ja. Natürlich, was denn sonst.

Etwas drückte auf meine Brust. »Ja.« Erleichterung. *»Ja.«*

Ich versuchte die Augen zu öffnen. Dieses Mal gelang es mir.

Nicht daß es viel genützt hätte. Was ich sah, wollte nicht stillhalten.

»Bascha?« Meine Stimme klang schwach. »Del ... was ist passiert?«

»Der Hengst hat versucht, dir den Kopf abzutreten.«

»Er würde nicht ...«

»Er *hat* es fast getan.«

Die Erinnerung kehrte ruckartig zurück. »Hoolies ...«, brach es aus mir heraus. »Der Tanz ...«

»Tiger ... Tiger, *nein* ...«

Ich wuchtete mich in eine sitzende Position hoch und stieß die Hände fort. »Ich muß gehen ... der Tanz ...« Und griff mir dann an den Kopf.

Del klang zornig. »Du wirst nirgendwo hingehen.«

Durch den Schmerz hindurch brachte ich zähneknirschend hervor: »Abbu wird warten. Sie *alle* werden warten ...«

»Du kannst nicht einmal aufstehen.«

Es schmerzte sogar zu blinzeln. »Es hängt zuviel von

dem Tanz ab ... sie haben *zugestimmt,* alle Tanzeers ... wenn ich nicht tanze, werden Hadjib und seine Gefolgsleute siegen ... es wird *Krieg* geben ... o Hoolies ...«

Alles um mich herum wurde grau. Ich spazierte am Rand entlang und fragte mich, zu welcher Seite ich fallen würde.

»Tiger?«

Ich zwang mich, meine Sinne zu sammeln. »... muß aufstehen«, murmelte ich. »Jemand muß mir hochhelfen.«

»Verschiebe den Tanz«, sagte Del. »Soll ich mich darum kümmern?«

»Sie werden nicht ... es gibt kein ... ich glaube nicht ...« Hoolies, das Denken fiel mir schwer. Noch schwerer als das Sprechen. »Ich werde diesen Tanz nicht verfallen lassen.«

Dels Gesicht war angespannt. »Sie werden nicht von dir erwarten, daß du tanzt, wenn du in einer solchen Verfassung bist.«

»Macht nichts ... Abbu wird den Sieg beanspruchen, und es wird keine Chance für den Frieden geben ...«

Sie nahm ihre Hand von meinem Arm. Ihr Tonfall war sehr kalt. »Wenn du das also tun *mußt,* dann steh auf und geh hinaus. Jetzt. Verschwende keine Zeit mehr mit Schwäche.«

Ich beugte mich vor, rollte mich auf einen Ellenbogen und versuchte meine Beine zu sortieren. Es kostete mich zwei Versuche. Dann taumelte ich auf die Füße.

Nur um wieder umzufallen. Dieses Mal auf die Knie. Und schließlich auf eine Hüfte, aufgestützt auf einen Ellenbogen. Ich schloß die Augen, biß die Zähne zusammen, versuchte abzuwarten. Und betete darum, daß der Schmerz und die Übelkeit nachlassen würden.

»Ich werde ihn verschieben«, sagte sie.

Ich schwitzte. »Du kannst nicht ... Bascha, du *kannst* nicht ... sie werden Genugtuung fordern ... sie haben das Recht ... Abbu würde siegen, und Hadjib würde siegen ... wir können es uns nicht leisten zu verlieren ...«

»Wir können es uns nicht leisten, *dich* zu verlieren.«

»... krank ...«, murmelte ich angespannt.

»Du hast einen Tritt an den Kopf bekommen«, sagte sie schroff. »Was erwartest du?«

Vielleicht ein wenig mehr Zuneigung ... nein, nicht von Del. Damit würde ich zuviel erhoffen.

Und dann drängte sich eine andere Stimme dazwischen. Eine heisere, männliche Stimme, die nach mir fragte. Die den Tanz erwähnte.

Er kam durch den Eingang. Ich blinzelte benommen zu ihm hinauf und versuchte mich nicht zu übergeben. Es war sehr schwer, klar zu denken.

»Ah«, bemerkte Abbu, »eine Möglichkeit, die Wahrheit zu umgehen.« Er sah die anderen an und dann wieder mich. »Ich kam herüber, um zu sehen, was Euch aufhält. Alle sind versammelt. Alle warten.« Er lächelte. »Euer Lord Esnat hätte beinahe aufgegeben, aber ich sagte, ich würde selbst hierherkommen. Es ist natürlich sehr ungewöhnlich ... aber ich will diesen Tanz zu sehr. Ich habe so viele Jahre gewartet.«

Ich konnte den Kopf nur weit genug anheben, um die Sonne zu sehen, ohne meinen Mageninhalt über den Boden zu verstreuen. »Ich werde dort sein«, murmelte ich. Die Sonne brannte unmittelbar über uns unheilvoll auf uns herab.

Abbu Bensir lachte.

Dels Tonfall war tödlich. »Würdet Ihr einen anderen Tänzer an seiner Stelle akzeptieren?«

»O Bascha ...«

Del überging meinen Einwand. »Würdet Ihr es?«

»... Süden«, nuschelte ich. »Glaubst du, Abbu oder sonst jemand wird eine Frau an meiner Stelle akzeptieren?«

Del sah nur Abbu an.

Er war vor allem Südbewohner: alte Gewohnheiten

halten sich hartnäckig. Aber jeder Mann kann sich ändern, wenn er einen guten Grund dafür hat.

Abbu Bensir lächelte. »Ich will den Sandtiger … aber das kann noch ein wenig warten. Ihr seid keine Schande für den Kreis.«

Del nickte einmal.

Abbu sah mich an. »Ein anderes Mal, Sandtiger … zuerst werde ich Eure Bascha besiegen.«

»Geht«, sagte Del kühl.

Abbu Bensir ging.

Zeit, wieder zu protestieren. »… kann nicht … Del … *Del* …« Ich sog den Atem ein. »Du mußt Ajani suchen.« Die Welt wurde grau. »Du mußt Bellin treffen, herausfinden, wo Ajani ist … Bascha, du mußt gehen … du hast schon zu lange gewartet …«

Del kniete sich neben mich. Sie legte eine Hand auf meine Schläfe und zog die blutigen Finger fort. Sie sah mich seltsam an.

Ich blinzelte durch den Nebel. »Du mußt Ajani finden.«

Ihre Stimme klang zornig. *»Zu den Hoolies mit Ajani.«*

»Del … *warte* … komm zurück …«

Aber Del wartete nicht.

Und Del kam nicht zurück.

Sechzehn

Er kniete neben mir. Ich sah ihm in die Augen. »Sterbe ich?« fragte ich. »Gibt es etwas, das ich wissen sollte?«

Alric lächelte. »Nein. Ihr fühlt Euch nur so. Hier.« Er reichte mir eine Bota. »Trinkt ein wenig davon. Danach werdet Ihr Euch besser fühlen.«

Ich trank. »Hoolies, das ist Aqivi!«

»Er wird helfen, Euch wieder zurechtzurücken. Ich wurde einmal über dem Ohr getroffen ... das raubt einem das Gleichgewicht.«

»Habe ich deshalb das Gefühl, zu stürzen?«

»Deshalb oder wegen der Unbeholfenheit.«

Vorsichtig berührte ich die empfindliche Stelle. Sie lag, wie Alric gesagt hatte, direkt über meinem Ohr. Sie war geschwollen, bedeckt, ein wenig verkrustet, aber ich konnte kein frisches Blut ertasten. Und es schmerzte wie die Hoolies.

Es war zu still. »Wo sind sie alle?« fragte ich. »Wohin sind alle gegangen?«

»Zu dem Tanz. Sie wollten auf Del wetten.«

»O Hoolies ... es ist *mein* Tanz ...«

»Ihr seid nicht in der Verfassung zu tanzen.«

»Vielleicht hilft das.« Ich trank mehr Aqivi. Versuchte, meine Sicht klar zu bekommen. »Ich muß gehen«, sagte ich. »Denkt Ihr, ich könnte ruhig hier sitzenbleiben, während sie dort draußen tanzt?«

»Das erwarte ich nicht von Euch, nein. Aber ich erwarte auch nicht, daß Ihr von mir verlangt, Euch zu tragen.«

Ich nahm noch einen Schluck und zwang mich dann

aufzustehen. Stand schwankend da und versuchte, das Gleichgewicht zu bewahren. »Warum seid Ihr doppelt?«

Alric stand auf. »*Ich*, doppelt?«

»Ja.«

Er nahm die Bota fort. »Ich denke, Ihr solltet Euch hinlegen.«

»Nachdem ich nach Del gesehen habe.«

»Tiger ...«

»Ich muß nach Del sehen.«

Alric seufzte. Stellte die Bota fort. Nahm mich unter einem Arm. »Wir werden es niemals bis zum Kreis schaffen.«

Es kostete mich große Anstrengung zu sprechen. »Natürlich werden wir das.«

»Warum zeigt Ihr mir dann nicht den Weg?«

»Zeigt mir zuerst einfach die Tür.«

Alric führte mich darauf zu.

Als wir durch die Gassen und zu den Kreisen hinaus gelangt waren, war ich mehr als bereit, mich hinzulegen und ohnmächtig zu werden. Aber ich wagte es andererseits nicht, nach dem, was ich gesagt hatte, in welcher Reihenfolge auch immer.

»Hoolies ...«, murmelte ich, »die *Leute* ...«

Sie drängten sich um den Kreis. Hinter uns lag die Stadt, zerbrochene Mauern und Schutt, die jetzt als Stufen und Plattformen dienten, von wo aus man den Tanz beobachten konnte. Menschen hingen aus den Fenstern zerbröckelnder zweiter Stockwerke und säumten die eingestürzten Dachfirste. Andere umringten den Kreis selbst und bildeten eine menschliche Ummauerung. Irgend jemand hatte als Begrenzungslinie einen zweiten Kreis um den ersten gezogen. Die drei Schritte zwischen dem wirklichen Kreis und dem zweiten war dazu gedacht, als Pufferzone zu dienen, die Leute zurückzuhalten.

Ich schwankte. Alrics Griff festigte sich. »Was habt Ihr erwartet? Dies ist ein Tanz zwischen zweien der besten Schwerttänzer im Süden — selbst wenn Ihr ausgeschlossen seid —, und es hängt viel davon ab.«

Ich blinzelte gegen das Sonnenlicht an. »Ich frage mich, wo Esnat ist. Er sollte hier sein. Er *sollte* besser hier sein ... er und alle seine Freunde ... und auch Hadjib.«

»Sie beobachten das Ganze wahrscheinlich von der Stadt aus.«

Jemand stieß mich an. Aus dem Gleichgewicht gebracht, fiel ich beinahe hin. Nur Alric hielt mich aufrecht.

»Alles dreht sich«, murmelte ich.

Ich hätte den Aqivi nicht trinken sollen. Oder vielleicht hätte ich einfach nicht an den Kopf getreten werden sollen. Nichts paßte zusammen. Ich sah Gesichter, hörte Reden, spürte den Druck der Menge. Aber alles schien in sehr großer Entfernung von mir zu sein.

Ich blinzelte durch das zunehmende Pochen in meinem Kopf hindurch. »Wo ist Del? Könnt Ihr sie sehen?«

»Nicht durch all diese Leute hindurch.«

»Dann laßt uns näher herangehen. Ich muß Del sehen.«

»Tiger ... wartet ...«

Aber ich wartete auf niemanden. Nicht, wenn ich Del sehen mußte.

Es ist nicht leicht zu *gehen,* wenn das Gleichgewicht nicht stimmt, ganz abgesehen davon, wenn man sich dabei noch seinen Weg durch eine Menschenmenge bahnen muß. Ich stolperte, taumelte, fiel fast hin, mißachtete Flüche und Beschimpfungen, bahnte mir mit der Schulter meinen Weg durch das Gedränge, während Alric die Nachhut bildete. Einige Leute versuchten uns aufzuhalten, aber Alric und ich sind groß. Sie versuchten es nicht lange.

Wir gelangten schließlich hindurch und fielen fast über die Linie. Menschen protestierten, beschwerten sich über meine Grobheit, aber einige waren Schwerttänzer, die mich erkannten. Die Kunde machte schnell die Runde: Man machte mir Platz. Das verschaffte mir die Möglichkeit zu atmen.

In Ordnung, ich gebe es zu. Ich hatte vor, Del aus dem Kreis herauszuzwingen, indem ich den Tanz als den meinen beanspruchen wollte. Immerhin war er das ja auch. Aber gerade, als ich hindurchgelangte und fast flach aufs Gesicht fiel, gab ihnen jemand das Zeichen zu tanzen.

»Wartet ...«, brach es aus mir heraus.

Zu spät.

Es war ein wahrer Tanz. Beide Schwerter lagen genau in der Mitte des Kreises. Abbus Rücken war mir am nächsten, Del stand ihm gegenüber. Er blockierte ihre Sicht auf mich, aber das war unwichtig. Jetzt, wo der Tanz begonnen hatte, würde Del ohnehin nichts anderes sehen als den Mann, der gegen sie tanzte.

Auf das Zeichen hin liefen sie los. Ergriffen die Schwerter. Richteten sich auf. Die Schwerter blitzten auf und schlugen gegeneinander, trennten sich kreischend und schlugen erneut zusammen.

Überall um uns herum summte die Menge.

Hoolies, mein Kopf schmerzt.

»Geht es Euch gut?« fragte Alric. »Ihr seht irgendwie schlecht aus.«

Ich machte mir nicht die Mühe hinzusehen. Ich wußte, wo er war: rechts von mir.

»Tiger, geht es Euch ...«

»Prima«, fauchte ich. »*Prima* ... laßt mich einfach den Tanz beobachten.«

Der Tanz war überwiegend ein nebelhafter Eindruck. Abbus Rücken war noch immer mir zugewandt. Er trug nur einen Wildlederdhoti und war, wie es üblich ist, an Armen, Beinen und Rumpf unbekleidet.

Die Menge murmelte und summte. Die Leute sprachen über den Mann. Sprachen über die Frau. Diskutierten darüber, wer siegen würde.

Wie ein Mann nannten sie Abbu.

Ich blinzelte und spreizte die Füße in dem Versuch, mein Gleichgewicht zu bewahren. »Paß auf diese Muster auf«, murmelte ich. »Bascha ... paß auf diese Muster auf.«

Alrics Stimme klang sehr ruhig. »Sie macht es gut, Tiger.«

»Sie läßt es zu, daß er sie einwickelt.«

»Del weiß, was sie tut.«

Abbu verschwamm mit zwei anderen Menschen. Ich rieb mit einer Hand über meine Augen. »Sie muß angreifen.«

Klingen schlugen zusammen und schabten aneinander.

»Bascha ... treib ihn zurück. Bring ihn zu mir herüber.«

Als er sich bewegte, konnte ich sie sehen. Sie trug nur die elfenbeinfarbene Tunika, und eine schonungslose Grausamkeit war ihr ins Gesicht geschrieben. Sie wollte ihn nicht töten. Sie wollte ihn ganz sicher bis jenseits aller Hoffnung auf Vergeltung schlagen. Das würde sie tun müssen, um ihn zu bezwingen. Abbu würde sich nicht ergeben, bis er wüßte, daß sie ihn töten würde.

Bis er wüßte, daß sie es tun *könnte.*

Dels Muster waren makellos. Seine aber noch besser.

»Komm schon, Bascha, achte auf ihn ... laß dich nicht von ihm hineinziehen ...«

Sie trieb ihn auf die andere Seite des Kreises. Hinter mir bewegten sich die Zuschauer, denn sie fürchteten, daß der Kreis gebrochen werden könnte. Ich wußte es besser. Sie würden ihn beide nicht brechen.

»Ja, Bascha ... *ja* ...« Der Tanz flammte erneut auf. Ich versuchte, den Schleier vor meinen Augen fortzublinzeln. »Hoolies, nicht *jetzt* ...«

Jetzt war es an Abbu Bensir, sich zu bewegen. Ich vollführte seine Bewegungen fast mit.

Alrics Hand klammerte sich um meinen rechten Arm. »Dies ist nicht Euer Tanz.«

Jemand stieß gegen meinen linken Ellenbogen. Er würde nahe herankommen, sich in dem äußeren Kreis bewegen und den kleinen Raum, der Alric und mir geblieben war, beanspruchen. Ich fuhr herum und fiel fast hin. Rieb mir erneut die Augen. »Alles doppelt ...«

»Aqivi«, bemerkte Alric. »Ich hätte Euch Wasser geben sollen.«

Ich fühlte mich betrunken. Ich fühlte mich *weit entfernt.* Der Lärm nahm zu und dann wieder ab. Das Geschrei verursachte mir Kopfschmerzen. Um mich herum drehte sich die Welt. Sogar Alric drehte sich.

»Bleibt an einer Stelle stehen«, schlug ich vor, als er zu meiner Linken näher herankam. »Komm schon, Bascha ... *tanze* ...«

Alles war grau. Der Gesang des Stahls schmerzte in meinen Ohren.

»Was ist los?« fragte Alric.

Ich warf einen Blick nach rechts. Wartete darauf, daß sich meine Sicht beruhigen würde. »Würdet Ihr wohl aufhören, ständig den Standort zu wechseln?«

»Was ist das für ein Geräusch?« fragte er.

Ich konnte nur den Stahl hören. Er durchschnitt direkt meinen Kopf.

Del durchbrach Abbus Abwehr und traf ihn am Ellenbogen. Abbu sprang zurück, aber das war sehr vielsagend. Die Frau hatte den ersten Treffer erzielt.

»Besser, Bascha ... besser ...«

»Was ist das für ein *Lärm?*« fragte Alric.

Ich hörte das Klingen von Stahl, das Kreischen und Kratzen der Klingen. Was dachte er, was das war?

»Komm schon, Bascha ... *besiege* ihn ...«

»Tiger ... seht Euch das an.«

Ich sah nur den Tanz. Zwei sich bewegende Körper: einer männlich, einer weiblich. Beide waren sich ebenbürtig. Beide bewegten sich leicht nach einem Rhythmus, den niemand sonst hörte. Nach einem Verlangen, das niemand sonst empfand.

Komm schon, Bascha ...

»Tiger!«

Alrics Stimme drang durch. Sie lenkte meine Aufmerksamkeit von dem Tanz und von Del ab. Sie veranlaßte mich, darüber hinauszuschauen.

Auf der gegenüberliegenden Seite des Kreises, hinter Dels Rücken, teilte sich die Menge plötzlich. Reihen von Zuschauern schälten sich auseinander wie die Rinde von einem Weidenbaum.

Ließen Vashni an ihren Platz.

Vashni. *Vashni?*

»Tiger«, wiederholte Alric.

Im Kreis ging der Tanz weiter. Stahl klang in der Luft.

Das Geheul begann.

Erst sanft, dann ansteigend. Es verschluckte den Gesang der Schwerter. Es verschluckte das Murmeln. Es verschluckte die ganze Welt.

Ich rieb schmerzende Augen. »Zuviel Lärm«, beschwerte ich mich.

Alric, der erneut seinen Platz gewechselt hatte, stand jetzt zu meiner Linken. Er lächelte zu mir herab. Ein seltsames, triumphierendes Lächeln.

Lächelte zu mir *herab.* Aber wir sind gleich groß.

»Wartet ...«, begann ich, aber die Welt wurde erneut grau.

»Tiger. Tiger?«

Jetzt von rechts. »Ihr seid doppelt«, murmelte ich, »und tauscht die Plätze mit Euch selbst.«

Im Kreis tanzte Del. Aber niemand sah mehr zu.

»Orakel!« rief jemand. »Zeigt uns das Orakel!«

Das Geheul hörte auf. Die Vashni teilten sich, flossen auseinander und ließen die Mitte frei.

»Orakel«, murmelte jemand. Das Wort zog sich durch die Menge, bis ich nur noch ein Flüstern hören konnte. Den Klang der Silben.

Ich blinzelte über den Kreis hinweg. Sah das Haar, die Augen, die Haut. »Alric«, sagte ich angewidert, »wie seid Ihr dort *hinüber* gelangt?«

Er klang bestürzt. »Was?«

»Dort.« Ich versuchte, es ihm zu zeigen. »Im einen Moment seid Ihr dort drüben ... im nächsten seid Ihr direkt hier rechts von mir ... im nächsten seid Ihr auf meiner *Linken*. Ihr seid doch nicht dreifach vorhanden, oder?«

Alric antwortete nicht. »Er ist ein *Nordbewohner*«, platzte er heraus.

Nordbewohner? Nordbewohner?

Wovon spricht er?

Del und Abbu tanzten. Ich hörte den Gesang des Stahls, der sich durch das Summen zog, das Schreien aller anderen.

Sie schrien nicht nach dem Tanz. Sie schrien nach dem Jhihadi.

So viele Nordbewohner. So viele Alrics.

Ich schaute nach rechts: Alric.

Ich schaute nach links: Alric.

Über den Kreis hinweg: Alric.

Hoolies, ich mußte sandkrank sein.

»Aqivi«, murmelte ich. »Er hat meinen Kopf verwirrt.«

Mein verwirrter Kopf schwamm.

Ich blinzelte erneut über den Kreis hinweg. »Alric ... seid Ihr das?« Ich schwang meinen verwirrten Kopf herum und sah den Mann zu meiner Linken an. »Oder seid *das* Ihr ... nein, keiner von beiden ... wer ist dann *jener* Mann?«

Der Alric zu meiner Linken sah mich aus durchdringend hellblauen Augen an. Nein, nicht Alric ... Alrics Lächeln ist anders. Alrics *Augen* sind anderes. Er schneidet mit ihnen nicht durch einen hindurch.

Diese Augen waren kalt. Diese Augen waren eisig. Diese Augen warteten auf etwas.

»Das Orakel«, wiederholte Alric — der Alric zu meiner Rechten, der jeden anderen nachahmte.

Ich schaute über den Kreis hinweg. Ein blonder, blauäugiger Nordbewohner: Alric war genau das. Er sah Alric sehr ähnlich. Er sah Del sehr ähnlich. Vielleicht ist es einfach so, daß sich meiner Meinung nach Nordbewohner alle sehr ähnlich sehen ...

Mein Mund klappte auf. »Hoolies, das ist *Jamail* ...«

Alrics Stimme: »Wer?«

»Dels Bruder ... aber der Vashni hat gesagt, er sei tot!«

»Er sieht nicht tot aus. Er sieht wie ein Orakel aus.«

Orakel. Orakel?

Im Kreis, bei dem Tanz, kratzten und schlugen und kreischten die Schwerter aufeinander.

»Wartet ...«, sagte ich, »*wartet* ... ich glaube nicht ... das ist nicht ... *er* kann nicht das Orakel sein ... Jamail hat keine Zunge!«

Jamail öffnete den Mund und verkündete eine Prophezeihung.

Jetzt klappte *mein* Mund auf. »Bin ich wach«, fragte ich benommen, »oder hat der Hengst mich wirklich getötet?«

Alric antwortete nicht.

»Del!« schrie ich. *»Del!«*

Aber Del war mit dem Tanz beschäftigt. Sie wandte ihrem Bruder den Rücken zu.

»Hoolies, Bascha ... kannst du nicht hören? Da spricht dein Bruder!«

Da ... *spricht* ihr Bruder?

Ein Aufblitzen einer lachsfarben-silbernen Klinge, der Schrei magiebelegten Stahls.

»Er hat keine Zunge«, wandte ich ein.

Hoolies, alles paßte. Ein Stummer, der kein Mann, aber auch keine Frau war.

O Bascha, *schau!*

Der Gesang des Stahls erfüllte die Luft und unterstrich die Worte des Orakels, als er einen Arm hob und deutete.

»Jhihadi!« rief jemand. »Er benennt den Jhihadi!«

Die Menge hinter mir drängte vorwärts. Ich wurde angestoßen und fiel fast hin. Eine Hand auf meinem linken Arm hielt mich fest, eine andere verhakte sich in meinem Harnisch. Alric war rechts von mir.

Alric war *rechts* von mir.

»Jhihadi!« brüllte die Menge, als das Orakel seine Aussage verdeutlichte.

Der Mann zu meiner Linken lachte. Es war ein wildes, frohlockendes Lachen voller Überraschung und Genugtuung und einer seltsamen Art Macht. »All dieses Geld, das für ein falsches Orakel ausgegeben wurde, und jetzt wählt das wahre Orakel ohnehin mich ...« Er festigte seinen Griff an meinem Harnisch. »Jetzt brauche ich nur noch dies.«

Ich wußte es, als ich mich umwandte. Aber da war es schon zu spät.

Ajani verschwendete keine Zeit. Er legte eine Hand um das Heft und zog mein *Jivatma* heraus, wobei er mich während dieser Bewegung zurückstieß. Ich fiel beinahe hin.

Er betrachtete mich aus hellen, eisigen Augen. Sah, daß ich stolperte. Sah, daß ich kämpfte. Sah mich meine schwindenden Sinne zusammennehmen. Sah meinen Mund sich zum Protest öffnen.

Und lächelte. »Samiel«, flüsterte er. Die Klinge erwachte zum Leben.

Oh ... Hoolies ... Ajani ...

Ajani mit Samiel.

Ajani mit Chosa Dei.

Der jetzt auf mich gerichtet war. Ich hörte Alrics Fluch. Sah Ajanis Augen. Wie konnte ich sie verwechselt haben?

»Danke«, sagte Ajani. »Ihr habt es mir leichtgemacht.«

Ich sog den Atem ein und versuchte, die Benommenheit fernzuhalten. »Ihr wißt nicht, was Ihr habt. Ihr wißt nicht, was dieses Schwert *ist.*«

Ajanis Stimme klang sanft. Unpassend sanft. »Oh, ich denke, das weiß ich doch. Die Leute reden darüber... sogar meine eigenen Männer, die gesehen haben, was Ihr damit tatet, und sich daran erinnerten, was der Junge gesagt hatte.« Er lächelte kurz, aber warm. »Ich weiß, was ein *Jivatma* ist. Ich weiß, was mit dem Namen zu tun ist. Es wird einem Mann sehr nützlich sein, der gerade zum Jhihadi ernannt wurde.«

Ich behielt einen ruhigen Tonfall bei. »Wenn Eure Männer dort waren, dann wißt Ihr es. Ihr wißt, was es noch tun kann. Was es *Euch* antun kann.«

Überall um uns herum flohen die Menschen.

Ajani hob das Schwert. Ich dachte darüber nach, wie es für Chosa Dei sein mochte, mich schließlich zu haben. Und wie es sein würde, wenn er — in meiner Haut — Ajani in Stücke reißen würde.

Es könnte interessant sein. Aber ich wäre lieber einfach *ich.*

Hinter mir schrie Alric. Sagte etwas über Männer: Borjuni.

Ich sah nur Ajani an, der mein *Jivatma* hielt.

Und hörte dann Delilahs Gesang, der durch den Kreis schnitt.

O Bascha, Bascha. Hier kommt endlich deine Chance.

Der Gesang wurde schriller. Der Kreis war erfüllt von nordischem Licht, das so hell war, daß sogar Ajani blinzelte.

Ich deutete freundlich auf die Frau, die sich näherte. Höflich sagte ich Ajani: »Jemand möchte Euch aufsuchen.«

Und als er sich umwandte, griff sie ihn an.

Siebzehn

Ich wußte, daß sie müde sein mußte, nachdem sie mit Abbu getanzt hatte. Aber dies war endlich Ajani. Ich wußte, daß es nicht wichtig war. Del hätte auf dem Totenbett liegen können, und Ajani hätte sie davon vertrieben.

Also konnte sie ihn auch auf seines schicken.

Sie trieb ihn zurück, in die Menge. Die Menge wich zurück. Und drängte wieder heran, umringte Alric und mich, unterhielt sich murmelnd über den Jhihadi und die Frau, die ihn zu töten versuchte.

Hoolies, sie glaubten es! Sie dachten, er sei der Jhihadi!

Was bedeutete, daß die Menge Del zerreißen würde, wenn sie ihn tötete.

»Töte ihn nicht«, sagte ich. »O Bascha, sei vorsichtig ... denk darüber nach, was du tust.«

Ich erwartete keine Antwort. Und Del gab mir auch keine.

Sie würden sie töten. Sie würden sie in kleine Stücke reißen.

Bascha, töte ihn nicht!

Außer wenn ich zu Jamail gelangen könnte. Aber ich wußte es besser, als daß ich es versucht hätte. Ich konnte kaum stehen, wurde hierhin und dorthin gestoßen. Und selbst wenn ich es gekonnt hätte, hätten die Vashni mich sofort dafür getötet, daß ich es gewagt hätte, mich dem Orakel zu nähern, egal aus welchem Grund. Die Dinge standen bereits schlecht. Das Orakel hatte gesprochen, und eine Frau versuchte, ihm in die Quere zu kommen.

Des Orakels eigene Schwester.

Jamail, erinnerst du dich an mich?

Nein. Er hatte mich nur einmal gesehen.

Jamail, erinnerst du dich an deine Schwester?

Aber zwischen Jamail und seiner Schwester befanden sich Hunderte von Südbewohnern: Tanzeer, Schwerttänzer, Stammesangehörige. Sogar für das Orakel könnte es schwierig sein, durch die Menge zu gelangen, jetzt, wo der Jhihadi benannt war.

Jamail war nicht mehr wichtig. Seine Rolle in dem Spiel war beendet.

Die Menge schloß sich um uns. Hoolies, Del, wo bist du?

Die Menge teilte sich abrupt.

»Tiger ... *runter* ...«

Alrics Hand an meinem Harnisch zog mich zu Boden. Dann stieß sein Schwert vor und durchschnitt jemandes Eingeweide.

Was?

Was?

Ajanis Borjuni-Kameraden. Die jetzt zu geheiligten Leibwächtern des Jhihadi geworden waren.

O Hoolies ... nicht *jetzt*. Mein Kopf schmerzt zu sehr, und meine Sicht verschwimmt.

Ich rollte durch ein Gewirr von Beinen, kroch davon und fluchte, als man mir auf die Finger trat. Wünschte, ich hätte ein Schwert.

Über mir wurde der Kampf fortgeführt. Alric war ganz allein.

Hoolies, wo ist Del?

Und dann sah ich das Licht. Hörte das Pfeifen des Sturms. Spürte das Stechen umherfliegenden Staubs. Mit der Macht von *Jivatmas* bildeten sie einen eigenen Kreis. Sie schufen einen magischen, aus Licht und Hitze und Kälte gemachten Zaun.

»Ich brauche ein Schwert«, murmelte ich und stolperte auf die Füße.

Im Kreis heulte der Wind. Ajani hatte mein Schwert.

»Tiger! Tiger ... *hier!*«

Ich wandte mich um, fing die Waffe auf. Eine alte, wohlbekannte Klinge. Ich sah sie in verwirrter Überraschung an.

Durch die kurzzeitig entstandene Lücke grinste Abbu Bensir mich an. »Ihr gehört mir«, rief er, »nicht ihnen.« Und wurde von der Menge verschluckt.

Weitere Borjuni-Freunde des neuen Jhihadi kamen mit gezogenen Waffen heran. Alric und ich zählten sie nicht. Wir wußten, daß sie in der Überzahl waren. Aber wir wußten auch, wie man tanzt. Sie wußten nur, wie man tötet.

Zeit. Zuviel, und die Stämme würden den Kreis erreichen, den Del mit Ajani teilte. Sie konnten nicht hindurchkommen, bis der Tanz vorbei und die Magie gedämpft wäre, aber sie würden sie letztendlich erreichen. Sie würden sie letztendlich töten.

Wenn sie dann noch lebte.

Zuviel Zeit, und Ajanis Borjuni-Leibwächter würden Alric und mich vernichten. Wenn es jedoch zuwenig wäre, könnten wir vielleicht entkommen, wenn wir ein wenig Glück hätten.

Das Glück beschloß, auf den Plan zu treten.

»Duckt Euch«, schlug eine Stimme vor. Ich wartete nicht, ich duckte mich. Die geworfene Axt spaltete einen Kopf.

Bellin lachte laut. »Übung«, sagte er.

Jetzt waren wir da. Der Vierte war noch immer im Kreis.

Komm schon, Delilah, *besiege* ihn!

Feuer flammte im Kreis auf. Menschen kreischten.

Zuerst nahm ich an, daß es zum natürlichen Verlauf des Kampfes gehörte, da sich mittlerweile auch andere daran beteiligten. Und dann erkannte ich, daß es nichts mit dem Kampf zu tun hatte, aber alles mit der Magie.

Chosa Dei wollte seine Freiheit. Andere würden den Preis dafür bezahlen.

Vielleicht sogar Del.

Nicht wieder, Bascha. Du hast ihn bereits einmal bezahlt.

Ajani rief etwas. Ich konnte ihn nicht verstehen. Mein Kopf pochte unbarmherzig, und meine Sicht war noch immer verschwommen. Aber ich hörte Ajani rufen.

Er sagte etwas über Shaka Obre.

Ajani kannte Shaka Obre nicht.

Ich tötete einen Borjuni. »Halt ihm stand, Bascha ... *halt ihm stand ...*«

Boreal schlug zu. Ein kalter Wind brach aus dem Kreis hervor und kräuselte Seide und Gaze. Er gefror Haar und Augenbrauen. Diejenigen, die noch dazu in der Lage waren, flohen.

Ich sog den Atem ein und riß meine geborgte Klinge aus einem Körper. »Singe einen Sturm herbei, Bascha ...«

In dem verrückten Versuch zu entkommen, fielen die Menschen übereinander. Ich sah ihren Atem in der Luft.

Der Winter betrat den Kreis. Der Sommer trieb ihn zurück. Der Hitzesturm briet uns alle. Ich schirmte meine Augen mit einem Arm ab.

Samiel brannte weißglühend. Die Luft wurde aus den Lungen gesaugt.

Die Feindseligkeit um uns herum verwandelte sich jäh in Angst. Sogar Ajanis Borjuni schwitzten einen anderen als ihren üblichen Gestank aus.

Ajani. Ajani im Kreis.

Mit Del.

Hoolies, Bascha, wo bist du ...?

Die Schreie erstarben. Licht blitzte auf. Alle Regenbogen tanzten, obwohl kein Regen da war, der sie hätte entstehen lassen können. Keine Feuchtigkeit in der Luft. Nur sengende Hitze.

Ajani schrie noch immer. Del trat im Kreis auf ihn zu.

Zurück, zurück, zurück. Boreal reizte Samiel, lachsfarben-silbern auf Schwarz.

»Tanzt«, forderte Del auf. »Tanzt mit mir, Ajani.«

Zurück. Zurück. Zurück. Er versuchte zu parieren, aber er konnte es nicht.

Ich sah die entblößten Zähne, das schweißüberströmte Gesicht. Sah die Angst in durchdringenden Augen. Es war keine Angst vor Del, sondern vor dem, was er in dem Schwert spürte.

Er war ein sehr großer Mann, ein Mann von enormer körperlicher Kraft und auch von Willenskraft. Aber er kannte Samiel nicht. Er kannte Chosa Dei nicht.

»Zuviel für Euch«, murmelte ich. Ajani rief etwas. Die Sehnen an seinem Hals standen hervor.

Hitze brach aus dem Kreis hervor. In der Nähe fing ein Dach aus Decken Feuer. Dann ein weiteres. Die Menschen schrien. Die Menschen rannten. Iskandar brannte.

Wind rauschte durch die Straßen, verbreitete die Flammen in seinem Kielwasser. Jetzt fingen Burnusse Feuer, und Menschen gingen in Flammen auf.

»Nein«, erklärte Del.

Boreals durch einen Gesang herbeigerufener Bansheesturm heulte aus dem Schwert heraus und zerriß Samiels Flamme. Auf Dels Ruf hin kam der Winter. Feuer brennt im Graupelschauer nicht.

Er kam unvermittelt und mit grausamer Heftigkeit. Er durchtränkte Iskandar völlig und drehte dann ins Nichts ab. Ich war naß, kalt und schwitzte. Aber so ging es auch allen anderen, sogar Ajanis Borjuni-Freunden.

Sie griffen mit frischer Energie an. Mit frischer Energie schlug ich zurück. Neben mir kämpfte Alric. Hinter mir zählte Bellin Ajanis Helfer, die hereingeschickt wurden, um uns einzukreisen. Er rief ihnen allen Willkommensgrüße entgegen, nannte sie alle beim Namen, was dazu beitrug, sie zu verwirren. Für Alric und mich war es eine zuverlässige Möglichkeit zu erkennen, welcher Mann uns übel wollte.

Bascha, sagte ich, ich komme.

Etwas traf meine Rippen. Ich schlug das Schwert ab und vergrub dann mein eigenes in einem Bauch. Riß es wieder heraus, um mich einem weiteren Mann zuzuwenden, aber ein Fehltritt ließ mich an ihm vorbeigeraten. Ich stolperte, versuchte mein Gleichgewicht wiederzufinden, und wurde dann von Hitze und Kälte und Licht und allen Farben der Welt verschluckt.

Bascha, Bascha, ich komme ... ob ich will oder nicht.

Ich brach hindurch, fluchte und fiel in den Kreis, wobei ich hart auf einer Schulter landete. Abbus Schwert fiel heraus.

Hoolies, mein Kopf schmerzt ... und die Welt wird wieder grau.

Innen tobte der Sturm. Ein heißer Regen fiel. Dampf stieg vom Boden auf. Der Atem des Winters blies und pfiff in meinen Ohren. Machte Nase und Ohrläppchen gefühllos.

Boreal strahlte in allen Farben des Nordens, in all den kräftigen, lebhaften Farben. Samiel war schwarz.

Ein neuer Gedanke kam auf: Wenn Chosa Dei Ajani einnimmt, kann Del Chosa Dei einnehmen.

Aber Del wartete nicht so lange.

Ausgestreckt am Boden liegend, sah ich es. Haß. Wut. Besessenheit. Die Erinnerung daran, was er getan hatte, daran, was ihr Leben geformt hatte. Daran, *wer* ihr Leben geformt und sie bis zu diesem Augenblick gebracht hatte, sie an den Rand gebracht hatte, wo das Gleichgewicht so gefährdet, so unglaublich leicht zu verlieren ist. Sie stand schwankend dort, an jenem Rand, und schaute gerade darüber hinaus. Erkannte den Preis an, weil sie ihn schon so viele Male bezahlt hatte.

Einmal mehr zu bezahlen, würde nichts verändern. Und auch alles verändern.

Delilahs langer Gesang würde enden.

Wind schrie durch den Kreis. Er verfing sich in den Klingen und zog daran und schrie in ärgerlichem Protest. Ajanis Gesicht war freigefegt. Ein unvergeßliches Gesicht, eine beeindruckende Gestalt. Ein Nordbewohner erster Güte: größer als ich und breiter, mit einer Löwenmähne von Haar, das genauso dicht und blond war wie Dels und von seinem Kopf herabwallte. Die Herrlichkeit einer Frau, männlich gemacht für einen Mann.

Bellin hatte es heraufbeschworen: Seine Glut war sehr hell.

Seine Glut war *zu* hell — Chosa Dei schaute aus seinen Augen hervor.

Helle, durchdringende Augen, von unheiligem Feuer erleuchtet. Mit dem Wissen versprochener Macht.

Zeit ihn auszulöschen, Bascha, bevor er uns auslöscht.

Del hörte auf zu singen. Del senkte ihr Schwert. Und stand da und wartete auf ihn.

Wartete? Wartete auf *was?*

War sie von seiner Glut geblendet worden?

Nein, nicht Delilah. Dies war der Mann, der sie erschaffen hatte, so wie ich mein Schwert erschaffen hatte. In Blut und Angst und Haß.

Ajani entblößte die Zähne. »*Wir treffen uns wieder*«, sagte er. »*Dieses Mal, um es zu beenden, nicht wahr?*«

Del sah ihn an, genau wie ich. Seine Gesichtszüge wurden weicher. Die perfekte Nase, sein schnell beweglicher Mund, der nach oben verlaufende Winkel nordischer Wangenknochen, die sein Gesicht länglich machten. Ajani wurde *vernichtet.*

Hoolies, Bascha, *töte* ihn!

Sie schlug ihm die Klinge aus den Händen. Ihre eigene lag an seiner Kehle. »Kniet nieder«, sagte sie heiser. »Ihr habt meinen Vater niederknien lassen.«

Bascha, das ist nicht Ajani ...

Mein Schwert lag am Boden. Mein sauberes, silbernes Schwert, das aus makellosem nordischem Stahl gefertigt war.

Mein *leeres,* makelloses Schwert.

O Bascha … warte …

»Del …«, krächzte ich.

Ajani sah sie mit entblößten Zähnen an. Chosa Dei schaute aus seinen Augen heraus. *»Wißt Ihr, was ich bin?«*

»*Ich* weiß, was Ihr seid.«

Ajani schüttelte sein Haar zurück. Der Umriß seiner Kiefer veränderte sich. Er war Wachs, der weicher wurde. Entzündet eine Kerze, und er würde schmelzen.

Dels Stimme klang tödlich. »Ich sagte: *kniet nieder.*«

Um uns herum, jenseits des Kreises, warteten Hunderte von Menschen ab und beobachteten uns, zu erschreckt, um eine Flucht zu versuchen. Ich lag am Boden und keuchte, versuchte meinen Kopf freizubekommen. Dachte: Wenn ich das Schwert erreichen könnte …

Aber Ajani war zu nahe. Er brauchte es nur aufzuheben. Er *würde* es aufheben …

»Del …«, krächzte ich erneut. Das war alles, was ich zustande bringen konnte.

Ajani kniete nicht nieder. Chosa Dei wollte es nicht zulassen.

»Ich bin Macht«, sagte er. *»Denkt Ihr, Ihr könnt mich besiegen? Denkt Ihr, ich werde Eurer Forderung Folge leisten, nachdem ich so lange darauf gewartete habe, die meine zu stellen?«*

Hoolies, er brauchte kein *Schwert.* Er brauchte nur sich selbst.

Bascha … Bascha, *töte* ihn … spiel keine Spiele mit diesem Mann … nicht einmal im Namen deines Stolzes …

Ajani breitete die Arme aus. Er hatte kein Gramm Fett zuviel am Leib, kein Pfund saß an der falschen Stelle. Er war fest, fit, *groß*. Er ließ mich schwächlich wirken. Seine Großartigkeit forderte Dels heraus.

»Wißt Ihr, was ich bin?«

Und ich fragte mich, während ich ihn beobachtete, welcher Mann diese Frage stellte.

Del veränderte ihren Griff. Das Schwert schnitt von oben nach unten. Sie durchtrennte eine Kniesehne.

Er fiel, wie sie es beabsichtigt hatte. Es war keine angemessene Haltung, aber er stand nicht mehr aufrecht, um über sie hinauszuragen. Um über *mich* hinauszuragen, als ich auf die Füße stolperte.

Seine Glut war sehr hell.

»Jetzt«, flüsterte ich eindringlich.

Del begann zu singen.

Chosa Dei war in ihm, aber etwas von Ajani war übriggeblieben. Als im Norden Geborener wußte er es. Ich sah es in seinen Augen, in Ajanis noch immer menschlichen Augen, als sich seine Gesichtshaut löste. Ich sah es an seiner Haltung, als er vor das Schwert fiel und eine blutige Halskette trug. Boreal war durstig. Die Klinge schmeckte ihn bereits.

Del sang einen Gesang von der Familie, die sie verloren hatte. Vater, Mutter, Großeltern, Brüder, Tanten, Onkel, Vettern. So viele Verwandte waren ermordet worden. Nur zwei von ihnen hatten überlebt: Jamail und Delilah, die letzten ihrer Linie. Der Mann konnte niemals einen Sohn zeugen, die Frau konnte niemals einen gebären.

Sie würde Ajani töten. Aber letztendlich würde er siegen.

Delilah beendete ihren Gesang. Stand da und sah ihn an. Ob sie sich betrogen fühlte, fragte ich mich, weil Ajani nicht allein war? Weil sie, wenn der Augenblick gekommen wäre, mehr töten würde als nur den Nordbewohner?

Chosa war nicht dumm. Er streckte die Hand aus. Berührte das Schwert. Schloß schlaffe Finger um den

Griff. Zog es vom Boden hoch. Schwarz strömte in die Klinge. Besser ein Schwert als nutzloses Fleisch.

Helles Haar umrahmte sein Gesicht. Sein großartiges, nordisches Gesicht, das keinerlei Anzeichen von Sanftheit zeigte. Chosa Dei war fort.

Ajani schüttelte sein Haar zurück und hielt das geschwärzte *Jivatma* fest. Aber er versuchte nicht, es zu benutzen, da Boreal seine Kehle küßte. Er betrachtete nur die Frau, die Boreal hielt, den Vorfahr von Stürmen.

»Wer seid Ihr?« fragte er.

Del machte sich nicht die Mühe, es ihm zu sagen. »Ihr habt eine Tochter«, sagte sie.

Und dann nahm sie seinen Kopf.

ACHTZEHN

Der Körper fiel zu Boden. Del, die endlich befreit war, taumelte zurück und fiel zu Boden.

O Hoolies, Bascha ... werde *jetzt* nicht ohnmächtig.

Sie versuchte aufzustehen und konnte es nicht. Die Erschöpfung und die Reaktion nahmen ihr die Kraft. Sie konnte nur keuchen und ihr Schwert umklammern.

Hoolies, Tiger, *bewege dich* ...

Der eigene Kreis war fort, von verbannter Magie verbannt. Jeder, der uns jetzt erreichen würde, könnte uns leicht berühren.

Del hatte Ajani getötet. Für alle anderen war er der Jhihadi.

Ich hörte das Geschrei, die Rufe ärgerlicher Tanzeers. Das Klingen südlichen Stahls.

»Es tut mir leid, Esnat«, murmelte ich. »Ich glaube, Hadjib wird seinen Krieg bekommen.«

Samiel war, wie ich wußte, die Antwort ... bevor sie Del erreichen würden.

Bellin erreichte uns zuerst. »Berühre es nicht!« schrie ich.

Er duckte sich, stieß seine Äxte vor und hob die Klinge auf. Als ich einen unsicheren Schritt machte — Del und ich gleichzeitig —, flog das Schwert auf mich zu. Ich pflückte es aus der Luft.

Die Südbewohner rührten sich und schrien. Sie sahen den kopflosen Jhihadi, die Frau mit dem Schwert, den Sandtiger mit einem weiteren. Und einen fremden Jungen mit Äxten.

Bellin grinste mich an. »Tut etwas«, rief er. »Ihr seid doch angeblich so gut mit diesem Ding.«

Etwas tun?

Fein.

Wie wäre es mit einem Gesang?

Die Menschenmenge drängte geballt vorwärts. Aber ich durchschnitt die Luft mit einem erneut geschwärzten Schwert, und die Menge sprang wieder zurück. Gegenüber von mir stand Alric, der die Luft mit seiner Schwertspitze kitzelte. Und Gewalt versprach.

Alric. Bellin. Ich. Und Del, aber sie war erschöpft. Für den Moment hatten wir die Menschenmenge aufgehalten, aber das würde nicht lange so bleiben. Wir brauchten mehr Hilfe.

Samiel könnte sie vielleicht geben. Ich mußte nur singen.

Singen. Ich hasse es zu singen. Aber wie sonst ruft man die Magie an?

Bellin jonglierte mit den Äxten. Es war ein beeindrukkendes Kunststück und auch ein nützliches. Alle hatten gesehen, wie er sie gebrauchte. Jedermann zögerte, als Bellin sich leichtfüßig um Del und mich herum bewegte und einen Zaun aus fliegenden Äxten errichtete.

»Das ist einfach merkwürdig«, bemerkte er, »warum singt Ihr *jetzt?* Insbesondere, wo Ihr es so schlecht könnt?«

Ich sang einfach weiter. Oder wie auch immer man es nennen wollte.

»Jivatma«, sagte Alric kurz, als beantworte das die Frage. Für einige würde es das. Für Bellin beantwortete es nichts.

»Holt Del«, sagte ich und wandte mich sofort wieder meinem Gesang zu. Samiel schien es zu mögen.

Hinter uns, weit hinter uns, nahm das Geschrei zu. Die Stämme kamen heran.

Wir drängten auf die Stadt zu. Hoolies, wenn sie hindurchkämen, würden sie uns in Sekundenschnelle beseitigen. Samiel würde ein paar von ihnen überwältigen, aber wir würden letztendlich verlieren, einfach weil sie in der Überzahl waren.

Bellin, der sehr hilfreich war, begann mitzusingen. Er hatte eine bessere Stimme, aber er kannte meinen Gesang nicht.

Samiel schien es nichts auszumachen.

»Alric ... habt Ihr Del erreicht?«

»Ich habe sie, Tiger ... kommt, wir müssen gehen.«

»Tiger?« Das war Del. »Tiger ... das war *Jamail*.«

Das scharfe Heulen nahm zu. Wenn wir nur so langsam vorwärtskämen, würden wir keine Zeit gewinnen. Wir brauchten etwas Besonderes.

In Ordnung, sagte ich zu meinem Schwert, laß uns sehen, was du tun kannst.

Ich stieß es über meinem Kopf in die Luft und balancierte es dann flach über beiden Handflächen aus, wie ich es Del hatte tun sehen. Und ich sang mein Herz heraus — laut und sehr schlecht —, bis ein Feuersturm losbrach.

Er leckte aus der Klinge heraus, floß meinen Körper hinab, ergoß sich über den Boden. Ich sandte ihn in alle Richtungen, ließ ihn Füße und Gewänder kitzeln. Er trieb jedermann zurück: Tanzeers, Stammesangehörige, Borjuni.

Magie, so dachte ich, kann nützlich sein.

Ich rief einen Windstoß herbei, einen heißen, trockenen, aus der Punja selbst geborenen Wind. Er kostete den Sand, saugte ihn auf und spie ihn auf die Menschen.

Die Stämme, wenn niemand sonst, würden wissen, was er war. Würden ihn Samum nennen und seiner Kraft nachgeben. Man kann die Wüste nicht bekämpfen, wenn sie sich erhebt, um sich aufzulehnen.

»Geht nach Hause!« schrie ich. »Er war ein falscher Jhihadi! Er war ein *Nordbewohner* ... ist es das, was ihr wollt?«

In dem Sandsturm taumelten sie zurück. Stammesangehörige, Borjuni, Tanzeers. Der Samum kennt keinen Rang.

»Geht nach Hause!« schrie ich. »Es ist nicht der richtige Zeitpunkt!«

Das Heulen des Sturmes nahm zu.

»Jetzt«, sagte ich zu den anderen, als sich die schreiende Menschenmenge zerstreute.

Ich zog den Sturm auseinander und schuf einen engen Durchlaß. Bereitwillig gingen wir davon.

Garrod führte die Pferde zu uns: den Hengst und Dels fahlen Rotschimmel. »Geht«, sagte er kurz. »Sie sind getränkt und mit Proviant versehen. Verschwendet keine Zeit.«

Der Gedanke, jetzt sofort loszureiten, gefiel mir nicht. Es ging meinem Kopf nicht sehr gut. »Er wird mich abwerfen oder erneut treten.«

»Nein, ich habe mit ihm gesprochen. Er versteht die Notwendigkeit.«

Das war, wie ich im Vorbeigehen dachte, eine höchst lächerliche Feststellung. Er war ein *Pferd,* kein Mensch.

Ah, Hoolies, wen kümmert das? Wenn Garrod gesagt hat, er würde ... ich schob ein feuchtes Maul fort, das sich ausstreckte, um Frieden zu erbitten.

Del steckte ihr Schwert in die Scheide. »Jamail«, war alles, was sie sagte.

Das brachte mich zu einem Entschluß. »Sei nicht sandkrank«, fauchte ich. »Jamail ist das Orakel. Denkst du, jemand würde ihm weh tun?«

»Ich dachte, er sei tot, und er ist es nicht.«

»Dann sei froh darüber. Laß uns gehen.«

Garrod gab ihr die Zügel. »Verschwendet keine Zeit«, wiederholte er. »Ich kann die anderen Pferde aufhalten, aber nicht sehr lange. Es sind bei weitem zu viele ... der Sandsturm wird sie nur Zeit kosten, aber er wird sie nicht aufhalten ... wenn sie ihren Mut erst einmal wiedergefunden haben, werden sie Euch erneut verfolgen. Wenn Ihr einen Vorsprung erreichen wollt, dann *geht.*«

Del schwang sich auf den Rotschimmel und nahm die

Zügel auf, wobei sie auf mich herabsah. »Kommst *du* auch?«

Ich verstand. Steckte mein Schwert in die Scheide. Zog mich auf den Hengst hinauf, der stampfte und scharrte und schnaubte. Ich klammerte mich benommen an den Sattel. »Wo geht es hinaus?«

»Dort entlang«, sagte Del und deutete in die entsprechende Richtung, während Alric dem Hengst auf den Rumpf schlug.

»Was ist mit mir?« rief Bellin. »Sollte ich nicht mitkommen? Ich habe Ajani für Euch gefunden!«

Ich verhielt den Hengst einen Moment. »Ich könnte mir bessere Möglichkeiten vorstellen, berühmt zu werden, als mit der Frau zu reiten, die den neuen Jhihadi getötet hat. Sicherlich *ungefährlichere* Möglichkeiten. Es hat keinen Sinn, ein Panjandrum zu sein, wenn man nicht mehr lebt, um sich daran zu erfreuen.«

»Das ist richtig«, stimmte Bellin zu. »Also vermute ich, daß ich noch immer Euer Sohn sein kann. Ihr seht alt genug aus.«

Ich bedachte ihn mit einem Schimpfwort und führte den Hengst hinter Del her.

Wir klapperten ohne Respekt vor den Einwohnern durch die zerstörte Stadt. Garrod hatte absolut recht gehabt: jetzt, wo ich den Sandsturm gebannt hatte und Del und ich fort waren, konnte nichts die Menge mehr davon abhalten, ihre tödliche Absicht zu verfestigen. Unabhängig von meinem Ausruf, daß Ajani ein falscher Jhihadi sei, war er dank der keimenden Gerüchte und Jamails fehlgedeuteter Äußerung noch immer der einzige, den sie kannten. Die Menge, angespornt durch die Blutgier, würde nicht auf die Wahrheit hören, egal, wer sie ihnen vermittelte. Nicht einmal, wenn das Orakel es versuchte.

Durch die Stadt und wieder hinaus und dann durch die bunten Hyorts, die sich auf dem Plateau zusammendrängten. Und über den Rand und hinunter, den Pfad hinabeilend. Hinter uns erstarb das Geschrei langsam, während wir flohen, wurde durch Schluchten und die Entfernung zerrissen. Und Iskandar war fort.

Wir ritten so lange und so schnell wir konnten, denn wir wußten, daß wir den Abstand brauchen würden. Schließlich, als wir von den Schluchten des Grenzgebiets in die Ausläufer des Grenzgebiets gelangt waren und sich gestrüppreiche, baumbestandene Hügelketten aus südlicher Erde erhoben, wollte Del anhalten. Es war nicht so sicher, daß es eine gute Idee war, jetzt schon anzuhalten, aber sie sagte, ich sähe aus, als würde ich sofort vom Pferd fallen, wenn der Hengst auch nur einmal niesen würde.

Ich hielt den Kopf sehr still. »Wenn er auch nur einmal *blinzelt.*«

»Kannst du mir folgen?« fragte sie.

»Solange du kein zu schnelles Tempo vorlegst.«

Del führte uns von dem Pfad fort und über eine gewundene Reihe von Bergkämmen und Ausläufern, die näher an Harquhal als an Iskandar lagen. Die Bäume waren niedrig und knorrig und struppig, standen aber dicht und boten somit angemessenen Schutz. Hinter einem schräg abfallenden, durch Bäume sichtgeschützten Abhang, weit ab von dem neu gebildeten Pfad, stieg Del von ihrem Rotschimmel ab.

Sie streckte die Hand aus, um den Hengst abzufangen. »Brauchst du Hilfe?«

Ganz vorsichtig stieg ich ab, wobei ich mich an den Steigbügeln festhielt. »Hilfe wobei?«

Sie schüttelte nur den Kopf. »Setz dich irgendwo hin. Ich werde mich um die Pferde kümmern.«

Das tat ich. Das tat sie. Und kam schließlich mit den Satteltaschen, den Schlafdecken und den Botas zurück.

In der Talsenke aßen und tranken wir und streckten uns dann aus. Dachten über das nach, was geschehen war. Dachten über das nach, was wir getan hatten.

Del lag dicht neben mir. Ich konnte ihren Atem hören. »Nun«, sagte ich, »es ist vorbei.«

Sie sagte nichts.

»Du hast den Gesang für deine Familie gesungen, den Gesang, den zu singen du geschworen hast, und du hast die Blutschuld, die er dir für den Mord an ihnen allen geschuldet hat, eingetrieben.«

Sie sagte noch immer nichts.

»Dein Gesang ist vorbei, Bascha. Du hast ihn sehr gut gesungen.«

Sie atmete tief und geräuschvoll ein.

»Du hast gesagt, ich sollte dich fragen, wenn Ajani tot sei.« Ich wartete einen Moment. »Was wirst du jetzt tun?«

Del lächelte traurig. »Frag mich morgen früh.«

»Bascha ...«

»Frag«, sagte sie sanft. »Und dann frag mich am nächsten Morgen, und am nächsten ...« Sie rieb sich die Augen, die zweifellos genauso müde und wund waren wie meine. »Wenn du mich oft genug fragst, werde ich es vielleicht eines Tages wissen. Und dann wird es nicht mehr wichtig sein, weil Jahre vergangen sind, und ich vergessen habe, warum ich niemals wußte, was ich tun würde, wenn Ajani erst einmal tot wäre. Ich werde es einfach *getan* haben.«

Das war, so dachte ich, ein komplizierter Gedankengang. Aber in diesem besonderen Moment war es nicht wirklich wichtig.

Ich stieß einen Seufzer aus. Es fühlte sich so gut an, einfach *aufzuhören.* »Ein aufregender Tag«, bemerkte ich.

Del brummte nur.

Die Sonne sank im Westen tiefer. »Wer hat den Tanz gewonnen?«

Neben mir regte sich Del. »Niemand hat den Tanz gewonnen. Der Tanz wurde niemals beendet.«

Ich versuchte, mich empört zu geben. »Willst du mir

erzählen, daß du meine Chance, eine Domäne zu bekommen, vertan hast? Meine Chance, ein Tanzeer zu sein?«

Unbeeindruckt zuckte Del die Achseln. »Du wärst ein schlechter Tanzeer.«

»Woher willst *du* das wissen?«

»Ich weiß es einfach.«

Mürrisch brummte ich: »Du hast wahrscheinlich recht.«

»*Ich* wäre ein besserer Tanzeer.«

»Du bist eine Frau, Bascha.«

»Na und?«

»Wir sind im Süden, erinnerst du dich?«

»Aladars Tochter ist ein Tanzeer.«

»Das wird auf keinen Fall so bleiben.«

Sie seufzte. »Das stimmt vermutlich. Der Süden ist noch immer zu rückständig.«

Die Sonne sank noch tiefer. »Ich glaube, statt eines Schwertes werde ich mir ein neues Pferd anschaffen.«

Del grinste kurz. »Das alte könnte protestieren.«

»Das alte kann sich von mir aus direkt in den Kochtopf protestieren. Ich habe nicht vor, mich weiter mit ihm abzugeben, wenn er mir Stücke aus dem Kopf herausschlägt, weil er die Magie haßt.«

»Du hast die Magie früher auch gehaßt.«

»Ich hasse die Magie immer noch. Aber das bedeutet nicht, daß ich jemandem den Kopf abschlage, wenn er sie gebraucht.«

»Du hast meinen gefordert.«

Ich brummte. »Das ist lange her, Bascha.«

»Vielleicht Stunden.«

Ich seufzte. »Warum streiten wir?«

»Wir streiten nicht. Wir verzögern etwas.«

»Was verzögern wir?«

»Die Diskussion darüber, was wir tun werden.«

»Was *werden* wir tun?«

»Nach Norden ziehen?«

»Nein.«

»Nach Süden ziehen?«

»Das müssen wir. Dort finden wir Shaka Obre.«

Del antwortete nicht sofort. Und als sie es tat, klang ihre Stimme seltsam. »Bist du sicher, daß du das tun willst?«

»Ich muß es tun. Wie sonst soll ich sein Schwert beseitigen?«

»Du hast gelernt, es besser zu beherrschen.«

Ich runzelte die Stirn. Wandte den Kopf, um sie anzusehen. »Du klingst, als hieltest du es für keine so gute Idee, Shaka Obre zu suchen.«

Sie wählte ihre Worte sorgfältig. »Ich denke einfach, daß es sehr schwierig sein wird, ihn zu finden. Sein Name ist in Mythen eingehüllt … er ist Teil von Kindergeschichten.«

»Das war Chosa Dei auch, aber das machte ihn nicht weniger real. Das kann *ich* bezeugen.«

Del seufzte und zupfte an der Decke, die sie über ihre langen, nackten Beine geworfen hatte. »Es ist nicht leicht, Tiger.«

»Vieles ist nicht leicht, aber was meinst *du?*«

»Es ist nicht leicht, nach einem Mann zu suchen, der sehr schwer zu finden ist. Ich hatte Grund dazu, ich *mußte* es tun … aber die Aufgabe war dadurch nicht einfacher.«

»Du meinst, daß du nicht glaubst, daß ich es schaffe?«

»Ich meine, daß es eine sehr schwierige Suche werden wird.«

»Ich habe keine große Wahl. Chosa Deis Gegenwart wird Grund genug sein, denke ich.«

Del seufzte. »Es wird schwierig werden. Wir werden jetzt gejagt, mehr als irgend jemand sonst im Süden — wir haben den Jhihadi getötet. Sie werden uns unablässig verfolgen. Wir haben den *Jhihadi* getötet, den Mann, der den Sand in Gras zu verwandeln versprach.«

»Den Mann, den sie für den Jhihadi *gehalten* haben.«

Del dachte darüber nach und lachte dann leicht. »Jamail war sehr gerissen, als er das tat, was er tat. Mir wäre das nicht eingefallen.«

»Was hat Jamail getan?«

»Auf Ajani gedeutet. Er muß gewußt haben, daß irgend jemand versuchen würde, ihn zu töten ... wenn nicht ich, dann die Tanzeers. Er hat trotz allem seine Rache bekommen.«

Ich brummte. »Er hat nicht auf Ajani gedeutet. Und auch nicht auf Alric. Ich weiß es, ich war dort.«

»Auf wen *sonst* hat er gezeigt? Ich habe es ihn tun sehen, Tiger.«

»Ich auch, Bascha.«

»Nun, wenn es nicht Ajani war ...« Dann, während sie aus ihren Decken hochschreckte: »Du bist *sandkrank!*«

»Oh, das glaube ich nicht.«

Laute Stille.

»Das würde er nicht tun«, sagte sie schließlich. »Er *hat* es nicht getan ... du weißt, daß er es nicht getan hat. Warum sollte er so etwas tun?«

Ich antwortete nicht, weil ich dachte, es sei offensichtlich.

Del sah mich an. »Dieses Pferd hat dich schlimmer getroffen, als ich dachte.«

Ich gähnte. »Ich wäre vielleicht ein schlechter Tanzeer, aber ich denke, ich komme mit der Rolle des Messias zurecht.«

Noch lautere Stille.

Dann, bewußt herausfordernd: »Kannst du den Sand in Gras verwandeln?«

Ein weiteres Gähnen. »Morgen.«

Dels Stimme klang eigenartig. »Er hat nicht *wirklich* auf dich gedeutet. Du warst gerade da, ja, aber er hat auf *Ajani* gedeutet. Ich sah ihn. Ich sah ihn deuten. Es war Ajani, Tiger.«

Ich lag nur da und lächelte und blinzelte träge.

»Schwöre bei deinem Schwert«, forderte sie.

Ich grinste. »Bei welchem?«

»Bei dem *Stahl*schwert, Tiger. Sei nicht so gemein.«

Ich streckte eine Hand aus und ergriff das wie gewundene Seide wirkende Heft. »Ich schwöre bei Samiel: Jamail hat auf mich gedeutet.«

Ich wußte, daß sie mich davor warnen wollte, den Namen laut auszusprechen. Aber sie verstand, was es bedeutete. Sie verstand den Schwur.

Del dachte intensiv darüber nach. Und traf dann eine vorsichtige Feststellung. »Du weißt es besser, als daß du falsche Schwüre auf dein *Jivatma* leisten würdest.« Als sei sie sich nicht sicher. Und vielleicht war sie das in bezug auf mich auch nicht.

Durch ein erneutes Gähnen hindurch: »Ja, Bascha. Du hast sehr deutlich gemacht, daß das ein böses Vergehen wäre.« Ich hielt inne. »Möchtest du, daß ich bei *deinem* Schwert schwöre?«

Sehr bestimmt: »Nein.«

Ich glitt in den Schlaf hinüber. Der Rand war so sehr nahe. Ich brauchte nur diesen letzten Schritt zu tun und mich vom Horizont hinabgleiten lassen, im Einklang mit der Sonne …

Del legte sich wieder hin. Sagte eine Weile lang nichts.

Ich glitt einfach dahin und war mir ihrer Nähe auf abstrakte, erfreuliche Weise bewußt. Beine und Ellenbogen berührten sich. Meine Schläfe streifte ihre Schulter.

Träge dachte ich: Eine gute Art einzuschlafen …

Dann wandte sie sich um und rückte näher an mich heran. Ihr Atem streifte sanft mein Ohr. »Haben Schwerttänzer, die zum Messias wurden, Bettgefährtinnen? Oder leben sie im Zölibat?«

Ich riß ein wundes Auge auf. »Nicht heute nacht, Bascha. Ich habe Kopfschmerzen.«

Die Sonne fiel über den Rand. Lachend tat ich es ihr gleich.